HEYNE <

Jon Skovron

EMPIRE OF STORMS

PAKT DER DIEBE

Roman

Aus dem Amerikanischen übersetzt
von Michelle Gyo

WILHELM HEYNE VERLAG
MÜNCHEN

Titel der amerikanischen Originalausgabe:
HOPE & RED – THE EMPIRE OF STORMS

FSC www.fsc.org
MIX
Papier aus verantwortungsvollen Quellen
FSC® C083411

Verlagsgruppe Random House FSC® N001967

Deutsche Erstausgabe 03/2017
Redaktion: Catherine Beck

Printed in Germany

Umschlaggestaltung: DAS ILLUSTRAT, München,
unter Verwendung von Motiven von faestock/Shutterstock
und John Gomez/Shutterstock
Satz: GGP Media GmbH, Pößneck
Druck und Bindung: CPI books GmbH, Leck

ISBN: 978-3-453-31785-7
www.heyne.de

Für meinen Vater, Rick Skovron, der mir meinen ersten Fantasy-Roman in die Hand gedrückt hat. Siehst du, was du angerichtet hast?

Das Imperium der Stürme
Finstersee
Wake Landing
Imperialer Palast
Tempel von Morach Tor
Steingrat
Almosengebet
Die Abend See
Die Morgen See
New Laven
Die Leeren Klippen
Walia
Murgesia
Vance Posten
Die Risse
Morgenlicht
Die südlichen Inseln
Galemoor
Schwarze Hoffnung
Hohlfall
Schlußstein
Silberrücken
Hammerhusen
Paradieskehre
a. Friedenswind
b. Mondblumenlande
c. Ernteweg
d. Pastinas Manor
e. Imperiale Garnison
f. Bayview Galerie
g. Madame Destinys Haus von Allem
h. Apple Grove Manor
i. Die drei Kelche
j. Das Loch
k. Schwarzpulverhalle
l. Die Ersoffene Ratte
m. Lumpen und Bande
n. Himmelsschnitte
o. Des Seemanns Mutter
p. Umkehrgrenzpunkt
q. Big Sigs Spielhalle
New Laven

ERSTER TEIL

»Die, die alles verloren haben, sind frei,
jemand zu werden. Sie bezahlen einen hohen Preis,
aber so verhält es sich immer mit wahrer Größe.«

Aus dem *Buch der Stürme*

1

Kapitän Sin Toa bereiste diese Meere schon seit vielen Jahren als Händler, und so etwas hatte er bereits gesehen. Das machte es nicht einfacher.

Bleak Hope war eine kleine Gemeinde, die auf einer der kalten Südlichen Inseln am Rande des Imperiums lag. Öde Hoffnung, der Name des Dorfs, war irgendwie passend. Kapitän Toa war einer der wenigen Seeleute, die überhaupt so weit in den Süden segelten, und auch nur im Sommer. Während der Wintermonate, wenn sich eine dicke Eisschicht auf dem Wasser bildete, war das Dorf nahezu unerreichbar.

Doch der getrocknete Fisch, die Walfischbarten und das einfache Lampenöl, das die Bewohner Bleak Hopes aus dem Fischtran pressten, gaben eine gute Fracht ab, die Toa in Steingrat oder New Laven zu einem vorteilhaften Preis verkaufen konnte, und die Dorfbewohner waren auf die ihnen eigene wortkarge, südländische Art immer freundlich und zuvorkommend gewesen. Ihre Gemeinschaft hatte in dem rauen Klima seit Jahrhunderten überlebt, und das flößte Toa Respekt ein.

Traurig betrachtete er die Überreste des Dorfs. Während sie in den engen Hafen einliefen, suchte er die ausgetretenen Pfade und Steinhütten nach einem Lebenszeichen ab, doch er konnte keines entdecken.

»Was ist, Sir?«, fragte Crayton, sein Erster Offizier. Ein guter Kerl. Auf seine Art zuverlässig, wenn auch nicht ganz ehrlich, wenn es darum ging, seinen Teil der Arbeit zu erledigen.

»Hier gehen wir nicht an Land«, sagte Toa leise. »Dieser Ort ist tot.«

»Tot, Sir?«

»Hier ist keine Menschenseele mehr.«

»Vielleicht halten sie gerade irgendeinen religiösen Ritus ab«, sagte Crayton. »So weit im Süden haben die Leute ihre eigenen Sitten und Bräuche.«

»Ich fürchte, das ist es nicht.«

Mit einem dicken, vernarbten Finger deutete Toa auf den Kai. Eine mannshohe Tafel war dort ans Holz geschlagen worden. Das Schild zeigte ein schwarzes Oval mit acht schwarzen Linien, die nach unten liefen.

»Gott schütze sie«, flüsterte Crayton.

»Genau das hat er nicht getan«, sagte Toa. »Er hat sie nicht beschützt.«

Die beiden Männer starrten auf das Zeichen. Alles war still, bis auf den eisigen Wind, der an Toas langem Wollmantel und seinem Bart zerrte.

»Was sollen wir jetzt tun, Sir?«, fragte Crayton.

»Nicht an Land gehen, das ist mal sicher. Sag den Männern, sie sollen den Anker auswerfen. Es ist schon spät. Ich will nicht im Dunkeln durch das seichte Gewässer steuern, also bleiben wir über Nacht hier. Mit dem ersten Tageslicht stechen wir wieder in See. Wir werden nie mehr auch nur in die Nähe von Bleak Hope zurückkehren.«

Früh am nächsten Morgen setzten sie die Segel. Toa hoffte, innerhalb von drei Tagen die Insel Galemoor zu erreichen. Wenn alles gut ging, würden ihm die Mönche dort genug Bier verkaufen, damit er den Verlust, den er durch die Zerstörung Bleak Hopes erlitten hatte, wieder ausgleichen konnte.

Den blinden Passagier fanden sie in der zweiten Nacht.

Toa wurde durch ein Hämmern an seiner Kabinentür geweckt.

»Käpt'n«, rief Crayton. »Die Nachtwache … Sie haben … ein kleines Mädchen gefunden.«

Toa stöhnte. Er hatte zu viel Grog getrunken, und jetzt pochte ein unangenehmer Schmerz hinter seinen Augen.

»Ein Mädchen?«, fragte er nach einem Moment.

»J-j-ja, Sir.«

»Wasser der Hölle«, murmelte er, während er aus seiner Koje kletterte. Er zog seine kalte, feuchte Hose an, den Umhang und die Stiefel. Eine Frau an Bord, und sei es nur ein kleines Mädchen, brachte auf den südlichen Meeren Unglück. Das wusste jeder. Toa überlegte bereits, wie er seinen blinden Passagier wieder loswerden sollte. Doch als er die Tür öffnete, sah er mit Erstaunen, dass Crayton allein dastand und seine Wollmütze in den Händen knetete.

»Also? Wo ist das Mädchen?«

»Im Heck, Sir«, sagte Crayton.

»Warum bringst du sie nicht zu mir?«

»Wir … ähm, das heißt, die Männer bekommen sie nicht hinter der verstauten Takelage hervor.«

»Sie bekommen sie nicht …« Toa seufzte tief und fragte sich, warum keiner seiner Leute auf die Idee gekommen war, das Kind einfach zu packen und aus seinem Versteck herauszuzerren. Es sah seinen Männern gar nicht ähnlich, dass sie gleich weich wurden, nur weil sie ein kleines Mädchen vor sich hatten. Vielleicht lag es an Bleak Hope. Vielleicht hatte das schlimme Schicksal des Dorfs sie daran gemahnt, was ihnen selbst im Himmel bevorstehen würde.

»Gut«, sagte er. »Bring mich zu ihr.«

»Aye, Sir«, sagte Crayton, sichtlich erleichtert, dass nicht er den Unmut des Kapitäns zu spüren bekam.

Toa fand seine Mannschaft um den Frachtraum versammelt, wo die Ersatztakelage verstaut war. Die Luke stand offen, und die Männer starrten in die Dunkelheit, murmelten einander zu und schlugen das Zeichen, mit dem man böse Flüche abwehrte. Toa nahm einem von ihnen die Laterne aus der Hand und leuchtete in das Loch hinab, während er sich fragte, was an diesem kleinen Mädchen so besonders war, dass es seine Männer derart verunsicherte.

»Hör mal, Kleine, du machst jetzt besser …«

Sie hatte sich hinter dem Stapel schwerer Taue verkrochen, und abgesehen davon, dass sie schmutzig und halb verhungert war, sah sie für ein Mädchen von etwa acht Jahren halbwegs normal aus. Auf diese südländische Art war sie eigentlich sogar recht hübsch: blasse Haut, Sommersprossen und Haare von einem Blond, das beinahe weiß wirkte. Doch wenn sie einen direkt ansah, lag da etwas in ihrem Blick. Ihre Augen waren leer … schlimmer als leer: Es waren Abgründe aus Eis, die jede Wärme im Innern ihres Gegenübers vertrieben. Es waren uralte Augen. Gebrochene Augen. Augen, die zu viel gesehen hatten.

»Wir haben versucht, sie rauszuziehen, Käpt'n«, sagte einer der Männer. »Aber sie steckt fest. Und, also … sie ist …«

»Aye«, sagte Toa.

Er kniete sich neben die Luke und zwang sich, dem Mädchen in die Augen zu sehen, auch wenn er sich lieber abgewandt hätte.

»Wie heißt du, Kleine?«, fragte er, mittlerweile viel ruhiger.

Sie starrte ihn an.

»Ich bin der Kapitän dieses Schiffs«, sagte er. »Weißt du, was das bedeutet?«

Langsam nickte sie.

»Das bedeutet, dass jeder auf diesem Schiff mir gehorchen muss. Das heißt, auch du. Verstanden?«

Wieder nickte sie.

Er streckte seine gebräunte, haarige Hand in den Lagerraum.

»Also, Kleine. Ich will, dass du jetzt da rauskommst und meine Hand nimmst. Ich verspreche dir, dass dir auf diesem Schiff nichts passieren wird.«

Lange regte sich nichts. Dann streckte das Mädchen vorsichtig seine magere Hand aus und legte sie in Toas riesige Pranke.

Toa und das Mädchen gingen zurück ins Kapitänsquartier. Er vermutete, dass die Kleine eher anfangen würde zu reden, wenn nicht ein Dutzend hartgesottener Seebären sie anstarrten. In seiner Kabine angekommen, reichte er ihr eine Decke und einen Becher heißen Grog. Er wusste, dass man Kindern keinen Alkohol geben sollte, aber es war das einzige Getränk, das er außer frischem Wasser an Bord hatte, und Wasser war zu kostbar, um es zu verschwenden.

Er saß an seinem Schreibtisch und sie auf seiner Koje, die Decke fest um die Schultern gewickelt, den Becher dampfenden Grogs in den winzigen Händen. Sie nippte daran, und Toa erwartete schon, dass sie wegen des beißenden Geschmacks das Gesicht verziehen würde, doch sie trank in kleinen Schlucken und starrte ihn weiter mit diesen leeren, gebrochenen Augen an. Sie waren von einem kalten Blau, kälter, als er es je gesehen hatte, tiefer als die See selbst.

»Ich frage dich noch einmal, Mädchen«, sagte er. Sein Tonfall war immer noch sanft. »Wie ist dein Name?«

Sie schwieg.

»Woher kommst du?«

Immer noch keine Regung.

»Bist du …« Er konnte den Gedanken selbst kaum fassen, geschweige denn, dass er es laut aussprach. »Bist du aus Bleak Hope?«

Sie blinzelte, als würde sie aus einer Trance erwachen.

»Bleak Hope.« Nachdem sie so lange nicht gesprochen hatte, klang sie ganz heiser. »Ja. So ist es.« Ihr Tonfall jagte Toa einen Schauder über den Rücken, den er zu unterdrücken versuchte. Die Stimme des Mädchens war so leer wie ihre Augen.

»Wie bist du auf mein Schiff gekommen?«

»Das war danach«, sagte sie.

»Wonach?«, fragte er.

Als sie den Blick jetzt auf ihn richtete, waren ihre Augen mit einem Mal nicht mehr leer. Sie waren voller Seele. So voll, dass sich Toas salziges altes Herz in seiner Brust anfühlte wie ein verwitterter Lumpen, den jemand auswrang.

»Ich erzähle es dir«, sagte sie, und ihre Stimme war so schwer und seelenvoll wie ihre Augen. »Aber ich erzähle es *nur* dir. Und nur ein einziges Mal. Danach werde ich nie wieder darüber sprechen.«

Das Mädchen war draußen auf den Felsen gewesen. Deshalb hatten sie sie nicht gefunden.

Das Mädchen liebte die Felsen. Große, zerklüftete schwarze Felsbrocken, auf denen sie über die tosenden Wellen hinwegklettern konnte. Mama versetzte es in Angst und Schrecken, wenn sie dort über die Steine sprang. »Du wirst dir wieder wehtun!«, hatte die Mama immer gesagt. Und sie hatte sich wehgetan. Häufig. Ihre Schienbeine und Knie waren übersät mit Schorf und Narben von den scharfkantigen Steinen. Aber das war ihr egal. Das Mädchen liebte die Felsen trotzdem. Und bei Ebbe blieben immer Schätze am Grund zurück, halb vergraben im grauen Sand. Krebspanzer, Fischgräten, Muscheln und manchmal, wenn sie viel Glück hatte, auch kleine Stücke Seeglas. Das mochte sie am liebsten.

»Was ist das?«, hatte sie Mama eines Abends gefragt, als sie nach dem Essen am Feuer saßen, ihr Leib gewärmt und satt vom Fischeintopf. Sie hielt ein Stück rotes Seeglas ins Licht, sodass die Farbe über die Steinwand ihrer Hütte funkelte.

»Das ist Glas, meine kleine Möwe«, hatte Mama gesagt, deren flinke Finger gerade ein Fischernetz für Papa flickten. »Glasscherben, die von der See geschliffen werden.«

»Aber warum sind sie bunt?«

»Damit sie hübscher sind, nehme ich an.«

»Und warum haben *wir* kein buntes Glas?«

»Ach, das ist bloß der Schnickschnack der Nordländer«, hatte Mama gesagt. »So etwas brauchen wir hier unten nicht.«

Seither liebte das Mädchen das bunte Seeglas umso mehr. Sie sammelte die Stücke, bis sie genug beisammenhatte, um sie an einer Hanfschnur zu einer Halskette aufzufädeln, die sie Papa, einem schroffen, wortkargen Fischer, zu seinem Geburtstag schenkte. Er hielt die Kette in seiner ledrigen Hand und betrachtete misstrauisch die leuchtend roten, blauen und grünen Seeglasstücke. Dann sah er ihr in die Augen und erkannte, wie stolz sie auf das Geschenk war, wie sehr sie die Kette liebte. Sein wettergegerbtes Gesicht verzog sich zu einem Lächeln, als er sich die Kette vorsichtig um den Hals band. Die anderen Fischer zogen ihn wochenlang damit auf, doch er berührte das Seeglas bloß jedes Mal mit seinen schwieligen Fingern und lächelte.

An dem Tag, an dem *sie* kamen, war gerade Ebbe, und das Mädchen suchte am Fuß der Klippen nach neuen Schätzen. Sie hatte die Masten ihres Schiffs in der Ferne gesehen, war aber mit der Suche nach Seeglas viel zu beschäftigt gewesen, um sie weiter zu beachten. Erst als sie wieder auf die Felsen geklettert war, um ihre Sammlung aus Muscheln und Knochen zu begutachten, hatte sie bemerkt, wie seltsam das Schiff aussah. Ein großes, kastenförmiges Ding mit drei geblähten Segeln und Kanonenluken, die sich über die ganze Länge zogen. Ganz anders als die Handelsschiffe, die sonst nach Bleak Hope kamen. Dem Mädchen hatte der Anblick nicht gefallen. Und das, noch bevor sie die große Rauchwolke über ihrem Dorf erblickte.

Sie rannte, ihre dünnen, kurzen Beine wirbelten über den Sand und durch das hohe Gras, während sie sich ihren Weg zwischen den struppigen Bäumen hindurch zum Dorf bahnte. Wenn es brannte, würde Mama die Schätze, die unter ihrem Bett in einer hölzernen Truhe schlummerten, nicht retten – das war alles, woran das Mädchen denken konnte. Sie zu sammeln hatte sie zu viel Zeit und Mühe gekostet, um sie jetzt an die Flammen zu verlieren. Es waren ihre kostbarsten Besitztümer. Zumindest dachte sie das.

Als sich das Mädchen dem Dorf näherte, erkannte sie,

dass das Feuer bereits das ganze Dorf erfasst hatte. Sie sah fremde Männer, gekleidet in weiß-goldene Uniformen mit Helmen und gepanzerten Brustplatten, und fragte sich, ob das wohl Soldaten waren. Aber Soldaten sollten Menschen beschützen. Diese hier trieben die Dorfbewohner mithilfe von Schwertern und Pistolen in der Mitte des Hauptplatzes zusammen. Als das Mädchen die Pistolen der Männer sah, blieb sie abrupt stehen. Sie hatte bisher nur eine einzige Pistole in ihrem Leben gesehen, und die gehörte Shamka, dem Dorfältesten. Jeden Winter, am letzten Tag des Jahres, feuerte er einmal in den Himmel, um den Mond aus seinem Schlaf zu wecken und die Sonne zurückzubringen. Die Pistolen der Soldaten sahen anders aus als die vom alten Shamka. Zusätzlich zu dem hölzernen Griff, dem eisernen Lauf und dem Abzug besaßen sie einen runden Zylinder.

Das Mädchen fragte sich noch, ob sie näher herangehen oder sich verstecken sollte, als der alte Shamka aus seiner Hütte trat, etwas rief und dann auf den Soldaten schoss, der ihm am nächsten stand. Das Gesicht des Soldaten stürzte regelrecht in sich zusammen, als die Kugel ihn traf, dann fiel der Mann nach hinten in den Schlamm. Einer der anderen Soldaten hob seine Pistole und feuerte auf den alten Shamka, verfehlte ihn jedoch. Shamka lachte triumphierend auf. Doch dann feuerte der Fremde ein zweites Mal, ohne die Waffe erst nachladen zu müssen. Shamkas Gesicht erstarrte. Dann fasste er sich an die Brust und kippte vornüber.

Fast hätte das Mädchen geschrien. Stattdessen biss es sich auf die Lippe, so fest es nur konnte, und duckte sich ins hohe Gras.

Stundenlang lag sie dort versteckt im kalten, matschigen Feld. Sie musste die Zähne fest zusammenbeißen, damit sie nicht klapperten. Sie hörte die Rufe der Soldaten. Ein merkwürdiges Hämmern und Klappern. Das Flehen der Dorfbewohner, die wissen wollten, was sie getan hatten, um den Imperator zu verärgern. Doch die einzige Antwort, die sie bekamen, war ein lautes Klatschen.

Als das Mädchen ihre tauben Gliedmaßen endlich in die Hocke hochzwang, um einen Blick zu wagen, war es dunkel und das Feuer längst erloschen.

Auf dem Dorfplatz stand ein großes braunes Zelt, fünfmal größer als jede Hütte. Die Soldaten standen mit Fackeln in den Händen im Kreis drumherum. Das Mädchen konnte keinen der Dorfbewohner entdecken. Vorsichtig kroch sie ein Stück näher.

Ein riesiger Mann, der statt der Uniform einen langen weißen Umhang mit Kapuze trug, stand im Eingang des Zelts. In seinen Händen hielt er eine Truhe. Einer der Soldaten zog die Plane des Zelteingangs beiseite, und der Mann im Umhang trat ein. Wenige Augenblicke später kam er ohne die Kiste wieder heraus. Der Soldat band die Plane fest, sodass das Zelt offen blieb, dann deckte er die Öffnung mit einem Netz ab, das so feinmaschig war, dass nicht einmal ein winziger Vogel hindurchgepasst hätte.

Der Mann im Umhang zog ein Notizbuch aus der Tasche und setzte sich an einen kleinen Tisch, den der Soldat für ihn hingestellt hatte. Dann reichte der Soldat ihm Feder und Tinte, und der Mann begann zu schreiben. Immer wieder mal hielt er inne, um durch das Netz ins Zelt zu sehen.

Aus dem Inneren drangen Schreie. In diesem Moment begriff das Mädchen, dass die Dorfbewohner in dem Zelt gefangen gehalten wurden. Sie hätte nicht sagen können, warum die anderen schrien, aber sie bekam solche Angst, dass sie sich wieder in den Schlamm fallen ließ und sich die Ohren zuhielt, um die Geräusche auszublenden. Die Schreie hielten nur ein paar Minuten an. Bis sich das Mädchen dazu durchringen konnte, wieder zum Dorfplatz hinüberzusehen, dauerte es deutlich länger.

Die Soldaten mit den Fackeln waren verschwunden. Nur eine Laterne erhellte den Zelteingang, und der Mann im Umhang saß noch da und schrieb in sein Notizbuch. Ab und zu blickte er hinüber in das Zelt, dann auf seine Taschenuhr, und dann runzelte er die Stirn. Das Mädchen fragte sich, wohin die Soldaten wohl gegangen waren, als sie bemerkte, dass das merkwürdige, kastenförmige Schiff hell erleuchtet im Hafen lag, und als sie die Ohren spitzte, konnte sie die rauflustigen Stimmen der Männer hören.

Durch das hohe Gras schlich das Mädchen auf die Seite des Zelts zu, die am weitesten von dem Mann im Umhang entfernt lag. Nicht dass er sie hätte sehen können. Er schien so vertieft in seine Notizen zu sein, dass sie an ihm hätte vorbeispazieren können, ohne dass er sie bemerkt hätte. Und doch hämmerte ihr Herz, als sie vorsichtig das freie Gelände vor der Zeltwand überquerte. Der Zeltboden war so tief in der Erde befestigt worden, dass sie mehrmals an den Pflöcken ziehen musste, bevor sie darunter hindurchschlüpfen konnte.

Im Inneren war es stockfinster und die Luft stickig und heiß. Die Dorfbewohner lagen mit geschlossenen Augen am Boden, aneinandergekettet und an die dicken Zeltstangen gefesselt. In der Mitte stand die hölzerne Truhe mit geöffnetem Deckel. Darin lagen tote Wespen, so groß wie Vögel.

Das Mädchen sah sich um. Weiter hinten in einer Ecke entdeckte sie Mama und Papa, die wie alle anderen reglos dalagen. Sie stürzte auf die beiden zu, während sich ihr Magen vor Angst zusammenkrampfte.

Als ihr Vater sich schwach bewegte, war sie unendlich erleichtert. Vielleicht konnte sie sie immer noch retten. Sanft berührte sie ihre Mutter, doch sie reagierte nicht. Sie schüttelte ihren Vater, aber der stöhnte nur, die Lider flatterten kurz, öffneten sich aber nicht.

Das Mädchen sah sich um, wollte versuchen, die Ketten zu lösen. Dann hörte sie plötzlich ein lautes Summen direkt neben ihrem Ohr. Sie wandte sich um. Über ihrer Schulter schwebte eine riesige Wespe. Da schoss eine Hand an ihrem Gesicht vorbei und schlug die Wespe weg, ehe sie zustechen konnte. Mit einem gebrochenen Flügel wirbelte das Tier herum und fiel zu Boden. Sie drehte sich um. Vor ihr stand Papa, das Gesicht vor Schmerzen verzerrt.

Er packte ihr Handgelenk. »Geh!«, brachte er heraus. »Weg.« Dann stieß er sie so fest von sich, dass sie umfiel.

Sie starrte ihren Vater an, verängstigt und zugleich mit dem Gefühl, ihm helfen zu müssen, damit dieser Schmerz aus seinem Gesicht verschwand. Um sie herum regten sich mittlerweile auch andere – die Gesichter qualvoll verzerrt, genau wie das von Papa.

Mit einem Mal machte die Seeglaskette um seinen Hals einen seltsamen Sprung. Das Mädchen sah genauer hin. Es passierte wieder. Papa krümmte sich. Er riss Augen und Mund auf, als wollte er schreien, brachte aber nur ein feuchtes Gurgeln hervor. Ein weißer Wurm, so dick wie ihr Finger, wand sich aus seinem Hals heraus, und Blut strömte aus zahlreichen Wunden, als sich weitere Würmer aus seiner Brust und seinem Bauch kämpften.

Jetzt wachte auch Mama auf und schnappte nach Luft,

blickte wild um sich. Auch unter ihrer Haut bewegte sich etwas. Sie streckte die Hände aus und rief nach ihrer Tochter.

Um sie herum warfen sich die anderen Dorfbewohner in die Ketten, als die Würmer aus ihnen hervorbrachen. Bald schon war der Boden von einer weißen, sich windenden Masse bedeckt.

Am liebsten wäre das Mädchen davongerannt. Stattdessen hielt sie die Hand ihrer Mutter und sah zu, wie sie sich wand und krümmte, während die Würmer sie von innen auffraßen. Sie rührte sich nicht und sah auch nicht weg, bis ihre Mutter sich schließlich nicht mehr bewegte. Erst da kam sie auf die Füße, schlüpfte unter der Zeltwand hinaus ins Freie und rannte zurück ins hohe Gras.

Als der Morgen dämmerte, kauerte das Mädchen immer noch in seinem Versteck und beobachtete von Weitem, wie die Soldaten mit großen Leinensäcken zurückkehrten. Der Mann im Umhang verschwand für eine Weile im Zelt, kam wieder heraus und schrieb erneut in sein Notizbuch. So ging es noch zweimal, dann trug er einem der Soldaten etwas auf. Der nickte, gab den anderen ein Zeichen, und die Männer mit den Säcken gingen nacheinander in das Zelt. Als sie wieder herauskamen, wimmelte es in den Säcken. Das Mädchen nahm an, dass darin die Würmer waren. Sie trugen sie zurück zum Schiff, während die anderen das Zelt abbauten. Darunter kamen die Leichen der Dorfbewohner zum Vorschein.

Der Mann im Umhang sah zu, wie die Soldaten die Ketten von den Leichen lösten. Das Mädchen beobachtete ihn genau, während er dort stand, und seine Züge brannten sich in ihr Gedächtnis ein. Braunes Haar und ein spitzes, rattenhaftes Gesicht mit fliehendem Kinn, das von einer Brandnarbe auf der linken Wange gezeichnet war.

Und endlich – nachdem sie ein sonderbares Zeichen auf das Dorfschild gemalt hatten – segelten die Fremden in ihrem großen, kastenförmigen Schiff davon. Als sie nicht mehr zu sehen waren, wagte sich das Mädchen zurück ins Dorf. Es hatte sie Tage gekostet, vielleicht sogar Wochen. Doch am Ende hatte sie jeden von ihnen begraben.

Kapitän Sin Toa sah auf das Mädchen hinab. Während sie ihre Geschichte erzählt hatte, war ihr Gesicht zu einer Maske des Grauens verzerrt gewesen. Jetzt zeigte es wieder die kalte Leere, die er bemerkt hatte, als er sie aus dem Frachtraum hervorgelockt hatte.

»Wie lange ist das her?«, fragte er.

»Ich weiß nicht«, sagte sie.

»Wie bist du an Bord gekommen? Wir haben nicht angelegt.«

»Ich bin geschwommen.«

»War eine ganz schöne Strecke.«

»Ja.«

»Und was soll ich jetzt mit dir anfangen?«

Sie zuckte mit den Schultern.

»Auf einem Schiff ist kein Platz für ein kleines Mädchen.«

»Ich muss am Leben bleiben«, sagte sie. »Damit ich den Mann finden kann.«

»Weißt du, wer er war? Was das Zeichen zu bedeuten hat?«

Sie schüttelte den Kopf.

»Das ist das Wappen der Biomanten des Imperators. An diesen Mann wirst du niemals herankommen.«

»Doch«, sagte das Mädchen leise. »Und wenn es mein ganzes Leben lang dauert. Eines Tages finde ich ihn. Und dann werde ich ihn töten.«

Kapitän Sin Toa war klar, dass er sie nicht an Bord behalten konnte. Frauen, selbst achtjährige Mädchen, zogen die Seeschlangen dieser Meere ebenso sicher an wie ein Eimer voll Blut – das wusste jeder. Seine Männer würden eine Meuterei anzetteln, wenn sie erfuhren, dass er darüber nachdachte, das Mädchen auf dem Schiff zu lassen. Doch er würde sie nicht einfach ins Meer werfen oder auf einem einsamen Felsen aussetzen. Als sie am darauffolgenden Tag in Galemoor einliefen, suchte er einen runzeligen alten Mönch namens Hurlo auf, den Anführer des Ordens der Vinchen.

»Dieses Mädchen musste Dinge mit ansehen, die niemand sehen sollte«, sagte er. Die beiden Männer standen im steinernen Hof des Klosters. Der hohe schwarze Steintempel ragte über ihnen auf. »Sie ist gebrochen. Vielleicht ist das Kloster die einzige Chance auf ein normales Leben, die ihr geblieben ist.«

Hurlo schob die Hände in die Ärmel seiner schwarzen Robe. »Ich fühle mit ihr, Kapitän. Das tue ich wirklich. Aber der Orden der Vinchen ist Männern vorbehalten.«

»Sie kommt aus einem kleinen Dorf und ist harte Arbeit gewöhnt«, entgegnete Toa. »Ihr könnt doch sicher eine Magd gebrauchen?«

Hurlo nickte. »Das schon. Aber was passiert, wenn sie älter wird und ihre Reize sich zeigen? Sie würde die Brüder in Versuchung führen, vor allem die jüngeren.«

»Dann behaltet sie wenigstens, bis sie herangereift ist. So hättet ihr sie immerhin für ein paar Jahre beherbergt. Bis sie alt genug ist, um ihrer eigenen Wege zu gehen.«

Hurlo schloss die Augen. »Das Leben im Kloster wird für sie nicht leicht werden.«

»Ich glaube, sie wüsste sowieso nicht, was sie mit einem leichten Leben anfangen sollte.«

Hurlo sah Toa an, und zu Toas Überraschung lächelte er. Seine alten Augen funkelten. »Wir werden das gebrochene Kind aufnehmen, das du gefunden hast. Ein bisschen Aufruhr in der alten Ordnung bringt Veränderung. Vielleicht zum Besseren.«

Toa zuckte mit den Schultern. Er hatte weder Hurlo noch den Orden der Vinchen je ganz verstanden. »Wenn du es sagst, Großlehrer.«

»Wie lautet der Name des Kindes?«, fragte Hurlo.

»Sie hat ihn mir nicht gesagt. Ich glaube fast, sie erinnert sich nicht mehr an ihn.«

»Wie sollen wir sie dann nennen, dieses Kind, das aus Albträumen geboren wurde? Da wir uns ihrer angenommen haben, liegt es nun wohl an uns, ihr einen Namen zu geben.«

Kapitän Sin Toa zupfte an seinem Bart, während er darüber nachdachte. »Vielleicht nennen wir sie nach dem Dorf, das sie überlebt hat. So bleibt wenigstens etwas davon im Gedächtnis zurück. Taufen wir sie Bleak Hope.«

2

In dieser Nacht war Sadie betrunken. Viel zu betrunken, um es noch zurück in ihr Bett zu schaffen. Doch dort, wo sie war, konnte sie nicht bleiben.

»Wir schließen jetzt, Sadie«, sagte Hosenträger-Madge.

Sadie sah zu ihr auf und blinzelte ein paarmal, damit sie Madge nicht doppelt sah. Hosenträger-Madge war die Rausschmeißerin in der *Ersoffenen Ratte,* und mit ihren eins neunzig war sie so groß, dass sie Hosenträger brauchte, um ihre Röcke oben zu halten. Madge war eine der gefürchtetsten Personen im Armenviertel von New Laven. Und eine der am meisten respektierten. Jede Dumpfnase in der Paradieskehre, auf dem Silberrücken und in Hammerhusen wusste, dass Hosenträger-Madge in ihrer Taverne alles im Griff hatte. Wer dumm genug war, Ärger zu machen, dem biss Madge höchstpersönlich das Ohr ab und verbannte ihn für immer aus der *Ersoffenen Ratte.* Mit dieser Schande war man dann für den Rest seines Lebens gekennzeichnet. Ihre Ohrensammlung bewahrte Madge in Einmachgläsern hinter der Theke auf.

»Sadie«, sagte Madge noch einmal. »Zeit zu gehen.«

Sadie nickte und kam auf die Füße.

»Hast du eine Bleibe für heute Nacht?«, fragte Madge.

Sadie schlurfte über den mit Sägemehl bestreuten Fußboden und winkte ab. »Ich kann auf mich selbst aufpassen.«

Madge zuckte mit den Schultern und begann, die Stühle auf die Tische zu stellen.

Sadie stolperte aus der *Ersoffenen Ratte* und sah sich um. Vielleicht traf sie jemanden, den sie kannte und der sie für die Nacht aufnehmen würde. Sie versuchte, im flackernden Dämmerlicht der Laternen etwas zu erkennen, doch die Straße lag praktisch verwaist da. Entweder war die Wache gerade erst hier durchpatrouilliert oder sie würde bald kommen.

»Verpisste Hölle«, fluchte Sadie, während sie sich das schmutzige, verfilzte Haar kratzte.

Sie stolperte die Straße entlang, bis sie das schlichte Holzschild über dem Gasthaus *Des Seemanns Mutter* sah, einem berüchtigten Anheuerhaus. Doch sie war Sadie die Ziege – die beste Diebin, Söldnerin und Unruhestifterin, die es je gegeben hatte. Das wusste jede Dumpfnase in der ganzen Paradieskehre, auf dem Silberrücken und in Hammerhusen. Niemand wäre so dumm, sie südholen zu wollen.

Schwankend bahnte sich Sadie ihren Weg in das Gasthaus, um ein Zimmer für die Nacht zu verlangen. Der Wirt, ein dünner Typ mit Hängewangen namens Backus, musterte sie interessiert.

»Keine krummen Sachen«, sagte sie und bohrte ihm den Finger so hart in die Stirn, dass ein Abdruck zurückblieb.

»Natürlich nicht.« Backus lächelte ein schiefes, hängewangiges Lächeln. »Ich kümmere mich höchstpersönlich um dich. Wollen ja keine … Missverständnisse, nicht wahr?«

»Sonnig«, sagte Sadie. »Geh vor, Wirt.«

Backus führte sie die windschiefe Holztreppe hoch und einen schäbigen Flur entlang. Durch die geschlossenen Türen, die von dem Korridor abzweigten, drangen Lachen, Schluchzen und der Klang einer Geige, die irgendein Bastard zu dieser gottvermaledeiten Uhrzeit spielte. Backus schloss die Tür links am Ende des Gangs auf, und Sadie schob sich an ihm vorbei auf eine schmutzige Matratze zu, die auf dem Boden lag.

»Darf ich dir noch einen Schlummertrunk bringen?«, fragte Backus.

»Das wäre wirklich sehr sonnig, Wirt«, antwortete Sadie. »Vielleicht hab ich dich ja falsch eingeschätzt.«

»Ich wette, das hast du«, sagte Backus und lächelte wieder.

Ohne ihre Röcke, Stiefel und Messer abzulegen, ließ Sadie sich auf die Matratze fallen. Eine Weile lang sah sie zu, wie sich die Zimmerdecke über ihr unangenehm drehte, dann kam Backus mit einem gekühlten Becher zurück, in dem irgendetwas Nettes schwappte.

Wäre Sadie nicht so betrunken gewesen, hätte sie die Spuren der schwarzen Rose in dem Getränk gerochen, bevor sie auch nur daran genippt hatte. Doch so leerte sie den Becher mit einem einzigen großen Schluck, und wenige Minuten später wurde es schwarz um sie.

Als Sadie aufwachte, lag sie nicht mehr auf der Matratze in *Des Seemanns Mutter*, sondern mit dem Gesicht nach unten auf schwankenden Holzplanken. Es dauerte einen Moment, bis sie begriff, dass unter ihr ein Schiffsbauch hin und her schaukelte. Sadie hob den Kopf. Ein schmaler Sonnenstrahl fiel durch ein rundes Bullauge herein und erhellte den Raum um sie herum so weit, dass sie erkennen konnte, dass sie sich in einem Frachtraum befand.

»Verpisste Hölle!« Sadie rappelte sich auf, aber ihre Hände und Füße waren mit einem schmierigen Seil gefesselt, sodass sie sich nur aufsetzen konnte. Sie versuchte, die Handfesseln zu lösen, bekam jedoch das Seil nicht zu fassen. Außerdem war der Seemannsknoten so verwirrend und kompliziert, dass sie nicht wusste, wo sie überhaupt anfangen sollte.

Als sie sich zurücklehnte, hörte sie ein leises Grunzen. Sie drehte sich um und entdeckte einen kleinen Jungen, der ebenfalls gefesselt war, zerlumpt und schmutzig. Wahrscheinlich ein Straßenkind, das genauso aufgelesen worden war wie sie.

»He, Bürschchen.« Sie knuffte ihn mit ihrem knochigen Ellbogen fest in die Rippen. »Wach auf.«

»Hau ab, Filler«, murmelte der Junge. »Ich hab nichts für dich.«

»Dumm«, sagte sie und stieß ihn erneut an. »Wir sind verpisst noch mal südgeholt worden.«

»Was?« Der Junge riss die Augen auf. Seine Iriden waren tiefrot wie Rubine. Ein sicherer Hinweis darauf, dass seine Mutter während der Schwangerschaft süchtig nach Purpurwurz gewesen war. Scheußliches Rauschmittel, das einem langsam das Hirn aus dem Kopf fraß. Die meisten Kinder, die purpursüchtig zur Welt kamen, schafften nicht einmal den ersten Monat. Sadie argwöhnte, dass ein enormer Lebensmut in diesem Jungen steckte, wenn er das überstanden hatte. Irgendwo tief in ihm drin. Denn so sicher wie Pisse konnte man ihm den im Moment wirklich nicht ansehen. Er plärrte und jaulte wie ein geprügelter Welpe, und Tränen kullerten unter dem zottigen braunen Pony aus seinen roten Augen, während er heulte: »W-w-w-wo bin ich? W-w-w-was ist passiert?«

»Ich hab's dir doch gerade gesagt, oder nicht?«, blaffte Sadie ihn an. »Wir sind südgeholt worden.«

»W-w-w-was heißt das?«

»Bist du echt so eine Dumpfnase?«, fragte Sadie. »Noch nie was davon gehört? Wie konntest du auf der Straße leben und so was nicht wissen?«

Die Unterlippe des Jungen zitterte, als würde er gleich wieder aufheulen. Doch dann überraschte er sie, indem er tief Luft holte. »Ich bin erst seit einem Monat auf der Straße. Ich weiß nicht viel. Also, bitte, Lady. Bitte sagt mir, was hier los ist.«

Er sah ihr direkt ins Gesicht. Vielleicht war es ein erstes Anzeichen dafür, dass sie allmählich weich wurde, dachte Sadie, aber statt aufzulachen oder auszuspucken, seufzte sie nur. »Wie heißt du, Kind?«

»Rixidenteron.«

»Verpisste Hölle, das ist mal ein Zungenbrecher!«

»Meine Mutter war Malerin. Sie hat mich nach dem großen romantischen Maler Rixidenteron dem Dritten benannt.«

»Ist sie tot, deine Ma?«

»Ja.«

Sie schwiegen einen Moment lang, nur unterbrochen vom Schniefen des Jungen, dem Knarren des Schiffs und dem sanften Zischen, sobald der Bug wieder durchs Wasser schnitt. Sie mussten gut Fahrt aufgenommen haben.

Schließlich sagte Sadie: »Also, Rixidingsbumms, es sieht so aus: Wir wurden auf ein Schiff gebracht, das zu den Südlichen Inseln fährt. Zwangsrekrutiert. Sie lassen uns eine Weile hier sitzen, dann kommen sie zu uns runter. Vielleicht lassen sie uns ein bisschen bluten, damit wir kapieren, dass sie es ernst meinen. Und stellen uns vor die Wahl: der Mannschaft beitreten oder als blinder Passagier über Bord geworfen werden.«

Die Augen des Jungen waren immer größer geworden, bis sie aussahen wie große rot-weiße Teller. »Aber …« Seine Lippe zitterte wieder. »Aber ich kann nicht schwimmen. Ich würde ertrinken!«

»Das ist ja der verpisste Sinn der Sache, wenn man über Bord geworfen wird. Und selbst wenn du schwimmen könntest, sind wir inzwischen sicher so weit weg von der Küste, dass du es nie im Leben schaffen würdest. Von den Haien und Seehunden will ich gar nicht erst anfangen.«

»I-i-i-ich will nicht auf die Südlichen Inseln«, jammerte er. »Man sagt, dass da überall Monster sind und dass es kein Essen und kein Licht gibt, und niemand kommt jemals zurück … dass du gar nicht zurückkommen *kannst*, denn wenn du erst mal da bist, dann bist du dort gefangen, *für immer!*« Seine Stimme brach, als er von Schluchzern geschüttelt wurde.

Sadie hatte die Schnauze voll von seinem Gewinsel. Sie dachte darüber nach, ihm einen hübschen Tritt vor den Kopf zu verpassen. Das würde ihn fürs Erste ruhigstellen. Überhaupt bezweifelte sie, dass er ihr eine große Hilfe sein würde, wenn ihr die Flucht gelänge. Er war ja nicht einmal ein anständiges Straßenkind. Er war ein Künstlerfratz – wahrscheinlich hatte er an der Titte seiner Ma gehangen, bis er fünf gewesen war. Wie er einen Monat auf der Straße hatte überleben können, war ihr schleierhaft.

Aber er *hatte* überlebt. Und so richtig abgemagert sah er auch nicht aus. Irgendetwas musste er also können. Sie musste nur herausfinden, was das sein mochte.

Die Schluchzer des Jungen waren zu leisem Schniefen

geworden. Um dem lästigen Geräusch endlich Einhalt zu gebieten, sagte sie: »Erzähl mal, Rixidingsbumms. Wie war deine Ma so? Und was ist mit ihr passiert?«

Er schniefte ein letztes Mal, dann wischte er sich die roten, verheulten Augen mit dem Ärmel. »Willst du das wirklich wissen?«

»Klar will ich das«, sagte Sadie, lehnte sich gegen einen Kartoffelsack und versuchte, es sich so gemütlich wie möglich zu machen – soweit das mit gefesselten Handgelenken und Füßen eben ging. Schließlich konnte es noch Stunden dauern, bis jemand in den Frachtraum kam und sie einen Fluchtversuch unternehmen konnte. Die trostlose Geschichte des kleinen Rotzbengels war immer noch besser als gar keine Unterhaltung.

»In Ordnung.« Er wurde ernst. »Aber du musst versprechen, dass du es niemandem erzählst.«

»Ich schwöre bei meines Vaters purpurnem Schwanz«, sagte Sadie.

Rixidenterons Mutter, Gulia Pastinas, entstammte einer wohlhabenden Familie, die im Norden von New Laven lebte, weit weg vom Schmutz und der Gewalt in der Paradieskehre, dem Silberrücken und Hammerhusen. Gulia war die zweite Tochter gewesen und sehr hübsch, aber so stur und mit einem Willen zur Unabhängigkeit ausgestattet, dass ihr Vater es schließlich aufgab, sie verheiraten zu wollen. In reichen Familien war es nicht wohlangesehen, wenn Frauen selbst für ihren Lebensunterhalt sorgten, sodass er sie weiterhin würde aushalten müssen.

Als Gulia ihrem Vater eines Tages erzählte, dass sie sich einer Künstlertruppe unten im Silberrücken anschließen wollte, war er begeistert. Damals war es in Mode, dass sich Kinder reicher Familien eine Weile in der Bohème herumtrieben. Mehr erwartete er nicht: eine nette kleine Pause von seiner anstrengenden jüngsten Tochter.

Es stellte sich jedoch heraus, dass sie eine ungeheuer begabte Malerin war – und dass sie nicht binnen eines Jahres mit eingeklemmtem Schwanz nach Hause zurückkehren würde. Sie würde überhaupt nicht mehr nach Hause kommen. Zunächst weil sie viel zu beschäftigt damit war, sich von der Künstlergesellschaft in New Laven feiern zu lassen. Später dann, weil sie zu krank geworden war, um zu ihrem Vater zurückzukehren. Nicht dass sie wieder nach Hause gewollt hätte, selbst wenn sie gekonnt hätte.

Rixidenterons Vater war eine Hure. Er kam aus einer alteingesessenen Familie von Huren, männlichen wie weiblichen, und es war ihm nie in den Sinn gekommen, dass sein Beruf jemals Probleme machen würde, bis er auf einer Feier einer wunderschönen, dunkeläugigen Künstlerin begegnete, die zehn Minuten lang mit ihm geplaudert und dann verkündet hatte, dass sie ihn von seinem elenden Leben befreien würde. Sie war aufgedreht, weil sie gerade erst eine Reihe von Gemälden verkauft hatte, und aufgeputscht vom Purpurwurz. In jener Nacht hatte sie ihn mit zu sich nach Hause genommen und darauf bestanden, dass er sein Leben im Gewerbe aufgab. Rixidenterons Vater hatte sein sanftes, warmes Lächeln gelächelt und genickt. Er war so vernarrt in ihren Charme und ihre feurige Leidenschaft, dass er alles getan hätte, worum sie ihn bat.

Und so malte sie, während er kochte und sauber machte, und eine Zeit lang waren sie glücklich. Als Rixidenteron geboren wurde, änderte sich alles, so wie immer, wenn Menschen

Eltern werden. Ihr Sohn kam mit den verräterischen roten Augen des Kindes einer Purpursüchtigen auf die Welt, und ihre Freunde prophezeiten, der Kleine werde nicht einmal die erste Woche überstehen. Doch hatte er wohl eine verborgene Stärke in sich. Vielleicht lag es auch daran, dass seine Eltern sich aufopfernd um ihn kümmerten und alles dafür taten, um ihn am Leben zu halten. Sie aßen nichts, damit sie sich die Medizin leisten konnten, die Gulias Schwester aus der Apotheke im Reichenviertel vorbeibrachte. Schon bald hatten sie so wenig Geld, dass Rixidenterons Vater anbot, wieder anschaffen zu gehen. Gulia lehnte ab und malte stattdessen so viel und so verbissen, dass ihre Hände in einem fort voller Farbe waren. Jahre später nannten die Kritiker das ihre erlesenste Phase.

Rixidenteron überlebte – allen Widrigkeiten zum Trotz. Und an seinem ersten Geburtstag dachten seine Eltern, sie hätten das Schlimmste überstanden. Aber die Farben, die Gulia zum Malen benutzte, enthielten das Gift einer Qualle. In kleinen Mengen war es ungefährlich, aber die Substanz war über die Jahre in Gulias Haut gesickert und begann nun, ihre Nerven anzugreifen. Durch ihre Krankheit und die jahrelange Purpursucht fiel es Gulia immer schwerer zu arbeiten. Als Rixidenteron zwei Jahre alt wurde, konnte sie den Pinsel nicht mehr halten, ohne zu zittern. Wieder bot sein Vater an, zu arbeiten. Wieder lehnte Gulia ab. Stattdessen brachte sie Rixidenteron bei, für sie zu malen. Sie zwang ihn, Lederhandschuhe zu tragen, damit ihn nicht das gleiche Schicksal ereilte wie sie, und dann ließ sie ihn malen. Rixidenteron liebte die Stunden, die sie so miteinander verbrachten, und er war stolz darauf, dass er seiner Mutter, der berühmten Malerin, bei ihrem Schaffen helfen durfte. Im

Alter von vier Jahren konnte er jedes Bild, das ihm beschrieben wurde, mit atemberaubender Detailtreue erschaffen. Rixidenteron malte und malte, während seine Mutter auf dem schäbigen blauen Sofa in ihrer Wohnung lag, sich mit zitternden Händen die Augen zuhielt und ihm flüsternd von den Bildern in ihrem Kopf erzählte. Und er verlieh ihnen Gestalt.

Doch je mehr Zeit verstrich, desto schwerer wurde es. Statt sie vom Purpurwurz abzubringen, trieben Rixidenterons schwächliche Konstitution und die Folgen ihrer eigenen Abhängigkeit Gulia umso tiefer in die Sucht. Als Rixidenteron sechs wurde, waren ihre anfangs so detaillierten Beschreibungen nur noch unverständliches Gemurmel, sodass er die meisten Bilder selbst erfinden musste. Aber während er ihr Geschick geerbt hatte, fehlte ihm noch ihre Vorstellungskraft. Und das sah man den Gemälden an. Die Leute behaupteten, die große Gulia Pastinas sei am Ende.

Dieses Mal fragte sein Vater nicht. Er ging einfach wieder arbeiten. Obwohl er inzwischen älter und vom Leben gezeichnet war, sah er immer noch gut aus und verdiente genug Geld, um sich als anonymer Käufer die Gemälde seiner großen Liebe leisten zu können. Und so dachte Gulia, sie würde ihre Familie nach wie vor ernähren. Rixidenteron kannte die Wahrheit, doch als er schließlich den Mut aufbrachte, es ihr zu sagen, war sie bereits zu krank, um seine Worte zu verstehen. Zumindest hatte er das damals gedacht. Inzwischen war er nicht mehr so sicher, denn in derselben Nacht, in der er ihr erzählt hatte, dass sein Vater wieder auf den Strich ging, nahm Gulia eine Überdosis Purpurwurz und starb.

Rixidenteron und sein Vater lebten eine Weile weiter wie zuvor, doch am Ende des darauffolgenden Jahres war sein

Vater dünn und blass geworden. Rixidenteron wusste nicht, ob eine Krankheit dahintersteckte oder die Trauer um seine Frau. Was es auch war, seinem Vater lag nichts mehr am Leben.

Eine Woche vor seinem achten Geburtstag fand Rixidenteron seinen Vater tot im Bett. Er wusch ihm Scheiße und Blut vom Körper, verbrannte die Bettlaken und ging.

»Aber wie hast du allein auf der Straße gelebt?«, fragte Sadie. »Wie in aller Höllen Namen hast du überlebt, wo du doch so offensichtlich von nichts eine Ahnung hast?«

Er zuckte mit den Schultern. »Ich hab ein paar Jungs getroffen, und denen durfte ich mich anschließen. Weil ich gut Dinge nehmen kann …«

»Was meinst du damit: Du kannst gut Dinge nehmen?«

»Meine Hände sind schneller als die von anderen. Vielleicht wegen der Malerei. Keine Ahnung. Aber Geldbörsen, Uhren – mir all das einfach zu nehmen, fällt mir leicht. Und die Leute merken es nie.«

Sadies Augen glänzten. »Das ist eine seltene und nützliche Gabe, Rixidingsbumms.« Sie sah auf den komplizierten Knoten hinab, der ihre Hände aneinanderfesselte. »Ich nehme nicht an, dass deine Hände auch das hier aufbekommen?«

»Möglicherweise schon«, sagte er.

»Obwohl deine Hände auch gefesselt sind?«

»Ich kann es ja mal versuchen.«

»Wieso nicht«, sagte sie.

Die Sonne war bereits wieder untergegangen, und schwaches Mondlicht fiel durch das Bullauge, als endlich ein Matrose herunterkam, um nach ihnen zu sehen. Sie hörten ihn, bevor sie ihn sahen; seine Stiefel stampften laut über die steilen Holzstufen, während er vor sich hinmurmelte. »Mädchen und Kinder als Mannschaft. Was für eine miese Reise das wird.«

Er war schon älter, trug einen Wollpullover, der über dem Bauch spannte, und humpelte ein wenig. In seine fettigen schwarzen Haare und den Bart mischte sich nicht wenig Weiß. Sadie und der Junge kauerten nebeneinander auf dem Boden, das Seil gut sichtbar um ihre Hände gewunden. Sadie zwang sich, so stumpfsinnig wie möglich auszusehen, als der Seemann sie mit kleinen Augen anblickte, denen man den häufigen Alkoholgenuss ansah.

»Hört mal, ihr zwei«, sagte er. »Ihr wurdet verhökert, um hier auf der *Sturmbraut* mit anzupacken. Wenn ihr tut, was der Kapitän und ich euch sagen, dann dürft ihr gehen, wohin ihr wollt, sobald wir wieder in New Laven anlegen. Vielleicht bezahlen wir euch sogar. Wenn ihr unsere Anweisungen nicht befolgt, werdet ihr ausgepeitscht. Ungefähr so.« Er schlug Sadie hart ins Gesicht, sodass ihre Lippe aufsprang. »Nur noch viel schlimmer. Haben wir uns verstanden?«

Sadie lächelte, das Blut lief aus ihrem Mund. »Weißt du, warum sie mich Sadie die Ziege nennen?«, fragte sie.

Er beugte sich zu ihr hinunter, sein Atem stank nach Grog. »Wegen deinem hässlichen Bart?«

Sie rammte ihm die Stirn ins Gesicht. Während der Seemann sie anstarrte und Blut aus seiner Nase strömte, schüttelte Sadie das Seil ab, das nur lose um ihre Handgelenke gelegen hatte, zog den Dolch, den sie immer im Stiefel versteckte, und rammte dem Mann die Klinge in die weiche Haut unter dem Kinn. Langsam drehte sie den Dolch herum, der Seemann krümmte sich und sein Blut spritzte ihr ins Gesicht. Dann riss sie die Schneide nach unten, und der Schnitt öffnete seinen Hals bis zum Schlüsselbein. Ungerührt ließ Sadie den zitternden Körper zu Boden fallen.

Mit dem Ärmel wischte sie sich über das Gesicht, bückte sich und nahm das Schwert des Seemanns an sich.

»Hier.« Sie gab dem Jungen ihren Dolch. »Da oben sind noch mehr von denen. Wahrscheinlich werden wir sie alle töten müssen.«

Der Junge starrte auf die blutverschmierte Waffe in seiner Hand.

»Red«, sagte sie. Als er nicht antwortete, gab sie ihm einen Klaps auf den Hinterkopf. »Sieh mich an, wenn ich mit dir rede.«

Er blinzelte sie dümmlich an.

»Red. Das ist von jetzt an dein Name. Du bist mein Handlanger. Kapiert?«

Er riss die Augen auf und nickte.

»Jetzt gehen wir hoch und erklären diesen Anglern, dass wir es gar nicht mögen, südgeholt zu werden.«

An Deck war es dunkel, nur eine schmale Mondsichel war zu sehen. Der Seemann, der oben Wache stand, war so überrascht, sie zu sehen, dass sie ihm das Schwert ins Auge rammen konnte, ehe er auch nur einen Mucks herausbrachte. Zuckend fiel er zu Boden, und es dauerte einen Moment, bis sie die Klinge wieder aus seinem Schädel herausbekam. Die meisten Matrosen waren betrunken oder schliefen – oder beides. Sadie kümmerte das nicht. Sie hatten es nicht anders verdient. Sie war keine geübte Schwertkämpferin, also hackte und schlitzte sie sich ihren Weg quer über das Deck. Als sie das Quartier des Kapitäns erreicht hatten, war sie außer Atem, ihr Arm tat weh, und sie war mit dem Blut von sechs

Männern besudelt. Die Kabinentür war abgeschlossen, also pochte sie mit dem Knauf ihres Schwerts gegen das Holz. »Komm raus, du fischbäuchiger Scheißehaufen!«

»Sadie!« Reds Stimme war schrill.

Sie drehte sich gerade noch rechtzeitig um, um zu sehen, wie ein Mann mit einem breitkrempigen Hut aus ein paar Metern Entfernung mit einer Pistole auf sie zielte. Doch statt zu feuern, ließ er die Waffe auf den Boden fallen und umfasste mit der Hand den Messergriff, der aus seiner Brust ragte.

Reds Hand war leer. Er grinste ein wenig verlegen, und seine roten Augen leuchteten im Mondlicht. »Eigentlich wollte ich die Waffe treffen.«

Mit einem breiten Grinsen klopfte Sadie ihm auf den Rücken. »Gut gemacht, Red. Ich hab's doch gewusst, dass in dir Künstlermemme eine Menge Mut steckt. Na dann, lass uns den Kahn mal wenden. Da gibt's noch einen von diesen Anglern in New Laven, dem wir schön langsam und deutlich erklären müssen, warum man Sadie die Ziege besser nicht südholen sollte.«

Das Schiff zurück in die Unterstadt von New Laven zu steuern, war nicht ganz leicht. Weder Sadie noch Red wussten, was sie genau zu tun hatten. Doch sie hatten Glück – der Wind spielte mit, und endlich erreichten sie das Hafenbecken. Sie wären wohl in den Kai hineingekracht, hätte Sadie nicht ein paar Kerle im Hafen gekannt, die ihnen halfen, das Schiff zu navigieren, ohne dabei sich selbst oder andere zum Kentern zu bringen.

Sadie grunzte den Seemännern ein paar knappe Dankesworte zu, als sie die *Sturmbraut* verließ, dann stiefelte sie über den Kai, das blutverkrustete Schwert in der Hand. Red huschte hinter ihr her, neugierig darauf, wie seine neue Heldin Rache nehmen würde.

Es war zu früh am Tag, als dass Backus schon seine Schicht in *Des Seemanns Mutter* angetreten hätte. Also hielt Sadie schnurstracks auf die *Ersoffene Ratte* zu. Sie riss die Tavernentür weit auf.

»Backus! Du verschlagener Arschwurm!«

Backus blickte mit seinem schmalen, hängewangigen Gesicht von seinem Becher Bier auf. Schlagartig verstummten die Gäste der *Ersoffenen Ratte*, und ihre Blicke huschten zwischen ihm und Sadie hin und her.

»Wenn das mal nicht Sadie die Ziege ist.« Die Ruhe in seiner Stimme klang gekünstelt. »Ich hab nicht erwartet, dich so schnell wiederzusehen. Bist sogar für Seemänner zu hässlich, was?«

»Ich mach dich gleich noch viel hässlicher, als ich sie zurückgelassen habe.« Sadie hob ihr Schwert und machte angriffslustig einen Schritt auf ihn zu.

Zuerst sah Backus ihr ungläubig entgegen. Dass man in der *Ersoffenen Ratte* keinen Ärger anfing, war bekannt. Doch als sie näher kam, verzerrte sich seine Miene vor Angst.

Wie aus dem Nichts tauchte Hosenträger-Madge auf, packte Sadie am Schwertarm und riss sie mit gefletschten Zähnen von den Füßen. Hart knallte sie Sadies Hand auf den nächsten Tisch, Bierkrüge flogen in alle Richtungen, und Sadie musste das Schwert loslassen.

»Du solltest es besser wissen, als hier Ärger anzufangen, Sadie.« Ihre Stimme war ein heiseres Grollen.

»*Er* sollte es besser wissen!«, entgegnete Sadie und versuchte, ihre Hand aus Magdes eisernem Griff zu befreien.

»Jede Dumpfnase hier soll wissen, dass man Sadie die Ziege nicht südholt!«

»Schon verstanden«, sagte Madge. »Aber hier weiß auch jeder, *sogar du*, dass in meiner Taverne keiner umgebracht wird. Und jetzt scher dich zur Hölle noch mal raus hier!«

Hosenträger-Madge mochte Sadie, das war allgemein bekannt. Sie hatte ihr die Möglichkeit gegeben zu gehen. Sadie hätte Madges Angebot einfach annehmen können, und damit wäre die Sache erledigt gewesen. Doch das tat sie nicht.

»Nicht, bevor ich es ihnen allen gezeigt habe!« Sie wollte sich erneut auf Backus stürzen.

Hosenträger-Madge schnaufte, die Hand immer noch fest um Sadies Handgelenk geschlossen. Sie zog Sadie zurück, packte mit der anderen Hand ihren Kopf, beugte sich hinunter und biss ihr mit einem nassen Reißen das Ohr ab.

Das Heulen, das aus Sadies Kehle drang, war so laut, dass die Gläser hinter der Bar klirrten. Sie schrie vor Schmerz und Wut und hielt sich den blutüberströmten Kopf. Ihr Ohr steckte immer noch zwischen Madges Zähnen, zusammen mit einem Büschel Haare, die sie ebenfalls erwischt hatte. Tränen der Scham brannten in Sadies Augen, als sie aus der *Ersoffenen Ratte* rannte.

Die Blicke der Gäste folgten Madge, wie sie in aller Seelenruhe hinter die Theke ging, eines der Einmachgläser ihrer Ohrensammlung nahm und Sadies abgebissenen Lauscher hineinspuckte.

Red blickte zu Sadies blutigem Schwert hinüber, das immer noch auf dem Tisch lag. Er wusste nicht, was als Nächstes passieren würde, aber er ahnte, dass Sadie das Schwert noch brauchen würde. Er stürzte quer durch die Taverne, gerade als sich Backus ihm zuwenden wollte, und schnappte sich die Waffe, bevor der Gastwirt auch nur die Hand heben konnte. Dann flitzte er aus der Taverne und hinter Sadie her.

Er schloss zu ihr auf, als sie bereits zurück zu den Docks stolperte. Sie fluchte und weinte, während sie sich den Kopf hielt und das Blut zwischen ihren Fingern hindurchsickerte.

»Was ist passiert?« Seine Stimme war schrill.

»Ich bin erledigt«, heulte sie. »Sadie die Ziege, vor allen gedemütigt! Hosenträger-Madge hat mein Ohr in ihrer Sammlung, und ich kann mich nirgends mehr sehen lassen!«

»Und was machen wir jetzt?«, fragte er.

»Wir?«, knurrte sie. »Was *wir* jetzt machen?« Sie sah aus, als würde sie ihn im nächsten Moment verprügeln wollen. Doch dann hielt sie inne und runzelte die Stirn. »Wir«, sagte sie noch einmal, dieses Mal ein wenig leiser. Sie sah zu den Docks hinüber. Die *Sturmbraut* lag immer noch dort, wo sie sie zurückgelassen hatten. »Wir«, flüsterte sie jetzt und grinste Red an. »*Wir* widmen uns jetzt einem neuen Gewerbe, mein Bester. Wer braucht schon den Dreck von der Paradieskehre, vom Silberrücken oder aus Hammerhusen, wenn es so viele andere interessante Gegenden gibt, die nur darauf warten, von uns geplündert zu werden. Sadie die Ziege ist vielleicht erledigt, aber Sadie die Piratenkönigin fängt gerade erst an.«

3

Die Küste von Galemoor bestand aus schroffzackigen schwarzen Felsen, die von den eisigen Wellen glatt geschliffen worden waren. Die dunkle Erde weiter innen im Land war hart, aber fett, sodass viele Saaten erfolgreich gediehen, wenn man den Boden nur richtig bearbeitete. Vor allem Gerste und Hopfen wuchsen gut, und aus dem brauten die Mönche der Vinchen ihr braunes Ale, das im ganzen Imperium gerühmt wurde.

Die Insel wurde zum großen Teil für den Ackerbau genutzt, doch in ihrem Zentrum befand sich das Kloster der Vinchen, das Jahrhunderte zuvor aus dem schwarzen Stein der Insel gehauen worden war, damals von den Schülern von Manay dem Wahren, einem der weisesten Großlehrer der Geschichte des Imperiums. Die langen, quadratischen Bauwerke umschlossen einen großen Platz, und in der Mitte dieses Hofs stand der Tempel. Die Südseite des Klosters beherbergte die Gemeinschaftsräume der Mönche, und eine abgetrennte – aber immer noch bescheidene – Behausung für den Großlehrer. An der Nordseite befanden sich die Küchen, auf der Westseite die Brauerei.

Großlehrer Hurlo hatte bereits viele Jungen an den schwarzen Eisentoren des Klosters ankommen sehen, die Augen voller Furcht. Die meisten waren reich, verwöhnt und häufig dazu bestimmt worden, ein Vinchen zu werden, weil ihre Eltern ihrer Erziehung zu Hause nicht Herr wurden. Hurlo erinnerte sich noch an die Zeit, als man sich gewünscht hatte, ein Vinchen zu sein. Es war sogar in Mode gewesen. Doch die, die ihm jetzt gebracht wurden, brauchten Jahre, bis sie schätzen lernten, was er und die anderen Mönche ihnen zu geben versuchten. Und doch hatte er zu akzeptieren gelernt, dass die Dinge heute nun einmal so waren.

Allerdings wusste er nicht, was er von dem Mädchen halten sollte. Sie war etwas völlig Neues, für ihn und für den Orden. Kapitän Toa brachte sie in ihren schmutzigen Lumpen ans Tor. Ihre dunkelblauen Augen nahmen alles um sich herum auf und verrieten gleichzeitig nichts.

»Hallo Kind«, sagte Hurlo. »Ich bin Großlehrer Hurlo. Willkommen im Kloster der Vinchen.«

»Danke«, sagte sie mit kaum hörbarer Stimme.

»Viel Glück, Hurlo.« Sin Toa reichte ihm seine große, behaarte Hand.

»Gute Wege«, antwortete Hurlo und schüttelte sie warmherzig.

Nachdem Toa gegangen war, rief Hurlo alle Mönche und Schüler in den Hof. Sie betrachteten das kleine Mädchen, das da neben Hurlo stand, mit einer Mischung aus Überraschung, Verwirrung und Abneigung.

»Das hier ist Bleak Hope. Sie ist dank der Taten eines Biomanten verwaist und heimatlos«, sagte er. »Sie wird bei uns bleiben, bei den Hausarbeiten helfen und andere niedere Dienste leisten, bis sie alt und stark genug ist, um weiterzuziehen.«

Keiner der Mönche war respektlos genug, um etwas zu sagen, aber Hurlo hörte, wie einige scharf die Luft einsogen. Das überraschte ihn jedoch nicht. Keine Frau, egal, welchen Alters, hatte jemals einen Fuß in das Kloster gesetzt. Und jetzt sollte eine unter ihnen leben, jeden Tag, vielleicht jahrelang.

»Ihr dürft zu euren Pflichten zurückkehren«, sagte er ruhig. Er sah ihnen zu, wie sie sich langsam zerstreuten und ihm und Hope dabei verstohlene Blicke zuwarfen, und er beschloss, dass es interessant sein würde, sie dabei zu beobachten, wie sie sich dieser Anordnung stellten.

Das *Buch der Stürme* sagte, dass es nur einen Himmel, jedoch viele Höllen gäbe. Jede Hölle sei einzigartig und doch genauso grausam wie alle anderen auch. Das, so sagte das Buch, liege an der uferlosen Leidensfähigkeit der Menschen, und die Welt verfüge über unzählige Möglichkeiten, diese Leiden zu verursachen.

Großlehrer Hurlo dachte oft an diese Zeilen. Er vermutete, dass den Jungen, die erst kürzlich dem Orden der Vinchen beigetreten waren, Galemoor selbst als Hölle erscheinen musste. Fern der großen Städte und der luxuriösen nördlichen Anwesen ihrer Kindheit, lag es in der Mitte der Südlichen Inseln, so weit weg von der warmen, sonnigen Hauptstadt Steingrat wie nur möglich.

Für viele der älteren Brüder war schon Veränderung allein eine Form der Hölle. Schon eine einzige Neuerung in der seit Jahren starren Routine ließ diese Männer in Panik ausbrechen. Sie schienen sich nicht weiter um das Mädchen zu kümmern, solange sie ihren Tagesablauf nicht störte. Doch wenn sie ihre Kammern reinigte, beschwerten sie sich bei Hurlo, manche sogar darüber, dass ihre Räume zu sauber seien. Wenn sie ihnen beim Essen auftat, beschwerten sie sich auch, selbst wenn ihr einziges Vergehen gewesen war, ihnen zu viel Essen auf den Teller getan zu haben.

Für andere Brüder bedeutete die Hölle schon die plötzliche Anwesenheit eines weiblichen Wesens unter ihnen. Wenn sie in der geschürzten, alten schwarzen Mönchsrobe, die ihr bis an die Knöchel reichte, an ihm vorbeilief, still und blass wie ein Geist, ihre Augen im Schatten der Kapuze verborgen, konnte Hurlo nicht einmal erkennen, dass sie eine Frau war. Und doch konnten einige Brüder kaum die einfachsten Aufgaben erledigen, wenn sie in der Nähe war.

Das *Buch der Stürme* sagt, dass eines Mannes Hölle viel über ihn aussagt. Und so war es auch mit seiner Reaktion auf sein Leiden. Hurlo beobachtete mit Interesse, dass sich einige über Hope beschwerten, andere sie ignorierten und einige versuchten, sich mit dieser kleinen blonden Vertreterin ihres Leidens anzufreunden. Diese wohlmeinenden Brüder gaben jedoch meist nach wenigen Versuchen der Schmeichelei und Süßigkeiten auf, da sie dem unergründlichen blauen Blick nicht lange standhalten konnten.

Nach wenigen Tagen der Beobachtung widmete sich Hurlo wieder seinen Studien und der Meditation. Und so merkte er nicht gleich, dass eine andere Reaktion auf Hope unter den Brüdern aufkam. Grausamkeit.

Es war eine Woche her, dass Bleak Hope im Kloster der Vinchen angekommen war. Sie konnte nicht sagen, dass sie glücklich war. Sie war nicht mal sicher, ob sie das je wieder sagen könnte. Doch sie fühlte sich wohl. Sie hatten einen warmen Platz zum Schlafen und drei Mahlzeiten am Tag.

Sie verstand nicht wirklich, was die Vinchenbrüder taten.

Sie meditierten, sie lasen und sie trainierten. Jeden Tag versammelten sie sich vor dem Abendessen im Tempel zum Gebet. Keine dieser Beschäftigungen hatte in ihrem Dorf großen Anklang gefunden. In vielerlei Hinsicht war ihr dieses Leben unter den ruhigen Mönchen noch weniger vertraut als die wenigen lauten und rauen Tage auf Kapitän Toas Schiff.

Ihre Arbeit verstand sie jedoch. Kleine Kammern, die in Ordnung gehalten werden mussten, einfaches Essen, das serviert werden musste, einfache Kleidung, die gewaschen und gestopft werden musste. Die Arbeit gefiel ihr nicht besonders, aber die Eintönigkeit brachte ihr so etwas wie Frieden. Diesen Frieden schätzte sie sehr, denn die restliche Zeit waren ihre Gedanken von Tod und einem düsteren Hunger nach Rache beschwert. In der Nacht war es am schlimmsten. Sie lag in der Küche auf ihrer Matratze aus Stroh, und ihre Gedanken lagen so schwer auf ihr, dass sie kaum Luft bekam. Wenn sie endlich einschlief, so war ihr Schlaf unruhig und voller Albträume.

»Du da. Bauernmädchen.«

Hope blieb stehen. Sie hatte die Plumpsklos gereinigt und war jetzt auf dem Weg zurück in die Küche. Sie wandte sich um und sah, dass Crunta in der Tür des Schlafsaals der Mönche lehnte. Crunta war einer der jüngeren Brüder, vielleicht dreizehn Jahre alt, und er befand sich noch in der Ausbildung. Als Hurlo ihr die ersten Aufgaben gegeben hatte, hatte er erwähnt, dass sie die meisten Arbeiten für die älteren Brüder erledigen würde. Die jüngeren mussten diese Arbeiten selbst ausführen, deshalb war Hope erstaunt, dass Crunta sie rief.

»Ich?«, fragte sie.

»Ja, du, dummes Ding«, sagte er und bedeutete ihr, näher zu kommen.

Unsicher ging sie zu ihm.

»Komm herein.« Er wandte sich um und lief voraus.

Hope folgte ihm. Das Gebäude bestand aus einem einzigen Raum. Auf den glatten Holzböden lagen ordentlich aufgereiht Schlafmatten aus Stroh und kleine, zylindrische Kissen. Hope sah zu, wie Crunta seine schwarze Mönchsrobe auszog. Darunter trug er einen schmalen Lendenschurz, der seinen Oberkörper und die Beine frei ließ. Sein Körper war schlank und muskulös, und er hatte fast keine Haare auf der Brust.

Er knüllte seine Kutte zusammen und drückte sie ihr in die Arme. »Wasch das, und bring es mir sofort zurück.«

Hope war sich ziemlich sicher, dass die jüngeren Brüder ihre Wäsche selbst machen mussten, und doch hatte sie Angst, es zu sagen. »Ja, Bruder.«

Seine Hand flog hoch und schlug ihr ins Gesicht. »Ich bin nicht dein Bruder. Nenn mich Meister.«

Bleak Hope starrte ihn an, düstere Wut raste durch ihren Körper. Sie stellte sich vor, wie er vor Schmerzen schrie, während sich Würmer durch seine Haut fraßen. Doch sie wusste, dass sie nichts ausrichten konnte. Sie war nur ein schwaches, kleines Mädchen. Also schluckte sie ihre Wut hinunter und sagte: »Ja, Meister.«

Er schritt zu seiner Matte und legte sich hin. Dann nahm er ein Buch zur Hand. »Mach schnell.«

Hope trug die Kutte, die nach Schweiß und schalem Bier roch, zu dem Bottich vor der Küche. Während sie den Stoff heftig über die Rippen des Waschbretts scheuerte, stellte sie sich vor, dass es Cruntas Gesicht wäre. Als sie schließlich die Kutte über den schwelenden Kohlen in der Küche ausbreitete, stellte sie sich vor, dass sich die Kohlen in Cruntas bloße Brust brennen würden. Sie wusste, dass diese Gedanken falsch waren, aber sie verschafften ihr etwas Erleichterung. Trotzdem fraßen Hilflosigkeit und Wut an ihr, während sie die fein säuberlich gefaltete Robe über den Platz zurücktrug.

Er lag immer noch in seiner Unterwäsche auf der Schlafmatte. Sie legte die Kutte zu seinen Füßen ab. »Gibt es noch etwas, Meister?«

Er sah sie über das Buch hinweg an, dann stand er auf. Achtlos ging er an der Robe vorbei und auf sie zu. Er war mehrere Fuß größer als sie, sodass sich ihr Gesicht auf Brusthöhe von ihm befand. Sie starrte darauf, da sie den Ausdruck in seinen Augen noch weniger mochte. Sie verstand seinen Blick nicht, aber irgendetwas darin jagte ihr Schauder über den Rücken.

Er stieß ihre Kapuze zurück. Sie sah, wie sich seine Brust schneller hob und senkte, während sich seine Hand um eine ihrer Haarsträhnen schloss. Ihr ganzer Körper begann zu zittern, ob vor Angst oder Hass, wusste sie nicht zu sagen.

»Bruder Crunta!«

Hope wandte den Kopf, und ihr Haar rutschte aus Cruntas Fingern. Einer der älteren Brüder, Wentu, stand mit gerunzelter Stirn in der Tür. »Steh' nicht in deiner Unterwäsche vor dem Mädchen herum! Das gehört sich nicht!«

Crunta nahm sich Zeit und trat langsam einen Schritt nach hinten von ihr weg. Ein Grinsen lag auf seinem Gesicht. »Ja, Bruder.« Er beugte sich vor und nahm seine Kutte, dann zog er sie sich über den Kopf.

Er hob die Augenbraue und hielt sich den Stoff an die Nase. »Igitt, das hier stinkt nach Küche! Willst du, dass ich wie ein Diener rieche?«

»E-e-e-entschuldigt, Meister«, stammelte Hope. »Ihr wolltet, dass ich mich beeile, da habe ich die Kutte über die Kohlen gehängt. Ich wollte nicht …«

Er schlug ihr wieder ins Gesicht.

»Junger Bruder …«, sagte Wentu missbilligend.

»Du hast Glück, dass ich dich nicht bewusstlos schlage!«, rief Crunta, die Faust noch erhoben. »Geh mir aus den Augen, du schmutziger Bauerntrampel.«

Hope rannte zu ihrer Matratze im hinteren Teil der Küche und rollte sich darauf zusammen. Am liebsten hätte sie geweint, aber es kamen keine Tränen. Nur schwarze Gedanken an Gewalt und Rache. Sie dachte, Crunta sei der gemeinste Bruder im ganzen Kloster.

Sie war Racklock noch nicht begegnet.

Am liebsten kümmerte sich Bleak Hope um den Tempel. Der Boden, die Wände und auch der Altar bestanden alle aus dem glatten schwarzen Stein der Insel, doch hier war er poliert worden, sodass er sich zugleich feierlich und leuchtend anfühlte. Sie liebte den leichten Jasmingeruch der Gebetskerzen, und am allermeisten liebte sie die hohen bunten Glasfenster hoch oben im Tempel. Sie verstand nicht, was die Bilder zeigten, seltsame Kreaturen und schwarz gerüstete Krieger, aber die Farben erinnerten sie an die Kette, die sie für ihren Vater gemacht hatte. Sie hatte geglaubt, dass sie so etwas nie wieder erfreuen würde. Aber ein kleiner Funken war ihr geblieben, und als sie jetzt das Sonnenlicht durch die bunten Fenster fallen sah, entzündete er sich.

»Hier drückst du dich also vor deinen Aufgaben«, sagte eine tiefe Stimme.

Hope riss ihren Blick von den Fenstern los und sah den

kleinen, durchtrainierten Bruder an, den alle Racklock nannten. Er hatte die Arme überkreuzt, und seine Miene war grimmig. Hope wusste, dass Racklock in der Klosterordnung direkt nach Hurlo kam, und dass alle anderen Brüder ihn fürchteten.

»Es ist meine Pflicht, den Tempel jeden Tag zu reinigen, Meister«, sagte Hope.

»Ich sehe dich nicht putzen.« Racklock machte einen Schritt auf sie zu. »Ich sehe dich trödeln. Wir geben dir Nahrung, Kleidung, geben dir einen Platz zum Leben, obwohl die Welt dich hat loswerden wollen. Und so dankst du es uns?«

Hope hatte durch Crunta gelernt, dass es gefährlich sein konnte, sich zu verteidigen. Also neigte sie nur den Kopf und sagte: »Entschuldigt, Meister.«

»Du bist noch keine Frau, und doch machst du dir bereits die Doppelzüngigkeit zunutze«, sagte er mit ruhiger Verachtung und ging zu einem Schränkchen hinüber. Er öffnete den Schrank, der mit allerlei Zeug gefüllt war, und nahm einen langen, hölzernen Stock heraus. Während er ihn begutachtete, sagte er: »Andere mögen sich täuschen lassen, aber ich sehe, was du wirklich bist. Eine böse Krankheit, die unseren Orden von innen heraus vernichten will. Das Böse, das ausgemerzt werden muss.«

An einem sonnigen Nachmittag im frühen Herbst wurde Hurlo von den Schreien eines kleinen Mädchens aus tiefer Mediation gerissen. Er rannte aus seinem kleinen Zimmer über den sonnenbeschienenen Hof und in den Tempel. Dort fand er Bleak Hope, die auf dem Boden kauerte, das Gesicht gegen den kalten Steinboden gepresst, die schwarze

Kutte nass vor Blut. Racklock stand über ihr. Seine breiten Schultern wölbten sich, als er den Stock wieder auf ihren Rücken hieb und sie erneut aufschrie.

In diesem Moment begriff Hurlo, dass er das Mädchen nicht gerettet hatte. Er hatte sie lediglich von einer Hölle in die nächste gebracht. Und da entdeckte er auch eine ganz neue Hölle für sich selbst. Die Hölle, in der er einen Unschuldigen leiden ließ. Er selbst hatte den Stock nicht geführt, noch hatte er darum gebeten, dass ihm das Mädchen gebracht wurde, aber als er in ihr aschfahles Gesicht blickte, wusste er, dass er es in dieser Hölle keinen Moment länger aushalten konnte.

Racklock hob den Stock erneut. Hurlo stürzte sich auf ihn, kaum mehr als ein schwarzer Schemen, und nahm den Stock aus der Hand seines Bruders. Mit der gleichen Bewegung stieß er ihn vorwärts, sodass er über das Mädchen stolperte. Racklock fing sich mit den Händen ab, schlug eine Rolle und kam wieder auf die Füße. Als er sich dem Großlehrer zuwandte, stieß der ihm den Stock gegen die Kehle, sodass er keine Luft mehr bekam und nicht sprechen konnte.

Hurlo sah ihm beim Würgen und Schnaufen zu, dann sagte er: »Möchtest du was sagen? Nein? Dann erlaube mir zu sprechen: Von jetzt an wirst du dem Mädchen kein Haar mehr krümmen. Ihre Schreie stören meine Meditation, und der Geruch ihres Blutes im Tempel belästigt mich. Nicke einmal, wenn du verstanden hast, oder zweimal, wenn ich dich noch einmal schlagen soll.«

Racklocks Miene verdunkelte sich und sein Gesicht nahm einen lila Farbton an, aber die Lippen waren fest zusammengepresst, als er einmal nickte. Dann drehte er sich auf dem Absatz um und schritt aus dem Tempel.

Hurlo sah auf das zitternde kleine Mädchen zu seinen Füßen hinab und spürte das plötzliche Bedürfnis, sie zu trösten. Er wollte sie am liebsten in die Arme nehmen und sie wiegen, bis sie in einen tiefen, traumlosen Schlaf fiel. Der Moment verging so schnell, wie er gekommen war. Er war ein friedliebender, sanfter alter Mann. Er war der Großlehrer des Ordens der Vinchen und einer der größten Krieger, die das Imperium je gesehen hatte. Also ging er leise hinüber zu der Meditationsmatte, die vor dem schwarzen Steinaltar lag, und kniete sich darauf.

Eine ganze Weile lang rührten sie sich nicht. Das Mädchen lag auf dem Boden, der alte Mönch kniete, schweigend, den Rücken ihr zugewandt.

Schließlich flüsterte das Mädchen kaum hörbar: »Meister … danke, dass Ihr mich gerettet habt.«

»Ich bin kein Meister, Kind. Ich bin ein Lehrer.«

Sie hielt inne, um darüber nachzudenken. Dann hörte er, wie sie auf Händen und Knien näher kam.

»Was lehrst du?«

»Viele Dinge. Auch wenn ich nicht immer Erfolg damit habe. Ich habe versucht, Racklock Zurückhaltung beizubringen, und es scheint mir, als hätte ich darin versagt.«

»Er hat mich bestraft.«

»Eine Strafe sollte dem Verbrechen angemessen sein. Was hast du getan, um eine solche Tracht Prügel zu verdienen?«

»Ich … weiß es nicht. Er sagte, ich sei böse.«

»Ich verstehe. Und fühlst du dich böse?«

Sie sagte nichts.

»Komm, knie dich vor mich hin.«

Sie bewegte sich vorsichtig um ihn herum, immer noch auf Händen und Füßen. Er konnte sehen, wo ihre Kutte am

Rücken klebte, noch nass vom Blut, aber sie zuckte nicht, und kein Schmerzenslaut drang über ihre Lippen. Sie kniete sich vor ihn, so wie er, den Kopf hielt sie gesenkt.

»Sie mich an, Kind«, sagte er.

Sie sah ihm in die Augen, und er erlaubte sich, seinerseits tief in diese gespenstischen Augen zu blicken, so wie er es zuvor nie getan hatte.

»Ich sehe Dunkelheit in dir«, sagte er. »Das ist nicht weiter erstaunlich. Dunkelheit bringt Dunkelheit hervor.«

Sie blieb still und sah ihm weiter ins Gesicht.

»Macht sie dir Angst? Diese Dunkelheit in dir?«

Ihre Miene veränderte sich nicht, aber ihr traten Tränen in die Augen.

»Was wäre, wenn ich dir beibringen könnte, die Dunkelheit zu kontrollieren? Wie du sie nutzen kannst, um eine große, mächtige Kriegerin zu werden?« Bei diesen Worten begann sein Herz zu rasen. Er bot ihr etwas an, das sowohl das *Buch der Stürme* als auch der Kodex des Vinchen-Ordens verbot. Und doch sah er jetzt, da er die Worte sprach, wie das Gesicht des Mädchens zu leuchten begann wie das Licht am Anfang einer neuen Welt, und er wusste, dass es jede Gefahr wert sein würde, sein Versprechen zu erfüllen. »Möchtest du, dass ich dir das beibringe?«

»Ja, bitte!«, sagte sie. Jetzt liefen ihr Tränen über die Wangen.

»Ja, Großlehrer«, verbesserte er sie.

»Ja, Großlehrer.«

»Es wird nicht einfach. Um genau zu sein, wirst du auf diesem Weg viel erdulden müssen. Es mag Zeiten geben, in denen du mich hassen und glauben wirst, ich sei fast genauso grausam wie Racklock. Möchtest du dennoch lernen?«

»Oh, ja, Großlehrer!«, rief sie, ihr Gesicht gerötet und nass vor Tränen.

»Gut. Dann beginnen wir mit der ersten Lektion.«

»Ich bin bereit, Großlehrer!« Ihr Körper spannte sich an, als könne sie sich kaum zurückhalten, um nicht gleich aufzuspringen.

»Deine erste Lektion ist es, zu atmen.«

Sie legte den Kopf leicht schief und sah ihn an. »Nur atmen, Großlehrer?«

»Der Atem ist das A und O. Er ist das Leben selbst. Bevor du ihn nicht gemeistert hast, kannst du nichts tun. Ein Krieger kann sich weder zügelloser Freude hingeben noch grenzenloser Angst. Es stimmt, dass wir unsere Gefühle nicht vollkommen unterdrücken können, aber wir können wählen, uns von ihnen nicht übermannen zu lassen. Und das tun wir mithilfe des Ankers, des Atems. Deshalb sollst du jetzt langsam und tief atmen, bis dieser Sturm der Gefühle vorübergeht und du wieder ruhig bist.«

»Ja, Großlehrer«, antwortete Bleak Hope.

Der alte Mann und das kleine Mädchen knieten sich einander gegenüber, und der Tempel war still, bis auf ihren Atem.

4

Sadie wusste, dass sie kein Schiff segeln konnte, nicht einmal eine kleine Schaluppe wie die *Sturmbraut*, nur bemannt mit ihr selbst und einem achtjährigen Jungen. Das Problem war, dass keiner ihrer früheren Gefährten noch etwas mit ihr zu tun haben wollen würde, nachdem sie in der *Ersoffenen Ratte* so gedemütigt worden war. Um eine Besatzung zusammenzubekommen, würde sie sich nach Leuten umsehen müssen, die sie nicht besonders gut kannte und die nicht aus der Paradieskehre kamen.

Sie kannte ein paar drüben in Hammerhusen, denen Hosenträger-Madge und die *Ersoffene Ratte* pissegal waren, oder auch die Schande, wenn sie so darüber nachdachte. Mit Bull Mackey, einem Kämpfer mit quadratischem Kinn, hatte sie einige Zeit auf den Leeren Klippen verbringen müssen. Er hatte einen großen, dünnen Kerl mit eingesunkenen Augen bei sich gehabt, der sich Spinner nannte und sein Cousin war, oder die beiden waren zusammen, oder vielleicht auch beides. Außerdem kannte sie ein paar Leute auf dem Silberrücken oben, noch von ihrer Zeit als Rauschmittelkurier für Jix den Heber. Avery Vogelhaus war ein Schauspieler, der fast so gut aussah, wie er selbst dachte. Wergishaw war stumm, aber es war gut, ihn dabeizuhaben, wenn man in eine Keilerei geriet. Außerdem spielte er höllisch gut auf der Fiedel.

Es war schon eine ganze Weile her, seit Sadie einen Mann davon hatte überzeugen müssen, dass sie genauso gut war wie er, vielleicht sogar besser. Der Ruf von Sadie der Ziege hatte sich herumgesprochen. Und genau deshalb hatte sie so darum gekämpft. Jetzt musste sie wieder von vorn anfangen. Aber sie hatte es schon einmal geschafft, und wenn schon, dann würde sie es eben beim zweiten Mal noch besser machen. Und so brauchte sie nur eine Woche, um sich eine Mannschaft zusammenzustellen. Es gab da nur ein Problem. Kein einziger von den Jungs wusste, wie man segelte. Zumindest nicht, bis Finn auftauchte.

Es war an einem der wenigen sonnigen Tage in New Laven. Sadie stand an Deck der *Sturmbraut*, die immer noch am selben Dock lag. Sie hielt gerade eine Leine in der Hand und sah ihre Mannschaft wütend an. »Niemand weiß, wo dieses verdammte Seil hingehört?«

»Ich dachte, das muss irgendwo vorn hochgehen«, sagte Bull Mackey.

»Nee, ich hab gesehen, dass es an der rechten Seite festgebunden war«, sagte Spinner.

»Wer hat es überhaupt abgemacht?«, fragte Sadie.

»'tschuldigung, bin drübergestolpert«, antwortete Avery Vogelhaus.

Sadie warf ihm einen wütenden Blick zu. »Und ich dachte, Schauspieler sollten über ein gewisses Maß Anmut verfügen.«

»Also, um genau zu sein, ist das da eine Leine und kein Seil«, sagte eine neue Stimme, die rau und fröhlich klang. »Außerdem wird das vordere Ende eines Schiffs Bug genannt, und wenn man auf den Bug schaut, heißt die rechte Seite Steuerbord.«

Ein Mann stand auf dem Kai und lachte zu ihnen hoch. Seine Haut war gebräunt, so als verbringe er viel Zeit draußen, und er trug das typische lockere Leinenhemd eines Matrosen. Außerdem hatte er eine schwarze Klappe über einem Auge.

»Ist das so?«, rief Sadie und richtete den Blick auf den Fremden. »Und woher willst du das wissen?«

Der Mann wirkte vollkommen unbeeindruckt von ihrem bissigen Ton. »Du erinnerst dich nicht an mich, oder?«

Sadie kniff die Augen zusammen und sah ihn sich genauer an. »Sollte ich?«

»Du und ich, wir haben ein paarmal in der Gasse hinter der Schwarzpulverhalle gevögelt.« Er sah sie erwartungsvoll an. Nach einem Moment fügte er hinzu: »Damals hatte ich noch beide Augen.«

Sadie kratze sich die verfilzten Haare, dann schüttelte sie den Kopf. »Nö. Ich hab dort einigen Kerlen die Schwänze verbogen, kann nicht sagen, dass ich mich an dich erinnere.«

Sein Lächeln verflog.

»Aber du bist ein echter Kerl aus der Kehre, ja?«

Schon lächelte er wieder. »Bin hier geboren und aufgewachsen. Was ein Glück für dich, dass ich schon seit einer Weile hier im Hafen bin und auf Schiffen arbeite.«

»Warum sollte das ein Glück für mich sein?«

»Ich hab gehört, hier gäb's ein Mädel, das sich selbst Kapitän Sadie nennt und eine Mannschaft für ein neues geschäftliches Unterfangen braucht. Sieht aus, als hättest du ein paar anständige Kerle hier, aber du brauchst noch einen, der weiß, wie man mit einem Schiff umgeht.«

»Und das bist wohl du, was?«

»Klar.«

Sadie dachte kurz darüber nach. »Wie heißt du?«

»Hier im Hafen nennen sie mich Mister Finn.«

»Alles klar, gut, ich werde dich Vermisster Finn nennen.«

»Wegen meinem Auge?«

»Nein, sondern weil ich mich frage, wo zur Hölle du die ganze Woche gesteckt hast, während ich versucht hab, den Kahn hier flottzukriegen.« Sie streckte ihm die Hand entgegen. »Willkommen an Bord der *Sturmbraut.*«

Als er ihre Hand nahm und an Bord ging, wurde sein Lächeln noch breiter. »Was für ein Geschäft soll das hier überhaupt werden?«

»Oh, hab ich's nicht gesagt?«, fragte Sadie. »Seeräuberei. Wir werden die Küste plündern.«

»Seeräuberei?«, fragte Finn. »In New Laven? Das hat's noch nie gegeben.«

Sadie schlug ihm auf den Rücken. »Und genau deshalb wird es funktionieren, Matrose.«

Seinen Worten getreu wusste der Vermisste Finn, wie man mit einem Boot umging, und sie waren innerhalb von ein paar Stunden bereit, loszusegeln. Er wies jedem Mitglied der Mannschaft die Aufgaben zu und half Sadie, den Kurs an der Küste entlang zu planen.

»Das war's, wir können die Segel setzen«, sagte Finn und rollte die Karte zusammen.

»Nicht ganz«, sagte Sadie. »Mein bester Mann ist noch da draußen und erledigt einen kleinen Auftrag für mich. Er sollte jeden Moment wieder hier sein.«

Red hatte den ganzen Tag draußen vor *Des Seemanns Mutter* gesessen und sich als Bettler ausgegeben, während er auf ein passendes Opfer gewartet hatte. Er hatte sogar ein paar Kupfermünzen zusammenbekommen, und endlich, als die Sonne schon langsam unterging, fand er, was er gesucht hatte. Ein eher kleiner Mann, der einen breiten Kapitänshut und gute schwarze Lederstiefel trug, die ihm fast bis an die Knie reichten.

Red wartete ab, bis er die Taverne betreten hatte, schnappte sich die Almosen und folgte ihm. Er betrat den Gasthof und sah gerade noch, wie die schwarzen Stiefel die Treppe zu den Gästezimmern hinaufstampften.

»He, Junge. Was machst du da?«

Backus lehnte sich über den Empfangstresen und beobachtete ihn misstrauisch.

»Oh, ähm …« Red erkannte, dass er sich sein Alibi wohl längst hätte zurechtlegen sollen. »Das da, das ist mein … Onkel, und ähm …«

»Ich erinnere mich an dich. Dieser rotäugige Junge, der immer hinter Sadie herrennt. Was heckst du aus?« Backus kam hinter seinem Tisch hervor und rollte dabei die Ärmel hoch. »Du hast hoffentlich nicht vor, meine Gäste zu belästigen.«

Red lebte schon lange genug auf der Straße, um eine Tracht Prügel kommen zu sehen. Ohne zu zögern, rannte er durch die Tür und hinaus in die Sicherheit der belebten Straße. Er versteckte sich hinter einem Karren und beobachtete durch die Speichen der Räder, ob Backus ihm folgen würde. Nach ein paar Minuten beschloss er, dass die Gefahr vorüber war. Aber was sollte er jetzt tun? Er würde nicht am Tresen vorbeischleichen können, da Backus nach ihm Ausschau hielt. Zum Schiff konnte er so aber auch nicht zurückkehren. Sadie hatte ihm gesagt, dass sie einen anständigen Kapitänshut und Stiefel wollte. Und das war seine Gelegenheit, ihr zu beweisen, dass er gut genug war für ihre Mannschaft. Dass er keine Almosen brauchte.

»Was tust'n da, Rixie?«

Red sah hoch und erkannte Filler, den Jungen aus seiner alten Straßenbande. Filler war ein grässlich schlechter Taschendieb gewesen, und er schien auch nicht allzu schlau zu sein. Doch er war einen Kopf größer als alle anderen Kinder seines Alters, und deshalb gehorchten ihm alle.

»Ich heiße jetzt Red«, sagte er wichtigtuerisch.

»Sagt wer?«, fragte Filler.

»Sadie die Ziege.«

»Oh.« Filler war sichtlich beeindruckt. Er hatte den Namen schon gehört, war aber glücklicherweise nicht schnell genug, um von Sadies Schande etwas gehört zu haben. »Du gehörst jetzt zu ihr?«

»Ja, also habe ich keine Zeit, um …« Als Red eine Idee kam, hielt er inne. Er betrachtete Filler genauer, und langsam, aber sicher breitete sich ein Lächeln auf seinem Gesicht aus. »Sag mal, Filler, mein Bester.« Er legte eine Hand auf Fillers Schulter und versuchte, genauso locker daherzuschwadronieren wie Sadie, wenn sie etwas von ihm wollte. »Wie wär's, wenn du mir ein bisschen bei diesem Auftrag für Sadie hilfst?«

»Ich?« Fillers Augen wurden riesengroß. »Ich soll Sadie der Ziege helfen?«

»Genau«, sagte Red. »Ich werde ihr erzählen, was für ein Kerl du bist.«

»Na klar, was soll ich tun?«

»Komm mit.« Gemeinsam gingen sie zurück zur *Seemanns Mutter* und dann in die Seitengasse, die hinter dem Gasthaus lag. Die Sonne war bereits untergegangen, und die Gasse war dunkel, bis auf den Lichtschein, der aus den bewohnten Zimmern drang.

»Ist ganz schön dunkel hier hinten«, sagte Filler.

»Ach, nicht wirklich«, sagte Red zerstreut, während er die erleuchteten Fenster betrachtete. Im zweiten Stock, im ersten Fenster links von der Mitte aus gesehen, erspähte er sein Ziel. Er beobachtete, wie der alte Seemann seinen Hut und Mantel abnahm, dann ging das Licht aus. »Also los, Filler, stell dich hier hin.« Er schob Filler genau unter das Fenster. »Und leg deine Hände so ineinander.« Mit den eigenen Händen machte Red es dem Jungen vor, seine Finger waren ineinander verschränkt.

Filler machte es ihm nach. »Und jetzt?«

»Ich lauf auf dich zu, und du wirfst mich nach oben zu dem Fenster da.«

Filler sah zu dem Fenster auf. »Ich weiß nicht, ob ich dich so hoch heben kann.«

»Gut, wie wär es dann mit dem kleinen Absatz darunter?«

Filler kniff die Augen zusammen. »Ich seh keinen Absatz.«

»Du würdest nicht mal einen brennenden Haufen Pferdemist sehen, wenn er dir direkt ins Gesicht fliegen würde.«

»Würd' ich wohl.«

»Glaub mir einfach. Der Absatz ist da. Gib mir einen Schubs, und ich komm da dran.«

Filler zuckte mit den Schultern und hielt Red die verschränkten Hände entgegen.

Red nahm so weit Anlauf, wie es die enge Gasse zuließ,

dann rannte er los und sprang Filler entgegen. Im gleichen Moment hievte Filler ihn in die Luft, und Red stieß sich nach oben ab.

Filler hatte recht gehabt – das Fenster war zu weit weg, aber Red klatschte gegen ein leeres Stück Mauer direkt über dem Absatz. Er verkniff sich jeden Laut, während er verzweifelt nach Halt suchte. Als er spürte, wie er fiel, wurde ihm flau im Magen. Dann fanden seine Füße endlich den Absatz. Einen Moment lang schwankte sein Körper von der Mauer weg, und er spürte, wie sich Entsetzen in ihm breitmachte, aber dann schob er die Knie nach außen, so wie er es schon bei Eidechsen beobachtet hatte, wenn sie an Häuserwänden hingen, und schaffte es tatsächlich, das Gleichgewicht zurückzuerlangen.

»Da war dann wohl doch ein Absatz«, sagte Filler unter ihm. »Wie willst du jetzt an das Fenster über dir kommen?«

So weit hatte Red den Plan nicht ausgearbeitet. Er verdrehte den Hals, um die Entfernung schätzen zu können. Wenn er sprang, könnte er es vielleicht schaffen. Sollte er das Fenster aber verfehlen, war es ziemlich unwahrscheinlich, dass er wieder auf dem Absatz landen konnte. Er konnte nicht genau erkennen, wie tief sein Sturz sein würde, aber das war vielleicht auch besser so. Er würde Sadie nicht enttäuschen. Er musste das hier schaffen. Also ging er noch tiefer in die Knie und presste seinen Bauch und die Innenseiten seiner Schenkel gegen die raue Wand.

»Du wirst doch wohl nicht…«

Noch bevor Filler den Satz beenden konnte, sprang Red in die Luft, die Arme so weit ausgestreckt wie nur möglich, und versuchte, mit den Fingern die Fensterbank zu erwischen. Und er schaffte es.

»Verpisste Hölle«, rief Filler, er klang fast schon ehrfürchtig.

Red hing mit den Fingerspitzen an der Fensterbank, seine Stiefel kratzten über die Wand bei dem Versuch, wenigstens für einen Moment Halt zu finden, damit er sich hochziehen konnte. Seine Finger brannten, und er fürchtete, dass er sich nicht länger würde halten können. Angst und Zweifel krochen über seinen Rücken. Und dann erinnerte er sich an den Tag, an dem er zum ersten Mal für seine Mutter gemalt hatte. Er hatte bittend zu ihr aufgesehen, durch Rotz und Tränen der Enttäuschung. »Ich kann nicht so malen wie du!« Sie blickte auf ihn herab und sagte mit dem wissenden Lächeln, das so typisch für sie war: »Wenn du an deinen Erfolg glaubst, dann gibt es immerhin die Chance, dass du es wirklich schaffen kannst. Aber wenn du glaubst, dass du versagst, dann wirst du auch versagen. Du darfst dir niemals erlauben zu verlieren, bevor du überhaupt angefangen hast.«

Red war noch nicht gefallen. Er hatte noch nicht versagt. Und doch zog das Gespenst namens Zweifel ihn weiter hinab. Er würde an etwas anderes denken müssen. Seine Finger standen in Flammen, sie schmerzten so sehr, dass er kurz davor war, in Tränen auszubrechen. Da sah er ein neues Bild vor seinem geistigen Auge. Sadie grinste ihn an, ihr Gesicht rot verschmiert vom Blut der toten Seeleute. *Ich wusste, dass mehr in dir Künstlermemme steckt.* Künstlermemme – von wegen. Er hatte zusehen müssen, wie erst seine Mutter und dann sein Vater gestorben waren. Er hatte auf den Straßen auf dem Silberrücken überlebt, dann auf denen von New Laven. Er würde ihr schon zeigen, dass er kein bisschen eine Memme war. Er biss die Zähne zusammen und zog sich langsam, aber sicher auf die Fensterbank hoch.

»Du hast es geschafft, Rix… ich meine Red!«, rief Filler.

»Halt die Klappe, sonst hört man uns noch«, zischte Red und versuchte, seine eigene zittrige Begeisterung hinter einem Selbstvertrauen zu verbergen, das er nicht spürte. Und da erblickte er durch das Fenster das nächste Problem. Er hatte gedacht, der Kapitän hätte sich schlafen gelegt, als das Licht ausgegangen war. Jetzt, als er ins Zimmer sehen konnte, verstand er, dass der Seemann zwar im Bett war, aber wach. Und dass da auch eine Frau war, und dass die beiden immer wieder gegeneinanderstießen. Red wusste Bescheid über Sex. Der Sohn einer Hure braucht nicht lange, um etwas von dieser Seite der Wahrheit mitzubekommen. Er hatte gefragt, warum die Straßenkatze in der Nachbarschaft so fett geworden war, und sein Vater hatte ihm erklärt, dass sie schwanger sei. Red war ein neugieriges Kind, das seinen Vater mit allen möglichen Fragen löcherte, bis sie schließlich beim Sex zwischen Menschen angekommen waren. So, wie sein Vater ihm das erklärt hatte, dachte Red, ging es hier um einen leisen, sanften Akt, der viele geflüsterte Zuneigungsbekundungen beinhaltete. Und das war ganz und gar nicht das, was Red da durch das Fenster beobachtete. Der Seemann stützte sich auf den Händen ab, sein kahler Kopf glänzte vor Schweiß, und die Haut seiner behaarten Schultern war vom Mondlicht jeglicher Farbe beraubt. Sein Gesicht war dem Fenster zugewandt, aber seine Augen waren fest zusammengekniffen, so als hätte er Schmerzen. Seinen Unterkörper stieß er immer wieder gegen die Frau unter ihm. Von seinem Beobachtungspunkt aus konnte Red nur ihren Hinterkopf erkennen, eine große weiche Brust und ihren Arm, der teilnahmslos über den Rand des Betts hing. Kurz fragte er sich, ob sie überhaupt bei Bewusstsein war. Dann presste er das

Ohr gegen das Fenster und hörte neben dem Grunzen des Kapitäns eine dünne weibliche Stimme kreischen: »O ja, Kater, gib's mir mit deinem dicken, fetten Schwanz!«

Red beschloss, dass er Sex ziemlich eklig fand, und doch bot ihm diese Geräuschkulisse eine gute Gelegenheit. Vielleicht schaffte er es ja tatsächlich ins Zimmer rein und wieder hinaus, ohne dass ihn jemand bemerkte.

»Mach dich bereit, mir gleich runterzuhelfen.«

»Wie?«, fragte Filler.

»Sei ... einfach bereit zu tun, was ich dir sage«, antwortete Red. Er hatte keine Ahnung, wie er wieder herunterkommen würde. Vorsichtig öffnete er das Fenster, ließ sich ins Zimmer gleiten und huschte zu der Stelle, an der die Stiefel und der Hut des Kapitäns lagen, zusammen mit seinen restlichen Kleidungsstücken. Das Gestöhne vom Bett wurde sogar noch lauter, und das Bett protestierte jetzt knarzend, als die Bewegungen des Kapitäns immer heftiger wurden. Red steckte die Stiefel und den Hut in den Mantel und rollte das Ganze zu einem Bündel zusammen. Bereit zur Flucht, warf er einen Blick zum Bett. Er konnte das Gesicht der Frau sehen, ihre vollen Wangen waren gerötet. Sie starrte hoch zur Decke und sah unglaublich gleichgültig aus, obwohl sie stöhnte und schrie wie eine von ihrer Rolle furchtbar gelangweilte Schauspielerin. Sein Vater hatte ihm immer von der Leidenschaft und der Zärtlichkeit erzählt, die man beim Sex empfand. Hatte er ihn angelogen? Red hatte schon bemerkt, dass Erwachsene das manchmal taten, um ihn zu beschützen. Zumindest bis er in der Paradieskehre gelandet war. Vielleicht mochte er das Leben hier genau deshalb so gern. Es war zwar hart und mies, aber niemand behandelte ihn, als sei er aus Glas.

In diesem Moment wandte die Frau den Blick von der Decke ab und hinunter zu Red. Er hatte zu lange gezögert. Ihre Augen wurden groß, und sie schrie los. Diesmal klang ihre Stimme gar nicht gelangweilt. »Ein Kind! Hier ist ein verpisstes Kind!«

Red machte einen Satz auf das Fenster zu, das Bündel drückte er dabei an seine Brust. Wäre der Kapitän etwas aufmerksamer gewesen, dann hätte er Red leicht am Bein oder am Hemd festhalten können, und das wäre es dann für den Jungen gewesen. Doch der Mann war mit seinem Orgasmus beschäftigt und schien nichts anderes mitzubekommen, bis die Frau ihm gegen den Kopf schlug. »Er klaut deine verpissten Klamotten, du Dumpfnase!«, schrie sie dabei.

Red war schon fast aus dem Fenster. Das Gesicht des Kapitäns verzog sich vor Wut, als er versuchte, Red doch noch festzuhalten, aber die Decke schlang sich um seine Beine, und er fiel zu Boden, nackt und fluchend.

»Fang mich!«, rief Red und warf sich schon aus dem Fenster.

»Was?« Filler streckte die Arme aus und sah entgeistert dabei zu, wie Red auf ihn zustürzte. Sie fielen gemeinsam zu Boden, die Kleider um sie herum verstreut, und blieben atemlos liegen, bis der Kapitän sie vom Fenster herunter mit Flüchen bedachte. Seine haarige Brust hob und senkte sich dabei heftig.

Red rappelte sich auf, packte sich das Bündel unter einen Arm und half mit dem anderen Filler auf.

»Irgendwas gebrochen?«, fragte er.

Filler schüttelte den Kopf, er sah immer noch benommen aus.

»Dann, verpisst noch mal, *renn!*«

Die beiden Jungen liefen die Gasse hinunter und ließen die Flüche des Kapitäns hinter sich. Sie rannten mehrere Straßen weit, bevor sie an einer Ecke innehielten, keuchend und grinsend wie Verrückte.

»Du«, Filler wedelte mit einem Finger vor Reds Gesicht herum, »bist total glitschig im Kopf.«

Red beschloss, dass er das als Kompliment auffassen wollte, und sein Grinsen wurde noch breiter. »Das mag sein, aber ich hab das Zeug abgestaubt!« Stolz präsentierte er das Bündel.

»Wofür brauchst du das überhaupt?«

»Ist für Sadie. Wir verlassen die Paradieskehre.«

»Die Kehre verlassen?« Filler starrte ihn verständnislos an.

»Sadie hat sich ein Schiff zugelegt, und wir werden Piraten!«

»Piraten? Wie Dire Bane?«

»Natürlich wie Dire Bane«, antwortete Red und sah dabei sehr zufrieden mit sich und der Welt aus. Er gab Filler die Hand. »Also gut, mein Kerl. Du warst eine große Hilfe, ich erzähl' es Sadie. Man sieht sich.« Mit diesen Worten machte er sich auf zum Hafen, das Bündel wieder unter den Arm geklemmt.

Dort angekommen, sah er, dass die *Sturmbraut* geriggt und die Segel bereit waren.

»Wird Zeit, dass du auftauchst«, sagte Sadie, während sie ihm an Bord half. »Hab mich schon gefragt, ob die Aufgabe zu schwer für dich war.«

Red zeigte Sadie das Bündel. »Sieh nur, ich hab dir einen Hut, Stiefel *und* einen Mantel besorgt!«

»Na dann.« Sadie rollte das Bündel auseinander und betrachtete den Inhalt. »Die sind wirklich gut, da hat sich das Warten gelohnt. Das hast du gut gemacht, Red. Hab ich dich wohl doch richtig eingeschätzt.«

Red strahlte.

»Gab's Ärger?«

Reds Lächeln verschwand, und er wurde rot. »Ach, mmh …«

Sadie runzelte die Stirn. »Dir ist jetzt hoffentlich kein Trupp Imps auf den Fersen, die sich auf uns stürzen.«

»Nein, nein, das nicht«, sagte Red schnell. »Es war nur … als ich den Kram genommen habe, hatte der Kapitän gerade Sex mit einer Dame. Und das war so gar nicht, wie mein Vater es beschrieben hatte. Es war laut und hässlich und nicht mal nett.«

Sadie lachte auf. »Mach dir darüber mal nicht so viele Gedanken, mein Kleiner. Es gibt genauso viele Möglichkeiten, es einer Frau zu besorgen, wie Taschen auszuleeren. Ich erklär es dir genauer, wenn du etwas älter bist. Jetzt schlaf eine Runde. Wir segeln im Morgengrauen los.«

Das Morgenrot spiegelte sich noch auf dem Wasser, als die *Sturmbraut* die Küste von New Laven hinaufsegelte. Der Vermisste Finn stand am Steuerrad, und Sadie die Piratenkönigin stiefelte in ihrer ganzen Kapitänspracht über das Deck. Die Stiefel hatte sie am Knöchel mit Lederbändern enger schnüren müssen, damit sie ihr nicht bei jedem Schritt von den Füßen rutschten, die Federn des breitkrempigen Huts hatten bei ihrer Befreiung aus dem Gasthof gelitten, und der Mantel war viel zu groß. Aber niemand verlor auch nur ein Wort darüber.

»Du siehst verdammt schick aus, Kapitän«, sagte der Vermisste Finn, als sie zu ihm ans Ruder stolzierte.

»Nicht wahr, das tu ich«, stimmte sie ihm zu. »Wann kann ich das endlich vorführen?«

»Wir sind fast in Tischlers Bucht auf dem Silberrücken. Zwischen der Bucht und Hohlfall werden wir einige Spitzenhemden finden, die in ihren kleinen Vergnügungsbooten herumschippern.«

»Schlüsselstadt ist da doch auch«, sagte Sadie.

»Das stimmt, aber die Militärgarnison von Schlüsselstadt verbringt die meiste Zeit an Land. Sie haben ein paar Schiffe, die nach Schmugglern Ausschau halten, aber denen können wir davonsegeln.«

»Dann lass uns ein paar Spitzenhemdchen fangen!«

Kurz nach Mittag entdeckten sie ihr erstes Opfer, eine Jacht, die vor der Küste kreuzte.

»Macht euch bereit, Matrosen!«, rief Sadie, als sie sich dem kleinen Boot näherten. Sie zog ihr Fernrohr hervor und erblickte drei Mann in feinen weißen Hemden und kunstvoll bestickten Mänteln, die Haare sorgfältig zu Locken gedreht. Ihre feinsinnigen, klaren Gesichter spiegelten vollkommene Fassungslosigkeit wider, während sie die *Sturmbraut* anstarrten.

Der Vermisste Finn steuerte sie so, dass sie sich ihnen in einem weiten Kreis näherten, bis sie Seite an Seite mit der Jacht lagen.

»Werft die Enterhaken aus!«, rief Sadie.

Avery Vogelhaus am Bug und Spinner am Heck warfen jeder einen Haken, an dem eine Leine befestigt war. Die Haken sanken tief in das weiche Holz der Jacht.

»Holt sie ein!«, rief Sadie.

Avery Vogelhaus und Spinner zogen an den Leinen, bis die Jacht backbord an die *Sturmbraut* krachte.

»Wir brauchen ein paar Fender«, murmelte Finn vor sich hin.

»Bull Mackey und Wergishaw, ihr kommt mit mir«, sagte Sadie, als sie ihr Entermesser zückte und an Bord der Jacht sprang.

»Liebe Brüder«, sagte das eine Spitzenhemd zum anderen, »ich glaube, wir wurden gerade von Piraten gekapert.«

»Hat ja gedauert«, antwortete Sadie und hielt dem einen die Spitze ihres Messers an den Hals. »Dachte, ich muss das euch erst erklären.«

»Miss, Ihr könnt nicht einfach so an Bord eines anderen Schiffs kommen!«, sagte die Spitze.

»Scheint, ihr versteht doch nicht so ganz, was hier vor sich geht.« Sadie bewegte die Klinge schnell und schnitt das Hemd über der Brust des Mannes entzwei, sodass eine dünne rote Linie zu sehen war, aus der rasch Blut sickerte. Im Gesicht des Mannes wechselte die Gereiztheit zu purer Angst. »Ich bin Kapitän Sadie die Piratenkönigin. Das hier sind meine Gewässer, und ich gehe, wohin ich will, und nehme mir, was ich will. Klar?«

»Ihr hättet mich nicht schneiden müssen«, jammerte die Spitze und hielt sich die Hand vor die blutende Brust.

»Bringt jemand diesen Schwanzspritzer zum Schweigen, bevor ich noch die Geduld verliere«, sagte Sadie.

Schweigend hieb Wergishaw seinen Knüppel auf den Kopf des Adligen. Die Augen des Mannes rollten nach oben, und er fiel um.

»Noch jemand, der sich beschweren möchte?«, fragte Sadie beiden anderen.

Sie brauchten nicht lange, um die Jacht von ihren Wertgegenständen zu befreien. Red hatte die Anweisung erhalten, auf dem Schiff zu bleiben, doch jetzt durfte er Sadie dabei helfen, ihre Beute zu durchstöbern. Er saß auf dem Boden des winzigen Kapitänsquartiers und trennte Silber von Gold, und den Kram, den man leicht verhökern konnte von dem, der wohl erst geschätzt werden musste.

»Ich wusste gar nicht, dass Männer Schmuck tragen«, sagte er und hielt einen Goldring mit einem glänzenden Opal ins Sonnenlicht, das durch die Tür fiel.

»Spitzenhemden, Adlige.« Sadie lag in ihrer Koje, sie hatte sich nicht die Mühe gemacht, Mantel und Stiefel auszuziehen.

»Sie scheinen ziemlich nutzlos zu sein«, sagte Red.

»Du müsstest mal die Frauen sehen. Arbeiten nicht mal. Sitzen den ganzen Tag zu Hause und faulenzen. Mir wird schon schlecht, wenn ich nur daran denke.«

»Woher weißt du so viel über die Spitzenhemden?«, fragte Red.

»Als ich noch ein Mädchen war, kamen sie immer runter in die Paradieskehre. Du konntest jeden Tag einen ausheben, und dir gingen die Idioten trotzdem nie aus.«

»Was haben die in der Paradieskehre gemacht?«

»Das war damals, als Yorey Satin noch über die Kehre herrschte. Er hatte da all diese Tanzhäuser und Theater. Richtig schicke Vergnügungsläden, die die Spitzenhemden einfach geliebt haben.«

»Was ist mit ihnen passiert?«

»Yorey hat es geschafft, sich ermorden zu lassen. Jix der Heber hat übernommen, und er hätte kein schickes Tanzhaus erkannt, selbst wenn es ihm in den Mund gepisst hätte. Er und seine Pantoffel haben die Kehre zu dem gemacht, was du heute kennst. Er wird auch eines Tages umgebracht werden, und dann übernimmt ein anderer. Wir können nur hoffen, dass der Nächste besser und nicht noch schlimmer ist.«

»Wieso übernimmst du nicht, Sadie?«, fragte Red.

Sadie lachte auf. »Vielleicht mach ich das. Erst die Küste, dann die Kehre.«

Red sah sie ernst an. »Bin ich dann immer noch dein bester Mann?«

»Na, jetzt aber.« Sie beugte sich zu ihm hinunter und schnipste ihm fest gegen die Nase.

»Au!« Er rieb sich darüber.

»Red' keinen Plunder«, sagte Sadie. »Du bist mein bester Mann bis in den Tod.«

5

Die Bibliothek in Galemoor war eine der größten des ganzen Imperiums. Das nützte Bleak Hope allerdings wenig, bis sie lesen lernte.

»Glaubt Ihr, dass ich das jemals lernen werde, Großlehrer?«, fragte Hope, als sie in der Bibliothek standen. Der Raum war nicht größer als Hurlos Schlafkammer, aber vom Boden bis zur Decke vollgestopft mit Schriftrollen, Büchern und Pergamentstapeln.

»Warum solltest du nicht?«, fragte Hurlo, während er ein dickes Buch aus dem Regal nahm.

»Niemand in meinem Dorf konnte lesen. Nicht einmal der Alte Shamka. Und ich bin nur ein Mädchen.«

Hurlo sah sie streng an. »Du wirst niemals wieder sagen, dass du ›nur ein Mädchen‹ bist. Du bist meine Schülerin. Du wirst tun, was ich dir sage, und lernen, was ich dir beibringe. Keine Entschuldigungen. Hast du das verstanden?«

Hope sah zu Boden. »Ja, Großlehrer.«

Er lächelte. »Exzellent. Dann fangen wir damit an.« Er hielt ihr ein Buch hin. »*Die Geschichte von Selk dem Tapferen, Gründer des Ordens der Vinchen,* Band eins.«

Zuerst kamen sie nur langsam voran. Hurlo erkannte jedoch schnell, dass Hopes Probleme beim Lesen mehr von mangelndem Selbstbewusstsein herrührten als von fehlendem Verstand. Als sie das überwunden hatte und nicht mehr über jedem Wort brütete, erwies sich ihr Wissensdurst als unstillbar. Sie verschlang alle fünf Bände der *Geschichte von Selk dem Tapferen* und im Anschluss daran die dreibändige Ausgabe über Manay den Wahren. Die *Kurze Geschichte des Imperiums* las sie in weniger als einem Monat.

Als Hurlo endlich mit ihrem Wissen über Geschichte zufrieden war, gab er ihr Bücher über Geografie und Biologie. Und für diese Studienfächer entbrannte ihre Leidenschaft.

»Großlehrer!« Eines Nachmittags platzte sie in seine Gemächer und hielt ein schäbiges Buch in den Händen, dessen Bindung sich fast vollständig aufgelöst hatte. Ihre Augen waren riesig.

Hurlo hatte meditiert. Statt sich sofort von ihr stören und aufschrecken zu lassen, ließ er sie Teil seiner Mediation werden. Er schloss die Augen wieder und sagte leise: »Ja, Kind?«

»Wusstet Ihr, dass *niemand* weiß, wie sich eine Schlange bewegt?«

»Ja, Kind.«

»Das kann keine Magie sein, oder?«

»Unwahrscheinlich.«

»Dann muss es dafür doch einen *Grund* geben. Es hat nur noch niemand entdeckt.«

»Ja, Kind.«

»Gibt es hier auf der Insel Schlangen, Großlehrer? Vielleicht kann *ich* diejenige sein, die das Rätsel löst!«

Hurlo lächelte leicht, die Augen immer noch geschlossen. »Du kannst es gern versuchen.« Denn was taugte schon angelesenes Wissen ohne praktische Anwendung? Und falls sie wirklich eine Schlange fing, würde sie vielleicht nicht enthüllt haben, wie sich Schlangen bewegten, aber sie könnte lernen, wie man einen Schlangenbiss heilte.

Die anderen Mönche verstanden Hurlos Interesse an der Ausbildung des Mädchens nicht. Sie hatten Hope mittlerweile als einen Teil ihres Lebens akzeptiert, allerdings nur als Dienerin. Fast alle Vinchen-Mönche entstammten der Oberschicht, deren Familien Diener einstellten, sodass ihnen das nicht allzu schwerfiel. Aber eine Dienerin auszubilden, diese Idee fanden sie verwirrend. Manche dachten, er sei freundlich, andere hielten ihn für zu nachgiebig, und wieder andere fürchteten, dass er langsam senil wurde, während einige auch unzüchtige Gedanken hinter seinem Handeln vermuteten. Aber niemand erwartete, dass er das Mädchen erfolgreich ausbilden würde. Als Bruder Wentu das Mädchen an einem kalten Winternachmittag neben dem Ofen fand, mit der *Geschichte des Handels während der Regierungszeit von Imperator Bastelinus,* waren sie alle entsetzt.

Hurlo machte ihre Empörung nichts aus, auch nicht ihre Mutmaßungen und ihr Geschwätz. Es löste Unruhe im Kloster aus, aber es lenkte auch von dem noch viel größeren Frevel ab, den er begann. Denn nicht einmal sein Rang als Großlehrer erlaubte es ihm, eine Frau als Kämpferin der Vinchen auszubilden. Und so formte er am Tage vor aller Augen ihren Verstand, während er nachts, wenn die Brüder schliefen, ihren Körper schulte.

Hope erfuhr, dass die kämpfenden Mönche des Vinchen-Ordens im Ostflügel des Klosters übten. Dort waren auch die Waffenkammer, eine Schmiede und eine kleine Gerberei untergebracht. Das größte Gebäude war jedoch die lange, rechteckige Übungshalle. Die Wände der Halle bestanden aus beweglichen Türen aus Leinwand, die in den warmen Sommermonaten einfach beiseitegeschoben werden konnten. Der Boden war aus glatten Kiefernbohlen gefertigt, die viel weicher waren als der harte schwarze Stein, der in allen anderen Gebäuden des Klosters den Boden bedeckte.

Sobald nachts alle Mönche schliefen, ging Hurlo mit Hope in die Halle und ließ sie dort eine Reihe von Übungen absolvieren, um ihre Kraft, ihr Durchhaltevermögen und ihre Beweglichkeit zu verbessern. Einige Monate lang beschäftigte sie sich nur mit diesen Übungen, weil sie danach zu erschöpft war, um noch etwas anderes zu lernen.

Als sie die Manöver endlich zu Hurlos Zufriedenheit durchhielt und danach sogar noch Energie übrig hatte, brachte ihr Lehrer ihr den Nahkampf bei. Zuerst sollte sie eine gepolsterte Holzpuppe mit Hieben und Tritten angreifen. Als sie sicherer wurde, durfte Hope gegen Hurlo selbst kämpfen. Sie war verblüfft, wie flink der alte Mann war. Jede Nacht kämpften sie stundenlang, und erst nach fast einem Monat musste er zum ersten Mal einen ihrer Schläge abblocken.

So wertvoll die Ausbildung für sie auch war, so sehr verlangte es sie nach mehr. Eines Nachts, sie hatten gerade ihre Übungen beendet, und Hope wischte sich den Schweiß mit einem Lappen ab, fragte sie deshalb: »Großlehrer, wann kann ich ein Schwert benutzen?«

Er stand da und sah durch ein Fenster in den Nachthimmel hinaus. In all den Monaten des Trainings war ihm nicht ein einziges Mal der Schweiß ausgebrochen. »Warum fragst du das?«

»Ich weiß nicht.« Sie bewegte ihre Finger, schloss und öffnete ihre Hand, da ihr die Worte fehlten, um ihren Wunsch nach einer Waffe in der Faust auszudrücken. »Ich … denke einfach oft darüber nach.«

Er wandte sich vom Fenster ab und ihr zu, betrachtete sie einen Moment lang. »Komm mit.«

Sie folgte ihm aus der Trainingshalle hinaus und in den Innenhof. Die Nachtluft trocknete ihren Schweiß rasch, und sie fröstelte. Er führte sie in den Tempel. Die Lampen wurden nachts gelöscht, doch die Kerzen auf dem Altar flackerten weiter vor sich hin. Im tanzenden Licht sah sie, wie er ihr bedeutete, sich auf die Meditationsmatte vor dem Altar zu setzen. Sie kniete sich still auf die Matte, während er um den Altar herumging und den Schrank öffnete, aus dem Racklock den Stock genommen hatte. Hope spürte bei diesem Anblick eine Welle der Angst durch sich hindurchschwappen, rügte sich jedoch gleich selbst. Großlehrer Hurlo würde sie niemals schlagen, nur weil sie eine Frage gestellt hatte.

Statt eines Stocks nahm Hurlo ein Schwert heraus, das in einer Scheide steckte. Ehrfürchtig hielt er es in den Händen, parallel zum Boden, während er den Altar umschritt und sich dann vor Hope kniete. Die Schwertscheide bestand aus schwarzem, lackiertem Holz, in das goldene Muster graviert waren. Der Griff war mit schwarzem und weißem Stoff umwickelt, das Heft und der Knauf waren golden. Langsam zog er das Schwert aus seiner Hülle. Dabei summte es sanft.

»Dieses Schwert wird Kummerklang genannt. Es ist eine der mächtigsten Klingen, die je geschaffen wurden.« Langsam fuhr er mit der Klinge durch die Luft, und wieder summte es.

Als Hope den kalten, wunderschönen Glanz der Schneide betrachtete, wurden ihre Augen groß. »Wieso macht es dieses Geräusch?«

»Der Biomant Xunera Ray hat es für Manay den Wahren geschmiedet, damals, als Biomanten und Vinchen noch für das Wohl des Imperiums zusammengearbeitet haben. Die Kunst, so ein Schwert zu erschaffen, ging verloren, aber man sagt, dass Kummerklang sich an jedes Leben erinnert, das es nimmt, und das Geräusch, das du da hörst …« Er schwang das Schwert erneut durch die Luft, schneller diesmal, und das Summen wurde lauter, ein ernster, trauriger Klang. »Es ist die Trauer, die es bei jedem Tod fühlt.«

»Kann ein Schwert sich wirklich erinnern und fühlen?«, fragte Hope da.

»Ich weiß es nicht«, antwortete Hurlo. »Mein Lehrer, Shilgo der Weise, glaubte daran, auch wenn er auf meine Frage danach zugegeben hat, dass ihm der Beweis fehlt. Mit Sicherheit wissen wir nur, dass es keine logische Erklärung für dieses Geräusch gibt.« Er schob das Schwert in die Scheide zurück, und das Summen verstummte. »Du wolltest wissen, wann du ein Schwert benutzen darfst.« Er hielt ihr Kummerklang hin.

»Ich … darf es berühren?«

»Nimm es in die Hand.«

Sie nahm das Schwert entgegen. Es war viel schwerer, als sie gedacht hatte.

»Halte es am Griff«, wies Hurlo sie an.

Hope bewegte ihre Hände zu dem schwarz-weißen Griff. Die Spitze des Schwertes sank sofort zu Boden.

»Wenn du dieses Schwert halten kannst, dann beginnen wir mit deiner Ausbildung.«

Hope erschien Kummerklang unglaublich schwer, und ihr Herz sank so tief wie die Spitze. »Ja, Großlehrer.«

»Du zweifelst daran, dass du es schaffen kannst?«

Sie sah beschämt zur Seite. Die Krieger der Vinchen zweifelten weder an sich selbst noch an ihrem Lehrer. »Es ist sehr schwer, Großlehrer.«

»Das ist es. Und es wird lange dauern, bis du stark genug bist. Jahre, denke ich. Aber ich verspreche dir etwas, Bleak Hope. Sobald du ein Schwert wie dieses führen kannst, wirst du eine wahrlich furchterregende Kriegerin sein.«

Eine furchterregende Kriegerin. Hope konnte es kaum glauben, aber als sie auf das Schwert in ihren Händen hinabsah, begriff sie, dass sie genau das werden musste. Eine furchterregende Kriegerin. Egal, wie viel Zeit es sie kosten und wie schwierig der Weg werden würde.

Nach einigen Monaten bemerkte Hurlo, dass sich das Training auszahlte, denn Hope war kräftiger geworden und ihre Muskeln sichtbar. Um keinen Verdacht zu erregen, wies er ihr tagsüber anstrengende Aufgaben zu, so viele ihm nur einfielen. Sie stapelte die Bierfässer und flickte Hausrat. Sie spannte die Häute für den Gerber und half sogar dem Bruder, der für die Schmiede zuständig war. An manchen Tagen, an denen sonst nichts zu tun war, ließ er sie Steine von einer Seite des Hofs zur anderen tragen.

Viele der Brüder sahen, dass Hope immer mehr Aufgaben bekam, und dachten, Hurlo würde sie nun endlich ebenso verabscheuen wie sie selbst. Er ließ sie in dem Glauben. Und doch konnte er nicht alle Brüder so leicht täuschen.

Eines Nachmittags war Hurlo allein in der Übungshalle. Das Sonnenlicht fiel durch die geöffneten Türen und zeichnete die Silhouette des Großlehrers nach, der mit einem schweren Holzschwert langsam eine Übung ausführte, sein Atem war perfekt auf die Bewegung abgestimmt. Hurlo sah keinen Unterschied zwischen Schwertübungen und Meditation.

»Darf ich mich mit Euch messen, Großlehrer?« Racklocks breite Schultern füllten den Türrahmen aus. Er hielt ein Holzschwert in der Hand.

»Du darfst«, antwortete Hurlo und beendete seine letzte Übung. Er hielt inne, das Schwert gerade vor sich, und nahm einen letzten friedlichen Atemzug. Dann wandte er sich Racklock zu. »Komm.«

Racklock griff mit einem schnellen Schlag von oben an, aber Hurlo wehrte ihn ab, und die hölzernen Schwerter trafen mit einem scharfen Klacken aufeinander.

Hurlo lächelte. »Immer versuchst du, mich mit deinem ersten Schlag zu überraschen.«

»Eines Tages wird es klappen, Großlehrer«, sagte Racklock. »Dann werde ich wissen, dass meine Zeit als Anführer des Ordens gekommen ist.« Er holte erneut aus.

Hurlo wehrte ihn erneut ab. »Und was hast du vor, da du so begierig darauf bist, die Führung des Ordens zu übernehmen?«

Racklock begann mit einer ganzen Reihe von Angriffen, die Hurlo entweder parierte oder denen er auswich. »Ich werde uns aus diesem Exil auf diesem kalten Felsen führen. Ich werde uns wieder zu einem geachteten und gefürchteten Orden des Imperiums machen.«

»Wenn du Achtung und Furcht wünschst, dann hast du das bereits unter deinen Brüdern erreicht«, antwortete Hurlo.

Racklock griff wieder an, im Schlag sagte er: »Ich will auch Macht. Und Ruhm.«

»Macht, das verstehe ich«, sagte Hurlo, während er Racklocks Angriffe abwehrte. »Alle Menschen verlangt es nach

Macht, und wenn es nur ist, um zu beschützen, was sie lieben und ehren. Aber Ruhm? Das wird dir nichts als Elend bringen.«

»Du hast leicht reden, Hurlo der Gerissene. Über dich wird man sich Großes erzählen, das ist dir gewiss. Aber ich frage mich, ob du uns alle hier gefangen hältst, damit niemand die Gelegenheit bekommt, dich in den Schatten zu drängen?«

Hurlos Blick wurde hart, und er griff nun seinerseits mit einer Reihe von Schlägen an, denen Racklock kaum standzuhalten vermochte. »Du weißt genau, warum wir hierbleiben. Solange wir nicht mit dem Imperator zusammenarbeiten, können wir nur im selbstgewählten Exil leben oder einen Aufstand anzetteln. Willst du, dass wir uns offen gegen den Imperator und seine Biomanten stellen? Das würde das Imperium zerreißen.«

Racklock schlug nun kraftvoller zurück. »Oder wir schließen uns ihnen an. Die Welt hat sich verändert, alter Mann. Wir müssen uns anpassen – oder zugrunde gehen.«

Hurlo lächelte verschmitzt. »Du glaubst, wir ändern uns nicht?«

Die nächsten Schläge führten sie schweigend aus. Das Geräusch von Holz auf Holz hallte durch den Raum.

»Du hast das Mädchen in letzter Zeit hart mit Arbeit bestraft«, sagte Racklock schließlich. »Die anderen glauben, du machst das, weil du sie nicht magst. Aber ich weiß, dass das nicht so ist, Großlehrer.«

»Schwere Arbeit lässt einen ein schweres Herz vergessen«, sagte Hurlo. »Ich glaube, dass sie durch schwere Arbeit Frieden finden kann.«

»Das Alter hat dich weich werden lassen.«

»Ich bin sanfter geworden«, sagte Hurlo. »Das ist etwas anderes.«

Racklock trat zurück und ließ sein Schwert sinken. »Du führst etwas im Schilde, Hurlo der Gerissene. Und es hat etwas mit diesem Mädchen zu tun.«

»Du hast recht«, sagte Hurlo. »Ich will meine Seele retten.«

Hurlo war schon immer dafür gewesen, frei heraus zu sprechen. Oftmals sagte er etwas, ohne zu wissen, ob es stimmte, doch allein, dass er es sagte, machte es wahr. Seine gerühmte Gerissenheit rührte zum Teil auch von seiner Fähigkeit her, sich sogar selbst überraschen zu können. Als er nun Racklock sagte, dass Bleak Hope die Rettung seiner Seele sein sollte, hatte er das vorher nicht einmal in Erwägung gezogen. Und doch wusste er in dem Moment, in dem er es aussprach, dass es die Wahrheit war.

In dieser Nacht nahm er sie mit hinunter an die steinige Küste. Der Wind heulte unerbittlich und zerrte an ihren schwarzen Roben, während sie in ihren Hausschuhen auf dem schmalen Stück grauem Sand standen. Vor ihnen brachen sich die Wellen an den zackigen, schwarzen Steinen, die fast unter dem dunklen Wasser lagen.

»Es ist kalt, Großlehrer!« Bleak Hope hatte die Arme um ihren Oberkörper geschlungen, und sie zitterte. Ihre blauen Augen waren so weit aufgerissen, dass Hurlo lachen musste.

»Ja, Kind, das ist es. Und warum ist das so?«

Hopes blasse Brauen zogen sich nachdenklich zusammen. »Was meint Ihr damit, Großlehrer?«

»Warum ist es so kalt, jetzt, hier?«

»Oh, weil Winter ist und wir uns auf den Südlichen Inseln

befinden, die zu den kältesten Orten im ganzen Imperium zählen.«

»Das stimmt. Was würde passieren, wenn wir mit dem Boot weiter nach Norden fahren würden?«

»Es würde langsam wärmer werden?«

»Ja. Du machst Fortschritte in deinen Studien. Und woher wüssten wir, wo Norden ist, wenn wir mit dem Boot reisen?«

»Mithilfe der Sonne, weil sie im Osten aufgeht und im Westen unter.«

»Was wäre, wenn wir nachts reisen?« Er deutete hinauf zu dem schwarz-lila Himmel.

»Ich … ich weiß es nicht, Großlehrer.«

»Mithilfe der Sterne. Hast du das Buch über Astronomie nicht gelesen?«

»Noch nicht«, gab Hope zu. »Ich dachte, es sei … unwichtig. Was kümmern uns schon die Sterne hier unten?«

»Du wirst etwas über die Konstellationen der Sterne lernen, wenn du es liest. Bilder am Himmel, die immer gleich bleiben. Hier.« Er zeigte hinauf zu einem Haufen aus fünf Sternen. »Das ist die Faust von Selk dem Tapferen. Und das da.« Er zeigte zu einer kleinen Ansammlung von Sternen, der sich eine schmale Linie weiterer Sterne anschloss. »Das ist die Große Schlange. Und da drüben.« Er zeigte zu einer großen Ansammlung aus Sternen. »Das ist der Kraken.« Er wandte sich ihr wieder zu. »Merk dir diese Bilder. Präge sie dir gut ein. Sie werden dir helfen, dich auf deinem Weg zu orientieren.«

»*Uns,* Großlehrer«, verbesserte Hope ihn. »Ihr meint, dass sie *uns* helfen werden.«

»Natürlich«, sagte Hurlo.

Hope starrte in den dunklen, von glitzernden Sternen

übersäten Himmel. Hurlo sah, dass sie über etwas nachdachte, also wartete er.

»Ich habe ein Symbol gesehen, Großlehrer. Ein schwarzes Oval mit acht Linien. Es sieht aus wie ein Tintenfisch oder ein Kraken. Der Kapitän, der mich hergebracht hat, sagte, es sei das Zeichen der Biomanten.«

»Da hatte er recht«, erwiderte Hurlo ruhig.

Hope nickte und sah weiter hinauf zum Himmel. »Was sind Biomanten, Großlehrer? Sie werden immer wieder in den Geschichten des Imperiums erwähnt, aber man erfährt nie, was sie genau sind. Sind es Zauberer? Oder heilige Männer?«

»Sie sind so etwas wie Wissenschaftler. Mystiker der Biologie. Sie können lebende Kreaturen verwandeln.«

»Wie verwandeln?«

»Sie können sie größer machen oder kleiner. Mulle zum Beispiel waren einmal winzige Dinger, nicht größer als eine Maus. Wusstest du das?«

Hope schüttelte den Kopf.

»Ein Biomant kann ein lebendes Wesen wachsen lassen, oder verrotten, oder er kann es in etwas vollkommen anderes verwandeln.«

»Sind Biomanten gut oder böse?«

»Sie dienen dem Imperator, zum Guten oder zum Bösen.«

»Dienen die Vinchen dem Imperator nicht?«, fragte Hope.

»Wir dienen dem Imperium. Deshalb leben und trainieren wir weit weg vom Palast und seinem schlechten Einfluss und seiner Macht. Ein einziger Imperator mag voller Fehler oder grausam sein. Aber das Imperium ist größer als ein Mann. Und es ist es immer wert, darum zu kämpfen. Vielleicht wirst du diejenige sein, die den Verlauf der Dinge zurechtrückt, wenn die Zeit gekommen ist.«

Hope sah ihn endlich an. In den Monaten des Trainings war ihr Blick weicher geworden, doch jetzt sah sie ihn an wie in der Nacht, als Toa sie zu ihm gebracht hatte. »Ein Biomant hat meine Eltern getötet und auch jeden anderen aus meinem Dorf.«

»Ich weiß«, sagte Hurlo.

»Ist es falsch, dass ich einen Diener des Imperators töten will?«

»Was lehrt uns der Kodex der Vinchen über die Rache?«

Bleak Hope schloss die Augen, als lese sie die Worte von ihren Augenlidern ab. »Rache ist eine der heiligsten Pflichten eines Kriegers. Sie kann schnell oder langsam ausgeführt werden, aber immer voller Ehre. Wenn ein Krieger seinem Angreifer gegenübertritt, so muss er seinen Namen nennen und den Angreifer nach seinem fragen. Der Krieger muss den Grund für seine Rache deutlich nennen, und er muss seinem Gegner die Möglichkeit geben, sich zu bewaffnen. Die einzig wahre Rache ist der Tod des Gegners. Falls der Krieger es versäumt, seinen Gegner zu töten, sollte er besser sterben, als mit dieser Schande zu leben.«

»Wirst du diesen Kodex befolgen?«, fragte Hurlo daraufhin.

Der Wind zerrte an ihrem Haar, als Hope mit geschlossenen Augen antwortete: »Ja, Großlehrer.«

»Dann hast du deine Antwort.«

6

Nachdem sie einen Monat lang die Jachten der Spitzenhemden geplündert hatte, sprachen sich die Taten von Sadie der Piratenkönigin herum. Die Jachten waren vorsichtiger, dafür tauchten imperiale Patrouillen auf dem Wasser auf. Die Marineschiffe waren groß und behäbig im Gegensatz zur *Sturmbraut*, die ihnen deshalb mit Leichtigkeit ausweichen konnte. Doch jetzt mussten sich Sadie und ihre Mannschaft neue Beute suchen.

»Es gäbe Handelsschiffe«, sagte Finn eines Nachts skeptisch. Er und Sadie saßen am Bug und betrachteten den Sonnenuntergang, während sie gemeinsam eine Flasche leerten.

»Ja, große alte Frachtschiffe«, antwortete Sadie begierig. »Das wird einfach.«

»Einfach zu fangen«, sagte Finn. »Aber wo wollen wir ihre Fracht unterbringen? Außerdem müssten wir uns in tiefere Gewässer wagen, um an diese Schiffe ranzukommen. Und da können uns die Imps schnappen.«

»In Ordnung. Gibt's denn keine kleineren Frachtschiffe? Die näher an der Küste segeln?«

»Weiter im Norden könnten wir Glück haben. Viele Luxusgüter werden durch den Strahlenhafen nach Hohlfall geschleust. Aber die Gewässer dort kenne ich nicht so gut. Wer weiß, was uns da noch alles begegnet.«

»Verwegenheit hat uns bis hierhergebracht«, sagte Sadie. »Und Verwegenheit wird uns auch noch weiterbringen.«

Am nächsten Tag fuhren sie die Küste hinauf. Die Stimmung am Morgen war angespannt wegen all der Militärbaracken in Schlüsselstadt, die im Osten dräuten, und den großen imperialen Fregatten, die vor dem westlichen Horizont kreuzten. Der Wind stand jedoch günstig, und sie machten gute Fahrt. Am Nachmittag hatten sie bereits die dichteste Ansammlung der imperialen Macht hinter sich gelassen und es bis nach Hohlfall geschafft, einer friedlichen, reichen Region, in der die Spitzenhemden auf weitläufigen Anwesen in herrlichen Villen lebten. Viele Häuser lagen zu weit vom Wasser entfernt, als dass man sie hätte sehen können, aber ab und an war eines direkt an der Küste errichtet worden. Sadie konnte einfach nicht widerstehen, sie holte ihr Fernrohr hervor und sah sich die Erker genauer an, die über das Wasser ragten.

»Würd' mich nicht stören, wenn ich so eine Aussicht von zu Hause aus hätte«, sagte Finn, der wie immer am Steuer stand. »Die Sonnenuntergänge sehen bestimmt nett aus von dort drüben.«

Sadie schob ihr Fernrohr wieder zusammen und zuckte mit den Schultern. »Die sehen von hier aus auch nett aus. Ich habe Ausschau gehalten, ob es da drüben etwas Wertvolles gibt, dass sich zu stehlen lohnt.«

»Und?«

»Sicher, aber da sind überall Gitter dran. Und so, wie die über das Wasser hängen, müsste man sie überhaupt erst mal erreichen.«

»Vielleicht gibt's sogar Wachposten«, sagte Finn.

»Stimmt. Für den Anfang brauchen wir ein paar bescheidenere Ziele.«

Sie erreichten Strahlenhafen bei Einbruch der Dunkelheit. Statt im Hafen anzulegen, gingen sie in einer kleinen verborgenen Bucht etwas nördlich vor Anker.

»Dachte, du hast gesagt, dass du die Gewässer hier nicht kennst«, sagte Sadie.

»Ich hab gesagt, dass ich sie nicht so *gut* kenne«, erwiderte Finn. »Ich bin schon auf Schiffen gewesen, die Waren in Hohlfall auszuladen hatten, die aber den Hafeninspektoren der Imps hatten entgehen wollen.«

Am nächsten Morgen erblickte Avery Vogelhaus ein Handelsschiff, nur wenig größer als die *Sturmbraut,* das gen Norden segelte.

»Lichtet den Anker und hisst die Segel«, sagte Sadie. »Wir halten Abstand, bis wir uns vom Hafen entfernt haben.«

Das Schiff fuhr weiter Richtung Norden, immer an der Küste entlang, bis es die Spitze von New Laven erreichte. Dann wechselte es den Kurs gen Nord-Nordwest.

»Sie hält auf die offene See zu«, sagte der Vermisste Finn. »Wir holen besser bald auf, sonst können uns die imperialen Fregatten angreifen. Würde nur ein paar dieser Kanonen brauchen, um uns zu versenken.«

»Zieht den Klüver auf!«, rief Sadie, die von Finn die richtigen Begriffe für die Segel gelernt hatte.

Spinner entrollte das Vorsegel, und die *Sturmbraut* nahm Fahrt auf.

Sadie beobachtete das Handelsschiff durch ihr Fernrohr. »Sie haben ihren Klüver auch aufgezogen. Sieht aus, als hätten sie uns gesehen.«

Finn grinste. »Sollen wir sie verfolgen, Kapitän Sadie?«

»O ja, Finn.«

Sie jagten dem Handelsschiff fast eine Stunde lang nach, dabei fuhren sie so weit nach draußen aufs offene Meer, dass New Laven nur noch als dunkler Fleck am Horizont zu erkennen war. Und obwohl die beiden Schiffe in etwa die gleiche Größe hatten, lag das Handelsschiff wegen der Fracht tiefer. Stück für Stück näherte sich die *Sturmbraut*, bis sie schließlich nah genug war zum Entern. An Bord fanden sie jedoch nicht die hysterisch kreischenden Spitzenhemden, sondern hartgesottene Matrosen, die ebenfalls mit Messern, Knüppeln und Piken bewaffnet waren.

»Endlich!«, rief Sadie und zog ihr Entermesser. »Ein anständiger Kampf. Vermisster Finn, ich überlasse dir das Schiff. Red, bleib in der Kajüte. Ihr anderen, folgt mir.«

Der Kampf war kurz und heftig. Wergishaw schlug mit seinem Knüppel um sich und zertrümmerte Kniescheiben und Schädel. Avery Vogelhaus flitzte hin und her, in jeder Hand ein Messer, und zielte auf ungeschützte Stellen wie Nacken, Bäuche und die Leiste. Bull Mackey hieb mit seiner Axt Hände ab und skalpierte auch so manchen Gegner. Spinner rammte seine Pike in die Angreifer, und inmitten des Kampfs schwang Sadie ihr Entermesser ohne Unterlass. Die Handelsmatrosen konnten noch so hartgesotten sein, mit Sadies Mannschaft aus der Paradieskehre, aus Hammerhusen und vom Silberrücken konnten sie es nicht aufnehmen.

»Dafür werdet ihr gehängt!«, rief der Kapitän, ein kleiner Mann mit einem roten Gesicht und dünnem Bart. Bull Mackey und Spinner hatten ihn im Frachtraum gefunden, wo er sich versteckt hatte, und schleppten ihn jetzt vor Sadie.

»Ist das so?«, fragte Sadie.

»Diese Gewürze sollen nach Steingrat! Sie sind für den Imperator höchstpersönlich!«

»Der Imperator, sagst du?« Sadie sah beeindruckt aus. »Gut. Dann tu mir einen Gefallen und richte deinem Imperator etwas von Sadie der Piratenkönigin aus.« Sie sah Bull Mackey und Spinner an. »Haltet ihn fest.«

Die beiden grinsten, als sie den Mann aufs Deck legten. Er wehrte sich verzweifelt, konnte sich jedoch nicht befreien.

Sadie setzte sich auf ihn und zog dabei ihre Röcke hoch.

»Was in allen Höllen tust du?«, brüllte der Kapitän.

»Hier ist meine Nachricht für den Imperator.« Sadie pisste auf den fluchenden Kapitän, während ihre Mannschaft sich vor Lachen kaum halten konnte.

In dieser Nacht feierten sie besonders ausgelassen. Red hatte sich daran gewöhnt, die Mannschaft der *Sturmbraut* besoffen zu erleben, auch Sadie. Aber in dieser Nacht wurde es so wild und laut, dass er nervös wurde und sich schließlich ans Heck zurückzog, wo bereits der Vermisste Finn saß und in den sternenübersäten Himmel blickte.

»Warum feierst du nicht mit den anderen?«, fragte Red.

»Ein Seemann lernt schnell, dass draußen auf dem offenen Meer jederzeit alles passieren kann. Ist immer am besten, jemand Nüchternen Ausschau halten zu lassen.«

Einige Männer johlten. Finn und Red drehten sich um und sahen, wie Sadie Avery verdrosch, aus dessen Nase Blut schoss. Dann packte sie ihn am Kragen und küsste ihn heftig, sodass sein Blut ihr Gesicht verschmierte.

»Wünschst du dir, dass du keine Wache halten müsstest?«, fragte Red.

Der Vermisste Finn zuckte mit den Schultern und wandte sich wieder den Sternen zu.

»Liebst du Sadie?«, fragte Red.

Finn lächelte matt. »Was weißt du denn von der Liebe, Junge?«

»Mein Vater hat meine Mutter geliebt.«

»Ist das so?«

»Das ist so. Er hat alles für sie getan.«

»Hat er dir das erzählt?«

»Nö. Das hat man gemerkt.«

»Es ist gut, aufzuwachsen und dabei so was sehen zu können.«

»Warum?«

»Weil du dann auch weißt, dass es mehr gibt als …«, er deutete mit dem Kinn zu der Feier hinüber, »… das da.«

Red wusste nicht viel über den Vermissten Finn, außer dass er mehr vom Segeln verstand als sonst jemand an Bord. »Was ist mit deinem Auge passiert?«

»Ist keine schöne Geschichte.«

»Hab ich auch nicht erwartet«, sagte Red.

Finn grinste und fuhr Red mit der Hand durch das Haar. »Du hast eine scharfe Zunge. Hoffentlich bringt dich das nicht in Schwierigkeiten.«

»Also erzählst du es mir wirklich nicht?«

»Was bekomme ich von dir dafür?«

Red dachte kurz darüber nach. »Dein Geheimnis gegen mein Geheimnis?«

»Wieso glaubst du, dass meine Geschichte ein Geheimnis ist?«

»Weil du es bisher noch niemandem an Bord erzählt hast, nicht mal Sadie.«

»Es ist nicht unbedingt ein Geheimnis. Es ist einfach nur sehr persönlich.«

»Alle Geheimnisse sind persönlich. Deshalb sind sie ja geheim.«

Finn lächelte wieder. »Langsam verstehe ich, warum Sadie dich behält. Schlau wie ein Fuchs, das bist du.«

»Also, abgemacht?«, fragte Red erneut.

»Ist wohl so. Aber du zuerst.«

Red hatte sich bereits überlegt, welches Geheimnis er preisgeben wollte, also fing er eifrig an zu erzählen. »Nachdem meine Mama gestorben ist, waren nur mein Vater und ich übrig. Er war oft unterwegs, um zu arbeiten. Er war eine Hure. Das heißt, dass Menschen ihm Geld bezahlt haben, damit er Sex mit ihnen hat.«

»Ich weiß, was eine Hure ist, Junge.«

»Hast du mal jemanden bezahlt, damit er Sex mit dir hat?«

»Natürlich. Das haben wohl die meisten in der Paradieskehre schon getan.«

»Ich werde das nie machen«, sagte Red. Er fand den Gedanken daran immer noch eklig, trotz Sadies Erklärung, dass Sex nicht immer so sei wie der, den er beobachtet hatte.

»Das ist dein Geheimnis?«, fragte Finn.

»Natürlich nicht. Immer, wenn mein Papa zur Arbeit gegangen ist, hat er mich bei unserer Nachbarin gelassen, der Alten Yammy. Sie war eine nette Frau. Hat mir beigebracht, wie man jongliert und Stein spielt.«

»Du spielst Stein?«

»Ich wette, ich könnte dich schlagen.«

»Das möchte ich sehen.«

»Wir könnten eine Runde spielen, wenn du magst, aber

du musst ein paar Kupfer einsetzen. Die Alte Yammy hat gesagt, ich darf niemals umsonst spielen.«

Finn lachte auf. »Vielleicht mach ich das, nur um dich verlieren zu sehen. Aber los, was ist denn jetzt dein Geheimnis?«

Red lehnte sich zu ihm hinüber. Er spürte, wie er vor Verlegenheit errötete. »Sie war so nett und hat mir so viel beigebracht, und was hab ich gemacht? Ich hab sie bestohlen. Auf ihrem Tisch stand immer eine große Obstschüssel, und jedes Mal, wenn ich bei ihr war, habe ich mir ein Stück genommen, selbst wenn ich gar keinen Hunger hatte.«

»Du hast dem Kapitän die Kleider gestohlen«, rief Finn ihm ins Gedächtnis. »Und was glaubst du, machen wir hier auf dem Schiff wohl jeden Tag?«

»Es gibt richtiges Stehlen und falsches Stehlen«, sagte Red. »Glaub ja nicht, dass ich den Unterschied nicht kenne.«

Finn musterte ihn. »Da hast du nicht ganz unrecht.«

»Auf jeden Fall bin ich zu ihr, nachdem mein Papa gestorben ist, aber die Imps haben sie auf den Leeren Klippen eingesperrt. Ich weiß nicht, warum. Ich habe mich nie bei ihr entschuldigen können.« Red dachte kurz über seine Worte nach und wünschte sich, er könne sie noch einmal sehen. Dann schüttelte er den Kopf. Das war weichgespülter Memmenkram. »Jetzt bist du dran. Wie hast du dein Auge verloren?«

Der Vermisste Finn blickte wieder auf das Wasser hinaus. »Ich war älter als du jetzt, aber ich hatte keine richtigen Talente oder Fähigkeiten. Wie du dir denken kannst, lief es nicht besonders gut für mich, und eines Nachts schlief ich auf dem Kai. Dort hat mich ein Kapitän namens Brek Frayd aufgelesen, und er hat mir Essen und einen Platz zum Schlafen angeboten gegen ehrliche Arbeit auf einem Schiff.«

»So bist du Seemann geworden?«

»Da hab ich gelernt zu segeln.«

»Was ist der Unterschied?«

»Nur Geduld, Junge. Ich hab da nicht gut hingepasst, am Anfang. Immer es windig war, wurde ich furchtbar seekrank. Und ich hab meine Arbeit nicht anständig gemacht. Kapitän Frayd musste mich oft eine Leine neu sichern lassen, weil ich sie nur ein paarmal um eine Klampe geschlungen hatte. Bis sich eines Tages eine Leine, die ich hatte festmachen sollen, während eines besonders heftigen Windstoßes löste. Die Talje ist durch die Luft gepeitscht, und das Ende des Hakens hat mich voll im Gesicht erwischt.«

Red musterte die ovalen hölzernen Flaschenzüge in der Takelage. Jeder hatte einen eisernen Haken, so dick wie sein Daumen. Er stellte sich vor, wie sich so etwas in sein Auge bohrte, und schüttelte sich.

»Weißt du, was Kapitän Frayd danach zu mir gesagt hat?«, fragte Finn. »Er hat gesagt: ›Die See ist eine grausame Geliebte, Finny, und sie nimmt sich immer, was ihr zusteht. Du hast im Voraus bezahlt mit deinem Auge, mein Junge, und die See wird dich auf immer als einen der Ihren anerkennen.‹« Finn wandte sich zu Red um, und sein gesundes Auge glänzte feucht im Mondschein. »Ich bin seither zur See gefahren. Ich bin nie wieder seekrank geworden, und ich habe nie wieder eine Leine schlampig festgemacht.«

»So bist du zum Seemann geworden«, sagte Red leise.

Finn nickte. »Ich habe immer daran gedacht, was der Kapitän damals gesagt hat. Hat Jahre gedauert, bis ich endlich verstanden hatte, was für ein Geschenk er mir damals gemacht hat.«

»Geschenk?«

»Nach dem, was mir passiert ist, hätte ich die Schifffahrt für immer sein lassen können. Niemand hätte es mir übel genommen, wenn ich Angst gehabt hätte, dass die See auch mein anderes Auge fordern könnte. Aber so habe ich nie gedacht, weil Kapitän Frayd es mir anders erklärt hatte. Er hatte nicht versucht, den Vorfall zu beschönigen. Er hat ihm einen Sinn gegeben. Und wenn du mich fragst, dann kannst du alles aushalten, solange es einen Sinn hat.«

»Meine Eltern sind gestorben«, sagte Red leise. »Hat das auch einen Sinn?«

»Es liegt an dir, das zu entscheiden. Hättest du Sadie getroffen, wenn deine Eltern noch leben würden? Wärst du dann in der Paradieskehre gelandet?«

Red schüttelte den Kopf.

»Also hat dich dein Leid zu dem gemacht, der du heute bist. Ein schlauer Junge und ein verdammt geschickter Dieb, der Gut und Böse auseinanderhalten kann.« Er lächelte. »Vielleicht macht dich genau das sogar zum größten Dieb, den es in New Laven je gegeben hat.«

»Woher weißt du das?«

»Das wirst du nie mit Sicherheit wissen, aber niemand wird dir je was anderes beweisen können, also kannst du auch einfach behaupten, dass es so ist.«

Langsam breitete sich ein Lächeln auf Reds Gesicht aus. Seine roten Augen funkelten. »Hey, das stimmt.«

»Es bringt dir deine Eltern nicht zurück. Aber immerhin war ihr Tod nicht umsonst.«

Red sah zum Nachthimmel auf. »Der größte Dieb, den New Laven je gesehen hat«, sagte er leise.

Dieser erste erfolgreiche Überfall auf das Handelsschiff entfachte in Sadie den Hunger auf mehr. Sie pirschten die nördliche Küste entlang und hielten Ausschau nach größerer Beute als die kleinen Juwelen und Münzen, die sie auf den Jachten gefunden hatten. Doch die Drohung des Kapitäns schien nicht leer gewesen zu sein, denn innerhalb der nächsten Wochen wimmelte es in den Küstengewässern nur so vor Schiffen des Imperiums aus Steingrat.

»Keine gute Zeit für uns, um hier draußen zu sein«, sagte Finn, während er und Sadie sich eine Flasche in ihrer Kajüte teilten. »Wir sollten uns bedeckt halten, bis die Imps es leid sind, New Laven wie ein Schwarm Koboldhaie zu umschwärmen.«

»Nee. Wir brauchen nur neue Beute«, antwortete Sadie.

»Und was?«

Sadie nahm einen Schluck aus der Flasche. »Die kleinen Dörfer entlang der nordöstlichen Küste. Die müssen etwas haben, das wir plündern können.«

»Essen und Lampenöl, das war's.«

»Wir brauchen so was auch, oder nicht?«

»Scheint so.« Finn dachte an Reds Worte. Es gab richtiges Stehlen und falsches Stehlen. »Sadie, den Leuten dort geht es nicht besser als uns. Manchen wahrscheinlich sogar schlechter.«

»Jetzt werd' mir nicht total weich. Das macht der Junge zur Genüge. Ich verspreche auch, dass ich niemanden töte, solange sie mich nicht dazu zwingen. Ist das Balsam für deine zarte Seele?«

Am nächsten Tag begann die *Sturmbraut* ihre Schreckensherrschaft entlang der nordöstlichen Küste von New Laven.

Die Dörfer waren winzig, für gewöhnlich verfügten sie über eine einzige unbefestigte Straße. Die Menschen dort trugen einfache Kittel aus Wolle, viele hatten nicht einmal Schuhe. Und sie waren kein bisschen auf den brutalen Sturm vorbereitet, der über sie hereinbrach. Sobald Sadie sich ihnen mit ihrem Entermesser näherte, rannten die meisten einfach davon.

»Leichter, als mich von meinem Vater verhauen zu lassen«, sagte Sadie und sah einem Mann hinterher, der fast doppelt so groß war wie sie und der die Straße hinabrannte.

Sadie ließ Red auf das Schiff am Anleger aufpassen, während sie mit dem Rest der Mannschaft durch das Dorf ging, um zu plündern. Avery Vogelhaus fand den großen Lagerschuppen nahe des Kais. Sadie wies Bull Mackey und Wergishaw an, das Schloss aufzubrechen. Drinnen fanden sie nicht nur Nahrung und Lampenöl, sondern auch mehrere große Fässer mit Bier.

»Ich würd' sagen, das hat sich gelohnt.« Sadie wandte sich an den Vermissten Finn. »Manchmal geht es nicht ums Geld, sondern um mehr Lebensqualität.«

Sie suchten die Küste ein paar Wochen lang heim, zogen von Dorf zu Dorf. Eines Tages landeten sie in einem Dorf, dessen Ortstafel verkündete: MONDBLUMENANLANDE, Einwohner: 50. Allerdings fanden sie keinen einzigen dieser fünfzig Einwohner.

»Ich mag das nicht, kein bisschen«, erklärte Finn voller Misstrauen.

»Vielleicht sind sie schon weggerannt?«, fragte Avery Vogelhaus.

»Woher sollten sie wissen, dass sie wegrennen sollten, wenn es ihnen niemand gesagt hat?«, fragte Finn.

»Wer würde sie denn warnen?«, fragte Spinner.

»Die Bewohner eines anderen Dorfs vielleicht. Sie könnten sich ja alle kennen. Ist ja nicht weit.«

»Lasst uns die Beute schnappen und abhauen, bevor das hier alles leewärts geht«, sagte Sadie.

Es gab mehrere kleine Lagerschuppen. Alle waren unverschlossen und leer, außer einem einzigen am anderen Ende des Dorfs. Bull Mackey brach das Schloss mit Leichtigkeit auf, es war alt und völlig verrostet. Drinnen war nichts.

»Warum schließt jemand ein leeres Lager ab?«, fragte Finn.

Sadie grunzte und wandte sich zu ihrem Schiff um. Der Mast der *Sturmbraut* war über den Dächern zu erkennen, und sie sah, dass schwarzer, öliger Rauch aufstieg.

»Das Schiff!«, rief der Vermisste Finn.

»Red!« Sadie rannte zum Schiff zurück, sodass ihre hohen Kapitänsstiefel Staub aufwirbelten. Ihr Entermesser hielt sie hoch über den Kopf, so als könne sie damit das Feuer genauso verscheuchen wie die Dorfbewohner. Als sie den Kai erreichte, waren die Segel nur noch Asche, der verkohlte Mast war in sich zusammengebrochen, und das Wasser kämpfte mit dem Feuer um die letzten Reste des Schiffs. Die Saboteure, vermutlich Dorfbewohner, waren bereits wieder verschwunden.

»O Gott, Red!« Sadie nahm ihren Hut vom Kopf und warf ihn zusammen mit dem Messer zu Boden. Sie zerrte sich die Stiefel von den Füßen und schlüpfte aus ihrem Mantel. Gerade als sie zwischen die Trümmer springen wollte, hörte sie eine Jungenstimme am anderen Ende des Kais.

»Hier, Sadie!« Red tauchte aus einem leeren Fass auf.

»Verpisste Hölle! Junge! Ich hab mir Sorgen gemacht!« Sie stapfte auf ihn zu, die Hände zu Fäusten geballt.

Erstaunt sah er sie an. »Du dachtest, ich wäre zu dumm, um von einem brennenden Boot zu springen?«

Sie blieb abrupt stehen und sah ihn an. »Das dachte ich wohl. Entschuldige, du hast ja genug Verstand.«

Red bedachte sie mit einem durchtriebenen Lächeln. »Glaubst du, dass ich auch genug Verstand habe, um ein bisschen Geld mitzunehmen?« Er hob einen kleinen Beutel und schüttelte ihn, sodass es leise klingelte.

»Du bist wirklich mein bester Kerl!« Sadie zog ihn aus dem Fass und nahm ihn fest in die Arme.

Auch der Rest der Mannschaft war mittlerweile am Hafen angekommen. Missmutig starrten sie ins Wasser, wo das letzte Stück verkohltes Holz gerade sank.

»Das war's dann«, sagte Finn.

»Nicht ganz«, sagte Sadie, die Red immer noch im Arm hielt. »Wir haben immer noch unsere Gesundheit, unsere Kerle und genug Geld, um bis nach Hause zu kommen.«

»Nach Hause?«, fragte Red.

»Genau. Zurück in die Paradieskehre.« Und dann sang sie:

»Wo es trostlos und nass,
Ohne Sonne jemals.
Aber doch immer meins.
Segne die Kehre.«

Backus saß gerade allein auf einen anständigen Schluck in der *Ersoffenen Ratte*, als ein Schatten den Türrahmen verdunkelte.

»Nicht schon wieder …«, wimmerte er.

Sadie die Ziege stand da und musterte ihn, genau wie

schon Monate zuvor, und wieder hatte sie das rotäugige Kind bei sich. Zuerst glaubte Backus, dass seine Augen ihm einen Streich spielten. Immerhin war Sadie vor jedermann in dieser Taverne gedemütigt worden. Und doch stand sie jetzt da, müde und schmutzig, und sah dennoch besser aus als beim letzten Mal, als sie sich begegnet waren. Alle in der Kneipe verstummten, als sie so hereinkam, als wäre nie was gewesen.

»Hallihallo Backus«, sagte sie, während sie an ihm vorbeiging, und zwinkerte ihm zu.

Sie war schon fast an der Theke, als Hosenträger-Madge erschien. Backus hatte keine Ahnung, wie eine so große Frau so unauffällig auftauchen konnte, aber da war sie und überragte Sadie bedrohlich, die Finger in ihre Hosenträger gehakt.

Der Junge sah verängstigt aus und zuckte sogar zurück, aber Sadie nickte nur. »Hallo, Madge.«

»Was machst du hier, Sadie?«

»Ich will dich um Verzeihung bitten«, sagte Sadie laut und deutlich, sodass alle sie hören konnten.

»Was?«, frage Madge und sah verwirrt aus.

Sadie ließ sich auf ein Knie hinabsinken. »Du warst immer gut zu mir, Madge. Gerecht und echt und netter als so manch anderer. Als ich herkam, auf Teufel komm raus auf Rache aus, da habe ich, auf all das, was du für mich getan hast, gespuckt. Es war so falsch, wie es nur sein konnte, und mir wird es auf ewig leidtun. Ich will nur wissen, ob du mir vergeben kannst. Kannst du?«

Hosenträger-Madge ragte immer noch über Sadie auf, ihre Arme waren überkreuzt, ihr Gesicht zeigte keine Regung. Stumm warteten alle im Raum gespannt auf ihre Antwort. Aber sie sagte nichts. Endlich setzte sie sich in Bewegung, wandte sich um und ging hinter die Theke. Sie nahm das kleine Einmachglas mit Sadies Ohr aus dem Regal. Mit dem Glas in der Hand ging sie zurück zu Sadie und hielt es ihr mit ernster Miene hin. Erstaunt starrte Sadie das Glas an. Das hatte es hier in der Paradieskehre noch nie gegeben. Niemals hatte Hosenträger-Madge jemandem sein Ohr zurückgegeben.

Madge nickte ihr zu, ging wieder hinter den Tresen und schenkte sich selbst einen Whiskey ein.

Sadie erhob sich langsam wieder, das Glas mit ihrem Ohr fest an sich gedrückt. »Na dann, das ruft nach einer Feier. Und ich glaube, ich habe von meinen Raubzügen gerade genug Geld übrig, um eine Runde für alle auszugeben.«

Die Gäste brachen in Jubel und Geschrei aus und hämmerten mit den Fäusten auf die Tische.

Sadie sah zu Backus hinüber. »Wir sehen uns, alter Gauner.« Dann lachte sie boshaft auf.

Für viele Jahre sollte das Backus' letzter gemütlicher Trunk in der *Ersoffenen Ratte* werden.

An diesem Abend badete Sadie gleichermaßen in Anerkennung und Bier.

»Wird Zeit, dass du auch trinkst.« Sie schob einen überschäumenden Humpen vor Red, als sie sich an ihren Tisch setzte.

Red sah ihn mit großen Augen an.

»Na los, probier' schon.«

Er nahm einen Schluck und schüttelte sich. »Ich dachte, das schmeckt gut!«

Sie lachte auf. »Es schmeckt, wie es schmeckt. Ich hatte

schon Besseres, und ich hatte schon Schlechteres. Also, mein bester Kerl, wie sehen deine Pläne aus?«

»Pläne?«, fragte er und roch misstrauisch an dem Humpen, während er sich fragte, ob er wohl noch einen Schluck nehmen konnte, ohne sich zu übergeben, auch wenn er gleichzeitig dachte, dass Sadie ihn wohl so oder so dazu nötigen würde.

»Wir sind wieder in der Kehre, und alles ist wieder so sicher wie Sorgen. Wir sind ein bisschen älter, ein bisschen weiser und ein bisschen kühner. Also, was hast du vor?«

»Ich dachte ...« Reds Herz schlug schneller. »Ich dachte, ich bleibe weiter bei dir.«

»O Gott, du kannst mir doch nicht die ganze Zeit an der Zitze hängen. Ich bin hier, du bist immer noch mein bester Kerl. Aber ich bin nicht mehr dein Kapitän, und es wird Zeit, dass du deine eigenen Entscheidungen triffst.«

»Ich weiß nicht so richtig, was ich tun soll.«

»Mmh, was willst du sein?«

»Der größte Dieb, den New Laven je gesehen hat«, antwortete er, ohne nachzudenken.

Sadie nahm gerade einen Schluck aus ihrem Krug. Als sie das hörte, lachte sie so laut los, dass ihr das Bier aus der Nase spritzte und sie fast vom Stuhl kippte.

Red umklammerte seinen Humpen und wirkte sehr verlegen. Dann nahm er einen kleinen Schluck. »Es ist dumm, denke ich mal.«

»Dumm?«, fragte Sadie. »Das ist das Sonnigste, was ich jemals gehört habe. Und ich glaube, dass man genau das über dich sagen wird, wenn du dich da reinhängst.«

ZWEITER TEIL

»Wenn Jugend und Unschuld Platz machen
für die Erfahrung, verdunkelt Zweifel den Geist.
Die, die eine neue Bestimmung finden in dieser
Komplexität, werden gedeihen, anstatt zu wanken.«

Aus dem *Buch der Stürme*

7

»Weißt du, wie ich am Abend so leicht einschlafen kann?«, fragte Großlehrer Hurlo.

Er saß im Schneidersitz vor dem schwarzen Steinaltar, der von Kerzenlicht erhellt wurde. In den letzten Jahren hatte das Alter ihn vom Knien abgehalten, und doch lag ein friedliches Lächeln auf seinem alten Gesicht, und seine verschleierten Augen blickten sanftmütig.

»Nein, Großlehrer, das weiß ich nicht.« Bleak Hope fiel es schwer, sich auf seine Worte zu konzentrieren, weil sie seit einer Stunde im Seitspagat saß. Mit den Fersen balancierte sie dabei auf nah beieinanderstehenden Pfosten, und unter ihr lag ein Haufen glühender Kohlen. Doch sie wusste, dass ihr Lehrer genau diese Momente wählte, um ihr seine wichtigsten Lektionen zu vermitteln. Er sagte immer, dass der Geist entspannt sei, wenn der Körper angespannt war. Also presste sie ihre Handflächen aneinander, atmete durch den Schmerz in den Beinen und Lendenwirbeln hindurch, und konzentrierte sich dann auf den Klang seiner sanften heiseren Stimme.

»Ich lege mich dafür auf meine Matte, schließe die Augen und frage mich, ob ich etwas wirklich Lohnenswertes in meinem Leben vollbracht habe«, sagte Hurlo. »Ich denke an alles, was ich bereits getan habe, und wenn mir etwas Bestimmtes einfällt, sage ich mir: ›Ja, ich habe etwas getan‹, und dann schlafe ich tief.«

»Der Schlaf der Gerechten, Großlehrer?«

»Vermutlich. Und weißt du, was mich am meisten beruhigt?«

In den Jahren ihrer Ausbildung hatte der Großlehrer so manche seiner Heldentaten, die er in seiner Jugend vollbracht hatte, mit Hope geteilt. Während sie weiter auf den Pfosten balancierte, dachte sie an die Taten, die sie am meisten beeindruckt hatten. »Vielleicht, als Ihr den Imperator vor dem Anschlag der Schakallords gerettet habt?«

»Das war ein unvergesslicher Tag«, stimmte er zu. »Aber nein, diese Tat erachte ich nicht als meine größte.«

Hope runzelte die Stirn, ihre blauen Augen blickten nachdenklich. »Dann vielleicht, als … als Ihr Erzlady Maldious vor einer Horde riesiger Mulle gerettet habt?«

»Ein anderer denkwürdiger Moment in meinem Leben. Aber auch das lässt mich nachts nicht friedlich einschlafen.«

»Ihr meint nicht, als Ihr den Piraten Dire Bane in den Gemalten Höhlen geschlagen habt?«

Er schüttelte den Kopf. »Du folgst in deinen Überlegungen dem falschen Pfad. Zwar waren all diese Taten wichtig und sogar mutig, doch keine hatte so große Bedeutung, dass sie mir im Alter Trost spendet.«

»Dann … es tut mir leid, Großlehrer.« Sie senkte den Kopf. »Ich weiß es nicht.«

Sein Lächeln war immer noch sanft und warm, seine Augen geschlossen. »Um ehrlich zu sein, hatte ich daran gezweifelt, dass du es wissen kannst. Deshalb habe ich dir diese

Frage gestellt. Nein, mein Kind. Das, was mir jede Nacht die Ruhe schenkt, ist der Gedanke an den Tag, an dem ich dir anbot, dich auszubilden.«

»Mir, Großlehrer? Aber …«

»Trotz der Gefahren wusste ich, dass ich es tun muss. Und diese mutige Entscheidung gibt mir Frieden. Das, und das Wissen, dass diese Nacht kommen würde, und dass ich bereit sein würde, wenn es so weit wäre.«

»Bereit wofür, Großlehrer?«, fragte Hope, die blasse Miene besorgt verzogen. »Ist heute Nacht etwas Besonderes?«

»Die Nacht selbst ist wie jede andere auch. Aber die Ereignisse werden besonders sein.«

»Was wird heute Nacht passieren?«

Hurlo öffnete die Augen, und sein Lächeln verschwand. »Komm zu mir, Bleak Hope.«

»Ja, Großlehrer.« Sie beugte die Beine und drückte sich hoch, schlug einen Salto über die heißen Kohlen und landete dann auf einem Knie direkt vor Hurlo.

»Setz dich zu mir«, sagte er.

Sie nickte und schlug die Beine unter.

»Schließ die Augen«, sagte er. »Sag mir, was hörst du?«

»Das Knistern der Kohlen, Großlehrer.«

»Was noch?«

Sie lauschte einen Moment. »Ich höre den Wind von Norden her gegen die Fenster oben nahe der Decke des Tempels peitschen.«

»Gut. Und sonst?«

»Ich höre …« Sie lauschte noch einmal, und jetzt hörte sie das Geräusch lauter werden. Stimmen. Verärgerte Stimmen, draußen im Hof. Stiefel, die über Steinplatten stampften. Schwerter, die aus ihren Scheiden gezogen wurden. Sofort öffnete sie die Augen. »Großlehrer! Sie kommen! Sie wollen uns angreifen!«

»Ja.«

»Aber das sind Eure eigenen Brüder!«

»Vielleicht hätten wir es vermeiden können, wenn ich dich vor ein paar Jahren davongeschickt hätte. Aber ich konnte es nicht über mich bringen, dir die Ausbildung in dem Moment wegzunehmen, in dem dein wahres Potenzial zum Vorschein kam.«

»Sie wissen es, Großlehrer?«

»Ja.«

Hope legte das Gesicht auf den kalten, harten Stein. »Ich habe Euch im Stich gelassen, Großlehrer. Es war meine Pflicht, meine Ausbildung vor ihnen geheim zu halten.«

»Nein, Kind. Uns hat kein Versagen verraten, sondern der Erfolg. In den letzten acht Jahren habe ich dich jede Nacht in den Künsten des Vinchen-Ordens ausgebildet, wohlwissend, dass der Tag kommen würde, an dem deine Fähigkeiten so herausragend werden, dass uns selbst die kleinste, beiläufigste Bewegung verraten würde. Du gehst nicht mehr durch diese Welt wie eine Dienerin, sondern wie eine Kriegerin. Und das ist keine Schande. Und doch haben wir eines der ältesten Gesetze des Ordens gebrochen. Das muss Folgen haben.«

Die Stimmen im Hof wurden immer lauter.

Hope richtete sich auf und hockte sich vor ihren Lehrer. »Ich stelle mich ihnen. Ich habe keine Angst.«

Sie hungerte sogar danach. Acht Jahre lang hatte sie die Kutten der Brüder gewaschen, ihr Essen gekocht, ihre Rüstungen eingeölt, ihre Waffen poliert und Hunderte anderer stumpfsinniger Arbeiten für sie erledigt. Manche waren zuvorkommend gewesen, aber die meisten hatten sie nicht besser behandelt als einen Karrengaul, und ein paar hatten sogar keine Mühen gescheut, um besonders grausam zu ihr zu sein. Die würden der Welt nicht fehlen. Sollte sie in dieser Nacht sterben, so würde sie wenigstens einige von ihnen mitnehmen.

»Nicht so schnell, meine allerliebste Schülerin«, sagte Hurlo. »Zuerst musst du etwas für mich tun.«

»Alles, Großlehrer.«

Er zog ein Schwert mitsamt Scheide hinter dem Altar hervor.

»Kennst du dieses Schwert?«

»Aber sicher, Großlehrer. Es ist Kummerklang, eine der besten Klingen auf der ganzen Welt.«

Fäuste hämmerten jetzt gegen die Tür des Tempels. Stimmen schrien, dass man ihnen *dieses Mädchen* übergeben solle.

»Schwöre bei Kummerklang, dass du unseren Brüdern heute Nacht nicht gegenübertreten wirst, und dass du auch später keine Rache an ihnen üben wirst. Du musst fliehen und deinen Pfad in dieser Welt finden. Ein kleines Boot wartet unten am Kai, es ist mit ausreichend Proviant beladen, um dich zum nächsten Hafen zu bringen.«

»Aber Großlehrer, ich…«

»Schwöre!«

Zögernd legte Hope ihre Hand auf die des Großlehrers. Sie sah in seine müden, grauen Augen und sagte: »Ich schwöre es.«

Hurlos Lippen verzogen sich wieder zu seinem gelassenen Lächeln. »Gut. Jetzt nimm das Schwert mit dir, damit du deinen Schwur nicht vergisst.«

»Ich kann Kummerklang nicht behalten!«

Das Hämmern wurde zu einem langsamen, stetigen Pochen. Sie versuchten, die Tür aufzubrechen.

»Das ist mein letzter Befehl als dein Lehrer«, sagte Hurlo. »Verstehst du das?«

Sie neigte den Kopf. »Ja, Großlehrer.«

Er ließ das Schwert los, sodass es nur noch in ihrer Hand lag.

»Ich habe alles für dich getan, was in meiner Macht stand«, sagte er. »Dieses Wissen verschafft mir Frieden.«

Das laute Krachen von Holz hallte durch den Tempel, als die Tür aufsprang.

»Gotteslästerer!«, rief jemand, und die in das schwarze Leder des Vinchen-Ordens gekleideten Krieger stürmten den Tempel.

»Jetzt geh!«, sagte Hurlo.

Seine Worte riefen Hope das Bild ihres Vaters ins Gedächtnis, sein Gesicht schmerzverzerrt, während er ihr sagte, dass sie weglaufen solle. Und sie hatte nicht gewollt. Hatte ihn nicht verlassen können. Das alles passierte wieder. Die Rufe der Krieger vermischten sich in ihrem Kopf mit den Schreien der Männer und Frauen, die um sie herum starben, weil die Würmer des Biomanten aus ihnen hervorbrachen …

»Hope!« Großlehrer Hurlos Stimme klang wie ein Peitschenhieb und rüttelte sie aus ihren Gedanken. »Du musst gehen! Jetzt!«

»Großlehrer, nicht schon wieder.« Ihre Augen füllten sich mit Tränen. »Bitte, macht mich nicht wieder zur einzigen Überlebenden.«

Er legte seine runzlige Hand an ihre Wange und lächelte sie traurig an. »Es tut mir leid, mein Kind. Das musst du erdulden.«

Bleak Hope blinzelte die Tränen aus den Augen und nickte.

Sie klemmte sich Kummerklang unter den Arm, gerade als die Männer auf sie zukamen. Sie sprang gegen eine Wand, dann hinüber zur anderen, immer hin und her, bis sie schließlich die Fenster unter der Tempeldecke erreichte. Mit dem Schwertknauf zerbrach sie das Glas, dann schwang sie sich nach draußen aufs Dach.

»Verfolgt sie!«, rief einer der Männer.

Schon sprang er ihr nach, aber der Großlehrer richtete sich auf und packte seinen Knöchel, sodass er zu Boden fiel.

»Hurlo! Du hast Schande über dich gebracht, über dein Amt als Großlehrer und über den Orden«, sagte Racklock, dessen breite Schultern sich vor Anstrengung hoben und senkten. »Du solltest eine angemessene Verhandlung vor den Deinen bekommen. Aber wenn du dich nicht ergibst, werde ich dich auf der Stelle töten.« Er zeigte mit der Schwertspitze auf Hurlo, und die anderen machten es ihm nach, sodass der alte Mönch von scharfen Klingen umzingelt war.

Der alte Großlehrer stand da, allein, ohne ein Schwert in der Hand, und er trug nichts als ein Lächeln auf den Lippen.

»Du darfst es gern versuchen.«

Hope rannte geduckt über das Dach, ihre schwarze Kutte flatterte in der kalten Nachtluft hinter ihr her. Sie hörte die Schmerzensschreie und den Klang von Stahl auf Stein und hielt an. Sie könnte mindestens drei von ihnen schlagen, vielleicht sogar vier, bevor sie sie überwältigten. Aber das Schwert wog schwer in ihrer Hand, so wie ihr Versprechen. Der enttäuschte Blick ihres Lehrers würde sie schlimmer verletzen als jede Klinge, wenn sie jetzt kehrtmachte. Also lief sie weiter.

Sie erreichte die Dachkante des Tempels und sprang herunter, wobei ihr Schwung sie bis in die Spitze eines nahe gelegenen Baumes trug. Sie ließ sich von Ast zu Ast fallen und landete schließlich leise auf dem Boden. Sie sah sich im Hof um, konnte aber niemanden entdecken, sodass sie über den freien Platz rannte, direkt auf das Tor zu. Sie hatte es fast erreicht, als sie das Geräusch einer Klinge hörte, die aus ihrer Scheide gezogen wurde. Sie duckte sich zur Seite weg und hob in der gleichen Bewegung ihr Schwert, das noch immer in der Hülle steckte. Klack. Der Klang von einer Klinge auf hölzerner Schwertscheide hallte durch den leeren Hof. Hope ließ sich zu Boden fallen, rollte herum und landete in der Hocke, wo sie Kummerklang zur Verteidigung hob.

Crunta stand vor ihr, das Schwert gezückt, und verstellte ihr den Weg zum Tor. Zweifellos war er hinter den anderen zurückgeblieben, weil er angenommen hatte, dass die Ergebenheit des Großlehrers Hope gegenüber so tief war, dass er ihr bei der Flucht helfen würde. Er war einer der grausamsten unter den Brüdern. Weil sie ein Mädchen war? Weil sie eine Dienerin war? Es machte keinen Unterschied.

Und doch hatte sie Großlehrer Hurlo geschworen, sich nicht gegen ihre Brüder zu stellen.

»Lass mich durch, Crunta.«

»Glaubst du, nur weil du nachts mit diesem alten Narren ein bisschen Kämpfen gespielt hast, kannst du es mit mir aufnehmen? Lass dein Spielzeugschwert fallen, und kehr in den Tempel zurück, damit wir dort über dich richten können, oder ich verteile deine schönen Gedärme hier auf den Steinplatten.«

»Spielzeugschwert?« Hope richtete sich langsam auf. »Es ist dunkel, und das Mondlicht schwach, aber erkennst du diese Klinge wirklich nicht?« Sie hielt es vor sich, eine Hand um die Scheide, die andere am Knauf.

Cruntas Augen wurden groß. »Nein … wie konnte er …« Er schüttelte den Kopf. »Das macht dein Verbrechen nur schlimmer. Gib auf oder stirb.«

Hope nickte. »Wenn das so ist.« Sie hatte ihrem Lehrer gehorcht und sich bemüht, diesem Bruder nicht gegenüberzutreten. Aber er hielt sie davon ab, den zweiten Teil ihres Schwurs auszuführen. Also musste sie ihn beseitigen.

Sie zog Kummerklang aus der Scheide, und die Klinge sang, als sie sie durch die Luft bewegte. Crunta hob sein Schwert, um Hopes Angriff abzuwehren, aber er war nicht schnell genug. Es war ein kurzes Lied, und als es endete, lagen seine Innereien auf den Fliesen.

Hope verharrte, das Schwert vor sich ausgestreckt, und sah dabei zu, wie Crunta schwer auf die Knie fiel und versuchte, seine Gedärme in seinen Körper zurückzustopfen, bevor er endgültig vornüberfiel. Ihre Klinge glänzte rot im Mondlicht. Es war das erste Blut, das sie je vergossen hatte. Sie hatte erwartet, dass sie etwas fühlen würde. Genugtuung. Bedauern. Aber sie fühlte nur die ihr wohlvertraute Dunkelheit. Doch sie machte ihr keine Angst mehr. Sie gab ihr Kraft.

Großlehrer Hurlo hatte Hope vieles beigebracht. Leider hatten sie das Navigieren auf langen Seestrecken fast nur theoretisch geübt, ohne nennenswerte praktische Anwendung. Sie war niemals mehr als ein paar Meilen von Galemoor weggesegelt. Natürlich hatte sie die Karten betrachtet. Sie kannte die ungefähre Lage der umliegenden Inseln, und theoretisch kannte sie auch den Kurs, der sie zum nächsten Hafen bringen würde, bevor ihr die Vorräte auf ihrem kleinen Boot ausgehen würden. Aber nach zwei Tagen auf See ohne Land in Sicht und weniger als einer Tagesration, die noch übrig war, musste sie sich eingestehen, dass sie sich verirrt hatte.

Sie hielt den leeren Horizont im Blick, während sich das Sonnenlicht so auf dem Wasser brach, dass sie die Augen zusammenkneifen musste. Kalter Wind fuhr ihr durch ihre langen, blonden Haare und brachte ihr ein wenig Erleichterung von der Hitze, die ihre blasse Haut zornig rot werden ließ.

Sie sollte nur noch etwa einen halben Tag vom Hafen entfernt sein, aber die ganze Welt schien verlassen – da war kein Land mehr, keine Menschen, da war nichts. Einzig ein paar merkwürdige Blasen, die ab und an aus dem Meer aufstiegen, zeigten, dass es um sie herum noch Leben geben musste.

Sie öffnete die Tasche mit den restlichen Vorräten. Der Großlehrer hatte keine Karte hineingelegt. Das hätte ihr vielleicht geholfen. Vielleicht auch nicht. Die Sonne stand genau über ihr und brannte auf sie herab, und sie wusste nicht einmal, ob sie in die richtige Richtung unterwegs war. Ein Kompass wäre nützlich gewesen, dachte sie. Auch den hatte er nicht eingepackt.

Eingepackt hatte er allerdings eine Rüstung aus dem schwarzen Leder, das von den Vinchen-Kriegern getragen wurde. Die Stiefel, die Hose und die Jacke waren dick genug, um einen Pfeil oder eine Kugel abzufangen, aber nicht so dick, dass sie einen in der Bewegung behinderten. An Ärmeln und Beinen waren in regelmäßigen Abständen Riemen angebracht, damit man dort zusätzliche Waffen unterbringen oder sie im Falle einer schweren Verletzung als Aderpressen verwenden konnte.

Als Hope die Rüstung an ihrem ersten Morgen entdeckt hatte, hatte sie nicht sofort begriffen, dass es ihre war. Immerhin durfte nur ein wahrer Krieger des Ordens die schwarze Rüstung anlegen. Irgendwie hatte sie immer angenommen, dass dies unerreichbar für sie bleiben würde, egal, wie hart sie auch trainierte. Und doch lag hier vor ihr die kleinste Rüstung, die sie je gesehen hatte. Sie erinnerte sich daran, wie der Großlehrer sie eines Nachts sorgfältig vermessen hatte. Er hatte ihr nicht erklärt, wofür er das tat, und es wäre anmaßend gewesen, ihn danach zu fragen. Er musste die Rüstung selbst geschnitten und die Teile verbunden haben, denn der Gerber wäre wegen der Größe misstrauisch geworden. Der Großlehrer musste sie auch selbst geölt und poliert haben. Hope hielt die Rüstung in die Sonne und bewunderte, wie das Sonnenlicht über die schwarzen Falten spielte. Sie stellte sich vor, wie er mit seinen runzligen, alten Händen langsam die Politur in das Leder eingearbeitet haben musste, und das nur für sie.

Sie wünschte sich, dass sie ihn nicht zurückgelassen hätte, damit seine eigenen Brüder ihn ermordeten, verdammt seien die Versprechen und Pflichten. Aber natürlich war es dafür jetzt zu spät. Und da sie geschworen hatte, keine Rache zu üben, blieb ihr selbst dieser Trost verwehrt. Sie drückte die Rüstung an ihre Brust und schwor sich, sie zu seinen Ehren zu tragen. Das war alles, was ihr blieb.

Hope zog die weiche Mönchskutte über den Kopf und steckte sie in die Tasche mit dem Essen. Sie hielt kurz inne und starrte auf das Wasser. Erneut stiegen kleine Bläschen an die Oberfläche. Sie fragte sich, was sie verursachte. Eine Windböe erfasste sie, und sofort wurde ihr in ihrem dünnen Unterkleid kalt. Sie zitterte und zog die schwarze Lederrüstung an. Sie passte ihr perfekt.

Sie war bereit für den Kampf.

Zumindest hatte sie das in diesem Moment gedacht. Jetzt, einen Tag später, war sie verloren und allein. Bei sich hatte sie eines der größten Schwerter, die je geschmiedet worden waren, und eine der besten Rüstungen, die jemals angefertigt wurden, von einem der weisesten Männer, der je gelebt hatte. Und doch gab es in diesem Kampf keinen Feind außer der See selbst.

Was jetzt? Hope wusste nicht, wohin es sie trieb. Und das galt nicht nur für diese Gewässer. Diese Frage konnte sich genauso leicht auf ihr ganzes Leben beziehen. Hurlo hatte gesagt, sie müsse es aushalten. Aber warum?

Ihr fiel kein Grund ein. Irgendwo da draußen war der Mann, der ihre Eltern und ihr ganzes Dorf ermordet hatte. An diesem Mann würde sie Rache nehmen. Aber sie wusste nicht, wer er war, nur, dass er ein Biomant war. Sie war jetzt allein in einer Welt, über die sie fast nichts wusste, abgesehen von dem, was sie in Büchern gelesen hatte. Wie sollte sie nur diesen einen Mann finden?

Sie starrte gerade auf den Horizont, als sie etwas bemerkte. Zuerst war es nicht mehr als ein kleiner schwarzer Punkt, und sie hielt ihn für eine kleine Insel. Dann wurde es schnell größer, und sie begriff, dass sich der Punkt auf sie zubewegte. Bald erkannte sie ein Handelsschiff. Segel bauschten sich von den beiden hohen Masten, und die Sonne glänzte auf der weiblichen Galionsfigur am Bug. Hope bemerkte ein Blitzen nahe der Spitze des Vordermasts. Jemand beobachtete sie mit einem Fernglas. Entfernt hörte sie die Rufe der Seemänner. Die Segel wurden schlaff, und das Schiff wurde langsamer, während es sich ihr näherte.

Ein großer Mann mit einem breitkrempigen blauen Hut und einem Seemantel aus Wolle lehnte an der Reling. Die

Haut, die sie gerade so zwischen seinem lockigen schwarzgrauen Bart erkennen konnte, war von dunklerem Braun, als sie es je gesehen hatte.

»Ahoi!«, rief er. »Ich bin Kapitän Carmichael, und das hier ist mein Schiff. Das Seerecht gebietet es jedem Kapitän, der als Händler des Imperiums gemeldet ist, einem Schiff in Not zu helfen. Brauchst du Hilfe?«

»Ich weiß nicht, wo ich bin«, rief sie zu ihm hoch. »Könnt ihr mir den Weg zum nächsten Hafen weisen?«

»Aye, aber in einem Boot wie deinem brauchst du noch Tage.«

»Viele? Ich habe nur noch Nahrung für einen Tag.«

Ein anderer Seemann mit langem Schnauzbart sagte etwas zum Kapitän, das sie nicht verstand. Der Kapitän wandte sich zu ihm um und musterte ihn, ohne eine Miene zu verziehen. Dann drehte er sich wieder zu ihr um.

»Ich könnte dir ein paar Rationen geben«, sagte er. »Aber hier auf hoher See, und in einem so kleinen Boot, wird dich der Riemenfisch holen.«

»Riemenfisch?«

»Riesige Seeschlangen«, rief der Mann mit dem großen Schnurrbart. »Sie schwimmen direkt unter der Oberfläche, dabei halten sie nach dunklen Schatten über sich Ausschau, bis sie etwas sehen oder riechen, das Beute sein könnte. Und alle Welt weiß, dass Seeschlangen vom Geruch von Weibsvolk angelockt werden. Vielleicht verfolgen sie dich jetzt gerade schon.« Er wandte sich an den Rest der Mannschaft. »Wir hätten nicht einmal anhalten sollen. Jetzt bringt sie uns alle in Gefahr.«

»Du hältst am besten die Klappe, Ranking«, erwiderte Kapitän Carmichael ruhig.

»Sonst?«, entgegnete Ranking. »Ihr habt uns durch diese protzige Gefühlsduselei bereits dem Untergang geweiht.« Misstrauisch beobachtete er die Wasseroberfläche. »Ich sag's euch, die könnten sich jederzeit auf uns stürzen.« Mit diesen Worten drehte er sich zu den anderen Seeleuten um. »Und glaubt ja nicht, dass wir hier oben sicher sind! Riemenfische können …«

Hopes kleines Segelboot zitterte unter ihren Füßen, das Wasser um sie herum begann zu blubbern und schließlich zu kochen. Sie stieß sich ab und sprang in die Luft, um auf der Reling des größeren Schiffs zu landen, wo sie auf den Fußballen das Gleichgewicht zu halten versuchte. In diesem Moment wurde das kleinere Boot in seine Einzelteile zerlegt, als ein Maul mit Zähnen, so lang wie ein Unterarm, darunter hervorschoss. Der Riemenfisch sprang zehn Fuß hoch in die Luft, ohne dass man seinen Schwanz hätte erkennen können. Der schlangenartige Körper war so dick wie die Brust eines Mannes und von dunklem, fleckigen Grün. Er bog den Kopf und starrte sie mit schwarzen glasigen Augen an, dann fiel er zurück ins Wasser.

Die Seeleute rannten zu den Kajüten und zur Takelage, Schreie, Flüche und Gebete hallten über Deck.

»Er ist noch nicht fertig«, sagte Kapitän Carmichael, während er zu Hope aufsah, die immer noch auf der Reling balancierte. »Du solltest da herunterkommen.«

Als sie auf ihn hinabsah, lächelte sie leicht und sagte: »Ihr solltet etwas zur Seite gehen.«

Der Riemenfisch brach erneut aus dem Wasser, diesmal hatte er sich so gedreht, dass er direkt auf Hope zuschoss. Im letzten Moment warf sie sich zur Seite, und der Riemenfisch schoss an ihr vorbei. Sie riss Kummerklang aus der Scheide, und das Sonnenlicht tanzte über die Klinge, während es durch die Luft summte, um den Kopf des Ungeheuers mit einem glatten Hieb genau hinter den Kiemen abzutrennen. Der Kopf flog weiter auf seiner Bahn, das klaffende Maul immer noch geöffnet, und knallte so in den Hauptmast, wo sich die Zähne ins Holz gruben. Der Körper fiel schwer aufs Deck und rutschte bis an die Reling des Steuerbords, wobei er nach allen Seiten Blut und Meerwasser verspritzte. Erst als er zum Liegen kam, sprang Bleak Hope von der Brüstung und landete lautlos neben dem Kapitän.

»Seht Ihr?«, schrie Ranking. »Sie hat einen Riemenfisch angelockt, so sicher wie nur was. Ich hatte recht!«

»Ob sie ihn angelockt hat oder nicht«, sagte Carmichael, »sie hat ihn verpisst noch mal auch getötet.« Er wandte sich Hope zu. »Bist du verdingt?«

»Verdingt?«, fragte sie.

»Hast du jemandem Treue geschworen? Bezahlt dich jemand?«

Sie schüttelte den Kopf.

»Ihr wollt sie doch wohl nicht an Bord holen, Kapitän?«, fragte Ranking. »Eine Frau? Das bringt übelstes Unglück!«

Carmichael sah erst Ranking und dann Hope an, dann den kopflosen Riemenfisch. Schließlich wandte er sich an die gesamte Mannschaft. »Mann. Frau. Ich weiß nicht, was das für einen großen Unterschied machen soll. Ich sehe hier einen *Krieger*, und zwar einen, dem man in seinem Leben nicht oft über den Weg läuft.« Er wandte sich wieder Hope zu. »Wie sieht es aus? Möchtest du dich eine Zeit lang meiner Mannschaft anschließen?«

Hope dachte darüber nach. Der Kapitän hatte angehalten, um ihr Hilfe anzubieten. Er hatte sie einen Krieger genannt. Alles in allem schien er ein ehrenhafter Mann zu sein. »Reist ihr viel? Durch das ganze Imperium?«

»Das tun wir.«

Sie sah sich auf dem Schiff um. Sie wusste wirklich nicht viel über die Welt, aber sie konnte sich keinen besseren Ort vorstellen, um mehr darüber zu lernen.

»Sehr gut, Kapitän«, sagte sie. »Ihr habt für eine Zeit lang mein Schwert. Bis ich bereit bin, weiterzuziehen.«

»Na gut«, antwortete er. »Ich bezweifle, dass ich dich halten könnte.«

»Kapitän, nein.« Ranking kam auf sie zu, hielt aber abrupt inne, als Hope ihre Klinge herumschwang und sie ihm dicht vor die Kehle hielt.

»Dem Kapitän zu widersprechen, könnte als Meuterei gewertet werden, die mit dem Tod bestraft wird«, sagte sie leise.

»Da hat sie den richtigen Riecher«, sagte Carmichael. »Möchtest du mir sagen, wie du diesen Satz beenden willst?«

»Ähm …« Schweiß lief über Rankings Schläfe, während er die Klinge beäugte, die noch nass war vom dunklen Blut des Riemenfischs. »Ich wollte sagen, Kapitän, nein, lasst mich bitte der Erste sein, der sie an Bord willkommen heißt, wo ich doch so unhöflich war.«

Carmichael grinste, wobei gelbe Zähne zwischen seinem Bart durchblitzten. »Hat noch jemand Einwände?«

An Bord war es still.

Kapitän Carmichael nickte beifällig, dann wandte er sich wieder Hope zu. »Wie ist dein Name, Krieger?«

»Mein Name ist Bleak Hope.«

»Gut, Hope, willkommen an Bord der *Lady's Gambit.*«

8

Die große Eröffnung der Tanzhalle *Drei Kelche* fand an diesem Abend statt, und Red hatte nicht vor, schlafen zu gehen. Die Sonne war gerade untergegangen, und dennoch war der Tanzboden bereits überfüllt mit jungen Katern und Miezen, die auf ein bisschen Glanz in ihrem ansonsten so schmuddeligen Dasein hofften.

»Ist furchtbar voll«, sagte Filler, der neben ihm an der Wand lehnte. Acht Jahre waren vergangen, und Filler war immer noch der größte Kerl, den Red kannte, und dank der Lehre in der Schmiede, die er vor Kurzem angetreten hatte, war er auch einer der stärksten. Sein Haar war immer kurz geschoren, und er hatte bereits einen dünnen Flaum am Kinn.

»Voll ist gut«, sagte Red und strich sich das dunkle Haar aus den rubinroten Augen, während er den Blick durch den Saal schweifen ließ. Die Kapelle saß in der Ecke: eine Gitarre, ein Horn, eine Flöte und Trommeln. Sie spielten gut und schnell, aber dennoch tanzte niemand. Die Kater und Miezen standen sich an den Seiten gegenüber und musterten einander, offenbar unsicher, wie sie weitermachen sollten. Er dachte daran, wie Sadie ihm erzählt hatte, dass Tanzhallen weit verbreitet gewesen waren, bevor Jix der Heber die Paradieskehre übernommen hatte. Jix hatte sie alle in Bordelle und Rauschgifthöhlen verwandelt, deshalb hatte Reds Generation niemals die Gelegenheit gehabt, eine Tanzhalle zu besuchen. Aber jetzt war Jix weg, und es begann eine neue Ära. Die Ära von Deadface Drem. Red erkannte Drem drüben bei der Bar. Er war eher groß, mit einem langen Gesicht, blass, fast farblosen Augen und schütter werdendem, sorgfältig gekämmtem Haar. Er trug ein schickes matschgraues Jackett mit einer schwarzen Krawatte, so wie die Spitzenhemden sie trugen. Man sah es ihm nicht an, aber Deadface Drem war der mächtigste Bandenlord in der Paradieskehre, und er war im ganzen Viertel dafür berüchtigt, ein eiskalter, skrupelloser Schmuggler, Zuhälter, Mörder und ab und an sogar Informant für die Wache zu sein, wenn es ihm gerade zupasskam. Vor ein paar Jahren hatte er begonnen, einen Rauschmittelhandel aufzuziehen, der mit Jix konkurriert hatte. Jix war lange nicht herausgefordert worden, und seine Reaktion darauf war vielleicht etwas übertrieben gewesen. Eines Nachts waren Drem und sein Mädchen auf dem Weg nach Hause von einer Taverne, als Jix mit seinen Leuten auftauchte und sie in einer kleinen Gasse abfingen. Jix sagte, dass er Drem laufen lassen würde, wenn er dabei zusähe, wie sein Mädchen gefoltert, vergewaltigt und getötet würde, ohne sich aufzuregen. Drem sah sich alles an, das Gesicht unbeweglich wie das eines Toten, und so bekam er seinen Spitznamen. Jix stand zu seinem Wort und ließ Drem gehen. Von da an wurde jedoch jede Nacht einer von Jix' Männern tot aufgefunden, brutal verstümmelt, und dann fand man eines Morgens Jix, der mit seinen eigenen Gedärmen erdrosselt worden war. Auf diese Art hatte sich Drem seinen Ruf erworben.

In dieser Nacht nun saß Deadface Drem an der Theke in seiner neuen Tanzhalle und betrachtete all die Leute, die nicht tanzten. Er sah nicht besonders zufrieden aus.

»Lass uns dem alten Deadface einen Gefallen tun und den Tanz hier in Schwung bringen«, sagte Red.

»Was?« Fillers Gesicht spiegelte pures Entsetzen wider. Seit Red von seinem Piratenabenteuer mit Sadie zurückgekehrt war, hatte Filler sich ihm angeschlossen, als sei es das Normalste auf der ganzen Welt für ihn. Er war Red bereits in viele gefährliche, möglicherweise sogar tödliche Situationen gefolgt. Die Bitte, vor so vielen Menschen zu tanzen, war jedoch sogar für ihn zu viel, das sah Red sofort. Er klopfte seinem besten Kerl auf die Schulter. »Also gut. Wünsch mir Glück.« Er musterte die Reihe der Mädchen auf der Suche nach einer passenden Kandidatin. Einer hübschen, selbstverständlich. Und sie musste mutig genug sein, um mit ihm den ersten Tanz zu wagen, den diese Halle zu sehen bekam. Endlich sah er sie. Langes, lockiges dunkles Haar und feurige braune Augen. Hohe, perfekte Wangenknochen und volle Lippen. Sie trug eine kurze Jacke aus Wolle und Kniehosen statt eines Kleids, aber das schien ihre Kurven nur noch hervorzuheben. Sie stand in ihren hohen Lederstiefeln leicht breitbeinig da, sie würde sich von niemandem etwas gefallen lassen. Red hatte sie bereits das eine oder andere Mal gesehen und hatte schon überlegt, sie anzusprechen. Jetzt war die perfekte Gelegenheit gekommen. Zwei Fliegen mit einer Klappe.

Es wurde nicht direkt still im Saal, als Red über die leere Tanzfläche schritt, die zwischen den beiden Gruppen lag, aber er glaubte zu bemerken, dass sich alle doch etwas leiser unterhielten. Und vielleicht warf ihm der Gitarrist sogar einen dankbaren Blick zu. Red stellte sich vor, dass viele Menschen vom Erfolg der Tanzhalle abhängig waren und dass er ihnen jetzt helfen konnte. Das wären dann sogar drei Fliegen.

Er überquerte die letzten Meter und stand endlich vor dem gefährlichen, dunkeläugigen Mädchen. Sie hatte seine Ankunft mit kühler Miene beobachtet. Er lächelte sie an. »Guten Abend.«

»Was ist mit deinen Augen?«, fragte sie.

»Schrecklich traurige Geschichte. Gerade eben, als ich deine überirdische Schönheit erblickt habe, sind sie feuerrot geworden vor Leidenschaft. Ich fürchte, das wird so bleiben, wenn ich nicht mit dir tanzen darf.«

»Ist das so? Diese Wirkung hatte ich noch nie auf einen lecken Kater.«

»Weil du noch nie einen Kerl wie mich getroffen hast. Wie heißt du?«

»Sie nennen mich Nessel.«

»Wer?«

»Jeder, der klug genug ist, mich so zu nennen, wie ich verpisst noch mal genannt werden will. Und du musst Red sein.«

»Du hast schon von mir gehört?«, fragte Red erfreut.

»Vor allem, dass du ein Dieb, ein Lügner und Betrüger bist.«

»Das sind eher fantasievolle Ausschmückungen der Wahrheit als Lügen«, antwortete Red.

»Eins der Mädchen hat gesagt, du wärst kein richtiger Mensch. Dass Sadie die Ziege einen Pakt mit einem Nekromanten geschlossen hat, und dass sie dich aus einer Hölle geholt hat, und dass du deshalb so roten Augen hast.«

Red hatte das Gefühl, als würde sich diese Unterhaltung ziemlich schnell leewärts neigen, und er musste darum kämpfen, dass ihm das Lächeln nicht vom Gesicht glitt. »Manche Mädchen haben immer was zu sagen.«

»Ich hab auch gehört, dass dir die Schwierigkeiten so sicher auf dem Fuß folgen wie der riesige Ochse da drüben, den du immer bei dir hast. Dass du deine eigene Großmutter beklauen würdest, wenn du denn eine hättest, dass die Imps dein Bild als Zielscheibe nutzen und … warte, ja, dass dein Vater eine Hure war.«

Red überlegte, ob er gegen diese Anschuldigungen etwas vorbringen sollte, aber er musste – wenigstens vor sich selbst – zugeben, dass an den meisten etwas dran war. Er könnte es weiter versuchen, aber manchmal war ein taktischer Rückzug würdevoller.

»Na, Nessel, du kennst mich ja ganz schön gut, dafür, dass wir uns nie getroffen haben.« Red wandte sich um und wappnete sich für den langsamen, traurigen Marsch zurück auf die andere Seite des Saals.

»Ich hab nicht gesagt, dass mir irgendwas davon was ausmacht«, sagte Nessel.

Als er über die Schulter zu ihr zurückblickte, kehrte sein Lächeln langsam zurück. »Nicht mal, dass ich aus der Hölle stammen soll?«

Sie zuckte mit den Schultern. »Hängt davon ab, wie gut du tanzt.«

Er drehte sich wieder zu ihr um und hielt ihr seine Hand entgegen. »Bin der beste Tänzer in der ganzen Paradieskehre. Lust, es auszuprobieren?«

»Warum nicht? Mir ist es sowieso langweilig geworden, hier einfach nur so herumzustehen.«

Die beiden traten auf die große leere Fläche, und diesmal sah er deutlich, dass die Musiker ihm zulächelten, als sie mit neuem Schwung aufspielten. Sie tanzten eine Weile. Red war so gut, wie er gesagt hatte, aber Nessel war sogar noch etwas besser. Sie bewegte sich wie Wasser, in einer fließenden Bewegung, die keinen Takt ausließ. Und sie war auch nicht zu schüchtern, ihm nahe zu kommen. Sie tanzten eng aneinandergepresst, Hüfte an Hüfte, ihre Brüste gegen seinen Oberkörper gedrückt, ihr warmer Atem an seinem Hals. Sie roch nach Sandelholz und anderen Gewürzen. Schließlich schob sie eine Hand zwischen sie und schob ihn von sich, ihre Hand ließ sie dabei auf seinem Bauch liegen, und sie lächelte ihn frech an. Endlich durfte er sich ihr wieder nähern, diesmal tanzten sie so eng, dass ihre Wimpern sein Kinn berührten. Sie schob ihn erneut von sich, aber nie so weit, dass sie ihn nicht mehr berühren konnte. Es wurde zu einem Spiel zwischen ihnen. Wie nah konnte er ihr kommen? Und wie lang duldete sie es?

Red kämpfte gegen die Hitze in seinem lecken Hirn an. Er war abgelenkt. Sein ursprünglicher Plan hatte Erfolg. Andere Paare betraten den Tanzboden. Er warf einen kurzen Blick zu Deadface Drem an der Theke hinüber und sah, dass er zwar nicht glücklich wirkte, aber immerhin zufrieden.

Nessel zog ihn wieder an sich und wisperte ihm mit weichen Lippen etwas ins Ohr. »Warum habe ich das Gefühl, dass für dich hier noch was anderes bei rausspringt?«

»Ich bin kein einfacher Kerl«, antwortete er. »Ich habe immer mehrere Eisen im Feuer. Aber du bist das hübscheste.«

Sie hakte ihre Finger in den Bund seiner Hose und zog sanft daran. »Oh, ich bin also Teil deiner Machenschaften?«

»Das Herzstück.«

»Was wäre, wenn du auch ein Teil meiner Pläne bist?«

»Solange sie sich nicht in die Quere kommen, habe ich damit kein Problem.« Der Tanzboden war mittlerweile voll. Es würde nicht auffallen, wenn er jetzt ging. Aber da war immer noch diese Mieze vor ihm, die an seiner Hose zupfte. Die Versuchung war groß, seinen eigentlichen Plan an einem anderen Abend auszuführen und stattdessen diese Schönheit zu verfolgen. Aber wenn er den Laden ausräumen wollte, dann würde er an diesem Abend die besten Aussichten haben. »Ich sag dir was, Nessel. Wenn du mich jetzt abhauen lässt, ohne einen Aufstand zu machen, dann verspreche ich dir, dass ich mich deinem Plan ganz und gar ausliefere, was immer du auch vorhast.«

»Interessanter Vorschlag.« Sie dachte kurz nach. »Ja, in Ordnung. Morgen Mittag. Vor der Schwarzpulverhalle.«

»Ich werde da sein.«

»Ich weiß.« Mit einem Lächeln ließ sie ihn los. Red fühlte sich, als hätte sie ihn in der Hand. Das war neu für ihn, und er mochte das Gefühl ganz und gar nicht. Zumindest größtenteils nicht, denn ein winziger Teil von ihm mochte es doch sehr. Er warf ihr einen letzten Blick zu, dann verschwand er in der Menge.

Filler stand immer noch an der Wand zwischen ein paar anderen Kerlen. Er war einen ganzen Kopf größer als jeder andere im Saal. Manches Mal wünschte sich Red, dass sein bester Mann nicht überall so auffallen würde. Dann wieder war seine Größe meist doch ziemlich nützlich. Vor allem dann, wenn die Dinge mal wieder leewärts gingen, was manchmal vorkam, das gab Red gern zu. Doch heute würde das nicht so sein. Sein Plan würde aufgehen.

»Bereit?«, fragte er Filler leise.

Filler nickte, und gemeinsam gingen sie durch die tanzende Menge zum Ausgang. Im allerletzten Moment liefen sie jedoch auf einen Flur zu, der zum hinteren Teil der Bar führte. Hätten sie das schon früher versucht, als noch niemand auf der Tanzfläche gewesen war, hätten die Wachen sie sofort entdeckt. Jetzt befand sich eine ganze Wand aus Menschen zwischen ihnen und den Wachen. Filler musste sich zwar immer noch etwas ducken, aber bald liefen sie schon rasch den Gang hinunter. Beide Barmänner hielten sich bei Drem auf, um ihn sofort bedienen zu können, wann immer er etwas verlangte. Und alle drei sahen immer noch den Tänzern zu.

In der Hocke, sodass man ihre Köpfe nicht sehen konnte, bewegten sich Red und Filler vorsichtig hinter der Theke entlang auf den Lagerraum zu. An der Rückseite des Lagerraums war eine große Tür, die in eine Gasse hinter dem Gebäude führte, wo die Fässer voller Branntwein und Bier angeliefert wurden. Außerdem befand sich hier eine große hölzerne Luke im Boden des Lagerraums. Filler hob sie an, und sie folgten massiven Holzstufen hinunter in den Keller. Der Raum war fast so groß wie der Saal darüber, der Boden bestand aus festgetretenem Lehm, und Fässer und Fässchen waren fein säuberlich an den Wänden aufgestapelt worden. Die Decke war so hoch, dass Red bequem stehen konnte, und nur Filler musste den Kopf ein wenig einziehen. Am anderen Ende, kaum erkennbar im dämmrigen Licht der Lampe, stand ein gewaltiger Tresor. Red kannte den Mann, der ihn dort hingebracht hatte, und nur deshalb wusste er überhaupt von dem Tresor. Und er wusste, dass Deadface Drem dort all sein Geld aufbewahrte.

Lautlos bewegten sie sich über den Lehmboden. Red hatte noch nie einen größeren Tresor gesehen, er reichte fast bis zur Decke hinauf und war genauso breit. Er war wirklich beeindruckend. Und doch war ein Schloss ein Schloss. Die Größe des Schlüssellochs machte es sogar noch einfacher zu knacken.

Filler behielt die Treppe im Auge, während Red sein Werkzeug hervorholte und loslegte. Das Schloss war neu und gut geölt. Und genau das, zusammen mit der Größe, machten es zum am leichtesten zu knackenden Schloss, das Red je vor sich gehabt hatte. Innerhalb kürzester Zeit hörte er das befriedigende Klicken, das seinen Erfolg anzeigte.

Die schwere Tür schwang langsam auf. »Filler, mein alter Pott, wir haben hier …« Weiter kam Red nicht, denn er sah jetzt, was sich in dem Tresor befand.

Sein Informant hatte recht gehabt. In dem Tresor lag mehr Geld, als Red jemals auf einem Haufen gesehen hatte. Nur hatte der Informant nicht gewusst, dass auch eine bewaffnete Wache in dem Tresor steckte.

»Hallo Jungs«, sagte Brackson, Drems zweitbester Mann. Er hielt Red sein Gewehr vor die Nase. »Drem hatte so eine Ahnung, dass jemand Dummes so etwas hier probieren könnte.«

Red hob die Hände. »Würdest du mir glauben, wenn ich dir erzähle, dass ich nur einen Platz zum Pissen gesucht hab?«

»Dreh dich um«, sagte Brackson.

Red wandte sich zu den Treppenstufen um und stellte sich zu Filler, der ebenfalls die Hände erhoben hatte.

»Jetzt los, hoch in den Lagerraum«, sagte Brackson.

Red und Filler erklommen nebeneinander die Stufen.

»Hey, Red«, sagte Filler.

»Halt die Klappe, oder ich schieß dir diesen lächerlichen Flaum vom Kinn«, sagte Brackson.

Oben angekommen, forderte Brackson sie auf, sich vor die Tür zu stellen, die hinaus in die Gasse führte.

»Drem will keine Aufregung bei der großen Eröffnung, also gehen wir hinten raus, um … das hier zu besprechen.«

»Klingt vernünftig.« Red war überzeugt davon, dass sie dem Mann schon entkommen konnten, wenn sie erst einmal im Freien wären.

»Ach ja?«, Brackson klang amüsiert. »Warum gehst du dann nicht vor und öffnest die Tür?«

Red sah sofort, warum Brackson das so lustig fand. Vor der Tür saßen sieben weitere von Drems Männern, die gelangweilt Stein spielten. Als sie jetzt Red und Filler mit erhobenen Händen aus der Tür treten sahen, standen sie auf und wirkten deutlich weniger gelangweilt.

»Ich hab hier ein paar Tresorknacker für uns«, rief Brackson ihnen zu.

»Ich knacke genau genommen keine Schlösser«, sagte Filler.

»Beweg dich, oder du puhlst dir gleich Blei aus deinem Schädel.« Brackson rammte Filler sein Gewehr in den Rücken, dann schubste er auch Red vorwärts. Die beiden stolperten in die Gasse. Red bemerkte, dass Brackson der Einzige war, der mit einer Pistole bewaffnet war. Die anderen hielten Messer und Knüppel in den Händen. Wenn ihm etwas einfiel, wie er Brackson unschädlich machen könnte, dann würde er mit dem Rest schon fertigwerden. Langsam bewegte er seine Hand hinunter zu seinem Nacken.

»Ach komm«, sagte Brackson. »Du wirst da hinten doch keine Klinge versteckt haben.«

Red spürte kaltes Metall an seinem verschwitzten Nacken.

»Nee, nur ein Jucken, alter Pott«, antwortete Red gezwungen fröhlich.

»Na, dann lass mich dir mal beim Jucken …«

Das Rasseln von Ketten erklang, und Brackson sank auf das Pflaster nieder. Hinter ihm stand Nessel, die eine schwere Kette um ihre Faust gewickelt hatte. »Ich halte nicht viel von deinem Plan«, sagte sie zu Red.

Red zog das Messer, das er an seinem Rücken befestigt hatte, und warf es einem der anderen Pantoffel entgegen. Die Klinge traf ihn mitten ins Auge, und er ging zu Boden. »Machst du Witze? Das läuft doch prima.«

Nessel schwang ihre Kette wie eine Peitsche und hieb sie dann einem anderen ins Gesicht. Sie sah dabei zu, wie der Mann sich an den blutigen Mund voller zersplitterter Zähne fasste. »Ach, bin ich immer noch dein Herzstück?«

Red zog ein zweites Messer aus seinem Stiefel und schleuderte es nach einem weiteren Mann, den er damit ins Herz traf. »Ein Herzstück so lieblich wie du sollte das ganze Mahl überdauern.«

Nessel rollte die Kette erneut um ihre Faust und rammte sie dem vierten in den Magen. Schnell machte sie einen Schritt zur Seite, um nichts abzubekommen, als er sich übergab. »Tu nicht so, als hättest du damit gerechnet, dass ich dir bei dieser Dummheit hier beistehe.«

»Und wie soll ich dann tun?« Red zog sein letztes Messer aus dem Gürtel, duckte sich unter dem Knüppel des fünften Angreifers weg, schnellte herum und rammte ihm das Messer in den Rücken.

»Vielleicht ein bisschen ehrlich überrascht.« Nessel hieb

dem kotzenden Pantoffel mit der Faust auf den Kopf, und er fiel zu Boden.

»Zeigt sich ein Kerl etwa überrascht, wenn die wunderbare Sonne plötzlich durch einen dunklen und wolkenverhangenen Himmel bricht?«, fragte Red, der seinem Angreifer gerade die Kehle durchschnitt. »Nein, er lächelt voller Dankbarkeit und macht weiter.«

Nessel schüttelte den Kopf und lächelte trotzdem. »Gehen dir diese Sprüche eigentlich auch mal aus?«

»Bisher nicht.« Red wandte sich zu Filler um, der die beiden letzten Pantoffel an den Kragen gepackt hielt und ihre Köpfe immer wieder gegeneinanderschlug. »Bist du fertig?«

Filler knallte ihre Köpfe noch einmal zusammen, dann ließ er die beiden Männer fallen. »Yeah.«

»Dann schlage ich vor, dass wir uns rarmachen, bevor Drem hiervon hört.«

Die drei rannten durch die Gassen der Paradieskehre. Es war ein Spätfrühlingsabend. Kurz zuvor hatte es ein bisschen geregnet, und die Luft war frisch – eine Seltenheit mitten in New Laven. Ihre Stiefel klatschten auf die nassen Pflastersteine, während sie Abstand zwischen sich und die *Drei Kelche* brachten.

Red hätte enttäuscht sein sollen. Er hatte das hier die ganze Woche über geplant, und jetzt rannte er mit leeren Händen davon. Und es war sogar noch schlimmer, denn Brackson konnte sich bestimmt an ihn erinnern, sodass sich Red nie mehr in der ersten und einzigen Tanzhalle der Paradieskehre blicken lassen konnte. Warum zur Hölle war ihm dann trotzdem so sonnig zumute?

Er warf Nessel einen schnellen Blick zu. Vielleicht war der Abend doch nicht umsonst gewesen. Es war gut, sie an seiner Seite zu haben. Sie war schlau, konnte kämpfen und sah obendrein noch gut aus.

Nach zehn Straßenzügen hielten sie an und rangen nach Luft.

»Hast du schon Pläne für den Rest des Abends?«, fragte Red Nessel.

»Eigentlich hatte ich in Drems neuer Halle tanzen wollen, aber das wird ja jetzt wohl nicht mehr passieren.«

»Tut mir leid.«

Nessel zuckte mit den Schultern. »Meine Neugier. Die schafft mich manchmal. Ich hatte einfach wissen wollen, was ihr beiden vorhattet.« Sie musterte ihn. »Falls du dich trotzdem schlecht fühlst deswegen, könnte ich es dich wiedergutmachen lassen.«

»Oh? Und wie soll ich das machen?«

Sie packte ihn erneut am Hosenbund, so wie in der Tanzhalle, und zog ihn zu sich. »Mach weiter, wo du aufgehört hast. Hast du was, wo wir hingehen können?«

»Ja, mh, klar.« Red warf Filler einen flehentlichen Blick zu.

Filler starrte ihn fragend an, dann schien er es endlich zu begreifen. »Oh, ja, klar, ich bleib heut Nacht bei Henny und den Zwillingen.«

»Ich schulde dir was, Fill!«, sagte Red.

»Tust du«, antwortete Filler. »Gute Nacht dann mal.« Er wandte sich um und ging die Straße hinunter.

»Gut, dann, ich denke, wir …« Red hielt inne, als Nessel sich vorbeugte und ihre Lippen an seinen Hals drückte. Die Worte waren einfach weg. Zum ersten Mal in seinem Leben. Zurück blieben nur noch Hunger und Hitze. Sein Körper war plötzlich zum Bersten gefüllt damit. Er sah zu ihr hinunter, wie ihre Zunge zwischen ihren Lippen hervorschnellte und sie befeuchtete. Er packte sie an den Armen, die glatt und durchtrainiert waren, und küsste sie stürmisch. Sie packte eine Handvoll seiner Haare und presste die Lippen noch fester auf seine. Es war, als wären sie am Verhungern, als würden sie sich an der Hitze des jeweils anderen laben, ohne doch genug bekommen zu können.

Endlich zog sie sich zurück. Ihre weichen Lippen streiften seine Wangen, und sie sagte: »Wie war das mit dem ungestörten Plätzchen?«

Red bekam kaum mit, wie sie nach Hause liefen. Obwohl er bereits seit acht Jahren in diesen Straßen unterwegs war, kamen sie ihm heute seltsam unbekannt vor. Es war, als läge ein Zauber auf der Welt. Die Verwirrung und alles andere waren verschwunden, und geblieben war nur noch dieses wunderschöne Mädchen. Sein Arm lag die ganze Zeit um ihre Schulter, und sie hatte ihren um seine Hüften geschlungen. Das war nicht besonders praktisch beim Laufen, aber er hatte Angst, dass die Magie verschwinden würde, sobald er sie losließ.

Irgendwie schafften sie es trotzdem bis zu seinem Haus, die wackligen Stufen hinauf und bis in den winzigen Raum, den er sich mit Filler teilte. Kaum dass sie die Tür hinter sich geschlossen hatten, packten sie einander und rissen sich ungeschickt die Kleider vom Leib. Das Geräusch ihres heftigen Atems und der Gürtelschnallen, die geöffnet wurden, der dumpfe Ton, mit dem ihre Körper den Holzboden trafen, von schweißnasser Haut auf Haut, wie sie sich wieder löste und wieder aufeinanderprallte.

Red hatte länger an seinem Ekel vor Sex festgehalten als die meisten Jungen. Er hatte schon geküsst und gefummelt, aber die gespenstische Erinnerung an den haarigen alten Kapitän hatte ihn immer von mehr abgehalten. Jetzt verpuffte diese Erinnerung angesichts seines Hungers auf dieses Mädchen in einer Rauchwolke. Er wollte sie so sehr, dass seine Hände zitterten. Ihr perfektes Gesicht, ihr straffer Hals, ihre glatten Schultern, ihre festen Brüste, ihr flacher Bauch, ihre starken Beine. Hölle, selbst ihre Kniekehlen waren für ihn ein Kunstwerk. Er wollte alles an ihr. Er presste sich gegen sie, lag ganz auf ihr, sodass ihre gemeinsame Hitze wie ein Brennofen aufloderte. Als sie ihn in sich führte, waren all seine schlauen Worte verschwunden, zurück blieb nur noch: »Ja, ja, ja, ja.«

»Red, warum ist da eine nackte Lady in deinem Bett? Und wo ist Filler?«

Red öffnete die Augen. Schwaches Licht fiel durch das eine Fenster. Nessel lag neben ihm auf seiner Schlafmatte, und die Decke bedeckte sie beide gerade so. Bienchen, die sechs Jahre alte Tochter seiner Nachbarin, stand über ihnen und hatte ihre dürren kleinen Arme verschränkt.

»Verpisste Hölle, Biene«, stöhnte er, während er versuchte, die Decke zurechtzuziehen. »Hab ich dir nicht gesagt, du sollst klopfen?«

»Ich habe geklopft. Du hast nicht reagiert.«

»Vielleicht weil ich keine Besucher wollte.«

Bienchen sah ihn mit zusammengekniffenen Augen an, als würde das überhaupt keinen Sinn ergeben.

»Wer in allen Höllen ist das?« Das Sonnenlicht fiel durch Nessels zerzaustes Haar, was Red sehr gefiel, doch ihre Miene glich eher einer Gewitterwolke.

»Ich heiße Jilly, aber jeder nennt mich Bienchen, weil ich

so emsig bin. Ich wohne nebenan, und ich besuche Red und Filler ständig. Wer bist du?«

Nessel warf Red einen bösen Blick zu. »Warum hast du sie reingelassen?«

»Hab ich nicht«, antwortete er müde.

»Hat sie einen Schlüssel?«

»Schlimmer. Ich habe ihr beigebracht, wie man ein Schloss knackt.«

»Warum zur Hölle tust du so was?«

»Ich weiß es nicht. Sie hat mich wegen irgendetwas genervt.«

»Ich wollte, dass er mir zeigt, wie man ein Messer richtig wirft«, sagte die Kleine.

»Siehst du?«, fragte Red. »Schlösser knacken ist nicht so schlimm wie Messer werfen, oder?« Er wandte sich wieder Bienchen zu. »In Ordnung, du kleiner Mull. Ich brauche etwas Privatsphäre. Du gehst jetzt nach Hause.«

»Meine Mama ist weg. Ich glaube, die Schakallords haben sie geholt.«

Red seufzte. Jacey, Bienchens Mutter, trank zu viel und hatte einen furchtbaren Geschmack, was Männer betraf. Sie war nicht die zuverlässigste Mutter, und es wäre nicht das erste Mal, dass sie nicht nach Hause gekommen war. Es hatte schon einige Tage gegeben, an denen Biene nichts gegessen hätte, wenn Red und Filler sich nicht um sie gekümmert hätten.

»Ich bin sicher, das waren nicht die Schakallords, Biene. Warum gehst du nicht runter in die *Ersoffene Ratte* und siehst nach, ob Prin dir ein paar Kupferstücke gibt, wenn du ihr beim Krüge schrubben hilfst. Ich komme später nach, und wir fragen herum, ob jemand deine Mama gesehen hat.«

»Warum kann ich dir nicht helfen, und du gibst mir dann ein paar Kupferstücke?«

»Weil ich deine Hilfe gerade nicht gebrauchen kann, und ich habe keine Kupferstücke. Und jetzt geh.«

Bienchen streckte ihm die Zunge heraus, drehte sich um und warf die Tür hinter sich zu.

Red sah Nessel an und bemerkte, dass sie ihn mit seltsamem Blick musterte. »Was?«

»Die ganzen Gerüchte und das Geschwätz, das über dich in der Kehre die Runde macht. Keins davon lässt ahnen, was für ein zuckersüßer Kerl du eigentlich bist.«

»Wir haben alle unsere Fehler.« Er schob seine Hand unter das Laken und legte sie auf ihre nackte Hüfte. »Wie wär es mit noch einer Runde?«

Sie schien kurz darüber nachzudenken. »Nö. Du schuldest mir immer noch etwas, nachdem du mich auf der Tanzfläche hast stehen lassen.«

»Oh, ja …«

»Hast du dein Versprechen so schnell vergessen?«

»Ich habe ein furchtbar schlechtes Gedächtnis.« Er grinste unschuldig. »Das ist ein anderer Fehler von mir.«

Der Tag war, wie so oft in der Paradieskehre, kühl, grau und windig. Menschen, Pferde, Fuhrwerke und ab und an sogar Kutschen eilten geschäftig hin und her. Red und Nessel spazierten nebeneinander her und unterhielten sich darüber, welche gemeinsamen Bekannten sie hatten. Die Paradieskehre war so klein, dass man, wenn man jemanden nicht selbst kannte, für gewöhnlich jemand anderen kannte, der denjenigen kannte.

»Kennst du Tosh?«, fragte Nessel gerade.

»Sicher. Sie und ich haben unter den Docks ein paarmal rumgeknutscht«, sagte Red.

»Sie hat vor ein paar Monaten als Hure angefangen. Arbeitet unten in der *Himmelsschnitte.*«

»Wirklich? Ich hoffe, sie kann besser Schwänze biegen als küssen. Sie hat so komisch geschmatzt.« Red verzog das Gesicht.

»Die Kunden lieben sie.«

»Arbeitest du da auch als Hure?«, fragte Red.

Nessel funkelte ihn böse an. »Seh ich verpisst noch mal aus wie eine Hure?«

Red hob beschwichtigend die Hände. »Ich wusste ja nicht, dass Huren ein bestimmtes Aussehen haben.«

»Natürlich. Das sind alles zarte, kleine, verpisste Blümchen, die nichts selbst erledigen können und immer nur herummosern.«

»Also ... arbeitest du da als Aufpasser?«

Sie wirkte überrascht. »Woher wusstest du das?«

Red konnte sich nur an ein einziges Mal erinnern, als sich sein Dad über seinen Beruf als Hure beklagt hatte. Und das war nicht wegen eines Kunden gewesen, sondern wegen der derben, gefühllosen Art der Bordellaufpasser. »Gut geraten. Mmh, kennst du den Hübschen Henny?«, fragte er.

»Henny? Habe ich seit Jahren nicht gesehen«, sagte Nessel. »Ist er jetzt gut aussehend?«

»Nö. Letztes Jahr ist er in ein Lagerhaus eingebrochen, und ein Wachhund hat ihm die Nase abgebissen. Jetzt nennt ihn jeder hier den Hübschen Henny.«

Nessel stieß ein dunkles, volltönendes Lachen aus. »Wie hast du Henny überhaupt kennengelernt? Wirkt nicht wie dein Typ.«

»Er war mit mir und Filler in einer Taschendiebbande, als ich in der Kehre ankam.«

»Was meinst du mit *ankam?*«

»Ich bin auf dem Silberrücken geboren. Meine Eltern sind gestorben, als ich acht war, und irgendwie bin ich hier unten gelandet.«

»Oh«, sagte Nessel.

»Warum?«

Sie zuckte mit den Schultern. »Ich habe nur nicht bemerkt, dass du kein echter Kerl aus der Kehre bist, das ist alles.«

»Also …«, begann Red und versuchte, den Schmerz an sich abprallen zu lassen, weil Nessel dachte, er sei kein echter Kerl aus der Kehre. »Wie sieht dein Plan denn nun aus?«

Mittlerweile waren sie an der Schwarzpulverhalle angekommen. Es war das größte Gebäude in der Paradieskehre und der beliebteste Platz für Versammlungen aller Art. Es war auch eines der ältesten Gebäude in der Kehre, mit schäbigen, gelblichen Torbögen aus Marmor. Außen herum waren Zelte aufgereiht, in denen Händler Essen, Stoffe, Kleidung und ein Sammelsurium an Gegenständen wie Werkzeuge und kleine Waffen verkauften, fast alles gestohlene Ware. Man konnte auch andere Dinge hier erwerben, wie Sex und Rauschmittel, oder man konnte einen Mord in Auftrag geben, obwohl diese Geschäfte drinnen abgewickelt wurden.

»Du bist hier gut vernetzt«, sagte Nessel. »Such mir einen Schmied, der maßgeschneiderte Änderungen an meiner Kette vornimmt. Und billig ist.«

»Leicht wie eine Feder«, antwortete Red, der begierig darauf war, ihr zu beweisen, wie gut vernetzt er hier wirklich war. »Mein bester Kerl, Filler, geht bei einem Schmied in die Lehre.«

»Der, den ich gestern mit dir zusammen gerettet habe?«

»Genau der.«

»Hm, da hätte ich wohl lieber mit ihm mitgehen sollen.«

»Nee, das hätte dir nichts gebracht«, antwortete er und verbarg wieder den Stich, den ihre Worte auslösten. »Filler mag Jungs.«

»Ach, na dann«, sagte sie. »Er sollte mir aber wenigstens einen Nachlass geben, weil ich euch letzte Nacht geholfen habe.«

Red führte sie an den Zelten entlang. Händler riefen ihnen zu, wollten ihnen Früchte, Messer, Kleidung und sogar alte rostige Pistolen verkaufen. Am anderen Ende stand das Zelt des Schmieds, das etwa zweimal so groß war wie die anderen. Es war aus Leder gefertigt statt aus Zelttuch, damit es nicht durch einen verirrten Funken in Brand gesetzt werden konnte.

Der Schmiedemeister fand, dass Red eine große Ablenkung für seinen besten Lehrling darstellte. Und Red sah das genauso. Er hatte nie verstanden, warum Filler einen anständigen Beruf erlernen wollte, wo man Geld auf anderen Wegen doch so viel einfacher machen konnte. Filler hatte nur erklärt, dass er mochte, was er da tat. Und darüber konnte sich Red schlecht mit ihm streiten.

Red hatte an diesem Tag Glück. Er sah sofort, dass der Schmiedemeister Filler aufgetragen haben musste, den Laden zu hüten, als er und Nessel das Zelt betraten. Er trug kein Hemd unter seiner Lederschürze, hatte dicke Lederhandschuhe an und hämmerte auf dem Amboss einen Axtkopf in Form.

»Hallo«, sagte er. Der Schweiß strömte ihm über das Gesicht. »Bin hiermit fast fertig.« Dann hämmerte er weiter.

Es war erstickend heiß, während sie warteten, und der Klang des Hammers ließ Red die Zähne zusammenbeißen. Er hatte keine Ahnung, wie Filler diese Erfahrung angenehm finden konnte. Nessel schien das alles weniger auszumachen. Sie stand neben ihm und betrachtete in aller Ruhe die fertigen Stücke, die an den Zeltwänden hingen.

Endlich ließ Filler den Axtkopf in ein Becken mit Wasser fallen, woraufhin Dampf aufstieg und es noch wärmer im Zelt wurde. Wenigstens hatte das Hämmern aufgehört.

»Was ist los?«, fragte Filler, während er sich mit einem Handtuch Gesicht und Nacken abrieb.

»Du erinnerst dich an Nessel hier, von letzter Nacht?«

»Sicher.«

»Sie will an ihrer Kette ein paar Verbesserungen vornehmen lassen.«

»Die ist ziemlich einfach.« Er wandte sich ihr zu. »Was für Verbesserungen?«

»Ich will etwas … Wirksameres am Ende.«

Sie legte ihre Kette auf einen kleinen Tisch. »Vielleicht ein Gewicht oder so etwas.«

Filler nahm ein Ende der Kette auf. »Du willst mehr Schaden anrichten?«

»Genau.«

»Du willst damit töten?«

»Nur manchmal. Kann schlecht jeden Kunden töten, nur weil er mal Ärger macht. Manchmal braucht ein Kerl nur einen kurzen Schlag auf den Kopf, damit er sich wieder an seine guten Manieren erinnert. Aber es gibt auch andere Gelegenheiten, da wäre tot gut.«

Filler nahm das andere Ende ebenfalls in die Hand und sah sich beide Enden sorgfältig an. »Wie wäre es, wenn wir ein Gewicht ans eine Ende und eine Klinge an die andere machen?«

»Eine Klinge?«, fragte Nessel.

»Eine kleine. Wie eine Messerklinge.«

»Filler, die Idee ist brillant!«, rief Red.

»Ich weiß nicht …«, sagte Nessel. »Es ist schwierig genug, sie zu werfen. Bin nicht sicher, ob ich treffsicher genug bin, damit eine Klinge nützlich ist.«

Filler nickte. »Es wäre besser mit einer viel kleineren und leichteren Kette.«

»Da redest du aber über eine ganz neue Waffe.« Nessel kniff die Augen zusammen. »Wie viel würde das kosten?«

»Ich denke, ich schulde dir was für letzte Nacht. Du beschaffst mir das Material, ich mach die Arbeit umsonst.«

»Die leichtere Kette schmieden und alles?«, fragte Nessel.

»Klar. Das ist Reds und mein Leben wert, oder nicht?«

»Und noch ein bisschen mehr«, antwortete Nessel. »Ich sag dir was, ich leg eine Runde in der *Himmelsschnitte* drauf. Wir haben auch jede Menge Jungs da, weißt du.« Sie streckte ihm ihre Hand entgegen. »Was sagst du?«

»Ja, klar.« Er schüttelte ihre Hand. »Sehr großzügig von dir.«

Filler machte sich wieder an die Arbeit, und Red und Nessel verließen das drückend heiße Zelt.

Draußen seufzte Red erleichtert auf. »Ich weiß nicht, wie er es da drin so lange aushalten kann.«

»Ich auch nicht«, sagte Nessel, deren dunkle Augen leuchteten. »In Ordnung, man sieht sich.«

»Was? Wo willst du hin?«, fragte Red.

»Das Material besorgen natürlich.«

»Oh. Brauchst du Hilfe?«

»Nö, geht schon. Und musst du nicht langsam mal zu deinem Bienchen, um ihre Mama zu suchen?«

»Ja, mag sein«, gab Red zu. »Ich sehe dich dann aber später?«

»Du wirst eine Menge von mir sehen.«

»Wirklich?«

»Klar. Dein bester Kerl macht mir die Waffe meiner Träume umsonst. Bis das erledigt ist, werde ich mich ständig in seiner Nähe aufhalten.«

»Oh, klar.«

»Hör mal, werd mir jetzt mal nicht so weich und vernarrt, du Künstlerfratz vom Silberrücken.«

»Ich bin nicht vernarrt«, protestierte Red sofort. »Ich … mag dich nur, das ist alles.«

Nessel legte ihm die Hand an die Wange. »Du bist süß. Das hat Spaß gemacht. Ich denke, wir machen das bald wieder. Geht's dir jetzt besser?«

Red grinste. »Sonnig.«

Sie gab ihm einen spielerischen Klapps auf die Wange. »Gut. Und jetzt hilf diesem armen kleinen Mädchen, du Weichei.«

Auf dem Weg zur *Ersoffenen Ratte* fragte sich Red, ob er nicht vielleicht doch ein klein bisschen vernarrt war in Nessel. Aber wäre das so schlimm? Klar, sie hatte ein paar Sachen gesagt, die ein bisschen gemein waren. Aber sie waren auch lustig gewesen. Und sie hatte etwas, das ihn unwiderstehlich anzog, sodass er sie am liebsten die ganze Zeit anfassen wollte. Allerdings war es vollkommen klar, dass sie das für etwas

Schlechtes hielt. Wenn er sie also nicht vertreiben wollte, dann musste er den Ball flach halten, egal, wie viel er für sie empfand. Das war nichts Neues für ihn. Die meisten Bewohner in der Paradieskehre behielten ihre Gefühle für sich und versteckten sie gut. Dass Red das nicht immer gelang, schob Sadie auf seine zuckersüße Künstlerkindheit.

Als er die Taverne betrat, sah er, dass Bienchen die Bierkrüge hinter der Theke mit einer harten Bürste bearbeitete. Prin, die Wirtin der Taverne, stand in der Nähe und beobachtete sie.

»Hallo Prinny«, sagte Red. »Lässt das Kind die ganze Arbeit machen, mh?«

Prin zuckte mit den Schultern. »Ich habe ihr gesagt, fünf und ich helfe ihr, oder zehn, wenn sie es allein macht. Nicht meine Schuld, wenn sie gierig ist.«

Er bedeutete ihr, ihm zum anderen Ende der Theke zu folgen, außer Hörweite. Prin runzelte die Stirn, aber sie kam mit.

»Hast du letzte Nacht gearbeitet?«, fragte er leise.

»Wenn du das so nennen willst«, sagte Prin. »Der Laden war so gut wie ausgestorben, wegen der Eröffnung von den *Drei Kelchen*. Hast du das eigentlich gehört? Irgendein Stumpfer hat versucht, den Laden auszuheben.«

»Hab nichts gehört«, sagte Red unvorsichtigerweise.

Prin kniff die Augen zusammen. »Das warst du, oder? Ich schwöre dir, Red, wenn du je versuchen solltest, meinen Laden …«

»Prinny, meine süßeste Bierlieferantin, das würde ich nie tun!«, rief Red. »Die *Ersoffene Ratte* ist mein zweites Zuhause.«

»Nur zu wahr.«

»Darüber wollte ich auch gar nicht mit dir reden. Kannst

du dich vielleicht daran erinnern, Bienchens Mama gesehen zu haben, wo doch so wenig los war?«

Prin dachte kurz darüber nach. »Ja, sie war hier, aber nicht lang. War schon betrunken, als sie reinkam, und hat rumkrakeelt, dass Deadface Drem eine Schlange und ein Lügner ist oder so was. Ich hab ihr gesagt, dass sie genug hat und vielleicht darauf achten sollte, was sie so sagt. Sie und Brackson haben eine Geschichte, aber ich dachte, es wäre wohl trotzdem nicht schlau, seinen Boss so zu verfluchen.«

»Dann ist sie gegangen?«

»Nachdem sie mich auch verflucht hat, danke. Als Nächstes habe ich gesehen, wie sie draußen vor dem Fenster mit einer Truppe Imps gesprochen hat. Na ja, hat sie eher angeschrien.«

»Und dann?«

Sie zuckte mit den Schultern. »Ich hab nicht mehr zugesehen. Hatte einen Kunden, und außerdem war sie nicht mehr mein Problem. Ich dachte, die Imps würden schon mit ihr fertigwerden.«

»Vielleicht haben sie sie runter ins Loch gebracht, damit sie dort ausnüchtert«, sagte Red. »Wette, sie ist noch da.« Er beugte sich über die Theke. »Hey, Biene. Wenn du hier fertig bist, gehen wir runter und holen deine Mama aus dem Loch.«

Die Kleine hörte kurz auf zu schrubben und seufzte dramatisch auf. »Wieder mal? Dann muss ich mich wohl nicht beeilen.«

Es gab ein Sprichwort in der Paradieskehre: »Jede Kehre hat ein Loch.« Mittlerweile meinte man damit, dass kein Ort perfekt war. Ursprünglich hatte es sich aber auf *das* Loch bezogen, der Spitzname für die große Gefängniszelle, die sich auf der Wache der Imperialen im Zentrum der Paradieskehre befand. Red fand solche Geschichten faszinierend. Das ging niemandem sonst so, außer Bienchen. Vielleicht verstanden sie sich deshalb so gut, denn ansonsten waren sie recht unterschiedlich.

»Woher weißt du all diesen historischen Kram?«, fragte sie ihn, als sie zur Imp-Wache liefen.

»Ich habe darüber etwas in Büchern gelesen«, sagte Red.

»Du liest? Wie hast du das gelernt?«

»Meine Mama hat es mir beigebracht, als ich etwa so alt war wie du.«

»Kannst du mir das beibringen?«

»Vielleicht. Das ist nicht so einfach wie Schlösser knacken.«

»Ich bin aber ziemlich schlau, Red.«

Er lächelte. »Das bist du, Bienchen.«

Das Haus, in dem die imperiale Stadtwache in der Paradieskehre ihr Quartier hatte, war weder groß noch beeindruckend. Vermutlich war es früher beides gewesen, aber es war so oft abgefackelt worden, dass sie wohl aufgegeben und einfach das billigste und bescheidenste Gebäude errichtet hatten, das es gab. Niemand hatte seither mehr versucht, es anzuzünden.

Red und Bienchen betraten es durch den Haupteingang. Der Vorraum war klein. Ein einsamer Imp saß an einem Tisch und wirkte gelangweilt, seine weiß-goldene Uniform war nicht zugeknöpft und verknittert.

»Guten Tag, Sir«, sagte Red fröhlich.

Der Imp betrachtete ihn misstrauisch. »Kenne ich dich nicht?«

»Das bezweifle ich«, sagte Red höflich. Es war ziemlich wahrscheinlich, dass sie sich schon begegnet waren, und wahrscheinlich nicht unter den besten Umständen. »Wir sind nur da, um die Mutter dieses Mädchens hier aus dem Loch abzuholen.«

Der Imp nahm ein Blatt Papier von seinem Schreibtisch. »Name?«

»Ich heiße Jilly, aber jeder nennt mich Bienchen, weil ich immer so emsig bin.«

»Der Name deiner Mutter«, sagte er verärgert.

»Oh, sie heißt Jacey.«

Der Imp sah die Liste durch. Als er am Ende angekommen war, bemerkte Red, dass seine Augenbrauen leicht in die Höhe zuckten. »Sie heißt sicher Jacey?«

»Selbstverständlich kenne ich den Namen meiner eigenen Mutter«, antwortete Bienchen patzig.

Das schien den Imp nicht weiter zu stören. Er schien auch nicht groß verärgert, sein Blick wurde weich und mitleidig. Er räusperte sich und sah dann Red an. »Sie, hm, hat sich freiwillig für den imperialen Dienst gemeldet.«

»Sie hat *was?*«, fragte Red.

Der Blick des Imps flackerte kurz zu dem kleinen Mädchen hinüber. Dann sah er wieder Red an. »Falls dieses Mädchen irgendwo eine Familie hat, dann sollte sie ab jetzt besser bei ihnen leben.« Er schluckte. »Bis ihre Mutter mit ihrem Dienst fertig ist, natürlich.«

»Habt Ihr Jacey jemals getroffen?«, verlangte Red zu wissen. »Habt Ihr eine Ahnung, wie seltsam das klingt?«

Das Gesicht des Imps war angespannt. »Ich kenne sie nicht. Das sagen mir die Papiere. Das ist alles, was ich weiß.«

»Kommt mir nicht mit diesem Mist. Ihr wisst mehr.«

Der Imp zog eine Pistole hervor. »Mehr kann ich dir nicht sagen. Du musst jetzt gehen. Und rede nicht mehr darüber. Mit niemandem. Das ist besser für dich und sie. Hast du das verstanden?«

Red stand da und starrte ihn an, die Fäuste geballt.

»Red, er bedroht dich mit einer Waffe«, sagte Bienchen.

»Ich weiß, Bienchen.«

»Wir sollten gehen«, sagte sie.

»Du hast sie gehört.« Der Imp versuchte, streng auszusehen, aber seine Miene wirkte eher flehentlich. »Geht.«

Red nahm Bienchen an der Hand, drehte sich um und stakste aus der Wache hinaus.

»Das ist ziemlich seltsam, hm?«, sagte Bienchen.

»Das ist es«, stimmte Red ihr zu.

»Ich glaube, sie will helfen, das Imperium sicherer zu machen, hm? Das macht man doch, wenn man Soldat bei den Imps wird.«

»Ist das so?«, fragte Red, dessen Miene immer noch düster war.

»Besser ein Imp als eine stinkige alte Suffnase, richtig, Red?«

Red glaubte nicht, dass Jacey sich für die imperiale Armee eingetragen hatte. Das würde sie nie tun, und sie würde dort auch niemals angenommen werden. Sie würde allerhöchstens als Versuchsperson für irgendein Experiment der Biomanten zugelassen werden. Und niemand meldete sich dafür freiwillig. Aber was würde es schon bringen, das der Kleinen zu erklären? Jacey war jetzt zweifellos tot oder noch Schlimmeres. Biene glaubte wohl besser daran, dass ihre Mama irgendwo in einer Uniform herummarschierte.

»Stimmt, Bienchen«, sagte er deshalb nur.

So war es eben in der Kehre. Hin und wieder wurde jemand von den Biomanten geschnappt. Und von ihm erwartete man, dass er das einfach hinnahm.

9

Die *Lady's Gambit* war eine zweimastige Brigg von mittlerer Größe, die ihre Fracht im ganzen Imperium kaufte und verkaufte. Kapitän Carmichael fuhr mit einer zehnköpfigen Mannschaft, allerdings wusste Hope nicht, warum, denn nur die Hälfte von ihnen schien zu arbeiten. Der Rest faulenzte an Deck herum, trank Grog und spielte mit kleinen, nummerierten Steinen.

»Es stimmt, dass man für sie nur eine Mannschaft von vier oder fünf Mann braucht, solange das Wetter gut ist«, sagte Kapitän Carmichael, als Hope ihn danach fragte. Seine schwieligen Hände lagen leicht auf dem Ruder, und er blickte mit seinen dunkelbraunen Augen zum Horizont. »Eine stetige Brise und ein klarer Himmel lassen es leicht genug aussehen. Aber die See kann wankelmütig sein, und sie wendet sich in einem einzigen Windhauch gegen dich. Sobald das Wetter schlecht wird, können die paar Hände mehr den Unterschied zwischen Leben und einem wässrigen Grab bedeuten.«

»Umgebracht vom Wetter?«, fragte Hope skeptisch.

Er sah sie mit einem wissenden Lächeln an. »Das wirst du bald genug erleben, wenn mich meine Nase nicht trügt. Und für gewöhnlich tut sie das nicht.«

»Ihr könnt riechen, wenn ein Sturm aufzieht?«

»Die Luft hat dann diesen bestimmten Geschmack, und das Wasser ist unnatürlich ruhig. Schau, da drüben.« Er zeigte auf das dunkelgrün getupfte Wasser, das sich vor ihnen erstreckte. »Siehst du da, wie es die Luft anhält, als wäre es bereit, jeden Moment loszuschlagen?«

Hope schüttelte den Kopf.

»Du bist gerade erst an Bord gekommen. Du wirst den Dreh bald schon heraushaben. Und jetzt geh und sag Ranking, dass wir besser die Schotten dichtmachen sollten. Das hier wird schlimm werden.«

Hope konnte nur ein paar Wolken entdecken, die weit weg am Horizont trieben. Es erschien ihr sehr unwahrscheinlich, dass sie das Schiff so bald erreichen sollten, wenn überhaupt. Dennoch machte sie sich auf den Weg zum Vorderdeck, wo sich die meisten Seeleute aufhielten. Die Sonne brannte auf sie herab, und den ganzen Tag über hatte eine leichte Brise geweht. Die Mannschaft hatte ihre Hemden ausgezogen, sodass schmale, sehnige Schultern zu sehen waren, die vor Schweiß glänzten. Zwei stritten sich über das Steinspiel, und die anderen mischten sich mit ihren Meinungen ein. Gerade als Hope an ihnen vorbeiging, wurde aus dem Streit ein handfester Faustkampf. Die beiden Seemänner schlugen und traten und bissen einander mit brutaler Wildheit, während die anderen dabeisaßen, zuschauten und entweder den einen oder den anderen anfeuerten. Ranking lehnte an der Reling und sah dem Kampf mit einem amüsierten Lächeln im Gesicht zu.

»Der Kapitän sagt, du …«, sagte Hope, als sie bei ihm ankam.

»Halt die Klappe, bis sie fertig sind.« Ranking wedelte mit

einer Hand in ihre Richtung, ließ den Kampf aber keine Sekunde aus den Augen.

Das Verhältnis zwischen ihnen war in den paar Tagen, die seit Hopes Ankunft auf der *Lady's Gambit* vergangen waren, nicht besser geworden. Ranking war jedoch der erste Offizier, und er hatte die Macht über jeden an Bord, mit Ausnahme von Hope. Der Rest der Mannschaft hörte nicht auf sie. Sie konnte also nur abwarten, bis der Kampf vorüber war.

Während sie die barbarische Schlägerei beobachtete, vermisste sie die ruhige Stille, die im Kloster geherrscht hatte. Racklock und Crunta waren grausam gewesen, aber immerhin berechenbar. Sie hatte schon vor Jahren gelernt, wie sie mit ihnen um- oder ihnen einfach aus dem Weg gehen konnte. Auf diesem Schiff konnte, angefacht vom Alkohol, jederzeit Gewalt ausbrechen, und das einzig und allein aus Langeweile. Diesen Seeleuten fehlte Anstand, Disziplin, oder auch einfach die nötige Nüchternheit, soweit Hope das beurteilen konnte. Am Anfang war es ihr schwergefallen, die Betrunkenen auseinanderzuhalten, bis ihr auffiel, dass alle immer betrunken waren. Es gab einen Abschnitt im Kodex der Vinchen, der vor dem Genuss von zu starkem Alkohol warnte. Sie hatte diese Bedenken bisher nicht verstanden. Die Mönche brauten Bier, und sie tranken es in Maßen, wobei sie jeden Schluck genossen. Diese Seeleute hier schütteten sich den Grog in die Hälse, als wäre er Wasser, und wenn sie den Geschmack überhaupt einmal bemerkten, dann nur, um darüber zu jammern, wie widerwärtig er war. Die meiste Zeit schien die Hälfte der Mannschaft kaum dazu in der Lage, aufrecht zu stehen, vom Segeln des Schiffs ganz zu schweigen. Sie fragte sich, wie sie es überhaupt von einem Hafen zum nächsten schafften.

»Also, Südlerin«, sagte Ranking schließlich, als die beiden Kämpfer erschöpft aufs Deck fielen, ohne dass ein Sieger feststand. »Was wolltest du?« Ungeduldig fixierte er Hope, als hätte er auf sie warten müssen.

»Der Kapitän sagt, wir sollen die Schotten dichtmachen. Da kommt ein schlimmer Sturm auf uns zu.«

Rankings Augen wurden groß. »Verpisste Hölle, warum hast du das nicht gleich gesagt?«

»Ich habe es versucht …«

»Ist sinnlos, sich mit jemandem wie dir zu streiten.« Dann blies Ranking in eine Blechpfeife, die an einer Schnur um seinen Hals hing. »Hört her, ihr stumpfen Kater! Ein Sturm wird uns die Hälse runterblasen, bevor die Sonne untergeht. Der Kapitän hat noch nie falsch gelegen bei einem Sturm, und ich glaub nicht, dass es diesmal anders ist. Wenn ihr heut' Nacht also nicht bei den Krabben schlafen wollt, schlag ich vor, dass ihr die Schotten dichtmacht und auf eure Posten geht.«

Er blies erneut in seine Pfeife, und die Mannschaft kam sofort auf die Füße und wirkte plötzlich wachsam und nüchtern, so als hätte der schrille Klang der Pfeife einen Zauber über sie gewoben. Sie stoben in alle Richtungen auseinander, und jeder schien genau zu wissen, was seine Aufgabe war.

Hope wandte sich Ranking zu. Sie war von dem plötzlichen Wandel, den er bei den Männern hervorgerufen hatte, eingeschüchtert. »Was kann ich tun?«

»Solange deine Vinchen nicht herausgefunden haben, wie man einen Sturm ins Auge pieken kann, geh um der Hölle willen aus dem Weg.«

Hope beobachtete die Seeleute bei ihrer Arbeit und bewunderte ihre Verwandlung. Sie versiegelten alle Luken, verriegelten die Türen, sicherten die Leinen und stopften alle kleinen Gegenstände in hölzerne Fächer, die an Deck an verschiedenen Stellen des Schiffs eingelassen worden waren. Und dann warteten sie.

Unter normalen Umständen hätten sie während der Wartezeit jede Menge gesoffen, gegrölt und sich geprügelt. Jetzt standen sie still auf ihren Posten, manche unten an Deck, andere oben in der Takelage. Ihre Augen blickten wachsam, ihre Mienen wirkten ernst. Als sich der Himmel verdunkelte, begann einer leise zu summen. Zwei andere fielen mit ein, eine unheimliche Melodie, die vom auffrischenden Wind getragen wurde. Schließlich begann der Kleinste und Jüngste der Mannschaft – wenn man von Hope absah – oben in der Takelage mit klarem Tenor zu singen:

»Egal, woher der Wind weht,
er bläst niemals für mich.
Denn das Leben eines Seemanns ist niemals schön,
mit Ausnahme der See.«

Die Wolken, die noch kurz zuvor weit weg gewesen zu sein schienen, rollten jetzt so schnell heran, dass es aussah, als würde eine gigantische Decke über den Himmel geworfen. Das dunkelgrüne Wasser begann sich zu kabbeln, und weißgraue Flecken tanzten darauf. Blitze schlängelten sich über den Himmel, direkt gefolgt von Donnerschlägen.

»Gleichgültig, wen ich lieb oder hasse,
oder ob ich verheiratet bin.
Niemand hält mein Herz so fest
wie die Freiheit auf der See.«

Die Seeleute hörten auf zu singen. Die ganze Welt schien den Atem anzuhalten. Dann brach der dunkelgraue Himmel auf. Der Regen stürzte als zischende Sturmflut auf sie herab, hämmerte auf Hopes Kopf ein, auf ihre Schultern und ihren Rücken. Sie lief über das plötzlich so glitschige Deck, während die Wellen gegen die Seiten des Schiffs klatschten und das Meerwasser über ihren Weg an Deck spülte. *Eine Hand für das Schiff, die andere für dich selbst.* Das hatte Carmichael ihr am Tag ihrer Ankunft an Bord gesagt, und jetzt musste sie daran denken. Damals hatte es keinen Sinn ergeben. Als jetzt die Wellen knöcheltief über das Deck spülten und drohten, ihr die Füße wegzuziehen und sie über Bord zu wischen, begriff sie es. Sich mit einer Hand festhalten, immer, während die andere dazu diente, eine Leine oder einen Ausleger abzuwehren, wenn sie an ihr vorbeischwangen.

Endlich erreichte sie das Steuerrad und den Kapitän. Er hielt den Kopf trotz des prasselnden Regens hoch erhoben.

»Sieht munter aus, meine Kerle! Holt das Gaffsegel ein«, schrie er gegen den Sturm an.

Das Schiff ritt die Wellenberge hinauf und hinunter. Bald waren sie so hoch, dass Hope den Himmel nicht mehr sehen konnte, sobald sie in ein Tal stürzten – da war nur noch eine Wand aus dunklem, brodelndem Wasser. Und wenn sie wieder den Gipfel erklommen, prallte der Wind so heftig auf die weißen Segel, dass es sich anhörte, als würde eine Trommel geschlagen.

»Holt die Segel ein, bevor sie in Fetzen gerissen werden!«, brüllte Carmichael.

Hope beobachtete, wie die Seeleute in die Takelage kletterten, um die Segel einzuholen und an die Rahe zu binden. Der Wind riss an den nassen Leinen, an denen sie sich festhielten, und Hope sah erstaunt, dass sie nicht hinaus ins Meer geschleudert wurden. Langsam arbeiteten sie sich Segel für Segel hoch, während der Mast gefährlich im Sturm schwankte.

»*Krümmen* sich die Masten?«, schrie Hope zu Carmichael hinüber.

»Sie müssen biegsam sein, sonst würden sie in so einem Sturm zerbrechen wie trockene Ästchen«, rief er.

Die Matrosen hatten mittlerweile fast alle Segel eingeholt. Nur das hintere Marssegel, das Großsegel genannt wurde, wie man Hope erklärt hatte, war noch gespannt wie eine Trommel. Plötzlich riss es, und der Wind zerrte daran wie ein gieriger Bettler, fuhr durch das Loch und warf das Segel dabei fast ganz zur Seite. Die Seeleute rutschten rasch nach unten an Deck, gerade rechtzeitig, denn der Mast bog sich schon sehr tief zur Seite.

»Schneidet das Segel los, oder es reißt uns den Mast heraus!«, schrie Carmichael.

Ranking, dessen Schnauzer triefte, nickte dem Kapitän grimmig zu. Er zog ein Messer aus dem Gürtel und schob es sich zwischen die Zähne. Dann begann er, den Hauptmast hinaufzuklettern, während der vor und zurück peitschte wie eine Gerte.

»Wie kann er sich da festhalten?«, rief Hope.

Carmichael lachte auf. »Du kannst über Ranking sagen was du willst, aber er ist ein echter Seemann, mit Angelhaken statt Fingern!«

Ranking zog sich langsam am Hauptmast hoch. Jedes Mal, wenn das Schiff eine Dünung erklomm, wurde er von einer neuen Windböe getroffen. Er hielt sich fest, wartete, bis das Schiff wieder in ein Tal stürzte, wo es etwas geschützter war, und kletterte dann weiter. Endlich erreichte er die Spitze des Masts und kappte die Leinen. Das Segel flog in die Luft und wurde gleich darauf nach unten ins Wasser gezogen, wo es im schäumenden Grau verschwand. Ranking glitt wieder an Deck hinunter und in die Arme der Mannschaft, die johlten und einen neuen, munteren Gesang über das Brüllen der Wellen und des Donners anstimmten.

»Ein Seemann im Sturm,
klein wie Alt-Runzlers Schwanz.
Besser weißt,
wohin es geht,
sonst nimmt die See dich mit!«

Gegen Sonnenuntergang war der Sturm endlich vorübergezogen. Die See glättete sich wieder, der Wind und der Regen ließen allmählich nach, und die Wolken teilten sich und offenbarten einen gelben Sonnenuntergang, der das Wasser in flüssiges Gold tauchte. Sonnenlicht schien durch die tropfende Takelage und ließ kleine Regenbogen über das Schiff tanzen. Die Matrosen, die unaufhörlich gearbeitet hatten, hielten jetzt inne und wandten ihre Gesichter der Sonne zu, die Augen geschlossen und ein Lächeln auf den Lippen.

»Wie sieht es aus, Hope?«, fragte Carmichael. »Verspottest du das Wetter noch immer?«

»Niemals wieder.« Und sie meinte damit nicht nur das Wetter, sondern auch die Männer. Einen solchen Wagemut und eine solche Zähigkeit, wie sie die Männer an den Tag gelegt hatten, als es nötig gewesen war, hatte Hope bisher nicht mal bei den Vinchen zu Gesicht bekommen. Sowohl die See als auch die Seeleute hatten sich an diesem Tag ihren Respekt verdient.

»Hey, Südlerin«, rief Ranking. »Danke, dass du dich nicht eingemischt hast und uns unsere Arbeit hast machen lassen!«

Hope bemerkte erstaunt, dass sie sogar Ranking jetzt ein wenig Respekt entgegenbrachte. Allerdings fragte sie sich, wie lange es dauern würde, bis er sich den wieder verspielen würde.

In dieser Nacht betranken sich die Seeleute schlimmer als je zuvor. Sie aßen und tranken und sangen stundenlang. In den vorangegangenen Nächten hatte Hope sich abseits gehalten, weil sie sich angesichts ihres rauen, oft auch anzüglichen Verhaltens unbehaglich gefühlt hatte. In dieser Nacht jedoch verstand sie zum ersten Mal die Kameradschaft und die echte Zuneigung, die sie unter ihren rohen Reden und den groben Taten verbargen. Sie hatte zugestimmt, eine Weile auf dem Schiff zu bleiben, um etwas über die Welt und die Menschen darin zu lernen. Und es dämmerte ihr, dass sie das nicht erreichen würde, indem sie aus der Ferne zusah, so wie in den letzten Nächten. Könnte sie solche Männer aber jemals als ihre Gefährten bezeichnen?

»Sie können so schmutzig sein wie Störe und so laut wie eine ganze Bande Möwen.« Kapitän Carmichael saß neben ihr. »Aber im Notfall sind sie eine verdammt gute Mannschaft.«

»Solltet Ihr nicht mit ihnen feiern?«, fragte Hope.

»Ein Kapitän muss immer eine gewisse Distanz wahren und darf mit seiner Mannschaft nicht zu vertraut werden, sonst achten sie ihn nicht mehr als ihren Anführer.«

»Das klingt nach Einsamkeit«, sagte Hope.

»Das mag sein.« Carmichael sah hinaus auf das dunkle Wasser, das im Sternenlicht glitzerte. »Und doch ist ein Mann nie wirklich allein, solange er die See hat.«

»Ihr redet über die See, als wäre sie ein lebendiges Wesen.«

»Das ist sie auch.«

»Aber es ist doch nur Wasser.«

»Das Meer ist mehr als nur Wasser. Es ist die Pflanzen und das Wetter. Es ist die Kreaturen darin und darauf. Es ist all das. Du und ich, auch wir sind ein Teil des Meeres.«

»Ich fühle mich nicht, als wäre ich ein Teil von irgendetwas«, sagte Hope leise.

»Wie ist das mit diesem Orden der Vinchen, von dem du kommst?«, fragte Carmichael. »Gehörst du ihm nicht an?«

Hope kannte die Antwort auf diese Frage selbst nicht. Weder war sie ein echter Vinchen-Krieger, noch konnte sie jemals einer sein. Das war dank ihres Geschlechts unmöglich, das wusste sie. Und doch hatte Hurlo das niemals gesagt, und dass er ihre Rüstung gefertigt hatte, machte mehr als deutlich, dass er sie für eine wahre Kriegerin hielt. Als sie jetzt an ihn dachte, spürte sie eine Welle aus Zuneigung und Schmerz. Die Welt hatte einen großen Mann verloren. Sie würde sich den Brüdern, die ihn ermordet hatten, nicht anschließen wollen, selbst wenn sie ihre Einstellung irgendwann ändern und es zulassen sollten.

Sie fragte sich, ob sie vielleicht ein Teil vom Meer und seinen Leuten sein könnte. Wollte sie das? Und wenn sie es wollte, würden sie sie aufnehmen?

Am nächsten Tag liefen sie in den Hafen ein. Voller Staunen sah Hope auf die Ansammlung von Häusern, manche zweigeschossig, die nach einem klaren Raster angeordnet worden waren, während Kapitän Carmichael das Schiff in den Hafen steuerte. Es war größer als ihr Heimatdorf und das Kloster von Galemoor zusammengenommen.

»Wie heißt die Stadt?«, fragte sie.

»Ich würde Vance' Posten nicht als Stadt bezeichnen«, antwortete Carmichael. »Ist eher ein zu groß geratener Handelsposten.«

»Städte sind noch größer?«

Carmichael lächelte. »Deutlich.« Er räusperte sich und wandte sich dann an die Mannschaft. »Lasst uns die Fracht ausladen, damit wir uns bezahlen lassen können.«

Die Mannschaft wirkte schon wieder betrunken und faul wie immer, aber die Erwähnung einer Bezahlung brachte neues Leben in ihre Augen. Rasch vertäuten sie das Schiff am Pier und luden die Fracht auf den Kai. Der Hafenmeister nahm die Ladung in Augenschein und unterzeichnete schließlich die Schiffspapiere, die Carmichael ihm gegeben hatte.

Carmichael hielt Hope die abgezeichneten Papiere hin. »Jetzt nehmen wir das hier mit runter zur imperialen Handelskommission und tauschen es gegen das Geld ein.«

Die Straßen von Vance' Posten waren überfüllt von Händlern, manche steckten in feinen Kleidern, andere in einfachen, aber alle waren peinlichst sauber angezogen. Nach mehreren Tagen an Bord der *Lady's Gambit,* auf der ein Bad einen zu großen Luxus dargestellt hätte, wusste Hope genau, wie schmutzig sie aussehen musste, ihre Haut von Teer und Salz verschmiert, ihre hellen Haare von mehreren Salzwasserladungen verklebt. Sie schob diese Gedanken jedoch beiseite. Sie war für die Sicherheit ihres Kapitäns zuständig, also musterte sie die Straßen achtsam und behielt die Hand immer in der Nähe des Schwertgriffs.

»Du kannst dich ein bisschen lockermachen, Südling«, sagte Ranking. »Ich glaube nicht, dass wir hier viel erleben werden.«

»Es sieht wirklich sehr ordentlich aus«, gab Hope zu.

»Die Menschen gehen hier ihren Geschäften nach, sonst geschieht nicht viel«, sagte Carmichael. »Hier leben nur Händler und ihre Familien. Es ist der größte Anlaufhaufen in den südöstlichen Gebieten des Imperiums. Wenn du in dieser Gegend handelst, dann kommst du unweigerlich durch Vance' Posten durch.«

»Soll heißen, dass hier das Geld ist«, fügte Ranking hinzu.

»Da sollte es doch ein verlockendes Ziel für Diebe darstellen«, sagte Hope.

»Vielleicht«, sagte Carmichael. »Wenn da nicht die Flotte von imperialen Marineschiffen wäre, die hier immer stationiert sind.« Er deutete auf ein lang gestrecktes, rechteckiges Gebäude auf der anderen Straßenseite. Über der Tür aus dunklem Holz hing ein Schild, auf dem IMPERIALE HANDELSKOMMISSION stand. Es war mit dem imperialen Wappen gekennzeichnet, einem Blitz, der auf eine Welle prallte. »Es mag nicht ganz so imposant sein wie Steingrat oder New Laven, aber Vance' Posten ist der wichtigste Hafen des ganzen Reiches. Und jetzt komm weiter. Es ist Zeit fürs Geschäft. Was ich am wenigstens an meinem Dasein als Kapitän mag.«

Er führte sie durch die Vordertür der imperialen Handelskommission. Der Raum wurde von schwachem Sonnenlicht erhellt, das durch die Fenster fiel. Mehrere Männer fläzten faul auf den Bänken, die an der Wand aufgereiht standen. Auf der anderen Seite des Raums saß ein Offizier in einem weiß-goldenen Umhang an einem großen Holzschreibtisch, auf dem eine kleine Öllampe stand. Ein Mann stand vor dem Schreibtisch, seinen Hut in den Händen, während er leise mit dem Offizier sprach. Carmichael hielt respektvoll Abstand und wartete.

Rechts und links neben dem Schreibtisch stand je ein imperialer Soldat, und ihre goldenen Brustplatten glänzten im dämmrigen Licht der Tischlampe. Bei ihrem Anblick verkrampfte sich Hope unwillkürlich. Seit dem Massaker an ihrem Dorf sah sie die Farben zum ersten Mal wieder, und es hatte sich nichts geändert. Sie spürte, wie der düstere Hunger nach Rache in ihr aufstieg, und holte tief Luft, um sich dagegen zu wappnen.

»Magst die Imps nicht, hm?«, flüsterte Ranking ihr zu.

»Imps?«, fragte Hope ebenso leise zurück.

»Imperiale Soldaten. Dachte, ihr Vinchen wärt lieb Kind mit denen, aber du hast gerade die Zähne zusammengebissen, als würdest du auf Stahl kauen.«

»Ich traue den imperialen Soldaten nicht«, gab sie zu.

»Dann haben wir ja vielleicht doch etwas gemeinsam.«

Hope hätte ihn am liebsten gefragt, was er damit meinte, aber der Mann vor ihnen war gerade gegangen, und der Platz vor dem Schreibtisch war jetzt frei, sodass Carmichael vortrat.

»Kapitän Carmichael von der *Lady's Gambit* mit einer Ladung.« Er legte das salzfleckige, abgezeichnete Papier auf den sauberen Schreibtisch und glättete es umständlich mit seinen rauen Händen.

Der Offizier nahm das Blatt zwischen Daumen und Zeigefinger und kniff die Augen zusammen, um die sonnengebleichte Tinte lesen zu können. »Lampenöl, Walbarten, Salzfleisch … und Holz.«

»Aye«, sagte Carmichael.

Der Offizier nickte und holte aus seinem Schreibtisch einen kleinen Stapel Münzen, die er auf die Platte zählte. »Ein Goldstück, zwanzig Silberstücke«, sagte er und schob den Stapel zu Carmichael hinüber.

»Danke, Sir«, antwortete Carmichael. »Gibt es neue Fracht, die wir mitnehmen können?«

»Ist eine träge Woche«, sagte der Offizier und nickte zu den Seeleuten hinüber, die auf den Bänken saßen. »Manche warten bereits seit Tagen auf anständige Fracht.« Er bewegte ein paar Papiere auf seinem Schreibtisch hin und her, hielt dann eines hoch. »Gerade habe ich nur eine Ladung Verpflegung und Alkohol für Morgenlicht.«

»Morgenlicht?«, fragte Ranking. »Aber das ist …«

»Ich nehme sie«, sagte Carmichael.

Ranking klappte den Mund zu, aber Hope hatte bereits erkannt, dass ihr Ziel ihn beunruhigte. Der Offizier schien ebenfalls erstaunt.

»Ihr kommt mit der Reise klar?«, fragte er.

»Sicher«, antwortete Carmichael.

Der Offizier zuckte mit den Schultern, schrieb etwas auf den Zettel und reichte ihn Carmichael. »Nimm das mit hinunter zum Hafenmeister, und er wird dafür sorgen, dass die Fracht geladen wird.«

»Danke vielmals, Sir.« Carmichael wandte sich um und ging auf die Tür zu, Hope und Ranking folgten ihm.

»Verpisste Hölle, Kapitän, Morgenverpissteslicht?«, fragte Ranking, sobald sie wieder auf der Straße standen.

»Ich hab nie von dieser Insel gehört«, sagte Hope.

»Ein militärischer Außenposten weit draußen an der östlichen Ecke des Imperiums«, erklärte Carmichael. »Letztes

Fleckchen vor der Morgenrotsee.«

»Das ist verpisstes Niemandsland«, sagte Ranking. »Wenn du da draußen in Gefahr gerätst, bist du auf dich alleine gestellt.« Seine Augen waren sehr groß, und er sah sich immer wieder um, als reichte die bloße Erwähnung des Orts aus, um ihn auf magische Weise dorthin zu versetzen.

»Ich habe nicht vor, uns in Gefahr zu bringen«, sagte Carmichael.

»Ihr wisst, dass das draußen hinter den Rissen ist«, erwiderte Ranking.

»Ich werde mit den Rissen fertig.«

»Ich hab gehört, bei den Rissen lauern Piraten.«

»Das habe ich auch gehört«, gab Carmichael zu.

»Piraten? So wie Dire Bane?«, fragte Hope. Der berühmt-berüchtigte Pirat, den ihr Lehrer seiner gerechten Strafe zugeführt hatte, war der einzige Pirat, den sie kannte.

Ranking spukte aus. »Die sind nicht wie Dire Bane. Keine Ehre, keine Gnade. Die sind wie Tiere. Ich habe gehört, dass sie die gesamte Mannschaft töten, wenn sie ein Schiff plündern. Und statt die Leichen über Bord zu werfen, essen sie sie auf.«

»Morgenlicht ist ein Wagnis«, gab Carmichael zu. »Aber wir brauchen ein neues Hauptsegel, und dafür wird der größte Teil unserer Einnahmen draufgehen, die wir gerade eingestrichen haben. Und wahrscheinlich brauchen wir bald auch einen neuen Hauptmast. Wir sind auf das Geld angewiesen. Wir könnten es hin- und zurückschaffen, bevor hier überhaupt neue Fracht auftaucht. Wenn wir es nicht wagen, hängen wir genauso herum wie die anderen und verlieren noch Geld durch diese lächerlichen Übernachtungsabgaben hier im Hafen. Außerdem wird Hope mit jeder Piratenplage fertig, oder nicht?«

»Natürlich, Kapitän«, sagte Hope, weil er das hören wollte. Allerdings fragte sie sich, ob das stimmte. Ihre Fähigkeiten waren noch nicht erprobt. Ihre einzige Kampferfahrung hatte sie mit einem einzigen, zu sehr von sich überzeugten Vinchen-Krieger und einem großen dummen Fisch gemacht. Kalte Angst kribbelte in ihr, als sie an einen neuen Gegner dachte. Aber noch deutlicher spürte sie das Verlangen, sich der Herausforderung zu stellen und sich selbst zu beweisen, dass sie eine wahre Kriegerin war.

Der Kodex sagte, dass sich ein Vinchen niemals nach dem Kampf sehnen sollte, und so versuchte sie diese Gedanken auf ihrem Weg zurück zum Schiff beiseitezuschieben. Das Gefühl saß ihr dennoch den Rest des Tages im Nacken, während sie auf die Fracht warteten, und schließlich sogar in ihren Träumen, in denen sie gegen Piraten kämpfte, die in Weiß und Gold gekleidet waren.

10

Brigga Lin hatte mehr erwartet als einen verwitterten Haufen Steine, die er jetzt vor sich sah, als er am Tempel von Morack Tor ankam. Man sagte, dass Morack Tor, einer der ersten wahren Biomanten, den Tempel Jahrhunderte vor der Geburt des Imperiums erbaut habe, und dass es ein wahrer Speicher für das Wissen des Ordens gewesen sei. In den frühen Tagen des Imperiums, lange nach Morack Tors Tod, hatte der Kopf des Rats der Biomanten, Burness Vee, ihn auf Drängen von Selk dem Tapferen aus dem Orden der Vinchen zerstört. Manches Wissen war einfach zu gefährlich, hatten sie gesagt. Doch genau das war das Wissen, das Brigga Lin suchte.

Im letzten Jahrzehnt hatte sich der Rat der Biomanten immer besorgter gezeigt wegen der Bedrohung, die eine Invasion aus dem Norden, von jenseits der Finstersee, darstellte. Jeder Biomant des Imperiums hatte verzweifelt nach einer neuen Waffe gesucht, die die Überlegenheit des Imperators über die eindringenden Fremdlinge demonstrieren könnte. Doch die Alten waren zu engstirnig und dachten zu traditionell, wie das so oft der Fall war. Nicht so Brigga Lin. Während er sein Noviziat in Steingrat absolvierte, hatte er erfahren, dass es die Ruinen von Morack Tor immer noch gab, und dass sie seit der Zeit des Dunklen Magiers unberührt dalagen. Er schlug seinem Mentor vor, die Ruinen zu besuchen. Wenn der Dunkle Magier etwas Lohnenswertes gefunden hatte, warum sollte ihnen das nicht auch gelingen? Sein Mentor hatte geantwortet, dass sie nur ihre Zeit verschwenden würden. Das dort nur ein Haufen Schutt läge. Trotz dieser Worte hatte sich Brigga Lin mehr von Morack Tor erhofft. Und doch war das alles, was er erblickte, als er sein kleines Boot an den Strand zog.

Die Insel war klein, fast rechteckig und kaum eine Viertelmeile breit. Sie war von grauem Sand gesäumt, der zur Mitte hin in dunkelgrünes Moos überging, das sich über die Steinhaufen des ehemaligen Tempels zog. Das war alles, was sich dort befand.

Brigga Lin seufzte und setzte sich auf eine der von Moos überwucherten Säulen. Der Rat hatte seine Bitte um einen Trupp imperialer Wachen als seine Begleitung abgelehnt, und jetzt war er froh darüber. Sie hätten ihn gründlich ausgelacht über diesen Fehlschlag. Die imperialen Wachen brachten den älteren Biomanten eine Verehrung entgegen, die fast schon an Furcht grenzte. Aber sie empfanden keinen Respekt für einen neu ordinierten Biomanten, schon gar nicht für einen mit einem solch glanzlosen Ruf. Brigga Lin war wirklich nicht der Versierteste in den Verwandlungen gewesen, und sogar seine wissenschaftlichen Bemühungen hatten nicht besonders beeindruckt. Doch was ihm an Talent fehlte, machte er durch Entschlossenheit wett. Er würde etwas in diesen Ruinen finden oder bei dem Versuch sterben.

Und so begann er seine Suche in den Ruinen von Morack Tor. Und er starb dabei wirklich fast. Obwohl er die Vorräte sorgfältig rationierte, waren sie nach zehn Tagen aufgebraucht. Und doch suchte er weiter und hielt sich am Leben, indem er das Regenwasser aus dem widerlichen grünen Moos presste und trank. Als er hungrig genug war, aß er das Moos sogar. Bedauerlicherweise löste das Moos leichte Halluzinationen aus. Doch selbst das hielt ihn nicht auf. Eines Nachmittags, als die Wolken über ihm zornig zu pulsieren schienen und die Steine mit gequälten Mienen ineinanderflossen, fand er endlich eine Art Tunnel unter der Erde.

Es dauerte eine Weile, bis er sich sicher war, dass er keine Einbildung war. Doch seine Visionen kamen und gingen, sodass er in einem seiner klaren Momente tatsächlich in der Lage war, den quadratischen Stein zu überprüfen, der in den Boden eingelassen war. Die Diät aus Regenwasser und halluzinogenem Moos hatte ihn geschwächt, aber mithilfe des hölzernen Ruders von seinem Boot gelang es ihm, die Einstiegsluke zu öffnen. Er kletterte hinab in den dunklen Raum und murmelte dabei vor sich hin, wie sehr sie alle den Tag bereuen würden, an dem sie an ihm gezweifelt hatten. Dann jedoch dachte er, dass er sich vielleicht zu früh gefreut hatte. In diesem Raum befand sich nichts. Bücherregale standen an den Wänden, aber in ihnen lag nur Asche. Die Decke und der Steinboden waren verrußt, so als hätte jemand die ganze Bibliothek angezündet.

Brigga Lin fiel auf die Knie. Er sah auf seine weiße Biomanten-Robe hinab, die von Matsch und Moos befleckt war. Ihm war schwindlig, weil das giftige Moos in seinem Körper sein Werk tat. Er fragte sich, ob das Moos ihn umbringen würde. Bis zu diesem Moment hatte er das nicht einmal in

Erwägung gezogen. Sie hatten *alle* recht gehabt. Seine Eltern, sein Mentor, der Rat. Er war nur ein armer, arroganter Narr.

Doch da bemerkte er ein perfektes rundes Loch im Steinboden. Er hatte sich gewundert, dass der Boden aus Stein war. Warum hatte man nicht einfach die festgetretene Erde gelassen? Vielleicht, weil darunter etwas verborgen lag.

In der Nähe des Lochs hatte man etwas in den Stein graviert. Er beugte sich darüber und bemühte sich, trotz seiner vom Moos vernebelten Sicht den Text zu erkennen. Die Buchstaben schienen sich zu bewegen, sich zu kräuseln und zu wellen, sodass es einen Moment dauerte, bis er die einfache Nachricht entziffern konnte. Es dauerte sogar noch länger, bis er sie begriff.

Er, der mutig genug ist,
blind in die Dunkelheit zu greifen,
wird sich in der Dunkelheit verlieren,
und die Dunkelheit sich in ihm.

Das klang nicht besonders vielversprechend. Es war allseits bekannt, dass in vielen alten Tempeln der Biomanten Fallen aufgestellt worden waren, und sich in der Dunkelheit zu verlieren, klang sehr nach einer Bedrohung. Der letzte Teil des Satzes ließ ihn jedoch innehalten. Wie sollte sich die Dunkelheit in jemandem verlieren? Vielleicht trübte das Moos seinen Verstand, aber das ergab für ihn einfach keinen Sinn. Lange saß er da und dachte darüber nach, aber er kam zu keinem Schluss. Zweimal stand er auf, um zu gehen, nur um sich jedes Mal daran zu erinnern, dass dies hier seine letzte Hoffnung war. Entweder fasste er in das Loch, oder er kehrte mit leeren Händen nach Steingrat zurück, zurück zu den Mentoren und Studenten, die ihn hassten.

»Verdammt sei es bis in alle Höllen in diesem und im nächsten Leben«, murmelte er endlich, kniete sich hin und schob seine Hand durch das Loch.

11

Bienchen hatte eine Tante in Hammerhusen, die sie aufnahm. Red fühlte sich schlecht, weil er sie in ein Viertel gehen ließ, das nicht annähernd so nett war wie die Kehre. Andere Möglichkeiten hatten sie jedoch nicht, wie Filler ihm klarmachte. Als Red vorgeschlagen hatte, sie selbst aufzunehmen, hatte Filler ihn nur angestarrt, als sei er verrückt geworden. Red musste zugeben, dass sie nicht unbedingt die beste Wahl waren, um für ein kleines Mädchen zu sorgen. Es war ein Glück, dass Bienchen überhaupt jemanden hatte. Oder Jilly. Niemand würde sie jetzt noch Bienchen nennen, dachte Red. Das machte ihm mehr zu schaffen als alles andere. In der Paradieskehre bedeutete ein Name etwas, ob du ihn dir nun selbst ausgesucht hattest oder ob er – was häufiger der Fall war – für dich ausgewählt worden war. Und in der Kehre blieb ein Name hängen.

Reds Zweifel wegen Bienchen beschäftigen ihn jedoch nicht lange, schon gar nicht, nachdem sie gegangen war. Immer öfter waren all seine Gedanken und sein Ehrgeiz darauf ausgerichtet, wie er Nessel so oft wie möglich sehen könnte.

Sie wollte sich in Fillers Nähe aufhalten, während er an ihrem Kettenmesser arbeitete, wie sie es mittlerweile getauft hatten, aber sie wollte ihn auch nicht nerven. Also hielt sie sich oft in der Schwarzpulverhalle auf. Das Innere der Halle stellte ein großer offener Platz mit Tischen, Bänken und Zelten dar. Es war ein beliebter Platz für die Steinspieler, aber auch für die Huren, die ihre Kundschaft dorthin brachten, und die Mörder, die sich hier ihrer Opfer entledigten. In der Schwarzpulverhalle gab es keine Richter und auch keine Imps. Die Autorität hatte vor ein paar Jahren versucht, den Platz zu filzen, aber nach fünf Tagen und schweren Verlusten hatten sie aufgegeben. Manche Orte ließen sich einfach nicht regieren.

»Ich dachte mir, dass ich vielleicht auch eine speziell für mich angefertigte Waffe gebrauchen könnte«, sagte Red, als er sich ohne weitere Begrüßung neben sie setzte.

»Mmh?«, machte sie, weil sie einen gebratenen Fisch am Stiel im Mund hatte.

Er zog eins seiner Wurfmesser hervor und hielt es vor sich, betrachtete es gedankenverloren. »Manchmal werfe ich eins, und sie treffen versehentlich mit dem Griff voran auf. Habe ich dabei auf den Kopf gezielt, reicht das aus, um sie kurz zu verwirren oder sogar zu betäuben. Sobald ich jedoch woanders hinziele, sagen wir auf die Brust, macht es sie nur wütend. Also habe ich mich gefragt, ob man nicht an jedem Ende ein Messer haben könnte, dann wäre das Problem gelöst.«

»Wo würdest du Salzkopf es denn dann festhalten?«, fragte Nessel.

»Daran habe ich natürlich auch gedacht.« Selbstgefällig grinste er sie an. »Ich muss es ja nicht festhalten, ich brauche nur etwas, womit ich es werfen kann. Wenn es in der Mitte eine Schlaufe oder so was hätte, durch die ich meinen Finger schieben könnte, dann könnte ich es so auch aus der Scheide ziehen.«

»Selbst wenn die Schlaufe aus festem Leder wäre, würdest du Gefahr laufen, dass sie in dem Moment, in dem du sie brauchst, zusammengedrückt wäre«, sagte Nessel. »Besser wäre ein Ring aus Metall. Da könntest du deinen Finger leicht durchschieben.«

Red bekam große Augen. »Das ist sonnig, Nessie! Wie wäre es, wenn der Ring die beiden Klingen miteinander verbindet? Drei Stücke, die einfach miteinander verbunden sind. Ich wette, so was könnte Filler mir sofort anfertigen.«

»Wenn er mit meinem Kettenmesser fertig ist«, warf Nessel ein.

Hatte er sie erst einmal getroffen, versuchte er alles, um ihre gemeinsame Zeit auszudehnen. Er zeigte ihr einen merkwürdigen kleinen Platz, den er in der Nachbarschaft gefunden hatte, wie zum Beispiel den unterirdischen Teich beim Apple Grove Manor. Oder er lotste sie in die *Ersoffene Ratte* auf ein Pint und eine Runde Stein. An anderen Tagen nahm er sie mit hinunter an die Docks, wo er den Vermissten Finn dazu brachte, ihnen ein paar Angeln zu leihen. Manchmal machte sie bei seinen Plänen mit. Andere Male sagte sie: »Nö, lass uns zu dir gehen und vögeln.« Und manchmal sagte sie auch, dass sie keine Lust hatte. Red versuchte, sich den Stich, den er in solchen Fällen verspürte, nicht anmerken zu lassen. Er wusste, dass sie ihn dann für ein Weichei halten und ihn Künstlerfratz nennen würde. Sie kam nur mit, wenn es um einen Auftrag ging.

»Worum geht es diesmal?«, fragte Nessel, während sie in einer Ecke der *Ersoffenen Ratte* an einem Tisch saßen. Sie wickelte ihr glänzendes neues Kettenmesser um ihre Hand.

Filler hatte es ausgezeichnet gearbeitet. Die Kette war dünn und leicht, aber die Glieder waren sorgfältig miteinander verbunden, sodass sie nicht zerbrechlich war. Die Klinge war zweischneidig und etwas länger als ihr Zeigefinger.

»Es ist so«, begann Red. Es gab wenige Dinge, die er lieber tat, als jemandem einen neuen Plan mitzuteilen. »Du kennst doch den Runzler, der den Fleischerladen unten an der Straße von Manay betreibt. Der, der sich Rübenmann nennt?«

»Den Laden kenne ich«, sagte Nessel. »Hab ihn nie getroffen, den alten Mann.«

»Weil du kein geselliger Mensch bist, Nessie. Du musst mit den Leuten reden. Lächeln und nett sein.«

Sie verzog das Gesicht. »Viel zu viel Arbeit.«

»Arbeit bringt aber Arbeit«, antwortete Red. »Ich habe also mit dem Rübenmann gesprochen und dabei herausgefunden, dass er auch die Bäckerei drüben in der Gezeitengasse besitzt. Er hat sich darüber beschwert, dass die beiden Läden so weit auseinanderliegen, weil er es so schwer hat, Zeug hin und her zu schleppen. Da habe ich mich gefragt, was er so schleppt. Nach einem Nachmittag fröhlichen Geplauders in der Bäckerei und ein paar Nächten, in denen ich die Straße zwischen den Läden beobachtet habe, weiß ich jetzt, dass die Bäckerei keinen Tresor hat. Nicht genug Platz wegen der Öfen. Deshalb lässt der alte Rübenmann seine Tageseinnahmen nach Ladenschluss von den Mädchen zur Fleischerei bringen.«

»Ein Ladenmädchen bekommst du allein in den Griff«, sagte Nessel. »Wofür brauchst du mich da?«

»Weil die Tageseinnahmen aus einer Bäckerei meine Zeit nicht wert sind. Wir nutzen das aus, um uns die fette Beute zu holen, den Tresor in der Metzgerei.«

»Wie machen wir das?«

»Wie ich schon sagte, lassen sie das Ladenmädchen nach Dienstende hinein. Sie öffnen die Türen und führen sie direkt zum Versteck des Tresors. Und das Mädchen hat zufällig deine Größe und ähnliche Haare.«

»Du willst das Ladenmädchen ausheben, und dann soll ich mich als sie ausgeben, um an den Tresor zu kommen?«

»Ich folge dir bis zum Laden. Sobald es Zeit ist zuzuschnappen, komme ich und helfe dir bei Aufpassern. Rein und raus. Leicht wie eine Feder.«

»Es ist nie so leicht, wie du behauptest«, sagte Nessel.

Er grinste sie an. »Ich will nicht, dass dir langweilig wird.«

In dieser Nacht beobachteten sie das Ladenmädchen auf halber Strecke zwischen den Läden. Einerseits schien es nicht besonders sicher, das Geld so zu transportieren, andererseits vermutete man nicht, dass es ausgerechnet bei einem grauen, kleinen Ladenmädchen etwas zu holen geben sollte. Sie spielte ihre Rolle auch wirklich gut. Lief gemütlich daher, und nichts verriet, dass sie etwas Wertvolles bei sich trug oder eine wichtige Erledigung machte. Hätte Red das nicht zufällig erfahren, wäre auch er vollkommen ahnungslos gewesen. Er hatte allerdings gelernt, dass die Fähigkeit, Dinge herauszufinden, einen in der Paradieskehre noch viel weiterbrachte als Messerwerfen oder Schlösserknacken.

Nessel brachte sich in einer Seitengasse in Position, die das Mädchen bald passieren würde, während Red auf der Straße auf sie zulief. Red passte das Mädchen so ab, dass sie gerade an der Seitengasse vorbeilief, als er an ihr vorbeikam. Nessel holte mit dem stumpfen Ende ihres Kettenmessers aus und traf das Mädchen an der Schläfe. Red fing sie auf, bevor sie auf dem Boden aufschlug. Schnell zog er sie in die Gasse, wo

Nessel auf ihn wartete. Sie zog den schäbigen Schal und den Hut des Mädchens an und nahm den kleinen Münzbeutel, der zur Metzgerei gebracht werden sollte.

»Nimm ihn jetzt lieber noch nicht«, sagte Red. »Sie erwarten ja, den Beutel zu sehen, wenn sie den Tresor öffnen.«

Zweifelnd blickte Nessel auf das Ladenmädchen hinab. »Sag ehrlich, sehe ich wirklich aus wie sie?«

»Sicher tust du das, Nessie. Du bist nur hübscher.« Er zwinkerte.

Sie runzelte die Stirn. »Dann lass uns mal rausfinden, ob der Plan und du verpisst noch mal was taugen.«

Nessel lief bis zum Metzger, während sich Red vorsichtig hinter ihr hielt. Er blieb in den Schatten und mischte sich immer wieder unter kleinere Grüppchen, die die Straße entlanggingen. Die Sonne ging langsam unter, und die Imp-Patrouillen, die die Straßenlampen entzündeten, hatten ihr Viertel noch nicht erreicht, sodass er genug dunkle Ecken fand, um sich darin zu verbergen. Red bemerkte erfreut, dass Nessel den gleichen Schlendergang anschlug wie das Ladenmädchen. Er wusste, dass es nicht einfach war, entspannt zu tun, während ein Auftrag vor einem lag.

Endlich erreichten sie die Metzgerei. Nessel klopfte genauso an die Tür, wie Red es bei dem Ladenmädchen beobachtet hatte, und nach einer Minute angespannten Wartens öffnete sie sich. Ein großer, dicker Mann mit blutiger Schürze sah auf sie hinunter.

»Wo ist unser anderes Mädchen?«

Nessel zögerte nur kurz, vielleicht um Red innerlich zu verfluchen. »Hat ihre Hand heute am Ofen verbrannt, also haben sie mich geschickt.«

Der Mann musterte sie. Red hielt die Luft an und bereitete sich darauf vor, Nessel rauszuhauen, falls es von jetzt an leewärts ging. Aber der Mann nickte nur.

»Ja, in Ordnung.« Er trat beiseite und winkte Nessel hinein. »Sag dem Boss, er soll dich öfter schicken«, sagte er und klatschte ihr die Hand auf den Hintern, als sie an ihm vorbeiging.

Nessel hielt ganz kurz inne, und Red stockte der Atem. Würde sie den Kerl an Ort und Stelle ausweiden? Das wäre nur recht und billig, aber es würde auch ihre ganze Arbeit zunichtemachen.

»Ja, in Ordnung, vielleicht mache ich das«, sagte sie da und lächelte den Kerl an.

Er schien erfreut über das Lächeln, aber Red erkannte es und schauderte. Es bedeutete: »Ich werde dich nicht nur töten, ich werde es auch auf die schmerzhafteste Art tun.« Red notierte sich im Geiste, dass der Kerl Nessel gehörte.

Der Mann schloss die Tür, sobald sie beide drinnen waren. In letzter Sekunde warf Red eines seiner neuen, doppelseitigen Messer, sodass sich die Tür nicht ganz schloss. Der Mann drückte die Klinke, um die Tür zu verriegeln. Normalerweise hätte er sicher den ungewohnten Widerstand bemerkt, aber seine Augen waren immer noch auf Nessel gerichtet.

Sobald Red die beiden nicht mehr im Fenster sehen konnte, flitzte er zur Tür. Die Klinge hatte die Tür blockiert, sodass er eins seiner Schlossknackerwerkzeuge einführen konnte, um die Tür von innen zu entriegeln. Die Tür schwang auf, er zog sein Messer aus dem Türsturz und schlüpfte hinein.

Der vordere Teil des Ladens, wo die Kundschaft ihr Fleisch bestellte, war dunkel. Er hörte Stimmen von der anderen Seite der Theke. Vorsichtig bewegte er sich weiter, auf eine Tür zu. Sie führte ins Hinterzimmer, wo das Fleisch an Haken hing. In der Mitte stand ein großer Tisch, der von jahrealtem Blut befleckt war, darunter standen Eimer mit geronnenem Blut. Der Tresor war am anderen Ende des Raums. Außer Nessel und dem Kerl standen da noch zwei andere herum, die genauso groß und breit wirkten.

»Wie heißt du, Mädel?«, fragte einer gerade.

»Ell«, antwortete Nessel und versuchte sich an einem scheuen Lächeln.

Red fand es nicht besonders überzeugend, aber der Kerl schien es ihr abzukaufen. Während Red darauf wartete, dass sie den Tresor öffneten, bemerkte er einen stechenden Schmerz in der Hand. Er sah hinunter. Seine Handfläche war aufgeschlitzt, Blut sickerte hervor. Er musste sich an seinem Messer geschnitten haben, als er es geworfen hatte. An seiner Technik musste er wohl noch feilen.

Endlich hörten die Kerle auf, mit Nessel zu schäkern, und öffneten den Tresor.

»Was machst du nachher …«, setzte einer an, aber da traf ihn schon ein Wurfmesser im Nacken. Er versuchte, es zu fassen zu bekommen, aber dabei schlitzte er sich nur die Hände auf. Gleich darauf sackte der andere zu Boden. Jetzt blieb nur noch der Kerl übrig, der die Tür geöffnet hatte. Der war allerdings damit beschäftigt, voller Entsetzten auf seine beiden Kumpel zu starren, die an ihrem Blut erstickten.

»Du heimtückische Schnitte!« Er hieb mit einer großen Faust nach ihr. Sie duckte sich zur Seite weg und schwang ihre Kette, sodass sich die Klinge in sein Handgelenk bohrte. Dann zog sie fest daran, um das Messer wieder freizubekommen und ihn aus dem Gleichgewicht zu bringen. Er stolperte, und sie trat ihm gegen den Kopf. Er taumelte und hieb mit der gesunden Hand um sich. Nessel wartete auf eine gute Gelegenheit, dann schwang sie das schwere Ende ihrer Kette genau zwischen seine Beine. Er wimmerte und brach zusammen.

Nessel stand über ihm. »Ich lasse dich am Leben, damit du jedem Kerl, den du triffst, eine wichtige Lehre erteilen kannst. Man tatscht keiner Mieze an den Hintern ohne ihre Erlaubnis. Fein?« Dann packte sie seinen Kopf mit beiden Händen und rammte ihm ihr Knie ins Gesicht. Er fiel zu Boden und blieb bewusstlos liegen.

»Hübsch gemacht«, sagte Red.

Sie räumten den Inhalt des Tresors in einen Sack, als Nessel ihn fragte: »Warum bluten deine Hände?«

»Ich habe wohl noch nicht herausgefunden, wie ich meine Messer werfen muss, ohne mich selbst dabei zu erwischen«, gab Red zu.

»Du solltest vielleicht Handschuhe tragen, bis du das hinbekommst, damit du nicht verblutest, bevor die Arbeit getan ist.«

Red schüttelte den Kopf. »Dann würden meine Finger nicht durch den Ring passen.«

»Dann schneid halt die Finger von den Handschuhen. So wären deine Handflächen immer noch geschützt, oder?«

»Gute Idee«, sagte Red, während er auf seine aufgeschlitzten Hände hinunterblickte.

»Genau wie das hier«, sagte Nessel und nickte zu dem Tresor hinüber.

Er strahlte sie an. »Findest du?«

»Ja. Gute Beute, wenig Risiko. Wer hätte gedacht, dass ein Künstlerfratz vom Silberrücken so gut in der Kehre zurechtkommt.«

Red beschloss, dass als Kompliment zu verstehen. Nessel war normalerweise besonders leck nach einem Auftrag, da wollte er die Stimmung nicht ruinieren.

Die Angestellten, die nicht als Huren in der *Himmelsschnitte* arbeiteten, lebten im obersten Stockwerk des Gebäudes. Nessel teilte sich ihr Zimmer mit der Putzfrau, die Ipsy hieß. Ipsys Kerl war ein Seemann und oft draußen auf dem Meer. War er im Hafen, so blieb sie mit ihm in *Des Seemanns Mutter*, das jetzt nur noch ein Gasthaus war. Sie war die ganze letzte Woche weggewesen, sodass Red und Nessel das Zimmer für sich hatten. Das wiederum führte zu viel Sex, und auch diese Nacht machte da keine Ausnahme.

Hätte jemand Red gefragt, ob der Sex gut war, hätte er Ja gesagt, auch wenn ihm der Vergleich fehlte. Kein Kerl würde jemals zugeben, dass er einen Fick nicht genoss. So was sagte man einfach nicht. Aber direkt danach, wenn er noch schwitzte und keuchte und die Hand nach ihr ausstreckte und sie ihn wegschob, spürte er jedes Mal, wie Kälte und Einsamkeit durch seine Eingeweide schossen. In diesen Momenten hätte er alles dafür getan, um diese Kluft zu überwinden. Nessel kuschelte nicht. Das hatte sie ihm deutlich klargemacht. Selbst Händchenhalten nervte sie. Also versuchte er es mit Worten. Meistens quatschte er einfach drauflos und erzählte, was immer ihm gerade in den Sinn kam, wenn sie da im Dunkeln lagen, und hin und wieder antwortete sie mit einem unverbindlichen Grunzen. Aber in dieser Nacht, nach dem Ausheben des Metzgerladens, unterbrach sie ihn, als er darüber schwafelte, wie er sich beim Rübenmann eingeschmeichelt hatte, um an die Informationen zu kommen, die zu ihrem Erfolg geführt hatten.

»Deine Eltern waren also vom Silberrücken?«

»Mein Dad hat dort als Hure gearbeitet, so wie schon seine Mutter und sein Vater. Langer und stolzer Stamm von Huren vom Silberrücken, die der Bohème schon seit Generationen gedient hatten. Manche nennen die Huren vom Silberrücken Musen, weil sie fast alle ungewöhnlich gut aussehen und schon so manchen Maler oder Musiker inspiriert haben. Mein Dad war auch so.«

»Wie sieht es mit deiner Mutter aus?«

Zu einem anderen Zeitpunkt oder an einem anderen Ort hätte Red eine vorsichtigere Antwort gegeben. Er war kein vollkommener Idiot. Aber in diesem Moment hielt die Hochstimmung nach dem gelungenen Plan und dem Kampf und dem Geld und dem Sex noch an, und er hoffte verzweifelt darauf, die Kluft, die er sich nicht einmal wirklich eingestehen wollte, zu schließen. Also sagte er die Wahrheit.

»Meine Mama war aus Hohlfall.«

»Am Arsch war sie das.«

»Nein, wirklich. So habe ich lesen gelernt. Malen kann ich auch, aber heute mache ich das eher selten.«

»Muss toll sein, so privilegiert zu sein.«

»Was meinst du denn bitte damit?«

»Nichts. Deine Mama war also eins von diesen Spitzenhemdchen, die vom Silberrücken runtergestiegen ist, weil sie davon geträumt hat, eine berühmte Malerin zu werden?«

»Sie *war* eine berühmte Malerin, um genau zu sein. Bis sie krank wurde.«

»Purpurwurz, meinst du? Deine roten Augen haben das schon verraten. Allerdings habe ich die bisher nur bei Babys gesehen.«

»Es lag nicht nur am Purpurwurz. Sie hatte dieses andere Problem, wegen der Farben. Am Ende war sie wirklich sehr krank.«

»Wie hieß sie?«

»Gulia Pastinas.«

»Die Spitzen haben immer so ausgefallene Namen.«

»Lyrische Namen«, sagte er abwesend.

»Seltsam für so eine Spitze, einen Sohn namens Red zu haben. Vor allem mit den Augen. Bisschen arg, findest du nicht?«

»Sadie hat mich Red getauft, als sie mich bei sich aufgenommen hat.«

»Wie lautet dein Geburtsname?«

»Versprichst du, nicht zu lachen?«

»Warum sollte ich lachen?«

»Ich weiß nicht. Versprich es mir einfach.«

»Klar, gut. Ich versprech's.«

»Mein Geburtsname ist Rixidenteron.«

Sie schwieg lange.

»Nessie?«

Er hörte ein leises Rascheln, und dann spürte er durch die Decke hindurch ein Beben. Schließlich brach sie in das lauteste Gelächter aus, das er je von ihr gehört hatte.

»Tut mir leid, tut mir leid!«, keuchte sie. »Das habe ich nicht erwartet!« Wieder lachte sie. »Nicht so was!«

»Mhmh.« Red spürte, wie er vor Scham rot wurde.

»Wirklich?«

»Ja, das ist mein Geburtsname. Du kannst Filler fragen. Er ist …« Er fragte sich, ob es eine gute Idee war, in dieser Nacht noch mehr zu erzählen. Vielleicht würde es aber auch helfen, damit sie erkannte, was für eine große Sache das für ihn war und wie sehr sie ihn gerade verletzte. »Er ist der Einzige, dem ich das bisher erzählt habe. Außer dir.«

»Das verstehe ich!« Nessel prustete erneut los.

In der darauffolgenden Nacht saßen Red und Filler in ihrem Zimmer und teilten sich einen Krug Bier, den sie von Prin als Bezahlung erhalten hatten, weil sie ein paar besoffene Schläger aus der *Ersoffenen Ratte* geschafft hatten. Die Sommerhitze lag wie eine Decke über New Laven, aber wie eine, die man zuvor noch in kochendes Wasser getaucht hatte. Und so saßen sie nebeneinander unter dem offenen Fenster und versuchten sich abzukühlen.

»Nessie kam heute in den Laden, um ein paar Änderungen an ihrem Kettenmesser machen zu lassen. Hat gesagt, sie hätte es ausprobiert, als ihr beide gestern einen Auftrag erledigt habt.«

»Hat sie«, sagte Red. »Meine Wurfmesser sind auch gut. Außer dass ich mir die Handflächen aufgeschnitten habe.«

»Deshalb hast du dir heute bei Brimmer die Lederhandschuhe geholt?«

»Ja.«

Filler nahm einen tiefen Schluck aus dem Krug. »Sie hat gelacht, weiß du. Als ich ihr gesagt habe, dass es stimmt, ist sie vor Lachen fast gestorben.«

Red trank einen Schluck. »Ja.« Er nahm einen weiteren Schluck und reichte Filler den Krug zurück. »Letzte Nacht hat sie auch gelacht.«

»Du bist langsam vernarrt in sie«, sagte Filler.

»Bin ich nicht«, antwortete Red automatisch.

Filler warf ihm einen skeptischen Blick zu und nahm einen weiteren Schluck.

»Und was wäre schon dabei, wenn es so wäre?«, fragte Red. »Ist ja nichts Schlechtes.«

»Wenn sie nicht genauso in dich vernarrt ist, schon.« Filler gab Red den Krug.

Red runzelte die Stirn und steckte seinen Daumen in den Hals des Krugs, zog ihn wieder hinaus und wiederholte das mehrmals, sodass es jedes Mal ploppte. Er hatte selbst so seine Zweifel. Aber manchmal brachten Zweifel einen dazu, nur noch heftiger um etwas zu kämpfen. »Ich glaube, sie *ist* vernarrt in mich.«

»Nee, sie mag dich. Und sie mag es, mit dir zu vögeln. Aber sie ist nicht in dich vernarrt.«

»Woher willst du das denn wissen?« Red konnte nichts gegen die Abwehr tun, die sich in seine Stimme schlich.

»Sie sieht dich nicht so an, wie du sie ansiehst.«

Reds ausgefallene Reden und seine flinken Gedanken ließen ihn sich manchmal im Kreis drehen, nur eben schneller als andere. Und manchmal war es dann Filler, der die Dinge auf seine einfache Art nackt und bloß vor ihm ausbreitete. So von dem Kerl dargestellt, den Red am besten kannte und dem er am ehesten vertraute, konnte er es nur noch annehmen.

Traurig sah er Filler an. »Was soll ich tun?«

»Frag sie. Vielleicht liege ich auch falsch. Aber auf jeden Fall weißt du dann Bescheid.«

»Aber was ist, wenn wir dafür bestimmt sind, zusammen zu sein? Schicksal. Glaubst du nicht, dass wir perfekt zusammenpassen?«

»Nein. Eigentlich nicht.«

Red sah ihn an, seine rubinroten Augen groß vor Erstaunen. »Ich dachte, du magst Nessel.«

»Tu ich ja auch. Aber sie versteht dich nicht so, wie du es verdient hast.«

»Du redest, als wäre ich so ein Künstlerfratz«, sagte Red bitter.

Filler seufzte. »Versprich mir was. Wenn du mit ihr redest und es leewärts geht, gehst du danach zu Sadie.«

Red nahm einen tiefen Schluck und lehnte den Kopf gegen die Fensterbank, sodass die Nachtluft seinen verschwitzten Nacken kühlte. »Gut. Aber das wird nicht passieren. Wirst schon sehen. Sie behält es nur für sich, so wie jeder echte Kerl hier in der Kehre. Aber sie ist genauso vernarrt in mich wie ich in sie.«

Red liebte die Paradieskehre. Mehr noch als den Silberrücken, wo er seine frühe Kindheit verbracht hatte. Mehr noch als die *Sturmbraut,* obwohl seine Erinnerungen an sie zu seinen liebsten zählten. Und mit Sicherheit auch mehr als Hohlfall, das er noch nie zuvor gesehen hatte. Zugegeben, es hatte Zeiten gegeben in seinem Leben, vor allem, als er noch jünger gewesen war, da hatte er sich gewünscht, dass seine Tante Minara auftauchen und ihn in ihr Spitzenhemd-Anwesen in der Oberstadt mitnehmen würde. Er erinnerte sich ein wenig an sie, weil sie manchmal zu Besuch gekommen war, als seine Mutter noch gelebt hatte. Älter und konservativer als seine Mutter, sah sie ihr dennoch sehr ähnlich, war aber in ihrer Sprache und ihren Berührungen viel weicher als seine Mutter. Besonders in den Monaten bevor er Sadie getroffen hatte, hatte er sich nach dieser Berührung gesehnt. Heute wusste er, dass das die Träume eines schwachen und verängstigten Kindes gewesen waren. Dachte er heute an seine Tante, dann nur, um sich zu fragen, warum sie wohl nie zu ihm gekommen war, auch wenn er gleichzeitig froh war, dass sie es nicht getan hatte.

Red liebte die Paradieskehre, aber es gab Tage, an denen hingen die Wolken tief und grau, und der Regen wusch nicht den Dreck von den schmutzigen Straßen, sondern verwandelte den Matsch und Abfall und die Scheiße in eine stinkende Suppe. An solchen Tagen wirkte jedes Gesicht auf der Straße verkniffen vor Hunger und Feindseligkeit, Babys schrien nach ihren Müttern, die niemals kommen würden, und die Kinder spielten teilnahmslos neben einem aufgedunsenen, verottenden Pferdeleichnam. An solchen Tagen floh Red auf die Dächer.

Von dort aus konnte er das ganze Viertel überblicken, manchmal sogar noch weiter, wenn die Wolken nicht zu niedrig hingen. Die Luft schmeckte anders dort oben, unberührt von den Abwässern, die unten durch die Gosse an beiden Seiten der Straße flossen. Und ruhig war es dort oben. Die Geräusche des Viertels waren nur noch ein Murmeln unter dem Wind, der von der See heranfegte. Und dann konnte sich Red einen Moment lang vorstellen, dass er von all dem nicht berührt wurde.

Die Dächer hatten schon immer Red allein gehört. Filler hätte es nie zugegeben, aber er mochte die Höhe nicht besonders, und sonst wollte niemand seine vorübergehende Zuflucht mit ihm teilen. Bis er Nessel getroffen hatte. Er hatte überlegt, wann wohl der beste Zeitpunkt wäre, um sie zu fragen, ob sie Kater und Mieze sein wollten, auf immer und ewig.

Die meisten Dächer im Viertel waren abgeschrägt, doch Red kannte jedes, das flach und breit genug war, damit man darauf bequem stehen konnte. Und zufällig war eines davon der perfekte Ort. Wenigstens symbolisch perfekt, wenn auch nicht leicht zu erreichen.

»Wir machen was?«, fragte Nessel, während sie in einer Seitengasse standen. Zweifelnd blickte sie hinauf auf die Markise über der Tür.

»Ich kann zuerst hochklettern und dir ein Seil runterwerfen, wenn du Hilfe brauchst.« Er hatte nur für den Fall eins mitgebracht.

»Ich brauche keine Hilfe, du Salzkopf. Ich weiß nur nicht, warum wir das tun sollten.«

»Wirst schon sehen.« Red wackelte geheimnisvoll mit den Augenbrauen.

Nessel seufzte. »Gut.«

Sie kletterten auf die Markise hinauf, dann schoben sie sich vorsichtig über ein Fensterbrett. Von dort aus war es ein kleiner Sprung auf einen Flaschenzug von einer Wäscheleine. Sobald einer von ihnen den Flaschenzug gefasst hatte, mussten sie ihre Beine nach oben strecken, um ihre Fersen in eine Regenrinne zu haken, dann den Oberkörper nach oben krümmen, um die Rinne mit den Hände zu packen und sich aufs Dach hochzuziehen.

»Verpisste Hölle.« Nessel massierte ihre Hände. »Wie hast du das denn herausgefunden?«

»Hat ein bisschen Übung gebraucht«, antwortete Red. »Aber wenn es leicht wäre, dann würde ja jeder hier oben sein, oder nicht? Sieh dir doch nur die Aussicht an, und erzähl mir dann, dass es das nicht wert war.«

Er machte eine weit ausholende Geste mit beiden Händen, die die Dächer auf allen Seiten einschloss. Der alte Tempel und einige Dächer der höheren Gebäude lagen im Nebel verborgen, was Red magisch erschien. Obwohl die Sonne noch nicht untergegangen war, hatte man die Straßenlampen in diesem Teil des Viertels bereits entzündet, sodass der Nebel zu leuchten schien.

»Mmh«, machte Nessel.

»Wenn du da herunter siehst, wirst du verstehen, warum ich genau dieses Dach ausgesucht habe.« Er zeigte mit einer schwungvollen Bewegung und einem verschmitzten Lächeln nach unten auf eine Kreuzung.

Nessel sah nach unten, doch ihre Miene blieb undurchschaubar.

Red wartete.

Endlich schüttelte Nessel den Kopf. »Tut mir leid. Ich versteh es nicht. Warum dieses Dach?«

»Weil wir von hier aus die Kreuzung sehen, an der wir uns zum ersten Mal geküsst haben!«, antwortete er.

»Oh, ja. Das war da wohl.« Nessel sah sich erneut um, dann rieb sie die Hände aneinander. »Ist ein bisschen kalt. Warum sind wir jetzt hier oben?«

»Also gut, weil ich …« Für Red war der Grund so offensichtlich, dass es ihm schwerfiel, ihn in Worte zu fassen. »Es ist was Besonderes. Für uns.«

Sie nickte.

»Und …« Reds Herz begann zu rasen. Seine Hände schwitzten. Sein Mund war plötzlich ganz trocken. Er war richtig nervös. Vielleicht lag es daran, dass Filler ihm Zweifel eingeredet hatte. Oder vielleicht, weil Nessel das ganze romantische Dach-Ding nicht begriff. Woran auch immer es lag, als er sie jetzt ansah, blieben ihm die Worte im Hals stecken.

Sie starrte ihn mit zusammengekniffenen Augen und überkreuzten Armen an. »Du wirkst schlüpfrig. Was ist los?«

»Ich weiß … ich … es tut mir leid«, stammelte er. Dann holte er tief Luft und begann von vorn. »Du bist die beste Mieze, die ich je getroffen habe. Willst du nicht mein sein, für immer?« Er streckte ihr die Hand entgegen.

Sie starrte seine Hand an, als wäre sie ihr vollkommen fremd. Je länger sie so dastand, desto tiefer sank Reds Magen.

»Ich mag dich, Red«, sagte sie endlich leise. »Ich bin gern mit dir zusammen. Ich vögel gern mit dir. Ich würde sogar so weit gehen zu sagen, dass ich dich lieber mag als jeden anderen, den ich kenne. Außer mich selbst. Ich mag mich lieber als alle anderen. Und ich bin niemandes Mieze, und das werde ich auch nie sein. Wenn du das willst, dann musst du dir eine andere suchen.«

Red starrte sie an. Er stand zwar noch, aber sein Inneres schien in sich zusammenzusacken.

»Alles fein?«, fragte sie.

»Klar«, antwortete er benommen. »Mein Fehler.« Er wandte sich um und ging.

»Jetzt werd mir hier nicht weich, Rixie«, rief sie ihm neckend nach.

Das war das Schlimmste, was sie hatte sagen können, und so rannte er los.

»Red, komm schon, das war ein Witz«

Aber er sprang schon auf das nächste Dach und rannte weiter. Er hatte seit Monaten versucht, dieser Mieze so nah wie nur möglich zu kommen, und jetzt hielt er es nicht aus, in ihrer Nähe zu sein. Er rannte weiter, von Dach zu Dach, rutschte manchmal fast ab und hielt dennoch nicht an, bis er an einen Platz kam, der zu breit war, als dass er hätte springen können. Unter ihm reihten sich Zelte aneinander. Er war bei der Schwarzpulverhalle angekommen. Er hatte nicht vorgehabt, herzukommen. Vielleicht hatte etwas tief in ihm drinnen ihn dennoch hierher gelotst. Oder besser gesagt, zu einem bestimmten Menschen an diesem Ort.

Auf der einen Seite der Schwarzpulverhalle stand eine Reihe Tische, an denen sich die alten Runzler versammelten. Red entdeckte Sadie unter ihnen, die sich an einen Tisch lehnte und ihre Beine in den Gang streckte. Das Leben in der Kehre war hart, und die letzten acht Jahre hatten ihre Spuren an ihr hinterlassen. Ihr verfilztes Haar war grau, ihre Haut hing, und ihr fehlten mehr als ein paar Zähne. Und doch waren ihre Augen immer noch scharf und ihr Geist schnell. Vor allem aber war sie noch am Leben, was man nicht von all ihren Weggefährten behaupten konnte. Wenige wurden alt in der Paradieskehre. Jedem, der das schaffte, wurde ein gewisser Respekt gezollt, und er wurde für gewöhnlich in Ruhe gelassen, um in seinen Erinnerungen zu schwelgen, oder was auch immer sonst die Runzler dort in ihrer Ecke taten.

»Wenn du mal nicht angepisst und verpfeffert dreinschaust«, bemerkte Sadie, als sie ihn erkannte.

Red ließ sich neben sie plumpsen. »Ich bin ein Idiot.«

»So oder so«, sagte Sadie. »Worum geht es denn?«

»Da gibt es dieses Mädchen …«

»Ah, wir sind so weit, oder nicht?«, fragte sie ernst. »Raus damit. Wer hat was gemacht?«

»Sie will mich nicht als ihren Kater. Sie … sie hat nicht mal gesagt, warum.«

»Wahrscheinlich hat sie das. War wohl aber nichts, was du verstanden hast, oder was du hattest hören wollen.«

»Vielleicht bin ich hässlich.«

»Das glaubst du doch selbst nicht.«

»Vielleicht mag sie meine Augen nicht. Manche Leute halten mich für böse, weißt du. Wegen meiner roten Augen.«

»Es gibt eine Menge dummer Leute da draußen. Ist das Mädchen, in das du so vernarrt bist, dumm?«

Red schüttelte den Kopf.

»Dann hält sie dich auch nicht für böse.«

»Vielleicht liegt es daran, dass ich kein anständiger Kerl aus der Kehre bin.«

»Warum sagst du so was?«

»Das hat sie gesagt. Als ich ihr erzählt habe, dass ich vom Silberrücken bin.«

»Na, das ist mal ein Haufen Eier und Schwänze. Sorgst du dich um deine Kerle?«

Red nickte.

»Stehst du ein für deine Freiheit und die der Kehre gegen die Imps und alle anderen, die sie uns nehmen wollen?«

»Natürlich.«

»Na siehst du, das ist alles, was es braucht.«

»Du hältst mich also nicht für privilegiert, weil ich vom Silberrücken komme und eine Familie in Hohlfall habe?«

»Doch, das tue ich«, antwortete sie. »Aber das heißt nicht, dass du kein echter Kerl aus der Kehre bist. Für mich heißt das nur, dass du mehr zu tun hast. Du bist schlau wegen all der Bücher, die du gelesen hast. Du verstehst besser als die meisten, wie es hier ist, und vor allem verstehst du so auch besser, was dagegen getan werden kann. Solange du dich daran hältst und deine Fähigkeiten nutzt, hast du dir in meinen Augen deinen Platz in der Kehre verdient.«

Red verließ die Schwarzpulverhalle mit Sadies Worten im Kopf. Sie milderten Nessels Zurückweisung nicht, aber sie schenkten ihm die Hoffnung, dass er wirklich hierhergehörte.

An diesem Tag war etwas anders am Markt vor der Halle. Es war später Nachmittag, und die Sonne stand noch am Himmel. Es hätte vor Menschen wimmeln sollen. Aber die Zelte war geschlossen, als würde man einen Sturm erwarten. Nur war die Brise viel zu sanft für einen Sturm.

Da sah er, dass der Sturm nicht von der Natur ausging, sondern vom Imperium. Eine Gruppe Imps arbeitete sich an den Zelten entlang vor, und sie schikanierten jeden, der nicht schnell genug geschlossen hatte. Die Imps gingen nie in die Schwarzpulverhalle hinein, aber sie filzten ab und an den Markt, um die Leuten daran zu erinnern, dass ein sicherer Hafen jederzeit auch zum Gefängnis werden konnte. So lief das eben in der Kehre, und Red sollte am besten machen, dass er wegkam und dankbar sein, dass es diesmal nicht ihn traf.

Doch er hielt an. Es mochte so sein, ja, aber Red wusste auch, dass es nicht so sein sollte. Das hatte Sadie ihm gesagt. Er sollte es besser wissen. Das hier war falsch. *Er* war falsch. Die Imps auf andere Jungs einprügeln zu lassen. Von anderen Jungs zu stehlen, wie von dem armen Rübenmann oder auch von Deadface Drem. Klar, Drem war ein mit Rauschmitteln handelnder, mörderischer Abschaum. Aber er tat auch etwas für die Gemeinschaft. Er war ein Teil dieser Gemeinschaft. Der wirkliche Feind waren diese Eindringlinge hier, die Pantoffeln des Imperators. Und sie sollten endlich verstehen, wie es in der Kehre lief, genau wie jeder andere auch.

Red zog seine neuen fingerlosen Handschuhe an, während er sich zwischen den Zelten hindurchschlängelte. Als er sich den Imps jetzt näherte, sah er, wen sie sich vorgenommen hatten, und er wusste, dass er für den Rest seines Lebens froh sein würde, dass er nicht weggelaufen war, egal, wie das hier ausging. Sie standen vor dem Zelt des Schmieds, und Filler kniete vor ihnen auf dem Boden. Blut lief ihm aus dem Mundwinkel, und ein Auge war zugeschwollen.

»Machst also Waffen, damit deine Jungs die Imps umbringen können, ja?«, höhnte einer, dann trat er Filler in den Bauch.

Filler kippte vornüber, richtete sich aber langsam wieder auf, das Gesicht vor Hass verzerrt. Er hatte bereits eine andere, respektablere Anstellung als Schmiedelehrling verloren, weil er sich geweigert hatte, für einen Imp-Offizier zu arbeiten. Jetzt hatten sie ihn bis zur Schwarzpulverhalle verfolgt. Ohne Zweifel hatten sie nicht erwartet, dass er sich wehren würde, als sie das Zelt betreten hatten. Aber Imps hatten Fillers Eltern getötet, und seither konnte er sich in ihrer Gegenwart nicht mehr beherrschen.

Einer der Imps trat aus dem Zelt. Er hatte die dicken Lederhandschuhe angezogen und hielt einen glühenden Schürhaken. »Ich glaube nicht, dass du noch mehr Waffen machst, wenn wir dir erst die Augen ausgestochen haben.«

Reds Wurfmesser grub sich tief in den Arm des Imps. Der ließ daraufhin den Haken auf seine Stiefel fallen, wo er sich sofort durch das dünne Leder brannte. Drei weitere Klingen fanden freiliegende Hälse. Den fünften Imp packte Filler am Kopf und drehte ihm den Hals rum.

»Ihr seid mordender, räuberischer Abschaum!«, schrie der Imp, dem das Wurfmesser im Arm steckte. Blut tropfte herunter, als er die Waffe auf Red richtete. »Euer Tod macht diesen Ort ein klein wenig besser.«

Red hatte keine Wurfmesser mehr übrig, und Filler war zu weit weg, um ihm zu helfen. Der Imp zielte, und obwohl er vor Schmerz wimmerte, hielt er die Waffe ruhig.

Als Nessel ihr Kettenmesser warf und sich die Klinge in das Ohr des Imps bohrte, ertönte ein metallisches Klingeln. Mit einem Ruck zog sie die Kette zurück, der Schuss ging in die Luft, und der Imp fiel zuckend in den Schlamm.

»Danke, Nessie!«, sagte Filler.

Red blieb still und beobachtete sie wachsam. Er hatte keine Ahnung, was er hiervon halten sollte oder wie er sich dabei fühlte.

»Als du so weggerannt bist, hatte ich mir schon gedacht, dass du dir Ärger einhandeln würdest«, sagte Nessel, während sie ihre Kette einholte und das Messer sauber wischte.

Red schwieg immer noch, während er von einem leblosen Körper zum anderen ging und seine Wurfmesser einsammelte.

»Schau«, sagte sie, »ich wollte einen netten, einfachen Fick. Du wolltest Romantik. Es tut mir leid, dass wir uns nicht geben konnten, was wir wollten. Aber egal, was wir sind oder waren, ich werde immer da sein, um dich rauszuhauen. Fein?«

Sie streckte ihm die Hand entgegen.

Das war nicht unbedingt das, was er wollte. Aber so war es eben auch in der Kehre. Oft genug bekam man nicht genau das, was man wollte. Nessel würde nicht die Mieze sein, die er wollte. Aber sie war eine verdammt gute Kämpferin, und in der Kehre war man ein verdammter Idiot, wenn man eine solche Allianz nicht annahm, wenn sie sich bot.

Und so nahm er ihre Hand und schüttelte sie fest, auch wenn ein kleiner Teil in seinem Inneren immer noch schmerzte. »Einverstanden. Gleichfalls, denke ich.«

12

Die Reise nach Morgenlicht dauerte vier Tage. Hope versuchte, ihre Zeit mit Meditation und Übungen auszufüllen, aber selbst ein Vinchen konnte sich nicht den ganzen Tag damit beschäftigen. Alle anderen an Bord hatten ihre Aufgaben und Pflichten, während Hope nur auf etwas wartete, das sich niemand an Bord wünschte. Und nicht einmal Hope selbst war sich sicher, dass sie ihrer Aufgabe gewachsen sein würde.

»Du wirkst so unruhig«, sagte Carmichael am zweiten Tag, als die Nachmittagssonne schien. Er hatte die Hände locker auf dem Ruder liegen, sein braunes Gesicht war der Sonne zugewandt. »Selbst deine Schritte klingen ungeduldig.«

»Ich wünschte, ich könnte mich nützlich machen«, sagte sie. »Aber ich weiß nichts über das Segeln oder Schiffe.«

»Du könntest es lernen«, sagte Carmichael.

»Wie?«

»Fang einfach an. Frag jemanden von der Mannschaft, was er da tut und warum. Frag doch Ticks über die Takelage aus. Er kennt die Leinen an Bord besser als jeder andere. Du lernst alles von jedem Mann an Bord, und bald bist du ein besserer Seemann als ich.«

»Ich glaube nicht, dass ich je so gut sein könnte wie Ihr, Kapitän«, sagte Hope. »Aber ich werde Euren Vorschlag ausprobieren.«

Er lächelte leicht. »Viel Glück.«

Hope fand Ticks am Fockmast, wo er ein dickes Seil sicherte. Ticks war ein kleiner Mann mit Glatze und Augenbrauen wie platt gequetschten, haarigen Spinnen.

»Kannst du mir erklären, was du da tust?«, fragte sie.

Er sah sie voller Vorsicht an. »Warum denn, Miss?«

»Ich will etwas über das Segeln lernen.«

Eine seiner haarigen Spinnen hüpfte in die Höhe. »Nichts, was dich kümmern sollte, Miss. Wenn du mich jetzt entschuldigen würdest, ich muss mich um eine andere Leine kümmern.«

Als Nächstes versuchte sie es bei Sankack. Sankack war ein großer Mann mit schlaffem Gesicht und fast nicht vorhandenem Kinn. Er saß am Heck des Schiffs auf einem Hocker, hatte ein Segel auf dem Schoß und eine große Nadel und Faden in den Händen.

»Flickst du das Segel da?«, fragte sie.

»Hm«, grunzte er, sah aber nicht zu ihr auf.

»Ist das im Sturm zerrissen?«

»Hm.«

»Macht es dir was aus, mir zu zeigen, wie das geht?«

»Hm.«

Hope versuchte es noch ein paarmal, aber sie bekam nichts anderes aus ihm heraus. Schließlich gab sie auf und suchte den Kapitän. Ranking hatte seine Schicht am Ruder angetreten, also lief Hope zum Quartier des Kapitäns. Leise klopfte sie an.

»Wer ist da?«

»Hope, Sir.«

»Ah. Komm herein.«

Carmichael saß an dem kleinen Tisch, hielt eine Feder in der Hand, und das Logbuch lag aufgeschlagen vor ihm.

»Und?« Ein leises Lächeln stahl sich auf seine Lippen.

»Es ist, als würden sie mir nicht trauen«, platzte sie heraus.

»Tun sie auch nicht.«

»Glauben sie, ich kann keine Leine wickeln? Oder ein Segel flicken?«

»Keiner von ihnen hat je eine Frau an Bord eines Schiffs gesehen, außer vielleicht die Frau des Kapitäns, und die tut für gewöhnlich nichts anderes, als den Kapitän als miserablen, viehischen Säufer zu beschimpfen. Sie haben gesehen, wie du den Riemenfisch getötet hast. Und wenn sie das nächste Mal ein Riemenfisch angreift, kommen sie direkt zu dir gerannt. Aber der Gedanke, dass du das tun könntest, was sie tun, das hat ihre dicken Schädel kaum gestreift. Manche werden es vielleicht irgendwann begreifen, und der Rest wird es ihnen dann gleichtun.«

»Woher wisst Ihr das?«

»Ich weiß es nicht. Aber es ist die Aufgabe eines Kapitäns, immer das zu sagen, was geschehen soll, so als wüsste er, dass es in jedem Fall passieren wird.« Sein Lächeln wurde zu einem breiten Grinsen. »Na, siehst du? Ich bringe dir immerhin meine Aufgabe bei.«

Am nächsten Tag versuchte Hope es erneut, wieder ging sie von Mann zu Mann. Auch dieses Mal wurde sie entweder ignoriert oder abgewimmelt, und Ranking lachte sie schließlich sogar aus. Nach ein paar entmutigenden Stunden schloss sie sich wieder Carmichael an.

»Es hilft dir nicht weiter, wenn du immer bei mir bist«, sagte er. »Sie müssen sich an deine Anwesenheit gewöhnen. Und das wird nur passieren, wenn du auch anwesend bist.«

Und so ging Hope am Nachmittag widerstrebend zurück zur Mannschaft. Diesmal drängelte sie nicht und schnüffelte auch nicht neugierig herum, diesmal sah und hörte sie einfach zu. Am Anfang wirkten die Männer, als fühlten sie sich nicht wohl, dann jedoch schienen sie ihre Anwesenheit zu vergessen und machten einfach ihre Arbeit. Manches schnappte sie auf, indem sie zusah. Anderes lernte sie, indem sie zuhörte, wenn sich die Seeleute unterhielten. Sie redeten, ohne sich darum zu scheren, ob sie sich höflich oder anständig ausdrückten. Das war ihr anfangs unangenehm. Doch nach und nach gewöhnte sie sich daran, so wie die Männer sich auch an ihre Anwesenheit gewöhnt hatten.

Am Morgen des vierten Tags erreichte die *Lady's Gambit* die Risse. Hope stand zusammen mit Ranking, Ticks und Sankack vorn im Schiff und sah auf die gezackten grauen Felsen, die in der Ferne von Nord nach Süd verliefen. Sie stachen aus dem Wasser hinauf in den wolkenlosen blauen Himmel und schienen gegen die Strömung anzukämpfen, denn das Wasser darunter brodelte weiß.

»Ich hab gehört, dass die Felsen aus einer unterirdischen brennenden Hölle nach oben ragen, und ihre Hitze lässt das Wasser kochen«, sagte Ticks.

»Ich hab gehört, dass ein Biomant sie gemacht hat. Sie sollen ein Schild sein gegen die einfallenden Dämonen«, sagte Sankack. »Und die Dämonen rasen vergeblich auf der anderen Seite, und deshalb kocht es.«

Hopes Puls beschleunigte sich, als das Wort Biomant fiel, aber sie blieb still.

»Sei kein Idiot«, sagte Ranking. »Biomanten können Felsen nicht verwandeln, nur *lebende* Dinge. Das weiß doch jeder.«

»Ach ja?« Sankack warf ihm einen finsteren Blick zu. »Und du bist dann also ein Experte für Biomanten? Wette, du hast noch nicht mal einen gesehen.«

Ranking starrte mit kühler Miene zurück. »Einmal. Als ich noch in New Laven war«, sagte er schließlich.

Ticks und Sankack schwiegen, während sie sich einen Blick zuwarfen. Dann räusperte sich Ticks. »Und sind sie so böse, wie die Leute sagen?«

Rankings Lächeln war bitter. »Ich bin lieber hier draußen am Rande der Welt mit euch armen Jungs, was sagt euch das wohl?«

Als sie sich den Rissen bis auf hundert Meter genähert hatten, wendete Carmichael das Schiff, sodass sie parallel zu den Felsen auf das Nordende zusteuerten. Als sie um die nördliche Ecke der Risse bogen, rief Carmichael: »Ich brauch Augen weit oben!«

Die *Lady's Gambit* hatte kein richtiges Krähennest, aber Mayfield kletterte rasch auf die Webleine des Vormasts, bis er das Bramsegel erreichte, das etwa auf dreiviertel der Masthöhe lag. Dort angekommen, legte er die Beine um die Rahe und zog ein Fernrohr hervor.

Sobald Mayfield auf seinem Platz war, drehte der Kapitän das Schiff bei, und sie fuhren nach Osten, sodass das nördliche Ende der Risse backbord lag. Als sie daran vorbei waren, erblickten Hope und die anderen zum ersten Mal die östliche Seite der Risse.

»Das ist ein verpisster Schiffsfriedhof«, sagte Ticks leise.

An der gesamten Länge der Felsen lagen zerschellte Schiffe jeglicher Größe und Bauart, von winzigen einmastigen Schaluppen bis hin zu riesigen, dreimastigen, imperialen Fregatten. Dort lagen sogar einige merkwürdige Schiffe, die Hope nicht erkannte, und die mehr aus Metall als aus Holz zu bestehen schienen.

»Warum sind das so viele?«, fragte sie, aber niemand gab ihr eine Antwort.

In diesem Moment machte das Schiff einen Ruck und begann dann zu zittern. Ein tiefes, hölzernes Ächzen drang aus dem Schiffsrumpf.

»Da zieht etwas am Kiel …« Ranking lehnte sich über die Reling und sah hinab ins Wasser, dann zurück zu den Felsen. Als er sich ihnen wieder zuwandte, war sein Gesicht blass. »Die Strömung zieht uns auf die Felsen zu.«

»Alle Mann an Deck!«, rief Carmichael vom Ruder her. Er kämpfte darum, das Rad still zu halten. »Macht euch bereit zum Halsen!«

»Ticks, hilf dem Kapitän, das Schiff zu wenden«, sagte Ranking. »Wenn wir lange so bleiben, bricht der Kiel entzwei, und wir sind so gut wie tot. Sankack, weck jeden unter Deck auf. Wir brauchen alle Hände, wenn wir uns aus dieser Strömung befreien wollen.«

Ranking blies schrill in seine Pfeife, und die Mannschaft machte sich ans Werk, erledigte eine Aufgabe nach der anderen. Hope fühlte sich wieder nutzlos, weil sie nichts tun konnte als zusehen, während alle anderen verzweifelt daran arbeiteten, das Schiff zu wenden und den Rissen zu entkommen.

Das Schiff drehte sich entsetzlich langsam, und die Segel flatterten im Wind. Endlich hatten sie sich so weit gedreht, dass das Heck zu den Felsen zeigte und die Segel sich wieder spannten.

»Ich will, dass jedes Stück Segeltuch, das wir an Bord haben, im Wind weht!«, rief Carmichael.

Die Seeleute beeilten sich, zusätzliche Segel zu entfalten, sie hissten das Gaffsegel im Heck und mehrere Ausleger am Bug. Hope ging zum Heck, starrte zu den Felsen hinüber und versuchte zu erkennen, ob sie vorwärtskamen. Zuerst sah es so aus, als würden sie auf der Stelle stehen, der Wind und die Strömung schienen sich ebenbürtig. Doch dann bewegte sich das Schiff kaum merklich vorwärts.

»Das ist es, meine Kerle!«, sagte Carmichael. »Macht weiter, und wir sind bald frei.«

In diesem Moment rief Mayfield von seinem Posten hinunter: »Schiff an steuerbord!«

Hope rannte auf die andere Seite des Schiffs, und Ranking folgte ihr. Eine kleine, einmastige Schaluppe hielt direkt auf sie zu.

»Piraten«, sagte Ranking. »Ich hab ihn verpisst noch mal gewarnt. Und sie haben uns am Schwanz. Wir stecken in der Strömung fest und können nicht abhauen.«

»Dann kämpfen wir«, sagte Hope.

»Womit denn?«, höhnte Ranking, der immer noch dem Schiff entgegensah. »Du hast vielleicht bemerkt, dass wir nicht eine verpisste Kanone an Bord haben?«

»Warum nicht?«

»Nur die imperiale Flotte darf mit Kanonen segeln, und du weißt, dass unser Kapitän das Recht nicht brechen würde, selbst wenn das den Tod für ihn selbst und die gesamte Mannschaft bedeutet. Was hast du wohl gedacht, warum der Imp gefragt hat, ob wir die Reise schaffen? Weil normalerweise nur Militärschiffe, die gerade nicht im Dienst sind, solche Aufträge annehmen. Aber unser Kapitän wollte ja unbedingt ein bisschen Geld dazuverdienen, um sich was für die Rente zurückzulegen. Merk dir meine Worte, der alte Mann wird uns noch alle den Tod bringen!«

Hope schrieb dieses rebellische Geschwätz der Panik zu. »Beruhig dich«, sagte sie kalt. »Hast du ein Fernrohr, damit ich mir die Piraten ansehen kann?«

Ranking schüttelte den Kopf, die Augen immer noch auf das Piratenschiff gerichtet. »Der Kapitän hat eins.«

Hope ging rasch zum Ruder, wo der Kapitän mit grimmiger Miene stand.

»Kann ich Ihr Fernrohr haben, Kapitän?« Sie streckte ihm die Hand entgegen.

Carmichael nickte, holte es aus seinem Mantel und gab es ihr.

Hope zog es zu voller Länge aus und richtete es auf das andere Schiff. Sie zählte dreißig Mann an Bord des kleinen Schiffs. »Das ist voller Männer«, berichtete sie. »Schwenkbare Kanonen vorn und hinten.«

»Aye«, sagte Carmichael. »Sie werden sich nicht mit den Kanonen aufhalten, da wir selbst keine haben und sie so das Schiff unversehrt in ihre Gewalt bringen können. Sie werden stattdessen längsseits anlegen, Enterhaken herüberwerfen und dann an Bord kommen.«

Hope musterte das Schiff weiter. Die Männer waren fast alle in Lumpen gekleidet und sahen halb verhungert und krank vor Skorbut aus. Der Kapitän war mit einer alten Steinschlosspistole bewaffnet. Manche hatten Messer und Schwerter. Die meisten waren nur mit Keulen, Hämmern oder Schraubschlüsseln bewaffnet.

»Sie sehen nicht besonders beeindruckend aus«, sagte Hope.

»Brauchen sie auch nicht. Sie sind uns drei zu eins überlegen, sie werden uns einfach überrennen wie ein Schwarm Heuschrecken. Meine Männer sind besser bewaffnet, aber um ehrlich zu sein, wahrscheinlich nicht besser im Nahkampf.«

Hope sah am Vormast hinauf, wo Mayfield immer noch saß. Sie erinnerte sich daran, wie sich der Mast im Wind gebeugt hatte, damit er bei Sturm nicht brach.

»Kapitän, wenn wir die Ladung nach steuerbord bringen würden und die Mannschaft sich dort gegen die Reling lehnt, würde das ausreichen, damit die Masten sich über das Wasser legen?«

Carmichaels kniff die Augen zusammen. »Ich glaube schon. Warum?«

»Wenn Ihr das für mich erledigen könnt, dann schwöre ich bei meinem Leben, dass heute niemand gegen die Piraten kämpfen muss.«

Kurz sah er sie an, ohne etwas zu sagen, und sein bärtiges Gesicht zeigte keine Regung. »Gut. Dafür habe ich dich immerhin angeheuert.«

»Danke, Kapitän.«

Carmichael sah auf und bellte dann: »Alle Mann in den Laderaum. Jedes bisschen Fracht an steuerbord räumen, dann kommt wieder herauf und lehnt euch an die Reling steuerbord, bewaffnet und bereit zu kämpfen.« Zu Hope sagte er leiser: »Nur für alle Fälle.«

»Natürlich. Und Ihr solltet Mayfield sagen, dass er den Weg freimachen soll.«

Carmichael Augen wurden groß. »Den Weg?«

Die Mannschaft sah beunruhigt aus, aber sie gehorchte. Dem Kapitän in einer solchen Situation zu widersprechen, konnte bedeuten, das Schiff zu verlieren. Die Fracht wurde rasch bewegt, und das Schiff lehnte sich nach steuerbord. Dann kam die Mannschaft wieder an Deck, lehnte sich an die Reling an steuerbord, und das Schiff neigte sich noch weiter zur Seite.

Hope stand vor dem Vormast und beobachtete, wie das Piratenschiff abdrehte und dann in einem weiten Kreis parallel zur *Lady's Gambit* schwenkte. Gerade als die beiden Buge gleichzogen, rannte Hope am geneigten Mast hinauf. Als sie sich der Spitze näherte, sah sie, wie sich zwei Piraten mit Enterhaken bereitmachten, einer am Heck, einer am Bug. Die Schiffe waren immer noch gut zwanzig Fuß auseinander. Die Haken würden die Schiffe aneinander ziehen, sodass die Piraten an Bord kommen konnten. Das konnte Hope nicht zulassen.

Als sie an der Spitze des Masts ankam, sprang sie so fest sie konnte. Die Spitze bog sich kurz nach unten, als sie mit ihrem ganzen Schwung darauf landete. Dann katapultierte die Spitze sie genau über die Lücke zwischen den Schiffen hinweg. Sie machte einen Salto in der Luft, sodass ihre Füße in den Mann krachten, der mit dem Enterhaken am Bug des Schiffs stand. Die überraschten Schreie der Piraten waren so laut, dass sie fast das kalte Summen von Kummerklang übertönten.

Während der ganzen vier Tage andauernden Fahrt hatte Hope sich Sorgen gemacht, ob ihre Fähigkeiten in einem echten Kampf ausreichen würden. Doch als jetzt der erste Pirat mit einer Axt in den Händen auf sie zukam, so langsam und ungeschickt, dass sie kaum ihr Gewicht verlagern musste, um ihm auszuweichen, da wusste sie, dass dieser Kampf bereits gewonnen war. In diesem Moment begriff sie zum ersten Mal, welches Privileg sie in all den Jahren von Hurlos

Training genossen hatte. Als sie jetzt über das Deck fegte wie ein eiskalter Wind aus dem Süden, erfüllte nicht Arroganz oder Blutdurst oder Wut ihr Herz. Es war Dankbarkeit dem Mann gegenüber, der ihr nicht nur ein Leben gegeben hatte, sondern der auch sein eigenes geopfert hatte, um sie zu retten. Sie würde sich jeden Tag aufs Neue bemühen, sich dem als würdig zu erweisen.

Über dem feuchten Schmatzen von Stahl auf Fleisch und den Schmerzensschreien hörte sie das Anschlagen der Steinschlosspistole des Kapitäns hinter sich. Sie fuhr herum und schlug die Kugel mit der Klinge aus der Luft, gerade als sie abgefeuert wurde. Der Piratenkapitän starrte sie an, den Mund offen, während er die rauchende Pistole umklammert hielt. Hope lief auf ihn zu und schaffte dabei die wenigen Männer aus dem Weg, die zwischen ihnen standen. Er wollte sein eigenes Schwert packen, aber sie schlug es beiseite, kaum dass er es gezogen hatte. Dann hielt sie ihm die Spitze ihrer Klinge an den Hals.

»Bitte um Gnade, und sie wird dir gewährt«, sagte sie. Denn mit der Macht kam auch die Verantwortung, und es lag keine Ehre im Töten von diesen halb verhungerten und verzweifelten Männern. Das hätte Hurlo so gewollt.

Sein Gesicht verzog sich vor Wut. »Lieber sterbe ich, Südlerin!«

Mühelos rammte sie ihm das Schwert in den Hals, weil auch das Hurlo so gewollt hätte. Es gab keine zweite Chance auf Gnade. Sie zog das Schwert zurück, und das Blut des Kapitäns spritzte auf die Gesichter seiner Mannschaft. Sie musterte die übrig gebliebenen elf Männer, während der Körper zu Boden stürzte. »Wie viele von euch wollen heute noch sterben?«

»Bitte, Miss«, sagte einer von ihnen. »Gnade.«

Die Piraten hatten wenige Wertsachen dabei. Carmichael nahm eine kleine Truhe mit Münzen an sich, ließ sie ihre Betakelung abnehmen und schleppte sie dann den restlichen Weg bis Morgenlicht. Als sie an dem Militäraußenposten anlegten, wurden sie von einem kaltäugigen Soldaten in Weiß-Gold in Empfang genommen.

»Ahoi«, sagte Carmichael. »Wir haben eine Ladung für euch. Und die Reste einer Piratenmannschaft.«

»Wir nehmen beides«, sagte der Soldat. Er gab ein Zeichen in Richtung eines niedrigen Gebäudes am Ende des Piers, und eine kleine Truppe Soldaten kam heraus. Der Soldat gab ihnen ein paar knappe Kommandos, und sie machten sich daran, das kleine Piratenschiff anzuleinen und die Piraten in Ketten zu legen.

Sobald die Fracht entladen und sie bezahlt worden waren, wandte sich Carmichael an seine Mannschaft.

»Es gibt keinen Grund, hier zu bleiben. Nicht einmal eine Taverne auf dieser Pfütze. Lasst uns die Leinen losmachen.«

Während die Mannschaft an Bord ging, sagte Hope zu Carmichael: »Ich mag es nicht, dass wir diese Männer den Soldaten überlassen. Was haben sie mit ihnen vor? Es sieht nicht so aus, als hätten sie hier ein Gefängnis.«

»So lautet das Gesetz, Hope. Wir tun unser Bestes, um es zu wahren.« Er seufzte und rieb sich die Schläfen mit dem Daumen und dem Zeigefinger einer Hand. »Auch wenn es mir immer schwerer fällt, je länger ich lebe.«

Als jeder an Bord war, sah sich Carmichael um, dann rief er so laut, dass jeder es hören konnte. »Übrigens hast du dein Versprechen mir gegenüber gebrochen, Hope.«

»Kapitän?«, fragte Hope, und Kälte breitete sich in ihrem Bauch aus.

»Du sagtest, keiner meiner Mannschaft sollte heute gegen die Piraten kämpfen müssen. Aber ich habe gesehen, wie einer von ihnen sich mit einem ganzen Schiff dieser blutrünstigen Schurken angelegt hat, wobei sie sich selbst auf spektakuläre Art in Gefahr gebracht hat, nur um uns andere vor Verletzungen oder Schlimmerem zu bewahren.«

Die Gefühle, die bei diesen Worten durch Hope schwappten, machten es ihr schwer, etwas zu sagen. Erleichterung, Verwirrung, Verlegenheit, Freude. »Kapitän, ich …«

»Kein Mann soll noch sagen«, fuhr Kapitän Carmichael schon fort, »dass Bleak Hope kein echtes Mitglied der Mannschaft ist.« Er drehte sich zu ihr um und grinste sie an. »Komm her, du tödliches kleines Ding.« Damit zog er sie in eine raue Umarmung.

Es war lange her, seit jemand Hope umarmt hatte, und sie musste dem unwillkürlichen Drang widerstehen, ihm den Hals zu brechen. Hurlo hatte viele wunderbare Eigenschaften gehabt, aber besonders zärtlich war er nie gewesen. Eine so warmherzige Berührung hatte sie nicht mehr gespürt, seit ihre Eltern gestorben waren. Und der Mannschaft zuzugehören, und dem Meer. Kapitän Carmichael hatte ihr einen Ort gegeben, an den sie gehörte. Und sie stellte fest, dass sie genau das im Moment nicht nur wollte, sondern auch brauchte.

»Danke«, sagte sie leise.

Er lachte leise in sich hinein, dann machte er einen Schritt zurück und sagte zur Mannschaft: »Lasst uns aufbrechen! Dieses Piratengeld fühlt sich nicht wohl in meiner Tasche. Je eher wir Vance' Posten erreichen, desto eher kann ich es für Drinks für meine Mannschaft ausgeben!«

Die Männer brachen in Jubel aus und gingen auf ihre

Posten. Hope stand da und sah wehmütig zu, wie sie ihre Arbeit aufnahmen.

»Hier drüben, Miss Hope«, rief Ticks, der beim Hauptmast stand. »Hilf mir mal mit der Leine hier, ja?«

Hope lächelte. »Es wäre mir eine Freude, Mr. Ticks.«

13

Brigga Lin hatte keine Ahnung, wo er sich befand oder wie er dorthin gekommen war. Er war nur sicher, dass er die Welt mit seiner Entdeckung verändern würde.

Er war auf einem einfachen Feldbett aufgewacht, und er trug immer noch seine fleckige, weiße Biomantenrobe. Er schien sich in einer Art Militärbaracke zu befinden, in der zwanzig Feldbetten in ordentlichen Reihen aufgestellt worden waren. Die anderen Betten waren alle leer, und die Sonne fiel durch die Fenster.

Er war furchtbar schwach, aber auf einem Tisch neben ihm stand ein Krug mit frischem Wasser, und daneben lag etwas hartes Brot. Er aß und trank die einfach Kost mit einem Behagen, das er noch nie zuvor verspürt hatte.

»Fühlt Ihr euch besser, Sir?«, fragte ein imperialer Soldat, den Helm unter den Arm geklemmt. Die goldenen Quasten an seinen Schultern wiesen ihn als Hauptmann aus.

»Ja, Hauptmann«, sagte Brigga Lin und wischte sich Krümel von den Lippen. Er hatte immer noch Mühe, seine Erinnerungen zusammenzufügen, das hatte er wohl zum großen Teil dem verdammten Moos zu verdanken. »Wie lange war ich bewusstlos?«

»Etwa zwei Tage, Sir. An Land gespült in einem Boot ohne Ruder, fast tot. Fischer haben Euch gefunden, die Robe erkannt und kamen zu uns gerannt.«

Er erinnerte sich undeutlich daran, aus dem unterirdischen Stollen geklettert zu sein und dabei hysterisch gelacht zu haben. Dann war er zu seinem Boot gestolpert, hatte es ins Wasser geschoben und die Segel gesetzt. Er hatte keine Ahnung, wie lange er so dahingetrieben war, aber es konnte nicht mehr als ein paar Tage gewesen sein, sonst wäre er bereits verhungert gewesen. Er hatte Glück gehabt, dass er an eine bewohnte Insel gespült worden war. Vielleicht war es auch Schicksal gewesen.

»Danke, dass Ihr mich aufgenommen habt, Hauptmann«, sagte er. »Ich werde dafür sorgen, dass Ihr großzügig belohnt werdet.«

»Entschuldigt, dass wir Euch nicht besser gereinigt haben, Sir.« Der Hauptmann deutete auf Brigga Lins zerrissene Robe. »Doch Ihr habt Euch so verzweifelt an das Buch geklammert, als es Euch jemand aus der Hand nehmen wollte, und Ihr wurdet ... sehr unglücklich darüber.« Er hustete. »Also dachte ich, es sei besser, das sein zu lassen.«

Die Erinnerungen setzten sich plötzlich zusammen wie ein Puzzle. »Das Buch! Hauptmann, wo ist es?«

»Dort, Sir.« Der Soldat zeigte auf einen großen schwarzen Wälzer, der auf dem Boden neben dem Bett lag. »Sieht aus, als hättet Ihr es fallen gelassen, während Ihr bewusstlos wart.«

Brigga Lin beugte sich hinunter und schnappte sich das Buch. Sein Körper war für plötzliche Bewegungen noch nicht bereit, und die Welt drehte sich um ihn. Er drückte das Buch fest gegen seine Brust, bis es nachließ.

»Ihr habt genau das Richtige getan, Hauptmann«, sagte er schließlich. »Dieses Buch wird das Imperium vor einer ernsthaften Bedrohung beschützen.«

»Jederzeit, gern zu Diensten, Sir.«

Brigga Lin blickte auf das Buch hinab. Es musste wenigstens fünfhundert Jahre alt sein, vielleicht sogar noch älter. Es enthielt einen Schatz von unschätzbarem Wert und würde die Biomanten mächtiger machen, als sie je zuvor gewesen waren.

»Wo genau bin ich?«, fragte er.

»Wake Landing, Sir«, antwortete der Hauptmann.

»Ah.« Das war nur logisch. Wake Landing war eine der nahe gelegensten Inseln. Ein bisschen außerhalb des Zentrums des Imperiums, aber das würde ihm vielleicht sogar nützlich sein. »Gibt es einen Tempel auf Wake Landing?«

»Ja, Sir. Er ist jedoch klein, und seit Jahren war niemand mehr darin.«

»Das reicht vollkommen, Hauptmann.«

Das Buch, das Brigga Lin entdeckt hatte, war die *Biomantische Praxis,* die jeder Biomant während seines Noviziats studierte. Doch diese ältere Version hier enthielt ein letztes Kapitel, das aus den neueren Ausgaben entfernt worden war. Dieses verlorene Kapitel erzählte von der Doppelnatur der Biomantik, vom Schaffen und Zerstören. Es erzählte von den miteinander verschlungenen Fäden des Lebens, nicht nur von Feststoffen, sondern auch von Flüssigkeiten und sogar der Luft selbst. Doch um diese Macht steuern zu können, brauchte es eine bestimmte Art Biomant. Einen weiblichen, um genau zu sein.

Natürlich gab es keine weiblichen Biomanten. Das *Buch der Stürme* verbot sehr eindeutig die Aufnahme von weiblichen Mitgliedern in die Biomantie oder den Orden der Vinchen. Sollte Brigga Lin diese neu entdeckte Idee also ausprobieren wollen, so musste er im Geheimen ein Mädchen in der Tradition der Biomanten ausbilden, aber sicher nicht in Steingrat. War so etwas überhaupt möglich? Und selbst wenn es möglich war, so würde es bestimmt eine Dekade dauern. Außerdem fragte er sich, ob das weibliche Gehirn überhaupt in der Lage sein würde, das nötige Wissen zu verarbeiten. Vielleicht würde sich nach all der Zeit und Arbeit herausstellen, dass sie für die Biomantie gar nicht geeignet war. Vielleicht war das alles unmöglich. Das würde erklären, warum das Kapitel in neueren Versionen ausgelassen worden war.

Es gab jedoch einen anderen Weg, es auszuprobieren. Einer, der wesentlich weniger Zeit in Anspruch nehmen würde. Er wäre ungewöhnlich, natürlich. Aber das wäre es auch, eine weibliche Biomantin auszubilden. Und da die Invasion aus dem Norden drohte, hatte das Imperium doch wohl kaum die Zeit, sich den Luxus eines dekadenlangen Experiments zu gönnen, oder? Nein, das würde es wohl nicht. Und so würde er für das Wohl des Imperiums seine Hände erneut in die Dunkelheit tauchen müssen.

Erst nach einem weiteren Tag der Ruhe war er gesund genug, um wieder aufzustehen. Der Kapitän stellte ihm ein paar Soldaten zur Seite, die ihn durch Wake Landing hindurch zum Tempel begleiteten. Die Stadt war sogar noch kleiner, als er gedacht hatte. Das Land wurde zum größten Teil für Ackerbau genutzt. Erstaunt fragte er sich, warum hier eine vollzählige imperiale Truppe stationiert war. Vielleicht, weil die Insel in der nordwestlichen Ecke des Imperiums lag, und damit genau zwischen Dämmermeer und Finstersee. Sollten die Kräfte von Aukbontar hier Fuß fassen, so wäre vielleicht nicht einmal der Wächter in der Lage, Steingrat vor einem direkten Angriff zu schützen.

Der Hauptmann hatte recht gehabt. Dieser Tempel war der kleinste, den Brigga Lin jemals gesehen hatte. Ein einziger Raum mit einem Altar, nicht größer als ein Tisch. Doch es würde reichen.

Er wandte sich an die beiden Soldaten, die ihn zum Tempel gebracht hatten. »Bringt mir einmal am Tag Essen und frisches Wasser, aber lasst es draußen vor dem Tempel stehen. Niemand darf ohne meine Erlaubnis hereinkommen. Verstanden?«

»Ja, Sir«, antwortete einer der Soldaten nervös. So weit weg von der Hauptstadt wurden alle Biomanten gleichermaßen gefürchtet. Auch das würde ihm helfen.

»Gut. Dann lasst mich allein.«

Die Soldaten beeilten sich wegzukommen und schlossen die Tür des Tempels vorsichtig hinter sich.

Brigga Lin schlug das Buch auf und legte es auf den Altar. Er zog sowohl seine schmutzige Robe als auch seine Unterwäsche aus. Dann stand er da, nackt, und das farbige Sonnenlicht, das durch die Fenster aus gefärbtem Glas fiel, zeichnete Muster auf seine nackte Haut. Er sah hinunter auf seinen Penis. Er hätte es nie zugegeben, aber er fand, dass er ein merkwürdig abstoßender kleiner Wurm war, runzlig und voller Venen. Er hatte noch nie Sex gehabt, und schon der bloße Gedanke an Selbstbefriedigung – daran, die Hand um diesen kleinen Wurm zu legen und sie auf und nieder zu bewegen – erfüllte ihn mit Abscheu. Das hatte ihm schon immer Sorgen bereitet, denn er wusste wohl, dass er nicht normal war. Doch vielleicht war es ja wirklich das Schicksal, das ihn auf genau diesen Moment vorbereitet hatte.

Er sammelte seine Gedanken, dann fasste er nach unten und berührte seinen Penis. Erst passierte nichts, und er fragte sich schon, ob er den Fokus falsch gewählt hatte. Das wäre nicht das erste Mal. Doch in dem Moment schoss der Schmerz durch ihn hindurch, durch seinen Bauch, sodass er auf Hände und Knie fiel. Er hockte da, auf allen vieren, während der Schmerz durch ihn hindurchfloss. Er hoffte, dass die Wände des Tempels dick genug waren, um den Lärm zu dämpfen, denn schon jetzt war der Schmerz so groß, dass er bestimmt bald anfangen würde zu schreien.

Als das Blut sein Gehirn verließ und in seinen Penis strömte, wurde ihm schwindlig. Jetzt stand er, warm und aufrecht und zitternd, er pochte im Takt mit seinem Puls. Doch damit war es nicht getan. Er wimmerte erbärmlich, als sich die Wärme in sengende Hitze verwandelte, und das Pochen zu unerbittlichem Druck. Seine Genitalien schwollen immer mehr an, bis sein Penis einer aufgedunsenen Wurst ähnelte und sein Skrotum einer kleinen Frucht. Jetzt schrie er wie ein Tier.

Sein Penis explodierte mit einem Schwall aus Blut und Samen, während sein Skrotum zu einem leeren Sack zusammenschrumpfte. Er brach auf dem Boden zusammen, zitternd, während die Fetzen seines Penis und sein leeres Skrotum verwelkten und sich in seinen Körper zurückzogen. Gerade als der Schmerz nachließ, spürte er einen neuen Schmerz aufwallen. Seine Brust pulsierte und schwoll an, die Haut kräuselte sich, während sie sich zu Brüsten formte. Er spürte auch einen tiefen Sog in seinem Körper, als sich Eierstöcke und eine Gebärmutter formten und dabei seine restlichen Organe beiseiteschoben. Schließlich fügten sich die Überreste seiner Genitalien zusammen und bildeten eine konkave Form aus.

Brigga Lin wusste nicht, wie lange die Verwandlung gedauert hatte. Doch als sie schließlich in der Lage war, aufzustehen und behutsam zur Tür zu humpeln, standen zwei Mahlzeiten davor. Sie aß sie langsam, ihr Inneres war immer noch wund. Dann schlief sie lange. Als sie wieder aufwachte, standen draußen zwei weitere Mahlzeiten. Diese aß sie schneller.

Sie lief so lange durch den kleinen Tempel, bis sie eine kleine silberne Platte fand, die blank genug war, damit sie ihr Spiegelbild sehen konnte. Sie hielt die Schale auf Armeslänge von sich und betrachtete sich. Etwas in ihrem Kopf machte Klick, und sie dachte: *Ja.* Es überraschte sie. Sie hatte es zuvor nicht bewusst wahrgenommen, aber bisher hatte sie jedes Mal Nein gedacht, wann immer sie sich selbst angesehen hatte. Ihre Spiegelbild war ihr irgendwie falsch vorgekommen. Aber jetzt war alles richtig. Zum ersten Mal in ihrem Leben fühlte sie sich ganz.

Zufrieden ging Brigga Lin zum Altar und sah in das aufgeschlagene Buch, das dort lag.

Jetzt war es an der Zeit, mit ihrem Experiment zu beginnen.

DRITTER TEIL

»In seiner gefühllosen Majestät,
mag der Sturm so leicht geben, wie er nimmt.
Trauere nicht so sehr um das, was verloren ist,
dass du nicht siehst, was gewonnen werden kann.«

Aus dem *Buch der Stürme*

14

»Hey, Red.« Sadies Stimme klang trocken und gedämpft. »Erzähl mir von der Zeit, als wir Piraten waren.«

Red sah auf sie hinab. Sie wirkte so verschrumpelt wie eine Rosine, wie sie da auf der schmutzigen Strohmatte lag und die Wolldecke umklammerte. Ihr Haar war wie verdorrte Maisfäden, und ihre Haut spannte sich erschreckend dünn über ihre Knochen. Sie hatte ihr Zimmer seit Wochen nicht verlassen. Wahrscheinlich würde sie hier sterben. Vermutlich bald.

Doch Reds Miene verriet nichts davon, als er jetzt neben ihr kniete. Er fuhr sich mit den Fingern durch die Haare und lächelte, seine rubinroten Augen glänzten im Licht der kleinen Öllampe, die er mitgebracht hatte.

»Die Geschichte von Sadie der Piratenkönigin«, sagte er leise. »Das ist eine meiner liebsten. Womit soll ich anfangen?«

Sadies gichtige, krallenartige Hände tasteten nach seinen, und als er sie ihr hinhielt, drückte sie sie. Ihre runzligen Lippen versuchten stumm, Worte zu formen. »Als … als ich mein Ohr verloren habe«, brachte sie schließlich hervor.

»Vorübergehend«, sagte Red.

Sie grinste ein zahnloses Lächeln. »Vorübergehend.«

»Also.« Seine Stimme klang jetzt lauter und theatralisch. »Sadie war gerade von Hosenträger-Madge das Ohr abgebissen worden. Es lebte jetzt in einem Einmachglas hinter der Theke der *Ersoffenen Ratte*, zusammen mit vielen anderen. Mehr noch als der Verlust des Ohrs schmerzte Sadie die Schande, weil sie aus der Halle, in der Diebe Komplotte schmiedeten, Mörder angeheuert wurden und gefährliche Mädchen mit ungesundem Ruf ein gutes Auskommen haben konnten, gejagt worden war. Was sollte Sadie jetzt tun? Sie würde wohl verhungern, wenn sie nicht sofort etwas Kühnes wagte. Glücklicherweise …« Er hielt inne und sah sie erwartungsvoll an.

»Glücklicherweise war sie doppelt so mutig wie jeder andere Kerl in der Paradieskehre, auf dem Silberrücken oder in Hammerhusen«, fuhr Sadie fort, die die Geschichte schon oft von Red gehört hatte.

»Da hast du recht«, sagte Red. »Sie ließ sich eine waghalsige Unternehmung einfallen: Die Piraterie! Das Schiff, das sie sich angeeignet hatte, die *Sturmbraut,* war nämlich noch in ihrem Besitz. Und so machten sich ihr treuer erster Offizier Red und sie daran, es in ein anständiges Piratenschiff zu verwandeln, mit einer richtigen Piratenmannschaft. Und bald schon sah man die *Sturmbraut* die Küste auf und ab segeln, ihr kämpferischer Kapitän schritt mit einem breiten Federhut und hohen Stiefeln über die Brücke und hielt nach dem nächsten unglücklichen Opfer Ausschau. Tatsächlich herrschte an den Docks von New Laven beständige Angst vor ihrem Auftauchen. Man sagte, Sadie die Piratenkönigin gewähre keine Gnade, sie schicke einen direkt über die Planke, wenn man das Pech hatte, lebend in ihre Hände zu fallen. Und wenn sie dich über die Planke schickte, dann über den

Riffs, sodass man dort stundenlang qualvoll verendete, blutend halb im Wasser auf den scharfen Korallen liegend, bis die kalte Tiefe dich endlich zu sich holte. Man erzählt sich sogar, dass sie einmal ein Gewürzschiff geentert hat, dessen Fracht für den Imperator selbst gedacht war. Als der Kapitän ihr unverschämterweise sagte, dass sie dafür hängen würde, lachte sie ihn aus, ließ ihn von ihrer Mannschaft aufs Deck werfen und pisste dann auf ihn drauf.«

An dieser Stelle lachte Sadie auf, ein tiefes, nasses Geräusch, das in einem abgehacktem Husten endete, der Blut auf ihren Lippen zurückließ.

»Sie wurde einer der berühmtesten Piraten, der jemals die Meere gekreuzt hat«, fuhr Red fort. »Nur übertroffen von Dire Bane, der Geißel des Imperiums. Andere Piraten wagten sich nicht nach New Laven und überließen es Kapitän Sadie, ungestraft die Küsten der Stadt zu terrorisieren. Natürlich versuchten die Schiffe des Imperators, sie zu fangen. Aber sie kannte alle geheimen Pfade und versteckten Buchten. Ihre trostlosen Militärfregatten waren ihrer verschlagenen Gewandtheit nicht gewachsen. Aber jede Glückssträhne muss nun einmal enden, und so war es auch mit der glorreichen Herrschaft von Kapitän Sadie der Piratenkönigin. Eines Nachts taten sich die armen, ehrlichen Bauern zusammen. Als sie an Land ging, um ein kleines Küstendorf zu plündern, tauchten sie wie aus dem Nichts auf und warfen mithilfe von zusammengeschusterten Katapulten brennendes Pech auf ihr Schiff. Innerhalb kürzester Zeit ging die *Sturmbraut* in Flammen auf, und innerhalb einer Stunde stand Sadie erneut da, mit nichts als den Kleidern, die sie am Leib trug.«

Red hielt erneut inne, um Sadie anzusehen. Er strich ihr ein paar weiße Haare aus der Stirn. »Aber war sie bereit, ihr verrottetes altes Leben aufzugeben?«, fragte er mit gedämpfter Stimme.

»Nein …«, flüsterte Sadie.

»Natürlich nicht!«, sagte er lauter. »Sie marschierte zurück in die Paradieskehre, ihren getreuen Red im Schlepptau, stapfte in die *Ersoffene Ratte* und bat Hosenträger-Madge um Verzeihung. Sadie gab zu, dass sie falsch daran getan hatte, Backus in Madges Taverne töten zu wollen, dass es respektlos und unprofessionell gewesen sei und dass es ihr auf immer leidtun würde, dass sie es versucht hatte. Und Hosenträger-Madge war so bewegt, so sagte man, von Sadies Erklärung und ihrer Demut, dass sie Sadie das Glas mit ihrem längst verloren geglaubten Ohr darin zurückgab. Und das war das erste und einzige Mal, dass Madge eines ihrer Souvenirs zurückgab. Von dieser Nacht an trug Sadie das kleine Glas an einer Lederschnur um den Hals, und sie wurde vom Viertel mit offenen Armen empfangen. Denn so ist es nun mal in der Kehre.«

»Denn so ist es nun mal in der Kehre …«, wiederholte Sadie.

Ihre welke Hand griff an ihren Hals, wo das kleine Gefäß auf ihrer knochigen Brust ruhte.

»Wo es trostlos und nass«, sagte Red.

»Ohne Sonne jemals«, antwortete Sadie.

»Aber doch immer meins. Segne die Kehre.«

Sadie lächelte friedlich, und ihre Augen schlossen sich langsam. Dann begann sie zu schnarchen.

Red legte sanft eine Hand auf ihre Stirn und flüsterte: »Schlaf gut, du alte Ziege.« Dann streckte er seine langen Beine aus und klopfte sich den Schmutz von der Hose.

»War es wirklich so?«, fragte eine seidige Frauenstimme.

Red wandte sich zur Tür um und sah Nessel am Türrahmen lehnen, die Arme überkreuzt und das lange Haar in dramatischen Wellen ums Gesicht. Das machte sie mit Absicht, wie Red mittlerweile wusste.

»Was, die Geschichte von Sadie der Piratenkönigin?« Er zog seinen langen braunen Ledermantel an. »Nah dran. Vielleicht habe ich mir ein paar harmlose kleine Freiheiten erlaubt. Sie hat niemals jemanden auf ein Riff geworfen. Auf den Kerl hat sie allerdings wirklich gepisst. War das Witzigste, was ich je gesehen habe, wie er da die ganze Zeit geschrien und geflucht hat.«

Nessel grinste. Sie hatte angefangen, ihre vollen Lippen in einem dunklen Himbeerton anzumalen. Red musste zugeben, dass es ihr gut stand.

»Wie lang war es wirklich?«, fragte sie. »Wie lange habt ihr die Küste wirklich geplündert?«

»Nur drei Monate oder so.« Red nahm die kleine Laterne, die er mit hinuntergebracht hatte. Als er jetzt lachte, warf das Licht Schatten auf sein schmales Gesicht. »Aber es waren drei sonnige Monate.«

Im Türrahmen blieb er noch einmal stehen und sah zurück. Lehmboden und keine Fenster. Er hasste es, Sadie hier allein zurückzulassen. Und doch war dieses unterirdische Loch besser, als wenn sie allein auf der Straße gestorben wäre wie ein Hund oder ein Pferd mit gebrochenem Bein.

»Sie hat Glück, dass sie dich hat«, sagte Nessel.

»Hm«, machte Red.

»Wir alle sollten einen gut aussehenden jungen Halunken haben, der sich in unseren letzten Tagen um uns kümmert.«

»Wer sagt, dass es ihre letzten Tage sind?«, fragte Red scharf, obwohl er genau wusste, dass Nessel recht hatte.

»Tut mir leid. Niemand.« Nessel war normalerweise eine gute Freundin.

Red sah sie an, wie das Licht der Laterne ihre glatte Stirn und die hohen Wangenknochen betonte, und wie ihre dunklen Augen geheimnisvoll glitzerten. Er fragte sich nicht zum ersten Mal, warum es mit ihnen beiden vor ein paar Jahren nicht geklappt hatte.

Da sah sie ihn mit zusammengekniffenen Augen an und zupfte an seinem Langmantel. »Was in aller verpissten Höllen Namen trägst du da? Sieht aus, als wäre ein Mull auf deinen Rücken geklettert und da gestorben.«

Oh, ja. Jetzt erinnerte er sich wieder.

»Es handelt sich um einen Mantel aus Rehleder, feingegerbt und getrocknet, so weich wie Samt«, antwortete Red vornehm. »Du wirst keinen besseren finden.«

»Wem hast du den gestohlen?«

»Ich habe ihn bei einer Partie Stein gewonnen.«

»Das habe ich doch gerade gesagt.«

Red seufzte. »Was willst du hier, Nessie?«

»Ich bin zur Halle gekommen, um was Persönliches zu erledigen. Und da hat Filler mich darum gebeten, runterzugehen und dir zu sagen, dass heute Nacht steht.«

»Er hat ein Pferd bekommen?«, fragte Red, dessen rubinrote Augen im Laternenlicht aufgeregt glitzerten.

»Ich weiß nicht, was er hat und was nicht«, erklärte Nessel. »Ich kenne nur die Nachricht, und mehr will ich gar nicht wissen. Ihr Jungs seid in letzter Zeit viel zu ernst geworden.«

»Als würdest du keinen Ärger kennen.«

»Ärger kenne ich. Aber was ihr Jungs da macht?« Sie schüttelte den Kopf. »Es ist nur noch eine Frage der Zeit, bis ihr hängt. Oder Schlimmeres.«

»Es ist nicht so schlimm«, sagte Red. »Wir wollen nur …«

»Wie ich schon sagte, mehr will ich gar nicht wissen!«

Sadie stöhnte im Schlaf.

»Komm, wir machen zu viel Krach«, sagte Red.

Nessel nickte und die beiden gingen hinaus. Ihre Stiefel hinterließen Spuren auf dem Lehmboden, als sie an anderen Türen vorbeikamen. Hinter manchen war es ruhig, hinter anderen hörten sie Stöhnen und Schreie, und vor manchen stank es nach Tod. Am Ende des Flurs stiegen sie eine enge Holzleiter hinauf ins Erdgeschoss der Schwarzpulverhalle.

Als sich Red und Nessel ihren Weg durch die Menge bahnten, rief jemand: »Red! Hey, Red!«

Ein dünner alter Mann mit Hängewangen kam auf sie zu.

»Backus.« Red lief ihm entgegen und nahm seine Hand. »Wie läuft es?«

»Es ist, wie es ist«, antwortete der alte Mann. »Aber ich dachte, ich sollte dir sagen, dass Sadie keine Medizin mehr hat. Ich habe sie ihr regelmäßig gebracht, so wie du gesagt hast, und jetzt ist nichts mehr da.«

»Oh«, sagte Red.

»Du … glaubst du, das reicht?«, frage Backus. »Ich meine … Red, es scheint nicht nichts zu bewirken, und egal, wie du da rankommst, das kann nicht billig sein.«

Red schüttelte den Kopf. »Nein.«

»Sadie würde nicht wollen, dass du all dein Geld für sie ausgibst. Das weißt du.«

»Dann muss sie eben gesund genug werden, um mir das selbst sagen zu können«, antwortete Red.

Backus musterte ihn, sein Gesicht mit den hängenden Wangen verriet nichts. Endlich verzog sich sein Mund zu einem halben Lächeln. »Sie hat dich zu einem echten Kerl aus der Kehre erzogen. Gut, du besorgst mir die Medizin, ich werde sie ihr geben.«

Red legte die Hand auf Backus knochige Schulter. »Danke.«

Backus zuckte mit den Schultern. »Was bleibt schon anderes übrig. Das wirst du eines Tages noch begreifen. Solltest du das Glück haben, als einer der wenigen hier alt genug zu werden, dann wirst du verstehen, dass die Leute aus deiner Jugend, egal ob Freund oder Feind, diejenigen sein werden, die du am meisten schätzt.«

Red sah Backus hinterher, als er in die Ecke der Halle zurückschlurfte, in der die Runzler zusammenhockten.

»Ich kann nicht glauben, dass er dich nicht irgendwie betrügt«, sagte Nessel. »Die Medizin verkauft oder so.«

»Ich weiß«, sagte Red. »Aber ich habe mich erkundigt, und jedermann sagt, dass er ihr die Medizin jeden Tag pünktlich gibt. Alte Menschen sind manchmal merkwürdig.«

»Weich sind sie, das ist es«, sagte Nessel. »Hoffentlich sterbe ich zuerst.«

Red grinste sie an. »Nessie, du hast nicht das kleinste Quäntchen Romantik im Leib.«

»Und das ist auch gut so. Romantik ist für Fratzen und Schwachköpfe.«

Und genau deshalb hatte das zwischen ihnen nicht funktionieren können, dachte Red.

»Also.« Er streifte sich die dicken, fingerlosen Lederhandschuhe über. »Ich gehe am besten mal nachsehen, ob Filler es wirklich geschafft hat.«

Nessel musterte seine Handschuhe. »Arbeit?«

»Da draußen ist eine ganze Stadt, deren Reichtum dringend neu verteilt werden muss«, sagte er mit einem Lächeln.

Sie packte seine Hand. »Du kommst am besten lebend zurück. Sonst …«

»Sonst was?«

»Sonst werde ich einen Nekromanten aufsuchen und dich verpisst noch mal beschwören, damit ich dir in deine Geistereier treten kann.«

Er verbeugte sich spöttisch vor ihr und ging aus der Halle, wobei er sich fragte, ob sie nicht vielleicht doch ein winziges bisschen romantisch veranlagt sein konnte.

»Und du bist dir da wirklich sicher, Red?«, fragte Filler, während er das Pferd beäugte und sich den zottigen kurzen Bart kratzte. Obwohl er das große Tier angeschleppt hatte, schien er sich nicht gern in seiner Nähe aufzuhalten.

»Na klar.« Red tätschelte die große pink-weiße Nase des Pferds mit seiner behandschuhten Hand. Sie standen in einer engen Gasse, die von der Hauptstraße wegführte.

»Und um zu lenken, da muss ich nur an diesen Zügeln nach links oder rechts ziehen?« Filler kniff die Augen skeptisch zusammen.

»Filler, mein Bester«, sagte Red. »Wenn ich es nicht besser wüsste, dann würde ich glauben, du hast Angst vor diesem dummen Tier hier.«

»Ich hab keine Angst«, antwortete Filler.

»Natürlich nicht.«

»Nur … mein Cousin, Brig. Der wurde von einem Pferd gegen den Kopf getreten, und jetzt singt er nur noch Kinderlieder und scheißt sich in die Hosen.«

»Ah«, sagte Red und nickte dabei ernst. Er streckte sich, um den Arm um Fillers Schulter legen zu können. »Es sieht so aus, alter Räuber. Einer muss das Pferd reiten, und einer muss das Schloss knacken. Und jetzt sag mir, kannst du ein Schloss knacken?«

Filler schüttelte den Kopf.

»Gut. Dann muss ich das wohl machen, oder nicht?«

»Scheint so.«

»Und wenn ich das Schloss knacke, dann kann ich schlecht auch noch das Pferd reiten, oder? Und dann bliebe uns nur noch übrig, eine dritte Partei in unser Unternehmen zu bringen. Jemand, der nicht von der Erinnerung an einen vom Pferd getretenen Cousin verfolgt wird. Jemand wie, mmh, weiß nicht, der Hübsche Henny vielleicht. Oder vielleicht auch Nessel, wenn man bedenkt, dass du sie ja schon praktisch eingeladen hast, bei dem Auftrag mitzumachen.«

»Ich schwör dir, Red, ich hab ihr absolut nichts darüber gesagt.«

»Trotzdem, auch wenn wir eine dritte Person an Bord holen, dann müssten wir durch drei teilen, und nicht nur durch zwei. Ich weiß ja, du magst Mathe nicht besonders, deshalb versuche ich es mal, dir so zu erklären: Wir müssten beide die Hälfte von dem geben, was uns gehört, um das Drittel aufzubringen. Klingt das wie etwas, das du willst?«

»Nein«, sagte Filler, dessen Nervosität bereits zu verfliegen schien.

»Einverstanden. Also, Filler, mein Junge, schluck die Angst runter und lass uns wie Männer handeln.«

Er nickte finster und musterte immer noch das Pferd.

»Wenn du möchtest, könnten wir einen Imp niederschlagen und ihm den Helm wegnehmen«, bot Red an. »Weiß nicht so recht, was das gegen Pferdehufe bringen soll, aber …«

»Ich werd' keinen verpissten Imp-Helm tragen«, sagte Filler mit harter Miene.

»So ist's recht!« Red schlug ihm auf den Rücken. »So, und jetzt machen wir uns fertig. Der Karren sollte bald hier sein.«

Sie beobachteten ihn schon seit Wochen. Ein Pferdekarren kam jeden Morgen vorbei, begleitet von zwei Imps in voller Kampfmontur – einer vorn, einer hinten – und ein Fahrer. Die Kampfmontur hielt Red davon ab, die ganze Angelegenheit mit ein paar Wurfmessern zu lösen. Außerdem war der Karren selbst ein Tresor auf Rädern, schwarzes Eisen, das von einem Schloss gesichert wurde. Er hatte aus zuverlässiger Quelle erfahren, dass der Schlüssel von einem dritten Imp transportiert wurde, der eine andere Route durch die Stadt nahm. Red hielt das für einen netten Einfall. In dem Tresor befanden sich die imperialen Steuern auf die Einkünfte des vergangenen Tages der Spielhäuser und Tanzhallen. Dazu gehörte auch das Geld, das mit dem Verkauf von Purpurwurz in den Hinterzimmern erzielt wurde. Im Prinzip versuchte Red, für alles offen zu sein. Doch aus persönlichen Gründen war er kein Freund von Purpurwurzhändlern oder denen, die damit Gewinn machten.

Filler hatte das Pferd mit auf seinen Posten genommen, und Red stand allein in der engen Gasse, den Rücken gegen die Wand gedrückt, während er auf das Geräusch von Pferdehufen draußen auf der matschigen Straße lauschte. Kurz darauf trabte der führende Imp auf seinem Pferd vorbei, sein mit Leder beschlagener Helm glänzte schwach im fahlen Morgenlicht. Seine weiße-goldene Kampfmontur fiel in den tristen Straßen der Stadt auf. Kurz darauf folgte der Tresorwagen, dessen Fahrer aussah, als würde er schlafen. Nach einem weiteren Moment folgte der hintere Wachmann.

Red hielt die Luft an und lauschte auf das regelmäßige Schlagen der Hufe. Als sie anhielten, atmete Red aus und lächelte.

Er sah vorsichtig um die Ecke. Filler saß auf dem Pferd, stumm und grüblerisch, und versperrte die Straße. Seine Größe und seine breiten Schultern ließen ihn einschüchternd wirken. Auf dem Rücken des Pferds wurde der Eindruck sogar noch verstärkt. Der hintere Wachmann ritt nach vorn, und gemeinsam näherten sich die beiden Imps ihm vorsichtig.

»Mach Platz«, sagte einer der Imps und schob dabei seine goldene Uniformjacke zur Seite, sodass man die Pistole an seinem Gürtel sehen konnte.

Filler antwortete nicht.

»Wir zählen bis drei.« Der zweite Imp zog seine Pistole, und der andere machte es ihm nach.

Red war bereits am hinteren Ende des Wagens angelangt und arbeitete an dem Schloss.

»Eins«, sagte der Imp.

Während er mit seinen Haken im Schloss stocherte, bemerkte Red, dass das Schloss nicht gut gepflegt worden war.

»Zwei.«

Red fragte sich, wie sie das verdammte Ding mit einem Schlüssel öffnen konnten, so schlimm war es.

»Dr...«

Filler klatschte dem Pferd auf die Flanke und nahm die nächste Abzweigung, bevor sie das Wort noch aussprechen konnten.

»Du bleibst beim Wagen!«, rief der hintere Wachmann dem anderen zu. Dann folgte er Filler.

Red murmelte lautlos einen Fluch. Es gab nichts, worauf

er sich an dem Karren hätte setzen können, also hakte er die Beine um den Holm und schwang sich auf den Tresor, wobei er ein Gebet ausstieß, dass der Fahrer sich jetzt nicht umdrehte. Er hatte noch nie versucht, ein Schloss zu knacken, das über die Straße holperte. Und er stellte fest, dass es unmöglich war. Er hatte es fast geschafft, aber der Wagen musste anhalten, wenigstens kurz, damit er den letzten Stift beiseiteschieben konnte.

Er zog sich so weit hoch, wie es nur eben ging, und war nun sehr nah am Kopf des Fahrers. Er holte tief Luft, dann schrie er so laut er nur konnte: »Halt! Im Namen des Imperators!«

Der Fahrer zuckte zusammen und riss unwillkürlich an den Zügeln. Pferd und Wagen hielten abrupt an. Red schob seinen Dietrich in das Schloss und hörte ein befriedigendes Klicken. Die Tür sprang auf, und er schnappte sich einen Sack voller Münzen. Der Fahrer drehte sich auf seinem Sitz herum und fummelte an seiner Pistole. Red sprang zu Boden, nahm eine Münze aus dem Sack und schnippte sie gegen die Flanke des Pferds. Es machte einen Satz nach vorn, der Fahrer wurde nach hinten gegen den Tresor geschleudert, und seine Pistole fiel in den Matsch.

»Wachen!«, schrie der Fahrer.

Aber bis der Imp sein Pferd gewendet hatte, war Red längst in der Gasse verschwunden. Dort hangelte er sich an den Regenrinnen hoch und zog sich auf die Dächer hinauf. Er verharrte lange genug, um zu beobachten, wie der Imp sein Pferd zu überzeugen versuchte, in die enge Gasse zu gehen. Red lachte auf, und der Imp sah ihn und feuerte seine Pistole ab. Der Schuss traf eine Regenrinne, und Red rannte, immer noch lachend, über die Dächer davon.

»Halt, im Namen des Imperators?«, fragte der Hübsche Henny.

Red hatte es unbeschadet bis zur *Ersoffenen Ratte* geschafft, und sich dort mit Filler getroffen, um die Beute zu teilen. Jetzt saß er gemütlich an seinem üblichen Tisch, gemeinsam mit seinen üblichen Trinkkumapanen. Filler natürlich, der Hübsche Henny ohne Nase, die Zwillinge Brimmer und Stin, die eigentlich keine Zwillinge, ja nicht einmal Brüder waren, aber deren hellrote Haare so aus der vorwiegend dunkelhaarigen Bevölkerung hervorstachen, dass jeder sofort dachte, dass sie verwandt sein müssten. Bis jeder begriffen hatte, dass sie gar keine Brüder waren, war der Name bereits hängen geblieben. In der Kehre blieb ein Name immer hängen.

Red grinste Henny an. »Bist du sauer, dass Filler und ich dich nicht eingeladen haben?«

»Machst du Witze?« Henny lehnte sich in seinem Stuhl zurück. »Das war ein Selbstmordversuch, ganz offensichtlich. Du hast Glück gehabt, und davon hast du mehr als sonst jeder. Aber irgendwann wird ein Imp dir eine Kugel genau zwischen deine hübschen roten Augen jagen. Falls sie dich nicht gleich einem Biomanten ausliefern für irgendein unaussprechliches Experiment.«

»Das machen sie doch gar nicht«, sagte Brimmer. Dann warf er Stin einen unsicheren Blick zu. »Oder?«

»Ich hab gehört, dass sie das machen«, sagte Stin. »Meine Tante? Sie hat gesagt, dass ihr Neffe geschnappt wurde, weil er sich einer Protestgruppe der Bürger angeschlossen hat. Und als sie einen Monat später seinen Körper für die Beerdigung zurückgebracht haben, da sah er nicht einmal mehr aus wie ein Mensch.«

»Der Neffe deiner Tante, mh?« Red seufzte und schüttelte den Kopf. »Ihr Jungs seid schlimmer als ein Haufen Runzler, wisst ihr das? Es ist doch so, es ist egal, was sie mit mir getan hätten, denn sie haben mich nicht erwischt.«

»Sie haben Filler fast geschnappt«, sagte Henny. »Was hättest du dann getan, frage ich mich? Ich schätze, es ist in Ordnung, sein eigenes Leben zu riskieren. Aber was ist mit deinem besten Mann hier?«

»Sie haben Filler nicht fast erwischt.« Red wandte sich an den großen Mann. »Oder?«

Filler zuckte mit den Schulten. »Er war gut auf dem Pferd. Ich nicht. Ich bin nur weggekommen, weil er den Schuss gehört hat, den der andere auf dich abgegeben hat, und er begriffen hat, dass es eine Falle gewesen ist.«

»Wie geplant«, sagte Red.

»Lügner«, sagte Henny.

»Na gut, wie sieht es aus – ich spendiere uns allen einen Drink und wir spülen damit den bitteren Geschmack hinunter, den ihr alle hier im Mund zu haben scheint.« Er winkte Prin. »Eine Runde Dunkles für den Tisch hier, Prinny. Auf mich.«

Prin hob eine Augenbraue. »Hast du Geld?«

Red warf ihr einen verletzten Blick zu. »Aber natürlich, Prinny. Wie kannst du an mir zweifeln?«

»Erfahrung, deshalb«, antwortete Prin. »Zeig her.«

Red hielt eine Hand hoch, und zwischen jedem Finger steckte eine glänzende Münze.

Prins Augen wurden groß. »Das reicht für den Rest der Nacht.«

»Dann schieb sie endlich mal rüber!«

»Ernsthaft, Red«, sagte Henny. »Ich bin dein Mann, wann immer du einen Laden ausheben oder ein Spitzenhemd ausnehmen willst. Und selbst wenn du mal was mit jemandem wie Big Sig und seiner Mannschaft haben solltest, hau ich dich raus. Aber mit den verpissten Imps am helllichten Tag? Das zieht ungewollte Aufmerksamkeit auf das ganze Viertel. Das macht es für uns alle nur noch schwerer.«

»Aber kannst du das denn nicht erkennen, Hen, die verpissten Imps sind genau die, die es verdienen«, antwortete Red. »Den Laden von einem armen Runzler auszunehmen, das ist Mist. Diese Gewalt unter uns verletzt das Viertel richtig. Statt uns gegenseitig zu überfallen, sollten wir zusammenhalten. Gemeinsam sind wir stark.«

»Mit Ausnahme von Big Sig«, sagte Stin. »Wir können uns nie mit ihm zusammentun.«

»Fäule und Verdammnis auf Big Sig und das ganze Hammerhusen«, stimmte Brimmer zu. »Mögen all ihre Schwänze und Fotzen vor Pest abfallen.«

»Wenn ich glauben würde, dass es uns den Imps gegenüber einen Vorteil verschafft, dann würde ich mit Big Sig in einem Tropfen zusammenarbeiten«, sagte Red.

»Eier und Schwänze, das meinst du nicht so«, sagte Henny.

»Doch«, antwortete Red. »Schau, die sind doch genau wie wir. Vielleicht nicht so gerissen oder gut aussehend. Aber sie sind genauso arm, und sie leiden genauso unter den Imps.«

»Aber …«, sagte Henny.

»Lass gut sein, Schöner«, sagte Filler. »Du stachelst ihn nur an. Das ist das Oberstadtblut in ihm. Er kann nichts dafür, er hat einfach diese Vorstellungen.«

»Das wird ihn und uns alle am Ende noch umbringen«, murmelte Henny.

»Aber bis dahin …« Red machte eine ausladende Bewegung, als Prin die fünf Krüge mit schaumigem, dunklem Bier brachte. »Lasst uns trinken!«

Im Laufe des Abends ließ Red die Krüge noch viele Male füllen. Obwohl Red bezahlte, wurde seiner am seltensten nachgefüllt. Und genau so mochte er es. Er war gern der Aufmerksamste am Tisch. Er nippte fast die ganze Nacht an ein und demselben Bier, spielte mit Henny Stein und gewann die Runden immer leichter. Andere Kerle kamen und erfreuten sich seiner Gastfreundschaft, und er erzählte ihnen von dem Abenteuer, wobei die Zahl der Imps mit jeder Wiederholung stieg. Er erzählte niemals, wo der größte Teil seiner Beute war, und niemand fragte danach. Das war auch gut so. Es war in Ordnung, wenn Nessel wusste, dass er für Sadie sorgte, aber er bezweifelte, dass einer dieser Salzköpfe das verstehen oder auch nur respektieren würde. Red war daran gewöhnt, dass er damit allein war. Auch das mochte er so.

Als der Abend fortschritt und Prin hinter der Theke hervorkam, um die Öllampen im Schankraum zu entzünden, legte Red die Füße in den matschverschmierten Stiefeln auf den Tisch.

»Filler, alter Junge«, sagte er. »Würdest du sagen, dass du zufrieden bist?«

»Was?«, fragte Filler, der ihn betrunken anblinzelte.

»Glücklich. Bist du glücklich?«

Filler zuckte mit den Schultern. »Ich nehm's an. Hab nie drüber nachgedacht.«

»Das ist der Schlüssel, befürchte ich.« Red hielt einen der Spielsteine hoch, ein glattes Rechteck mit einer aufgemalten Vier darauf, und sah dabei zu, wie die Glasur im Lampenlicht glänzte. »Nicht so viel darüber nachzudenken.«

Er schnippte den Stein, und er flutschte in Brimmers Mund, der gerade gähnte. Brimmer begann zu husten, während Stin ihm auf den Rücken hieb, Henny ein schrilles Kichern ausstieß und Filler dröhnend lachte.

Red lächelte. »Ich? Ich glaube nicht, dass es mehr in der Welt gibt, das ich brauche, als das hier.«

Später dachte er reumütig an diese Aussage zurück, und er musste zugeben, dass er das Nächste damit mehr oder weniger heraufbeschworen hatte.

Ein älterer Mann betrat die *Ersoffene Ratte* mit dem rollenden Gang und dem wollenen Mantel, der ihn als Seemann auswies. Er trug einen breiten blauen Hut, einen lockigen schwarzen Bart, und seine Haut war fast genauso dunkel. Red beachtete ihn kaum, doch dann setzte er sich aufrecht hin und stellte die Füße anständig auf den Boden.

Hinter dem Seemann lief eine Frau, die etwa so alt sein musste wie Red, mit goldenen Haaren und der blassen Haut der Südländer, die von Sommersprossen übersät war. Red hatte immer angenommen, dass Südler irgendwie krank aussahen. Aber diese Frau sah kein bisschen krank aus. Sie bewegte sich wie flüssiger Stahl, jeder Schritt war selbstbewusst und vollkommen akkurat. Und ihre Augen … sie waren wie die gefrorenen Tiefen des Meeres, die in winzige Dolche geschmiedet worden waren und die ihm in die Brust stachen, als sie jetzt den Blick durch die Taverne schweifen ließ und dabei jeden musterte.

»Wer …«, zischte er und packte Hennys Arm. »Wer ist diese erstaunliche Kreatur?«

Henny folgte seinem Blick und grinste. »Das Mädel? Ich hab von ihr gehört. Ist vor ein paar Tagen an Land gekommen zusammen mit Kapitän Carmichael, der Kerl, mit dem sie hier ist. Er ist hier schon öfter eingelaufen, bringt Früchte von Murgesia. Sie ist offensichtlich seine Leibgarde.«

Red seufzte. »Sie ist ein Engel in schwarzem Leder.«

»Du weißt, was das für ein Lederanzug ist, oder?«, fragte Stin. »Das ist eine verpisste Vinchen-Uniform.«

»Ein Vinchen-Mädchen?«, fragte Brimmer. »Das ist nicht erlaubt, dachte ich.«

»Sag ihr das doch mal«, antwortete Henny.

Kapitän Carmichael und sein Leibwächter gingen an den hintersten Tisch, wo Deadface Drem mit seiner Mannschaft saß.

»Hattest du nicht gesagt, dass dieser Kapitän mit Früchten handelt?«, fragte Red.

»Vielleicht hat er sich ja verbessert.«

»Aber Drem? Das ist ernst.«

»Vielleicht hat er deshalb diese Eis-Maid als Beschützerin.«

Red beobachtete, wie Drem von seinem Tisch auf- und den Kapitän ansah, wobei er leicht das Gesicht verzog. Er musterte den Engelswächter, und sein Gesicht verzog sich noch mehr.

Ein anderer Seemann betrat die Taverne, einer mit einem langen Schnurrbart. Er beeilte sich, zu dem Kapitän und der Eis-Maid zu gelangen. Als Deadface Drem ihn erblickte, wurde sein Gesicht ausdruckslos.

»Verdammte Hölle«, murmelte Red.

»Ich glaube, deinem Mädel steht eine ganze Welt voll Ärger bevor«, sagte Henny.

15

Als sie an einem sonnigen Nachmittag in Murgesia angekommen waren, hatte Hope gedacht, dass dies die schönste Insel sein musste, an der sie in ihrer zweijährigen Zeit auf der *Lady's Gambit* angelegt hatten. Palmen und glatte weiße Sandstrände ließen die Insel so anders wirken als die steinigen Ufer, an denen sie aufgewachsen war. Sie waren nach Murgesia gereist, um Zitrusfrüchte zu kaufen. Kapitän Carmichael hatte gesagt, dass sie die für den doppelten Preis in New Laven verkaufen könnten.

Hope und Ranking begleiteten ihn in das Dorf, um den Händler zu treffen. Die Gemeinde war klein, aber sauber, mit einfachen Häusern aus Holz und Mörtel. Auf den schmalen Lehmpfaden liefen viele der Dorfbewohner, die sie neugierig anstarrten, die Hope aber rasch mit einem freundlichen Lächeln bedachten, wenn sie sie dabei ertappte.

Das Lagerhaus für die Früchte lag in der Mitte des Dorfs. Es war das größte Gebäude auf der Insel. Ein Mann fläzte sich davor auf einem hölzernen Stuhl, und ein Schirm schützte ihn vor der Sonne. Als er sie näher kommen sah, lächelte er warmherzig.

»Kapitän Carmichael!«, sagte er, stand auf und ging auf sie zu. »Wie schön, Euch zu sehen. Das ist ewig her!«

»Ich hoffe, Ihr habt Euch gut gehalten, Ontelli«, sagte Carmichael und nahm seine Hand.

»Aber natürlich.« Ontelli nickte. »Waren ein paar interessante Jahre.«

»Das tut mir leid zu hören«, antwortete Carmichael. »Ich für meinen Teil habe meine Jahre gern nett, langweilig und vorhersehbar. Hilft dabei, länger zu leben.«

Ontelli nickte weiter und lächelte dabei. »Wahr genug. Gut, Kapitän, ich tue das nur ungern, aber glaubt Ihr, Ihr könntet vielleicht später wiederkommen?«

»Oh?«, fragte Carmichael.

»Ich bin gerade sehr beschäftigt.« Vage deutete Ontelli zum Lagerhaus hinter ihm.

»Beschäftigt?«, fragte Carmichael, und seine schwarzgrauen Augenbrauen hoben sich. Es schien sich nämlich gar nichts im Lagerhaus zu tun.

»Ja«, antwortete Ontelli. »Könntet Ihr später wiederkommen? Vielleicht so kurz nach Sonnenuntergang? Bis dahin sollte ich Eure Fracht so weit verpackt haben. Das Gleiche wie beim letzten Mal, stimmt's? Das können wir dann alles in einem erledigen.«

»Ich vermute ...«, sagte Carmichael.

»Mir ist schon klar, dass ich Euch damit Umstände mache«, erklärte Ontelli, dessen Lächeln sich nicht verändert hatte. »Ich sag Euch was, tut mir den Gefallen, und kommt nach Sonnenuntergang zurück, dann gebe ich Euch zehn Prozent Nachlass.«

Carmichael zuckte mit den Schultern. »Nun, ja, das ist freundlich von Euch. Sicher, wir kommen nach Anbruch der

Dunkelheit mit ein paar zusätzlichen Jungs zurück und helfen Euch, die Fracht aufs Schiff zu transportieren.«

»Wunderbar!«, sagte Ontelli. »Vielen Dank für Euer Entgegenkommen, Kapitän. Wir sehen uns heute Abend.« Er lief auf das Lagerhaus zu und ging rasch hinein.

»Mir gefällt das gar nicht, Sir«, sagte Hope. »Das Ganze kommt mir seltsam vor.«

»Da stimme ich dir zu«, sagte Carmichael. »Aber wir brauchen die Fracht.«

Also kehrten sie zum Schiff zurück und warteten. Nach Einbruch der Dämmerung machten sie sich erneut auf den Weg zum Lagerhaus. Dieses Mal ging Hope vorweg, gefolgt von Carmichael. Hinter ihm lief Ranking, und dahinter folgten Sankack und Ticks, die einen leeren Karren zogen, um damit die Früchte zurück zum Schiff zu bringen.

Im Dorf brannten keine Lichter. Keine Fackeln beleuchteten die Pfade oder Kreuzungen, und merkwürdigerweise drang auch kein Licht aus den Häusern. Nur die Laterne, die an dem Karren von Sankack und Ticks hing, gab etwas Licht ab. Der Platz schien wie verwaist.

Nur dass er es nicht war. Immer wieder erhaschte Hope einen Blick auf Gestalten, die in der Dunkelheit lauerten und die bei jeder Berührung mit dem Laternenlicht davor zurückzuckten, mit seltsamen, unnatürlichen Bewegungen.

»Kapitän«, sagte sie leise und legte ihre Hand an den Schwertgriff.

»Ich sehe sie«, antwortete er.

»Was ist das?«, fragte Ranking. »Die bewegen sich nicht wie Menschen.«

»Solange sie sich fernhalten, kümmert es mich nicht, was sie sind«, sagte Carmichael. »Beeilen wir uns. Wenn wir erst mal die Dorfmitte erreicht haben, sollten wir halbwegs sicher sein.«

Als sie jedoch dort ankamen, war es dort genauso dunkel wie überall sonst auch. Eine kleine Gruppe Menschen drängte sich vor dem Lagerhaus und wartete auf sie.

»In Ordnung, Ontelli«, sagte Carmichael. »Wir sind in der Nacht zurückgekommen, wie Ihr verlangt habt. Und jetzt wollt Ihr das Geschäft im Stockdunklen erledigen? Was in aller Höllen Namen habt Ihr vor? Als ich das letzte Mal da war, da war der Handel für uns beide nett, einfach und einträglich. Ich hoffe, Ihr wollt das nicht versauen.«

Die Gestalten blieben stumm und unbeweglich.

»Aber Kapitän Carmichael«, rief da Ontelli, dessen Stimme angespannt klang. »Ich habe keine Pläne mehr. Nicht wirklich. Nicht so, wie ich sie einmal hatte. Es hat keinen Sinn. Sehen Sie, wir hatten hier in Murgesia vor einer Weile einen Besucher. Und jetzt sind die Dinge anders. Wir haben andere Prioritäten. Andere … Bedürfnisse.«

Hope spürte, dass die Schattengestalten von allen Seiten näher kamen. »Kapitän, wir sind umzingelt.«

»Verdammt seid Ihr, Ontelli«, sagte Carmichael und klang dabei fast müde. »Ihr glaubt, dass ihr uns ausheben könnt, nicht wahr? Das Geld und die Fracht nehmen? Ich sage Euch, dazu wird es nicht kommen. Wenn Ihr nicht handeln wollt, dann lasst uns zurück an Bord gehen, und wir sind weg. Ansonsten werden viele Eurer Leute sterben.«

»Ihr versteht das falsch, Kapitän«, sagte Ontelli.

Er trat ins Licht der Laterne, und in seinem Blick lag etwas Seltsames, Wildes. Er war schweißgebadet, und seine Lippen waren zu einer Mischung zwischen einem Lächeln und einer schmerzerfüllten Grimasse verzogen. Jetzt bewegten sich auch die anderen Gestalten ins Licht. Ranking hatte recht gehabt. Das waren keine Menschen. Sie waren unnatürlich dünn, mit runden Köpfen, riesigen Augen und kurzen gebogenen Schnäbeln, wo einst ihre Münder und Nasen gewesen waren. Scheckige Federn stachen durch ihre Haut anstatt der Haare, und statt Armen hatten sie dürre, gefiederte Flügel.

»Wir wollen nicht Euer Geld«, sagte Ontelli. »Wir wollen Euer Fleisch.« Er zitterte. Ein Schnabel schob sich zwischen seinen Lippen hervor, während sein ganzes Gesicht wie ein Sack zurückrutschte, sodass feuchte Federn und scharfe Eulenaugen freigelegt wurden.

Sankack schrie auf, ließ das Ende des Karrens fallen und rannte los. Er kam nicht weit. Eine der eulenartigen Kreaturen sprang und schlug dabei mit den Flügeln. Sie flog nicht richtig, aber es reichte aus, um Sankack einzuholen. Dann grub das Ding die Krallen in seinen Rücken und schlug ihn mit dem Gesicht voran zu Boden. Eine ganze Gruppe schwärmte aus und pickte nach ihm. Sie rissen Fleischbrocken aus ihm heraus, während er um sich schlug und trat und schrie.

Kapitän Carmichael zog seine Pistole und zielte damit auf das Ding, das einmal Ontelli gewesen war. »Möge Gott Eurer Seele Gnade gewähren, denn die hat er verpisst noch mal nicht Eurem Leben gewährt.«

Das Ding riss seinen gebogenen schwarzen Schnabel weit auf und sprang dem Kapitän entgegen, aber als die Pistole losging, explodierte sein Gesicht in einer Wolke aus blutigen Federn.

»Kapitän?«, fragte Hope.

»Schlag uns einen Weg zurück zum Schiff frei«, sagte er,

während er den Kolben seiner Pistole gegen den Kopf einer anderen Kreatur hieb.

Hope zog Kummerklang und hackte der Kreatur, die ihr am Nächsten stand, mit einer fließenden Bewegung den Kopf ab.

»Ranking und Ticks«, sagte der Kapitän. »Lasst den Karren stehen. Folgt Hope, und haltet ihr den Rücken frei.«

Ranking zog sein Entermesser und Ticks eine kurze Keule. Sobald sie hinter ihr waren, arbeitete sich Hope vor. Sie bog sich erst zur einen, dann zur anderen Seite, und ihr Schwert blitzte im Mondlicht inmitten dem Kreischen und Schreien der Kreaturen. Die Klinge schwamm wie ein Tümmler durch die dichten Federbüschel, hinab und hinauf, während es durch die dürren Glieder fuhr. Hopes Füße drehten sich geschmeidig, ihre Muskeln waren gespannt, und sie summten vor Wärme, während sie arbeitete. Fast konnte sie die knarrende Stimme von Großlehrer Hurlo in ihrem Ohr hören, wie er sagte: *Schneller außen, ruhiger innen,* während sie sich durch den Pulk kämpfte.

»Gott, das hört gar nicht auf!«, schrie Ranking. »Wir werden es niemals schaffen!«

»Halt die Klappe und kämpf«, sagte der Kapitän.

Hope konnte jedoch nicht innehalten und nachsehen, ob er dem Befehl Folge leistete. Sie hatten es fast durch den dichtesten Teil geschafft. Alles war immerzu in Bewegung. Sie fühlte sich, als würde sie verschwinden, und dass da nichts anderes mehr war als Kummerklang, das seine schreckliche Melodie summte. Die Eulenkreaturen mochten die menschliche Sprache nicht verstanden haben, aber sie kannten offensichtlich die Sprache des Schwerts, denn sie begannen, davor zurückzuweichen, bevor es sie erreichte.

Endlich war sie durch die Masse der Kreaturen hindurchgelangt. Vor ihnen lag die unbeleuchtete Straße, die sie zu ihrem Schiff führte.

»Los!«, schrie Carmichael.

Die Gruppe rannte los, und die Kreaturen folgten ihnen dichtauf. Sie waren nicht so schnell, aber manchmal gewann eine genug Höhe, um sich von der Seite eines Gebäudes abzustoßen und dann von oben auf sie herunterfallen zu lassen. Ticks fegte sie mit seiner Keule beiseite, sodass die leichten Vogelknochen zerbrachen.

Das Schiff kam in Sicht, die glühenden Laternen leuchteten wie ein Signalfeuer.

»Kapitän, wir sind fast da!« Hope wagte einen Blick zurück und sah, was Carmichael nicht sehen konnte. Eine Eulenkreatur sprang Ranking an. Aber statt sich ihr zu stellen, duckte er sich hinter Ticks, der damit beschäftigt war, ein anderes Wesen auf seiner anderen Seite abzuwehren. Ranking hielt Abstand, während Ticks von Klauen und Schnäbeln zerfetzt wurde.

»Du Feigling!«, schrie Hope und hob ihr Schwert. Aber Carmichael packte sie am Arm.

»Das Schiff!«, schrie er ihr ins Gesicht. »Jetzt!«

Hope biss die Zähne zusammen und fuhr wieder herum. Ein paar der Kreaturen hatten sie an der Seite überholt und umkreisten sie jetzt. Sie war froh darüber und schlug so heftig um sich, dass die zuckenden Körper weit flogen und in einen Stapel alter Kisten krachten, die am Pier standen. Die Kisten stürzten um und gaben ein großes Schild frei, das in das Holz getrieben worden war. Auf dem Schild war ein schwarzes Oval gemalt, von dem acht schwarze Linien nach unten liefen. Das Symbol der Biomanten.

Hope blieb ruckartig stehen. Der Schock der Erkenntnis schnürte ihr die Brust zusammen, während alte Erinnerungen auf sie einströmten. Sie bekam keine Luft mehr und stolperte nur noch voran, versuchte verzweifelt, ihre Finger in die Luft zu krallen, ihr wurde langsam schwarz vor Augen.

»Was jetzt?«, bellte Carmichael.

Sie konnte nur nach Luft schnappen und auf das Schild deuten. Als er es erblickte, verengten sich seine Augen zu Schlitzen.

»Ich hätte es mir denken können.« Er hob den Kopf und schrie zum Schiff hoch. »Alle Mann! Alle Mann an Bord! Macht euch bereit zu kämpfen und zu fliehen!«

Er sprang an Bord, gerade als ein Teil der Mannschaft ihre Waffen packte, um die Angreifer abzuwehren, während andere wiederum eilig alles für die Abfahrt bereitmachten.

Hope folgte ihm nicht. Sie stand immer noch am Pier und schnappte nach Luft und zitterte, und sie fühlte sich wieder wie ein kleines Mädchen. Die alte Dunkelheit stieg in ihr auf, und sie hörte ihre Mutter rufen, während sie von innen zerfetzt wurde. Sie konnte die Berge aus toten Körpern riechen, die zum Verrotten liegen gelassen worden waren. Sie konnte den Schmerz in ihren Armen spüren, den tagelanges Graben von Gräbern in gefrorener, steiniger Erde verursacht hatten. Als sie so weit war, ihren Vater beerdigen zu müssen, sah sie, dass sein Gesicht noch genauso vor Schmerz verzerrt war wie im Moment seines Todes, so als würde seine Seelc die Qualen bis in alle Ewigkeit spüren. Sie hatte hinuntergesehen auf die Seeglaskette und kurz überlegt, ob sie sie behalten sollte, um sich an ihn zu erinnern. Aber ihre Schönheit bedeutete ihr nichts mehr. Die Wärme, die Farbe, alles war aus ihr herausgepresst worden. Sie war besser bei ihm aufgehoben, begraben an einem kalten, toten Ort …

»Was in allen Höllen stimmt nicht mit dir?« Ranking packte sie an der Schulter, während er voller Angst auf die sich nähernden Eulenwesen starrte. Doch dann wandte er sich zu ihr um und schien ihren Blick zu erkennen. Er hielt kurz inne, als würde er sich entscheiden. Dann schlug er ihr fest ins Gesicht.

Der Schock brachte sie zurück. Er zog an ihrem Arm, und die beiden stolperten aufs Schiff. Die Mannschaft nahm sie in ihre Mitte, damit sie kurz zu Atem kommen konnten.

Ranking stach ihr mit dem Finger fast ins Gesicht. »Du sagst nichts über Ticks, und ich sage nichts hierüber. Fein?«

Ihre Miene wurde hart, aber sie nickte.

»Sonnig. Jetzt nichts wie weg aus dieser verfluchten Hölle.«

Es kamen immer mehr Eulenwesen aus der Dunkelheit, es schien gar kein Ende zu nehmen. Hope und Ranking schlossen sich der Mannschaft an, und gemeinsam wehrten sie die Kreaturen ab, bis die Segel gehisst und die Leinen durchtrennt waren. Endlich glitt die *Lady's Gambit* hinaus aufs offene Meer.

»Dankt Gott, dass sie nicht richtig fliegen können«, sagte Ranking, während sie dabei zusahen, wie die Insel rasch kleiner wurde. Er zwinkerte ihr zu, als wären sie Freunde mit einem gemeinsamen Geheimnis.

Wenig später rief Carmichael Hope und Ranking in sein Quartier. Die drei saßen um den kleinen Tisch herum, der im Boden verankert war. Carmichael und Ranking teilten sich eine Flasche dunklen Rum, während der Kapitän die Umstände erläuterte.

»Die Fracht zu verlieren hat uns in eine schlimme Lage gebracht«, sagte Carmichael. »Das Schiff braucht Reparaturen. Ich hatte darauf gehofft, die Waren, die wir hier an Bord hatten nehmen wollen, in New Laven zu verkaufen und das Geld dafür zu nutzen.«

»Können wir nicht woanders Fracht aufnehmen?«, fragte Hope.

Der Kapitän schüttelte den Kopf. »Wir schaffen es so kaum bis New Laven. Wir können nicht riskieren, weiter rauszufahren. Ein starker Sturm draußen auf dem Wasser, und wir sinken.«

»Wie wäre es, wenn wir in New Laven Fracht aufnehmen und damit die Küste hochfahren?«, fragte Ranking. »Kein offenes Wasser. Nur hoch und runter für ein hübsches Stück Geld.«

Carmichael seufzte und kratzte sich seinen lockigen Bart. »Schmugglerei?«

»Ich kenne einen Kerl in der Paradieskehre, der immer auf der Suche nach freien Mitarbeitern ist. Schiffe, die die imperialen Wachen noch nicht kennen.«

Der Kapitän nahm einen Schluck aus der Rumflasche und saß einen Moment in Gedanken versunken da. »Wir haben wohl keine andere Wahl. Wir versuchen es mit deinem Mann. Nehmt Kurs auf New Laven. Wir segeln direkt darauf zu.«

»Aye, Kapitän«, sagte Ranking, der unter seinem Schnurrbart breit grinste, als er die Kajüte verließ.

Hope stand ebenfalls auf.

»Warte«, sagte der Kapitän. »Geht es dir gut?«

»Sicher, Sir.«

»Du hast ziemlich aufgewühlt gewirkt, als du das Zeichen der Biomanten gesehen hast.«

»Es … hat mich an etwas erinnert. Aus meiner Kindheit. Ich habe das Zeichen schon mal gesehen.«

»Wenn ein Biomant so etwas macht wie in Murgesia – wenn sie eine ganze Insel so verwandeln – dann stellen sie ein Schild auf, um andere zu warnen, damit sie wissen, dass dieser Ort nicht mehr sicher ist. Die Menschen von Murgesia waren schlau genug zu sein, um das Schild zu verstecken.« Er nahm einen weiteren Schluck aus der Flasche. »Das waren einmal gute Menschen. Ein netter, freundlicher kleiner Hafen.«

»Warum machen sie das?«, fragte sie. »Die Biomanten. Warum tun sie das den Menschen an?«

»Warum? Weil der Imperator es befiehlt, nehme ich an. Gibt keinen besseren Grund in allen Ländern.« Er nahm noch einen Schluck. »So sagt man zumindest.«

»Das ist kein richtiger Grund.«

»Nein«, stimmte er ihr zu. »Das ist es nicht.«

Später in der Nacht lag Hope stundenlang in ihrer Hängematte, bevor sie einschlafen konnte. Sobald sie die Augen schloss, sah sie das Zeichen. Schwarzes Oval mit schwarzen Linien. Wie der Umriss eines Kraken. Murgesia lag viele Meilen von Bleak Hope entfernt. Sie fragte sich, wie viele Dörfer wohl so unter der Grausamkeit der Biomanten gelitten hatten. Vielleicht war sie zu engstirnig gewesen. Zu selbstsüchtig in ihrem Streben nach Rache. Je mehr sie darüber nachdachte, desto mehr glaubte sie, dass es nicht ausreichte, einen Biomanten zu töten. Sie würde für all diese armen Seelen Rache üben, die unter diesen »Experimenten« gelitten hatten. Sie würde alle Biomanten töten.

Der Dunst über New Laven war so dicht, dass sich Hope fragte, ob die Bewohner wohl je die Sonne sahen. Sie stand mit Kapitän Carmichael an der Reling und sah auf die Stadt hinab, die vor ihnen lag. Der Hafen allein war größer als das Dorf Murgesia. Dahinter breiteten sich Gebäude aus, sodass sie nicht einmal erahnen konnte, wo die Stadt endete.

»Das muss die größte Stadt der Welt sein«, sagte sie.

Carmichael lächelte. »Nein, Hope. Es ist beeindruckend, da gebe ich dir recht. Und hat jede Menge Charakter. Aber es gibt größere Städte als diese hier. Steingrat, die Hauptstadt, ist noch einmal halb so groß wie diese hier. Und ich habe gehört, dass es hinter der Finstersee Städte geben soll, die sich über Meilen hinziehen.«

»Ich wusste nicht, dass es etwas hinter der Finstersee gibt«, gab Hope zu.

»Du hast geglaubt, dass die Welt an den Grenzen des Imperiums endet? Mein Vater kam aus einem Land namens Aukbontar hinter dieser See. Er hat meiner Mutter erzählt, dass sein Heimatland größer war als alle Inseln des Imperiums zusammengenommen. Eine gigantisch große Masse Land.«

»Ist so etwas möglich?«

»Die Welt ist so viel gewaltiger als du oder ich jemals begreifen können. Wir sind so winzig klein, wie Elritzen.«

»So fühle ich mich jetzt schon in einer solchen Stadt«, sagte sie.

Carmichael nickte. »New Laven ist vielleicht nicht die größte Stadt der Welt, aber es mag gut und gern die härteste und gemeinste sein. Sie verschlingt dich und spuckt dich gleich darauf wieder aus, lass dich da nicht täuschen. Sie zerstört die Güte eines Menschen und lässt nur einen kalten, ränkeschmiedenden Kopf zurück.«

Eine Weile beobachteten sie schweigend, wie Hafenarbeiter Kisten von anderen Schiffen entluden.

»Kapitän, bei allem Respekt, es scheint, als würde euch etwas bedrücken, seit wir hier in den Hafen eingelaufen sind«, sagte Hope schließlich.

»Ich versuche zu verstehen, wie ich hier landen konnte.«

»Sir?«

»Hättest du mich vor fünf Jahren gefragt, ob ich ein Schmuggler werden möchte, der Waffen und Rauschmittel die Küsten von New Laven hinauf- und hinunterfährt, hätte ich dir ins Gesicht gelacht. Oder ich hätte dir eine reingehauen. Ich habe immer versucht, mich an die Regeln zu halten, das Richtige zu tun. Aber das Leben …« Er schüttelte den Kopf. »Es macht dich mürbe, und wenn du dir dann eines Tages die Möglichkeiten ansiehst, die du vor dir hast, erscheint es dir gar nicht mehr so schlimm, dass du Rauschmittel schmuggeln könntest.«

»Woher wisst Ihr, dass es Rauschmittel sind? Ranking hat gesagt, er sucht uns irgendwas, das gerade geht. Ich glaube nicht, dass Rauschmittel seine erste Wahl wären.«

»Er hält seit Tagen Ausschau«, sagte Carmichael. »Ich nehme an, es gibt nicht viele Möglichkeiten. Und was soll es sonst zu schmuggeln geben? Sie stellen die Rauschmittel hier her und verkaufen sie in der Oberstadt, wo die zahlende Kundschaft lebt. Diese Spitzenhemdchen brauchen etwas, um ihre Zeit zu vertrödeln.«

»Spitzenhemden?«

»Die Reichen. In New Laven haben die meisten nicht viel, so wie in den meisten Städten, und dafür haben wenige das meiste.«

»Das scheint nicht richtig zu sein.«

»Das kannst du auf die Liste setzen, mein Mädchen.«

»Wir müssen dazu aber doch nicht noch beitragen.«

»Wohl nicht, nein.«

»Bei den Vinchen sagt man, dass es besser ist, in Ehren zu verlieren, als unehrlich zu gewinnen. Der Siegerpokal würde dadurch verunreinigt und einen schlechten Geschmack zurücklassen.«

Er drehte sich zu ihr um und lächelte sie plötzlich an. »Vielleicht färbt dieser Vinchen-Kram nach zwei Jahren mit dir auf mich ab, aber das hat gerade irgendwie Sinn gemacht. Ich habe mir solche Gedanken darüber gemacht, dass ich das Schiff verlieren könnte. Doch wenn ich sie zum Rauschmittelschmuggeln verwenden muss, um sie behalten zu können, dann ist sie es vielleicht nicht wert, behalten zu werden.«

Später kehrte Ranking mit der Nachricht zurück, dass er Fracht für sie gefunden hätte.

»Was ist das für eine Fracht?«, fragte Carmichael.

»Eine, die Rechnungen bezahlt. Ich habe nicht weiter nachgefragt.«

Ranking führte Carmichael und Hope über die Kais, die trotz der nahenden Dunkelheit noch belebt waren. Schließlich kamen sie richtig in die Stadt hinein.

Hope hatte in den letzten Tagen die Docks und die Werften erkundet, aber jetzt hatte sie zum ersten Mal die Gelegenheit, mehr von der Stadt zu sehen. Hier war es sogar noch voller als an den Docks, und es war schmutzig. Zum Teil stand der Dreck auf den Straßen knöchelhoch, eine Mischung aus Matsch, Abfall und Kot. Es roch schlimmer als alles, was Hope je erlebt hatte. Ihr einfaches Fischerdorf war arm gewesen, vielleicht sogar verarmt. Es hatte vielleicht nicht viel hergemacht für die wenigen Händler, die dort hindurchgekommen waren. Aber die Leute hatten sich um ihr Dorf gekümmert. Diese Stadt hier wirkte aus der Ferne so prächtig, und aus der Nähe erschien sie durch und durch verdorben.

»Wie können Menschen so leben?«, fragte sie.

»Die meisten werden hier geboren und kennen nichts anderes«, sagte der Kapitän.

»Und die, die etwas anderes kennenlernen, die ergreifen die erste Gelegenheit beim Schopf und fahren zur See«, sagte Ranking.

»Ich habe vergessen, dass du von hier bist«, sagte Hope. »Nichts für ungut.«

»Ist schon in Ordnung«, antwortete er. »Kommt, hier entlang.«

Hope und Carmichael folgten Ranking durch die gewundenen Gassen, immer tiefer hinein in die Stadt. Während der Himmel immer dunkler wurde, erwartete Hope, weniger Leute auf der Straße zu sehen. Aber als die Nacht anbrach, entzündete ein imperialer Offizier die Straßenlampen, und die Menschen machten einfach weiter mit dem, was sie gerade taten. Die einen verkauften, die nächsten kauften, wieder andere tranken oder rauften. Die Dunkelheit verhüllte viel Elend, und die Lichter funkelten lustig in einer Reihe die Straße hinunter, so weit das Auge reichte.

»In der Nacht verfügt es über eine gewisse Schönheit«, sagte sie.

»Du solltest die Oberstadt sehen.« In Rankings Stimme klang fast so etwas wie Stolz mit. »Dort sind Gaslichter bis in die Häuser verlegt.«

»Schläft überhaupt irgendjemand in dieser Stadt?«, fragte Hope.

»Das Leben in großen Städten folgt einem anderen Rhythmus«, sagte Carmichael. »Mir kommt es immer etwas zu hart vor für die Menschen.«

»Die letzte malerische, ruhige Insel, die wir gesehen haben, erschien mir auch nicht besonders gesund«, sagte Ranking.

»Da hast du allerdings recht«, antwortete der Kapitän.

Sie gingen noch etwas weiter, bis sie zu einer Taverne kamen, an der ein altes verwittertes Schild hing. Darauf war ein großes, bösartig aussehendes Nagetier gemalt, dazu ein Name: DIE ERSOFFENE RATTE.

»Hier ist es«, sagte Ranking.

»Hier?«, fragte Hope. Durch das schmutzige Fenster erblickte sie zerlumpte und verschlagen aussehende Kundschaft, die Bier trank und sich gegenseitig anbrüllte. »Ich kann nicht wirklich glauben, dass wir hier jemanden finden, der einen guten Auftrag anzubieten hat.«

»Ich habe nichts von gut gesagt«, antwortete Ranking. »Ich habe *bezahlt* gesagt. Er heißt Deadface Drem, und er wartet an einem Tisch hinten.«

»Kommst du nicht mit?«, fragte Hope.

»Sicher, natürlich.« Ranking nickte, sah dabei aber zerstreut nach allen Seiten. »Ich habe da gerade dieses Mädchen gesehen, das ich kenne. Ich komme nach. Dauert nicht lange.« Und damit war er auch schon weg, abgetaucht in einc Seitenstraße.

»Dann lass uns mal herausfinden, was Ranking uns da für eine Fracht besorgt hat«, sagte Carmichael. »Halt dein Schwert bereit.«

»Mein Schwert ist immer bereit«, antwortete Hope.

Das Innere der Taverne war so, wie sie es erwartet hatte.

Überfüllt und laut, und es stank nach Schweiß und schalem Bier. Die Kundschaft war eine widerliche Mischung aus Taschendieben und Mördern. Abseits in einer Ecke war eine Gruppe Jungen, die etwa ihr Alter haben mochten. Sie starrten sie an und flüsterten sich etwas zu. Sie stellte sich vor, wie sie darüber diskutierten, ob sie ihr später folgen sollten, um sie auszurauben. Fast hoffte sie darauf, damit sie ihnen eine Lektion erteilen könnte.

Sie folgte dem Kapitän zu einem großen Tisch im hinteren Teil der Taverne. Die drei Männer an dem Tisch sahen aus, als wären sie nur ein wenig besser dran als die anderen Gäste. Sie spielten eine Partie Stein. Als Carmichael und Hope an den Tisch traten, sahen alle drei auf. Der Mann in der Mitte musterte sie mit raubtierhaftem Blick.

Kurz darauf tauchte Ranking auf der anderen Seite des Kapitäns auf. Hope funkelte ihn an und fragte sich, warum er sich ausgerechnet jetzt mit einer alten Freundin hatte treffen müssen. Er begriff doch hoffentlich, wie entscheidend ein neuer Auftrag für sie war. Als sie sich wieder dem Mann am Tisch zuwandte, hatte dessen Miene einen seltsam leeren Ausdruck angenommen.

»Ich gehe davon aus, dass du der Kapitän bist, von dem Rank mir erzählt hat«, sagte der Mann mit flacher, rauer Stimme.

»Ich heiße Carmichael, und ich bin der Kapitän der *Lady's Gambit*«, antwortete er und streckte seine Hand aus.

»Heiße Drem.« Er übersah die Hand. »Und ich leite dieses Viertel. Verstehst du, was ich meine?«

»Zur Genüge«, sagte Carmichael.

»Sonnig.« Drems Miene war immer noch schaurig ausdruckslos. »Ich habe Waren, die die Küste entlang hoch zur

Strahlenbucht in Hohlfall gebracht werden müssen, ohne dabei überprüft zu werden oder überhaupt mit dem Imperium in Kontakt zu kommen. Wir laden sie vor Tagesanbruch auf, damit ihr beim ersten Licht ablegen könnt.«

»Und aus was besteht die Fracht?«, fragte der Kapitän.

»Das geht dich nichts an«, sagte Drem.

»Mein Schiff, also geht es mich was an.«

»Ist das so?«

»Ich fürchte, ja.«

»Das verwirrt mich ein bisschen«, sagte Drem. »Du hast gesagt, dass du verstehst, was es heißt, dass ich dieses Viertel leite. Dazu gehören auch die Docks und jedes Schiff, das dort festgemacht hat.« Er sah wieder hinunter auf die glatten, nummerierten Steine vor sich, als hätte er plötzlich das Interesse an der Unterhaltung verloren. »Rank, erklär dem Mann, wie es in der Kehre läuft.«

Hope hatte sich ganz auf Drem und seine Männer konzentriert, falls einer von ihnen etwas versuchen wollte. Niemals hätte sie erwartet, dass einer von Carmichaels Männern ihn verraten würde. Nicht einmal Ranking. Als jetzt Ranking eine Pistole zog, brachte sie das kurz aus der Fassung. Und in dieser einen Sekunde feuerte er eine Kugel in Kapitän Carmichaels Schläfe. Eine weitere Sekunde später pfiff Kummerklang aus der Scheide und trennte Rankings Arm am Ellbogen ab, noch während der leblose Körper des Kapitäns zu Boden fiel.

Drems Männer sprangen auf und zogen ihre Pistolen. Hope warf sich über den Tisch und grub ihre Klinge in den Hals des einen Mannes, bevor der auch nur den Finger an den Abzug legen konnte. Sie fuhr herum, um den anderen zu töten, doch da sah sie, dass er an seinem eigenen Blut erstickte. Er umklammerte eine merkwürdige Klinge, die aus seinem Hals ragte. Ihr Blick folgte der Flugbahn des Messers, und sie sah einen der Jungen, die in der Ecke gesessen hatten. Seine dunklen Haare fielen ihm über die Augen, die eigenartig rot waren. Er neigte den Kopf und grinste sie zufrieden an. Sie konnte ihn auf Anhieb nicht ausstehen.

Sie wandte sich wieder Drem zu, der jetzt auf die Füße kam und nach seiner Waffe griff. Seine Miene war nicht länger leer, sondern eine Maske des Zorns. Sie hielt ihm die Schwertspitze an die Brust. Er erstarrte.

»Du kannst mich nicht töten«, knurrte er. »Ich herrsche über das Viertel.«

Sie sah sich in der Taverne um. Sie war leer bis auf Ranking, der stöhnend auf dem Boden lag, und den rotäugigen Jungen.

»Dein Viertel scheint dich verlassen zu haben«, sagte sie.

»Sie wissen, was jetzt passiert, und sie sind schlau genug, dem aus dem Weg zu gehen«, sagte Drem.

Mehrere Männer stürzten durch die Vordertür der Taverne und feuerten sofort los. Eine Kugel streifte ihre Seite, sodass Drem sich unter einen Tisch flüchten konnte.

Die neu angekommenen Männer feuerten weiter. Sie waren mit Pistolen bewaffnet, die sechs Schuss abfeuern konnten, bevor sie wieder geladen werden mussten. Es überraschte Hope, dass Straßendiebe sich so teure Waffen leisten konnten, aber sie hatte keine Zeit, sich darüber Gedanken zu machen. Sie warf den Tisch um und duckte sich dahinter.

Jemand tauchte neben ihr auf, und sie fuhr mit dem Schwert herum, weil sie dachte, es sei Drem. Es war der Junge, der ihr geholfen hatte.

»Warte!«, rief er über den Lärm des Kugelhagels hinweg. »Ich bin auf deiner Seite.«

»Woher weiß ich das?«, fragte sie.

»Weil ich dir gerade das Leben gerettet habe.«

»Wohl kaum«, antwortete sie. »Ich hätte ihn getötet, bevor er auch nur abgedrückt hätte.«

»In Ordnung, dann rette ich dein Leben eben jetzt«, sagte der Junge. »Weil ich uns hier rausbringen werde.«

Hope warf ihm einen misstrauischen Blick zu und fragte sich, warum er so erpicht darauf war, ihr zu helfen. Sie hatte heute schon einmal dem Falschen vertraut. Und doch spürte sie, dass er es ernst meinte, trotz der Selbstgefälligkeit, die sie so irritierte. Außerdem wechselten sich die Bewaffneten mittlerweile ab mit dem Feuern und Laden der Pistolen, und der Tisch würde dem nicht mehr lange standhalten. An den Ecken splitterten bereits Stücke ab.

»Hast du eine Rückzugsstrategie?«, fragte sie ihn.

»Die habe ich immer«, antwortete er mit einem Grinsen, das er selbst wohl für charmant hielt. Er drehte sich zur Bar um. »Prin!«, schrie er.

Der Scheitel eines Mädchens tauchte hinter der Theke auf.

»Wirf mir die Schlüssel zum Keller herüber!«

Sie schüttelte den Kopf.

»Komm schon, Prin! Ich lass sie da unten für dich liegen, dann kannst du sie später holen. Das verspreche ich. Und …« Er zögerte. »Und ich lass das hier auch da.« Er hielt einen Beutel mit Münzen hoch.

Ihre Augen wurden erst groß, als sie den Beutel sah, dann verengten sie sich misstrauisch.

»Ich werde zusehen, dass er das auch wirklich macht«, sagte Hope. »Du hast mein Wort als Kriegerin.«

Sie schien darüber nachzudenken, denn ihr Kopf verschwand hinter der Theke. Kurz darauf flog der Schlüssel darüber und landete auf dem Boden neben ihnen.

»Ich muss sagen, eine vertrauenswürdige Person dabeizuhaben, verkürzt die Zeit für das Einschmeicheln und Beschwatzen deutlich.«

»Na los«, sagte Hope. »Der Tisch bricht gleich auseinander.«

Der Junge packte ein Tischbein auf seiner Seite. »Lass uns den zurückziehen, bis wir da drüben sind, wo diese Scharniere im Boden sind. Das ist die Falltür runter zum Keller.«

Sie nickte, und gemeinsam rutschten sie mit dem Tisch zurück. Weitere Löcher tauchten im Holz auf. Hope spähte durch eines hindurch und konnte Drem nirgends entdecken. Wahrscheinlich war er geflohen. Die anderen Schützen schienen nicht weiter vorrücken zu wollen. Das brauchten sie auch nicht. Mittlerweile brachen große Stücke aus dem Tisch. Er würde nicht viel länger durchhalten.

»Da sind wir!« Der Junge schlug die Falltür auf und sprang hinunter in das Loch.

Hope kauerte am Abgrund und sah hinab in die Dunkelheit. Sie verabscheute es, dass sie sich zurückziehen musste. Aber sie musste Rache nehmen für Carmichael. Das ging vor. Und dafür musste sie den richtigen Augenblick abwarten. Diese Männer hier waren unwichtig. Sie wollte Drem. Also sprang sie hinunter.

Sie landete in fast vollständiger Dunkelheit auf einem Lehmboden. Fast hätte sie dem Jungen den Arm abgehackt, als er ihre Hand berührte.

»Verpisste Hölle, bist du schreckhaft.« Er zog sie am Handgelenk hinter sich her. »Hier lang.«

Eigentlich mochte sie es nicht, angefasst zu werden, schon

gar nicht von jemandem, den sie nicht kannte. Aber hier unten in der Finsternis konnte sie fast nichts sehen. Sie fragte sich, wie der Junge seinen Weg zwischen den Stapeln aus Kisten und Fässern erkennen konnte. Vielleicht kannte er ihn gut. Oder vielleicht konnte er mit seinen roten Augen im Dunkeln auch besser sehen. Egal wie, er bewegte sich ohne zu zögern, und sie ließ sich von ihm durch den kühlen Keller führen, bis das Gewehrfeuer immer leiser wurde und sie schließlich anhielten. Sie hörte, wie er mit einem Schloss rang. Dann plötzlich öffnete sich eine Bodenluke über ihnen, und dämmriges Licht fiel auf sie hinunter.

»Die Brauerei«, sagte der Junge. »Sie ist auf der anderen Straßenseite, und der Keller verbindet sie mit der Taverne. Sie werden schnell begreifen, dass wir hier entlanggekommen sind, also sollten wir uns beeilen.« Er begann, die schmalen Metallsprossen zu erklimmen.

»Du vergisst etwas«, sagte sie.

»Ja?« Er sah zu ihr hinunter, und seine Miene drückte Verwirrung aus.

»Den Schlüssel hier zu lassen. Und das Geld. Wie du versprochen hast.«

Er zuckte zusammen. »Stimmt. Der Nachteil, wenn man eine vertrauenswürdige Person dabeihat. Man muss es durchziehen.« Er sprang wieder hinunter, zog den Schlüssel und den Beutel mit Münzen hervor und legte sie auf den Boden. »Glücklich?«

»Zufrieden«, antwortete sie.

»Ich nehme an, das muss reichen«, sagte er und kletterte wieder auf die Sprossen.

Als Hope in der Brauerei ankam, holte sie hörbar Atem. Es sah aus wie eine riesige Maschine, überall ragten Kupferkessel auf, und der Platz war randvoll mit gewaltigen Röhren, Zahnrädern, Flaschenzügen und anderen kompliziert aussehenden mechanischen Apparaten, deren Verwendungszweck sie nur erahnen konnte. So etwas hatte sie noch nie gesehen.

»Unglaublich, oder?« Seine roten Augen glänzten im dämmrigen Licht des Mondes, das durch das Fenster fiel. »Die Mittel und der Einfallsreichtum, die die Leute darauf verwenden, etwas Neues zu finden, das sie verdummen lässt.«

Sie musste tatsächlich kurz lachen.

»Ich bin übrigens Red«, sagte er und hielt ihr die Hand hin.

»Mein Name ist Bleak Hope«, sagte sie und ergriff sie. »Obwohl die meisten mich nur Hope nennen.«

Sein Lächeln kehrte zurück. »Hope und Red. Das klingt gut zusammen, findest du nicht?«

Drem begutachtete die Trümmer der *Ersoffenen Ratte.* Es hatte eine Zeit gegeben, da wäre so etwas nie passiert. Er erinnerte sich daran, dass die *Ersoffene Ratte* früher, als er noch ein junger Kerl gewesen war, der sich noch nach oben arbeiten musste, das Zuhause der furchterregenden Hosenträger-Madge gewesen war. Er erinnerte sich daran, wie sie hier herumgelaufen war, immer bereit, jeden zu zerquetschen, der es wagte, ihr Etablissement in Unordnung zu bringen. Eines Tages kam jedoch ein Biomant mit einer Truppe Imps an. Er hatte gesagt, er sei fasziniert von einer Frau mit so großer Kraft. Er hatte gesagt, er wolle sie studieren. Natürlich hatte Madge ihm gesagt, wo er sich seine Studiererei hinstecken könne. Der ganze Trupp war nötig gewesen, um sie zu überwältigen. Madge war eine lokale Berühmtheit gewesen. Gewissermaßen eine Heldin. Und noch Tage danach hatten die Menschen sich empört darüber ausgelassen. Es waren sogar kleinere Aufstände ausgebrochen. Doch dann waren Leute verschwunden, mitten in der Nacht, und jeder wusste, was mit Menschen geschah, die einfach verschwanden. Drem erinnerte sich daran, dass er sich als Junge gefragt hatte, wie die Biomanten so einfach Menschen aus ihrem eigenen Zuhause mitnehmen konnten. Natürlich wusste er das mittlerweile.

Drem hörte ein Stöhnen. Er ging darauf zu, und seine Stiefel knirschten über zerbrochenes Glas und gesplittertes Holz. Er erblickte Ranking, der auf dem Boden lag und den blutigen Stumpf umklammerte, wo sein rechter Unterarm hätte sein sollen.

»Drem«, keuchte Ranking. »Gott sei Dank geht es dir gut. Du musst mir helfen. Ich weiß, dass das hier leewärts gegangen ist, aber du hast das Schiff, und ich kann immer noch Kapitän sein. Du hast mir versprochen, dass ich der Kapitän werde. Ich werde der beste Schmuggler sein, den du jemals hattest, das schwöre ich.«

»Brackson«, sagte Drem zu einem seiner Männer. »Komm her und binde Ranks Arm ab, damit er uns hier nicht verblutet.«

»Danke, Drem!«, schnaufte Ranking. »Das wirst du nicht bereuen. Das schwöre ich!«

Drem beachtete ihn gar nicht. »Wir bringen ihn zu den Biomanten«, sagte er zu Brackson.

»Nein!«, rief Ranking. »Bitte, Gott, nein!«

»Aber, Boss«, sagte Brackson. »Wir haben ihnen diesen Monat doch schon jemanden gegeben.«

Drem zuckte mit den Schultern. »Schadet nicht, ihnen eine Zugabe zu liefern. Es ist wichtig, dass sie uns gewogen bleiben. Vor allem in letzter Zeit.« Sein regungsloser Blick glitt zu der Falltür im hinteren Teil der Taverne. »Wer hat diesem Südler-Mädchen geholfen?«

»Ich glaube, das war Red, Boss.«

»Wirklich? Eine Schande. Ich hatte darüber nachgedacht, ihm anzubieten, für mich zu arbeiten. Schick ein paar gute Jungs rüber in die Brauerei. Ich will, dass Red und das Mädchen bei Sonnenaufgang tot sind.«

16

Red wurde nachts von pistolenschwingenden Gangstern, die auf sein Blut aus waren, durch das enge Labyrinth der Gassen der Paradieskehre gejagt, aber es war nicht das erste Mal. Auch nicht das fünfte Mal. Diesmal gefiel es ihm jedoch am besten. Vor allem wegen der Aussicht.

Hope rannte vor ihm, ihre Beine und ihr Hintern bewegten sich so unter dem engen schwarzen Leder, dass er in diesem Moment an Gott glauben wollte, nur damit er ihm danken konnte, dass er so eine vollkommene Mieze geschaffen hatte.

Ein Schuss ertönte hinter ihm, und er hörte, wie eine Kugel an seinem Kopf vorbeisauste. Sie schlug in die Ziegel eines Gebäudes neben ihm ein.

»Links!«, rief er Hope zu.

Sie drehte sich mit der Anmut einer Tänzerin und wurde nicht einmal langsamer, als sie in die Seitengasse rannte.

Als Red ebenfalls die Abzweigung nahm, warf er einen Blick auf ihre Verfolger. *Sechs* Männer? Drem wollte sie wirklich tot sehen. Sie waren sogar gerissen. Hielten sich weit genug von ihnen weg, um nicht mit Hopes Vinchen-Stahl in Berührung zu kommen. Mit den Pistolen, die sie dabeihatten, mussten sie ihnen ja nicht einmal nahe kommen.

Red spielte mit der Idee, stehen zu bleiben und zu kämpfen. Zusammen könnten sie es vielleicht schaffen. Das würde ihr Problem jedoch nur vorübergehend lösen, auf lange Sicht würde es ihre Lage nur noch schlimmer machen. Töteten sie jetzt sechs von Drems Männern, würde er beim nächsten Mal zwölf schicken. Drem machte es nichts aus, das Leben seiner Leute wegzuwerfen, um zu bekommen, was er wollte, oder um seinen Standpunkt klarzumachen. Sie brauchten eine glattere Lösung, um es hier herauszuschaffen.

»Rechts!«, schrie er, und sie liefen wieder in eine andere Straße.

»Haben wir ein bestimmtes Ziel, oder lässt du dir das gerade so einfallen?«, fragte sie über die Schulter hinweg. Ihre blassen Wangen waren gerötet.

»Die meisten Leute würden uns nicht vor Drems Männern verstecken. Er ist hier zu mächtig. Ich kenne aber einen Menschen, der mich sogar vor dem Imperator selbst verbergen würde, wenn es denn nötig wäre.«

»Das ist ein sehr loyaler Freund«, antwortete sie.

»Ich bin nicht sicher, ob ich sie wirklich als Freund bezeichnen würde …« Er deutete auf eine nicht weiter gekennzeichnete Tür von mattpinker Farbe. »Da rein!«

Hope drehte am Knauf, aber sie war verschlossen.

»Stimmt. Geschäftszeiten.« Red klopfte dreimal langsam, dann dreimal schnell. Sobald geöffnet wurde, schob Red Hope hinein und schloss die Tür rasch hinter sich.

»Ist das …« Hopes Augen wurden groß, als sie die schäbigen Samtsofas und Stühle sah, die verblassten und zerrissenen Vorhänge und die Frauen und Männer, die in ihren Unterkleidern herumsaßen. »Ist das hier etwa ein Bordell?«

»Nein. Ja. Das hängt ein bisschen davon ab, wer du bist«, sagte Red. »Sie werden gleich hier sein. Wir haben keine Zeit, um jetzt darüber zu reden.«

»Red«, sagte Tosh, eine Frau mit Locken, die es sich auf einem mottenzerfressenen grünen Sessel bequem gemacht hatte. Sie hatte sich aufgesetzt und sah ihn neugierig an. »Was ist los? Und wer ist das da?«

»Keine Zeit«, antwortete Red. »Ist Nessel da?«

»Erste Tür rechts, sie räumt auf«, sagte Tosh.

»Danke. Wir sind nie hier gewesen.«

Tosh nickte, und ihre Stirn legte sich in sorgenvolle Falten.

Red wusste nicht, wie lange Tosh und die anderen Drems Männer aufhalten konnten. Er brauchte nur ein paar Minuten mehr. Es sei denn, Nessie hatte gerade ihre Launen.

»Komm, weiter.« Er stieg die Holztreppe hinauf. Hope sah aus, als lägen ihr mindestens hundert Fragen auf der Zunge, während sie ihm folgte, aber sie behielt sie für sich. Das wusste er sehr zu schätzen.

Er öffnete eine der Schlafzimmertüren und erblickte Nessel, die Kotze vom Boden aufwischte. Neben der Pfütze lag ein bewusstloser Seemann. Auf dem Bett saß ein nackter Kerl im Schneidersitz und rauchte Pfeife.

»Ich verstehe nur nicht, warum ich das hier wegwischen sollte, das ist alles«, sagte Nessel gerade und schob dabei bunte Bröckchen zusammen, die wohl einmal Brot gewesen sein mochten. »Das kannst du auch wunderbar selbst machen.«

»Ich hab dir doch gesagt, dass er zu viel getrunken hat. Du hättest ihm nicht in den Bauch treten sollen«, sagte der nackte Mann, während er müßig dabei zusah, wie der Rauch seiner Pfeife in Kringeln zur Decke stieg. Er hatte langes, kastanienbraunes Haar, das sich leicht wellte, und er trug etwas Puder im fein geschnittenen, schmalen Gesicht. »Außerdem bekomme ich keine Kundschaft mehr, wenn ich nach Kotze rieche.«

»Nessie«, sagte Red. »Du musst uns den Schacht hinunterschubsen.«

Nessel wandte sich um und sah ihn böse an. »Warum? Was hast du jetzt schon wieder angestellt? Ich schwöre dir, wenn du die Imps herlockst, dann …«

»Nicht die Imps«, antwortete Red. »Drem hat ein paar Leute hinter uns hergeschickt.«

»Drem? Du verpisster Salzkopf, ein Unglück kommt wohl selten allein.« Sie deutete auf Hope. »Und wer ist die Schnitte?«

»Können wir das jetzt mal sein lassen?«, fragte Red. »Drem hat seine Pantoffel hinter uns hergeschickt. Sie sind gleich …«

In diesem Moment hörten sie, wie die Vordertür donnernd gegen die Wand flog, worauf wütende Stimmen erklangen.

Nessel starrte sie finster an. »Du schuldest mir was. Fein?«

»Natürlich«, sagte Red, während er die Tür schloss und von innen verriegelte. Nessel lief hinüber zu einer angeschrammten alten Kommode und schob sie beiseite, und Red beeilte sich, ihr dabei zu helfen.

»Bist du eine Dirne?«, fragte Hope, die sehr verwirrt dreinblickte.

Red zuckte unwillkürlich zusammen, er wartete ab, was Nessel antworten würde. Der nackte Mann auf dem Bett kicherte.

Nessel wandte sich zu Hope um, und ihr finsterer Blick wurde noch düsterer. Sie deutete auf ihre dicke graue Wolljacke, die schmutzigen Kniehosen aus Leder und ihre kniehohen Reitstiefel. »Seh ich aus wie eine verpisste Hure? Allein schon dafür gehst du voran, Engelsschnittchen.« Sie gab der Kommode einen letzten festen Stoß, und dahinter kam ein großes Loch in der Wand zum Vorschein.

»Ich bin die Hure, Blondchen«, sagte der nackte Mann. »Nessie ist unser Aufpasser.«

Sie hörten Schritte die Treppe hinaufstampfen.

»Los geht's«, sagte Red. »Hope, rutsch die Rampe hinunter. Ich bin direkt hinter dir.«

Hope runzelte die Stirn und sah misstrauisch das Loch in der Wand an.

Er konnte sich nicht einmal vorstellen, was sie gerade dachte. »Du hast mir bis hierher vertraut. Es ist nicht mehr weit, versprochen.«

Jemand hämmerte mit der Faust gegen die Tür.

»Einen Moment!«, rief der nackte Mann gereizt.

»Hope«, flüsterte Red. »Bitte.«

»Lass mich das nicht bereuen«, antwortete sie, dann stürzte sie sich kopfüber in das Loch.

Red wandte sich an Nessel.

»Nessie, ich …«

»Spar's dir. Geh!«, wisperte sie.

Erneut klopfte jemand an die Tür, lauter als zuvor.

»Einen Moment, habe ich gesagt!«, schrie der nackte Mann.

Red hörte noch, wie eine andere Stimme rief: »Lasst uns rein, oder wir schlagen die Tür ein!«, aber da rutschte er schon hinab. Dann schob Nessel hinter ihm die Kommode zurück an ihren Platz, und um ihn herum war nichts mehr als Dunkelheit und das Schaben seines Ledermantels, während er die metallene Rutsche hinabglitt, bis er hinaus in die Nachtluft tauchte und auf Hope landete.

Kurz pressten sich ihre Körper eng aneinander. Ihre Gesichter waren sich sehr nah. Hopes Lippen waren geöffnet, und er spürte ihren Atem auf seinen. Ihre dunkelblauen Augen schienen direkt in seinen Kopf zu sehen.

»Hallo«, sagte er lächelnd.

Mit einem Grunzen schubste sie ihn von sich.

Sie rappelten sich auf, und Hope sah sich mit gerunzelter Stirn um. »Wir sind an den Docks?«

Es war der größte Pier von New Laven, an dem zwanzig Handelsschiffe anlegen konnten. So spät am Abend waren die meisten Schiffe in Dunkelheit gehüllt. Das war gut. Sollten Drems Männer doch herausfinden, wie er und Hope entkommen waren, und sie hier unten suchen, würde ihnen niemand sagen können, in welche Richtung sie gelaufen waren.

»Was ist da gerade passiert?«, fragte Hope.

»Los, komm«, antwortete Red nur. »Ich erzähl es dir unterwegs. Geh aber ab jetzt langsam, damit wir keine Aufmerksamkeit auf uns lenken.« Er warf einen Blick auf das schwarze Vinchen-Leder, das sie trug. »Wenigstens so wenig wie möglich.«

»Wo gehen wir jetzt hin? In ein anderes Bordell?«, fragte Hope, während sie vom Pier weg und zurück in die matschigen, gepflasterten Straßen liefen. »Das war doch ein Bordell, oder?«, fügte sie hinzu.

»Ein Teil der Einkünfte kommen daher, ja. Außerdem ist es die Zentrale eines Presskommandos, ein Anheuerhaus.«

»Ein was?«

»Gibt es so was nicht im Süden? Natürlich nicht. Ihr seid ja schon da. Das ist so, dort werden Seeleute mit Rauschmitteln oder auch mal einem ordentlichen Schlag bewusstlos gemacht, dann wird ihnen das Geld gestohlen, und sie werden als Rekruten an ein Schiff verkauft.«

»Als Zwangsarbeiter?«, fragte Hope.

»Das wird Schanghaien oder Südholen genannt, weil die meisten Schiffe dann die Südlichen Inseln anlaufen, für die Seeleute händeringend gesucht werden. Ist kein beliebter Ort.«

»Warum nicht?«

»Ach, weil, weißt du, da geht es schon etwas ungesittet zu, oder?«

Hope hob eine Augenbraue. »Falls du mit ungesittet meinst, dass dort selten auf den Straßen geschossen wird oder dass Bordelle ihre Kundschaft als Sklaven verkaufen, dann geht es dort wohl so zu, ja.«

»Klingt langweilig.« Red grinste sie durchtrieben an. Meistens kam das bei den Miezen gut an, aber Hope schien es nicht besonders charmant zu finden. Seit der Trennung von Nessel hatte er seine Zeit mal mit der einen und mal mit der anderen verbracht, deshalb wusste er ganz gut, wie er auf sie wirkte und wie er bekam, was er wollte. Bei Hope schienen seine normalen Tricks jedoch nichts auszurichten. Er beschloss, einfach mal die Klappe zu halten, während sie weiter durch die dunklen Straßen liefen, bis er sich einen neuen Plan zurechtgelegt hätte.

»Diese Rutsche, die wir da eben genommen haben«, sagte Hope. »Dort werfen sie eigentlich bewusstlose Seeleute runter?«

»Und dann kommen die Kapitäne, die noch jemanden für

die Mannschaft brauchen, und sammeln sie dort ein«, sagte Red. »Ziemlich erfolgreiches Geschäft.«

»Was hält die Kapitäne davon ab, einfach abzuhauen, ohne das Bordell für die Seeleute zu bezahlen?«

Red lachte kurz auf. »Nessel hält sie davon ab. Manchmal passiert das. Aber früher oder später legt jedes Schiff hier wieder an. Und sobald sie ankommen, ist Nessel da und erklärt ihnen, wie das hier in der Kehre so läuft.«

»Ist sie deine Freundin? Oder Nicht-Freundin? Sie schien dir nicht sehr wohlgesonnen zu sein.«

»Na ja, wir waren mal ein Paar.«

»Oh«, sagte Hope.

Sie liefen weiter durch die engen Straßen. Red nahm mit Absicht den längsten Weg. Einerseits, um jeden Verfolger von ihrer Spur abzubringen, andererseits aber auch, um mehr Zeit mit Hope zu haben. Er wusste immer noch nicht, was er von ihr halten sollte. Sie war ein wenig verklemmt und ziemlich unschuldig, was die zwielichtigen Gebiete des Lebens anging. Aber sie war schlau, sodass es mehr Spaß machte, sich mit ihr zu unterhalten, als mit den Kumpeln, die er sonst so um sich hatte. Und natürlich war sie schon sehr nett anzusehen. Das Tolle an einer Kriegerfrau war, dass sie ein paar Typen töten, durch Tunnel kriechen, durch das halbe Viertel rennen, eine Rutsche hinuntersausen und danach immer noch verdammt gut aussehen konnte. Das war eine einfache und ziemlich praktische Art der Schönheit.

»Was ist passiert?«, fragte Hope.

»Was?«, fragte Red.

»Warum seid Nessel und du kein Paar mehr? Hast du sie nicht geliebt?«

»Äh, also …« Red fragte sich, warum er überhaupt damit

angefangen hatte. Es sah ihm nicht ähnlich, alte Geschichten hervorzukramen, während er gerade eine Micze davon überzeugen wollte, dass er der beste Fang war, den sie je gesehen hatte. »Also, ich war jung und dumm. Du weißt doch, wie das ist. Vielleicht war sie nicht die, für die ich sie gehalten habe.« Er zuckte mit den Schultern. »Uns geht es besser als Kumpel, das ist alles. Wir lieben uns schon noch, denke ich. Aber es ist anders. Mehr so wie Bruder und Schwester. Du weißt, wie das geht.«

»Nein«, sagte Hope. »Tu ich nicht.«

»Du warst nie mit jemandem zusammen?«

Sie wurde rot und schüttelte den Kopf.

»Was?«, fragte er und versuchte sich an einem sanfteren Lächeln. »Warst zu beschäftigt damit, Gliedmaßen abzuhacken, als dass du Zeit gehabt hättest, einen Kater besser kennenzulernen?«

»Ja«, antwortete sie. »Ein Vinchen-Krieger ist dem Orden mit seinem Körper, seinem Geist und seinem Herz geweiht. Da ist kein Platz für etwas oder jemand anderen.«

»Ah«, sagte Red. »So ist das, ja?«

»Ja«, sagte Hope wieder und warf ihm einen merkwürdigen Blick zu. »So ist das.«

Er nickte und lief weiter, als wäre nichts dabei. Innerlich jedoch zerfielen seine Eroberungspläne zu Staub. Das erste Mädchen, das ihn seit Nessel wirklich interessierte, das ihn zum ersten Mal scheren könnte, ausgerechnet das hatte Keuschheit geschworen.

»Das ist ja auch am besten so«, sagte er. »Die meisten Kerle reden doch nichts als völligen Mist.«

»Du auch?«, fragte sie.

Er zuckte mit den Schultern. »Komm, hier entlang.«

»Wo wollen wir hin?«

»Zur Schwarzpulverhalle. Der sicherste Platz in der Paradieskehre. Sozusagen.«

Hopes Augen wurden groß, als sie die Halle betraten. Red sah, dass sie sich bemühte, ihre Ansichten für sich zu behalten, aber schließlich platzte es doch aus ihr heraus. »Diese Leute haben da drüben Sex! Vor allen anderen!«

»Nicht alle Huren sind hübsch genug, um in einem Bordell arbeiten zu dürfen«, sagte Red. »Manche müssen die Kundschaft nehmen, wo immer sie sie kriegen können. Leider ist es gefährlich, wenn du niemanden wie Nessel hast, der auf dich aufpasst. Weißt ja nie, wann ein Kunde gemein werden kann.«

»Du sagst das, als würdest du dich da auskennen. Bist du selbst ein regelmäßiger Kunde?«

»Nee, mein Papa war im Gewerbe.«

»Oh.« Ihr Gesicht wurde ganz rot, und ihre Miene zeigte eine Mischung aus Verlegenheit und Verwirrung. Das wirkte so unbeholfen und gleichzeitig ehrlich, dass er unwillkürlich lachen musste.

Ihre Augen wurden schmal. »War das gerade ein Witz?«

»Nein, mein Vater war wirklich eine Hure«, sagte er.

Ihr Gesicht wurde noch röter und ihre Miene noch verlegener, sodass er noch mehr lachen musste.

»Du findest mein Unbehagen also amüsant?«

»Ja, klar.« Er lachte wieder.

»Ich bin froh, dass du das lustig findest. Vielleicht ist es an der Zeit, dass ich …«

»Hey, sieh nur, Nessie scheint fertig mit der Arbeit zu sein«, unterbrach Red sie, bevor sie sagen konnte, dass sie jetzt vielleicht besser gehen sollte. Mochte Gott ihm beistehen, aber so verdammt die Sache auch war, so wenig war er doch bereit, sich schon von diesem Engel in schwarzem Leder zu verabschieden. »Wir weihen sie lieber ein, bevor sie uns noch sucht. Das macht sie immer so miesepetrig.«

Vielleicht war Hope genauso wenig bereit, sich zu verabschieden, oder sie hatte sich einfach daran gewöhnt, dass er sie mit sich herumschleppte. Auf jeden Fall ließ sie sich von ihm zu einem Tisch ziehen, an dem Nessel saß und Blut von ihrer Kette wischte.

»Hast du das heute Abend gebraucht?« Er nickte auf die Waffe in ihrer Hand hinunter.

»Weniger als du, wette ich«, antwortete Nessel. »Bist du gerade erst angekommen?«

»Mmh, ähm ...«, sagte Red. »Ich wollte sichergehen, dass wir nicht verfolgt werden.«

Nessel warf Hope einen Blick zu, dann grinste sie und rollte die Kette auf. »Klar, das wird es gewesen sein.«

»Eine interessante Waffe«, sagte Hope. »Darf ich sie mir ansehen?«

Nessel sah erst sie, dann Red zweifelnd an. Er zuckte mit den Schultern.

»Sicher, klar.« Sie warf ihr die zusammengerollte Kette entgegen.

Hope fing sie mit Leichtigkeit und begann, sie sich näher anzusehen.

»So was habe ich noch nie gesehen. Halb Wurfmesser und halb Keule an einer Kette. Ich hoffe, dass ich mal dabei bin, wenn du das hier benutzt.«

»Das wünschst du dir?«, fragte Nessel und musterte sie, offensichtlich unsicher, was sie davon halten sollte.

Hope gab ihr die Kette zurück. »Du pflegst sie gut. So, wie es einem Krieger zusteht.«

»Ja«, sagte Nessel, und es schien, als sei ihr das Ganze langsam etwas unangenehm. »Sie ist mir wichtig. Und ich pflege wichtige Dinge. Und wenn du das hier schon seltsam findest, dann solltest du erst mal sehen, was Red verwendet.«

»Ja«, sagte Hope und wandte sich an Red. »Ich habe eins davon kurz in der Taverne gesehen. Es sah aus wie ein Wurfmesser, aber ich konnte keinen Griff erkennen.«

»Weil es keinen Griff hat.« Red öffnete seinen Mantel und zeigte ihr die Klingen, die sich am Futter befestigt aufreihten. Dann zog er eins heraus. »Das habe ich mir selbst ausgedacht.«

»Hattest Hilfe«, sagte Nessel.

»Ich habe die besten Ideen im Dialog«, sagte Red. »Egal, es hatte keinen Sinn, eine Wurfwaffe zu haben, die nur Schaden anrichtet, wenn sie mit der einen Seite aufkommt. Ich mag es lieber, wenn es doppelt so viel ausrichtet. Also habe ich den Griff mit einer anderen Klinge ersetzt.«

»Wie wirfst du sie dann?« Fasziniert musterte Hope die Wurfklinge. Offensichtlich musste er nur über Waffen reden, um ihre Aufmerksamkeit zu bekommen.

Er zeigte auf den Ring in der Mitte. »Ich hake meinen Finger da rein. Sieh zu.« Er nickte zu einem alten grauhaarigen Runzler hinüber, der am anderen Ende des Tischs saß und an einem harten Stück Brot kaute. Red schnippte mit der Hand, und die Klinge riss dem Alten das Brot direkt aus der Hand und nagelte es an den Tisch.

»Verpisste Hölle!« Der Alte sah wütend auf, dann erkannte er Red, und sein Blick wurde milder. »Komm schon, Red. Das kann einem Runzler wie mir einen Herzanfall bescheren.«

»Tut mir leid, Nipper.« Red ging hinüber, zog die Klinge aus dem Tisch und gab ihm das Brot zurück. Leise sagte er: »Ich versuch nur, die Mädels da zu beeindrucken, weißt du.«

Nipper kicherte und schüttelte den Kopf. »Das versteh ich. Manch ein Kater hat schon Verrücktes gemacht für eine Mieze.«

Red zwinkerte ihm zu, dann ging er zurück zu Hope und Nessel.

»Schäm dich, du darfst den alten armen Nipper nicht so erschrecken!«, sagte Nessel.

»Er wird es überleben«, sagte Red. »Selbst ein Runzler braucht ab und an mal ein bisschen Aufregung.«

Hope nahm Red die Klinge aus der Hand und musterte sie genauer. »Wie schlitzt du dir damit nicht die Handfläche auf?«

Red hob die Hände, die in den dicken, fingerlosen Lederhandschuhen steckten. »Dafür sind die hier da.«

»Auch meine Idee«, sagte Nessel. »Mittlerweile braucht er sie eigentlich nicht mehr. Jetzt trägt er sie nur noch, weil er denkt, dass es schick aussieht.«

»Sie sehen schick aus«, sagte Red sofort.

»So schick wie dein Mullmantel da.«

»Das ist Rehleder.«

»Was soll's«, sagte Nessel und wandte sich wieder an Hope. »Ich habe noch nie einen Kerl getroffen, der besser zielen kann als unser Rixie hier. Es ist direkt unheimlich.«

Hopes Blick war immer noch unverwandt auf die Klingen gerichtet, aber jetzt hob sie beide Augenbrauen. »Rixie?«

»Oh, hat er das nicht erzählt?« Ein gemeines Grinsen stahl sich auf Nessels Lippen. »Red ist nicht sein richtiger Name. Der ist …«

»Nessie, ich weiß, wo du schläfst«, sagte Red.

Nessel lachte auf. Sie hatte Red in den letzten Jahren oft genug bereuen lassen, dass er ihr seinen Geburtsnamen verraten hatte. Hope schien dem jedoch nicht weiter Beachtung zu schenken. Ihre blasse Augenbraue war immer noch gerunzelt, als sie Red das Wurfmesser hinhielt. »Hast du schon mal daran gedacht, noch ein Messer daran zu machen?«

»Mh?«, fragte Red und nahm das Messer entgegen.

»Wenn man davon ausgeht, dass du mit mehr Messern besser triffst.«

»Also…«, sagte Red langsam und berührte dabei den Ring. »Wenn ich noch ein Messer daranmache, dann wäre es nicht mehr ausgeglichen. Und ich glaube nicht, dass vier Klingen passen würden.«

»Es wäre ausbalanciert, wenn du es wie ein Dreieck anlegst.«

Red hielt es vor sich und musterte es mit zusammengekniffenen Augen. Er versuchte, sich drei Klingen in gleichmäßigem Abstand um den Ring herum vorzustellen. »Das ist brillant«, sagte er endlich.

Hope errötete, während sie schüchtern lächelte. »Ich habe nur deine Idee weitergeführt.«

»Darüber muss ich mit Filler bei nächster Gelegenheit sprechen.«

»Filler?«

»Mein bester Kerl. Wir sind zusammen auf den Straßen hier aufgewachsen.«

»So in etwa«, warf Nessel ein.

Red sah sie scharf an. Erst das mit dem Namen, jetzt das. Was hatte Nessel vor?

»Filler«, sprach er weiter, »ist Schmied. Ich liefere die Idee, er setzt sie um. Hat auch Nessels Kette hier gemacht.«

»Du meinst, du hast ernsthaft einen Freund mit einem ehrlichen Beruf?«, fragte Hope.

»Ach, na ja, ich würde jetzt nicht unbedingt sagen ehrlich …«

»Filler hat ein kleines Problem mit den Imps«, sagte Nessel. »Meistens ist er ein großer süßer Zuckerklumpen von einem Kerl. Aber er mag die Imps gar nicht. Es braucht ihn nur einer falsch anzusehen, und schon haut er ihm eine in die Fresse oder schlimmer. Macht es schwer, eine ehrliche Anstellung als Schmied lange zu behalten.«

»Also arbeitet er für Leute«, sagte Red.

»Das heißt, er stellte illegale Waffen für all die Jungs und Gangster in der Kehre her«, sagte Nessel. »Zumindest solange er nicht Red hier gerade dabei hilft, einen seiner neuesten miesen Einfälle auszuführen.« Sie wandte sich mit einem finsteren Blick Red zu. »Wo wir gerade dabei sind …«

»Und es geht wieder los«, sagte Red.

»Henny hat recht. Du musst einen Todeswunsch haben. Auf Deadface Drems schwarze Liste stehen?« Nessel schüttelte den Kopf. »Das ist sogar für dich zu irre. Und dafür fällt mir nur eine einzige Erklärung ein, du Salzkopf.« Sie sah hinüber zu Hope.

»Ach, also …« Red lachte gezwungen auf. Er musste das Thema wechseln, und zwar schnell. Sein Blick schweifte hektisch umher und fiel schließlich auf Backus, der gerade mit besorgten Augen durch die Halle lief. »Backus! Alles klar?«

Backus lief schneller als sonst auf ihn zu.

»Red, hast du die Medizin? Sadie … ihr geht es nicht so besonders.«

»Was?« Reds Magen verkrampfte sich, und ihm wurde kalt.

»Sie hustet wirklich schlimm. Scheint keine Luft mehr zu bekommen. Ich glaube … das war's vielleicht.«

17

Hope verstand langsam, dass eine große Stadt wie New Laven mehr war als nur eine Ansammlung von Häusern oder ein Ort, an dem Menschen zu Hause waren. Es war mehr eine Welt in sich selbst, die Viertel waren wie kleine Städte, und jedes hatte seine eigenen Regeln und Ehrenkodizes. In dieser Welt waren Bandenanführer brutale Diktatoren, Huren waren Freunde und eingebildete Jungen mit roten Augen steckten voller Überraschungen.

Hope beobachtete ihn voller Neugier, während sie ihm jetzt durch die Halle folgte und sie sich zwischen den Leuten, die schliefen, tranken, spielten und Sex hatten, hindurchschlängelten. Sie bemühte sich, das alles nicht zu beachten, und konzentrierte sich stattdessen ganz auf Red. Sein Verhalten hatte sich völlig verändert, als der alte Mann ihm gesagt hatte, dass jemand namens Sadie im Sterben lag. Seine ganze Arroganz und sein aufdringlicher Charme waren verpufft. *Jeder hat vor etwas Angst,* hatte Großlehrer Hurlo ihr einmal gesagt. *Und das, wovor er Angst hat, sagt eine Menge über seinen Charakter aus.* Red hatte überhaupt nicht eingeschüchtert gewirkt, während Drems Männer sie gejagt hatten. Doch was sie jetzt in seinen Augen las, war unverkennbar Angst.

Der alte Mann hob eine Luke im Boden an, und nacheinander gingen sie eine enge Holztreppe hinunter in die Dunkelheit. Ein Funke, dann tauchte eine Laterne in Reds Hand auf. Sie befanden sich in einer Art unterirdischem Kellerflur, der sich noch bis weit hinter den Schein der Laterne erstrecken musste. Zu beiden Seiten befanden sich in regelmäßigen Abständen Türen, die offen standen. Aus manchen hörte sie Stöhnen und Husten, und aus jedem drang dieser Geruch.

Das war noch etwas, das New Laven sie gelehrt hatte. Dass es mehr unangenehme Gerüche gab, als sie sich jemals hätte vorstellen können. Sie hatte gedacht, dass sie zwischen den fischig riechenden Docks, den Abwässern in den Straßen, den biergetränkten Tavernen, den ungewaschenen Körpern und der Kotze im Bordell und all dem zusammen in der Halle oben mittlerweile jeden schrecklichen Geruch wahrgenommen hätte, den die Stadt zu bieten hatte. Aber der Gestank, der ihr jetzt in die Nase stieg, war schrecklich, und sie erkannte ihn sofort wieder. Sie hatte ihn seit zehn Jahren nicht mehr gerochen. Der faulige Gestank des Todes.

Hierher kamen die Menschen, um zu sterben.

Sie gingen den langen dunklen Flur entlang, und Hope beugte sich zu Nessel hinüber und fragte: »Wer ist Sadie?«

»Reds Mentorin«, flüsterte sie zurück. »Seine Eltern sind gestorben, als er acht war. Hätte Sadie ihn nicht unter ihre Fittiche genommen, hätte er hier sicher kein Jahr lang überlebt. Die Kehre kann ein teuflischer Ort sein für die, die sich hier nicht auskennen.«

»Das habe ich gemerkt«, sagte Hope.

Mit acht Jahren bereits verwaist. Es war ein seltsamer und trauriger Zufall, dass Red und sie dieses Schicksal teilten.

Aber mehr war es auch nicht. Ein Zufall. Warum fühlte es sich dann nach mehr an? Großlehrer Hurlo hatte ihr einmal gesagt, dass es keine Zufälle gab. Dass die, die daran glaubten, sich weigerten, die zugrunde liegenden Verbindungen zwischen allen Dingen wahrzunehmen. Kapitän Carmichael hatte ihr erzählt, dass jeder, der an das Schicksal glaubte, zu feige war, um zuzugeben, dass alles ein Zufall war und es keinen echten Sinn im Leben gab. Was war es wohl wirklich, fragte sich Hope. Es konnten schlecht beide recht gehabt haben.

Red hielt vor einem der Zimmer an. Dieser Junge, der im Angesicht eines feindlichen Kugelhagels gelacht hatte, musste nun all seinen Mut zusammennehmen, um einfach nur durch eine Tür zu gehen. Er stand da, und seine Miene war angespannt und seine roten Augen groß. Endlich neigte er den Kopf leicht, sodass es knackte, dann straffte er die Schultern und ging hindurch. Backus, Hope und Nessel folgten ihm in respektvollem Abstand.

Hope beschloss, dass es keinen schlimmeren Platz zum Sterben geben konnte als diesen Raum. Dunkel, stickig, feucht und stinkend war es nicht mehr als ein leerer Ort ohne Licht und mit Lehmboden. Eine alte Frau lag auf einer verrottenden Strohmatte in der Ecke. Sie bewegte sich leicht, als sie eintraten. Dem schwachen Heben und Senken ihrer Brust nach zu urteilen, war sie zu nichts anderem mehr in der Lage. Ihre blutunterlaufenen Augen rollten in ihren Höhlen umher und betonten ihr ausgezehrtes Gesicht nur noch mehr.

»Oh, Red …«, keuchte sie.

Auf Reds Gesicht lag ein Lächeln, aber es war so gezwungen, dass es zuckte.

»Hier bin ich«, sagte er sanft. »Mir ist zu Ohren gekommen, dass Ihr Euch über Eure Unterkunft beschwert habt, M'Lady.«

»Keine Witze.« Sie hielt inne, um nach Luft zu ringen. »Fast so weit … zu gehen …«

»Keine Witze?« Sein Blick wurde plötzlich ärgerlich, obwohl seine Stimme ruhig blieb. »Gut. Ernst also. Du gehst nirgendwo hin, verstanden?«

Sie lächelte schwach. »Niemand … sagt mir … was ich … tun soll …«

»Bitte«, flüsterte Red, während er neben ihr auf die Knie sank. Er streichelte ihr dünnes, weißes Haar. »Bitte, verlass mich nicht.« Eine Träne rann über seine Wange.

»Da ist er … weicher Künstlerfratz …«, stieß Sadie mühsam hervor. »Bin froh … dass ich dir … das … nicht ganz … ausgetrieben habe.«

Hope hätte sich am liebsten abgewendet. Es war zu viel. Zu nah an ihrem eigenen tief in ihr begrabenen Schmerz. Das hier könnte Carmichael sein, oder Hurlo. Sie wollte vor dem Leid davonrennen. Und doch zwang sie sich dazu, hinzusehen, so wie sie es immer tat. Zu beobachten, so wie sie alles Schreckliche bisher beobachtet hatte.

»Die Medizin!« Red fummelte in seiner Tasche und zog einen kleinen Beutel hervor. »Diesmal wird es helfen. Ich weiß es.«

Sadie schüttelte langsam den Kopf, sagte aber nichts.

»Ich mische es dir zusammen.« Er klopfte ein wenig Puder aus dem Beutel in eine Kanne mit Wasser, die in der Nähe stand, und schwenkte die Mischung dann darin herum. Schließlich schüttete er ein wenig in einen kleinen Becher.

Hope runzelte die Stirn. »Was tut er da?«, flüsterte sie an Nessel gewandt.

»Hast du nicht hingehört? Er gibt ihr die Medizin.«

»Aber das ist nicht …«

Sie sah, wie er Sadies Kopf anhob und stützte. Er wollte ihr gerade etwas davon einflößen.

»Red, warte.« Hope sagte die Worte lauter als beabsichtigt.

»Nein«, sagte er, ohne sich zu ihr umzudrehen. »Ich tue, was immer ich kann, solange ich es kann.«

»Aber du machst das falsch.«

Er hielt inne, den Becher an Sadies Lippen. »Was?«

Sie kniete sich neben die beiden. »Darf ich das Pulver sehen?«

Red sah sie voller Verwirrung, Misstrauen und mit einem winzigen Fünkchen Hoffnung an. »Warum?«

»Diesmal musst du mir vertrauen«, sagte sie.

Zögernd setzte er den Becher ab und gab ihr den Beutel.

Hope öffnete ihn und atmete tief ein. »Das ist Sumpfporst.«

»Äh, ja …«, sagte er. »Das sollte ich nehmen, sagte der Kerl, von dem ich das Pulver habe.«

Hope legte ihr Ohr an Sadies Brust und lauschte auf den rasselnden Atem. Dann drückte sie ihren Handrücken auf Sadies Stirn.

»Streck deine Zunge heraus«, sagte sie zu Sadie.

Sadie öffnete den Mund, und Hope hielt die Laterne so, dass der Lichtstrahl in ihren Hals fiel.

»Tunnellunge«, sagte sie schließlich.

»Das hat er auch gesagt«, sagte Red. »Also ist es die richtige Medizin?«

»Das ist sie«, sagte Hope. »Hat er dir nicht gesagt, wie du

sie ihr verabreichen sollst? Was für ein Apotheker ist das bitte gewesen?«

»So etwas gibt es hier in der Kehre nicht. Er verkauft das Zeug nur. Er kennt ein paar Symptome, die zu der Medizin passen. Das war es auch schon.«

»Keine Apotheker im ganzen Viertel?«, fragte Hope.

Red schüttelte den Kopf.

»Warum?«, fragte Nessel. »Kennst du dich mit Heilkunst aus?«

»Jeder Vinchen-Krieger muss ebenso gut heilen wie töten können. Nur so wird das Gleichgewicht erreicht.«

»Was muss ich also tun?«, fragte Red, und seine rubinroten Augen starrten sie an.

»Zuallererst einmal ist das hier der schlimmste Ort überhaupt, wenn sie eine Tunnellunge hat. Wir müssen sie raus an die Luft schaffen, und zwar so hoch wie nur möglich.«

»Es ist aber schrecklich kalt«, sagte Backus zweifelnd.

»Wir müssen sie warm halten«, stimmte Hope ihm zu. »Sie in Decken wickeln. Aber die kalte, frische Luft sollte ihre Luftröhre etwas öffnen. Ihr das Atmen erleichtern.«

»Ich weiß, wo wir sie hinbringen können«, sagte Red. »Was noch?«

»Wir brauchen ein dickes Tuch, ein Handtuch, einen Topf und etwas, womit wir das Wasser zum Kochen bringen können.«

»Wir sollen die Medizin kochen?«, fragte Red.

»Ja. Dadurch wird sie dampfen. Das ist ein Lungenleiden, deshalb darf sie es nicht trinken, sie muss es einatmen.«

Wieder staunte Hope über die Veränderung in Red. Verschwunden war der übermütige Schmeichler, genauso wie die bange Weichherzigkeit. Er schien jetzt vielmehr ganz darauf konzentriert, Hopes Plan umzusetzen. Er kommandierte Backus und Nessel herum wie ein Schiffskapitän, und sie beeilten sich, ihm zu gehorchen. Nessel war losgelaufen, um ein Handtuch und einen Topf zu besorgen. Und Backus suchte Filler.

Hope und Red gingen voran, und Red trug Sadie auf dem Rücken. Er führte sie zu einer leer stehenden Kirche, die langsam in sich zusammenfiel. Hope war unzählige Male im Tempel von Galemoor gewesen, aber niemals in einer richtigen Kirche des Imperiums. Sie war bedeutend größer und konnte sicher Hunderte von Menschen fassen. Sie hatte gelesen, dass die Menschen in den imperialen Kirchen während der Messe auf dem Boden auf mitgebrachten Kissen oder Decken knieten, weshalb der Platz fast leer war. Das einzige Möbelstück war oben auf dem Hochaltar am anderen Ende – ein großer, angeschlagener Stuhl aus Stein mit hoher Lehne, der über allem thronte. Ein paar Hausbesetzer lungerten in den Ecken herum, aber sie schienen Red zu kennen und behelligten sie nicht.

Wandteppiche mit Szenen aus der frühen Geschichte des Imperiums hatten die Wände der Kirche wahrscheinlich geschmückt, als sie noch benutzt worden war. Heute jedoch zeugten davon nur noch leicht andersfarbige Rechtecke an den Steinwänden. Buntglasfenster hatte es bestimmt auch gegeben, doch die waren inzwischen alle zerbrochen, und die hohen Fensterrahmen waren leer, sodass der kalte Seewind hindurchpfiff. Hope spürte, wie sie auf ein Stück buntes Glas trat und es unter ihrem Tritt knirschte. Es erinnerte sie an das Seeglas und daran, wie ihre Mutter gesagt hatte, dass sie solchen nordländischen Flitter nicht nötig hätten. Die Erinnerung grub ein Loch in ihre Brust. Es erstaunte sie, dass etwas, das so lange zurücklag, sie noch immer so schmerzen konnte. Sie wusste nicht, warum es ihr in letzter Zeit schwerer fiel, diese Gefühle niederzuringen. Und sie fragte sich, ob diese Wunde jemals heilen würde. Vielleicht, wenn erst einmal alle Biomanten tot waren.

Sie hob den Kopf und sah Sadie an, deren welke Wange an Reds Schulter ruhte, während sie döste. Hope streckte die Hand aus und legte sie auf Sadies Rücken, spürte die schwache Wärme ihres Körpers durch die Decken hindurch. Es tröstete sie ein wenig, auch wenn sie nicht wusste, warum.

Am anderen Ende der Kirche ragte eine steinerne Wendeltreppe auf, die wohl zum Glockenturm hinaufführen musste. Die Treppe war eng, und es gab kein Geländer.

»Soll ich sie nehmen?«, fragte Hope, da sie schon seit einer Weile hinaufstiegen.

»Nein«, brachte Red hervor, sein Gesicht war gerötet und seine Schläfen nass vor Schweiß.

»Du musst kein Held sein, weißt du«, sagte sie.

»Ich habe nicht gesagt, dass ich ein Held bin. Habe nur gesagt, dass ich sie tragen will. Lass uns weitergehen. Wir haben noch ein gutes Stück Weg vor uns.«

Hope folgte ihm, als sie weiter die Stufen hinaufstiegen, immer bereit, einen von ihnen zu packen, falls er ausrutschte. Mittlerweile wäre es ein tiefer Fall.

Als sie den Glockenturm erreichten, sah Hope, dass die Glocke längst entfernt worden war. Der Turm war leer. Es war fast wie das Krähennest eines Schiffs, das jedoch den Blick über ein Meer aus Dächern freigab, die in der Mittagssonne glänzten.

»Sie sieht gar nicht mal so schlecht aus von hier oben«, sagte Red, und nickte zur Stadt hinunter, die sich unter ihnen erstreckte. »Von Nahem besteht sie nur aus Beulen und Pocken, aber aus der Entfernung sieht sie aus wie eine feine alte Dame.«

»Hey«, sagte Sadie, die immer noch auf seinem Rücken hing. »Pass auf, wen du da fein nennst.«

Red legte sie sanft auf die verwitterten Bodendielen.

»Du bist schwerer, als du aussiehst«, sagte er.

Sie grinste, sodass man ihr Zahnfleisch sah. »Das ist mein grausames steinernes Herz.«

Red lachte kurz auf, und als er sich jetzt Hope zuwandte, strahlten seine Augen vor Dankbarkeit. »Du hattest recht. Die kalte frische Luft hilft ihr bereits.«

»Sie mildert die Symptome vorübergehend«, sagte Hope. »Sie muss hier oben bleiben und die Medizin regelmäßig nehmen. Das sollte der Arznei genug Zeit geben, um den Pilz zu töten.«

»Pilz?« Red sah beunruhigt aus. »Wie Champignons?«

»Eher wie Schimmel. Er setzt sich in der Lunge fest und hält sie davon ab, die Luft zu gebrauchen, die sie einatmet. Sobald er sich ausgebreitet hat, erstickt sie.«

»Das lassen wir nicht zu«, sagte Red.

»Natürlich nicht.«

»Du da«, sagte Sadie, deren Stimme etwas an Kraft gewonnen hatte. »Was war das? Ich habe Schimmel wo?«

»In deiner Lunge«, antwortete Hope.

»Das Ding, mit dem du atmest«, sagte Red.

»Ich atme mit meinem Mund«, sagte Sadie.

»Nachdem die Luft durch deinen Mund eingeströmt ist, geht sie hinunter in deine Brust«, erklärte Red. »Da sind zwei Luftbeutel, die Lunge genannt werden. Sie nehmen die Luft für den Rest deines Körpers auf.«

»Verpisste Hölle, wo hast du denn so was gelernt?«, fragte Sadie. »Bestimmt in den Stapeln von Büchern, die du liest.«

»Du liest?«, fragte Hope.

»Ähm, sicher«, sagte Red. Er sah aus, als sei ihm das unangenehm.

»Viel?«

»Ich weiß nicht.« Er sah sich um. »Ich geh besser mal runter und schaue nach, ob Nessie oder Filler Hilfe brauchen.« Er wandte sich an Sadie. »Bist du in Ordnung?«

»Es wird«, antwortete Sadie.

»Sei nett zu Hope. Sie hat dir heute das Leben gerettet.«

»Ich tu mein Bestes.«

Red drehte sich zu Hope um. »Das heißt so viel wie, sie bemüht sich, dich nicht zu erstechen oder auszurauben. Darüber hinaus, keine Ahnung. Versprich mir nur, dass du sie nicht über die Seite wirfst, wenn sie dich beleidigt, was sie wahrscheinlich tun wird.«

Hope lächelte leicht. »Du hast mein Wort.«

Sobald Red sie nicht mehr hören konnte, sah Sadie Hope mit blutunterlaufenen Augen an. In ihrem Blick lag nicht ein Funken Schwäche. »Also gut, Mieze, was ist deine Geschichte?«

»Meine Geschichte?«, fragte Hope und setzte sich neben sie.

»Jeder hat eine. Und wenn eine hübsche kleine Schnitte wie du so alte Augen hat, ist es bestimmt eine gute.«

»Ich habe meine Geschichte einmal erzählt, vor langer Zeit«, sagte Hope. »Und ich habe geschworen, dass ich sie nie wieder erzählen werde.«

»Ah«, machte Sadie.

»Ich will nicht unhöflich sein. Es ist nur …«

»Ich geb verpisst noch mal nichts auf Respekt. Oder sonst irgendwas.« Sadie blinzelte Hope an. »Aber ich sorge mich um den Jungen. Unter all diesem Eier-und-Schwanz-Gequatsche hat er ein Herz wie ein Regenlied. Und ich will nicht, dass so ein Südschnittchen darauf herumtrampelt. Fein?«

»Oh, ich glaube, das hast du falsch verstanden«, sagte Hope. »Red und ich, wir sind ... Freunde, wahrscheinlich. Obwohl selbst das etwas verfrüht ist. Aber mit Sicherheit nicht mehr.«

»Das glaubst du?« Sadie musterte sie kurz, dann zuckte sie mit den Schultern. »Was weiß schon eine alte Runzel wie ich? Vielleicht hast du ja recht.«

»Das habe ich.«

»Sonnig.«

Sie saßen eine Weile herum, Seite an Seite, während der Wind an ihnen vorbeipfiff, und sahen hinaus auf die Skyline von New Laven.

»Lustige Sache das«, sagte Sadie schließlich. »Red hat auch eine Geschichte. Eine wirklich traurige. Er hat sie nur einem einzigen Menschen je erzählt.«

»Dir, natürlich«, antwortete Hope.

»Woher weißt du das?«

»Das ist offensichtlich. Er schätzt dich mehr als alles andere oder jeden anderen auf dieser Welt.«

»Schätzen? Mich?« Sadie lachte, doch ihr Lachen verwandelte sich in einen bösen, nass klingenden Hustenanfall.

»Es stimmt«, sagte Hope. »Als wir an diesem schrecklichen Ort unter der Erde waren, als er da dachte, dass er dich verliert ...« Hope hielt inne, als sie sich an den Schmerz in seiner Miene erinnerte. Schmerz, den sie selbst nur zu gut kannte. »Ich wollte nicht zusehen.«

»Aber das hast du.«

»Ich sehe immer zu.«

In der Ferne grollte der Donner.

»Wo ist *dein* Schatz?«, fragte Sadie.

»Weg«, sagte Bleak Hope, und ihre Stimme klang wie aus weiter Ferne. Sie dachte an ihre Eltern. An Hurlo. An Carmichael. Die Dunkelheit breitete sich in ihr aus wie ein alter Freund, der sie tröstete. »Ich habe keinen Schatz mehr. Nur noch Rache.«

»An wem willst du dich rächen?«

»Die Liste ist lang geworden.«

Sadie war immer noch schwach und todkrank, auch wenn die frische Luft geholfen hatte. Die kurze Unterhaltung mit Hope hatte sie erschöpft. Also wickelte Hope sie in Decken, sodass sie aussah wie eins der Fischröllchen, die ihre Mutter ihr immer gemacht hatte, und sah dann zu, wie die alte Frau wegdämmerte.

Hope wandte den Blick wieder hinaus auf den Himmel. Während die Sturmwolken immer näher kamen, fragte sie sich, warum die Erinnerungen an ihre Kindheit so gefährlich nah an der Oberfläche zu lauern schienen. Lag es an dem Ungleichgewicht, das sie spürte, seit sie Reds Welt betreten hatte? Oder kam es von seiner Mutterfigur, Sadie, die sie sich nach einer eigenen sehnen ließ? Was auch immer es auslöste, sie mochte es nicht. Sie hatte viel zu tun, und ein Geist, der mit der Vergangenheit beschäftigt war, konnte sich nicht mit der Gegenwart beschäftigen.

Kurze Zeit später kehrte Red zurück, er trug einen großen gusseisernen Topf, der zur Hälfte mit Wasser gefüllt war. Begleitet wurde er von einem Jungen, der ungefähr so alt sein mochte wie sie. Er überragte Red jedoch deutlich, er war bestimmt gut sechseinhalb Fuß groß. Sein kurzes Haar war braun und stand in alle Richtungen ab, und er hatte einen leichten Bartschatten. Er trug einen Stapel Holz und ein dickes, rau aussehendes Handtuch.

»Das ist der Junge, von dem ich dir erzählt habe«, sagte Red. »Filler, das hier ist Hope.«

»Schön, dich kennenzulernen«, sagte Hope.

Filler lächelte sie schüchtern an, dann machte er sich daran, das Holz für ein Feuer aufzustapeln.

»Wo ist Nessel?«, fragte Hope.

»Ich habe sie gebeten, zurück zur Schwarzpulverhalle zu gehen«, sagte Red. »Sehr wahrscheinlich werden Drems Männer dort nach uns Ausschau halten. Ich möchte jemanden dahaben, der Schmiere steht, falls sie als Nächstes hierherkommen.«

»Warum sollten sie das?«, fragte sie.

»Backus könnte ihnen vielleicht sagen, wo wir sind.«

»Aber du hast gesagt, dass er dir mit Sadie geholfen hat. Warum sollte er jetzt etwas tun, das sie in Gefahr bringt?«

»Weil es so läuft in der Kehre«, antwortete Red. »Du hilfst den Leuten, wenn du kannst, aber wenn der Boss etwas will, dann machst du, was du gesagt bekommst.«

»Das ist falsch«, sagte Hope.

»Ist nichts Persönliches. So überlebst du hier. Es gibt nur wenige Menschen, für die du dich mit Drem anlegen würdest. Für mich sind das Filler, Nessel und natürlich Sadie. Das war's auch schon.«

»Du hast dich wegen *mir* mit Drem angelegt«, stellte Hope fest.

Red wandte sich von ihr ab, kniete sich neben Filler und

half ihm dabei, die Scheite und das Anmachholz aufzuschichten.

»Jedenfalls«, sagte er über die Schulter hinweg, »bin ich sicher, dass das nicht die erste falsche Sache ist, die du gesehen hast, seit du mit mir herumhängst. Huren, Saufgelage, Glücksspiele und so was. Bin überrascht, dass du solchen Abschaum wie uns um dich erträgst.«

»Es gibt einen Unterschied zwischen kulturellen Werten und himmelschreiender Treulosigkeit«, sagte Hope. »Ich gebe zu, dass es mir unangenehm ist, wenn ich mich mit einem nackten Mann in einem Bordell unterhalte, aber ich würde ihn oder seine Art, seinen Unterhalt zu verdienen, nicht ›falsch‹ nennen. Aber jemanden verraten, den man mag? Das ist falsch.«

»Sie redet wie du«, sagte Filler zu Red.

»Du«, sagte Red, und zeigte dabei mit dem Finger auf ihn, »hilfst gerade kein bisschen. Und jetzt lass uns zusehen, dass wir das Feuer angezündet bekommen.«

Hope sah zu, wie Filler eine Zunderbüchse aus seiner Tasche zog und ein paar Holzspäne über die größeren Scheite legte. Dann schlug er den Flintstein dagegen und ließ die Funken auf die Späne regnen.

Red hatte die Frage umgangen, warum er ihr geholfen hatte, und das machte sie nur neugieriger. Sie hatte das Gefühl, als würde sie ihn mittlerweile schon gut genug kennen, um beurteilen zu können, dass er den wenigen Leuten, die ihm nahestanden, unbedingt treu ergeben war. Mit allen hatte er jedoch über lange Zeit hinweg eine Beziehung aufgebaut. Warum zählte er sie dazu? Die Paradieskehre war seine ganze Welt, und Drem war der mächtigste Mann hier. Er hatte so viel riskiert, nur um ihr zu helfen. Warum?

Red und Filler hatten ein schönes kleines Feuer entfacht. Filler schien geübt darin, das Feuer unter Kontrolle zu halten, wahrscheinlich wegen seiner Ausbildung als Schmied. Er setzte auch den Topf darauf, um das Wasser zum Kochen zu bringen, während Red zu Sadie hinüberging und sie sanft weckte. Ihre Augenlider flatterten und öffneten sich dann, und in ihrem Blick lag etwas wie Angst, doch als sie Red erkannte, der auf sie hinabsah, lächelte sie und legte ihre dünne, knochige Hand an seine Wange.

Hope dachte daran, dass Sadie sie und Red fälschlicherweise für ein … Paar gehalten hatte. Als Hope widersprochen hatte, hatte sie sofort zurückgerudert, was untypisch für die kratzbürstige alte Frau zu sein schien. Was war, wenn Sadie recht hatte? Immerhin kannte sie Red viel besser als Hope. Was war, wenn Red so viel riskiert hatte, um ihr zu helfen, weil er …

Nein, das ergab keinen Sinn. Er kannte sie ja nicht einmal. Nicht wirklich.

»Das Wasser beginnt zu kochen«, sagte Filler.

»Was machen wir jetzt?«, fragte Red.

»Schütte die Medizin hinein«, sagte Hope. »Dann soll Sadie sich über den Topf beugen, du bedeckst ihren Kopf und den Topf mit dem Handtuch, um den Dampf einzufangen. Sadie sollte ein paar Minuten lang so tief einatmen wie nur möglich, oder so lange, wie sie es aushält.«

Red half Sadie vorsichtig hinüber zum Topf. Sie war immer noch so schwach, dass er sie stützen musste, als sie sich über den dampfenden Topf beugte. Nach einer Minute brach Sadie in laute und feucht klingende Hustenanfälle aus.

»Was passiert mit ihr?«, fragte Red und sah Hope beunruhigt an.

»Ihr Körper versucht, den Pilz loszuwerden. Bring sie weg vom Topf.«

Red neigte sie zur Seite, und das gerade noch rechtzeitig, denn jetzt traf ein Klecks orangeroter Schleim den Holzboden.

»Verpisste Hölle«, sagte Filler, dessen braune Augen groß geworden waren. »Das war in ihr drin?«

»Das ist noch nicht alles«, sagte Hope. »Sie sollte sich etwas ausruhen, aber wir müssen das noch ein paarmal wiederholen, bevor ihre Lunge wieder frei ist.«

»Woher wissen wir, wann er weg ist?«, fragte Red.

»Sobald sie keinen orangefarbenen Schleim mehr spuckt.«

Sie wiederholten es dreimal. Jedes Mal konnte Sadie die Medizin etwas länger einatmen, und danach war das Sekret etwas weniger orange.

Als sie die vierte Runde geschafft hatten, wurde der Himmel dunkel. Red bettete Sadie auf die Decken, damit sie sich ausruhen konnte, und Filler schürte das Feuer. Hope lehnte sich gegen die hölzernen Stützbalken und schloss die Augen. Sie atmete tief ein und genoss die klare Luft, die um den hohen Turm wehte.

»Hey.« Reds Stimme war genau neben ihr.

Sie öffnete die Augen und sah dabei zu, wie er sich gegen den gleichen Balken lehnte, sodass sich ihre Schultern berührten. Es war seltsam beruhigend, und so rückte sie nicht weg.

»Danke«, sagte er. »Du hast wahrscheinlich gemerkt, wie wichtig mir Sadie ist. Und du hast ihr Leben gerettet.«

»Ich bin froh, dass ich helfen konnte«, sagte sie. »Dass ich mich revanchieren konnte, weil du mir bei der Flucht vor Drems Männern geholfen hast.«

»Du bist mir dafür nichts schuldig«, sagte er. »Ich bin froh, dass ich das getan habe. Froh, dass ich ... dich kennengelernt habe.«

»Ebenso«, sagte Hope. »Du bist ... interessant.«

»Interessant?« Red lächelte schief. »Das nehme ich. Besser als langweilig.«

»Du bist nicht langweilig«, versicherte sie ihm.

»Ja, ich hab dich auf einen lustigen kleinen Lauf mitgenommen, mmh?«

»Ja, das hat ... Spaß gemacht, nehme ich an.« Sie fühlte sich schuldig, weil sie das zugab. Ein Vinchen-Krieger suchte keinen Spaß oder Nervenkitzel. Aber es stimmte. Es hatte ihr Spaß gemacht.

»Du hast wahrscheinlich ernste Vinchen-Angelegenheiten vor, wenn wir hier fertig sind, nehme ich an«, sagte Red.

»Oh«, sagte Hope, und das Schuldgefühl nahm zu. »Ja. Ich fürchte, so ist es.«

»Natürlich«, sagte Red. »Und, ähm ... diese Vinchen-Sache von dir, das ist wahrscheinlich etwas, das du allein tun musst?«

»Es wäre nichts, was jemand anderes mit mir machen wollen würde«, sagte sie.

Red wandte sich zu ihr um, und seine rubinroten Augen glänzten im Feuerschein. »Bist du dir da sicher?«

Hope starrte ihn an und war nicht sicher, was sie sagen sollte. War nicht sicher, was er meinte. In diesem Moment war sie überhaupt nicht sicher, bei gar nichts.

»Seht rosig aus, Jungs!« Nessels Stimme knallte wie eine Peitsche von der Treppe herüber. »Wir bekommen bald Gesellschaft!«

Die drei waren schon auf den Füßen, als Nessel die obere Stufe erreichte.

»Wie viele?«, fragte Red.

»Vielleicht ein Dutzend oder so, alle mit Revolvern bewaffnet.«

»Sie sind Narren, hierherzukommen«, sagte Hope, während sie Kummerklang aus der Scheide zog. »Wir sind im Vorteil hier oben. Sie würden selbst mit doppelt so vielen Männern verlieren.«

Ihre Sorge und die Verwirrung verdampften wie Nebel in der Sonne. Das hier war etwas, dessen sie sich verdammt sicher war.

18

Das Leben beschert einem viele Enttäuschungen. Und manchmal schenkte es einem etwas, nur um es dir kurz darauf wieder wegzunehmen. Red wusste das. Fast schien es ihm so gewollt zu sein, ein grausamer Scherz nach dem nächsten. Aber nicht dieses Mal. Er würde nicht zulassen, dass Sadie von Drems Männern über den Haufen geschossen wurde, nachdem sie gerade erst vor der Krankheit gerettet worden war.

Und dennoch. Zwölf Pantoffel mit Revolvern und kein Fluchtweg. Er hatte keine Ahnung, wie sie es hier herausschaffen sollten. Hope schien gut zu sein, wenn er davon ausging, was er in der *Ersoffenen Ratte* gesehen hatte. Wirklich gut. Wenn er sich darin aber täuschte, dann würde das hier schnell leewärts gehen.

Red brachte Sadie so weit weg von der Treppe wie nur möglich und wickelte sie in die Decken, damit sie nicht auskühlte. Dann gesellte er sich zu Hope, Nessel und Filler, die an der Treppe standen. Nessel hielt ihr Kettenmesser lose aufgerollt in den Händen. Filler hatte seinen Streitkolben dabei. Hope stand da mit ihrem Schwert in der Hand, aber es steckte noch in der Scheide. Und Drems Männer erklommen langsam die Stufen, die Revolver gezogen.

»Sollen wir abwarten, bis sie hier oben ankommen, und sie dann zurückschlagen?«, fragte Red.

»Nein«, sagte Hope. »Es ist zu gefährlich, sie so nah an Sadie herankommen zu lassen. Wir gehen ihnen entgegen und stellen uns ihnen so weit oben, dass der Sturz sie töten oder wenigstens außer Gefecht setzen wird, aber so, dass wir noch genug Platz zum Ausweichen haben, falls das nötig sein sollte.«

»Und wer hat dir das Kommando erteilt, Engelsschnitte?«, fragte Nessel.

Hope zuckte mit den Schultern. »Gut. Bleib hier, und warte ab. Du wirst den Kampf verpassen, weil ich nicht vorhabe, jemanden bis hier hoch kommen zu lassen.«

»Was...«, sagte Red. Aber da stürzte sich Hope schon anmutig über die Seite und hinunter in die Mitte. Sie hielt sich an dem Stützpfeiler der Treppe fest und glitt daran mit gezogenem Schwert hinunter. Das hatten die Männer auf der Treppe nicht erwartet. Sie riefen und schrien durcheinander und feuerten in wilder Panik drauflos. Hope hatte ihren Sprung sorgfältig bemessen. Als sie jetzt auf eine der Stufen sprang, traf sie einen Mann so, dass er ihren Sturz abfing. Die Wucht des Aufpralls nutzte sie, um ihn gegen die Wand zu schleudern. Ihr Schwert summte unheimlich, als es aus der Scheide glitt. Schon sprang sie über die Lücke auf den nächsten Treppenabsatz und hieb einem Mann den Kopf und einem anderen den Arm ab.

»Verpisste Hölle«, sagte Filler. »Sie meint es ernst.«

Red grinste. »Wir machen besser, dass wir da herunterkommen und auch ein paar von ihnen abbekommen, bevor es zu spät ist. Die Ehre der Kehre steht auf dem Spiel, meine Kerle.«

Die drei beeilten sich, wie normale Menschen die Treppe hinunterzulaufen, während Hope unter ihnen immer wieder über das Loch in der Mitte hinwegsprang und dabei niemals länger als eine Sekunde an einem Ort blieb, sodass Drems Männer keine Gelegenheit hatten, zu zielen, geschweige denn zu feuern. Die Anmut und die Kontrolle, die immer wieder durchgeschienen waren, seit er sie zum ersten Mal gesehen hatte, kamen jetzt voll durch. Sie war wie eine Naturgewalt, wild wie ein Sturm und so schnell wie ein Feuer. Er hatte gehofft, dass sie gut war, und zum ersten Mal, seit er sich erinnern konnte, hatte das Leben ihn nicht nur nicht enttäuscht, sondern seine Erwartungen sogar übertroffen.

Natürlich waren es wirklich zwölf von Drems übelsten Pantoffeln, und Hope konnte sie nicht alle alleine ausschalten. Aber Red war nur zu glücklich, ihr Rückendeckung geben zu können und seine Klingen all jenen entgegenzuwerfen, die außerhalb ihrer Reichweite waren. Sie stürzten über das Geländer, die Hände um die Hälse oder Knie gelegt, wo immer die größere Wunde klaffte. Und wie Hope vorhergesagt hatte, reichte der Sturz aus. Sie standen nicht mehr auf.

Alle Augen waren auf Hopes beeindruckende Akrobatik und das blitzende, summende Schwert gerichtet. Niemand sah, wie Filler sich mitten hinein in den größten Haufen stürzte und mit seinem Streitkolben um sich hieb, womit er mehrere Männer gleichzeitig über das Geländer schickte.

»Filler, pass auf!«, rief Nessel.

Einer der Männer stand etwas entfernt und hatte freie Schussbahn. Nessel holte mit ihrem Kettenmesser aus. Es traf die Hand des Mannes und er ließ den Revolver fallen. Sie zog die Kette zurück und brachte ihn so aus dem Gleichgewicht. Er stürzte über die Kante. Sie trat sofort auf das beschwerte Ende der Kette und spannte sich an. Die Kette straffte sich kurz, dann wurde sie schlaff, als sich das Messer aus der Hand des Mannes löste und er nach unten fiel.

Es dauerte nicht lange, bis das Geräusch der Gewehrschüsse verklang und nur noch einer von Drems Männern am Leben und bei Bewusstsein war. Hope drückte ihn auf die Treppe, und seine Arme schlugen wild durch die Luft, als sie seinen Oberkörper über die Kante hielt.

»Bitte …«, wimmerte er.

»Sag mir, wo ich Drem finden kann«, sagte sie.

»Er ist in den *Drei Kelchen!* Er ist immer da. Jeder weiß das!«

»Wo genau in den *Drei Kelchen?*«

»Drit… dritter Stock. Den hat er ganz für sich und seine besten Jungs.«

»Danke.« Sie schlug ihm mit dem Schwertknauf gegen die Stirn, und er verlor das Bewusstsein. Dann zog sie ihn von der Ecke weg, stand auf und sah sich das Gemetzel an. Ihre Miene zeigte keine Regung.

»Nun, das lief gut«, sagte Red. »Danke, dass du uns auch ein paar übrig gelassen hast.«

Ihre Mundwinkel bogen sich zu einem leichten Lächeln nach oben. »Ich wusste, dass du aufholen würdest. Irgendwann mal.«

»War das gerade ein Witz von der großen und ernsten Vinchen-Kriegerin?«, fragte er.

Ihre Augen weiteten sich, dann verschwand das Lächeln, und er wusste sofort, dass er das Falsche gesagt hatte.

»Leben zu nehmen ist niemals etwas, über das man lachen sollte«, sagte sie, während sie das Blut von der Klinge wischte und sie zurück in die Scheide schob.

»Äh, ja, klar, hast recht«, antwortete er.

»Drem wird nicht lange brauchen, um herauszufinden, dass das hier nicht gut für ihn gelaufen ist«, sagte Nessel. »Wir sollten Sadie hier wegschaffen, sobald sie bereit dazu ist. Und dann sollten wir alle verschwinden, bis das hier Schnee von gestern ist.«

»Gute Idee«, sagte Hope. »Ihr alle solltet euch bis dahin im Verborgenen halten. Ich fürchte, das wird zuerst noch schlimmer, bevor es wieder besser wird.«

»Klingt, als hättest du nicht vor, dich uns anzuschließen«, sagte Nessel.

»Sie will Drem verfolgen«, sagte Red.

»Niemand ist so verrückt!«, sagte Filler.

»Er ließ Kapitän Carmichael kaltblütig ermorden«, sagte Hope. »Und ich hatte geschworen, diesen Mann mit meinem Leben zu verteidigen. Ein Mann, der nicht nur Kapitän, sondern auch mein Mentor war. Das kann ich so nicht hinnehmen.«

»Ich hoffe, du erwartest nicht, dass wir dich zu der Todesparty begleiten«, sagte Nessel.

»Natürlich nicht. Keiner von euch hatte einen Eid geschworen.«

»Egal, ich komme mit«, sagte Red.

»Sei kein Idiot«, sagte Nessel. »Warum in aller Höllen Namen würdest du das tun wollen?«

»Ich habe viele Gründe«, sagte Red. »Der offensichtlichste ist wohl, dass Hope ohne meine Hilfe verloren ist. Und mir wäre es lieber, wenn die Frau, die Sadie gerettet hat, wenigstens die Chance bekommt, noch etwas länger am Leben zu bleiben.«

»Red, ich weiß deinen Mut zu schätzen, und dein Angebot«, antwortete Hope. »Aber ich glaube nicht, dass ich ohne dich verloren bin.«

»Bist du dir da sicher?«, fragte Red. »Du hast gehört, was dieser Pantoffel über Drems Aufenthaltsort gesagt hat. Dass er kein Geheimnis ist. Wir alle wissen, wo wir ihn finden können. Warum, glaubst du wohl, hat es noch niemand versucht?«

»Er muss schwer bewacht werden«, sagte Hope.

»Er hat eine verpisste Armee«, antwortete Nessel.

»Genau«, sagte Red. »Deine Fähigkeiten sind die schicksten, die ich je gesehen habe. Und doch wirst du es nicht allein an hundert oder mehr gut ausgerüsteten Pantoffeln vorbei schaffen.«

»Und du glaubst, dass du das Blatt wenden kannst?«, fragte Hope ihn.

»Nicht allein, nein. Aber ich könnte dir dabei helfen, deine eigene Armee zusammenzustellen.«

»So ein Blödsinn«, sagte Nessel. »Wo willst du denn bitteschön eine Armee herbekommen?«

»Hammerhusen. Big Sig hat noch ein Hühnchen mit Drem zu rupfen.«

»Nein«, sagte Nessel. »Das ist … du kannst nicht …« Sie schüttelte den Kopf, und ihr Mund stand offen.

»Damit bringst du es aus der Kehre heraus«, sagte Filler.

Das war mehr eine Feststellung als eine Frage, aber sie hing dennoch in der Luft. Nessel und Filler starrten ihn an. Warteten darauf, dass er es aussprach. Vielleicht glaubten sie, dass er es gar nicht könnte. Die Kehre hatte ihm vieles weggenommen, das stimmte. Aber sie hatte ihm auch so viel gegeben. Er war hier bekannt. Er war respektiert. Er könnte einer von Drems Lieutenants werden, wenn er das nur wollte. Könnte eines Tages vielleicht sogar so mächtig werden wie Drem. Er spürte es tief in sich, dass es so für ihn laufen *könnte.* Und genau deshalb konnte er es nicht geschehen lassen.

Vielleicht hatte Filler recht. Vielleicht war es sein Oberstadt-Blut, das verrückte Gedanken in seinen Kopf pflanzte. Der Anführer eines Haufen Mülls zu sein würde nichts daran ändern, dass er und jeder andere auch immer noch in diesem Haufen Müll lebten. Er wollte etwas Besseres. Er hatte keine Ahnung, warum Hope auf ihn wie etwas »Besseres« wirkte. Ihre Ausbildung, ihre Prinzipien, und dass sie die Welt außerhalb von New Laven gesehen hatte. Irgendwas davon. Und wenn er in ihrer Nähe war, dann erschien es ihm nicht so verrückt, darüber zu reden, dass er etwas Besseres wollte. Die Idee, die Viertel zu vereinen, schien ihm plötzlich mehr zu sein als nur Kneipengewäsch. Es schien möglich zu sein. Und das war alles, was er brauchte.

»Ja«, sagte er. »Ich bringe es aus der Kehre heraus.«

»Un-verpisst-noch-mal-glaublich«, sagte Nessel. »Komm, Filler, lass uns die Biege machen.« Ohne sich noch einmal umzusehen, lief sie die Treppen hinunter. »Sollte mich wohl nicht so überraschen, wenn man bedenkt, dass du gar nicht in der Kehre geboren wurdest«, rief sie noch über die Schulter, gerade laut genug, damit Red sie hören konnte.

Filler starrte Red immer noch an. Der gute alte Filler, der bisher noch bei jedem verrückten Abenteuer mitgemacht hatte, das Red eingefallen war. Doch offensichtlich nicht diesmal. Nach einem weiteren Moment schüttelte er den Kopf und folgte Nessel.

»Red …«, sagte Hope. »Bist du sicher …«

»Natürlich bin ich das. Und jetzt lass uns Sadie holen und

ihr einen sicheren Platz suchen, wo sie sich bedeckt halten kann.«

Er ging die Treppe hinauf, und Hope folgte ihm still. Oben angekommen, rüttelte er Sadie vorsichtig wach.

»Wo sind Filler und Nessel?«, fragte sie. »Sie sind nicht verletzt, oder?«

»Nein, ihnen geht's gut«, sagte Red, während er das Feuer anfachte, um das Wasser wieder zum Kochen zu bringen.

»Warum siehst du dann aus, als würdest du gleich einen Heulkrampf kriegen?«

»Ich, äh …« Er hörte auf, im Feuer herumzustochern, und wandte sich zu ihr um. »Ich verlasse die Kehre.«

»Hm.« Sadie nickte zu Hope hinüber. »Mit ihr?«

»Ja.«

»Gut.«

Red sah sie überrascht an.

»Du solltest aus dieser schleimigen Fotze von Viertel verschwinden, solange du noch kannst«, sagte sie. »Und dein Mädchen aus dem Süden da hat einen schlaueren Kopf auf den Schultern als der Rest deiner Jungs.«

»Aber ich dachte, du willst, dass ich …«

»Ein echter Mann aus der Kehre bist? Piss drauf. Ein echter Mann aus der Kehre hat noch niemandem was gebracht, außer dass man früh stirbt oder vor seiner Zeit alt ist. Rixidenteron, du bist für Größeres bestimmt. Und ich würde es als persönliche Beleidigung auffassen, wenn du das nicht versuchst, nachdem ich all die Jahre dafür gesorgt habe, dass du nicht verhungerst oder erstochen wirst. Fein?«

»Sadie …«

»Sadie hier nicht herum, du dussliger Salzkopf. Hast du verstanden?«

»Ja, Kapitän.«

Und damit war es das gewesen. Sie kochten noch einmal einen Topf voll Medizin auf, und nach einer ganzen Minute Inhalieren spuckte Sadie Schleim aus, der kaum noch orange war.

»Du bist außer Gefahr«, sagte Hope. »Du musst es aber immer noch zweimal pro Tag über die nächsten Tage hinweg nehmen, damit der Pilz nicht wiederkommt.«

»Aber mir geht es gut genug, um zu reisen?«, fragte Sadie.

»Ja. Wenn du dich gut genug fühlst.«

»Na, dann los. Kann mir nicht vorstellen, dass es lange dauert, bis Drem hört, dass du seine Pantoffel mit diesem schicken Schwert da kleingewürfelt hast. Und dann wird er deutlich mehr Leute schicken.«

Sadie schnappte heftig nach Luft, als sie unten an den Docks ankamen. Red hatte angeboten, sie einen Teil des Wegs zu tragen, aber sie hatte ihm nur einen bösen Blick zugeworfen und war weitergelaufen. Sie kenne einen Kerl nah dem Schiffsanleger, der sie für eine Weile aufnehmen würde, hatte sie gesagt.

»Der Vermisste Finn?«, fragte Red. »Ich bin überrascht, dass du noch etwas mit ihm zu tun hast.« Seit die *Sturmbraut* abgebrannt war, war er im Hafen geblieben und hatte sein Geld mit ehrlicher Arbeit verdient, indem er Schiffe reparierte und auf Fischerbooten arbeitete.

»Das habe ich mit allen von der Mannschaft«, sagte Sadie. »Glücklichste Zeit meines Lebens, also habe ich gern jeden um mich, der mich daran erinnert.«

Der Vermisste Finn lebte in einer kleinen Hütte auf der Werft. Er saß davor und bestückte gerade eine Angel mit einer neuen Leine, als sie ankamen. Er sah so alt und grau aus wie Sadie. Als er sie jetzt auf sich zukommen sah, leuchtete sein einziges Auge auf, und sein zerfurchtes altes Gesicht verzog sich zu einem Grinsen, das die Fäule an seinen wenigen noch verbliebenen Zähnen zeigte.

»Ist das das Kronjuwel der Kehre, das ich da vor mir sehe?«, fragte er und stand langsam auf.

»Hör mal, du alter Süßholzraspler.« Sadie setzte seinem Lächeln einen finsteren Blick entgegen. »Du hast mich jetzt seit Jahren angebettelt, runter an den Kai zu ziehen. Ich brauch einen Platz, an dem ich mich verstecken kann. Vielleicht für lange Zeit. Bist du einverstanden damit, oder bin ich zu alt und hässlich geworden für dich?«

»Ich weiß ja nicht, wer dir die Lügen aufgetischt hat«, sagte Finn. »Aber du bist weder alt noch hässlich. Ich auch nicht, ehrlich gesagt. Und was ein Glück du hast, jeden Tag einen so gut aussehenden Kerl vor dir zu haben, während du dich vor der üblen Verderbtheit versteckst, die dich da wohl gerechterweise eingeholt hat.«

Sadie wandte sich an Red. »Na, er ist immer noch ein Idiot, aber mit Worten kann er umgehen. Und noch wichtiger ist, dass er zuverlässig ist.«

»Bist du da sicher?«

»Natürlich bin ich das. Hör auf, dich so dämlich anzustellen.«

»Red.« Hope runzelte die Stirn, während sie die Docks musterte, als würde sie etwas suchen. »Weißt du, wo Pier zwölf ist?«

»Klar. Warum?«

»Ich sollte mit der Mannschaft der *Lady's Gambit* reden. Sie wissen vielleicht nicht mal, dass Kapitän Carmichael tot ist. Diese Männer haben an meiner Seite gekämpft. Ich sollte ihnen wenigstens erzählen, was passiert ist.«

»Schiff ohne Kapitän, sagst du?«, fragte Finn.

»Gestern von Drems Pantoffeln über den Haufen geschossen worden in der *Ersoffenen Ratte*«, sagte Red.

»Um genau zu sein, wurde er von Ranking erschossen, seinem ersten Offizier«, fügte Hope hinzu.

Sadie kniff interessiert die Augen zusammen. »Und was ist mit dem Offizier passiert?«

»Ich bin nicht sicher«, sagte Hope. »Als ich ihn das letzte Mal gesehen habe, hat er den ganzen Boden vollgeblutet, nachdem ich ihm den halben Arm abgeschnitten habe.«

»Du glaubst nicht, dass die Mannschaft einfach einen neuen Kapitän gewählt hat und davongesegelt ist?«, fragte Finn.

»Das Schiff braucht jede Menge Reparaturen«, sagte Hope. »Ich bin nicht mal sicher, ob es seetauglich ist.«

»Also dann«, sagte Finn und warf Sadie einen bedeutungsvollen Blick zu.

»Warum zeigst du uns nicht mal dieses Schiff?«, fragte Sadie. »Ich vermute mal, dass du diesen Ort hier irgendwann vielleicht ziemlich schleunig verlassen musst. Wäre gut, dafür ein funktionstüchtiges Schiff zur Hand zu haben.«

»Vielleicht«, sagte Hope, deren Augen sich verengten. Sie warf Red einen fragenden Blick zu, aber er zuckte nur mit den Schultern. Er hatte keine Ahnung, was Sadie im Schilde führte.

»Also, hör zu, es ist nicht, wie du denkst«, sagte Sadie. »Solange du mit Red unterwegs bist, sind du und ich alte Freunde. Ich habe nur gedacht, Finn hier kann gut mit Schiffen umgehen. Hat die *Sturmbraut* seetauglich gekriegt, und hat seither immer an ihnen gearbeitet. Ihr Kinder tut, was ihr tun müsst. Und in der Zwischenzeit reparieren Finn und ich dein Schiff.«

»Das ist allerdings nicht mein Schiff«, sagte Hope.

»Wessen Schiff ist es?«, fragte Sadie.

»Niemandes, jedenfalls nicht wirklich.«

»Dann gehört es dir.«

»Was ist der Deal?«, fragte Red.

»Leicht wie eine Feder«, sagte Sadie. »Wenn ihr die Biege macht, nehmt ihr uns mit in die Mannschaft auf.«

Red war überrascht. »Wirklich? Das willst du?«

»Ich habe nur noch ein paar Jahre zu leben übrig, trotz deiner Bemühungen. Ich hätte nichts dagegen, sie auf See an der frischen Luft und unter der Sonne zu verbringen. Bisschen was von der Welt sehen, bevor ich gehe.«

»Ich würde auch lieber die Taue losmachen als alles andere«, sagte Finn.

Red wandte sich an Hope. »Was denkst du? Falls wir das hier irgendwie hinbekommen, dann wäre das Boot vielleicht eine gute Idee.«

»Lass uns erst mal sehen, womit wir es hier zu tun haben«, sagte Hope, »bevor wir eine Entscheidung treffen. Der Rest der Mannschaft könnte etwas gegen diesen Plan haben.«

Niemand hatte etwas gegen den Plan. Weil es keine Mannschaft gab. Auf der *Lady's Gambit* befanden sich weder Mannschaft noch Vorräte. Alles, was nicht niet- oder nagelfest gewesen war, war weg.

»Wie ich es mir gedacht habe«, sagte Finn. »Menschen müssen essen. Sie hatten keinen Proviant und keine Geduld mehr, andere Schiffe haben nach Mannschaften Ausschau gehalten, ein Essen angeboten und ein bisschen Geld. Was würdest du machen?«

»Also … lassen wir sie einfach hier?«, fragte Hope.

»Nun …« Finn sah zum anderen Ende des Docks hinüber. Ein großer Mann mit einem schwarzen Bart kam auf sie zu. »Da ist der Hafenmeister, mit dem wir uns auseinandersetzen müssen.«

»Du! Südlerin!«, schrie der Mann, während er weiter auf sie zulief. »Ich weiß nicht, was mit Carmichael und dem Rest der Mannschaft passiert ist, aber jemand schuldet mir zwei Tage Anlegegebühren. Und wenn du mir die nicht zahlst oder bis zum Sonnenuntergang hier verschwunden bist, dann lasse ich sie versenken. Glaub nur nicht, dass ich das nicht tun würde!«

»Na, na, mein guter Junge«, rief Red fröhlich. »Lassen wir es gut sein mit dem Gerede von sinkenden Schiffen. Was hast du gesagt, kostet der Liegeplatz pro Tag?«

»Einen Fünfer«, sagte der Mann vorsichtig.

»Na gut. Ich bin nicht gut mit Zahlen, aber ich glaube, das hier gibt uns, was – eine Woche?«, sagte Red und ließ dabei zwei Goldmünzen aufblitzen.

Der Mann stutzte und beäugte die Münzen. Red wendete die Münzen mit Absicht im Sonnenlicht, sodass sie glänzten.

»Ungefähr«, gab der Hafenmeister zu.

Red wandte sich an Finn. »Lang genug, um sie in Ordnung zu bringen?«

»Wahrscheinlich. Wobei es nach der Neigung des Vormasts auch gut zwei Wochen sein könnten.«

»Gut, dann legen wir besser noch zwei drauf, um sicherzugehen.« Red zog zwei weitere Münzen hervor und legte alle vier in die Hand des Hafenmeisters. Dann hielt er eine fünfte hoch. »Und die hier ist für Euch, wenn niemand außer uns vieren an sie ran darf, ohne dass wir es erlaubt haben. Ich komme in zwei Wochen zurück, und wenn sie dann hier immer noch steht, und zwar am Stück, dann könnt ihr sie haben. Fein?«

Der Hafenmeister lächelte warmherzig, plötzlich ganz fett und fein. »Ja, natürlich, Kapitän …«

Red zeigte auf Hope. »Das ist der Kapitän der *Lady's Gambit.* Kapitän Bleak Hope.«

»Zu Ihren Diensten, Kapitän Hope«, sagte der Hafenmeister. »Lasst mich wissen, wenn Ihr etwas braucht.«

»Danke, Hafenmeister, das werde ich«, antwortete Hope ernst. Sobald der Mann gegangen war, wandte sie sich an Red. »Woher hast du das Geld?«

»Es könnte sein, dass ich ein paar Münzen aus dem Beutel befreit habe, den wir für Prin im Keller gelassen haben«, gab Red zu. »Bist du jetzt nicht glücklich darüber?«

Hope schüttelte den Kopf, musste aber gleichzeitig gegen ein Lächeln ankämpfen. »Gut. Dafür ist es jetzt sowieso zu spät.«

»Sonnig«, sagte Red. »Sollen wir jetzt losziehen und uns eine Armee suchen?«

»Bevor ihr losgeht, um euren glitschigen Plan zu verfolgen«, sagte Sadie, »wollt ihr vielleicht doch eure Bilge stopfen und die Augen mal kurz schließen.«

»Die Weisheit der Jahre«, sagte Red.

Red war sich nicht sicher, wie bequem sie es zu viert in Finns Hütte haben würden. Es stellte sich jedoch heraus, dass es einem ziemlich egal ist, wo man seinen Kopf zur Ruhe bettet, wenn man gerade zwei Tage damit beschäftigt war, seinem

Tod und dem von anderen aus dem Weg zu gehen. Vor allem nach einer Schüssel mit dickem, heißem Fischeintopf.

Und so lagen er und Hope nur eine Stunde später auf dem Holzboden in der Hütte und dösten weg. Sonnenlicht strömte sanft durch den Holzladen über dem einen Fenster, Sadie und Finn waren draußen, und ihre Unterhaltung drang als einlullendes Murmeln zu ihnen herüber.

Reds Augen fielen gerade zu, als er Hopes Stimme hörte, sanft und träumerisch. »Was hat sie damit gemeint, dass du nicht in der Kehre geboren bist? Nessel, meine ich.«

»Dass ich es nicht bin.«

»Wo kommst du her?«

»Silberrücken. Aber das hat sie nicht wirklich gemeint. Meine Mutter stammte aus Hohlfall.«

»Ich kenne New Laven nicht gut genug, um zu verstehen, was das bedeutet.«

»Es heißt, dass meine Mutter ein Spitzenhemd aus der Oberstadt war.«

»Und das ist … schlimm?«

»Hier? Ja.«

»Sie glaubt, dass du deshalb privilegiert bist?«

»Genau.«

Sie öffnete die Augen und wandte sich zu ihm um.

»Bist du es?«

»Ich konnte mit fünf lesen. Die meisten Jungs hier in der Kehre lernen das nie. Allein das bringt mir schon einen großen Vorteil ein.«

»Und das nehmen sie dir übel.«

»Nessel ärgert sich über jeden. Das nehme ich nicht zu persönlich. Nicht mehr. Aber solange ich hier war, musste ich das ausgleichen. Ihnen zeigen, dass ich kein Weichei bin.

Dass ich etwas drauf habe. Der Einzige, der nie an mir gezweifelt hat, war Filler.«

»Und jetzt …«

»Ja. Zu sehen, wie er mir den Rücken kehrt … lieber hätte ich mir eine in die Bilge hauen lassen.«

»Das ist genau das Problem, wenn man sich auf Menschen einlässt«, sagte Hope. »Wenn du sie verlierst, schmerzt es schlimmer als alles andere.«

Sie sagten nichts mehr, und ihr Schweigen wurde nur von Sadies Lachen draußen unterbrochen.

»Ich glaube, ich sollte dich vorwarnen«, sagte Red schließlich. »Ich kenne Hammerhusen nicht annähernd so gut wie die Paradieskehre. Das war nie mein Viertel. Dort fallen mir keine schlauen Fluchtwege ein, und ich kann auch nicht auf die Hilfe von ein paar Jungs hoffen, die mir was schulden.«

»Dann ist es ja gut«, sagte Hope, und ihre Stimme klang schon ganz schläfrig, »dass du noch ein paar andere nützliche Fähigkeiten hast.«

»Du meinst meinen unbestreitbaren Charme?«

»Ich meinte deine tadellose Treffsicherheit.«

»Ach so, ja.« Er schwieg wieder. Dann sagte er: »Aber du findest, dass ich charmant bin, ja? Hope?«

Aber sie war bereits eingeschlafen.

19

Sie brachen in der Nacht nach Hammerhusen auf. Soweit Hope das verstanden hatte, gingen sie nur in das nächste Viertel hinüber. Das ruppige, aber doch innige Lebewohl von Red und Sadie ließen es jedoch wirken, als würden sie mindestens die offene See überqueren müssen.

Als Hope und Red jetzt durch die vom flackernden Gaslicht erhellten Straßen liefen, bemerkte sie, dass er nervös war. Seine sonst so lebhafte, übermütige Art wirkte gezwungen. Hopes Gang über die gepflasterten Straßen war gleichmäßig, während er hüpfte, hin und her ging und manchmal sogar seitwärts lief, als könne er sein Tempo nicht kontrollieren.

»Ist es wirklich so anders in Hammerhusen?«, fragte sie schließlich.

Er zuckte mit den Schultern, während seine Augen unruhig die Straße absuchten. »Für dich? Wahrscheinlich nicht. Ein städtisches Armenviertel im Norden sieht aus wie das andere. Aber für mich ist es sehr anders. Andere Gebäude, andere Menschen, man tut Dinge anders.«

»Warst du schon mal da?«

»Ein- oder zweimal.«

»Was hast du dort gemacht?«

Er grinste. »Nichts Gutes.«

»Sollten wir uns auf einen rauen Empfang vorbereiten?«

»Es gibt keinen freundlichen Empfang in Hammerhusen.« Er hob ein paar Kieselsteine auf und warf sie gegen einen kleinen Eimer, der prompt umfiel. »Man sagt hier ›Am härtesten ist es im Hammer‹. Und soweit ich das beurteilen kann, stimmt es.«

»Schlimmer als in der Paradieskehre?«

»O ja. Weißt du, Deadface Drem mag ein mordlüsterner, kaltblütiger Idiot sein, aber er sieht zu, dass die Kehre eins bleibt und dass alles geregelt ist. In Hammerhusen gibt es so jemanden nicht. Big Sig ist momentan der Stärkste. Aber es ist immer ein harter Kampf zwischen seinen Leuten und drei oder vier anderen. Nicht einmal die Imps können die Ordnung dort aufrechterhalten.«

»Wenn Big Sig sich mit uns zusammentut, könnte das die Waage zu seinen Gunsten beeinflussen?«

»Ich hoffe, dass er sich dafür entscheidet«, sagte Red. »Es kann aber auch sein, dass er beschließt, dass die Allianz mit uns seine anderen durcheinanderbringt.«

»Und wenn er das macht?«

»Dann bringt er uns um.«

»Das kann er gern versuchen.«

Red grinste. »Ich liebe es, wenn du deine Namensschwester verdienst.«

Hope war nicht sicher, wann es passiert war. Aber nach und nach bemerkte sie, wie sich die Straßen um sie herum veränderten. Die Pflastersteine waren nicht nur schmutzig, sondern auch gesprungen oder ganz zerbrochen. Auch die Häuser wirkten beschädigt, als wären sie einem Krieg ausgesetzt gewesen. Zersplitterte Fenster, zerbrochene Türen, ganze Brocken von Steinen und Ziegeln aus den Wänden gebrochen. Es gab auch keine Straßenlampen. Alles lag in Finsternis.

»Wir sind in Hammerhusen, oder?«, fragte Hope.

Red nickte. Er hüpfte nicht länger herum, sondern blieb an ihrer Seite, genau ihrer Geschwindigkeit angepasst. Seine Hände hingen locker an den Seiten, aber er wirkte jederzeit bereit, und er behielt die Straße vor ihnen im Auge.

»Hast du so was wie einen Plan?«, fragte Hope.

»Ich weiß, wo Big Sig ist. Es ist nur eine Kunst, dorthin zu gelangen, ohne dass jemand versucht, uns auszuheben.«

»Wie wahrscheinlich ist das?«

»Nicht sehr.«

Tatsächlich schafften sie es noch mehrere Straßenzüge weiter, bevor drei Männer aus einer Gasse kamen und vor sie traten, und sich zwei andere hinter ihnen aufbauten.

»Guten Abend, ihr Turteltäubchen. Geht ein bisschen spazieren, was?«, fragte einer mit einem zerrissenen Zylinder auf dem Kopf.

»Denke mal, sie könnten sich verlaufen haben«, sagte ein anderer, dessen Haare bis zu den Schultern fielen.

»Vielleicht«, sagte ein dritter mit einer dicken Narbe auf der Wange, »sollten wir ihnen den Weg nach Hause zeigen, nachdem wir haben, was wir wollen.«

»Das wäre sehr nachbarschaftlich von uns«, stimmte der Zylindermann zu. »Nur dass ich sie noch nicht in unserem Viertel gesehen habe. An die Südlerin da würde ich mich erinnern.«

Hope wandte sich zu Red um. »Glaubst du, die wollen uns ausrauben?«

»Scheint so.«

»Das scheint die Aufregung nicht wert«, sagte Hope. »Sind sie überhaupt bewaffnet?«

»Oh, und wie wir bewaffnet sind, du freches Miststück«, sagte die Narbe. Er zog ein kleines Messer hervor, das wirkte, als tauge es mehr zum Butterbrote schmieren als für einen Kampf. Die anderen holten ähnlich klägliche Waffen raus: eine Keule aus Holz, aus der ein Nagel ragte, eine zerbrochene Flasche, ein Ziegelstein und ein Lederbeutel mit Steinen drin.

»Ernsthaft.« Hope ging auf sie zu und wurde dabei nicht einmal langsamer.

»Das war's!«, schrie die Narbe und hieb mit seinem Messer nach ihr.

Hope fing sein Handgelenk ab und verdrehte es so, dass er sich vornüberbeugen musste. Gleichzeitig rammte sie ihm das Knie ins Gesicht. Mit ihrer freien Hand verpasste sie dem Zylinder einen Schlag aufs Ohr, der ihn beiseitestolpern ließ. Sie ließ die Narbe auf die Pflastersteine fallen und trat dem Langhaar direkt vor die Brust. Der stürzte nach Luft schnappend zu Boden. Dann lief Hope weiter.

»Ihr seht ja, wie es ist, Jungs, die Lady mag es so«, rief Red hinter ihr fröhlich.

Der Klang von schnellen Schritten verriet ihr, dass die beiden anderen sich verzogen hatten.

Red holte zu ihr auf. »Nur aus Neugier. Warum hast du dein Schwert nicht gezogen? Du hättest die drei doch mit einem Streich erledigen können, da gehe ich jede Wette ein.«

»Unbewaffnete und untrainierte Menschen zu töten, wäre eine Beleidigung für Kummerklang gewesen.«

»Entschuldige, Kummer was?«

»Kummerklang. So heißt das Schwert.«

»Du hast deinem Schwert einen Namen gegeben? Ich meine, das ist eine großartige Waffe, aber …«

»Ich habe ihm keinen Namen gegeben. Dieses Schwert ist jahrhundertealt, geschaffen mit längst vergessener und uralter Fertigkeit. Es bekam seinen Namen, lange bevor wir geboren wurden.«

»Klingt schick.«

»Es ist ein Privileg, diese Klinge benutzen zu dürfen. Eines, dessen ich hoffe, mich eines Tages würdig zu erweisen.«

»Das hast du noch nicht?«

»Nein«, antwortete Hope. »Ich habe noch nichts wirklich Würdiges vollbracht.«

»Wie hast du es bekommen? Ich weiß, dass du es nicht gestohlen haben kannst.«

»Es wurde mir von meinem Lehrer anvertraut. Bevor er von seinen eigenen Brüdern ermordet wurde, weil er mich die geheimen Vinchen-Künste gelehrt hat.«

»Warum in allen Höllen haben sie das getan?«

»Weil es verboten ist, diese Künste einer Frau beizubringen.«

»Warum?«, fragte Red.

Hope warf ihm einen kurzen Blick zu, aber seiner Miene nach zu urteilen, verstand er es wirklich nicht. »Weil Frauen an solchen Dingen nicht teilhaben sollen.«

Red runzelte die Stirn. »Warum nicht?«

»Weil … ich weiß es nicht, so war es schon immer.«

»Vielleicht woanders«, sagte Red. »Aber hier ist es egal, ob du ein Kater oder eine Mieze bist. Wenn du besser kämpfen kannst als der andere, reicht das als Beweis vollkommen aus.«

Hope versuchte sich daran zu erinnern, wie es in ihrem Dorf gewesen war. »Als ich noch sehr klein war, bevor ich von den Vinchen aufgenommen wurde, habe ich in einem kleinen Fischerdorf gelebt. Ich erinnere mich nicht an viel. Aber ich weiß noch, dass meine Mutter gearbeitet hat. Es war ein hartes Leben, aber so war es für jeden, glaube ich.«

»Also haben diese Vinchen dich auf diese Idee gebracht? Waren die Jungs dort so viel besser als du?«

»Nein«, sagte Hope. »Ich habe nur gegen einen gekämpft, aber er war keine große Herausforderung. Und ich habe die anderen beim Training beobachtet, und keiner davon schien Fähigkeiten zu besitzen, die ich nicht hatte.«

»Weißt du, worum es da meiner Meinung nach geht? Das ist purer Spitzenhemdenmist. So halten sie es auch in der Oberstadt. Die Männer arbeiten, die Frauen tun alle total hilflos. Totale Eier und Schwänze. In der Unterstadt muss jeder für sich selbst sorgen. Eine Mieze tut, was sie will, und ein Kater zollt ihr dafür Respekt.«

»Ich mag diesen Gedanken«, sagte Hope. »Vielleicht geht es hier doch zivilisiert zu, auf eine gewisse Weise.«

Auf dem Rest des Wegs lauerte ihnen niemand mehr auf. Hope war nicht sicher, ob das ein Zufall war oder ob sich ihre Fähigkeiten so schnell herumgesprochen hatten.

»Da sind wir also«, verkündete Red und blieb vor einem nicht gekennzeichneten Lager stehen. Durch die Fenster fiel Licht, und man hörte Stimmengewirr, Gelächter und ab und an einen Schrei von drinnen. Er zog die Nase kraus. »Sieht unscheinbar aus.«

»Du warst noch nie hier?«, fragte Hope.

Red schüttelte den Kopf. »Hab mal einen Kerl aus Hammerhusen gekannt. Er hat mir von dem Platz erzählt.«

»Was ist mit ihm passiert?«

»Ist eines Nachts verschwunden. Niemand wusste etwas Genaues, aber die Leute flüstern, dass es die Biomanten gewesen sind.«

»Hier?«, fragte Hope.

»Meist in der Oberstadt«, sagte Red. »Manchmal kommen sie aber auch hier herunter, wenn sie frisches Material brauchen. Zumindest sagen das die Leute. Bienchens Mutter …« Er schüttelte den Kopf. »Egal, es ist auf jeden Fall schwer zu sagen, was die Wahrheit und was Geschwätz ist.«

Hope hatte New Laven verlassen wollen, nachdem sie Carmichael gerächt hatte. Aber wenn sich in der Oberstadt Biomanten versammelt hatten, würde sie vielleicht länger bleiben müssen. Sie fragte sich, ob Red ihr auch dorthin folgen würde. Sie hoffte, dass er mitkam, auch wenn das eigensüchtig war.

»Wir sollten wohl mal klopfen oder so.« Red hämmerte mit der Faust gegen die Tür.

Einen Moment lang war nur das gedämpfte Gemurmel von drinnen zu hören. Dann öffnete sich eine schmale Klappe in der Tür, und ein misstrauisch zusammengekniffenes Augenpaar spähte hindurch. »Was willst du?«

»Big Sig sehen.«

»Ja. Und wieso glaubst du, wirst du das?«

»Hier.« Red ließ eine goldene Münze aufblitzen. Es war eine weitere Münze, die er aus dem Beutel genommen hatte, der für das Schankmädchen gedacht war. Hope hatte geglaubt, dass sie ihn im Auge behalten hätte, als er ihn abgelegt hatte, aber offensichtlich waren seine geschickten Finger noch zu etwas anderem gut als zum Messerwerfen.

Der misstrauische Blick in den Augen schwand. »In Ordnung.«

Der Spalt schloss sich, und dann schwang die Tür ganz auf. Ein hagerer Mann, der mit einer Pistole bewaffnet war, stand auf der anderen Seite. Keine Revolver für Big Sigs Männer, dachte Hope.

»Sehr freundlich, mein Guter«, sagte Red und warf ihm die Münze zu.

Der Mann fing sie und hielt sie hoch. »Die hier bringt dich herein und an mir vorbei. Das bringt dich nicht zu Sig.«

»Bringt es mir einen Hinweis ein, wie ich ein freundliches Gespräch mit ihm arrangieren kann?«, fragte Red.

»Er spielt gern Stein. Ein paar Jungs spielen gerade. Du zeigst, dass du gut darin bist, dann will er vielleicht gegen dich spielen.«

»Ist das so?« Red bog die Finger, und seine roten Augen glänzten. »Zufällig bin ich ein wenig darin bewandert.«

Der Mann steckte die Münze ein. »Na, dann viel Glück.«

»Da gehört wenig Glück zu.« Red lachte leise, es klang fast schon düster.

Sie gingen durch einen kurzen Flur hindurch und kamen in einen großen, offenen Raum. Er war fast leer, bis auf zehn Tische, die in der Mitte in gleichmäßigen Abständen aufgestellt waren. An jedem Tisch saßen sich zwei Menschen gegenüber. Hope wusste nicht, wie man Stein spielte. Sie hatte die Männer auf der *Lady's Gambit* ein paarmal beim Spielen beobachtet, aber es hatte sie nicht genug interessiert, um die Regeln zu lernen.

Auf einer Seite, nahe einer Feuerstelle, saß ein Mann auf einem Stuhl mit einer Geldkassette aus Metall. Red ging zu ihm hinüber und hielt eine weitere Münze hoch. »Bring mich ins nächste Spiel rein.«

Der Mann sah ihn wachsam an. »Hab dich hier noch nie gesehen.«

»Bin grad angekommen«, sagte Red.

»Wichtigste Regel: Zieh keine Waffe, selbst wenn du verlierst. Big Sig mag es gar nicht, wenn man sich in seiner Spielhalle unhöflich benimmt.«

»Du brauchst dir um mich keine Gedanken zu machen, mein Junge. Vor allem, weil ich nicht verliere.«

»Ist das so?« Der Mann grinste. »Dann ist es vielleicht an der Zeit, dass du die Grüne Colleen kennenlernst. Sie sehnt sich nach einer ehrenwerten Herausforderung.«

»Ich bin nicht ehrenwert, aber ich verspreche dir, dass ich eine Herausforderung bin.«

»Letzter Tisch auf der rechten Seite.« Der Mann tauschte die Münze gegen eine Spielmarke aus Holz. »Sie sollte den Salzkopf da gleich abgeräumt haben.«

Hope und Red sahen zu, wie eine kleine, zerbrechlich aussehende Frau von etwa dreißig Jahren mit einem älteren Mann spielte.

»Ich verstehe dieses Spiel nicht richtig«, flüsterte Hope Red zu.

»Jeder Spieler beginnt mit zwanzig Steinen. Du nimmst die übrig bleibenden zehn Steine des Sets und stellst sie auf dem Tisch auf. Jeder Stein hat eine Nummer von eins bis zehn. Du musst alle deine Steine loswerden. Wenn du die nächsthöhere Nummer von einer in der Mitte hast, dann legst du deinen Stein darüber. Wenn du die nächstniedrigere Nummer hast, legst du ihn darunter. Und wenn du dieselbe Nummer hast, dann legst du sie obendrauf. Sobald du aber eine Reihe angefangen hast, entweder darüber, darunter oder obendrauf, kannst du nicht mehr wechseln. Es sei denn, du nimmst wieder alle von dieser Reihe weg und fängst mit dem Originalstein von vorne an.«

»Warum würdest du einen zurücknehmen, wenn du doch versuchst, alle loszuwerden?«

»Weil du dazu gezwungen bist, Steine aufzunehmen, wenn dir die Steine ausgehen, die du ablegen kannst, bis du wieder einen ablegen kannst.«

»Das hört sich immer noch nicht allzu kompliziert an.«

»Das ist ja nur die Grundidee. Interessant wird es erst, wenn du Brücken schlägst zwischen zwei oder mehr Reihen, indem du die Nummern dazuzählst, abziehst, multiplizierst oder teilst.«

»Mathematik?«

Er zuckte mit den Schultern und sah weg. »Ist ein Hobby von mir.«

Red hatte an diesem Morgen, kurz bevor sie eingeschlafen waren, erwähnt, dass er durch seine Abstammung privilegiert war. Aber statt stolz darauf zu sein, dass er lesen konnte oder sich für Mathematik interessierte, wirkte er verlegen.

»Aber wie geht das?«, beharrte Hope. »Das ist doch eine recht kleine Anzahl an Möglichkeiten, wenn die Lösung im einstelligen Bereich liegen muss.«

Er schien kurz mit sich zu kämpfen, als würde er sich nicht weiter auf die Unterhaltung einlassen wollen. Doch plötzlich gab er nach, und sein Gesicht strahlte vor kindlicher Freude. »Genau, aber wenn du zwei Reihen kombinierst, kannst du eine zweistellige Zahl machen. Drei Reihen zusammen ergeben eine dreistellige Zahl, und so weiter. Je größer die Nummer, desto mehr Steine kannst du ablegen.«

»In Ordnung. Jetzt verstehe ich, wie es so kompliziert werden kann.«

Red lächelte sie an, und diesmal war es kein Grinsen wie das, das er für so charmant hielt. Es war ein dankbares Lächeln. »Die meisten Menschen begreifen das nicht.«

Und das war es. Andere Menschen mochten seinen Charme oder seine Treffsicherheit schätzen, aber Hope fragte sich, ob seit dem Tod seiner Eltern jemand anderes jemals seine Intelligenz zu schätzen gewusst hatte.

»Verpisste Hölle!«, schrie der alte Mann an Colleens Tisch auf. »Wieder, Grüne! Wie machst du …«

Die kleine Frau lächelte ihn schüchtern an. »Ich mag Zahlen, Cast. Das ist alles. Sie sind wie meine Freunde.«

Cast grunzte, schob seine letzte Holzmarke in den Stapel Steine auf dem Tisch und ging dann.

»Das ist unser Einsatz«, sagte Red.

Sie gingen hinüber. Colleen sah zu ihnen auf und runzelte die Stirn. »Du bist neu.«

»Bin ich«, sagte Red und setzte sich.

»Ich spiele normalerweise nicht mit neuen Leuten.«

»Der Kerl da drüben«, Red nickte zu ihm hin, »sagte, du brauchst eine Herausforderung.«

»Taugst du was?« Sie sah ihn mit zusammengekniffenen Augen und hervorgeschobener Lippe an.

»Gibt nur einen Weg, das herauszufinden«, antwortete Red.

»Wie spielst du?«

»Keine Zahlenbegrenzung. Gibt es eine andere Möglichkeit?«

Colleen lächelte wieder schüchtern. »Nicht, wenn du das Spiel liebst.«

Sie spielten über eine Stunde lang. Hope hatte gar nicht gewusst, dass das Spiel so lange dauern konnte. Es gab Momente, in denen hatten beide nur noch wenige Steine. Doch dann blockierte einer den anderen, und schon waren beide gezwungen, Steine aufzunehmen, sodass es aussah, als würden sie wieder von vorne anfangen.

Zuerst konnte sie dem Spielfluss leicht folgen. Sie sah die Nummern auf Reds Steinen, da sie hinter ihm saß, und konnte sogar einige seiner Züge voraussehen. Aber als das Spiel voranschritt und die beiden Spieler begriffen, wie gut sie zusammenpassten, zogen sie immer schneller, sodass irgendwann nur noch ein schnelles Klicken nach dem anderen zu hören war, Stein über Stein wurde gesetzt, zurückgenommen, geschoben. Das hier war mehr als nur schnelle mathematische Gleichungen. Es stand etwas Größeres auf dem Spiel. Es erinnerte sie an den gleichen angeregten freien Fluss, der sie erfasste, wenn sie kämpfte.

Andere Spieler ließen ihre eigenen Partien ruhen, um zuzusehen. Sie flüsterten einander zu, als hätten sie Angst, dass ein lautes Geräusch den Zauber brechen könnte. Hope vermutete jedoch, dass nicht mal ein Donnerschlag die Konzentration der beiden hätte stören können. Ein Schweißtropfen lief an Reds Schläfe hinunter, und Colleens Gesicht war gerötet. So viel Anstrengung in einer solchen Ruhe, dachte Hope. Da war etwas. Es lag eine Lektion darin, die sie lernen konnte. Sie flackerte aufreizend am Rand ihres Geists, aber sie wollte sich nicht zeigen. Je mehr Hope danach zu greifen versuchte, desto weiter entfernte sie sich.

Und da verstand sie plötzlich, dass dies die Lektion war. In der Stille gab es kein Erreichen. Da war nur Betrachtung, Aufnahme und Reaktion, alles, ohne nach Kontrolle zu streben.

»Gut«, sagte Red plötzlich und unterbrach damit Hopes Gedanken. Ein Raunen ging durch die versammelte Menge.

Hope blickte hinunter auf seine Hände, um nachzusehen, ob er all seine Steine gespielt hatte. Er hatte etwas in der Hand, aber sie konnte nicht sehen, was es war.

Die Grüne Colleen hatte beide Hände vor sich gespreizt, und sie atmete schwer mit einem grimmigen Grinsen im Gesicht. »Das ... war es wert.« Sie hob die Hände. Unter einer davon lag ihr letzter Stein. Dann hielt sie eine Holzmarke hoch.

Red schüttelte den Kopf. »Die Freude war ganz meinerseits.« Er hielt seine eigene Holzmarke hoch. »Behalte deine, und nimm meine, wenn du mich Big Sig dafür freundlich vorstellen kannst.«

Ihre Augen weiteten sich vor Überraschung. Als sie gerade den Mund öffnete, erklang eine neue Stimme. »Du brauchst nicht noch mehr von meinen Jungs bestechen. Deine Fähigkeiten reichen vollkommen, um dich bei mir vorzustellen.«

Die Zuschauer, die um sie herumgestanden hatten, gaben einen Weg zum Tisch frei. Und über ihnen allen ragte der größte Mann auf, den Hope je gesehen hatte. Seine Fäuste waren so groß wie Kinderköpfe und seine Brust so breit wie die eines Bären. Sein Haar war kurz geschnitten, sein Bart lang und schwarz, aber von grauen Fäden durchzogen. Seine Nase sah aus, als sei sie schon mehrmals gebrochen worden, und in seinen Augen glomm ein harter Glanz, der

Hope ahnen ließ, dass er selten die Beherrschung verlor, was ihn umso gefährlicher machte.

»Nun gut, dann lass mich mal sehen …«, sagte Big Sig. »Red, richtig? Ich habe von dir gehört. Der schlaue Dieb mit den roten Augen.«

Red lächelte ihn ruhig an. »Ihr kennt mich.«

»Nicht ganz«, antwortete Big Sig. »Wusste nicht, dass du auch ein Meister im Steinspiel bist.«

»Ach, das versuche ich für mich zu behalten«, sagte Red. »Sonst wäre es ja höllisch schwer, jemanden zum Spielen zu finden. Die meisten sind nicht scharf drauf, gegen mich zu spielen, wenn sie erst einmal herausgefunden haben, wie gut ich bin.«

»Ich spiele gegen dich.« Big Sig nickte der Grünen Colleen zu, die ihre Marken einsammelte und dann respektvoll Platz machte. »Ich bezweifle, dass ich gewinnen werde, wohlgemerkt. Aber es ist nett, wenigstens bei einer Sache mitmachen zu können, bei der Verlieren nicht gleich den Tod bedeutet.«

»Du verlierst gern?«, fragte Red.

»Es ist lehrreich«, erwiderte Sig. »Außerdem kannst du mir während unseres Spiels erklären, warum du hier bist, und zwar am besten so, dass ich dir glaube, dass du keiner von Drems Pantoffeln bist, der mir ein Messer in den Rücken rammen will. Ich würde nur ungern einen so begabten Steinspieler umbringen.«

»Bei allem Respekt«, antwortete Red, der ein neues Spiel aufbaute, »wenn ich hier wäre, um dich zu töten, dann wärst du schon längst tot.«

»Habe gehört, du bist außerordentlich treffsicher«, sagte Sig und nahm zwanzig Steine von dem Haufen.

»Das hast du richtig gehört. Obwohl ich nicht der Gefährlichste hier bin.«

Big Sig sah zu Hope auf. »Das ist dein Leibwächter?«

»Leib- und Seelenwächter, könnte man sagen. Sie bringt mir bei, jemand zu sein, der mehr wert ist als ein paar schlaue Tricks.«

Das traf Hope wie ein Blitz. Sie hatte niemals vorgehabt, ihm oder sonst jemandem beizubringen, auf die richtige Art zu leben. Vielleicht hatte sie ihre Meinung über Red und seinen Lebensstil zu leichtfertig kundgetan. Was ging es sie an, wie er lebte?

»Beeindruckende Frau«, sagte Sig.

»Du hast keine Ahnung.«

Und doch konnte er manchmal so verdammt unverschämt sein. »Seid ihr beiden bald fertig damit, über mich zu reden, als wäre ich gar nicht da?«

Big Sig nickte Hope höflich zu und sah dann wieder Red an. »Fang an.«

»Also, es ist so«, sagte Red, als er den ersten Stein ablegte. »Die Lady hier will Deadface Drem tot sehen. Persönliche Sache.«

»Ich verstehe.« Sig legte einen Stein ab. Seine Miene wirkte amüsiert.

»Und im Sinne von jemandem, der über den eigenen Tellerrand hinaussieht, finde ich, dass die Kehre ebenfalls ohne Drem zurechtkommen würde. Könnte das Viertel sogar besser machen.«

»Außerdem hat er ein Kopfgeld auf dich ausgesetzt.«

»Das loszuwerden wäre ebenfalls eine Verbesserung, ja«, gab Red ohne ein sichtbares Zeichen der Verlegenheit zu, während er den nächsten Stein an seinen Platz legte.

Big Sig legte einen seiner Steine. »Und wo komme ich da ins Spiel?«

»Drem ist in seinem Unterschlupf umgeben von einer Armee, die ihn beschützt. Also dachte ich …«

»Rennst du rüber nach Hammerhusen und stellst dir deine eigene Armee zusammen. Was ist da für mich und meine Kerle drin?«

»Sag mir, dass du Drem nicht gern tot sehen würdest.«

»Es gibt vieles, das ich möchte«, sagte Sig. »Ich bin daran gewöhnt, es nicht immer zu bekommen.«

»Na gut. Aber hier könnte es um mehr gehen als nur darum, sich an Drem zu rächen. Wenn Drem erst einmal von der Bildfläche verschwunden ist, und sich die Dinge in der Kehre mehr in deinem Sinne entwickeln, könnten wir uns für den Gefallen revanchieren. Dir dabei helfen, deine Konkurrenz hier auszustechen.«

Während sie redeten, legten Red und Sig ihre Steine fast schon gleichgültig weiter ab. Jetzt allerdings legte Red einen Stein ab, der Sigs Fortschritte völlig zunichtemachte. Er grinste leicht.

Big Sig nickte ernst, während er die Steine musterte. »Das hört sich alles schlau an. Außer, dass du etwas übersiehst.« Dann legte er einen Stein in eine Reihe, die blockiert zu sein schien, aber nur, weil er diese Kombination bisher noch nicht verwendet hatte.

Reds Augenbrauen hoben sich erstaunt, während er die neue Lage einschätzte. »Oh?«

»Weißt du, wie schwer es ist, die Macht über ein ganzes Viertel zu sichern?«, fragte Sig. »Fast unmöglich. Ich kann es nicht, und während ich nicht so rücksichtslos bin wie Drem, bin ich schlauer, und meine Jungs sind treuer. Man braucht mehr als einen Menschen, um diese Art von Macht zu bekommen.« Er legte einen anderen Stein ab.

»Du meinst, er hatte Hilfe?«, fragte Hope. »Von außerhalb der Kehre?«

»Das sage ich.«

»Von wem?« Reds Miene wirkte skeptisch, als er einen anderen Stein aufnahm.

»Biomanten«, sagte Sig. »Armee hin oder her, wir sind ihnen nicht gewachsen.«

»Biomanten?« Red schnaubte. »Das ist eine ganze Ladung Eier und Schwänze.«

»Woher weißt du das?«, fragte Hope Sig. Sie war nicht so schnell bereit, eine mögliche Spur zu den Biomanten beiseitezuwischen.

»Er weiß es nicht«, sagte Red. »Er plappert nur Gewäsch nach.«

»Ich weiß es«, sagte Sig, »weil sie mir das gleiche Angebot gemacht haben wie ihm. Sie sagten, sie könnten mir einen Vorteil gegenüber all den anderen Banden des Viertels verschaffen, mir die Verantwortung für ganz Hammerhusen geben. Als Gegenleistung müsste ich ihnen jeden Monat ein neues menschliches Versuchsobjekt liefern.«

»Um an ihm Experimente zu testen.« Hopes Stimme klang ausdruckslos. Die Tentakel der Biomanten reichten sogar bis in New Lavens Unterwelt. Und doch passte es irgendwie, dass Carmichaels Mörder eine Verbindung zu den anderen Menschen hatte, die sie hasste.

»Ja«, sagte Sig. »Sie erzählten mir, dass Drem das Angebot bereits akzeptiert habe. Sie sagten, wenn ich nicht annehme, würde Drem eines Tages Hammerhusen übernehmen.«

»Und was hast du geantwortet?« Hope fragte sich, ob sie

ihn hier und jetzt töten würde, wenn er zugab, dass er sich ihnen angeschlossen hatte.

»Ich sagte ihnen, dass ich Hammerhusen entweder ganz allein für mich beanspruche oder gar nicht«, antwortete Sig.

Hope entspannte sich ein klein wenig. »Sehr mutig von dir.«

»Und sehr dumm. Sie haben zu mir gesagt: ›Dann sind deine Augen größer als dein Magen.‹ Und dann ist einer von ihnen, diese Dumpfnase mit dem Brandfleck im Gesicht, vorgetreten und hat mit seinem Finger gegen meinen Kiefer getippt. Sonst nichts. Da schoss ein Schmerz durch mein Gesicht, und all meine Zähne sind in meinem Mund zerfallen.«

Big Sig lächelte. Ein großes, breites Grinsen, das allen zeigte, dass er ein hölzernes Gebiss trug.

»Dieser Biomant mit dem Brandfleck.« Hopes Stimme war nicht mehr als ein Flüstern. Ihr Puls raste, als sie daran dachte, dass das der Mann sein könnte, den sie seit zehn Jahren suchte, doch äußerlich wirkte sie ruhig. »Hatte er braune Haare und ein spitzes Gesicht?«

»Du kennst ihn?«. Sig sah sie mit neu erwachtem Interesse an.

»Ich habe ihn aus einiger Entfernung gesehen.« In ihrer Stimme lag Dunkelheit, und so wie Big Sig sie jetzt ansah, bemerkte er das. Er nickte und fragte nicht weiter nach.

»Woher wissen wir, dass das alles stimmt?«, fragte Red. »Du könntest uns anlügen. Oder die Biomanten könnten dich angelogen haben.«

Big Sig sah wieder Red an. »Ich hatte den Eindruck, dass du dir eine Antwort verdient hast, warum ich dir nicht dabei helfen werde, Drem zu vernichten. Mir ist es egal, ob du sie glaubst.«

»Das solltest du aber«, sagte Red.

»Warum?«

Red blickte auf das vergessene Spiel hinab, als würde er nicht wissen, was er da vor sich hatte. Seine Augen schienen in die Ferne zu sehen. Seine Miene wirkte entspannt, beinahe lächelte er. Aber Hope konnte sehen, dass eine Vene an seinem Hals pulsierte.

»Wenn du mir beweisen kannst, dass Drem die ganze Paradieskehre an die Biomanten verkauft hat«, sagte er endlich, »dann werde ich in unserem Viertel eine Armee mobilisieren, die der deinen gleicht, das verspreche ich. Und dann werden wir gemeinsam Drems Tür einrennen.«

Er legte seine Holzmarke auf den Tisch und sah Sig an.

»Und Biomanten oder nicht, ich werde den Verräter selbst umbringen.«

VIERTER TEIL

»Der, der du selbst zu sein glaubst,
ist nur ein Teil von dir,
so wie alle Wahrheiten nur zum Teil wahr sind.«

Aus dem *Buch der Stürme*

20

Nessel zog ihren Mantel aus rauer Wolle enger um sich. »Das gefällt mir nicht, Red.«

»Das Bier schmeckt anders hier.« Filler rümpfte die Nase über seinem Krug Dunkles.

»Ihr beide seid meine besten Kerle, das wisst ihr«, erklärte Red.

»Ja?« Nessel warf Hope, die mit ihnen am Tisch saß, einen Seitenblick zu.

»Natürlich wisst ihr das«, sagte Red. »Sonst wärt ihr ja nicht mit mir in eine Taverne in Hammerhusen gegangen.«

»Es ist gleich hinter der Grenze.« Nessel sagte das, als wäre es keine große Sache, was kompletter Blödsinn war, weil sie alle ganz genau wussten, dass es eine große Sache war.

»Das Bier ist auf dieser Seite nicht so gut«, betonte Filler. Der arme Junge sah aus, als würde er sich unbehaglicher fühlen als jemals zuvor, er rutschte hin und her, und auf seinen Schläfen glänzte Schweiß. Es war das erste Mal, dass er überhaupt außerhalb der Paradieskehre war.

»Egal. Ich weiß, dass ich viel von euch verlange, vor allem nachdem ihr deutlich gesagt habt, dass ihr uns nicht helfen wollt, Drem auszuschalten.« Er sprach ruhig und leise. Sie hielten sich außerhalb der Kehre auf, und der *Umkehrgrenzpunkt* war nicht gerade überfüllt. Das waren die Tavernen an den Grenzen eines Viertels selten. Aber es war auch so ein zu ernstes Thema, um laut darüber zu reden.

»Und was machen wir dann hier, wenn wir dir nicht helfen?«

»Ihr braucht nicht direkt etwas tun.« Red konnte Nessel ihr Misstrauen nicht vorwerfen. »Ihr müsst nichts sagen oder nicht einmal etwas denken. Ihr müsst nur zusehen und zuhören.«

Nessel beugte sich etwas vor. »Und was sollen wir sehen und hören?«

»Das weiß ich auch nicht genau. Big Sig hat ein paar … Anschuldigungen gegen Drem hervorgebracht. Er behauptet, dass er sie beweisen kann. Und heute Nacht werden wir die Beweise zu sehen bekommen, mit euch beiden als Zeugen.«

»Hast du wieder deine Spionage-Romane gelesen?«, fragte Nessel. »Was hab ich dir über das ganze Lesen gesagt? Macht dich weich in der Birne.«

Red wollte gerade etwas erwidern, aber da sah er, wie die Grüne Colleen die Taverne betrat. So ein kleines, verhuschtes Ding, dass sie praktisch unsichtbar war. Red hätte sie fast übersehen, und das war ungewöhnlich für ihn.

Sie kam an ihren Tisch herüber und musterte Nessel und Filler finster. »Wer sind die beiden?«

»Ich brauche vertrauenswürdige Begleiter, die für mich bürgen«, sagte Red. »Wenn das stimmt, was Sig behauptet.«

Colleen runzelte die Stirn. »Das wird verdammt eng. Und ihr werdet eine ganze Weile dort sein müssen. Das Treffen findet erst in einer Stunde statt, aber wir müssen euch jetzt schon da reinbringen.«

»Wir kommen schon klar«, antwortete Red.

Colleen zuckte mit den Schultern. »Dann los, kommt mit.« Sie wandte sich um und lief auf die Tür zu.

»Bereit?«, fragte Red Hope.

»Hm?«, fragte sie und blinzelte.

Red wusste nicht, warum, aber in letzter Zeit hatte sie verschlossen gewirkt. Er hatte nicht viel darüber nachgedacht, weil er selbst mit den Gedanken woanders gewesen war, während sie sich an den Docks verbargen. Sie hatten auf der *Lady's Gambit* geschlafen und bei den Reparaturarbeiten geholfen. Es fühlte sich an, als hätte er tagelang den Atem angehalten, als hätte er die ganze Zeit nur darauf gewartet, dieses Treffen zu belauschen. Wenn Big Sigs Behauptung stimmte, würde das alles verändern. Aber er sagte nichts davon. »Zeit, sich auf die Lauer zu legen. Was du so gar nicht magst«, sagte er stattdessen.

»Oh. Stimmt.«

Sie standen auf, um Colleen zu folgen, und Nessel legte ihre Hand auf seinen Arm. »Bist du dir wirklich sicher?«

»Ich verspreche dir, Nessel, so oder so ist das hier etwas, das wir wissen müssen.«

»Gut. Aber du schuldest mir etwas.«

»Ich schulde dir schon etwas, weil du uns vor ein paar Nächten durch die Klappe gebracht hast.«

»Dann schuldest du mir schon zweimal was.« Nessel grinste ihn voller Anspannung an. »Vielleicht hebe ich mir das für etwas Besonderes auf.«

Colleen führte sie hinaus aus der Taverne und in die kalte Nachtluft. Die nasse Jahreszeit brach an, und mit ihr kamen gelegentliche eisige Regengüsse. Red zog seinen Ledermantel enger um sich. Auch die anderen wappneten sich ähnlich.

Alle außer Hope, die völlig unberührt schien. Red fragte sich, wie kalt es eigentlich wirklich auf den Südlichen Inseln wurde.

»Die Anführer werden durch den Haupteingang hereinkommen«, sagte Colleen, während sie sie an die Seite des Gebäudes führte. »Sie treffen sich im Hinterzimmer. Keine Fenster und nur ein Eingang, der bewacht sein wird. Unter dem Boden des Zimmers gibt es einen versteckten Kriechkeller, in den ihr von hier draußen gelangt.«

Die Rückseite der Taverne lag an einer dunklen Gasse, in der matschige Pfützen von den eisigen Nachmittagsregenfällen standen. Das kalte Wasser drang in Reds Stiefel, während er die Rückwand des Gebäudes musterte. »Ich sehe keinen Eingang.«

»Natürlich nicht.« Colleen klopfte an ein altes Bierfass, das an der Mauer lehnte. Es hallte seltsam. Sie hob den Deckel. Red sah hinein und bemerkte, dass ein Tunnel unter dem Fass in den Boden gegraben worden war.

Er grinste und wandte sich an Nessel. »Spionagekram!«

»Wer kennt diesen Kriechkeller?«, fragte Hope.

»Big Sig natürlich. Und Stachelbilly, ein anderer Anführer, der sich mit Big Sig zusammengetan hat. Er weiß, dass ihr da seid.«

»Können wir ihm trauen?«, fragte Red.

»Dass er schweigt? Ja.« Colleen schien gereizt wegen der Frage. »Er möchte auch nicht erleben, wie Hammerhusen in eine Paradieskehre verwandelt wird.«

»Was soll das denn heißen?«, fragte Nessel und bewegte ihre Schultern, als wollte sie zu einem Schlag ausholen.

Colleen beachtete sie nicht. »Ihr werdet sehen und hören können, was im Zimmer passiert. Das heißt, dass sie euch auch hören können, wenn ihr euch bewegt oder ein

Geräusch macht. Und wenn das passiert, dann wird Big Sig so tun, als hätte er euch noch nie in seinem Leben gesehen. Er erwartet dasselbe von euch.«

Red packte sie am Arm. »Danke.«

Sie nickte und wirkte plötzlich verlegen. »Solltest du jemals eine Revanche spielen wollen …«

Er grinste. »Dann weiß ich, wo ich dich finde.«

Sie lächelte und eilte davon.

Sie betrachteten das Fass.

»Filler, mein alter Pott«, sagte Red. »Du könntest ein bisschen Haut einbüßen.«

Nacheinander schlüpften sie durch das Fass in den Tunnel darunter, dann schoben sie sich auf dem Bauch liegend vor, bis sich der Tunnel über ihnen in den Kriechkeller weitete. Wie es der Name versprach, konnte Red seinen Bauch kaum vom Boden heben, so niedrig war der Keller. Sie krochen nacheinander hinein, dann rollten sie sich umständlich auf den Rücken, um nach oben durch die Bodendielen sehen zu können. Der Raum über ihnen war noch dunkel, sodass sie nicht wussten, wie viel sie letztendlich erkennen würden. »Bewegt euch nicht, hat sie gesagt«, murmelte Nessel neben ihm. »Als wäre hier genug Platz, um auch nur einen Finger zu rühren.«

Sie lagen eng aneinandergedrängt, Seite an Seite. Hope, dann Red, dann Nessel und schließlich Filler. Red war sich nicht sicher, ob er im Himmel war oder doch in einer der dunkleren Höllen, wie er so dalag, seine Verflossene auf der einen Seite an ihn gedrückt und auf der anderen Seite die Frau, die er nie bekommen konnte.

»Komm hier ja nicht auf Ideen«, sagte Nessel in dem Moment, fast als könne sie in seinen Kopf sehen.

»Ich hab doch gar nichts gemacht«, protestierte Red.

»Ich kenne dich, mein Lieber, du bist der leckste Kater, den es je gegeben hat.«

»Das könnte mir nicht ferner liegen«, log er. »Aber offensichtlich bist du auf die Idee gekommen. Wer leckt da wohl?«

»Haltet die Klappe, alle beide«, sagte Filler.

»Danke«, sagte Hope.

Die Minuten zogen sich dahin, während sie in der Dunkelheit lagen. Endlich betrat jemand den Raum über ihnen mit Laternen, die er an die Wände hängte, dann ging er wieder. Sobald es hell wurde, erkannte Red erstaunt, wie viel sie sehen konnten. Es war natürlich nicht perfekt. Aber sie würden ausmachen können, wer redete.

Weitere Minuten verstrichen, dann endlich betraten vier Menschen das Zimmer. Red erkannte Big Sig sofort. Ein anderer Mann war klein, mit schwarzen Haaren, die wie bei einem Igel in alle Richtungen abstanden. Red nahm an, dass dies Stachelbilly sein musste. Diese Jungs aus Hammerhusen hatten vielleicht eine Art, das Offensichtliche zu benennen. Bei ihnen war außerdem eine ältere Frau mit knochenweißen Haaren und einer Augenklappe, und ein Mann, dessen Haut dunkler war als die von Hopes Kapitän Carmichael.

»Bin überrascht, dass du gekommen bist, Sig«, sagte die Frau mit der Augenklappe.

»Hab gehört, das hier sollte ich mir nicht entgehen lassen, Sharn«, antwortete Big Sig.

»Das habe ich auch gehört«, sagte sie. »Allerdings nicht, warum.«

»Hat schon einmal jemand daran gedacht, dass es eine Falle sein könnte?«, fragte der dunkelhäutige Mann. Er hatte einen leichten Akzent.

»Selbstverständlich, Palla«, sagte Sig. »Meine Leute haben die Anweisung, niemanden außer Drem und einen weiteren … Gast hereinzulassen.«

»Ja, diese mysteriöse Person, die uns angeblich umstimmen wird«, sagte Billy.

Die vier Anführer warteten noch etwas länger und unterhielten sich dabei leise. Red hätte gern Nessels Gesicht gesehen, als sie Drem erwähnt hatten. Er gab dem Drang, sie anzusehen, jedoch nicht nach, da er nicht sicher war, ob selbst diese winzige Bewegung Aufmerksamkeit erregen könnte. Selbst sein Atem klang lächerlich laut in seinen Ohren, und seine Brust hob und senkte sich viel sichtbarer, als er je gedacht hätte.

Endlich öffnete sich die Tür, und Drem trat ein. Neben ihm ging ein Mann, dessen weiße Robe an der Taille mit einer goldenen Kette zusammengehalten wurde. Sein Gesicht lag im Schatten der weißen Kapuze verborgen. Red wusste, dass dies die Uniform der Biomanten war, obwohl er nie selbst eine zu Gesicht bekommen hatte. Nessel sog scharf Luft ein, doch das war nicht weiter schlimm, da es über ihnen viel lauter wurde.

Palla, Sharn und Billy verlangten, dass sich Drem erklärte, ihre Mienen spiegelten eine Mischung aus tödlicher Beleidung und Entsetzen wieder. Nur Sigs Gesicht blieb steinern, er sagte nichts.

»Na na, Jungs, werdet mal nicht kippelig.« Drem hob die Hände. »Hört uns doch erst einmal an.«

»Mich interessiert es überhaupt nicht, was dieser Mann zu sagen hat«, rief Sharn, ihr Auge blitzte vor Zorn.

»Drem, ich muss dich sicher nicht daran erinnern, dass du dich im Hammer aufhältst und als Gast unter unserem

Schutz stehst«, sagte Palla. »Wenn wir diesen Schutz zurücknehmen, endet es nicht gut für dich.«

»Da hast du recht«, antwortete Drem. »Und deshalb bin ich heute nicht als Feind, sondern als möglicher Verbündeter hier.«

»Ich höre«, sagte Palla, einen harten Glanz in den Augen.

»Schnell, Drem«, fügte Sharn hinzu. »Sag, was du sagen willst.«

»Vielen Dank.« Drems Miene war seltsam fröhlich. »Wie ihr wisst, herrsche ich über die Paradieskehre, ohne einen Konkurrenten zu haben. Das liegt zum einen an harter Arbeit und Qualität, zum anderen an den Biomanten.«

Obwohl er auf dem Beweis bestanden hatte, hatte Reds Bauchgefühl ihm schon vorher gesagt, dass Big Sig recht gehabt hatte. Die Trauer, die jetzt in ihm aufstieg, heiß und scharf, und das Gefühl, von einem echten Kerl aus der Kehre betrogen worden zu sein, der sie so verraten und verkauft hatte, das war schlimmer, als er befürchtet hatte. Er fragte sich, wie es Filler und Nessel ging, die das alles zum ersten Mal hörten.

»Im Austausch für ihre Hilfe«, sagte Drem gerade, »verlangen die Biomanten nur Testpersonen, an denen sie ihr Handwerk ausüben können.«

»Menschen meinst du«, sagte Palla.

»In der Vergangenheit war es nur einer pro Monat. Sehr angemessen, finde ich. Aber die Dinge ändern sich.« Er warf dem Biomanten einen Blick zu.

Der Biomant schlug seine weiße Kapuze zurück, und er sah so normal aus, so unscheinbar, dass Red sich fragte, ob es ein echter Biomant war, oder jemand, den Drem in eine Verkleidung gesteckt hatte, um die Anführer von Hammerhusen zu provozieren. Doch dann sprach er, und seine Stimme klang wie vom Grunde des Ozeans heraufgeholt, schmutzig und rau wie Seepocken.

»Die Sicherheit des Imperiums wird von Feinden von hinter der Finstersee bedroht«, sagte er. »Der Imperator hat angeordnet, dass wir unsere Bemühungen verdoppeln sollen, um meine Waffen und Verteidigungsstrategien zu entwickeln. Dafür brauchen wir mehr Testpersonen für unsere Forschung. Ihr werdet sie uns zur Verfügung stellen.«

»Zur Hölle!«, sagte Billy.

»Eins nach dem anderen.« Drem warf dem Biomanten erneut einen Blick zu, der wohl sagen sollte: »Lass mich das machen«. Dann wandte er sich wieder Stachelbilly zu. »Es wäre so, dass wir uns zusammenschließen, die Paradieskehre und Hammerhusen. Dann übernehmen wir den Silberrücken. Mein Freund hier«, er deutete auf den Biomanten, »hat mir versichert, dass wir keine Schwierigkeiten bekommen werden. Und dann teilen wir fünf uns die Macht über halb New Laven. Ich teile die Docks, ihr die Mühlen. Alles südlich von Schlüsselstadt gehört uns, und wir können damit machen, was wir wollen. Hört sich sonnig an, oder nicht?«

Billy schüttelte den Kopf. »Du willst, dass wir unsere eigenen Leute an die Biomanten ausliefern?«

»Komm schon, Billy, alter Pott«, sagte Drem. »Lass uns kristallklar sein. Wir alle wissen, dass da draußen Leute sind, die nur nutzlose Widerlinge sind. Die Welt wird sie kein bisschen vermissen.«

»Über wie viele Menschen reden wir hier genau?«, fragte Palla den Biomanten.

»Die genaue Anzahl mag sich mit der Zeit ändern«, antwortete der. »Am Anfang sollten zwanzig pro Monat ausreichen.«

»Zwanzig unschuldige Menschen jeden verpissten Monat?«, fragte Billy. »Ich kann nicht glauben, dass einer von euch das auch nur in Erwägung zieht.« Er sah jeden nacheinander an. Sie blieben still. »Vergesst die gruseligen Gutenachtgeschichten. Die Biomanten sind nur Menschen. Fleisch und Blut wie wir. Sie kontrollieren uns durch Angst, Einschüchterung und das dumme Geschwätz von Idioten.«

»Billy.« Sig legte eine große Hand auf Billys Schulter. »Das ist nicht der richtige Zeitpunkt …«

»Es ist genau der richtige Zeitpunkt.« Billy schüttelte Sigs Hand ab. »Wir müssen diesen Irrsinn jetzt sofort beenden, bevor er noch weitergeht. Bevor sie uns alle zerstören!« Verzweifelt wandte er sich an die anderen Anführer. Keiner erwiderte seinen Blick.

»Du missverstehst uns«, sagte der Biomant, seine leise Stimme klang wie ein Anker, der über Korallen wetzte. »Du denkst, wir sind kalt? Grausam? Gefühllos?« Traurig schüttelte er den Kopf. »Du hast recht, als du eben sagtest, wir seien nur Menschen. Wir fühlen zutiefst mit. Das müssen wir. Das ist der Fluch dessen, was wir tun. Und während du nur die winzig kleine Ecke in deinem winzig kleinen Viertel in deiner winzig kleinen Stadt fühlst, fühlen wir das gesamte Imperium. Wir wachen darüber und sorgen dafür, so wie es über uns wacht und für uns sorgt. Alles, was wir sind, und alles, was wir tun, dient nur diesem einen Zweck. Kannst du das größere Bild nicht erkennen?«

Er legte seine Hand auf Billys und drückte sie. Tränen standen in seinen Augen, und seine Miene war flehend. Billy hatte so eine leidenschaftliche Antwort ganz offensichtlich nicht erwartet, denn er starrte den Biomanten fassungslos an.

»Wenn du es nicht sehen kannst«, fuhr der Biomant fort, »wenn du es nicht so spüren kannst wie wir, dann bist vielleicht du kalt.« Damit wandte er sich ab und ging hinüber zu Drem.

Im Zimmer war es still, und die Anführer sahen sich unsicher an, sogar Big Sig. Der Einzige, der unberührt schien, war Deadface Drem. Seine Miene war ausdruckslos.

Da begriff Red.

Billy begann plötzlich zu zittern. »Was …«

Seine Haut wurde blass, seine Venen waren deutlich zu erkennen – blaue Spinnweben, die über seine Finger und sein Gesicht schossen. Sein Körper wurde steif und schüttelte sich. Seine Augen verschleierten sich und wurden zu Kugeln aus Eis. Das schwarze Haar fiel ihm in Büscheln vom Kopf, und seine Fingernägel fielen von seinen verkrümmten Fingern. Er öffnete den Mund zu einem Schrei, aber sein Kiefer riss an einer Seite, sodass er nach unten baumelte. Seine Zunge war nur noch ein dunkler, gefrorener Klumpen Fleisch, der auf und nieder klappte. Kiefer und Zunge fielen zu Boden und zerbrachen dort. Kehlige Geräusche drangen aus dem Loch, das sein Mund gewesen war, während seine Augen langsam aus ihren Höhlen gequetscht wurden. Die Haut an seinem Hals sprang auf, und dann brach erst ein Arm am Ellbogen ab, dann der andere an der Schulter. Zuletzt zersplitterten seine Beine, und sein Körper stürzte zu Boden, wo er in tausend Stücke zerbrach. Dann war es still.

Drem ging einen Schritt vor, sein Gesicht immer noch ausdruckslos. »Ihr habt ein paar Tage Zeit, um darüber nachzudenken.«

»Ich denke gerade darüber nach, in welchem Moment genau mein Leben leewärts gegangen ist«, sagte Nessel und warf eine kleine Brotkruste in den Teich. Blassweiße Fische mit großen, leuchtenden Augen schossen an die Oberfläche und schnappten sich das Brot. Es war ein unterirdischer Teich, und die Fische bekamen nicht oft Brotkrusten.

Eine Stunde nachdem die Anführer von Hammerhusen den Raum verlassen hatten und jemand die gefrorenen Überreste von Stachelbilly zusammengefegt hatte, waren Red, Hope, Nessel und Filler durch ein Klopfen von Colleen befreit worden. Red sagte Colleen, dass er sich in ein oder zwei Tagen bei Big Sig melden würde. Dann waren die vier in die Paradieskehre zurückgekehrt.

Nessel hatte Apple Grove Manor vorgeschlagen. Der Ort klang nach Spitzenhemden, weil er ihnen vor langer Zeit einmal gehört hatte. Damals hatte die Stadt New Laven nur aus der Oberstadt bestanden, und die ganze Fläche der Unterstadt war von kleinen Bauernhöfen und Obstgärten besiedelt gewesen. Apple Grove Manor war das einzige Gebäude in der Umgebung, egal, in welche Richtung man ging. Ein einsames Anwesen in einem Meer aus Apfelbäumen, die alle der Bulmatedies-Familie gehört hatten. Der Apfelbaumgarten war weg, der letzte der Bulmatedies gestorben. Nur das Anwesen war noch übrig, eine zerfallende Schönheit, die hatte stehen bleiben dürfen, während Kopfsteinpflastergassen und wacklige Häuser darum herum gebaut worden waren.

Apple Grove Manor war für viele Menschen über die Jahre hinweg vielerlei gewesen. Ein von Obdachlosen besetztes Haus, ein Rauschmittelhaus für die Süchtigen, ein Sexhaus für die Huren. Ein optimistischer Geschäftsmann hatte sogar einmal versucht, es in ein respektables Hotel zu verwandeln. Dieses Unternehmen hatte nur wenige Monate gedauert. Die Gäste hatten sich über mitternächtliche Heimsuchungen beklagt und über fehlende Dinge, so wie linke Strümpfe oder die Hälfte der Knöpfe an einer Jacke. Der Eigentümer hatte sogar einen Nekromanten ins Haus geholt, um es zu säubern, aber das hatte nichts genützt. Innerhalb eines Jahres hatte der Geschäftsmann aufgegeben und war wieder hinauf nach Schlüsselstadt gezogen, wo er auch hingehörte.

Der letzte Pächter war Jix der Heber gewesen, bevor Drem seine Innereien als Krawatte missbraucht hatte. Jix hatte die ganze Zeit, während er und seine Mannschaft dort gewesen waren, geschworen, dass er nie einen einzigen Spuk gesehen habe und auch nie etwas verloren gegangen sei. Man sagte, dass das Haus einen echten Mann aus der Kehre einem Oberstadtspitzenhemd vorzog. Das war leicht zu glauben. So wie alles Alte, das man zu lange sich selbst überlassen hatte, war das Anwesen seltsam geworden. Zu diesen Verschrobenheiten gehörte auch der Teich im Keller.

Niemand wusste, wie er dort hingekommen war und warum er voller merkwürdiger, geisterhafter Fische war. Manch einer murmelte etwas von Biomanten und hielt sich fern, aber Biomanten wurde vieles zugeschrieben, das sie vielleicht nicht verursacht hatten. Manche Menschen dachten nicht gern darüber nach, aber die Welt war an sich schon seltsam genug, da brauchte sie wirklich keine weitere Hilfe.

Der Keller war ein großer Raum, und der Teich füllte fast ihn aus. Nur die oberste Reihe der in den Wänden verankerten Vorratsregale lag noch über der Wasseroberfläche. Wenn man sich vorsichtig durch die Luke im Boden des Erdgeschosses hinabließ, konnte man den ganzen Raum umrunden. Es war dunkel und feucht und roch nach verrottenden Algen. Das, zusammen mit den Gerüchten über Biomanten und Geister, ließen den Ort nicht besonders beliebt sein. Red und Nessel waren aus Neugier hergekommen, als sie noch zusammen gewesen waren. Es war ihr besonderer Platz gewesen in dieser Zeit. Seit sie sich getrennt hatten, war keiner mehr von ihnen hier gewesen. Red war deshalb erstaunt, als sie ihn vorgeschlagen hatte.

Jetzt saßen die vier auf den Regalbrettern, und ihre Füße baumelten über dem dunklen Wasser.

»Ist mein Leben leewärts gegangen, als ich Red kennengelernt habe?«, überlegte Nessel, während sie den Geisterfischen ein Stück Brot hinabwarf.

»Da ist dein Leben interessant geworden«, erwiderte Red. »Aber ich kann verstehen, wie du das verwechseln konntest.«

»Vielleicht auch, als die Engelsschnitte hier aufgetaucht ist«, fuhr sie fort, als hätte sie ihn nicht gehört.

»Das ist ein ganzer Haufen Eier und Schwänze!«, rief Filler.

Alle wandten sich um und sahen ihn erstaunt an, sogar Hope.

»Warum sagst du das, alter Pott?«, fragte Red.

»Was hier vor sich geht, hat doch nichts mit ihr zu tun«, sagte Filler. »Sie hat nur den Staub runtergepustet, damit wir endlich sehen, dass es keine Kehre gibt. Hat schon eine Weile keine mehr gegeben.«

»Das meinst du nicht so, Fill.« Nessel sah ihn flehend an, als hoffte sie, dass er das zurücknahm.

»Das meine ich mehr als alles andere, das ich je in meinem Leben gesagt habe. Ich wünschte, es wäre nicht so, Nessie.

Aber du hast es gesehen. Der mächtigste Kerl in der ganzen Paradieskehre ist nichts anderes als ein Schoßhund der Imps und Biomanten. Ich würde am liebsten alles niederbrennen. Das wäre besser als das hier. Besser als diese Lüge.«

Red erwartete, dass Nessel einen Streit anfing. Widersprach. Aber sie sagte nichts, und so wandte er sich an Hope. »Was ist mit dir? Du bist noch stiller als sonst.«

»Er war es nicht«, sagte sie und starrte in die dunklen Tiefen des Teichs.

»Wer war es nicht?«

»Der Biomant. Ich hatte gehofft, es wäre der, den ich kenne. Der mit der Brandnarbe, der Big Sigs Zähne hat zerfallen lassen.«

»Warum?«

Da wandte sie sich ihm zu, und in ihren Augen standen Tränen. Das überrumpelte Red. Bis zu diesem Moment war er nicht sicher gewesen, ob sie zu so einem Gefühl überhaupt fähig war.

»Niemanden auf dieser Welt möchte ich dringender töten als diesen Mann. Den Mann, der mein gesamtes Dorf ermordet hat.«

Wieder wurde die Stille nur von dem leisen Platschen der Geisterfische unterbrochen, wenn sie das Brot einsaugten. Red fragte sich, warum die Fische nie darum kämpften. Es gab nicht viel, und er war sicher, dass viele von ihnen nie auch nur einen Krumen abbekommen hatten. Waren sie nicht sauer? Hielten sie das nicht für ungerecht? Nein, natürlich nicht. Weil Fische nun mal dämlich waren. Er dachte sowieso, dass sie blind sein mussten. Also sahen die meisten sowieso nicht, dass es das Brot gab. Er fragte sich, ob es anders wäre, wenn sie sehen könnten. Wenn ein paar der Fische ganz unten plötzlich ein großes Licht hätten, das sie aufleuchten lassen konnten.

»Du hättest trotzdem sicher nichts dagegen, diesen Biomanten auch zu töten, oder?«, fragte er.

»Was meinst du?«, fragte Hope.

»Ich mach dir ein Angebot. Du hilfst mir nicht nur, Drem zu vernichten, sondern auch dieses ganze Komplott, und dafür helfe ich dir, deinen narbengesichtigen Biomanten umzubringen.«

Sie sah ihn zweifelnd an. »Der Biomant, den ich will, ist vielleicht nicht einmal mehr in New Laven.«

»Dann ist es ja gut, dass wir uns gerade ein seetaugliches Schiff besorgt haben.«

»Red, ich nehme Versprechen nicht auf die leichte Schulter.«

»Meinst du, ich?«

Nessel hustete und sah ihn mit erhobener Augenbraue an. Und Red musste zugeben, dass sie allen Grund dazu hatte. Er konnte sich gut Dinge aus den Fingern saugen und die unvermeidliche moralische Grauzone, die zusammen mit dem armseligen Leben in den Elendsvierteln daherkam, zu seinem Vorteil nutzen. Eigentlich mochte er das sogar gern.

»Damit meine ich«, sagte Hope, und ihre blauen Augen sprühten Funken, »dass ich dich umbringe, wenn du dein Versprechen brichst. Und ich will dich nicht umbringen. Also bitte, sag das nur, wenn du es wirklich so meinst.«

Um ehrlich zu sein, war Red bis jetzt nicht sicher gewesen, wie weit er Hope auf ihrer Mission, Drem zu töten, begleiten würde. Sicher, sie war die interessanteste Mieze, die ihm je unter die Augen gekommen war, Zölibat hin oder her, und theoretisch stand er voll und ganz hinter ihrer Sache. Aber am Ende hätte er doch vielleicht die Biege gemacht, wenn es zu heiß geworden und aufs Sterben hinausgelaufen wäre. Das konnte er vor sich selbst jetzt alles zugeben, weil es nicht mehr stimmte. Das verwaschene Grau war zerstoben, und die Wahl, die vor ihm lag, war kristallklar.

»Du hast den Biomanten gehört. Zwanzig echte Kerle aus dem Viertel jeden Monatsanfang. Und sobald sie die bekommen, erhöhen sie auf fünfundzwanzig? Dreißig? Fünfzig Menschen jeden verpissten Monat, denen so mitgespielt wird wie Stachelbilly? Dann wird von uns in einem Jahr nichts mehr übrig sein, und denen ist das egal.«

Red starrte die Geisterfische an und dachte darüber nach, Licht in dunkle Ecken zu bringen.

»Bleak Hope«, sagte er schließlich. »Wenn du mir hilfst, die Kehre zu retten, dann folge ich dir bis über die Finstersee hinaus, wenn es denn sein muss.«

Red wusste, dass es nur wenige Orte gab, an denen man zu vielen Menschen gleichzeitig sprechen konnte. Der größte und nächstliegende war die Schwarzpulverhalle. Allerdings hatte er keine Ahnung, wie er die Leute in der Halle dazu bringen sollte, das Essen und Spielen und Stehlen und Trinken und Purpurwurzschmeißen und Schwänzeverbiegen und Fotzenstrecken lange genug sein zu lassen, damit sie ihm zuhörten. Das Chaos, das dort herrschte, ließ allein die Idee vollkommen lächerlich erscheinen. Glücklicherweise war die Schwarzpulverhalle nicht der einzige Ort, an dem sich die Kerle aus dem Viertel trafen. Es gab auch das *Lumpen und Bande*. Das *Lumpen und Bande* war keine Taverne oder Spielhalle. Es war ein Theater. Ein Theater, wie es das nur in der Paradieskehre geben konnte. Im Silberrücken waren

Theater luxuriöse Gebäude, in denen die Sitze mit Samt bezogen waren, die Kronleuchter mit Gas betrieben wurden, mit majestätischen Balkonen, einem ganzen Orchester und den besten Darstellern im ganzen Imperium. Das *Lumpen und Bande* hatte keine Sitze und keine Balkone. Das rußige Fackellicht machte es manchmal sogar unmöglich, die Schauspieler zu erkennen. Das hielt die betrunkene, rauflustige Zuschauermenge jedoch nicht davon ab, Kritik und Rat herauszuschreien. Im *Lumpen und Bande* war dieses Verhalten nicht nur erlaubt, sondern wurde gefördert. Oft stachelten die Darsteller dies sogar noch selbst an. Der Vorhang, auch Lumpen genannt, hob sich täglich um sechs Uhr und zeigte bis Mitternacht ein rotierendes Programm aus Theaterstücken und Darbietungen. Geschichten, Volkstänze, Jonglage und Clownseinlagen. Für einen Fünfer bekam man fast alles zu sehen. Aber Red war sich ziemlich sicher, dass noch niemand jemals so etwas gesehen hatte wie in der Nacht, als er die Bühne betrat.

Es bedurfte nur des richtigen Betrags und der richtigen Leute, um den letzten Platz im Abendprogramm zu bekommen, vor allem da Stiernasen-Nelly und ihr tanzender Bär plötzlich erkrankt waren. Einen führenden Darsteller zu finden, war allerdings nicht leicht. Doch sobald er den Hübschen Henny eingestellt hatte und die Zwillinge noch zusätzlich, war auch diese Hürde genommen. Am schwierigsten war es, Hope davon zu überzeugen, dass ihre kleine Rolle nicht nur wichtig, sondern entscheidend war. Endlich, und keine Minute zu früh, war alles bereit.

Red wartete ab, bis die Zuschauer anständig in Fahrt waren und bereits sangen. *»Heb den Lumpen!«* Als der Vorhang dann wirklich hochgezogen wurde, wurden sie augenblicklich still, als sie nur Red auf der leeren Bühne stehen sahen. Red war im Viertel als erstklassiger Dieb, verschlagener Halunke, als echter Kater mit den Miezen und rabiater Steinspieler bekannt, und in letzter Zeit auch als einer, den Deadface Drem lebend oder tot in die Finger bekommen wollte. An Letzterem lag es wohl am ehesten, so dachte er, dass die Zuschauer ehrfürchtig und ungläubig verstummten. Es war ein verdammt kühner Schachzug. Er sah, dass sich hinten ein paar Leute unauffällig bewegten, ihre Hände glitten zu Messern oder Knüppeln, während sie offensichtlich daran dachten, sich zur Hintertür zu schleichen und zu versuchen, Drems Kopfgeld einzustreichen. Wie er jedoch gehofft hatte, taten sie es nicht. Noch nicht zumindest. Er sollte wohl schnell anfangen.

»Miezen und Kater! Kerle der Kehre! Entschuldigt die Ersatzshow in letzter Minute. Ich weiß, ihr habt heute Abend alle auf den tanzenden Bären gewartet.«

»Ich wette, du tanzt selbst wie ein Bär!«, rief jemand.

»Ihr schmeichelt mir, Sir«, gab Red strahlend zurück. »Aber das tut nichts zur Sache, denn eine etwas ernstere Angelegenheit bedarf eurer sofortigen Beachtung.«

»Spuck es schon aus, Red, du Spitzen-Fratz!«, schrie der Hübsche Henny aus der Menge.

»Henny, du hast noch nie eine lange Rede zu schätzen gewusst«, sagte Red. »Nun gut. Kurz gesagt: Die Kehre wurde verraten.«

Alle schrien durcheinander.

Red ließ sie einen Moment gewähren, dann hob er die Hand, um sie zu beruhigen. »Ich könnte euch das alles selbst erzählen. Aber dann würde nur ich hier oben stehen und reden, und wir alle wissen, dass ich gern rede.«

Ein paar Zuschauer kicherten.

»Ihr habt eure Münzen hingelegt, um unterhalten zu werden, und ich möchte euch nicht eine der wenigen Vergnügungen vorenthalten, die das Leben uns hier zu bieten hat. Deshalb habe ich stattdessen diesen alten Pantoffel hier, der es euch erzählen wird.«

Red gab Filler hinter der Bühne ein Zeichen, der daraufhin einen Mann an einem Seil langsam auf die Bühne hinabließ, direkt neben Red. Seine Füße baumelten knapp über den Brettern. Seine Hände waren hinter dem Rücken zusammengebunden, und man hatte ihn mit einem schmutzigen Taschentuch geknebelt. Wieder ertönten Schreie, diesmal klangen einige verärgert, andere ängstlich.

»Den Reaktionen nach zu urteilen«, sagte Red, »denke ich, dass einige von euch Brackson erkennen, Deadface Drems Oberpantoffel. Ich hatte mir überlegt, wer wäre wohl besser dazu geeignet, euch die Nachrichten zu überbringen, als einer, der selbst zum Teil dafür verantwortlich ist? Natürlich ist er wegen dem, was er getan hat, ein wenig betreten, und es widerstrebt ihm ziemlich sicher auch, darüber zu reden. Also habe ich eine Freundin mitgebracht, die seine Zunge lösen soll.«

Nessel kam herbei, ihre Stiefel klackten laut auf den Holzbrettern der Bühne.

»Welcher Kater würde in der Anwesenheit einer so lieblichen Mieze nicht gleich gesprächiger, was, Jungs?«, sagte Red.

Ein paar johlten und pfiffen, wurden aber von Nessels kaltem Blick gleich wieder zum Schweigen gebracht.

»Erweist du uns die Ehre?«, fragte Red.

Nessel nickte. Sie löste ihr Kettenmesser vom Gürtel und

entrollte es. Mit einer schnellen Bewegung des Handgelenks warf sie das Messer, das den Knebel und auch ein ordentliches Stück von Bracksons Wange löste.

Er schrie. »Verdammt seid ihr in alle Höllen! Drem wird euch hierfür alle drankriegen!«

»Und was will er mit uns machen?«, fragte Red.

»Er wird auch auf die schlimmste nur mögliche Art töten, die er finden kann!«

»Wird er wirklich jeden von uns töten?«, fragte Red. »Bist du dir sicher, dass er nicht etwas anderes vorhat?«

»Was?«, fragte Brackson und sah ihn verwirrt an. Die Frage schien ihn zu irritieren.

»Ich dachte, er würde vielleicht, mmh, weiß nicht, ein paar von uns an jemand anderen übergeben.«

Bracksons Miene wurde hart. »Ich habe keine Ahnung, wovon du da redest.« Er hätte wohl etwas von seinem Boss lernen sollen, denn Red, und wahrscheinlich jeder andere im Theater auch, konnte deutlich sehen, dass er ein furchtbar schlechter Lügner war.

Red nickte Nessel zu, die daraufhin ihr Kettenmesser ein zweites Mal fliegen ließ. Jetzt tropfte es von beiden Wangen, als würde Brackson Blut weinen.

»Beim nächsten Mal ist es ein Auge«, sagte Red, der jetzt nicht mehr den lächelnden Unterhalter gab. »Und jetzt erzähl uns doch mal, und zwar schön laut, was Drem mit denen macht, die er nicht tötet.«

Brackson warf erst Red und dann Nessel, die gerade sorgfältig sein Blut von ihrem Kettenmesser wischte, einen Blick zu. Dann blickte er flehend in den Zuschauerraum. Red wusste, dass er dort kein Mitleid finden würde. Die Jungs aus der Paradieskehre waren einiges, blauäugig und unschuldig allerdings nicht. Sie schienen zu spüren, dass das hier ernst war und sie alle betraf.

Endlich ließ Brackson den Kopf hängen und sah auf die Bretter unter sich. »Er übergibt sie den Biomanten.«

Das Theater explodierte förmlich unter dem Gedonner der Schreie und Flüche. Red wartete, bis sie sich etwas abreagiert hatten. Es dauerte mehrere Minuten, bevor sie ihm wieder Beachtung schenkten.

»Gut, also lass mich sichergehen, dass ich das auch richtig verstanden habe«, sagte er schließlich. »Er gibt ihnen jeden Monat einen echten Kerl aus der Kehre. Ja?«

Brackson nickte, und die Verwünschungen aus dem Publikum nahmen wieder zu. Die Menschen warfen fauliges Obst nach ihm, das sie für den Tanzbären mitgebracht hatten.

Sobald sich alle wieder ein wenig beruhigt hatten, sagte Red: »Ich wünschte, ich könnte euch jetzt sagen, dass das alles war. Aber es wird noch viel schlimmer.« Er erzählte ihnen alles, was er während des Treffens im Hammer belauscht hatte, auch, dass die Biomanten zwanzig Menschen pro Monat von der Paradieskehre, Hammerhusen und auch vom Silberrücken verlangten. Die Schreie klangen jetzt weniger erbost als panisch. Da wusste Red, dass er sie hatte.

»Macht euch nichts vor, die Oberstadtspitzen und ihre Biomanten haben dem armen Volk der Unterstadt von New Laven den Krieg erklärt. Sie haben beschlossen, dass wir nicht besser sind als ein Schwarm Fische, die man fangen und kochen kann. Kehre oder Hammer oder Silber, das ist ihnen gleich. Sie wollen uns alle auffressen, bis niemand mehr übrig ist. Und jetzt frage ich euch: Lassen wir uns das gefallen?«

»Nein!«, schrien seine Zuschauer.

»Natürlich nicht! Es ist an der Zeit, unseren alten Groll gegen Hammerhusen beiseitezuschieben, um gemeinsam den Betrüger Drem zu vernichten und die Biomanten mit einem so kräftigen Arschtritt aus unserem Viertel zu befördern, dass sie eine Woche lang Blut pissen. Sie sollen wissen, dass wir uns ihnen nicht unterwerfen!«

Zustimmende Rufe hallten durch das Theater.

»Ihr seid alle verpisst noch mal zu dumm!«, schrie da Brackson, der an seiner Schnur zappelte, sodass Blut nach allen Seiten spritzte. »Versteht ihr das denn nicht? Wir reden hier über verpisste Biomanten! Die rechte Hand des Imperators höchstpersönlich. Gegen die habt ihr keine Chance! Ich habe sie Dinge tun sehen, die ihr euch nicht einmal vorstellen könnt!«

Das Publikum wurde stiller, um zuzuhören.

»Ja.« Brackson nickte heftig. »Ihr habt nie einen getroffen, aber ihr habt die Geschichten euer ganzes Leben lang zu hören bekommen. Selbst als ihr noch Kinder wart, haben eure Ma und euer Pa euch davon erzählt. ›Wenn du dich nicht benimmst, dann holen dich die Biomanten!‹ Oh, und genau das werden sie tun! Lasst mich euch eins sagen, ich habe es mit meinen eigenen Augen gesehen, und jede Geschichte, die ihr je gehört habt, ist wahr. Warum, zur Hölle, glaubt ihr wohl, folge ich Drem? Weil ich, verpisst noch mal verdammt, riesige Angst vor ihnen hatte – und noch habe. Und das solltet ihr auch alle.«

»Es ist wahr, dass wir der rechten Hand des Imperators gegenüberstehen«, sagte Red. »Aber was wäre, wenn ich euch sage, dass wir seine linke Hand haben? Kater und Miezen, ich habe hier für euch … Bleak Hope.«

Hope ließ sich aus den Soffitten herunterfallen und landete auf einem Knie, Kummerklang vor sich ausgestreckt, noch in seiner Scheide steckend. Neues Gerede wallte auf, aber nur gedämpft und flüsternd.

»Ja, ihr seht die Rüstung und das Schwert«, sagte Red. »Ihr wisst, wer das hier ist. Eine Kriegerin der Vinchen. Zufällig hat sie geschworen, das Leben eines jeden Biomanten zu beenden, den sie finden kann. Und wir alle kennen die Geschichten über die Vinchen und ihre Schwüre, oder nicht?«

Red wandte sich an Brackson. »Du hast recht wegen dieser Biomanten. Wir sind erzogen worden, sie zu fürchten, und das hat gute Gründe. Ich habe die schrecklichen Dinge gesehen, zu denen sie in der Lage sind.« Dann wandte er sich wieder dem Publikum zu. »Aber so sehr wir die Biomanten fürchten, so sehr bewundern wir die Vinchen, oder nicht? Krieger wie keine anderen, die einem Ehrenkodex folgen, der alle Menschen beschützt, nicht nur die reichen und adligen. Erinnert ihr euch an Selk den Tapferen, der das Dorf Walta vor einem Schwarm Koboldhaie gerettet hat? Oder an Manay den Wahren, der die Herrschaft des Dunklen Magiers beendete? Oder an Hurlo den Gerissenen, der ganz allein die brutalen Schakallords geschlagen hat? Diese Vinchen leben wie die ärmsten Menschen des Imperiums, unten auf den Südlichen Inseln, weit weg vom Glanz von Steingrat. Warum? Weil sie geschworen haben, nicht einem einzelnen Imperator, sondern einem ganzen Imperium zu dienen. Und als ich zuletzt nachgesehen habe, hat das uns auch mit eingeschlossen.«

Er hielt inne, um seine Worte wirken zu lassen. Alle schwiegen und sahen ihn an. Auch Hope. Er konnte nicht anders, als den Moment zu genießen.

»Also lassen wir Drem seine Ungeheuer. Wir haben unseren Helden.«

Die Zuschauer brachen in Jubel aus, der die Bretter zu seinen Füßen zum Zittern brachte.

»Erzählt es allen!«, schrie er. »Morgen Mittag marschieren wir zu den *Drei Kelchen!* Wir holen uns unsere Heimat zurück. Wo es trostlos und nass!«

»Ohne Sonne jemals«, brüllte das Publikum.

»Aber doch immer meins!«, antwortete Red.

»SEGNE DIE KEHRE!«, hallte es wie ein Monsun durch das Theater.

21

Hope stand auf der schmutzigen Bühne des *Lumpen und Bande* und sah hinaus auf die Menschenmenge, es waren hundert oder sogar mehr, die jubelten, und das zum Teil ihretwegen. Wegen dem, was sie *dachten*, dass sie sei. Sie stand da, still und ruhig, und zwang sich, nicht zusammenzuzucken. Sie war kein wahrer Vinchen. Sie hatte die letzte Prüfung nicht bestanden und die endgültigen Gelübde, keusch und arm zu sein und zu dienen, nicht geleistet. Ohne diese konnte sie sich jedoch selbst niemals als eine echte Kriegerin der Vinchen bezeichnen.

Und doch verstand sie, warum Red all das gesagt hatte. Diese Menschen brauchten jemanden oder etwas, an den oder das sie glauben konnten und der den Biomanten gewachsen war. Da sie auf den Südlichen Inseln aufgewachsen war, war ihr nicht klar gewesen, wie sehr die Nordländer den Orden der Vinchen vergötterten. Als sie gehört hatte, wie der Name ihres Großlehrers als Legende bezeichnet worden war, da waren Stolz und Trauer gleichermaßen durch sie hindurchgeströmt, sodass sie kaum die düstere und Respekt einflößende Haltung hatte wahren können, die Red von ihr erwartet hatte.

»Setz einfach diesen schicken Harte-Mieze-Blick auf, den du so gut draufhast«, hatte er ihr vorher gesagt. »Darauf werden sie den Eimer leeren.«

Und das hatten sie. Was es noch unerträglicher machte. Doch obwohl sie kein echter Vinchen war, hoffte sie, dass sie die Menschen wenigstens von den Biomanten befreien konnte. Die ganze Unterstadt von New Laven – Tausende Menschen – zum gleichen Schicksal verdammt wie die Menschen von Murgesia. Wie Bleak Hope. Was für ein Imperator erlaubte das? Befahl es sogar? Sie hatte Hurlo schon immer zugestimmt, dass es für die Vinchen besser war, sich aus der Politik von Steingrat herauszuhalten. Und doch fragte sie sich jetzt, ob sie diesem maßlosen und grausamen Missbrauch der Macht hätten Einhalt gebieten können, bevor er dieses Ausmaß erreichte, wenn sie in der Nähe gewesen wären?

Dafür war es jetzt jedoch zu spät. Sie wünschte, sie hätte mehr Krieger mitbringen können. Doch natürlich würden die Brüder ihrem Ruf nie folgen. Falls sie überhaupt kämen, dann nur, um sie zu töten. Sie musste ohne sie zurechtkommen. Wenigstens konnte sie sich darauf verlassen, dass sich Red, Nessel und Filler behaupten konnten. Der Rest dieser Leute hier erschien ihr mehr wie ein leicht erregbarer, chaotischer Haufen, statt wie die »Armee«, die Red ihr versprochen hatte. Sie hoffte, dass Big Sig eine etwas diszipliniertere Gruppe hatte.

Am nächsten Tag musste Hope feststellen, dass »etwas« es ungefähr traf.

Sie hatten sich darauf geeinigt, dass sich die Armeen aus der Paradieskehre und aus Hammerhusen vor der *Ersoffenen Ratte* treffen würden. Alle Leute aus der Paradieskehre waren gekommen, sie wirkten unruhig, streitlustig, und viele waren schon betrunken, obwohl es erst Mittag war. Einige hatten Messer oder Äxte mitgebracht, und es gab auch den ein oder anderen Streitkolben. Die meisten hatten sich jedoch mit Bleirohren, Glasscherben, Ziegeln und anderen Gegenständen bewaffnet, die man kaum als Waffe bezeichnen konnte.

»Endlich«, sagte Nessel. »Da kommt der Hammer.« Sie deutete die Straße hinunter, auf der ein ganzer Pulk Menschen auf sie zukam. »Red, du gehst besser gleich dort hinüber, um Missverständnisse zu vermeiden. Es wäre nicht gut, den Kampfgeist von allen hier an die Falschen zu verschwenden.«

»Fein.« Red sah Hope an. »Du auch?«

»Natürlich.« Hope war noch nie in einen Kampf dieser Größenordnung verwickelt gewesen, aber sie hatte Strategie und Taktik ausgiebig studiert. Sie vermutete, dass das auf die anderen nicht zutraf. Obwohl die Anführer aus Hammerhusen wahrscheinlich Erfahrung hatten durch die ganzen internen Machtkämpfe, die sie dort führten. Vielleicht konnten sie damit ja eine anständige Strategie entwickeln.

Hope und Red liefen in die sich langsam verkleinernde Bresche zwischen der Meute aus der Paradieskehre und dem Mob aus Hammerhusen. Als sie näher kamen, hob Big Sig seine riesigen Hände und rief seinen Leuten zu, stehen zu bleiben. Das dauerte einen Moment, aber schließlich hielt die Menge an.

Sig hatte die Bande von Stachelbilly übernommen. Außerdem hatte er den dunkelhäutigen Palla und seine Leute angeworben. Hope fragte sich, ob Palla von hinter der Finstersee kam, so wie Carmichaels Vater. Sie hoffte, dass sie ihm diese Frage stellen konnte, sobald das hier vorüber war.

Sie alle standen auf der gepflasterten Straße. Große Dampfwolken stiegen von Big Sigs Mob in die kühle, klare Mittagsluft auf.

»Wo hat sich Drem verkrochen?«, fragte Palla. »Und weiß er, dass wir kommen?«

»Ich bin sicher, dass er es mittlerweile weiß«, sagte Red. »Mit etwas Glück hat er aber es erst erfahren, als ihr heute Morgen über die Grenze marschiert seid. Das hätte ihm dann nicht viel Zeit gegeben, die *Drei Kelche* zu befestigen und seine Leute herbeizurufen.«

»Und ohne Glück?«, fragte Big Sig.

»Hat er es gestern Abend gehört, als ich mit dem Anwerben begonnen habe, dann sind die *Drei Kelche* jetzt eine verpisste Festung.«

»Dann könnte das hier auf eine Belagerung hinauslaufen?«, fragte Hope.

»Nette Idee, aber wir haben keine Zeit, sie auszuhungern«, sagte Red. »Den Imps wird es gar nicht gefallen, dass sich der Pöbel hier so versammelt, selbst wenn wir nur gegeneinander kämpfen. Es wird nicht länger als ein paar Stunden dauern, bis sie mit Gewehren oder Schlimmerem hier auftauchen.«

»Also, was machen wir, wenn wir gegen die Festung anrennen müssen?«, fragte Palla.

»Wir brechen durch. Schnell«, antwortete Big Sig.

Nessel fand sich an vorderster Front des größten Mobs, den sie je gesehen hatten, wieder. Sie marschierten in der Mitte der Straße, eine Welle der Empörung, die gegen die *Drei Kelche* brandete. Red führte mit Hope an seiner Seite die Meute an. Hopes Hand ruhte auf dem Knauf ihres Schwerts.

Dahinter gingen Palla und Big Sig. Und hinter ihnen die beiden Armeen aus der Paradieskehre und Hammerhusen, Seite an Seite.

Es hatte anfänglich zwischen den beiden Seiten kleinere Feindseligkeiten gegeben. Eine Gruppe Jungs auf jeder Seite, die etwas zu viel getrunken hatten, hatten sich erst beschimpft und dann bedroht. Aber Nessel hatte ihr Kettenmesser nach beiden Seiten geschwungen.

»Hebt euch das Kämpfen für die Verräter auf!« Und obwohl Nessel die Kleinste von ihnen war, hatten sie aufgehört und Entschuldigungen gemurmelt. Sie starrte sie böse an. »Das hier ist kein fetter und feiner Streich, bei dem ihr Mist machen könnt. Hier geht es um New Lavens Gesetz. Wir alle wollen heute das Gleiche. Tod den Biomanten und Tod den Betrügern!«

»Das Letzte noch mal laut und kräftig!«, rief Filler da.

»Tod den Biomanten! Tod den Betrügern!«, antwortete die Truppe.

»Lauter!«, rief Filler.

»Tod den Biomanten! Tod den Betrügern!« Diesmal schrien es alle.

»NOCH MAL!«, rief Filler.

»TOD DEN BIOMANTEN! TOD DEN BETRÜGERN!«, brüllten beide Armeen gemeinsam. Es klang wie eine Felslawine.

»Du gehst vor und läufst neben den Anführern von Hammerhusen«, sagte Filler zu Nessel. »Zeig ihnen, was es heißt, gemeinsam zu marschieren.«

Sie warf ihm einen prüfenden Blick zu. Wäre sie ein Weichei gewesen, dann hätte er ihr vielleicht sogar den Atem verschlagen.

»Ja, in Ordnung, Fill. Du behältst diese Jungs hier für mich im Zaum.«

»Aye, General!«, sagte Filler mit einem Lächeln.

Nessel lief nach vorn und reihte sich neben Palla ein.

»Gute Idee«, sagte er nur und marschierte weiter.

Nessel hatte sich nie besonders für Anführer oder Ruhm interessiert, aber als sie jetzt mit einer Armee von echten Kerlen aus der Kehre und dem Hammer dahermarschierte, musste sie zugeben, dass sie den Reiz darin erkennen konnte.

Hope bemerkte, dass sich Menschen auf jeder Straßenseite aufbauten und dabei zusahen, wie die Armee vorbeimarschierte. Sie flüsterten sich gegenseitig Dinge zu. Sie kannte die Paradieskehre mittlerweile gut genug, um zu wissen, dass inzwischen wahrscheinlich jeder wusste, wohin sie gingen und was sie vorhatten. Manche schlossen sich ihnen an. Die meisten hielten sich an der Seite, folgten ihnen aber doch – neugierig, besorgt oder vielleicht auch nur, um ein ordentliches Spektakel zu sehen. Als sie die *Drei Kelche* erreichten, war die Armee gewachsen und eine noch größere Menge Zuschauer hatte sich in der Nähe versammelt.

»So viele wütende Menschen sind wie ein Fass Schwarzpulver«, sagte Hope leise.

»Darum geht es ja.« Red zwinkerte ihr zu.

Hope taxierte ihr Ziel. Die *Drei Kelche* sahen aus wie jedes andere Haus auch. Drei Stockwerke, Fenster auf jeder Ebene. Die waren jedoch alle verrammelt worden, und nur ein paar Schlitze standen noch offen. »Sie werden durch diese Schlitze auf uns schießen.«

Red nickte. »Sie können nicht so viele von uns erschießen.

Wir müssen nur einen Weg finden, um diese Tür zu öffnen.«

»Und diese Fenster im ersten Stock auch«, fügte Big Sig hinzu. »Kannst nicht eine ganze Armee durch diese eine Tür quetschen.«

»Ich denke, wir haben genug Jungs mit Äxten. Das ist kein Problem.«

»Nur dass sie währenddessen auf uns schießen«, sagte Palla.

»Warum schießen sie jetzt nicht auf uns?«, fragte sich Hope. »Ich hatte erwartet, dass sie das Feuer eröffnen, sobald sie uns sehen.«

»Das könnte eine Falle sein«, sagte Big Sig.

»Gut, dann packen wir es entweder an oder gehen nach Hause«, sagte Palla.

»Gibt es einen Hintereingang?«, fragte Hope.

»Ja, aber der ist sicher auch verrammelt«, sagte Red. »Und er ist in einer engen Gasse. Da bekommen wir nicht viele Leute rein.«

»Ich könnte mit ein paar Leuten hinten hineinschlüpfen. Wir könnten ein paar Fensterschützen ausschalten und damit eure Verluste verringern, während ihr durchbrecht.«

»Ich mag die Idee«, sagte Palla. »Ich komme mit dir.«

»Ich auch«, sagte Nessel.

Hope war erstaunt. Sie hatte angenommen, dass Nessel bei Red und Filler bleiben würde. »Wir werden zahlenmäßig deutlich unterlegen sein. Das Risiko ist hoch.«

»Diese Frontalangriffe liegen mir nicht so.« Nessel hatte einen Glanz in ihren Augen, den Hope noch nie gesehen hatte. »Sich anschleichen und sie von hinten überfallen, das ist eher mein Ding.«

»Ist es das?«, fragte Red. »Nur ihr drei?«

»Mehr würden mir in die Quere kommen«, sagte Hope.

»Gut«, antwortete Red. »Schau … ich weiß, dass du Drem willst, aber …«

»Jetzt, da er die Kehre verraten hat, willst du ihn auch«, beendete Hope den Satz für ihn. »Das verstehe ich.«

»Tust du das?«, fragte Red und musterte sie misstrauisch.

»Wir haben beide das gleiche Anrecht. Wer immer ihn also zuerst erwischt.« Sie versuchte sich an einem Grinsen, mit dem sonst er sie bedachte. »Wir sehen uns drinnen.« Sie hörte ihn lachen, während sie Palla und Nessel zur Seite des Hauses führte.

Sobald Red zu lange und zu intensiv darüber nachdachte, dass Hunderte Menschen ihre Leben in seine Hände gelegt hatten, pochte sein Herz sehr unangenehm. Also tat er sein Bestes, nicht daran zu denken, während er mit Filler und Big Sig gegenüber der *Drei Kelche* stand.

»Ist das Vinchen-Mädchen so gut, wie es den Anschein hat?«, fragte Big Sig.

»Besser, um genau zu sein«, sagte Red. »Bescheidenheit ist eine dieser Vinchen-Tugenden.«

»Glaubst du nicht, dass wir sie hier vorn brauchen werden?«

»Wir brauchen sie überall. Aber das kann sie leider nicht. Zumindest glaube ich das. Und wenn eine kleine Gruppe von hinten hineingelangt, dann will ich sie dabeihaben. Sie ist sozusagen eine Armee für sich allein.«

»Wir können ihr ihre Aufgabe wenigstens etwas erleichtern«, sagte Sig. »Sobald wir von vorne angreifen, wird das alle da drinnen nach vorn holen. Und das gibt ihr Platz für ihre Arbeit.«

»Und die Jungs werden ungeduldig«, sagte Filler. »Wenn wir sie noch länger zurückhalten, rennen sie von allein los.«

»Aber die Kanoniere liegen noch auf der Lauer«, sagte Red. »Ich dachte, wir versuchen zu verhindern, dass Menschen erschossen werden.«

»Nein, wir versuchen, die Zahl der Menschen, die erschossen werden, zu verringern«, sagte Big Sig. »Es werden Menschen erschossen werden, egal wie. Sie hat selbst gesagt, dass das Risiko hoch ist. Wir können nicht auf die winzige Chance warten, dass sie durchkommen. Die Imps bekommen gerade mit, was hier unten läuft, also tickt die Uhr. Fein?«

»Das gefällt mir nicht«, sagte Red.

»So sieht Führung aus«, sagte Sig. »Willst du die Zügel noch, oder gibst du sie lieber ab?«

»Nein, alles fein«, sagte Red leise.

Big Sig nickte, und seine harte Miene zeigte eine Spur von Anerkennung. »Dann lass uns weitermachen.«

Red wandte sich an Filler. »Heb mich hoch, alter Junge.«

Filler half Red dabei, auf seine Schultern zu klettern.

»Weiß jeder, warum wir heute hier sind?«, rief Red der ruhelosen Menge zu.

»Tod den Biomanten! Tod den Verrätern!«, schrien sie sofort.

»Wir haben sie ein bisschen vorbereitet«, gab Filler zu.

Red sah die Menge an. »Heute schließen sich Kehre und Hammer gegen einen gemeinsamen Feind zusammen. Die Biomanten haben uns unsere Lieben gestohlen und ihnen unaussprechliche Dinge angetan. Es ist an der Zeit, dass wir ihnen und dem Verräter Drem zeigen, dass wir das nicht mehr hinnehmen!«

Der Mob brüllte auf und stach mit Hackebeilen, Messern, Rohren, Schlägern und Ziegeln in die Luft.

»Auf was wartet ihr also? Auf eine verpisste Einladung?«, schrie Red.

Die Menge stürzte vor. Red sprang rasch von Fillers Schultern, um nicht von der aufgebrachten Masse hinuntergestoßen zu werden. Sie brandeten gegen das Haus, hackten auf die Tür ein und hämmerten gegen die Fenster im ersten Stock, mit allem, was sie gerade in den Händen hielten.

Doch selbst jetzt drang kein einziger Schuss aus dem Inneren.

»Auf was wartet Drem?«, fragte Red.

Filler zuckte mit den Schultern und löste seinen Streitkolben vom Gürtel. »Willst du dich beschweren?« Damit lief er zur Tür, um den Jungs dort zu helfen.

Red sah aus dem Augenwinkel etwas in einem Fenster auf der anderen Straßenseite aufblitzen. »Wartet!«

Filler hielt inne und sah neugierig zurück, den Streitkolben hatte er locker in der Hand liegen.

»Wenn ich nur …« Red kniff die Augen zusammen und versuchte, in den dunklen Fenstern etwas zu erkennen. Sein Blick schlingerte merkwürdig. Dann erkannte er, dass aus jedem Fenster des Gebäudes auf der anderen Straßenseite ein Gewehrlauf ragte.

»ALLE MANN RUNTER!«, schrie er.

Die Gasse hinter den *Drei Kelchen* war so eng, dass Hope, Nessel und Palla hintereinander gehen mussten.

»Kein Wunder, dass sie keine Angst vor einer ernsthaften Attacke von hinten hatten«, sagte Nessel.

»Sie haben die Fenster hier trotzdem verrammelt«, sagte Palla.

»Aber nicht die Fenster oben.« Hope blinzelte, während sie versuchte, die Entfernung zwischen der Rückwand der *Drei Kelche* und dem Haus dahinter einzuschätzen. Das war noch besser, als sie gehofft hatte.

»Weil niemand da hochkommt«, sagte Nessel. »Selbst wenn du einen Enterhaken hättest, ist hier unten nicht genug Platz für einen anständigen Wurf.«

»Wir brauchen keinen Enterhaken.« Hope sprang gegen das rückwärtige Gebäude, dann gegen die Wand der *Drei Kelche* und wieder zurück, immer weiter, bis sie oben am Fenster angelangt war. Sie zerbrach das Glas mit dem Schwertknauf und kletterte in das dunkle Zimmer.

Überrascht stellte sie fest, dass das Zimmer leer war. Es war ein lang gezogener Raum, in dem lauter Feldbetten standen. Hier mussten Drems Männer schlafen. Das war wirklich wie eine stehende Armee. Aber wo waren sie jetzt? Alle im vorderen Teil des Gebäudes?

Die Betten brachten sie auf eine Idee. Rasch zog sie die dicken Laken herunter und band sie zusammen. Sie hatte nicht gewusst, wie sie Nessel und Palla hier hochbekommen sollte. Sie hatte gedacht, dass sie sie wahrscheinlich zurücklassen müsste, was natürlich eine Beleidigung gewesen wäre. Jetzt war sie froh, dass sie eine Lösung gefunden hatte. Schließlich band sie ein Ende der Laken an ein eisernes Bett, das als Anker diente, und warf das andere Ende aus dem Fenster. Sie war nicht sicher, ob das Gewicht des Betts ausreichen würde, deshalb stemmte sie die Beine gegen die Wand unter dem Fenster und den Rücken gegen das Bett. Das Deckenseil spannte sich, und kurz darauf erschien Nessel im Fenster.

»Ja, in Ordnung, ich bin beeindruckt, Engelsschnitte«, murmelte sie, während sie sich ins Zimmer fallen ließ.

Jetzt stemmten sie sich gemeinsam gegen das Bett, während Palla hinaufkletterte.

»Von hier aus arbeiten wir uns auf die andere Seite des Hauses vor«, sagte Hope. »Wir wollen so viele Schützen wie möglich ausschalten. Aber wir müssen leise sein. Machen wir zu viel Lärm, stürzen sich alle hier drin auf uns.«

»Was ist, wenn wir in Drem oder den Biomanten hineinrennen?«, fragte Nessel.

Hope lächelte grimmig. »Dann ist das Glück mit uns.«

Vor dem Gebäude ertönte Gewehrfeuer. »Das klingt nach einer Menge Kanonen«, sagte Palla.

»Dann wollen wir uns mal darum kümmern«, sagte Hope.

Reds Gesicht wurde aufs Pflaster gepresst, während Fillers schwerer Körper auf ihm lag und Geschützfeuer um sie herum donnerte. Als der erste Schuss erklang, hatte Filler Red zu Boden gestoßen und sich mit ihm unter eine Pferdekutsche in der Nähe gerollt.

»Bist du in Ordnung?«, keuchte Red.

»Ja.«

»Gut, dann hör bitte auf, mich zu Tode zu quetschen.«

Filler rollte zur Seite, sodass Red Atem holen konnte. Er schnappte ein paarmal nach Luft und sah dann aus ihrem Versteck über die Straße hinaus. Es wurde sowohl aus den *Drei Kelchen* als auch aus dem Gebäude hinter ihnen geschossen. Drem hatte sie in einen wahren Fleischwolf gelockt, und überall um sie herum stürzten Menschen zu Boden.

Das Gewehrfeuer verstummte, während Drems Pantoffel nachluden.

Red kroch unter dem Wagen hervor und starrte auf die Toten und Sterbenden um ihn herum. »Verräter!«, schrie er erst zu dem einen Gebäude hinüber, dann zum anderen. »Auf eure eigenen Leute schießen, während sie euch den Rücken zuwenden!«

»Runter!«, sagte Filler. »Sie schießen gleich wieder!«

Red tat nichts. Er konnte einfach nicht. Er hatte genug.

»Du hast die Kehre gebrochen, Drem! Hast deine eigenen Leute für Macht und Land verkauft.« Er spuckte aus und streckte die Arme vor. »Komm raus und kämpf gegen mich, Mann gegen Mann, du verpisster Feigling!«

»Bitte, Red!«

Filler packte ihn am Bein, aber er schüttelte ihn ab. Er sah, wie die Gewehrläufe wieder aus den Fenstern geschoben wurden. Sah, wie sie alle auf ihn gerichtet wurden. In diesem Moment war ihm das völlig egal. Zu viele Menschen waren gestorben. Zu viele. Sollte er jetzt einer davon werden, dann war das eben so. Diese Welt war keinen Piss mehr wert, wenn sie von Menschen wie Drem regiert wurde.

»Red!«, bat Filler.

Vielleicht bildete er sich das nur ein, aber er glaubte zu hören, wie fünfzig Abzüge gleichzeitig klickten.

»Ich piss auf euch, ihr Verräter!«, schrie da ein kleiner Junge, der bis jetzt an der Seite gestanden hatte. Er warf ein Einmachglas nach einem der Fenster.

Ein Gewehr feuerte aus einem Fenster, vielleicht aus Versehen, und der Junge fiel zu Boden.

Einen Moment lang war alles still.

Dann brachen die Menschen des Viertels in einen gewaltigen Wutanfall aus. Hunderte Menschen – alt, jung, Mann, Frau – kochten über vor Zorn, der so lange unter der Oberfläche gebrodelt hatte, dass sie ihn schon fast vergessen hatten. Bis jetzt. Sie stürmten beide Häuser und schlugen dabei mit allem um sich, das sie in die Finger bekommen hatten.

Erneut erklang Geschützfeuer, aber nicht so heftig, wie Red erwartet hatte. Vielleicht hörten ein paar von ihnen doch plötzlich ihr Gewissen. Vielleicht hatten ein paar aber auch kalten Vinchen-Stahl in der Bilge.

Red zog seine Wurfmesser aus dem Mantel. »Komm, Filler. Lass uns Drem suchen, bevor Hope ihn findet.«

Geschickt bewegte sich Hope durch die schummerigen Korridore, das Schwert gezogen und mit beiden Händen umklammert. Nessel und Palla folgten ihr. Sie waren nicht so leise wie Hope, aber das war bei dem ganzen Gewehrfeuer egal.

Sie entdeckte einen von Drems Männern, der vor ihnen vorbeieilte, die Arme mit Munition beladen. Sie glitt hinter ihn und schob ihm von hinten ihre Klinge durch den Nacken, sodass die Spitze auf der anderen Seite zwischen seinen Augen herauskam. Er zitterte, gab aber keinen Laut von sich, als Hope die Klinge wieder herauszog und zusah, wie er zu Boden fiel.

»Ich hätte gedacht, wir treffen hier auf mehr Leute«, sagte Palla leise. Er hielt einen dünnen Speer mit einer flachen Eisenspitze lose in einer Hand.

»Vielleicht hat Drem nicht so viele Männer, wie wir dachten«, sagte Nessel.

»Oder vielleicht ist der Rest woanders«, sagte Hope. »Beeilt euch, wir sind fast da.«

Sie erreichten die Vorderseite des Gebäudes. Drei Schützen an drei Fenstern starben gleichzeitig durch Schwert, Speer und Kettenmesser.

»Wir räumen jedes Zimmer auf diesem Stockwerk auf«, sagte Hope. »Dann arbeiten wir uns nach unten vor.«

So verheerend der beidseitige Angriff auch gewesen war, hatten viele sich dank Reds Warnung doch rechtzeitig in Deckung werfen können. Jetzt nahmen sie ihre Attacke mit der unerwarteten Hilfe von den Seitenlinien wieder auf, und sie hackten mit neuer Kraft auf die Tür und die verrammelten Fenster ein. Wurde einer von ihnen getroffen, nahmen mehr Männer seinen Platz ein und kämpften umso verbissener.

Red schob sich auf die Tür zu und bemerkte dabei, dass aus den Fenstern des oberen Stockwerks nicht mehr geschossen wurde. Er war sicher, dass Hope, Nessel und Palla dafür verantwortlich waren.

»Erinnerst du dich daran, wie wir den Platz hatten ausheben wollen?«, schrie Filler über den Lärm hinweg, während er hinter ihm herlief. »Und wir auf Lebenszeit verbannt wurden?«

»Ich dachte, darüber hatten wir nie mehr reden wollen«, rief Red zurück.

»Ich sag ja nur. Ich wette, du hättest dir nie vorstellen können, dass wir mal mit einer Armee zurückkommen.«

Red hielt inne. »Zurückkommen …« Er packte Filler an den Schultern und schüttelte ihn. »Genau das werden wir tun, alter Pott. An den Ort des Verbrechens zurückkehren!«

Filler wirkte verwirrt.

»Den Auftrag haben wir verbockt, weil wir nicht damit gerechnet hatten, dass der Tresor groß genug ist, damit eine Wache innen drin sein kann.«

»Klar, hat uns überrumpelt.« Fillers Gesicht war sehr blass, aber Red bemerkte es nicht einmal, so sehr beschäftigte ihn sein Einfall.

»Ich wette jeden Zahn aus Sadies Kopf, dass Drem sich da verkrochen hat. Und wenn wir Drem töten …«

»Ist es vorbei, und niemand muss mehr sterben«, sagte Filler.

»Genau!«, schrie Red und schlug Filler auf den Rücken.

Filler stöhnte. Seine Beine gaben unter ihm nach, und er brach zusammen. Da sah Red die Blutspur hinter seinem besten Kerl.

Hope, Palla und Nessel hatten die kleinen Zimmer auf dem oberen Stockwerk mit Leichtigkeit geräumt. Der zweite Stock stellte eine größere Herausforderung dar. Die Zimmer waren größer und hatten auch mehr Fenster. Hope vermutete, dass sie für Glücksspiele genutzt worden waren. Und in jedem befanden sich acht bis zehn Schützen. Die ersten drei waren leicht auszuschalten, aber danach hieß es, gegen die anderen auf engstem Raum zu kämpfen.

Zu Anfang hatte Hope ihre Zweifel an Pallas Waffe gehabt. Die Vinchen trainierten Speerkampf nicht umfassend, weil sie glaubten, dass die Waffe weniger elegant und passender für den gewöhnlichen Fußsoldaten war. Doch sie hatten wohl noch nie einen Speer in Pallas Hand gesehen. Irgendwie schaffte er es, den Speer sogar in dieser Enge mit einer Anmut zu bewegen, die nur noch von seiner bloßen Zerstörungsgewalt übertroffen wurde. Das Holz war weich und biegsam, und er schwang es fast wie eine Peitsche, nur mit mehr Kraft. Diese Kampftechnik wollte Hope lernen. Mit ihr wurde sogar ein gewöhnlicher Stab zu einer furchterregenden Waffe.

Der Kampf war hitzig, aber schnell vorbei.

»Jemand verletzt?«, fragte Hope, während sie ihre Klinge säuberte.

»Niemand, der es wert wäre, dass man sich über ihn Gedanken macht«, sagte Nessel. »Nehmen wir uns das nächste Zimmer vor. Wenn wir uns beeilen, können wir sie ausräumen, bevor sie die Tür einrennen.«

Die dicke Wolle von Fillers rechtem Hosenbein war auf Höhe des Knies von Blut durchnässt.

»Was ist passiert?«, fragte Red, während er darum kämpfte, Filler aus der Schusslinie zu bringen.

»Wurde getroffen. Als ich dich gedeckt habe.«

»Du hast gesagt, alles wäre in Ordnung!«

»Hab gelogen.«

»Verpisste Hölle«, sagte Red. »In Ordnung. Aderpresse.« Er schnitt einen langen Streifen vom Saum seines Ledermantels.

»Hey, du … versaust den … schönen Mantel.«

»Halt die Klappe.« Red band den Streifen um Fillers Oberschenkel, direkt über der Schusswunde. »Ich habe etwas darüber gelesen. Das wird die Blutung stoppen. Wir müssen sie nur immer mal wieder lösen, sonst kannst du das Bein verlieren. Mach dir keine Gedanken, mein Junge. Wir haben dich in null Komma nichts wieder seetauglich gemacht.«

Filler schüttelte den Kopf. »Du musst Drem kriegen.«

»Fill …«

»Du hältst jetzt die Klappe. Du musst ihn … für mich töten. Damit … nicht mehr … von unseren Leuten … sterben. Versprich mir das. Schwöre es. Auf die Kunst deiner Mutter.«

»Filler, bitte …«

»Schwöre!«

Red starrte böse auf seinen besten Freund auf der ganzen Welt hinab. »Ich schwöre bei der Kunst meiner Mutter, die sie umgebracht hat, dass ich Deadface Drem für dich töten werde. Und du bist verpisst noch mal noch am Leben, wenn ich zurückkomme, damit ich dir berichten kann, dass ich's getan habe. Fein?«

Sie räumten den zweiten Stock und liefen dann die Treppen hinunter in den ersten. Hope fragte sich, ob es fast vorbei war. Dann erreichten sie die unterste Treppenstufe.

»Verpisste Hölle«, murmelte Nessel.

Das unterste Stockwerk war eine Tanzhalle. Es war ein großer Saal voll mit Drems Leuten, die alle zur Vordertür starrten und darauf warteten, dass sie aufflog.

»Hinter uns!«, schrie eine vertraute feucht-heisere Stimme. Inmitten des Mobs stand der Biomant mit der weißen Kapuze, der Stachelbilly getötet hatte. Er zeigte auf Hope, Nessel und Palla.

Pallas Miene war düster, als er jetzt seinen Speer fester packte. »Das war es mit unserem Vorteil.«

Drems Leute stürzten sich auf sie. Zu ihrem Glück waren sie nur mit Messern, Knüppeln und Ziegeln bewaffnet. Drem musste all seine Gewehre verbraucht haben.

»Nicht unser einziger Vorteil«, sagte Hope. »Los, zurück bis zur Mitte der Treppe. Dann können immer nur zwei gleichzeitig hinauf, und wir stehen über ihnen.«

Sie verteidigten die Stufen, so gut sie konnten, und fielen bald in einen Takt mit Schwert, Speer und Kettenmesser. Hope hatte noch nie so eine gute gemeinschaftliche Arbeit erlebt. Der perfekte Rhythmus, bei dem niemand dem anderen in die Quere kam und alles ausgeglichen war. Sie verringerten die Zahl ihrer Gegner schnell, aber immer noch waren es so viele, dass Hope sich fragte, ob sie überleben würden.

Dann gab die Tür nach. Big Sig stürmte zuerst hindurch und schlug sofort mit einem schweren Schmiedehammer um sich, der mit jedem Schlag mehrere Menschen erwischte. Ihm folgte ein Mob, der vor Wut raste.

Red ließ sich von der Menge mit durch die Tür schieben. Während sie auf die riesige Schlägerei auf dem Tanzboden zustürmten, setzte er sich zur Seite ab und lief auf die Luke zu, die hinunter in den Keller führte. Schuld durchzuckte ihn, weil er sie allein kämpfen ließ. Aber er hatte Filler versprochen, Drem zu töten, um die Sache so klar wie möglich zu beenden. Und vielleicht freute sich auch ein winzig kleiner Teil von ihm darüber, dass er Hope auf der anderen Seite der Tanzhalle erblickte. Selbst wenn sie wüsste, wo sich Drem verborgen hatte, so hätte sie keine Chance, ihn vor Red zu erreichen. Er gehörte ihm allein.

Er zog die Luke auf und sprang in den Keller hinab, wo der Lehmboden seinen Aufprall dämpfte. Er schlich durch die fast vollkommene Dunkelheit. Fässer voll Bier, Wein und Schnaps stapelten sich entlang der Wände. Zwei Jahre waren erst vergangen, seit er hier unten gewesen war, in der Nacht, in der er Nessel zum ersten Mal getroffen hatte. Jetzt erschien es ihm, als sei seither ein ganzes Leben vergangen. Am hinteren Ende befand sich die dicke Eisentür des Tresors. Das Schloss ließ sich diesmal nicht ganz so leicht knacken, weil es älter war und gut gepflegt. Zehn Minuten später sprang es dennoch auf.

Er bewegte sich mit der Tür mit, als sie aufschwang, sodass sie immer zwischen ihm und der Öffnung blieb. Und wirklich ertönten drei Schüsse, schnell hintereinander abgefeuert, die laut in dem geschlossenen Raum widerhallten.

Red spähte durch den Spalt zwischen den oberen und unteren Türangeln hindurch und sah Drem im Inneren des Tresors, die Augen groß, während er sich umsah. Red hatte schon immer besser im Dunkeln sehen können als andere Menschen. Als ob seine roten Augen besser daran angepasst wären. Nach Drems Miene zu urteilen, hatte er blind in die Gegend gefeuert. Um sicherzugehen, rollte Red ein Holzfass hinüber zum Eingang. Drem schoss noch zweimal. Einer ging ins Leere. Einer traf das Fass.

»Du hast nur noch eine Kugel übrig, Drem«, sagte Red.

»Red?« Drem blinzelte in die Dunkelheit. »Bist du das, Junge?«

»Ja, ich bin's. Hab ein paar Freunden versprochen, dass du heute Nacht stirbst. Und ich dachte, ich versuch zur Abwechslung mal, mein Wort zu halten.«

»Du schlauer Kopf, du.« Drems Stimme klang leicht und kumpelhaft. »Ist eine Schande, dass du dich mit dem Südschnittchen eingelassen hast. Ich hatte gerade darüber nachgedacht, dich in die Mannschaft aufzunehmen.«

»Ich werde kein Teil von einer Mannschaft, die Imps und Biomanten hilft«, erwiderte Red.

»Hör zu, das ist nur ein Missverständnis. Du weißt doch, wie das Geschwätz in der Kehre verdreht wird.«

»Ich brauch das Geschwätz der Kehre nicht. Ich habe dich mit dem Biomanten gesehen, als er Stachelbilly getötet hat. Ich habe den ganzen verpissten Plan mit angehört. Du bist kein Mann der Kehre, du Verräter.«

»Du denkst, darauf kommt es an?« Drems leichter Tonfall wurde dunkel. »Du hast dein ganzes Leben in dieser Gosse verbracht. Die Welt ist so viel größer, als du begreifen kannst. Die gesamte Kehre könnte morgen ausgerottet werden, und niemand würde sich einen Piss darum scheren.«

»Die Menschen, die hier leben, würden es«, sagte Red leise. »Das ist dein Problem, Drem. Du denkst, dass klein gleichbedeutend mit wertlos ist. Wir sind nicht wertlos.«

»O doch, das sind wir verpisst noch mal, du stumpfer Fratz. Du hast keine Ahnung, wie bedeutungslos, wie erbärmlich, wie …«

Drem hörte auf zu reden, als sich seine Kehle mit Blut füllte. Ein Wurfmesser ragte aus seinem Hals hervor. Er schnappte nach Luft, gurgelte und feuerte seine letzte Kugel ziellos in den leeren Raum. Dann fiel er auf die Knie, gurgelte ein letztes Mal und starb.

Red hatte sich immer gefragt, ob er einen Querschläger werfen konnte. Es hatte gut genug geklappt. Obwohl die zerfranste Wunde darauf schließen ließ, dass die Seite des Tresors die Schneide stumpf gemacht hatte. Und er hatte auf Drems Pistolenhand gezielt, also brauchte er offensichtlich Übung.

Der Zustrom der Menschen, die durch die Vordertür drängten, zerstreute den Mob, der versuchte, Hope, Nessel und Palla auszuschalten. Das verschaffte ihnen genug Platz, um nach unten zu gelangen und sich in den größeren Kampf zu stürzen, der auf der Tanzfläche tobte.

Hope suchte die Menge nach der weißen Kapuze ab. Sie erblickte ihn in der Mitte. Er trug keine Waffe, die sie sehen konnte. Näherte sich ihm ein Angreifer mit einem Messer oder einem Knüppel, dann hob er seine Hand und streckte ihm die Handfläche entgegen, und sobald die Waffe seine Hand berührte, zerfiel sie zu Staub. Berührte er den Menschen, so verwelkte, verrottete und zerfiel er ebenfalls. Es dauerte nicht lange, bis die Menschen versuchten, ihm aus dem Weg zu gehen. Hope war nicht sicher, was sie tun konnte, um ihn zu schlagen, aber sie wusste, dass sie es versuchen musste, denn sonst würde es niemand tun.

Sie hackte sich einen Weg durch die Menge frei, und ließ dabei den Biomanten nicht aus den Augen. Die meisten, die sie dabei angriffen, waren so unerfahren, dass sie sie nur aus dem Augenwinkel sehen musste, um sie abzuwehren und zu treffen. Als sie näher kam, wurden die Augen des Biomanten vor Überraschung groß. Ohne Zweifel begriff er mehr als alle anderen hier, wie seltsam es war, an diesem Ort auf einen Vinchen-Krieger zu treffen, und einen weiblichen noch dazu. Er erholte sich jedoch schnell, als sie auf ihn zustürmte. Als er die Hände hob, war sein Lächeln kalt.

Doch Kummerklang zerfiel nicht. Sein trauriges Lied ertönte, während die Klinge glatt durch die Hand des Biomanten schnitt. Für einen Sekundenbruchteil zeigte sein Gesicht Überraschung und Entsetzen, dann vollendete Kummerklang seine Bahn und hackte seinen Kopf ab. Blut sprudelte aus seinem Hals hervor und tauchte Hope in Karminrot. Dann stürzte der Körper vornüber.

Hope starrte auf Kummerklang hinab, das vom Heft bis zur Spitze nass war. Eine Klinge, der die Macht der Biomanten nichts anhaben konnte. Kein Wunder, dass es so eine begehrte Waffe war. Und sie begriff, dass Hurlo darauf bestanden hatte, dass sie es an sich nahm, damit sie ihr Gelübde auf Rache an dem Biomanten ausüben konnte, der ihre Eltern und ihr Dorf ermordet hatte.

»Danke, Großlehrer«, flüsterte sie.

Big Sig stampfte durch eine Gruppe und schlug einem Mann seinen Hammer so fest vor die Brust, dass der zurückgeschleudert wurde. Sig hielt an, wischte sich seine von Schweiß, Blut und Schmutz verschmierte Stirn mit dem Ärmel ab und sah dann hinunter auf den geköpften Biomanten.

»Gut gemacht«, sagte er.

Hope nickte.

»Sollen wir dann?«, fragte er.

Die beiden wandten sich um und kämpften weiter. Hope sah, dass Drems Männer die Nerven verloren, nachdem sie beobachtet hatten, dass ihr Biomant gefallen war. Ihre Haltung wurde abwehrender, und sie fingen an, sich nach den Ausgängen umzusehen.

»HÖRT AUF ZU KÄMPFEN! DREM IST TOT!«

Red stand auf der Theke, ein Körper lag über seiner Schulter. Alle machten Platz, als er ihn auf den Boden warf.

Hope hatte geglaubt, dass sie der Schmerz über Carmichaels Tod verlassen würde, wenn sie Drem tot sähe. Dass er wenigstens abnahm. Aber jetzt starrte sie seinen leblosen Körper an, die Augen blicklos und glasig, eine klaffende Wunde am Hals, und spürte nur die Dunkelheit, die immer am Rande ihrer Wahrnehmung lauerte, immer noch hungrig. Sie fragte sich, ob sie jemals zufrieden sein würde.

Sie wandte sich an Drems restliche Männer, das Schwert gezückt. Doch sie warfen ihre Waffen nieder. Der Kampf war vorbei.

Von der Straße her ertönte ein donnernder Knall, gefolgt

von knackendem Stein und splitterndem Glas.

Filler tauchte in der Tür auf, er stützte sich schwer gegen den Rahmen. Sein Gesicht war aschfahl, aber entschlossen.

»Wir haben ein Problem«, sagte er. »Die Imps sind da. Und sie haben Kanonen dabei.«

22

Red hatte eine lebhafte Fantasie. Er dachte an die vielen verschiedenen Möglichkeiten, durch die der Marsch auf die *Drei Kelche* leewärts hätte gehen können. Er hatte allerdings nicht darüber nachgedacht, wie schlimm es werden könnte, selbst wenn sie gewinnen würden.

Als er jetzt auf die Straße hinaustrat, wirkte es, als sei die gesamte Paradieskehre von einer der grässlicheren Höllen verschlungen worden. Die von ihm angestachelte Wut war unkontrolliert gewachsen und entlud sich jetzt ohne genaues Ziel. Gebäude standen in Flammen, und Menschen kletterten durch die zerbrochenen Fenster von Läden, die Arme voll Beute. Und dann ertönte noch alle paar Minuten das entfernte Donnern einer Kanone, woraufhin ein Trommelfeuer auf die Straße niederregnete und Fenster zertrümmerte, Holzschilder zersplitterte, Mauern löcherte und manchmal sogar einen Menschen zerriss.

»Das hatte ich nicht gewollt«, sagte er zu Big Sig.

»Ich weiß«, sagte Sig leise. »Aber wir können nichts dagegen tun. Das ist ein ausgewachsener Aufstand. Ich nehme meine Leute mit nach Hammerhusen. Palla wird wohl das Gleiche tun.«

»Du lässt uns jetzt allein?«, fragte Red anklagend.

»Was soll ich deiner Meinung nach denn tun? Meinen Leuten befehlen, deine Leute vom Plündern abzuhalten, und davon, einen Krieg im Viertel anzuzetteln? Oder soll ich lieber meine Leute direkt vor die Imp-Kanonen schicken?«

»Nein, natürlich nicht«, sagte Red. »Ich dachte nur …«

Big Sig legte eine riesige Hand auf Reds Schulter. Sie verschlang sie praktisch. »Wir haben heute etwas Gutes getan. Was auch immer als Nächstes passiert, ändert daran nichts. Wir haben uns für uns selbst eingesetzt. Das macht ihnen Angst.«

»Sollten wir das nicht ausnutzen?«

»Ein Anführer weiß, wann er weiter nach vorn drängen muss und wann er sich zurückfallen lassen sollte. Viele unserer Leute haben sich den Plünderern angeschlossen. Andere sind beim Klang des ersten Kanonendonners gerannt. Die, die noch übrig sind, haben seit Stunden gekämpft. Sie sind erschöpft, viele sind auch verletzt. Die Imps sind frisch und viel besser bewaffnet. Die richtige Entscheidung ist hier klar.«

»Red!«, schrie Hope aus den *Drei Kelchen* herüber. »Wir brauchen dich!«

Red sah Big Sig an. »In Ordnung. An einem anderen Tag also?« Er streckte die Hand aus.

Big Sig ergriff sie. »Kannst dich drauf verlassen.«

Red nickte, dann rannte er in das Gebäude zurück. Fast alle waren mittlerweile gegangen, entweder um sich zu verstecken, oder um sich das Chaos zunutze zu machen und zu plündern. Filler lag auf der Theke, sein Gesicht war blass und vor Schmerz verzerrt. Hope und Nessel standen links und rechts von ihm. Nessel hielt eine Flasche mit Whiskey in der Hand, und Hope eine große gebogene Nadel und Faden.

»Du musst Filler festhalten«, sagte Nessel.

»Wie geht es ihm?«, fragte Red, während er sich neben Fillers Füße stellte.

»Schwach vom Blutverlust, aber die Kugel ist draußen«, befand Hope. »Wir müssen die Wunde desinfizieren und nähen, bevor er noch mehr Blut verliert.«

»Er wird also … wieder gesund?«, fragte Red.

Hope warf ihm einen ernsten Blick zu. »Er wird leben.«

»Ist es die Aderpresse? Habe ich sie zu fest gebunden? Ich hatte darüber gelesen, aber ich habe es noch nie ausprobiert, deshalb wusste ich nicht genau …«

»Das hat sein Leben gerettet. Und ich glaube nicht, dass wir das Bein verlieren. Aber die Kugel hat sein Knie zertrümmert.«

»Heilt das nicht?«

Hope schüttelte den Kopf. »Es tut mir leid. Dafür ist nicht genug Knochen übrig. Er wird für den Rest seines Lebens eine Krücke brauchen, um laufen zu können.«

»Das ist meine Schuld«, sagte Red dumpf. »Es ist genau so, wie Henny gesagt hat. Mein bester Kerl hat für meinen verrückten Plan bezahlt.«

»Eier und Schwänze«, sagte Filler schwach. »Es war meine Entscheidung, für die Kehre zu kämpfen. Meine Entscheidung, die Kugel für meinen besten Mann abzufangen. Nimm mir das nicht weg. Wag es ja nicht.«

»In Ordnung, Fill. In Ordnung«, sagte Red leise.

»Sind wir fertig mit dem dramatischen Getue?«, fragte Nessel. »Wird Zeit, den Kerl hier zuzunähen.«

»Leg los«, sagte Filler.

Nessel nahm Fillers Handgelenke, und Red packte seine Fußgelenke. Hope schüttete Whiskey über die Wunde, und Fillers Körper zuckte so heftig, dass sein Fuß fast in Reds Mund steckte. Red musste sich mit seinem ganzen Gewicht auf das Bein seines Freunds legen, um es wieder flach auf die Theke zu drücken. Dann fing Hope an zu nähen.

»Wie schlimm ist es da draußen?«, fragte Nessel, während sie Fillers Hände über seinem Kopf auf die Theke drückte.

»Ziemlich schlimm«, gab Red zu.

Filler grunzte auf, als Hope die Nadel durch das geschwollene Fleisch um die Wunde zog.

»Wir sind aufmüpfig geworden und haben die Dinge für die höheren Mächte verkompliziert«, fuhr Red fort. »Jetzt sind sie hier, um uns in unsere Schranken zu verweisen. Und derweil hat sich jedwede Verbundenheit, die wir gehabt haben, verpisst, ohne sich auch nur zu verabschieden.«

»Ich bin immer noch erstaunt, dass du sie überhaupt so lange zusammenbekommen hast«, sagte Nessel.

Filler grunzte wieder, diesmal lang gezogen und schwach, fast wie ein Summen. Oder ein Wimmern.

»Fast geschafft, Filler«, sagte Hope. »Du machst das gut.«

Red sah zu, wie Hopes Finger hin und zurück flitzten. »Du aber auch.«

»Als ich noch jünger war, haben die Vinchen-Brüder regelmäßige Übungskämpfe abgehalten. Oft wurden einer oder beide verletzt. Meine Aufgabe war es, sie danach wieder zusammenzuflicken.«

»Du musst sehr beliebt gewesen sein«, sagte Nessel. »Vor allem, weil du die einzige Mieze gewesen bist.«

»Nein, sie haben mich gehasst«, sagte Hope. »Nur mein Lehrer hegte Zuneigung für mich, und die musste er verbergen, wenn die anderen dabei waren. Sie durften keinen Verdacht schöpfen, dass er mich heimlich in den Künsten des Ordens unterwiesen hat.«

»Wie lange hast du so gelebt?«, fragte Nessel.

»Acht Jahre.«

»Verpisste Hölle, das muss einsam gewesen sein.«

»Wahrscheinlich«, sagte Hope, während sie weiter die Nadel durch Fillers Fleisch schob. »Ich habe mir zu der Zeit nicht viel dabei gedacht. Ich war ... nicht mehr an Wärme oder Gesellschaft gewöhnt.«

»Wir haben heute ein höllisches Gespann abgegeben«, sagte Nessel.

»Das haben wir«, antwortete Hope.

»Ich kann dir nicht viel Wärme versprechen, aber du und ich, wir sind in Ordnung.«

Hope lächelte schüchtern, während sie weiter mit Fillers Knie beschäftigt war. »Sind wir also Kumpel?«

Nessel grinste. »Du hast es erfasst, Engelsschnittchen.«

Hope band den Faden ab. »In Ordnung, Filler, du bist geflickt. Das sollte die Blutung in den Griff bekommen. Pass aber auf, dass es nicht wieder aufreißt.«

»Danke, Hope«, sagte Filler matt.

Hope nickte und ging. Sie wischte sich das Blut mit einem Lappen von den Händen. Draußen war das Kanonenfeuer jetzt immer öfter zu hören. Zwei oder drei Schüsse pro Minute. »Wir können hier nicht bleiben. Es klingt, als hätten sie noch mehr Kanonen geholt. Wir müssen dich irgendwo hinbringen, wo es sicher ist.«

»Schwarzpulverhalle«, sagte Nessel. »Jeder, der nicht tot ist oder plündert, wird dorthin gehen.«

»Das ist der einzige Ort, den die Imps nie unter ihre Kontrolle gebracht haben«, sagte Red. »Dahin zu kommen wird allerdings heikel. Normalerweise würde ich sagen, wir nehmen die Seitengassen, um die Kanonen zu umgehen. Wir können Filler aber auf keinen Fall den ganzen Weg tragen. Wir brauchen einen Wagen. Und das heißt, wir müssen die Hauptstraßen nehmen, und da bringen wir uns selbst genau ins Schussfeld.«

»Dann müssen wir die Kanonen erst ausschalten«, sagte Hope.

»Und wie machen wir das?«, fragte Nessel.

»Wenn wir über die Dächer gehen«, sagte Red, »können wir bis zu den Kanonen gelangen, ohne in der Luft zerrissen oder entdeckt zu werden. Nessel, du bewachst Filler, ich zeige Hope den Weg.«

»Warum bewachst nicht du Filler, und ich bringe Hope hin?«, schlug Nessel vor.

»Weil du die Dächer nicht so kennst wie ich«, sagte Red. »Das wird keine direkte Linie sein von hier darüber. Manche sind sogar für mich zu steil, und ich klettere seit Jahren über sie hinweg.«

»Dann lasst uns aufbrechen«, sagte Hope. »Ich glaube, ich weiß immerhin, wie wir auf das Dach dieses Gebäudes kommen können.«

Hope führte Red nach oben in ein Zimmer im dritten Stock, in dem zwei Reihen Betten standen.

»Hier sind wir reingekommen«, erklärte sie. »Durch das Fenster dort.«

Red streckte den Kopf aus dem Fenster und sah auf die Gasse hinunter, die mehrere Stockwerke weit unten lag. »Wie bist du hier hochgekommen?«

»Die Gasse ist schmal genug, sodass ich zwischen den Mauern hin und herspringen konnte, bis ich oben angekommen bin«, sagte Hope.

»Leicht wie eine Feder«, murmelte Red. Er schob den Kopf weiter aus dem Fenster und sah dann nach oben. Das Dach war nicht ganz erreichbar, er würde vom Sims aus springen müssen. So etwas Tollkühnes hatte er nicht mehr gemacht, seit er ein Junge gewesen war, aber nachdem Hope erzählt hatte, wie sie hier hochgesprungen war, konnte er jetzt nicht aussteigen. Also kletterte er aus dem Fenster, stellte sich auf den Fenstersims und stieß sich ab, bevor er noch lange darüber nachdenken konnte. Er sprang zu hoch, packte die Kante aber auf dem Weg nach unten. Seine ledernen Handschuhe bewahrten seine Hände davor, von der gezackten Kante der Schieferschindeln aufgeschnitten zu werden. Er zog sich langsam hinauf, bis er seine Ellbogen auf die Kante stützen konnte, hob dann ein Bein, hakte es ebenfalls oben ein und zog sich dann ganz auf das Dach hinauf.

Kurz hielt er inne und war ziemlich zufrieden, wie er das hinbekommen hatte. Dann lehnte er sich über die Kante. »Kommst du?«

Hopes Kopf erschien im Fenster unter ihm. »Bin sofort da.« Sie packte die obere Kante des Fensters, zog sich nach oben und aus der Öffnung hinaus, drehte sich in der Luft und landete elegant mit den Füßen zuerst auf dem Dach. »Bereit?«

»Angeber!«

Red führte sie zum vorderen Rand des Gebäudes. Mehrere Häuserblöcke weiter unten sah er eine Blume aus Rauch im schwindenden Tageslicht. Dann hörte er einen Schuss pfeifen, der unter ihnen über die Straße flog. Wären sie gerade in einem Karren gewesen, so wären sie jetzt alle tot. Er wandte sich in die Richtung, aus der der Schuss gekommen sein musste, und seine Augen musterten die Dächer, um die beste Route zu suchen.

»Oh«, sagte Hope da.

»Alles klar?«, fragte Red scharf.

»Ja.« Hope blickte nach Westen über die Dächer hinweg, ihre Miene spiegelte Gelassenheit, während das rote Licht der untergehenden Sonne ihr blondes Haar färbte. »Die Aussicht ist wunderschön, findest du nicht auch?«

Red spürte Ärger in sich aufsteigen. »Jetzt ist wirklich kein guter Zeitpunkt dafür.«

»Ein Vinchen-Krieger bemüht sich, die Schönheit um sich herum wahrzunehmen«, sagte Hope leise. »Damit er den Wert dessen erkennt, für das er kämpft.«

Das ließ Red innehalten. Hatte es ihn wirklich gestört, dass Hope etwas tat, was er selbst bereits unzählige Male getan hatte? Er dachte an den Tag, an dem er Nessel auf die Dächer gebracht hatte, seine Begeisterung, diese Schönheit mit ihr zu teilen. An sie war es verschwendet gewesen. Und jetzt wäre der Moment fast an ihn verschwendet gewesen. Aber er weigerte sich, das zuzulassen. Also holte er tief Luft und stand neben Hope. Die beiden sahen zu, wie die Sonne langsam hinter der unebenen Linie der Dächer unterging.

Hope wandte sich ihm zu. »Der Schutz der Dunkelheit sollte uns auch einen Vorteil verschaffen.«

»Wolltest du deshalb warten?«

Sie zuckte mit den Schultern. »Das waren beides gute Gründe, und ich glaube nicht, dass einer dem anderen widerspricht.«

Red starrte sie an und dachte, dass mit dieser Mieze wohl nie etwas einfach war. Und dann stellte er fest, dass genau das einer der Gründe war, weshalb er sie mochte. »Das ist so sicher wie Sorgen. Na, dann mal los.«

Niemand hatte die Laternen angezündet, sodass die Straßen in ungewohnter Dunkelheit dalagen. Das andauernde Zwielicht tauchte jedoch alles in blasse Sepiatöne. Sie liefen von Dach zu Dach, näherten sich den Kanonen langsam im Zickzack. Das Kanonenfeuer schien jetzt in schnellerer Folge zu ertönen. Red vermutete, dass sie versuchten, die Straßen so frei wie möglich zu bekommen, damit sie mit ein paar Soldatentruppen hineinlaufen konnten.

Als sie die Straßenkreuzung erreichten, an der die Kanonen aufgebaut worden waren, war die Nacht vollständig hereingebrochen. Es waren fünf, schön gleichmäßig verteilt, sodass jede in eine Straße zielte. Jede Kanone war mit vier Soldaten bemannt.

»Unsere beste Chance, sie alle schnell zu erledigen, ist wohl, jeden so schnell zu treffen, dass sie keine Zeit haben, den nächsten in der Reihe zu alarmieren«, flüsterte Hope, als sie auf dem Dach nahe der ersten Truppe standen. »Kannst du zwei Klingen gleichzeitig und genau werfen?«

»Zwei, aber nicht vier«, sagte Red.

»Du übernimmst die beiden an den Seiten, ich die beiden in der Mitte.«

Red nickte und schlug seinen Mantel zurück, damit er seine Messer ziehen konnte.

»Jetzt«, sagte Hope.

Red ließ aus jeder Hand ein Messer fliegen, während Hope sich vom Dach fallen ließ und ihr Schwert mitten in der Luft zog. Sie drehte sich um sich selbst, ihre Klinge blitzte, als sie die beiden Soldaten in der Mitte in schneller Folge traf. Gleichzeitig fielen die beiden Soldaten auf jeder Seite zu Boden, die Hände an den Messern, die aus ihren Hälsen ragten.

Hope landete leise auf der Kanone. Dann gab sie Red ein Zeichen, damit er auf das Dach auf der anderen Seite sprang.

Red schätzte die Entfernung ein und zuckte kurz zusammen. Er war nicht ganz sicher, ob er das schaffen konnte, aber das würde er Hope auf keinen Fall sagen. Er holte tief Luft, nahm ordentlich Anlauf und sprang. Es sah nicht elegant aus, aber er schaffte es. Sein Bauch prallte so hart gegen die Dachkante, dass er kurz innehalten musste, die Hände um die Kante gekrallt und nach Luft schnappend. Sobald er sich erholt hatte, kletterte er auf das Dach. Er sah, dass Hope ihn beobachtete. Sie stand immer noch auf der Kanone und hatte den Kopf schief gelegt, als sei sie neugierig. Er winkte ihr zu und spürte Verlegenheit in sich aufsteigen.

Sie nickte. Dann ging sie in die Hocke und bewegte sich leise und geduckt auf die nächste Kanone zu, die Schwertspitze gesenkt. Red erkannte, dass es am besten war, wenn sie die beiden an der ihr nächsten Seite nahm, während er sich um die beiden außen kümmerte. Er hoffte, dass sie das auch so sah. Er konnte ihre Aufmerksamkeit nicht erregen, ohne sich an die Soldaten zu verraten.

Sie rannte zwischen die ersten beiden und hieb nach rechts und links. Dann hielt sie inne, als sie die beiden anderen fallen sah. Sie sah hinauf zu Red und nickte ihm lächelnd zu. Dieses winzige bisschen Anerkennung sandte eine Welle der Genugtuung durch Red. Er erlaubte sich kurz, sie zu genießen, dann murmelte er sich zu: »Verlieb dich gefälligst *nicht* in die keusche Mieze.« Filler war ja nicht hier, um ihn daran zu erinnern.

Sie bewegten sich so auf jede Kanone zu und schalteten jede aus. Die letzte war jedoch nicht so einfach. Neben der Kanone und ihren Soldaten stand eine Truppe Imps. Red sah sie, bevor sie losschlugen. Er wusste nicht, ob Hope sie gesehen hatte, aber er konnte sie nur warnen, indem er winkte und auf die Truppe deutete. Sie nickte knapp und bedeutete ihm, weiterzumachen.

Die vier an der Kanone waren leicht zu überwältigen, doch dann schrien die Imps los und wandten sich Hope zu, wobei sie ihre Gewehre in Anschlag brachten. Reds Hände fuhren in seinen Mantel, um mehr Messer hervorzuziehen, aber da war nichts. Er hatte seine letzten beiden gerade geworfen. Er fing an, vom Dach zu klettern, ohne zu wissen, wie er helfen sollte, doch er war auch nicht gewillt, untätig dabei zuzusehen, wie Hope über den Haufen geschossen wurde. Als er auf dem Boden ankam, war jedoch die Hälfte der Soldaten tot, und die anderen hatten sich herumgeworfen und rannten weg.

Hope stand unbeweglich und atmete heftig, während sie ihnen nachsah. Dann wischte sie die Klinge an der weißen Tunika eines toten Soldaten sauber. »Keine Messer mehr?«

Red nickte kleinlaut.

»Du wirst die Gelegenheit haben, sie zurückzuholen«, sagte sie. »Ich will zurück und sichergehen, dass die Kanonen ihnen nichts mehr nützen, wenn die Verstärkung der Imperialen zurückkehrt.«

Red hatte die Schwarzpulverhalle noch nie so voll erlebt, und die Stimmung dort noch nie so niedergeschlagen. Es brachte ihn richtiggehend aus der Fassung. Er hatte Filler mithilfe von Nessel und Hope hergeschleppt, und als sie jetzt eintraten, war die Halle zum Bersten voll, und doch hatte weder jemand Sex noch nahm jemand Rauschmittel. Kein Saufen, kein krawalliges Gelächter. Alle saßen nur da und sprachen leise, die Gesichter sorgenvoll verzogen.

»Verpisste Hölle, das ist unheimlich«, sagte Nessel, während sie Filler auf einen Tisch legten, den Henny und die Zwillinge besetzt hatten.

»Geht's euch Jungs gut?«, fragte Red und packte Hennys Hand.

»Besser als Filler, so wie es aussieht«, antwortete Henny.

»Geht schon, Hen«, sagte Filler schwach. »Hope hat mich prima zusammengeflickt.«

»Danke dafür.« Henny warf Hope einen Apfel zu, den er aus einem kleinen Säckchen gezogen hatte. »Red? Nessie?«

»Gott, ja!«, sagte Nessel und nahm dankbar ein Stück Brot von ihm entgegen.

»Hab den ganzen Tag noch nichts gegessen«, sagte Red und nahm selbst ein Stück Brot.

»Weißt du, Red«, sagte Henny. »Als ich dich da oben im *Lumpen und Bande* gesehen habe, dachte ich, du bist vollkommen irre. Ich habe wirklich gedacht, dass das wieder ein verrückter Plan ist.« Seine Augen glitzerten im Fackellicht. »Aber das war kein Kneipengewäsch, alter Pott. Du hast es verpisst noch mal getan. Hast das Viertel zusammengebracht, wie du gesagt hast, und die Imps so hart getroffen, dass sie es spüren.«

»Ja, und sieh nur, wohin es uns gebracht hat«, sagte Red.

Henny schüttelte den Kopf. »Nichts ist umsonst, mein Junge. Nichts ist jemals umsonst in der Kehre, das weißt du.

Aber jetzt wissen sie es auch, diese Dumpfnasen. Sie können uns nur so weit schlagen, bevor wir uns wehren.«

»Aber was machen wir jetzt?«, fragte Red.

»Ich weiß es nicht«, gab Henny zu. »Wir warten wohl ab, ob sie die Halle stürmen.«

Die Fenster waren alle verrammelt, und es waren nur schmale Schlitze übrig, damit man erkennen konnte, was draußen auf der Straße vor sich ging. Die Händler hatten ihre Waren hereingeholt. Die, die etwas zu Essen hatten, teilten es mit ihren Nachbarn. Menschen mit Waffen verteilten sie in dem Versuch, so viele kräftige Kerle zusammenzubekommen wie nur möglich. Die Kehre war häufig grausam und selbstsüchtig. Red hatte schon gehört, dass sich Menschen in Zeiten des Elends zusammenfanden, aber er hatte es noch nie zuvor gesehen und konnte es jetzt kaum glauben. Während er sein Brot kaute und dabei zusah, wie sich die Paradieskehre langsam zusammentat, sich für den Kampf wappnete, der ihnen unvermeidlich bevorstand, fühlte er einen Stolz auf sein selbstgewähltes Heim wie nie zuvor.

»Ich habe Sadie nicht gesehen«, bemerkte Hope und biss in ihren Apfel. Sie sah besorgt aus.

»Sie wird mit Finn unten an den Docks bleiben. Sich auf dem Schiff verstecken. Es ist unwahrscheinlich, dass die Imps so weit nach unten gehen, sie wird schon in Ordnung sein.« Er sah sie an. »Du weißt, dass du einfach gehen könntest, wenn das Schiff fertig wäre. Einfach vor all dem hier abhauen.«

»Würdest du das tun?«, fragte sie.

Er schüttelte den Kopf. »Es ist nicht so, dass ich hier für immer bleiben will. Aber jetzt im Moment zu gehen, wenn alles zu unsicher ist … das wäre nicht richtig.«

»Das sehe ich genauso«, sagte sie.

Es war eine angespannte Nacht. Ab und an verließ jemand die Halle, um Nachschub zu holen oder die Imps auszuspionieren. Eine große Truppe war auf dem Weg zur Halle, aber sie waren noch nicht allzu nah. Die Spannung machte sich ab und an in kleineren Rangeleien Luft, während die Stunden vorüberkrochen. Um sich die Zeit zu vertreiben und die Menschen bei Laune zu halten, ergötzte Red die Halle mit einer etwas übertriebenen Darbietung des »Sturm auf die *Drei Kelche*«. Viele waren selbst da gewesen, aber niemand kannte die gesamte Geschichte. Als er gefragt wurde, woher er wusste, wo sich Drem versteckt hatte, berichtete er noch übertriebener von dem versuchten Raubzug auf die *Drei Kelche*, der jetzt zwei Jahre zurücklag. Er beschloss, die Geschichte enden zu lassen, bevor er zu dem Teil kam, wo er Nessel geküsst hatte. Manche Sachen gehörten einfach in die Vergangenheit.

Als er zu Ende erzählt hatte, toste Applaus durch die Halle.

»Deine Gabe, Geschichten zu erzählen, ist so gut wie deine Treffsicherheit«, sagte Hope.

»Seine Gabe für Übertreibung auch«, sagte Nessel. »Ich erinnere mich nämlich bestimmt nicht daran, dreißig Pantoffeln nur mit meiner Kette in dieser Gasse ausgeschaltet zu haben.«

»Na, na, Nessie«, sagte Red, und seine Augen glitzerten. »Nur weil das nicht passiert ist, macht es die Geschichte nicht weniger wahr. Das war sowieso nicht für die Geschichtsbücher gedacht. Nur eine Möglichkeit, die Leute abzulenken von dem, was noch kommt. Das wirst du doch wohl nicht übel nehmen.«

»Solange niemand wirklich von mir erwartet, dass ich dreißig bewaffnete Pantoffel nur mit einem Stück Kette erledigen kann«, sagte Nessel.

Er grinste. »Du kannst den Leuten immer noch erzählen, dass du für so was zu alt geworden bist.«

»Oder ich könnte dir deine hübsche Fresse polieren, damit sie keine Lügen mehr ausspeit«, bot Nessel an.

Red lachte.

Am Nachmittag des nächsten Tages platzte einer der Späher, ein Junge von etwa dreizehn Jahren, in die Halle. Sein Gesicht war gerötet, und er war völlig außer Atem. »Verschließt die Tür! Die Imps sind fast hier!«

Die Menschen, die in der Halle waren, murmelten los. Ein paar schoben das dicke Querholz an seinen Platz vor der Tür, und Red lief rasch zum verrammelten Fenster an der Vorderseite. Nessel, Hope und Henny folgten ihm auf dem Fuß. Sie spähten durch die Schlitze in den Brettern und sahen, wie ein ganzes Bataillon Imps, zehn Mann breit und fünf tief, jeder mit einem Gewehr bewaffnet, auf die Halle zumarschierte.

»Keine Kanonen?«, fragte Henny überrascht.

»Hope und ich haben sie in die Luft gejagt, bevor wir hergekommen sind«, sagte Red selbstzufrieden.

Ein Befehlshaber mit glänzend goldenem Helm und weißem Helmbusch ritt auf einem weißen Pferd voran. Er hob eine Hand, und die Soldaten kamen sofort zum Stehen.

»Sehr diszipliniert«, bemerkte Hope beifällig.

»Auf wessen Seite bist du?«, fragte Red.

»Ein Vinchen-Krieger zollt Anerkennung, wo sie fällig ist, selbst bei seinen Feinden«, antwortete sie.

»*Ihren* Feinden«, murmelte Nessel.

»BEWOHNER DER PARADIESKEHRE!« Der Befehlshaber sprach durch einen großen Metallkegel, der seine Stimme so verstärkte, dass sie bis in die Halle getragen wurde. »WIR WOLLEN NICHT MEHR BLUTVERGIESSEN. ÜBERGEBT UNS DIE FRAU, DIE WIE EIN VINCHEN GEKLEIDET IST, UND WIR LASSEN EUCH UNVERLETZT IN EURE HÄUSER ZURÜCKKEHREN.«

Einen Moment lang war es still in der Halle. Vielleicht die erste wahre Stille in der Geschichte der Schwarzpulverhalle.

»Die Wahl ist klar«, sagte Hope so laut, dass jeder es hören konnte. »Ein Leben für viele. Ein Vinchen-Krieger muss immer bereit sein, sein Leben zu geben, um das der guten Menschen des Imperiums zu schützen. Und täuscht euch darin nicht. Keiner von euch ist vollkommen, aber ihr seid alle gut.«

»Hope, wage es verpisst noch mal ja nicht«, sagte Red.

Hope beachtete ihn nicht und wandte sich an Nessel. »Ich bin dankbar für deine Anerkennung und deine Freundschaft. Ich hatte noch niemals eine andere Frau als Freundin, und ich bin froh, dass ich das erleben durfte.«

Nessel nickte.

Hope ging hinüber zu Filler, der bewusstlos auf dem Tisch lag. Sie legte die Hand auf seine verschwitzte Stirn. »Kümmert euch um ihn. Seine Treue ist so groß wie die eines jeden Kriegers, den ich kennengelernt habe.«

»Hope, ich werde das auf keinen Fall zulassen!«, sagte Red.

Ihre Miene war angespannt, und ihre dunkelblauen Augen blickten härter und kälter, als er es jemals gesehen hatte. »Red, es war eine Ehre, an deiner Seite kämpfen zu dürfen. Und …« Sie zögerte. »Und eine Freude.« Dann drehte sie sich um und wollte zur Tür gehen.

»Nein!« Red packte sie am Arm, aber sie bewegte sich so schnell, dass sie fast vor seinen Augen verschwamm, und da lag er schon am Boden, benommen von dem harten Schlag, den sie ihm auf den Kopf gegeben hatte. Er mühte sich auf die Füße und versuchte, die Benommenheit abzuschütteln, während er zusah, wie sie durch die Tür schritt und sie hinter sich schloss.

Er stolperte auf die Tür zu, aber Nessel drehte ihn zu sich herum, sodass er sie ansah.

»Und wo willst du wohl hin?«, fragte sie.

»Hope hinterher natürlich!«

»Ganz allein?«

»Wenn es sein muss.«

»Muss es sein?«

Das ließ Red innehalten. »Was?«

Nessel wandte sich an die anderen in der Halle. »Na, seht ihr nicht alle winzig aus? Da geht sie hin. Unsere Bleak Hope. Ja, *unsere*, sage ich. Sie mag nicht aus der Paradieskehre sein, aber sie hat ihr Leben immer wieder dafür riskiert. Für uns. Und deshalb nenne ich sie einen Helden der Kehre. Will mir da jemand widersprechen?«

Nessel ließ den Blick durch die Halle schweifen. Niemand sagte etwas.

»Und jetzt«, fuhr sie fort, »ist unser Held losgezogen, um für uns zu sterben. Lassen wir das einfach zu? Läuft das jetzt *so* in der Kehre?«

23

Hope trat aus der Halle in die goldene Nachmittagssonne. Sie hätte niemals erwartet, dass die Luft von New Laven frisch wirken könne, aber nach fast einem Tag in der Schwarzpulverhalle atmete sie jetzt tief ein. Dann sah sie zu dem Oberbefehlshaber auf dem Pferd auf. Er sah mit milder Neugier auf sie herab. Hinter ihm hatten fünfzig Soldaten ihre Gewehre auf sie gerichtet.

»Werdet ihr mich töten?«, fragte sie ruhig.

»Es gibt da jemanden, der zuerst mit dir sprechen möchte«, sagte er. »Leg dein Schwert nieder, und ich bringe dich zu ihm.«

»Und niemand sonst wird verletzt.«

»Ich werde meine Männer zurückziehen«, stimmte er bereitwillig zu.

Kummerklang an den Befehlsführer der Imperialen auszuliefern, war das Schwerste, was Hope jemals hatte tun müssen. Andere Ereignisse mochten sehr viel schmerzhafter gewesen sein, aber denen war sie hilflos ausgeliefert gewesen. Einen der allerheiligsten Gegenstände des Vinchen-Ordens einem Fremden zu übergeben, etwas, das ihr von Großlehrer Hurlo anvertraut worden war, an einen Mann, der weder etwas darüber wusste noch sich darum scherte, das musste sie aus freien Stücken tun. Eiskalter Hass loderte in ihren Augen, als sie ihm das Schwert auf beiden Händenflächen liegend darbot. Er beugte sich in seinem Sattel vor und nahm es fast gleichgültig entgegen.

»Legt sie in Ketten«, sagte er.

Zwei Soldaten liefen zu ihr hinüber und legten eine Kette um ihre Handgelenke, die sie mit einem großen Schloss sicherten. Einer übergab dem Befehlshaber den Schlüssel. Der andere hielt ihm das Ende der Kette hin, sodass er sie an seinem Sattel befestigen konnte.

»Dann komm.« Der Oberbefehlshaber wendete sein Pferd und zog mit einem Ruck an der Kette, um sie von der Schwarzpulverhalle wegzuführen. Die Soldaten bildeten eine Gasse, damit sie vorbeigehen konnten, dann schlossen sich die Ränge wieder hinter ihnen. Hope warf einen Blick zurück, erwartete, dass sich die Soldaten ebenfalls umdrehten und ihnen folgten. Aber sie blieben stehen, mit auf die Halle gerichteten Gewehren.

»Ihr habt gesagt, dass Ihr Eure Männer zurückzieht.«

»Ich weiß, dass ihr Vinchen einen fast schon religiösen Eifer an den Tag legt, wenn es um die Ehre geht«, sagte er. »Aber die Diebe, Halsabschneider, Huren und Verräter, die sich dort verstecken, sind das übelste Gesindel des Imperiums. Sie haben keine Ehre, und sie verdienen auch keine. Ich kann nicht zulassen, dass sie denken, sie hätten heute einen Sieg davongetragen, egal, wie flüchtig er auch sein mag. Wir setzen sie dort weiter fest, bis wir die Kanonen repariert haben, die du letzte Nacht unbrauchbar gemacht hast. Wenn wir so weit sind, sind sie vielleicht so ausgehungert, dass sie schon übereinander hergefallen sind. Und wenn nicht, dann stürmen wir sie und putzen diese schmutzige Halle endlich richtig durch.«

»Ihr erzählt mir das und erwartet, dass ich immer noch mitspiele?«, fragte Hope ruhig.

Der Oberbefehlshaber kicherte. »Du bist entwaffnet und liegst in Ketten. Was kannst du schon tun?«

Ein merkwürdiges Brüllen erklang aus der Schwarzpulverhalle, als würden hundert Stimmen gleichzeitig schreien.

»Was in Gottes Namen …«

Dann flog die Tür auf, und Red und Nessel stürmten hinaus, gefolgt von einer Menge Menschen. Die Soldaten hatten keinen Frontalangriff erwartet und fummelten an ihren Gewehren herum. Hope wusste jedoch, dass sie sich schnell erholen würden, bevor Red und Nessel sie erreichten. Es würde ein Massaker geben, wenn sie nicht jemand davon abhielt, zu feuern.

»Das kann ich tun.« Mit einem Ruck zog sie an der Kette, und das Pferd kam kurz aus dem Tritt. In der Zeit, die der Befehlshaber dazu brauchte, sein Pferd wieder zu beruhigen, sprang sie hinter ihn. Sie schlang die gefesselten Hände über seinen Kopf, presste ihre Oberarme gegen die Seiten seines Halses und schnürte ihm so die Luft ab, während sie ihm die Zügel aus der Hand riss. Sie wandte das Pferd um, zurück zu den Soldaten, und klatschte dem Pferd die Zügel auf den Hals, sodass es mitten hinein in das Bataillon rannte. Die Schüsse verfehlten ihr Ziel, und die Soldaten hatten keine Zeit, nachzuladen, bevor die Menschen der Paradieskehre in ihre Reihen krachten.

Hätte der Befehlshaber reden können, so hätte er seine Truppen vielleicht zur Ordnung rufen, sie anfeuern können, diese Horde von Dieben, Halsabschneidern, Huren und Verrätern abzuwehren, die sich jetzt auf sie stürzten. Doch er konnte kaum atmen, geschweige denn reden. Schwach kämpfte er gegen Hope an, um die Kontrolle über sein Pferd zurückzugewinnen, als sie den Schlüssel für das Schloss von seinem Gürtel löste. Dann schaffte er es, die Zügel in die Hände zu bekommen, aber da hatte Hope schon das Schloss geöffnet. Sie schüttelte die Ketten ab, packte Kummerklang und ließ sich vom Pferd fallen, wobei sie den Oberbefehlshaber mit sich riss. Sie drehte sich im Fall um, sodass er zuerst auf den Pflastersteinen auftraf und sie auf ihm landete. Sie zerrte ihn auf die Füße, aber er war von dem Sturz schon bewusstlos.

»Hope!«, rief Red von der anderen Seite des Gemenges herüber. »Alles in Ordnung?«

Sie lächelte, als sie Kummerklang zog, dann stürzte sie sich in das schlimmste Gewühl. Die Soldaten waren besser ausgebildet, besser diszipliniert und besser bewaffnet, aber sie waren in der Unterzahl und ohne ihren Befehlshaber. Sie flohen jedoch nicht, und deshalb bescherte Hope jedem, dem sie gegenüberstand, ein rasches und ehrenvolles Ende.

Es dauerte nicht lange, bevor die meisten Soldaten tot oder sterbend auf dem Pflaster lagen. Da sah Hope den Mann in der weißen Robe, der auf der anderen Straßenseite stand. Sie wischte ihre Klinge am Waffenrock eines Soldaten sauber, dann lief sie entschlossen auf die vermummte Gestalt zu.

»Als ich den ersten Bericht über eine weibliche Vinchen gehört habe, die einen Aufstand bei den *Drei Kelchen* anführt, hielt ich ihn für falsch«, sagte der Biomant, dessen Stimme wie Feuer knisterte. Sein Kopf war gesenkt, sodass Hope sein

Gesicht nicht sehen konnte. »Immerhin ist es Frauen ebenso wenig gestattet, dem Vinchen-Orden beizutreten, wie meinem eigenen. Als ich dann den zweiten Bericht hörte, über eine Vinchen, die meine Kanonen zerstört, wusste ich, dass ich dem nachgehen muss.« Er hob den Kopf, um sie direkt anzusehen.

Es war der Biomant mit dem Brandmal auf der Wange. Hope hatte solche Angst davor gehabt, dass Big Sig falsch gelegen hatte, dass es nur ein anderer Biomant mit ähnlichen Gesichtszügen gewesen sein könnte. Aber er war es. Er war älter, das Haar unter seiner weißen Kapuze war fast ganz grau. Und doch wusste sie sofort, dass er der Mann war, der ihr Dorf ermordet hatte.

»Und obgleich ich gekommen bin, um diesen vermeintlichen weiblichen Vinchen zu suchen«, fuhr der Biomant fort, »habe ich nicht erwartet, dass sie Kummerklang führt. Mein Urgroßvater hat dabei geholfen, es für Manay den Wahren zu schmieden. Wie bist du an dieses Schwert gekommen?«

Eine kalte Welle des Zorns wogte durch Hopes Körper. Durch zusammengebissene Zähne presste sie hervor: »Dieses Schwert wurde mir anvertraut von meinem Lehrer, Hurlo dem Gerissenen. Und es wird dein Untergang sein.«

»Vielleicht«, sagte der Biomant. »Aber nicht heute.«

Er schnippte mit den Fingern, und es blitzte. Hope blinzelte gegen die schwarzen Punkte an, die vor ihren Augen tanzten, als sie sich in seine Richtung stürzte. Aber es war zu spät. Ihre Klinge traf ins Leere. Als ihre Sicht wieder klar war, erblickte sie ihn mehrere Straßenzüge weit weg. Er rannte davon wie ein Feigling.

»Nein!«, knurrte sie, und rannte hinter ihm her.

Ein Vinchen-Krieger war in jeder Hinsicht ausgeglichen, eins mit seiner Umgebung und im Einklang mit sich selbst. Wenn es um ihn herum schneller wurde, so wurde sein Inneres ruhiger. Er blieb in der Gegenwart, ließ sich nicht ablenken von Erinnerungen aus der Vergangenheit oder Gedanken an die Zukunft.

Bleak Hope war nichts davon.

Sie rannte hinter dem Biomanten her, und all die in ihr vergrabene Wut und der Schmerz der letzten zehn Jahre loderten durch sie hindurch wie Lampenöl, das in Brand gesetzt worden war. Vage war ihr bewusst, dass eine Mischung zwischen einem Knurren und einem Fauchen zwischen ihren zusammengebissenen Zähnen hervorkam, aber das war nichts im Vergleich zu dem Schrei nach Rache in ihrem Geist. In dieser Nacht würde sie es tun. In dieser Nacht würde sie frei sein.

Der Biomant führte sie durch verwinkelte Gassen und krumme Seitenstraßen. Sie fragte sich, ob er wusste, wohin er lief, oder ob er einfach von Straße zu Straße rannte. Er war so schlau gewesen, sich von den Hauptwegen fernzuhalten. Die Gaslampen hätten seine weiße Kapuze vor dem dunkler werdenden Himmel hervorgehoben. Doch sogar in den unbeleuchteten Seitengassen war das Weiß vor dem einheitlichen grauen Hintergrund leicht zu erkennen. Sie verlor ihn für einen kurzen Moment aus den Augen, aber ihr genügte ein Aufblitzen im Augenwinkel, um auf seiner Spur zu bleiben.

Es würde jedoch nicht lange dauern, bis die Sonne vollständig untergegangen war. Dann wäre es zu dunkel, um das Weiß vor Grau erkennen zu können. Sie musste ihn vorher einholen. Sie konnte ihn weiterverfolgen und hoffen, dass er müde wurde, bevor die Sonne unterging. Oder sie konnte eine andere Taktik versuchen. *Hope, mein Mädchen,* hatte Kapitän Carmichael einmal zu ihr gesagt. *Manchmal setzt du alle Segel und kommst nicht voran. Dann musst du von Seite zu Seite lavieren. Manchen Problemen nähert man sich am besten aus einem anderen Winkel.* Sie musste von einem anderen Winkel ansetzen, wenn sie die Entfernung überwinden wollte, bevor die Sonne unterging.

Sie sprang zu einer schmalen Markise über einer Tür, dann auf einen Fenstersims und von dort auf das Dach. Dort kniete sie sich auf die harten Holzleisten, obwohl jede Faser ihres Körpers ihr zurief, zu laufen. Sie schloss die Augen und lauschte. Sie hörte ihren eigenen Atem und ihren Herzschlag, schnell und hart von der Anstrengung und der Wut. *Darüber hinaus,* meinte sie Hurlos Stimme in ihrem Geist zu hören. Sie hörte das Gurren einer Taube und das Kratzen einer Ratte. *Und darüber hinaus,* hätte Hurlo jetzt gesagt. Sie hörte, wie jemand ein Fenster öffnete und etwas hinausgoss. Sie hörte ein Pferd wiehern. *Noch weiter.* Und da war es. Raue Atemzüge und weiche Lederschuhe auf Pflastersteinen, die ungleichmäßig hin und her liefen.

Sie warf sich fast schon über das Dach, dann auf das nächste und das nächste. Er wusste nicht, dass sie aufgehört hatte, ihn zu verfolgen, deshalb lief sie schnurstracks geradeaus, während er seinen umständlichen Zickzackweg beibehielt. Sechs Straßenzüge weiter landete sie genau vor ihm, als er gerade um eine Ecke bog.

Er kam schlitternd zum Stehen. »Du bist so gut wie jeder Vinchen, den ich je gesehen habe. Aber es braucht mehr als eine gute Ausbildung, um mich umzubringen.«

»Wie heißt du, Biomant?«, zischte Hope durch zusammengebissene Zähne.

»Teltho Kan«, sagte er, und etwas wie Erheiterung lag in seiner Miene. »Falls du mich bei irgendeiner Obrigkeit melden willst, dann …«

Sie zog ihr Schwert so schnell, dass es wie ein Blitz wirkte. Seine Augen wurden groß, als Blut aus einem frischen Schnitt an seiner Stirn tropfte.

»Vor zehn Jahren hast du die Bewohner eines Dorfes namens Bleak Hope abgeschlachtet. Ich bin ihre Rache.«

Teltho Kan seufzte schwer. »Vinchen und ihre edlen Blutrachen. Es war nicht zu ändern. Ich habe wichtige Arbeit geleistet, habe eine neue Waffe entwickelt, um das Imperium zu schützen. Das parasitäre Wespenprogramm ist eine unserer vielversprechendsten …«

»Ein Imperator, der die Leben seiner Untertanen so leichtfertig wegwirft, ist es nicht würdig zu herrschen. Wenn du also eine Waffe hast, schlage ich vor, dass du sie jetzt ziehst. Ich werde dir jede Höflichkeit eines Kriegers gewähren, auch wenn du sie nicht verdienst.«

Teltho Kans Blick wurde immer unruhiger. Er blickte auf zur untergehenden Sonne. »Selbst wenn du es schaffst, mich zu töten, würdest du keinen Tag mehr überleben. Sie würden dich jagen und umbringen, so grausam, dass du es dir nicht einmal ausmalen kannst.«

»Das ist mir egal«, sagte Hope. Und in diesem Moment war es das. Mit dem Tod von Teltho Kan wären alle Schulden beglichen, alle Schwüre erfüllt. Der Gedanke an ein Leben nach der Rache war es nicht einmal wert, gedacht zu werden.

Teltho Kans Augen wurden schmal. »Ich verstehe.« Er zog seine Hände in seine Ärmel zurück. »Es ist eine Schande, dass du dich dazu entschieden hast, den Imperator zu verraten. Obwohl du eine Frau bist, wärest du ihm ohne Zweifel nützlich gewesen. Eine so unerschütterliche Entschlossenheit ist selten. Aber ich fürchte, ich muss dir das Erreichen deines Lebensziels verwehren.«

Er streckte seine Hände aus, die genauso vernarbt waren wie sein Gesicht. Ein silbernes Armband an jedem Handgelenk schimmerte im verblassenden Licht der Sonne.

Hope hob ihr Schwert, unsicher, was der Biomant vorhatte.

Doch statt sie anzugreifen, schlug Teltho Kan seine Handgelenke zusammen, sodass die Armbänder gedämpft klingelten. Der Klang der Glocke wurde lauter, und seine Hände und sein Gesicht begannen zu leuchten. Hope stach ihm Kummerklang in die Brust, aber es war zu spät. Er war weg, zurück blieb nur die leere, weiße Robe, die jetzt schlaff an der Schwertspitze hing. Einen Moment lang stand Hope bewegungslos da und starrte stumm darauf. Sie war so nah gewesen. Wenn sie ihn doch nur sofort getötet hätte, wäre jetzt alles vorbei. Doch sie hatte auf dem Kodex des Vinchen-Ordens bestanden: seinen Namen zu erfahren, ihre Absicht zu verkünden und ihm die Gelegenheit zum Kampf anzubieten, so wie Hurlo es sie gelehrt hatte. Jetzt stand sie wieder am Anfang und wusste nicht einmal, wo er sich aufhielt. Schlimmer noch, er wusste jetzt, dass sie hinter ihm her war, und würde ohne Zweifel vorsichtiger sein.

Plötzlich fühlte sie sich so schwer, so krank und so müde. Selbst ihr Schwert wog wie Blei in ihrer Hand. Sie ließ die Spitze sinken, sodass die Robe herunterrutschte und auf die Pflastersteine glitt. Es fühlte sich an, als würde die Erde sie nach unten ziehen. Sie fiel auf die Knie und senkte den Kopf, bis das Kinn die Brust berührte. Das letzte Licht der Sonne ließ jedes Detail deutlich hervortreten. Die Geräusche der Stadt summten um sie herum, aber in dieser leeren Gasse war nichts. Kein Licht, kein Laut. Keine Hoffnung.

Sie sah hinunter auf Kummerklang, das im dämmrigen Zwielicht schimmerte, und der schmalen Linie von Teltho Kans Blut an der Schneide, mit der sie ihn verwundet hatte. Sie hatte versagt. Sie war seiner nicht würdig, oder auch dieses Lebens. Sie drehte das Schwert, sodass die Spitze auf sie zeigte. Dann drückte sie den Griff gegen das Pflaster und setzte die Spitze auf den Brustknochen über ihrem Herzen. Sie mochte kein wahrer Vinchen sein, aber sie konnte den Tod eines Vinchen sterben.

»Hätte dich nie für einen Feigling gehalten«, sagte Red.

Sie sah auf und erblickte ihn, die Arme gekreuzt und an eine Wand gelehnt. Seine Haltung und seine Stimme waren locker, ja sogar verspielt. Aber seine Augen blickten wie roter Stahl.

»Ich habe versagt.« Ihre Stimme klang so leer, wie sie sich fühlte.

»Wie das?«, fragte er.

»Er ist entkommen.«

»Dann fangen wir ihn wieder ein. Das kannst du schlecht machen, wenn du ein Schwert in deiner Brust stecken hast.«

»Er weiß, dass ich hinter ihm her bin. Mein einziger Vorteil, der Überraschungsmoment, ist dahin. Ich werde nie wieder so nah an ihn herankommen.«

»Dein einziger Vorteil?«, fragte er. »Mal davon abgesehen, dass du der größte lebende Krieger bist, wie sieht es mit deinem anderen riesigen Vorteil aus?«

»Und das wäre?«

»Ich, du Südländer-Salzkopf.« Er ging auf sie zu und rieb die Hände aneinander. »Dann lass mich mal sehen, was wir hier haben. Seine Robe, mh?« Er kniete sich daneben und drehte die Kapuze um. Dann zog er ein paar graue Haare hervor. »Seine?«

Hope nickte und senkte ihr Schwert ein wenig.

Er zeigte auf die Klinge. »Ist das sein Blut da drauf?«

Wieder nickte sie.

»Dann müssen wir nur noch seinen Namen herausfinden.«

»Er heißt Teltho Kan. Das hat er mir gesagt.«

Red grinste breit. »Dann, meine liebste Mieze, ist doch alles fett und fein.«

»Das verstehe ich nicht.«

»Du hast es vielleicht nicht bemerkt, weil du hier herumgelaufen bist wie eine Irre, aber wir sind nicht mehr in der Paradieskehre.« Er fuchtelte um sich herum, als hätte sie das auf den ersten Blick erkennen können. »Wir sind auf dem Silberrücken.«

»Und?«

»Biomanten sind nicht die Einzigen mit aufregenden Fähigkeiten. Im Silberrücken gibt es Menschen, die merkwürdige Dinge tun können. Wahrsagerei, Nekromantie und Blutarbeit.«

»Ich verstehe immer noch nicht, worauf du hinauswillst.«

»Man muss es sehen, um es zu glauben.« Er streckte ihr die Hand entgegen. »Vertraust du mir diesmal und hörst auf, dich selbst pfählen zu wollen? Wenigstens für den Moment?«

Er glaubte immer noch, dass sie ihren Schwur erfüllen würde, auch wenn sie es nicht konnte. Hatte sie ihre Entschlossenheit so leicht verloren? Sicher, Teltho Kan wusste, dass sie hinter ihm her war, aber das könnte ihr vielleicht sogar in die Hände spielen. Er könnte verängstigt fliehen und dabei unbesonnene Fehler machen. Und es stimmte, dass Red ein wichtiger Pluspunkt war. Und das nicht nur wegen seiner umfangreichen Kenntnisse von New Laven und seiner unheimlichen Treffsicherheit mit den Wurfmessern. Er hatte gerade ihr Vertrauen wiederaufgebaut, nachdem es praktisch nicht mehr vorhanden gewesen war. Dieser Vorteil war unermesslich.

Sie nahm seine Hand und ließ sich von ihm aufhelfen.

»Wir werden diese Blutarbeit ausprobieren, von der du da redest.«

»Sonnig. Pass nur auf, dass du das Blut vom Schwert nicht wegwischst. Sie wird das brauchen.«

»Wer?«

»Die Alte Yammy. Der Kerl, der uns wieder auf den richtigen Pfad bringen wird.«

Die Unterschiede zwischen der Paradieskehre und Hammerhusen waren spürbar. Wenn die Paradieskehre arm war, war Hammerhusen bettelarm. Wenn die Paradieskehre schmutzig war, so war Hammerhusen eine schwärende Senkgrube. Wenn die Leute der Paradieskehre hart waren, dann waren die Menschen aus Hammerhusen aus Stein und Stahl geschaffen.

Hope hatte erwartet, dass der Silberrücken irgendwo dazwischen fallen würde, vielleicht etwas netter, weil sich das Viertel auf einem schmalen Streifen als Puffer zwischen den Armen der Unterstadt und den wohlhabenden Oberstadt-Gemeinden erstreckte. Doch als Red sie jetzt im frühen Abendlicht durch die Straßen vom Silberrücken führte, sah sie, dass es nichts dergleichen war. Er schien vielmehr eine ganz eigene Welt zu sein. Die Straßen waren vollgestopft mit Theatern, Galerien und Kunsthandwerkern aller Art. Kunterbunte Waren schwappten bis auf die Straßen hinaus, und Menschen riefen Schlussverkäufe und Schnäppchen aus.

»Der Silberrücken ist eine Künstlergemeinschaft«, sagte Red. »Hier wohnen einige der besten Maler, Musiker, Poeten und Schauspieler des ganzen Imperiums.«

»Auf jeden Fall ziehen sie sich gern bunt an«, sagte Hope. Es schien ihr, als sei jeder um sie herum in einen Wirbel aus Farben gekleidet, manchmal zusammenpassend, manchmal nicht, aber immer leuchtend und lebendig. Praktisch an jeder Ecke standen Artisten, meistens Musiker, Akrobaten und Jongleure. Die Menschen versammelten sich, um zuzusehen, jubelten manchmal oder verhöhnten denjenigen.

»Es gibt mehr Straßenlampen auf dem Silberrücken«, sagte Red. »Und es gibt Straßenfeger, die deinen Müll wegbringen.«

»Warum?«

»Die Spitzenhemden mögen es schick, wenn sie hier herunterkommen, um eine Ausstellung in einer Galerie oder ein Theaterstück anzusehen. Und hier patrouillieren mindestens doppelt so viele Imps. Sie halten sich natürlich nicht damit auf, die Künstler zu beschützen. Sind nur hier, damit sich die Spitzen sicher fühlen können.«

»Das muss schrecklich sein für die Spitzenhemden«, sagte Hope. »Vor anderen Menschen so viel Angst zu haben.«

Red bedachte sie mit einem seltsamen Blick. »Das ist eine interessante Sichtweise. Wahrscheinlich hast du recht damit.«

Hope und Red liefen eine Weile durch die lauten Straßen

vom Silberrücken, sie selbst eine kleine Insel der Stille im Gewühl.

»Da sind wir!«, sagte Red endlich. »Madame Destinys Haus von Allem!«

»Ich dachte, wir suchen jemanden namens Alte Yammy?«

»Sicher, aber mit so einem Namen lockst du keine Kundschaft an. Komm schon, ich wette, sie sieht uns wieder so an, als hätte sie gewusst, dass wir kommen. Ich weiß nie, ob sie blufft.«

Er öffnete die Tür, gerade als eine Frau hinaustreten wollte. Hope hatte noch nie jemanden wie sie gesehen. Ihre langen braunen Haare waren zu höchst komplizierten Zöpfen geflochten. Ihr Gesicht hatte sie in einem künstlichen Orangeton bemalt, und feiner Goldflitter war auf ihren Lidern befestigt, die so schwer schienen, dass ihre Augen nur halb offen standen. Ihre Lippen waren knallblau. Sie trug einen langen blauen Morgenmantel aus Seide, der mit Goldfäden durchwirkt schien. Um ihre schmalen Handgelenke und den langen Hals war Goldschmuck geschlungen. Hope konnte diese eigenartige, unpraktische Kreatur nur anstarren, auch wenn sie sich am Rande bewusst war, dass die Frau unbehaglich zurückstarrte.

Red zog Hope zur Seite.

»Entschuldigt, Eure Ladyschaft«, sagte er und lächelte sie so strahlend an, dass die Straßenlampe daneben erblasste.

Die Frau antwortete nicht und beeilte sich, an ihnen vorbeizukommen.

»Was war das?«, fragte Hope.

»Das war eine echte Spitze aus der Oberstadt«, antwortete Red. »Ich glaube kaum, dass sie sich so viel Mühe machen, wenn sie zu Hause die Füße hochlegen. Mit Sicherheit weiß ich das aber nicht.«

»Warum war sie orange angemalt?«

»Woher soll ich das wissen? Nur weil in mir ein bisschen Spitzenblut fließt, heißt das noch lange nicht, dass ich ihre Sitten verstehe. Und jetzt lass uns reingehen. Wir wollen die Alte Yammy nicht warten lassen.«

Hope wusste nicht, was sie im Haus von Allem erwartete. Vielleicht Kristallkugeln, exotische Wandbehänge, grellbunte Teppiche und Knochen, die in den Türrahmen hingen. Sie war doch etwas enttäuscht, als er sie in eine Art normale Küche führte, ähnlich der in Galemoor. Holzschränke mit einem massiven Hackbrett darauf, ein Waschbecken und ein eiserner Kanonenofen. Der einzige Unterschied, der auf den ersten Blick zu erkennen war, waren die Reihen von unmarkierten Glasgefäßen voller Blätter, Pulver und anderer Dinge, die sie nicht erkannte.

Eine Frau stand in der Mitte der Küche. Hope hatte erwartet, dass die Alte Yammy alt war, aber diese Frau konnte nicht älter als vierzig sein. Hope fragte sich schon, ob es eine Assistentin war. Aber Red lächelte und ging mit ausgebreiteten Armen auf sie zu.

»Alte Yammy!« Er umarmte sie.

Sie sah ihn unverwandt an und erwiderte die Umarmung weniger, als dass sie sie hinnahm. »Madame Destiny heißt das, während ich arbeite, Rixidenteron.«

»Richtig, und Red heißt es, wenn ich mit Freunden unterwegs bin, einverstanden?«

»Rixidenteron?«, frage Hope.

»Mit diesem Namen wurde er geboren«, sagte die Alte Yammy.

»Er passt ihm nicht mehr, aber ich nenne ihn aus Gewohnheit so, vielleicht auch im Gedenken an glücklichere

Zeiten.« Sie blinzelte Hope an und strich eine Locke ihres schwarzen Haars hinter das Ohr. »Aber darüber wüsstest du Bescheid, oder nicht?«

»Warum glaubst du das?«, fragte Hope, und ihre Miene verriet Vorsicht. Der Blick, mit dem die Alte Yammy sie ansah, ließ sie sich seltsam nackt fühlen.

»Ich bin Madame Destiny. Ich weiß vieles.«

»Ja ja, genug Geschwätz«, sagte Red. »Wir müssen über eine ernste Sache mit dir reden.«

Die Alte Yammy schenkte ihm ein nachsichtiges Lächeln. »Das musst du doch immer.«

»Wir müssen jemanden aufspüren. Wir haben Haare, Blut und seinen Namen. Das reicht zum Auspendeln, nicht wahr?«

»Ja.« Die Alte Yammy ging hinüber zu einem Ladentisch und bedeutete ihnen, ihr zu folgen. »Zeig es mir.«

Red hielt die Haarsträhnen hoch. Hope hatte ihr Schwert lose in die weiße Robe gewickelt, statt es wie sonst in die Scheide zu stecken. Die Scheide war perfekt auf das Schwert zugeschnitten und hätte das Blut abgewischt. Jetzt entrollte sie sorgfältig die Robe und achtete darauf, dass sie nicht die Spitze der Klinge berührte, wo das Blut die Schneide dunkel gefärbt hatte.

Die Alte Yammy sog scharf die Luft ein, als sie Kummerklang erblickte. »Dieses Schwert! So etwas habe ich noch nie gesehen!« Sie streckte zögerlich die Hand aus und berührte vorsichtig das Blatt mit den Fingerspitzen. »Ihm wohnt eine ganz eigene Macht inne. Verwoben mit dem Stahl selbst.«

»Es wurde mit der Hilfe eines Biomanten geschmiedet«, sagte Hope.

Die Alte Yammy berührte das Blut mit dem Finger, dann leckte sie daran und spuckte aus. »Und ihr sucht auch einen Biomanten.«

»Ist das ein Problem?«, fragte Red.

»Ihn zu finden? Normalerweise ja. Aber wenn wir dieses Schwert als Pendelstab nehmen, dann wird es die Blutarbeit noch vergrößern.«

»Wird das dem Schwert schaden?«, fragte Hope.

Die Alte Yammy lachte. »Keine Macht, die ich oder du heraufbeschwören könnten, kann dieser Klinge schaden. Es ist sicher. Aber wisset, dass in dem Moment, in dem das Blut eines anderen die Klinge berührt, die Blutarbeit zerstreut wird und ihr das Schwert nicht länger für die Suche nach diesem Mann nutzen könnt.«

»Das heißt, du kannst dein Schwert für keine weiteren Kämpfe verwenden«, sagte Red.

»Ich kann es verwenden, während es in der Scheide steckt. Oder ich nutze andere Waffen. Falls es sein muss.«

»Das wird es wahrscheinlich.« Red wandte sich an die Alte Yammy. »Der Ärger scheint uns richtig zu verfolgen.«

Die Alte Yammy verdrehte die Augen. »Kann mir gar nicht vorstellen, warum.« Dann klopfte sie auf den Tisch. »Leg das Schwert hier hin.«

Hope legte das Schwert mit einem Gefühl des Unbehagens nieder, sie spürte so etwas wie einen elterlichen Beschützerinstinkt in sich aufsteigen, trotz der Behauptung der Alten Yammy, dass sie ihm nichts tun konnten.

Die Alte Yammy legte die Haare auf das Blut und murmelte leise etwas vor sich hin. Dann nahm sie eine Flasche mit einer gelben Flüssigkeit und tropfte etwas auf das Blut und die Haare. Sie nahm ein Gefäß mit einem weißen

Pulver darin und bedeckte die Klinge großzügig damit. »Sobald die Flammen erscheinen«, sagte sie, »sag seinen Namen.«

»Die Flammen?«, fragte Hope beunruhigt. Bevor sie jedoch etwas tun konnte, schlug die Alte Yammy einen Funken mit einem Flintstein, der auf die Spitze des Schwerts übersprang. Die gesamte Klinge, von der Spitze bis zum Griff, stand plötzlich in Flammen.

»Teltho Kan!«, rief Hope lauter, als sie es beabsichtigt hatte.

Das Feuer erlosch sofort, als sei es erstickt worden, und die Klinge war vollständig sauber, ohne einen Rest von Pulver, Blut oder Haar.

Red räusperte sich. »Hat es …«

»Pst!«, machte die Alte Yammy.

Sie starrten die Klinge an. Da, langsam setzte sie sich in Bewegung, als würde sie von einer unsichtbaren Hand gedreht. Als sie nach Nordwesten zeigte, hielt sie an.

»Das ist euer Weg«, sagte die Alte Yammy mit vollkommener Gewissheit in der Stimme.

»Und es wird immer auf ihn deuten?«, fragte Hope. »Selbst wenn er sich bewegt?«

»Bis du die Blutarbeit vertreibst.«

Hope war skeptisch gewesen. Doch jetzt, als sie sah, wie sich das Schwert von selbst bewegt hatte, strömte Dankbarkeit durch sie hindurch. »Wie kann ich dich bezahlen?«

»Rixidenteron kennt meine Bezahlung.«

Hope sah Red fragend an.

Er verdrehte die Augen. »Ein Gemälde.«

»Von wem?«

»Mir.«

»Ich wusste nicht, dass du ein Künstler bist.« Das war eine weitere Facette, die sie an ihm entdeckte.

Er warf der Alten Yammy einen bösen Blick zu. »Das bin ich nicht«, sagte er dann.

»Unsinn«, sagte sie. »Jeder, der Kunst schafft, ist ein Künstler. Und das tust du.«

»Nur, wenn du es von mir verlangst.«

»Dann ist es gut, dass ich es tue. Deine Mutter hätte das so gewollt.«

Bei der Erwähnung seiner Mutter zuckte Red zusammen. »Gut. In Ordnung. Ich mache es ja.«

»Kanntest du Reds Mutter?«, fragte Hope.

Die Alte Yammy lächelte. »Ja. Und es war mir eine Freude. Die Kunst, die die beiden gemeinsam erschaffen haben … es gibt bis heute nichts Vergleichbares.«

»Yammy, bitte nicht«, sagte Red.

»In der Bayview Gallery gibt es eine neue Ausstellung mit ihren Arbeiten. Wusstest du das?«, fragte die Alte Yammy.

»Bayview?«, fragte Red. »Scheint ein bisschen spitz für ihre Sachen.«

»Kein bisschen. Du solltest es dir ansehen, wo du schon einmal hier bist.«

»Dafür haben wir keine Zeit«, sagte er kurz angebunden. »Lass uns das Malen hinter uns bringen, damit wir unsere Suche beginnen können. Was willst du diesmal?«

Die Alte Yammy legte nachdenklich die Stirn in Falten. »Ein Porträt, denke ich.«

»Von wem?«

Die Alte Yammy deutete auf Hope. »Von ihr.«

»Mir?«, fragte Hope.

»Ihr?«, fragte Red.

Die Alte Yammy nickte. »Das ist mein Preis.«

Red sah Hope an. »Entschuldige. Macht es dir etwas aus?«

Der Gedanke, dass jemand sie mit solcher Konzentration für einen längeren Zeitraum anstarrte, verursachte ihr Gänsehaut. Doch die Ausflüchte, die ihr einfielen, würden sich nach kindischer Eitelkeit anhören. Und wenn das der Preis war, damit sie Teltho Kan verfolgen konnte, würde sie es eben ertragen müssen. Sie hatte schon Schlimmeres durchlitten. »Nein, das macht mir nichts«, log sie deshalb.

»Wunderbar«, sagte die Alte Yammy und lächelte. »Ich mag es mit natürlichem Licht, kein Lampenlicht. Dann könnt ihr gleich morgen früh anfangen.«

Die Alte Yammy lebte über ihrem Laden in einem kleinen Zimmer, das keinen Platz für Hope und Red bot. Also legte sie dicke Steppdecken auf den Boden in der Küche neben dem Kanonenofen. Die Küche war dunkel, bis auf das flackernde, orangefarbene Licht des Feuers im Ofen. Hope hörte Lachen und Musik von einem nahe gelegenen Haus. Sie fragte sich, ob die Musik in diesem Viertel jemals verstummte. Seltsamerweise hoffte sie, dass es nicht so war.

»Das erinnert mich irgendwie an die erste Nacht, als wir beide in der Hütte vom Vermissten Finn geschlafen haben«, sagte Red.

»Eigentlich war es Tag«, sagte Hope.

»Genau. Dann sind wir in der Nacht nach Hammerhusen gegangen. Und alle Höllen sind losgebrochen.«

Schweigend lagen sie Seite an Seite.

»Danke, dass du Drem getötet hast«, sagte Hope schließlich leise. Sein Tod hatte den Verlust, den sie wegen Carmichaels Tod fühlte, immer noch nicht gemildert. Trotzdem war sie froh, dass er gerächt worden war.

»Die Freude war ganz meinerseits. Auch wenn ich wünschte, du wärest da gewesen, um den erstaunlichen Bandenwurf mit anzusehen, den ich da geschafft habe. Der wäre etwas für die Geschichtsbücher.«

»Ich glaube, Carmichael hätte dich gemocht. Obwohl du darauf beharrst, dich selbst als Schurke und Dieb darzustellen.«

»Ich bin ein Schurke und ein Dieb!«

»Du hast noch nie von der Alten Yammy erzählt«, sagte Hope plötzlich. Es war eine kleine Sache, aber irgendwie erschien sie ihr plötzlich wichtig. Yammy wirkte wie jemand, der Bildung, das Lesen und das Rechnen zu schätzen wusste.

»Ich rede nicht viel über sie. Über Menschen aus meiner Vergangenheit im Allgemeinen.«

»Aber du besuchst sie noch.«

»Natürlich. Sie ist eine der gebildetsten Menschen die ich kenne.«

»Redest du mit Filler und Nessel über sie?«

»Nicht viel«, gab er zu.

»Haben sie sie jemals getroffen?«

»Filler ein Mal. Als sie runter in die Paradieskehre gekommen ist, und mich dort gefunden hat.«

»Siehst du, das meine ich«, sagte Hope. »Du magst ein Schurke und ein Dieb sein. Aber du bist auch so viel mehr. Ein Gelehrter, ein Geschichtenerzähler, und jetzt stelle ich fest, dass du auch ein Künstler bist. Warum hältst du diese Seite von dir geheim?«

Red schwieg lange. Hope fragte sich schon, ob er überhaupt antworten würde. Ob er überhaupt eine Antwort wusste.

»Ich glaube, weil ich noch nie jemandem begegnet bin, der alle diese Teile von mir erkannt hat«, sagte er endlich.

Hope dachte daran zurück, als sie erfahren hatte, dass Red zur gleichen Zeit zum Waisenkind geworden war wie sie selbst. Ihrer beider Leben waren so verschieden gewesen, aber diese eine Gemeinsamkeit war wie ein Pflock, der in das Zentrum ihres Seins gebohrt worden war, in dem sich ihre Träume, ihre Ängste und Wünsche drehten. Sie hatte nicht gewusst, dass sie jemanden, der so anders war als sie selbst, so gut verstehen konnte.

»Hope?«, fragte Red.

»Ja?«

»In dieser Gasse heute. Du hättest dich nicht wirklich selbst umgebracht. Oder?«

Hope seufzte und schloss die Augen. »Der Kodex der Vinchen besagt, dass die einzig wahre Rache der Tod des Täters ist. Wenn der Krieger das nicht erreicht, dann ist es besser, er stirbt selbst, als mit dieser Schmach zu leben. Ich dachte, ich hätte versagt.«

»Und deine Ehre ist dir so viel wert?«

»Nein. Aber meine Rache.«

Teltho Kan erwachte nackt und zitternd in einer dunklen Gasse nahe der Westküste von New Laven. Seine Haut fühlte sich roh an, als wäre er mit einem stumpfen Rasierer zerkratzt worden. Als er langsam und unsicher auf die Füße kam, zerrte der kalte Wind schmerzhaft an ihm.

Es war ein schlechter Sprung gewesen. Kaum Zeit zur Vorbereitung. Keine Puffer, keine Absicherung. Und er wurde auch nicht jünger. Noch so einer, und er könnte seine Haut zusammen mit seiner Robe zurücklassen.

Aber es war nötig gewesen. Er hatte niemals erwartet, dass jemand, der die Regeln so treu befolgte wie Hurlo, etwas so Ketzerisches tun könnte, wie eine Frau in die Geheimnisse der Vinchen einzuweihen. Vielleicht war er im Alter schrullig geworden. Oder senil. Der Grund spielte keine Rolle. Er hatte das Mädchen gut ausgebildet. Mit ihr musste man rechnen.

Teltho Kan sah hinab auf seinen nackten, zitternden Körper, spindeldürr und sehnig vor Muskeln. Eins nach dem anderen. Zuerst einmal brauchte er Kleidung.

Unbefangen lief er hinaus auf die Hauptdurchfahrtsstraße. In diesem Teil der Stadt gab es keine Straßenlaternen, und es waren auch nicht viele Leute unterwegs. Und es war in der Tat fast amüsant, wie die wenigen Menschen, die seinen Weg kreuzten, vorgaben, den nackten alten Mann, der sich in den Schatten herumdrückte, nicht zu sehen.

Endlich entdeckte er jemanden, der in etwa seine Größe und Statur hatte. Der Mann trug ein weißes Bauernhemd, Kniehosen und Stiefel, deren Sohlen fast vollständig kaputt waren. Nicht perfekt, aber Teltho Kan hatte keine Zeit, wählerisch zu sein. Als der Mann vorbeilief, trat er aus den Schatten und berührte ihn am Hals.

»Zur Hölle mit dir«, knurrte der Mann und machte einen Schritt von ihm weg.

Teltho Kan sah zu, wie der Mann noch drei Schritte lief. Als er den Fuß zum vierten Schritt aufsetzen wollte, zerbrach sein Bein mit einem lauten Krachen. Er schrie und schwankte auf einem Bein. Dann brach auch das andere Bein. Im Fallen streckte der Mann beide Arme aus, um sich abzufangen. Beide zerbrachen beim Aufprall auf dem Pflaster. Der Mann lag da, und alle vier Gliedmaßen waren unnatürlich verrenkt. Teltho Kan sah zu, während sein Opfer vor Schmerzen heulte und herumzappelte, und jede seiner Bewegungen ließ noch mehr Knochen in seinem Körper brechen. Endlich blieb er als zitternde, wimmernde Masse liegen. Teltho Kan kniete sich nieder und tippte ihm gegen die Stirn. Der Schädel zerbrach, und der Mann lag völlig still.

Teltho Kan zog die Kleidungsstücke von dem Körper, der immer noch leise knackte und knirschte. Endlich war er wieder anzogen, und ihm war warm.

Hurlos Mädchen hatte Rache an ihm geschworen. Und wenn der alte Vinchen überhaupt etwas in ihr Gehirn eingebrannt hatte, dann war es, dass Schwüre erfüllt werden mussten. Darin war er schon immer unerbittlich gewesen. Und wenn sie auch nur ein bisschen so war wie ihr Großlehrer, dann würde sie ihn bald wieder aufspüren, wahrscheinlich eher früher als später. Er musste sich wappnen. Nächstes Mal wäre er bereit für sie.

24

Es wäre Red schwergefallen, jemandem, der selbst kein Künstler war, die seltsame Intimität zu erklären, die er empfand, wenn er ein Porträt malte. Er wusste auch nicht, ob nur er so fühlte, oder ob das allen Künstlern so ging. Nicht dass er ein Künstler war …

Sie begannen beim ersten Tageslicht. Hope saß auf einem hohen Stuhl am Fenster. Ihre blonden Haare waren normalerweise streng zurückgebunden, aber auf Yammys Bitte hin hatte sie sie für das Porträt gelöst. Die Morgensonne schien hindurch, sodass ihre Haare wirklich engelshaft aussahen. Und doch wirkte sie, so scheinbar ruhig und vollkommen still sie auch dasaß, immer noch gefährlich. Genau das machte einen Teil ihrer Anziehungskraft aus, musste er sich eingestehen.

Als er sie jetzt in der Küche der Alten Yammy malte, wurden seine Gefühle intensiver als die eines lecken Katers. Er stellte fest, dass selbst winzigste Details ihn anzogen. Dinge, die er normalerweise nicht bemerkt hätte. Ihre leicht nach oben gebogene Nase. Der geschwungene Bogen ihrer Lippen. Die feine Linie ihrer Augenbrauen, so blass wie ihr Haar. Die vielen kleinen Sommersprossen auf ihrem Nasenrücken. Die harte, klare Linie ihres Kiefers. Die anmutige Kurve ihres Halses. Und diese Augen. So tief und blau, dass ihm schwindlig wurde, wenn er zu lange hineinschaute. Und doch musste er hinsehen. Er musste ihnen gerecht werden auf der Leinwand. Er wollte die Augen richtig hinbekommen, und wenn auch alles andere nicht stimmte.

Sie rutschte leicht hin und her. »Wie lange wird das hier dauern?«, fragte sie.

»Je mehr du dich bewegst, desto länger dauert es«, sagte er angespannt.

»Aber wie …«

»Reden ist auch bewegen.« Er war ungerecht. Er hatte noch nie ein Porträt gemalt, bei dem sein Modell so still gesessen hatte wie sie. Es gab Augenblicke, da war er nicht einmal sicher, ob sie atmete. Und als er sie später fragte, ob sie eine Pause brauche, antwortete sie mit Nein. Er kannte niemanden, der so lange so still bleiben konnte. Es war fast, als würde sie sich in eine Art Vinchen-Meditation versenken.

Doch auch er befand sich in einer Art Trance. Das war ihm bewusst, selbst während er sich darin befand. So war es immer, wenn er malte. Die Zeit blieb stehen, und alle anderen Gedanken und Sorgen traten zurück. Da waren nur noch die Leinwand, der Pinsel, die Farbe und die Person vor ihm. Sie.

Es war bereits später Nachmittag, als er sich seiner Umgebung wieder bewusst wurde und feststellte, dass er fertig war. »In Ordnung.« Seine Stimme war verträumt, als würde er gerade erst aufwachen. »Das war's.«

Die Alte Yammy inspizierte das Bild eingehend. »Dein bestes bisher, Rixidenteron. Ein Porträt, dass seiner Vorlage würdig ist.«

»Danke.« Er wusste, dass das warme Gefühl der Euphorie

bald abklingen würde, sobald Red, der schicke Kater aus der Paradieskehre, wieder die Oberhand gewann. Also genoss der den Moment.

»Lass es mich sehen.« Hope stand auf. Obwohl sie gute acht Stunden lang vollkommen still dagesessen hatte, schien sie wohlauf. Sie ging zu ihm und betrachtete das Porträt über seine Schulter hinweg.

»Hm«, sagte sie und ging wieder weg.

Sein Magen schien von einer eiskalten Faust zusammengepresst zu werden. »Du magst es nicht?«, rutschte es ihm heraus.

»Nein, es ist wunderschön.« Ihre blassen, von Sommersprossen übersäten Wangen erröteten. »Du hast mich schmeichelhaft gemalt.«

»Ich habe dich so gemalt, wie ich dich sehe.«

»Hm«, sagte sie wieder, dann wandte sie sich an die Alte Yammy. »Ich hoffe, die Bezahlung ist ausreichend?«

»Oh, ja.« Die Alte Yammy warf Red einen verschmitzten Blick zu. »Es ist genau so geworden, wie ich mir das vorgestellt habe.«

Red mochte den Ausdruck auf ihrem Gesicht nicht. Es erinnerte ihn an sich selbst, wenn er etwas im Schilde führte. Das war nicht allzu überraschend. Immerhin war die Alte Yammy eine seiner Mentorinnen. Sie hatte ihn vor mehreren Jahren aufgespürt – nach seiner Zeit als Pirat, aber noch bevor er Nessel getroffen hatte. Sie hatte gewollt, dass er auf den Silberrücken zurückkam, aber da hatte er sich schon zu sehr in der Paradieskehre umgetan. Das hatte ihn jedoch nicht davon abgehalten, sie ab und an zu besuchen und von ihr zu lernen. Sie besaß wirklich außergewöhnliche Fähigkeiten in der Blutmagie, und sie hatte ein Händchen für heilkräftige

Mittel und Gifte, aber das Wahrsagen war ihre am häufigsten in Anspruch genommene Leistung, und jeder wusste ganz genau, dass das alles ein ganzer Haufen Eier und Schwänze war. Täuschung und Tricks waren ein notwendiger Teil ihres Geschäfts. Sie war diejenige gewesen, die ihm beigebracht hatte, dass ein schlauer Kopf einen viel weiter brachte als geschickte Finger.

Das machte Red natürlich nichts. Was ihn jedoch störte, war, dass er keine Ahnung hatte, was sie im Schilde führte und mit wem. In neun von zehn Fällen bedeutete das, dass es um ihn ging. Und er wusste nicht, was es diesmal war. Zumindest noch nicht. Sie war schlauer, als es gut war, und Yammys Intrigen enthüllten sich für gewöhnlich von selbst, und zwar zu spät, als dass man sie noch hätte verhindern können, aber früh genug, damit man ihre Handschrift erkennen konnte, wenn man aufpasste.

»Genau …«, sagte er und sah sie mit zusammengekniffenen Augen an. Dann wandte er sich an Hope. »Bereit zu gehen?«

»Unsinn«, sagte die Alte Yammy. »Ihr habt den ganzen Tag nichts gegessen. Ich kann euch nicht mit leerem Magen hinaus in die Welt entlassen.«

»Warum nicht?«, fragte Hope. »Ich will Teltho Kan nicht noch mehr Zeit verschaffen. Aber keiner von uns hat Geld. Wir wissen nicht, wann wir wieder etwas zu essen bekommen.«

Red grinste. »Geld kann man immer bekommen.«

»Ich würde es vorziehen, nicht zu stehlen, wenn es möglich ist.« Sie warf der Alten Yammy einen Blick zu, dann lächelte sie ihn an. »Außerdem könnte das die einzige Gelegenheit sein, bei der ich etwas über Rixidenteron erfahren kann.«

»Ich habe plötzlich gar keinen Hunger«, sagte er.

Während des Essens drehte sich die Unterhaltung fast ausschließlich um seine Taten in der frühen Kindheit, so wie Red es befürchtet hatte. Sie saßen am großen Tisch in der Mitte der Küche und aßen einen sämigen Gemüseeintopf, während die Alte Yammy eine beschämende Anekdote nach der nächsten preisgab. Red war sich nicht sicher, was er schlimmer fand, das selbstzufriedene Behagen, mit dem Yammy sprach, oder die schadenfrohe Begierde, mit der Hope zuhörte. Er konnte sich lebhaft vorstellen, wie sie ein ordentliches Arsenal an Peinlichkeiten ansammelte, das sie dann jederzeit einsetzen konnte, wann immer sie ihn dazu bringen wollte, sich zu winden.

»Also kennst du ihn schon sein ganzes Leben lang?«, fragte sie die Alte Yammy.

»Damals hatte ich diesen Laden hier noch nicht. Seine Eltern und ich waren Nachbarn, während seiner gesamten Kindheit. Ich hätte ihn aufgenommen, als seine Eltern gestorben waren, seien sie gesegnet, aber in dem Jahr steckte ich im Gefängnis.«

»Gefängnis?«, fragte Hope. »Für was?«

»Teufelei. So nennen es die Biomanten. Natürlich können sie die Naturgesetze zurechtbiegen, wie es ihnen gefällt, solange es zum Wohl des Imperiums ist. Aber wenn es dann jemand tut, der nicht ihrem Orden angehört, und noch dazu eine Frau ist? Das muss dann bestimmt eine teuflische Macht sein, die von einem Dämon gewährt wurde. Sie rauschen hier etwa alle fünf Jahre durch und halten nach Leuten mit echten Fähigkeiten Ausschau. Männer heuern sie manchmal an. Sobald du aber eine Frau bist, heißt es ein Jahr auf den Leeren Klippen oder der Tod. Ich habe mittlerweile gelernt, sie zu erkennen und meine Gabe zu verstecken. Aber damals war ich noch jung und dumm und wollte jeden beeindrucken, der vorbeikam.« Sie wandte sich an Red, und ihr Gesicht wurde traurig. »Ich wünschte, ich wäre da gewesen. Es war ein schweres Jahr, habe ich gehört.«

»Das war es«, sagte Red leise.

Sie schwiegen einen Moment, und Red hoffte, dass keine der beiden Frauen ausgerechnet diese Erinnerungen ans Licht zerren würde. »Glücklicherweise habe ich ihn ein paar Jahre später gefunden«, sagte die Alte Yammy schließlich, und Red spürte Dankbarkeit in sich aufsteigen. »Er hatte sich schon verändert. Wurde Red genannt. Sein Kopf steckte bereits voller Schurkereien, die Sadie die Ziege da reingestopft hatte, dieser alte Stör.«

»Ihr kennt euch?«, fragte Hope.

»Natürlich. Und bei allem Aufruhr, den sie gebracht hat, bin ich ihr für immer dankbar, dass sie sein Leben gerettet und ihn mehr oder weniger aus Scherereien herausgehalten hat.« Sie stupste Red gegen die Schulter. »Er ist trotzdem ab und an hergekommen und hat über die Jahre das eine oder andere von mir gelernt.«

»Was hast du ihm beigebracht?«, fragte Hope.

Die Alte Yammy brach in heiseres Gelächter aus. »Das würdest du wohl gern wissen.« Dann lachte sie wieder.

Red war nicht erstaunt, dass sie der Frage auswich. Es war nichts Bemerkenswertes gewesen. Er hatte keine Begabung für die Blutmagie gezeigt, also hatte sie ihm das andere Gewerbe beigebracht: die subtile Art, Menschen zu überzeugen. Ihr Widerwille, darüber zu reden, war kein großes Wunder. Sie hatte oft zu ihm gesagt, dass ein Magier seine Tricks niemals verrät, außer an seine Schüler.

Und doch gab es Hinweise auf ein großes Spiel, das sie seit

der vorangegangenen Nacht spielte. Was immer es war, Red grauste es vor seiner unvermeidlichen Enthüllung.

Vielleicht war er auch zu misstrauisch. Endlich verließen sie Madame Destinys Haus von Allem, ohne schockierende Enthüllung oder Wendungen. Entweder plante sie etwas von sehr langer Hand, oder Red hatte sich umsonst Sorgen gemacht.

»Sagst du Sadie Bescheid?«, fragte er. »Sie ist unten an den Docks und arbeitet an einem Schiff namens *Lady's Gambit* mit dem Vermissten Finn zusammen. Lass sie wissen, dass wir in Ordnung sind, sag ihr, was wir tun. Aber nichts Genaues. Ich will nicht, dass sie sich Sorgen macht.«

»Ich werde ihr sagen, was sie wissen muss«, sagte die Alte Yammy. Dann umarmte sie ihn, etwas, das sie selten tat. »Es wird eine Weile dauern, bis ich dich wiedersehe. Bis dahin wirst du ganz schön erwachsen sein. Versprich mir, dass du deine Alte Yammy nicht vergisst, verstanden?« Sie drückte ihn fest.

»Ja, in Ordnung«, sagte er etwas verlegen.

Kurz nach Sonnenuntergang brachen sie auf. Hope behielt Kummerklang an der Seite, ihre Hand ruhte auf dem Griff, sodass sie jede Bewegung spürte, wenn es sich in eine Richtung bewegte.

»Was hat die Alte Yammy gemeint?«, fragte sie. »Als sie gesagt hat, dass sie dich eine Weile nicht sehen wird. Geht sie irgendwohin?«

Red schüttelte den Kopf. »Sie gibt vor, eine Art zweites Gesicht zu haben, tut so, als könne sie in die Zukunft sehen. Aber das ist alles ein Haufen Eier und Schwänze. Niemand kann die Zukunft sehen, weil wir sie noch nicht gemacht haben.«

»Man sagte, der Dunkle Magier konnte die Zukunft sehen. Manche glauben, dass ihn das verrückt gemacht hat.«

»Kannst du ihm das vorwerfen?«, fragte Red. »Ich meine, wenn es denn möglich wäre in die Zukunft zu sehen, was es nicht ist, und trotzdem nicht eingreifen zu können? Das würde jeden irre machen.«

»Was, wenn man doch etwas tun könnte?«, fragte Hope.

»Dann wäre es nicht mehr die Zukunft, oder?«

»Da hast du recht«, räumte Hope ein.

Schweigend gingen sie die Hauptstraße hinunter, und an jeder Ecke erklang eine andere Melodie, gespielt von einem anderen Musiker: Trommler, Flötisten, Streicher, Sänger, sie alle spielten, damit man ihnen ein paar Münzen in ihre Hüte warf. Die Spitzen warfen Kupfer, Silbermünzen und manchmal sogar ein Goldstück hinein. Red fragte sich, ob sie im Wettstreit miteinander lagen, wer am verschwenderischsten war. Wer es sich erlauben konnte, einem Streicher eine Goldmünze zuzuwerfen, nur weil er dessen Musik mochte, der musste wirklich außerordentlich reich sein.

»Die Lichter und die Musik und die Farben …«, sagte Hope. »Ich habe noch nie einen Ort wie diesen gesehen. Es ist fast, als wäre er nicht echt.«

Red sah zu, wie das Lampenlicht über ihre Haut tanzte. Ihre Haare waren wieder zurückgebunden, glänzten aber immer noch leicht engelshaft. Die Schatten und das Licht zuckten so wundervoll über ihre Gesichtszüge, dass es ihm in den Fingern zuckte, sie wieder zu malen.

»Was?«, sagte sie.

»Mmh?«

»Du starrst mich an.«

»Oh. Entschuldige.« Er sah schnell wieder nach vorn. In dem Moment begriff er die Absicht der Alten Yammy. Sie spielte verpisst noch mal Verkuppeln, versuchte, Red mit Hope zusammenzubringen. Vorher hatte er Hopes wunderschöne Züge bewundert, so wie das jedem heißblütigen Kater mit einer Schwäche für Miezen gegangen wäre. Aber er war kein liebeskranker Pinkel mehr. Als er herausgefunden hatte, dass sie nicht fürs Vögeln zu haben war, hatte er sie ziemlich erfolgreich als eine gute Freundin und sonst nichts betrachtet. Aber jetzt? Jetzt konnte er nicht aufhören, Dinge zu bemerken. All die Kleinigkeiten, die er gemalt hatte, fielen ihm auf. Es lenkte ihn ab, und es ließ sein Herz vor Frust ganz krank werden. Und was konnte er schon tun, außer es zu ertragen? Die einzige andere Möglichkeit war, so schnell wie möglich von ihr wegzukommen. Und doch ließ der bloße Gedanke daran seine Innereien zu Eis erstarren. Der Plan der Alten Yammy war aufgegangen. Er war wirklich und vollkommen in dieses Mädchen verliebt. Natürlich hatte Yammy nicht geahnt, dass nie etwas daraus werden konnte wegen diesem ganzen verpissten Keuschheitsschwur.

Hope hob das Kinn und atmete tief ein. »Ich rieche das Meer. Kummerklang zeigt in diese Richtung. Kann er New Laven verlassen haben?«

»Das ist Tischlers Bucht da vorn. Die geht ziemlich weit nach New Laven rein. Auf der anderen Seite ist Schlüsselstadt. Er könnte dort sein.«

»Gut.«

»Eigentlich nicht. Erst müssen wir den ganzen Weg um die Bucht herumlaufen oder anders über das Wasser kommen. Wir könnten Sadie eine Nachricht schicken, dass sie unser

Schiff herbringen soll, falls es schon bereit ist. Und falls es das überhaupt ist, würde es einen Tag dauern, bis sie die Küste von New Laven hinaufgesegelt ist.«

»Wir liegen schon weiter zurück, als es mir lieb ist.«

»Du hast gesagt, wir sollen zum Essen bleiben«, sagte er.

»Ein Vinchen weiß, wann die Grenzen des Körpers berücksichtigt werden sollten.«

»Heißt, du warst am Verhungern.«

»Ja«, sagte sie ohne jede Spur von Verlegenheit.

»Gut, egal, wie wir hinüberkommen, sobald wir in Schlüsselstadt sind, werden wir sehr wahrscheinlich feststellen, dass es kein freundlicher Ort ist, weil dort das Hauptquartier der Imps liegt. Teltho Kan verbreitet wahrscheinlich überall deine Beschreibung. Die Imps hier werden sie vielleicht noch nicht gehört haben. Aber die anderen da drüben werden nach dir Ausschau halten, das ist so sicher wie Sorgen. Wir müssen deine auffälligeren Merkmale tarnen, bevor wir über die Bucht können.«

Sie hob eine Augenbraue. »Welche Merkmale sind das?«

»Das blonde Haar und das Vinchen-Leder.« Und die überirdische Schönheit, dachte er mit einer gesunden Portion Selbstironie.

»An welche Art von Verkleidung hast du gedacht?«

»Wenn wir in die Oberstadt gehen, dann sollte es eine Verkleidung sein, die spitzenmäßig aussieht.«

Sie rümpfte die Nase. »Muss ich mich dafür orange anmalen?«

»Das machen nicht alle. Aber viele tragen alberne Hüte und große, puffige Kleider.«

»Wunderbar«, sagte sie ohne Begeisterung. »Und wo bekommen wir so eine Verkleidung her?«

»Musst du das wirklich erst fragen?« Er fasste sich mit der Hand an die Brust und schlug einen gespielt verletzten Ton an.

Ihre Augen wurden schmal. »Du willst sie klauen.«

»Natürlich. Selbst wenn wir Geld hätten, wäre das nicht annähernd genug für eine komplette Spitzen-Ausstattung. Die kostet mehr, als du oder ich in einem Jahr zu sehen bekommen. Wir müssen nur eine Spitzenfrau in deiner Größe finden.«

Er begann, sich nach einem Opfer umzusehen, sobald sie ihren Weg zur Bucht fortsetzten. Die Straße endete an einer Klippe. Weit unten glitzerte der Mond auf dem dunklen Wasser. Die Spiegelung wurde hier und da unterbrochen von der dunklen Form kleiner Vergnügungsboote, die den Spitzenhemden gehörten. Leise konnte er das hölzerne Knirschen hören, während sie sich über das Wasser bewegten. Weiter die Küste hinauf hörte er den Klang von klassischer Musik. Keine derben Straßenmusiker, sondern ein echtes, glitzerndes Spitzen-Orchester. Er wandte den Kopf dem Klang zu und konnte gerade so die Quelle erkennen: Ein großes Gebäude direkt an der Kante der Klippe über der Bucht.

Er lächelte wölfisch. »Die Bayview Gallery. Komm. Ich verspüre das plötzliche Verlangen, wieder mit meiner Kindheit in Kontakt zu treten.«

Bayview Gallery war die angesehenste Kunstgalerie auf dem Silberrücken, was es zur angesehensten Galerie in New Laven machte und damit womöglich auch im gesamten Imperium. Die vier Stockwerke des Gebäudes waren von überflüssiger Architektur überladen. Es gab Bögen, Strebepfeiler, überwölbte Balkone und Rotunden, um nur ein paar der offensichtlicheren zu nennen. Die großen Fenster glühten wie riesige Laternen, als er und Hope sich näherten. Das Licht hätte ausgereicht, um das ganze Viertel zu erleuchten. Doch natürlich gab es zusätzlich Straßenlampen, zweimal so viele wie in jedem anderen Viertel, und flackernde Fackeln ebenso, nur für die Ästhetik.

»Ich verstehe nicht, warum du jemanden während der Ausstellung deiner Mutter ausrauben willst«, sagte Hope.

»Mama hat diesen Ort gehasst, so wie jeder anständige Künstler auf dem Silberrücken. Sie hat immer gesagt, dass man in dem Moment weiß, dass seine Kunst bedeutungslos ist, wenn sie in der Bayview aufgehängt wird.«

»Selbst wenn das stimmt, dann sind die Menschen da drinnen doch hier, weil sie die Gemälde deiner Mutter bewundern. Das muss doch etwas zählen.«

»Warum? Weil die ihre Arbeit für mehr Geld kaufen und verkaufen, als meine Mutter jemals in ihrem ganzen Leben gesehen hat? Diese Leute bereichern sich daran, dass ihre Leidenschaft für die Kunst sie getötet hat. Wenn das etwas zählt, dann ist das hier eine der nasseren Höllen.«

Hope sagte nichts mehr, als sie sich der Galerie näherten, und Red war froh darüber. Er musste sich beruhigen. Seinen Geist beruhigen, damit er das hier richtig angehen konnte. Klar, eine Spitze während der Ausstellung seiner Mutter auszuheben, hatte einen gewissen maßlosen Beigeschmack. Aber er war immer noch Profi.

Das Gebäude war zu hell erleuchtet, als dass sie sich hineinschleichen konnten, und so wie sie aussahen, würden sie von den beiden breitschultrigen Pantoffeln, die die Tür bewachten, wieder weggeschickt werden.

Glücklicherweise war der Verkehr zwischen der kleinen Vorratskammer und der Galerie lebhaft, da die Diener der Spitzenhemden unaufhörlich Essen und Getränke für die unermesslich Reichen anschleppten. Red und Hope arbeiteten sich vorsichtig bis zu der Vorratskammer vor, packten gemeinsam ein Fass Bier und reihten sich dann hinter einen gequält wirkenden, silberhaarigen Diener ein, der unter dem einen Arm einen geräucherten Schinken und unter dem anderen einen Laib Käse trug. Sie folgten ihm über die weite Grasfläche bis zum Dienstboteneingang an der einen Seite der Galerie. Der Eingang führte sie direkt in die Küche, wo Hope und Red ein gewaltiges Bankett aus Nahrungsmitteln fanden. Fleisch und Käse, Fisch und Früchte, alles in winzige Stücke geschnitten und kunstvoll auf riesigen silbernen Tabletts angerichtet. Und obwohl er bereits gegessen hatte, starrte Red hungrig darauf.

»Red, hör auf«, sagte Hope. »Du lenkst mehr Aufmerksamkeit auf uns.«

»Mehr?« Red sah sich um. Diener starrten sie an und flüsterten untereinander. Natürlich, jeder andere um sie herum steckte in einer Dienstbotenuniform. »Stimmt. Zeit, zu gehen.«

Bevor sie jemand aufhalten konnte, liefen sie durch die nächste Tür. Sie führte in einen langen Flur mit gewölbter Decke. Die Böden bestanden aus weißem Marmor, die Wände waren mit goldverzierter Tapete beklebt, und vor den Fenstern hingen weinrote Samtvorhänge. Hier waren weder Menschen noch Gemälde, aber die Musik ertönte laut aus dem oberen Stockwerk. Red vermutete, dass sich die meisten »Kunstmäzene« gerade dort oben aufhielten. Er hoffte, dass wenigstens ein paar Leute hier unten waren, um sich die wirklichen Kunstwerke anzusehen. Damit er ihre Kleidung stehlen konnte, verstand sich.

Er lief weiter. »Komm schon, die Hauptgalerie muss da entlang sein.«

»Du hast irgendeinen Plan, richtig?«, fragte Hope, als sie neben ihm herging. Sie sah sich immer wieder um und schien sich noch unbehaglicher zu fühlen als bei ihrem ersten Besuch in der Schwarzpulverhalle. Red fragte sich, ob sie jemals etwas so Luxuriöses gesehen hatte wie das hier. Vermutlich nicht. Gerade als sie sich an die Kehre gewöhnt hatte, hatte er sie an einen noch fremdartigeren Ort geschleppt. Und irgendwie musste er zugeben, dass er daraus ein gewisses perverses Vergnügen zog.

»Pff, Pläne sind was für Amateure.« Er ließ es leicht und unbesorgt klingen.

»Eigentlich bin ich mir ziemlich sicher, dass sie einen Profi auszeichnen«, sagte sie.

Sie betraten einen großen Raum, in dem sich zwei Korridore kreuzten. Über ihnen hing ein gewaltiger Kristallleuchter. »Wie wird er beleuchtet?«, fragte Hope, deren Augen groß vor Staunen waren.

»Mit Gas, das durch Röhren in den Wänden hereingeleitet wird.«

Sie schüttelte den Kopf. »Unglaublich.«

»Ja, klar.« Red musterte die anderen Flure und stellte fest, dass sich in einem von ihnen Menschen aufhielten. Nun musste er eine Frau finden, die in etwa Hopes Größe hatte und einen Hut trug. Er wusste noch nicht genau, wie er an ihre Kleidung kommen würde, aber den Teil würde er sich später überlegen. Abhängig von ihrem Wesen, könnte alles funktionieren, von einer List bis zu einem stumpfen Objekt.

Er konnte nicht anders, als den Kommentaren zu lauschen, als sie an den Spitzenhemden vorbeiliefen, die die Gemälde seiner Mutter anstarrten.

»So bemerkenswert!«

»Himmlisch, findest du nicht?«

»Fesselnd! Ich kann gar nicht wegsehen.«

»Dieses hier ist ein bisschen grell, findest du nicht auch?«

Es ging ihm durch Mark und Bein. Er mochte es gar nicht, dass diese Spitzen die Arbeit seiner Mutter betrachteten, als hätten sie das Recht oder einen Anspruch darauf. Er eilte an ihnen vorbei, kämpfte darum, sein Ziel nicht aus den Augen zu verlieren, und suchte nach einer schlanken Frau mit Hut. Ihm dämmerte, dass das Ganze hier ein furchtbarer Fehler war. Er hätte nicht mal in die Nähe dieser Galerie kommen sollen. Aber dafür war es jetzt zu spät.

Und da sah er das Gemälde. Er hatte das nicht vorgehabt. Um genau zu sein, hatte er sein Bestes gegeben, um zu vermeiden, dass er auch nur irgendeines von ihnen ansah, denn er wusste, dass die Erinnerungen seinen letzten Rest Ruhe, an den er sich noch klammerte, zerstören konnte. Doch jetzt wurden seine Augen ohne sein Zutun von einer bestimmten Leinwand am Ende der Halle angezogen. Fast gegen seinen Willen stolperte er darauf zu. Dann stand er da und starrte es an, die Hände an den Seiten geballt.

»Red?« Hope tauchte neben ihm auf. Er war sich vage bewusst, dass sie zwischen ihm und dem Gemälde hin und her blickte. »Geht es dir gut?«

Nein, es ging ihm gar nicht gut. Er versank in einem Wirbel aus Bildern, an die er sich seit Jahren nicht mehr erinnert hatte. Seine Mutter, wunderschön mit ihren grauen Augen und dem gelockten schwarzen Haar. Sie hatte eine

Art gehabt zu schmunzeln, still, schelmisch, die einen immer hatte glauben lassen, dass sie etwas wusste, das einem selbst entging. Sein ganzes Leben lang hatte er versucht, dieses Schmunzeln nachzuahmen, aber es war ihm niemals wirklich gelungen.

Er hatte sie angebetet. Sogar später, als ihre Hände nicht mehr aufgehört hatten zu zittern, als sie keinen Pinsel mehr hatte halten können. Erst am Ende, als ihre Beschreibungen keinen Sinn mehr ergeben hatten, war es wirklich schwer geworden. Dann war sie enttäuscht gewesen von ihm, hatte ihn verflucht, ihm gesagt, dass er dumm und ungeschickt war. Er hatte angefangen zu weinen, was sie nur noch wütender gemacht hatte. Dann war sein Vater zu ihnen gekommen, und seine geduldigen Augen und sein sanftes Lächeln hatten sie beide beruhigt, wenn er seine Familie mit seinen starken Armen in einer Umarmung an sich gezogen hatte. Dann war alles wieder in Ordnung gewesen.

Bis eine Zeit kam, in der sein Vater nicht da gewesen war, um einzugreifen. Red wusste, dass er draußen als Hure unterwegs war, um Geld zu verdienen, mit dem er die neuen Gemälde kaufen konnte, die sonst niemand wollte. Red hatte eigentlich nicht vorgehabt, das seiner Mutter zu erzählen, weil er sie nicht traurig machen wollte. Doch ohne seinen Vater, der sie beruhigen konnte, entluden sich ihre Frustration und sein Schmerz ungehemmt, und so hatte er es eines Nachts, als sie ihn wieder als schwach und untalentiert und als das Schlimmste, das ihr jemals widerfahren war, beschimpft hatte, nicht länger ausgehalten. Er *wollte*, dass sie traurig war, wollte ihr genauso wehtun wie sie ihm. Und so hatte er ihr erzählt, was sein Vater trieb. Ohne ein Wort hatte sie sich auf das Sofa gelegt und die Augen geschlossen. Red stand da, entsetzt über das, was er gesagt hatte, und sein Innerstes kochte vor schmerzhafter Energie. Er hatte nicht gewusst, wohin damit, und so hatte er angefangen zu malen. Das erste und einzige Bild, das er ganz allein geschaffen hatte.

Und das war das Gemälde, das er jetzt anstarrte.

»Faszinierendes Stück, findest du nicht?«, fragte eine Stimme hinter ihm. Älter. Männlich. Ein Spitzenhemd, dem Klang und dem Schliff nach zu urteilen. »Ihr letztes Werk vor ihrem Tod. Es war ein Abschied für sie. Anders als alles, was davor kam. Man fragt sich, ob es ein Zeichen war für das, was kommen sollte? Wenn sie gelebt hätte, natürlich. Manche Leute stellen die Theorie auf, dass es eine Art Selbstporträt war. Sich selbst so zu malen, wie sie selbst dachte, dass sie im Sterben aussehen würde.«

Red hatte den Blick nicht von dem Gemälde abgewandt. In wirbelnden Pinselstrichen aus gedeckten Braun- und Grautönen, mit kleinen Streifen Beige gemischt, lag seine Mutter auf dem Sofa, ein Arm hing über den Rand, eine Korkenzieherlocke ihres schwarzen Haars fiel ihr ins Gesicht, das mager, aber friedvoll wirkte. So friedvoll, wie Red es sich für sie gewünscht hatte. Als ob er es hätte wahr machen können, wenn er es malte.

Reds Stimme klang belegt, als er jetzt sagte: »Sie hat dieses Bild nicht gemalt. Das war ich.«

»Was hast du gesagt?«, fragte der Mann und klang beleidigt.

Jetzt wandte sich Red zu dem Mann um, und er versuchte nicht einmal, die Tränen zu verbergen, die ihm über die Wangen liefen. Der argwöhnische und finstere Blick des Mannes löste sich sofort auf, als er Reds Gesicht sah. Er fuhr mit den Händen durch sein dünnes graues Haar, dann presste er sie gegen seine dicklichen Lippen. »Diese Augen!«, flüsterte er. »Diese roten Augen! Du ... du bist der verlorene Sohn, Rixidenteron.«

»Red, wir sollten jetzt gehen«, sagte Hope leise, ihre Hand lag beschützend auf seinem Arm.

»Nein, bitte nicht!« Der Mann streckte ihnen die Hand entgegen. »Ich würde alles tun, lass mich nur einen Moment mit dir reden.«

Und obwohl er nun offen schluchzte, sein Herz entzweigerissen und mit wirbelnden Gedanken, erkannte der Teil von Red, der ihn seit all den Jahren am Leben erhielt, den Klang der Verzweiflung. Es war der Klang einer günstigen Gelegenheit.

»Warum?« Red kniff die Augen betont misstrauisch zusammen, als habe er Angst vor diesem gut gekleideten Spitzenrunzler. »Worüber wollt Ihr reden?«

»Deine Mutter natürlich.« Seine Hände zitterten, und auf seiner Stirn glänzten Schweißperlen. »Ich bin Thoriston Baggelworthy. Vielleicht hat sie von mir erzählt?«

Red schüttelte den Kopf.

»Nun, ich kannte sie vor langer Zeit, als wir beide noch Kinder waren. Wir haben Seil und Stock gespielt, sie und ich. Ich war furchtbar vernarrt in sie, natürlich. Doch sie hat sich mehr für die Kunst als für mich interessiert. Als sie Hohlfall verlassen hat, war ich niedergeschlagen. Ich dachte, ich würde niemals darüber hinwegkommen.« Er kicherte seltsam. »Und vielleicht bin ich das auch nie. Immerhin ist das hier«, er machte eine Handbewegung, »alles meins.«

»Was meint Ihr, das gehört alles Euch?«, fragte Red. Er mochte den besitzergreifenden Ton des Mannes nicht. Und er mochte es nicht, dass er die wenigen Male, die er auf den

Silberrücken zurückgekehrt war, wieder in die Welt von Rixidenteron und seinen Erinnerungen gesaugt wurde. Das war wahrscheinlich das Beste an der Paradieskehre, dass niemand auch nur eine Tasse Pisse auf berühmte Künstler gab.

»Die Sammlung«, sagte Thoriston. »Jedes Gemälde, das sie je gemalt hat, ist mein. Ich habe sie durch ganz New Laven gejagt und habe sie endlich alle zusammengebracht. Ich werde deine Mutter zur berühmtesten Malerin der Welt machen, du wirst schon sehen!«

Red wollte ihm sagen, dass Ruhm seiner Mutter niemals etwas bedeutet hatte. Er wusste nicht, ob das stimmte, aber ihm gefiel nicht, wie der Mann da vor ihm so tat, als hätte er einen Anspruch auf seine Mutter und ihr Werk. Der Überlebenskünstler in ihm warnte ihn jedoch davor. Also fragte er stattdessen: »Was wolltet Ihr über sie wissen?«

»Alles! Ich hoffe, eine Biografie über ihr Leben schreiben zu können, weißt du. Es wäre von unschätzbarem Wert für meine Arbeit und für ihr Vermächtnis, wenn du mir alles erzählen könntest, an das du dich noch aus deinem frühen Leben mit ihr erinnerst.«

»Wir haben noch Dinge zu erledigen, und wir haben es eilig«, sagte Red und drehte sich um. »Außerdem ist es zu schmerzlich für mich, darüber zu sprechen.«

»Warte, ich flehe dich an!« Thoriston rang die Hände. »Ich weiß, dass ich viel von dir verlange, wenn ich dich darum bitte, dich an diese schlimme Zeit zu erinnern. Wenn ich dich dafür irgendwie vergüten kann, dann sag es mir, und wenn es in meiner Macht liegt, dann werde ich es tun.«

Red gab vor, einen Moment darüber nachzudenken. »Wir brauchen Kleidung. Echte Kleidung, so wie Ihr sie tragt.«

»Kleidung?« Er sah vollkommen verblüfft aus. Als würde

sie auf Bäumen wachsen und jeder könne sich jederzeit einfach welche pflücken.

»Für uns beide«, fuhr Red fort. »Und ein Transportmittel über die Bay nach Schlüsselstadt.«

Thoriston musterte ihn scharf. »Ah, jetzt verstehe ich. Du willst nach Hohlfall gehen, zur Familie deiner Mutter zurückkehren, und du willst nicht in diesen alten Lumpen vorstellig werden.«

»Ihr seid scharfsinnig«, sagte Red geschmeidig. »Ich hatte nicht erwartet, dass Ihr das so schnell durchschaut.«

»Aber weißt du, wo genau du hingehen musst, wenn du erst dort bist?«, fragte Thoriston, der sehr zufrieden mit sich wirkte.

Red setzte eine verlegene Miene auf. »Nicht genau …«

»Dann kann ich dir sogar mehr bieten, als das, worum du gebeten hast! Ich kenne die Adresse deines Großvaters. Ich kann dir den Weg bis zu seiner Tür beschreiben.«

Eine Wegbeschreibung bis zur Tür seines Großvaters war das Letzte, was Red wollte. Doch er zwang sich zu einem Lächeln. »Das wäre mir eine große Hilfe.«

»Wunderbar! Er wird hocherfreut sein, dich endlich kennenzulernen!« Thoriston klatschte mit seltsam kindischer Freude in die Hände.

»Zweifellos«, murmelte Hope.

»Gut, lass mal sehen …« Thoriston kratzte sich am glatten, runden Kinn. »Meine Frau und ich sind für die Dauer der Ausstellung nebenan im Hotel Abenddämmerung abgestiegen. Es mag vielleicht ein bisschen locker um die Taille sitzen, aber du könntest in etwas von mir passen.« Dann sah er Hope mit einem Stirnrunzeln an. »Du wirst vermutlich die größere Herausforderung darstellen, meine Liebe. Du bist deutlich zu dünn, um in die Kleider meiner Frau zu passen. Sie würden dir glatt von deinem jungenhaften Körper rutschen.«

Red spürte, wie sich Hope anspannte. Er knuffte sie mit dem Ellbogen und nickte knapp. »Wie Ihr sagt, Sir.«

Er starrte sie weiter an. »Du würdest allerdings in die Kleider ihres Dienstmädchens passen. Aber ich fürchte, die Mutter des Mädchens ist gerade gestorben, deshalb hat sie nur Trauerkleidung eingepackt.«

»Ich ziehe Schwarz sowieso vor«, antwortete sie.

»Ah, ja …« Thoriston musterte ihre schwarze Lederkleidung. »Das sehe ich.« Dann wandte er sich wieder an Red. »Sobald ihr beide euch umgezogen habt, bringe ich euch höchstpersönlich über die Bucht. So kannst du mir von deiner Mutter erzählen, während wir reisen, und du verlierst nicht viel Zeit dabei.«

»Das klingt perfekt«, sagte Red. Diesmal klang er aufrichtig.

Red versuchte, nicht zu gaffen, während Thoriston sie durch die Eingangshalle des Hotels führte, die sogar noch opulenter war als die Galerie. Gasbetriebene Lichter waren in jedem Raum, Kristallleuchter, seidenbestickte Wandbehänge, dicke Fellteppiche. Jedes Zimmer roch nach Blumen und Süßigkeiten. Er warf einen Blick auf Hope und sah, dass ihr beinahe die Augen rausfielen vor Staunen.

Thoriston führte sie in seine Unterkunft, die so erlesen war wie die Halle.

»Wo ist Eure Frau?«, fragte Hope, während sie den Raum absuchte.

»Oh, noch in der Galerie, vermute ich«, rief er, während er ins Schlafzimmer ging und dort die Kleidung in seinem Schrank durchsah. »Sie mag dieses Orchester dort. Deshalb haben wir sie angestellt. Meine tiefe und lebenslange Passion für Lady Pastinas Kunst weiß sie manchmal nur schwer zu schätzen.«

»Ich vermag mir nicht vorzustellen, warum das so ist«, sagte Hope trocken.

Hope und Red warteten in dem Salon, während Thoriston sich durch die Kleidung wühlte und alles in Unordnung brachte. Red vermutete, dass er jemanden hatte, der hinter ihm herräumte. Er mochte vielleicht nicht einmal daran gewöhnt sein, Kleidung selbst zu holen.

»Da haben wir es ja!«, sagte er und strahlte sie triumphierend an, als er mit den Kleidern für Red auf sie zutrat. Dann wandte er sich an Hope. »Dort ist das Zimmer des Dienstmädchens. Ich bin sicher, dort wird es etwas geben.« Er hielt inne und wirkte plötzlich unsicher. »Äh … brauchst du Hilfe beim Ankleiden? Ich könnte jemanden rufen …«

»Wir kommen zurecht, vielen Dank«, sagte Red.

Als Red fertig angezogen war, bewunderte er sich im Spiegel. Er trug einen feinen braunen Gehrock mit goldener Borte und Messingknöpfen, eine Hose und eine seidene Krawatte, bei der Thoriston ihm geholfen hatte, sie richtig zu binden. Was würden seine alten Jungs nur sagen, wenn sie ihn jetzt sehen könnten? Der Hübsche Henny würde sich wohl anpissen vor Lachen. Sadie würde vermutlich vor Schreck sterben, Filler könnte ihm vielleicht nicht einmal in die Augen sehen. Und Nessel … das würde sie ihn niemals vergessen lassen. Aber hier, ohne ihre höhnischen Bemerkungen und ihre missbilligenden Blicke, erlaubte er sich für einen Moment, in dieser merkwürdigen kleinen Fantasie zu schwelgen, während er auf Hope wartete.

Hope war nicht annähernd so begeistert.

»Dieser ganze Stoff, der da um meine Beine herumschwingt.« Sie umklammerte dicke Falten aus schwarzem Stoff. »Es ist fast unmöglich, sich darin anständig zu bewegen.«

»Ich finde, das ist eine bedeutende Verbesserung«, sagte Thoriston. »Es hilft sehr, deine weiblichen Merkmale besser zu betonen.«

Red musste ihm zustimmen. Ihre blassen, von Sommersprossen gesprenkelten Schultern schimmerten im Licht der Lampen, und das schwarze Korsett drückte ihre kleinen Brüste zusammen, um ein wenig Dekolleté anzudeuten, während es am anderen Ende ihre Taille hervorhob. Doch er war schlau genug, nichts davon laut zu äußern.

Hope grunzte und zupfte an dem Korsett. »Es ist unpraktisch und unbequem. Und ich kann mein Schwert nirgends anbringen.«

»Ich kann es nehmen«, bot Red an.

Sie setzte sich den kleinen schwarzen Hut auf den Kopf.

»Nein, kannst du nicht.«

»Soll ich das hier … entfernen lassen?«, fragte Thoriston und deutete auf ihre normalen Kleider.

»Nein!«, riefen Hope und Red gleichzeitig.

»Äh, wir behalten die einfach, danke«, sagte Red, rollte alles zusammen in seinen Langmantel und schob sich das Bündel unter den Arm.

Thoriston führte sie wieder aus dem Hotel hinaus und auf den Pfad über den Klippen. Der Mond und die Sterne waren aufgegangen und glitzerten tief unter ihnen auf dem Wasser der Bucht. Nach einem kurzen Marsch stiegen sie über eine schmale Treppe, die sich im Zickzack am Kliff entlangzog, hinab zu den Docks.

»Ich segele mein eigenes Schiff«, sagte Thoriston stolz, als er sie zu einem kleinen Segelboot führte. »Nicht raus aufs Meer, natürlich. Nur in der Bucht. Meine Frau sagt, ich sei verrückt und weigert sich, mit mir mitzukommen, aber ich finde es wirklich belebend.«

Seine Jacht sah aus wie die, die sie mit der *Sturmbraut* geplündert hatten. Red unterdrückte ein Lächeln, als er sich vorstellte, wie Thoriston wohl reagiert hätte, wenn er von Sadie der Piratenkönigin und ihrer Mannschaft geentert worden wäre. Doch Thoriston wusste tatsächlich, wie man das kleine Schiff handhabte. Bald hatten sie die Segel gehisst und glitten hinaus in die Bucht.

»Na dann«, sagte Thoriston, und lehnte sich bequem an das Heck, eine Hand an der Ruderpinne. »Erzähl mir *alles* über sie.«

»Ach, die tragische Geschichte der Lady Pastinas, ja?«, fragte Red, und wärmte seine Erzählerstimme auf. Es half ihm, etwas Distanz zu wahren, und es machte die Erzählung interessanter für seine Zuhörer.

»Ja«, hauchte Thoriston. Seine Augen waren so groß wie die eines Kindes.

Der Sonnenaufgang stand fast bevor, als sie die andere Seite der Bucht erreichten. Die ersten Streifen Rot erhoben sich gerade über die quadratischen, ordentlichen Spitzen der imperialen Garnison von Schlüsselstadt. Red hatte seine Geschichte ein paar Minuten zuvor beendet, es war perfekt. Thoriston tupfte mit einem Taschentuch an seinen Augen herum.

»Deine arme Familie«, murmelte er, als er sein Boot am Dock festmachte.

»Nun, Ihr habt viel getan, um die Dinge besser zu machen«, antwortete Red und packte seine Hand. »Indem Ihr das Andenken meiner Mutter ehrt und mir helft, mich mit meinem Großvater zu versöhnen.«

»Es ist das wenigste, was ich tun kann«, schnüffelte Thoriston. »Das Werk deiner Mutter hat meinem ganzen Leben einen Sinn verliehen.«

»Wahr gesprochen.« Red schenkte ihm sein schönstes Lächeln und tätschelte dem alten Kerl die Hand.

Thoriston beschrieb ihnen genau, wie sie zum Gutshaus der Pastinas kamen. Red hörte gut zu, um es in jedem Fall umgehen zu können. Dann stiegen er und Hope von Deck. Sie blieben am Kai stehen und sahen zu, wie Thoristons Boot hinaus auf die Bucht zuglitt.

»Du hast ihm nicht alles erzählt«, sagte Hope, sie klang merkwürdig gedämpft.

»Natürlich nicht«, sagte Red. »Eine Geschichte wird nicht nur durch das erzählt, was du sagst, sondern auch durch das, was du auslässt.«

»Aber wenn er es wirklich niederschreibt und eine Geschichte daraus macht, dann wird niemand je erfahren, dass du derjenige bist, der so viele ihrer Werke gemalt hat.«

Ein Teil von ihm wünschte sich, dass die Alte Yammy ihr nicht so viel über seine Kindheit erzählt hätte. Obwohl er gleichzeitig merkte, dass ein anderer Teil von ihm ihr dafür dankbar war.

»Nur ein Held in einer Geschichte, Hope, mein alter Pott. Und es hat keinen Sinn, eine gute Geschichte mit der traurigen Wahrheit zu beschweren. Außerdem müssen wir alle manche Dinge für uns behalten.« Er wandte sich um, dem wenig einladend wirkenden Schlüsselstadt zu. »Also, was sagt dein Schwert, wo wir als Nächstes hingehen sollen?«

25

Hope wusste, dass viele Frauen Kleider trugen. Sie wusste es wirklich. Und trotzdem hatte sie jetzt, da sie und Red durch die ordentlichen Straßen von Schlüsselstadt streiften, Schwierigkeiten, diese Tatsache zu akzeptieren. Allein schon, das Ding anzuziehen, war eine Quälerei gewesen. Ungefähr bei der Hälfte, als sie sich fast die Schulter ausgekugelt hatte, um die Schnüre des Korsetts an ihrem Rücken anzuziehen, hatte sie verstanden, warum Thoriston ihr vorgeschlagen hatte, Hilfe zu rufen. Kleidung, die so schlecht gemacht war, dass man sie nicht einmal allein anziehen konnte? Das erschien ihr wie ein schlechter Scherz. Und als das Korsett endlich eng genug saß, war es auch noch ein ungemütlicher Scherz. Endlich verstand sie, warum Frauen in den imperialen Romanzen, die sie in ihrer Jugend gelesen hatte, immer ohnmächtig wurden. Das hatte nicht an einem Schock oder Angst gelegen, sondern einfach daran, dass sie keine Luft bekamen. Und das war keine Kleinigkeit. Der Atem, hatte Hurlo ihr häufig gesagt, war die Wurzel dessen, was wir sind. Unsere Seele. Ihren Atem zu beherrschen, war die erste Lektion, die sie hatte lernen müssen. Es war kein Wunder, dass die Männer im Vorteil zu sein schienen, wenn man bedachte, dass die Frauen der oberen Klassen in diesem notwendigen Aspekt so eingeschränkt waren.

Sie hatte geglaubt, dass man sich wenigstens von der Taille an abwärts leicht bewegen könnte. Aber das hier waren nicht die einfachen, losen Bauernröcke, die ihre Mutter getragen hatte. Diese hier waren eng, überladen mit überflüssigem Stoff und dann mit noch mehr überflüssigem Stoff behangen. Und die schmalen, spitzen Schuhe halfen auch nicht. Zu gehen war eine Herausforderung. Sollte sie rennen müssen, dann würde es noch viel schlimmer sein.

Aber sie war dankbar für die Kleidung, wenn auch widerwillig. Schlüsselstadt wimmelte nur so vor imperialen Soldaten. Die Nachbarschaft schien eine einzige, weitläufige Kaserne zu sein. Die wenigen nicht-imperialen Menschen, die sie sah, waren entweder wohlhabende Bewohner der Oberstadt oder deren sauber und schmuck gekleideter Diener. Wären Hope und Red hier in ihrer schmutzigen und geflickten Kleidung aufgetaucht, so hätten sie sofort die Aufmerksamkeit der Soldaten erregt. Selbst so gekleidet, wie sie es waren, wurden sie an zwei verschiedenen Plätzen von einem Soldaten angehalten, der sie fragte, ob sie eine blonde Frau in schwarzem Leder gesehen hätten. Hope hielt ihr Schwert mit der Spitze nach unten in den Rüschen ihres lächerlichen Kleids verborgen. Der runde schwarze Hut verdeckte ihr Haar nicht vollständig, und sie machte sich Sorgen, dass jemand die Farbe bemerken könnte. Doch niemand tat es. Vielleicht lag es an der frühen Stunde, oder vielleicht waren die imperialen Truppen wirklich so schlecht ausgebildet, wie Red behauptet hatte. Als sie durch die breiten, geraden Straßen weitergingen, begann sie zu glauben, dass sie es ohne Zwischenfall durch Schlüsselstadt schaffen könnten.

Das dritte Mal, dass sie angehalten wurden, verlief jedoch etwas anders. Der Soldat trug die übliche weiß-goldene Uniform wie die anderen, und seine Miene wirkte genauso gelangweilt, als er vor sie trat. »Verzeihung bitte, Ihr guten Leute. Habt Ihr eine blonde Frau gesehen, die in einem merkwürdigen schwarzen Lederkostüm herumschleicht?«

»In der Tat, nein, Sir«, sagte Red fröhlich. »Ist sie gefährlich?«

»Außerordentlich.« Der Blick des Soldaten schweifte ohne einen Schimmer Interesse über Hope hinweg. »Wenn Ihr sie seht, nähert Euch nicht. Geht und sucht den nächsten …«

Er hielt inne und musterte Red genauer. »Kenne ich dich?«

»Ich glaube nicht.« Red wandte sich an Hope. »Komm schon, meine Liebe, wir müssen uns mit unserer Besorgung beeilen.«

Sie versuchten, um den Soldaten herumzugehen, als sein Gesicht plötzlich aufleuchtete. »Du! Du bist der, der das Geld von meinem Wagen gestohlen hat! Ich wurde zur Streifenpatrouille degradiert. Ich werde …«

Als Hope ihm mit ihrem Schwert, das noch immer in der Scheide steckte, zwischen die Augen hieb, sagte er nichts mehr. Er brach zusammen und stürzte zu Boden.

»Ist er tot?« Red sah prüfend auf ihn hinunter.

»Bewusstlos.«

»Wie lange, bis er aufwacht?«

»Eine Stunde mindestens«, antwortete Hope.

»Ich hätte uns herausreden können.«

»Ich glaube, du überschätzt deinen eigenen Charme ein wenig«, sagte sie.

»Aber jetzt müssen wir uns um den Körper kümmern«, sagte Red. »Und hier wimmelt es nur so vor Imps. Es wird nicht lange dauern, bis ein anderer vorbeikommt.«

»Stimmt«, gab Hope zu. Sie musterte die Umgebung, aber es gab wirklich nichts in der Nähe, wo sie den Körper hätten verstecken können. Die Straßen waren so sauber, dass nichts herumlag, womit man ihn hätte bedecken können. Dann sah sie sich die Oberfläche der Straße genauer an.

»Ist das eine Art Klappe im Boden?« Sie deutete auf eine runde Eisenscheibe, die in die Pflastersteine eingelassen war.

Red runzelte die Stirn. »Ich bin nicht sicher.«

Er beugte sich hinunter und fuhr mit den Fingern am Rand entlang.

»Schwer«, grunzte er. »Kannst du mir mal helfen?«

Sie versuchte, sich ebenfalls nach vorn zu beugen, aber das Korsett machte das unmöglich. Stattdessen musste sie mit geradem Rücken in die Knie gehen, bis sie an den Deckel herankam. Und selbst so hörte sie ein leichtes Reißen, als ihre Schenkel sich nach außen gegen den Stoff drückten. Anscheinend wurde von den Damen aus der Oberstadt erwartet, dass sie nichts aufhoben.

»Lass es uns langsam öffnen«, sagte sie. »Wir wissen nicht, was da unten ist.« Aber als sie es geöffnet hatten, machte der Gestank sehr deutlich, was dort war.

»Das riecht wie die schlimmsten Teile der Paradieskehre auf einem Haufen.« Sie verzog die Nase und wandte den Kopf ab, während sie den eisernen Deckel zur Seite schoben.

»Das ist es auch in etwa.« Red deutete hinunter in das Loch, wo ein seichter Strom aus Exkrementen träge entlangfloss. »Kein Wunder, dass die Straßen so sauber sind. Sie bewegen das alles im Untergrund. Wirklich genial.«

»Und auch nützlich für uns«, sagte Hope und nickte zu dem bewusstlosen Soldaten hinüber.

»Also direkt nachdem er wegen mir degradiert wurde, schlagen wir ihn bewusstlos und werfen ihn in eine Pfütze aus Pisse und Scheiße«, sagte Red. »Vielleicht hättest du ihn einfach umbringen sollen.«

In anderen Teilen von New Laven war der Übergang von einer in die andere Nachbarschaft behutsam gewesen. Es war Hope schwergefallen zu sagen, wo genau ein Viertel endete und das nächste begann. Aber der Übergang von Schlüsselstadt zu Hohlfall war so abrupt, dass es wie eine absichtliche Erklärung wirkte.

Auf der einen Seite der Straßen befanden sich die sauberen, ordentlichen und eng aneinandergebauten Kasernen der imperialen Garnison. Auf der anderen Seite öffnete sich die Welt zu sanft geschwungenen Hügeln, bezaubernden Holzzäunen und klaren, plätschernden Bächen mit feinen, von Hand gearbeiteten Brücken. Kunstvoll verzierte Herrenhäuser lagen über die Landschaft verstreut, umgeben von weiten Grünflächen. Nachdem sie die Unterstadt gesehen hatte, wo alles auf allem gestapelt war, begriff Hope plötzlich, dass in einem Ort wie New Laven Platz die wertvollste Ware war. So viel freie Fläche zu haben und es nicht für den Anbau oder die Unterbringung von etwas zu verwenden, das war der Gipfel der Dekadenz.

»Bist du sicher, dass das Schwert uns dahin schickt?«, fragte Red.

Sie nickte.

»Reiche Leute sind nicht so Furcht einflößend«, sagte er, als wollte er sie beruhigen.

»Ich habe keine Angst vor ihnen«, antwortete sie.

»Klar. Genau. Ich auch nicht.«

Es war ungewöhnlich, sein Selbstvertrauen so wanken zu sehen. Vor ein paar Tagen hätte sie das vielleicht amüsant gefunden. Aber nach den letzten paar Nächten, in denen sie mehr über seine Kindheit und seine Familie erfahren hatte, verstand sie viel besser, was hinter seinem hochmütigen Gepolter steckte. Und jetzt schmerzte es sie, dass er sich so abmühen musste.

»Dann lass uns weitergehen«, schlug sie sanft vor.

»Natürlich!« Er lächelte wieder, wenn auch etwas angespannt. »Wenn er weiter nach Norden flieht, kommt er nicht mehr allzu weit, bevor er die Küste erreicht. Wir könnten ihn vielleicht sogar vor Einbruch der Nacht einholen.«

»Falls er nicht ein Schiff nimmt«, sagte Hope.

»Mach dir keine Gedanken, alter Pott, wir schnappen ihn uns vorher.« Er haute ihr auf den Rücken, als sei sie einer seiner Jungs. Sie fragte sich, ob er Filler vermisste. Sie konnte sich vorstellen, dass seine große, ruhige Präsenz Red etwas mehr Selbstvertrauen einflößen würde. Und sie war erstaunt, als sie feststellte, dass sie ihn auch vermisste. Und Nessel ebenso. Nicht zuletzt, um jemanden zu haben, mit dem man sich über das Elend der umständlichen Oberstadtkleidung austauschen konnte. Sie fragte sich, ob sie jemals einen von ihnen wiedersehen würde.

»Lass uns uns also auf den Weg machen«, sagte Red. »Biomanten köpfen sich nicht von selbst, weißt du.«

Sie überquerten die Straße und kamen in die ausgedehnte, weitläufige Nachbarschaft von Hohlfall. Selbst diese Kleinigkeit fühlte sich an wie ein Verstoß, und Hope erwartete fast, Soldaten hinter den Büschen hervorspringen zu sehen, um sie zurückzutreiben. Doch natürlich passierte nichts. Um genau zu sein, waren fast keine Menschen unterwegs, als sie die gewundene Straße hinabliefen, die durch die Wiesen führte. Die wenigen, die sie sahen, saßen in Kutschen oder auf Pferderücken und nickten höflich, als sie an ihnen vorbeikamen. Manche wünschten ihnen sogar einen guten Tag.

Nach dem tristen Grau und Braun der Unterstadt waren die Farben hier eine willkommene Erleichterung. Saftig grünes Gras bedeckte die Hügel. Blassgrüne und gelbe Blätter bedeckten dünne, elegante Bäume. Bunte Blumen in Rot-, Blau- und Gelbtönen prangten auf sorgfältig gestutzten Sträuchern und Büschen. Zäune waren blendend weiß gestrichen und reflektierten die Nachmittagssonne.

Noch auffälliger als der Platz oder die Farbe war die Stille. Hope war in der Stille aufgewachsen, sowohl in Bleak Hope als auch später auf Galemoor. Selbst auf der *Lady's Gambit* war die Stille einfach zu finden gewesen, nachdem sie sich an die Geräusche des Meeres gewöhnt hatte. Aber seit sie in New Laven gelandet war, hatte sie keinen Moment echter Ruhe erlebt. Menschen hatten geredet, geschrien, Musik hatte gespielt, Kutschen gerattert, Gewehre waren abgefeuert worden oder Gefährten hatten geschnarcht, die Stille hatte einfach nicht existiert. Und jetzt war sie überall um sie herum, verbreitete sich über eine so weitläufige Gegend, dass ein Geräusch wie ein Eingriff wirkte.

Sie bemerkte, dass die Stille für Red nicht die gleiche friedliche Atempause darstellte wie für sie. Immer wieder sah er sich um, sein Blick huschte umher, die Hände waren angespannt. Er versuchte, Hope in Gespräche zu verwickeln, aber als sie nur mit einem Schulterzucken oder leisem Grunzen antwortete, schien er den Hinweis zu verstehen und gab auf.

Sie liefen weiter die sich windende Straße hinauf, ab und an kreuzten kleine Seitenwege den ihren, gerade breit genug, um eine Kutsche passieren zu lassen. Diese führten zu Herrenhäusern, die mehrere Stockwerke hoch waren und von dichten, aufwendigen Gärten voller seltener Pflanzen umgeben waren, über die Hope nur gelesen hatte. Nicht ganz so groß wie die Bayview Galerie oder das Hotel, waren sie doch groß genug, dass Hope kaum glauben konnte, dass sie das Heim von einer einzelnen Familie darstellen sollten.

Mittlerweile war es später Nachmittag geworden, und die Sonne stand tief am Horizont, als das Schwert in Hopes Hand zuckte. Sie hielt sofort an, und ihr Herz klopfte plötzlich wild.

»Was ist?«, fragte Red und brach damit endlich die Stille.

»Das Schwert zeigt auf das Gutshaus dort.«

»Ist er in dem Gutshaus oder daran vorbeigegangen?«

»Lass es uns herausfinden.« Hope lief weiter an dem Haus vorbei, diesmal schneller. Mit jedem Schritt legte ihr Puls zu, und sie spürte heiße Ungeduld in sich aufsteigen. Hurlo hätte sie gerügt und ihr gesagt, sie solle innehalten und zu dem Ort der Stille zurückkehren, bevor sie weitermachte. Aber sie konnte nicht anders. Ohne das Kleid wäre sie vielleicht sogar losgerannt. Sie hielt das Schwert vor sich gestreckt, und als sie am Gutshaus vorbeiliefen, wand es sich langsam in ihrer Hand, sodass die Spitze immer weiter auf das Haus zeigte.

Sie blieb stehen und sah Red an. »Er muss da drin sein.«

»Äh.« Red kniff die Augen zusammen und musterte es.

»Halt nach möglichen Eingangspunkten Ausschau«, sagte Hope. »Vielleicht einer der Balkone. Sie sind vielleicht nicht verschlossen. Es gibt jedoch keine Bäume in der Nähe des Hauses, sodass wir an der Seite hinaufmüssen.«

»Äh, Hope?« Reds Stimme war kaum mehr als ein Flüstern.

»Natürlich heißt das, dass wir bis Einbruch der Nacht warten müssen. Ich mag es gar nicht, ihm die Zeit zu lassen. Er könnte bis dahin leicht davonkommen. Wir sollten uns vielleicht ein Plätzchen suchen, um von dort aus Wache zu halten, aber es gibt so wenig Verstecke hier. Und er könnte warten, bis es dunkel ist, könnte sich möglicherweise genau dann davonstehlen, wenn wir einbrechen …« Sie runzelte die Stirn. Das war wirklich kein guter Plan.

»Hope«, sagte Red.

»Was denn?«, fuhr sie ihn etwas ungeduldiger an, als sie gewollt hatte.

»Nachdem, was Thoriston mir geschildert hat, glaube ich … das ist Gut Pastinas.«

Es brauchte eine Sekunde, bis Hope die Verbindung begriff. Der Name Pastinas klang vertraut. Es war der Nachname seiner Mutter.

»Das ist das Haus deines Großvaters?«

»Ja«, sagte er leise.

Sie versuchte einzuschätzen, was es für ihn bedeutete, an seinem Ahnenhaus zu stehen, ungebeten und vielleicht sogar ungewollt. Schwach lag ein Ausdruck der Furcht auf seiner Miene, während er da stand und seine Augen das Gutshaus in der Ferne fixierten.

»Und?«, fragte sie. »Was möchtest du jetzt tun?«

Er wandte sich ihr langsam zu, als würde er aus einer Trance erwachen. »Was meinst du?«

»Kein Eid, der in Freundschaft gegeben wurde, kann die Familienbande außer Kraft setzen. Falls deine Familie dem Biomanten Unterschlupf gewährt, sind sie mir im Weg. Das wird mich nicht aufhalten, aber ich verstehe es, wenn du mir dann nicht mehr helfen willst. Ich …« Sie hielt inne, wollte aus Selbstsucht am liebsten nicht weitersprechen, aber sie wusste auch, dass es richtig war. »Ich erlöse dich von deinem Schwur.«

Er zog die Brauen zusammen, während er sie ansah. »Familie?«, spuckte er förmlich aus. »Das ist nicht meine verpisste Familie. Sadie und die Alte Yammy sind meine Familie. Filler und Nessel sind meine Familie.« Er hielt ihr seine Hand hin. »Du bist mehr meine Familie als eine dieser Spitzen, Blut sei verdammt. Fein?«

Ihr nicht vertraute Gefühle stiegen in Hope auf. Seit Langem hatte sie niemand mehr »Familie« genannt. Sie sah in Reds grimmige rubinrote Augen und begriff, dass er der beste und wichtigste Mensch in ihrem Leben war.

Sie nahm seine warme, behandschuhte Hand in ihre und drückte sie. »Ich danke dir.«

Die beiden standen da, die Hände ineinander verschränkt, und starrten sich an. Keinem von ihnen gelang es, die Worte zu finden, die jetzt folgen könnten.

»Ich sage, da drüben, Brüder! Passt auf!«

Hope und Red sprangen auseinander, als ein großes, klirrendes Durcheinander aus Metall und Holz auf Rädern an ihnen vorbeizischte. Ein junger Mann saß oben auf dem Haufen, zog an Hebeln und trat auf Pedale, sein Gesicht zeigte einen Ausdruck von Panik. Die Vorrichtung lief noch etwas weiter, dann schwang sie plötzlich herum und stürzte mit einem lauten Krachen um.

Hope und Red rappelten sich auf und beäugten den Maschinenhaufen argwöhnisch. Kurz darauf sprang der Mann aus den Trümmern, sein Blick wild. Sein Haar war lang und dunkel und nur noch zum Teil zu einem Pferdeschwanz gebunden. Der Rest bedeckte wie ein Vorhang die Hälfte seines Gesichts. Er trug die elegante Pracht der Oberstadt, außer dass seine Jacke zerrissen und seine Hose von schwarzen Flecken bedeckt war. Was Hope jedoch am meisten verblüffte, war sein Aussehen. Er sah Red so ähnlich, dass er sein älterer Bruder hätte sein können.

»Ist alles in Ordnung?«, fragte er und befreite sich von dem Haufen Schrott. »Ich kenne mich ein klein wenig mit medizinischem Wissen aus. Wenn ich irgendwie helfen kann, wäre ich sehr froh.«

Red schien die Situation innerhalb einer Sekunde zu erfassen, dann blickte er Hope in die Augen. »Oh, meine Liebe!«, sagte er und imitierte dabei ziemlich gut den Tonfall des jungen Spitzenhemds. »Ich fürchte, meine Begleiterin könnte sich bei dem Sturz das Bein verletzt haben!«

Hope hatte keinerlei schauspielerisches Talent, aber sie tat ihr Bestes, das Gesicht schmerzvoll zu verziehen und ihren Knöchel zu umklammern.

»Du meine Güte, das ist ja schrecklich!«, rief der Mann. »Ihr müsst sofort hereinkommen, damit ich mich um Eure Verletzung kümmern kann!«

»Sehr liebenswürdig, wirklich, aber wir fallen Euch wirklich nur ungern zur Last«, sagte Red, der immer mehr Zutrauen in seine Spitzenhemd-Sprechweise zu fassen schien.

»Unsinn. Ich bestehe darauf!« Er eilte zu Hope hinüber. »Mein Name ist Alash Havolon, und es wäre eine Peinlichkeit für meinen Namen, wenn ich mich nicht um eine verletzte Lady kümmern würde. Und darf ich die Ehre haben, Euren Namen zu erfahren?«

»Ich heiße Bleak Hope.« Im selben Moment fiel ihr auf, dass sie besser einen falschen Namen hätte verwenden sollen. Einer, der mehr nach Spitzen klang und Teltho Kan nicht bekannt war.

»Ein beunruhigender Name für so eine liebliche Lady.« Alash streckte eine Hand nach ihrer rechten aus, musste jedoch feststellen, dass sie ein Schwert hielt. Er starrte sie einen Moment lang an, seine Miene zeigte offensichtliche Erschütterung.

»Und ich bin Rixidenteron«, sagte Red rasch, packte die Hand des Mannes und schüttelte sie energisch. »Ist das Euer Anwesen?«

»Um genau zu sein, ist mein Großvater das Oberhaupt von Pastinas Manor«, sagte Alash.

»Was du nicht sagst!« Reds Miene verriet kein bisschen, dass er gerade erfahren hatte, dass er mit seinem Cousin sprach. »Wir sind eben vorbeigelaufen und stehen geblieben, um es zu bewundern.«

»Ich bin regelrecht vernarrt darin, dass ihr es mögt!«, sagte Alash und strich sich die Haare aus dem Gesicht. Anders als Reds waren seine Augen hellgrau.

»Oh, ja. Eindeutig das schönste Haus in der ganzen Gegend«, antwortete Red. »Es ist eine Freude, es anzusehen.«

»Vielleicht darf ich Euch herumführen, nachdem wir uns um Miss Hopes Verletzung gekümmert haben?«

Red grinste triumphierend. »Das wäre fabelhaft.«

»Exzellent!« Alash hielt Hope seinen Ellbogen hin. »Bitte erlaubt mir, euch hineinzugeleiten, Miss Hope.«

»Sicher.« Zögerlich streckte sie ihre Hand aus und packte seinen Ellbogen.

Er sah sie verwirrt an.

»Miss Hope ist nicht vertraut mit unseren Gewohnheiten«, sagte Red. »Sie ist von den Südlichen Inseln, wisst Ihr.«

»Verdammt, was Ihr da sagt!«, keuchte Alash.

»Aber, bitte, fürchtet Euch nicht vor ihr«, sagte Red, der mit seiner neuen Rolle immer mehr warm wurde. »Trotz allem, was Ihr vielleicht gehört haben mögt, sind nicht alle Südländer Kannibalen.«

Alash lachte, seine Stimme klang wie eine klare Glocke. »Ich habe in der Tat solche Geschichten gehört.« Er nahm Hopes Arm und schob ihn in seinen, sodass sie eingehakt waren. »Aber ich glaube so einen ignoranten Unsinn niemals. Ich bin ein Mann der Wissenschaft, wisst Ihr.«

Er spannte den Arm an, sodass sie sich mit ihrem Gewicht daraufIehnen konnte. Das war ein glücklicher Hinweis, da Hope beinahe vergessen hätte, zu humpeln, nachdem man sie des Kannibalismus bezichtigt hatte.

»Ich werde keine weiteren voreiligen Schlüsse ziehen, Miss Hope«, fuhr er fort, »sondern es wird mir mein höchstes Anliegen sein, es Euch so bequem wie möglich zu machen, wo Ihr so fern von zu Hause seid.«

Hope warf Red einen Blick über die Schulter zu, der seinerseits amüsiert grinste. Da war jedoch auch noch etwas anderes in seiner Miene. Es wirkte fast wie Eifersucht. Doch dann nickte er ihr aufmunternd zu und winkte ihr, mitzuspielen.

»Ihr seid sehr freundlich«, erklärte Hope leise, als sie und Alash sich langsam in Bewegung setzten, über den Pfad auf den Eingang des Hauses zu.

»Vergebt mir, wenn das zu kühn ist, Miss Hope«, sagte Alash. »Aber ist es für eine Lady aus dem Süden üblich, ein Schwert zu tragen?«

»Ja«, sagte sie, selbst überrascht von der Leichtigkeit, mit der ihr die Lüge über die Lippen kam. Vielleicht wurde sie auch warm mit ihrer Rolle. »Im Süden sind wir alle ab einem gewissen Alter bewaffnet. Die Inseln sind nicht so friedlich wie dieser Ort hier.«

»Es scheint beschwerlich, sie immer in der Hand zu tragen«, sagte Alash teilnahmsvoll.

»Wir gürten uns die Scheide normalerweise um. Aber Eure Kleidung bietet keinen Platz dafür.«

»Also ist das nicht einmal Eure Landestracht?« Er schien vollkommen fasziniert. Hope vermutete, dass Alash nach allem gierte, das von außen kam, da seine eigene Welt so beengt war.

»Nein, ist es nicht«, antwortete sie wahrheitsgemäß.

Er runzelte nachdenklich die Stirn. »Nun, ich denke, wir sollten in der Lage sein, uns etwas auszudenken, damit Ihr es bequemer tragen könnt. Ich bin wirklich klug, wisst Ihr.«

Hinter ihnen machte Red ein leises Geräusch, als würde er ersticken.

»Ihr sagtet, Ihr seid ein Mann der Wissenschaft?«, fragte Hope.

»In der Tat! Das ist meine Leidenschaft! Wissenschaft in all ihren Facetten. Die der Mechanik, der Natur, der Philosophie. Ich bin vernarrt in sie alle!«

»Was war das für eine Maschine, auf der Ihr da geritten seid?«, fragte Hope.

»Ach, das!« Alash strahlte. »Ich nenne es einen Pedalenwagen. Es beruht auf einem System von Zahnrädern, ähnlich einer Uhr, nur noch viel größer. Dieses System erlaubt einem, den Wagen einfach durch das Treten in die Pedale zu bewegen, ohne dass man Pferde benötigt!«

»Wie läuft es mit dem Lenken?«, fragte Red fröhlich.

»Ja.« Alash errötete leicht. »Wie Ihr miterleben konntet, ist das noch nicht ganz ausgereift.«

»Oder die Bremsen«, fügte Red hinzu.

»Die auch«, gab Alash zu. Dann tätschelte er Hopes Hand. »Aber ich versichere Euch, Miss Hope, dass es in der Wissenschaft so ist. Versuch und Irrtum und Verbesserung, Tag für Tag, bis es perfekt ist!«

»So ist es mit allen Dingen, nicht nur mit der Wissenschaft«, erwiderte Hope.

»Oh!«, sagte Alash. »Ihr seid ganz eindeutig eine Ausübende der Wissenschaft der Philosophie! Ich hatte gar nicht gewusst, dass es diese Studien auch im Süden gibt, aber ich bin froh, das zu hören. Die Welt würde viel besser sein, wenn wir uns alle die Zeit für philosophische Spekulationen nähmen.«

»Dem stimme ich zu.« Hope stellte fest, dass sie lächelte. Reds Cousin hatte eine arglos charmante Art an sich. Einen fröhlichen Überschwang, den sie nur von Kindern kannte. Er schien in vielerlei Hinsicht das genaue Gegenteil von Red zu sein. Süß, arglos und ohne Täuschung.

Als er sie jetzt über die sanft hügelige Wiese auf das herrschaftliche Pastinas Manor zuführte, fühlte sie einen Stich des Bedauerns, dass sie Gewalt in seine Mauern bringen würde.

Nein. Die Familie Pastinas beherbergte den abscheulichen Biomanten, Teltho Kan. Alash mochte unschuldig sein, aber irgendwer in diesen Mauern war es nicht.

Alash führte sie durch die üppigen Gärten, die das Haus umgaben, und die imposanten Steinstufen hinauf. »Da sind wir also. Willkommen auf Pastinas Manor!«

Die dicken Türen aus dunklem Holz waren aufwendig mit Fischen und Ottern bemalt, die mit Gold noch betont wurden. Er öffnete sie weit, dahinter lag ein großer Raum mit glänzend weißen Böden, dicken Teppichen und zierlich angeordneten Skulpturen, die von jeder Wand hingen. Im Mittelpunkt der Halle erhob sich eine große Treppe, die in das nächste Stockwerk hinaufführte. Am oberen Ende der Treppe hing ein riesiges Bild eines alten Mannes, der dünnes schwarzes Haar hatte und einen Hals wie eine Eidechse. Er starrte unheilvoll auf sie herab.

»Das ist Großvater«, sagte Alash. »Und ja, er ist so mürrisch wie er aussieht, fürchte ich.« Er tätschelte Hopes Hand, die immer noch in seiner Armbeuge lag. »Vielleicht sollten wir in meine Werkstatt gehen, wo ich mich um Eure Verletzung kümmern und eine kleine Vorrichtung entwerfen kann, an der Ihr die Euer Schwert befestigen könnt, Miss Hope.«

»Das wäre höchst willkommen, Alash«, sagte Hope.

Alash öffnete eine kleine Tür an einer Seite der Halle, die in einen schmalen Flur führte. Die Schlichtheit und Sparsamkeit des Flurs stand in krassem Gegensatz zu der Eingangshalle, und Hope fragte sich, warum er so anders war. Am Ende des Flurs lag ein Raum mit nacktem Holzboden und Arbeitstischen an den Wänden. Das Zimmer war voller Metallzahnräder, Lederriemen, gewachster Leinwände, kleiner Holzteile und anderer merkwürdiger mechanischer Gegenstände.

»Verzeiht die Unordnung«, sagte Alash abwesend, während er sich zu einem der Stapel hinunterbeugte und eine hölzerne Kiste hervorzog. »Miss Hope, ich muss Euch bitten, auf diesem Hocker Platz zu nehmen. Es tut mir furchtbar leid, dass ich nichts Bequemeres habe.«

»Das ist schon gut, danke.« Hope setzte sich auf den hölzernen Hocker und sah zu, wie er eine Binde aus seiner Kiste zog.

»Ich gestehe, dass ich mich in der mechanischen Wissenschaft mehr zu Hause fühle als in der medizinischen«, sagte Alash und kniete sich vor sie. »Aber wie Ihr gesehen habt, führen meine mechanischen Experimente immer wieder zu Verletzungen. Für gewöhnlich meiner selbst. Deshalb habe ich einige Erfahrung mit verdrehten Knöcheln.« Er hielt die Binde hoch. »Wenn Ihr es mir erlaubt, werde ich diese um Euren verletzten Knöchel wickeln. Der zusätzliche Halt sollte Euch etwas Linderung verschaffen und die Heilung beschleunigen.«

Alashs Hände waren rau und schwielig von seiner Arbeit mit den Maschinen. Aber als er jetzt langsam Hopes Knöchel mit der weichen Baumwollbinde umwickelte, war seine Berührung sanft. Aus dem Augenwinkel sah Hope, wie Red das Gewicht vor und zurück verlagerte. Sie fragte sich, was er wohl empfand, da er jetzt in seinem Ahnenhaus stand.

»Das sollte helfen.« Alash stand auf und räumte die Holzkiste mit dem medizinischen Vorrat weg. »Und jetzt finden wir eine bessere Lösung, um Euer Schwert zu sichern.«

»Das ist wirklich eine Werkstatt«, bemerkte Hope, während sie ihm dabei zusah, wie er in Stapeln mit Material herumwühlte.

»Natürlich.«

»Ich denke, ich habe nicht erwartet, etwas so …«

»Ehrliches?« Red grinste sie an.

Sie beachtete ihn nicht. Sie vermutete, dass er diese kleinen Seitenhiebe gegen seinen Cousin austeilte, um seinem Unbehagen Luft zu machen, weil er an diesem Ort war. Doch wenn er nicht vorsichtig war, würde er Alash noch vor den Kopf stoßen.

»Oh, ja.« Alash lachte gutmütig. »Meine Familie billigt meine Leidenschaft, aber nur gerade so. Es ist so, wie Rixidenteron es andeutet, ein bisschen zu sehr wie ehrliche Arbeit für ihren Geschmack. Ich muss sie in diesem Raum belassen und kann keine Gäste mitbringen…« Er brach ab und sah plötzlich erst Hope und dann Red an. »Oh, versenkt das alles! Was für ein grässlicher Gastgeber ich bin! Ich habe selten Gäste. Eigentlich nie. Deshalb habe ich darin keine Übung. Aber natürlich würdet Ihr es vorziehen, die schönen Bereiche des Hauses zu sehen?«

»Eigentlich denke ich, dass dies hier mein liebster Raum im ganzen Haus sein wird«, sagte Hope. »Südländer schätzen Zimmer – eigentlich egal, was –, die einem Zweck dienen.«

»Ihr seid zu freundlich.« Alash wandte sich ab und errötete.

»Na gut, also, sollen wir weitermachen?«, fragte Red schroff.

»Nun dann!«, sagte Ash und machte sich wieder daran, seine Haufen von Müll zu durchsuchen.

»Habt Ihr auf Pastinas Manor zurzeit noch andere Gäste?«, fragte Hope in der Hoffnung, dass ihre Stimme beiläufig klang.

»Oh, ja.« Alash nickte abwesend. »Menschen kommen und gehen die ganze Zeit. Mein Großvater kennt eine Menge Leute. Es hat jedoch nie etwas mit mir zu tun, deshalb kümmere ich mich nicht darum. Ah!« Er hielt ein Paar seltsam aussehender Flachzangen hoch, dazu ein paar dünne Lederstreifen. »Das sollte gut passen.« Er ging hinüber zu Hope. »Würdet Ihr freundlicherweise Eure Arme heben?«

Sie sah zu, wie er die dünnen Lederriemen zu einem langen, schmalen Netz wob und es an einem längeren Stück Leder befestigte, das um ihre Taille lag.

»Das hätten wir.« Alash trat zurück und begutachtete sein Werk. »Sagt mir, wie es sich anfühlt.«

Hope schob die Scheide durch das Gewebe aus Leder und ließ sie an ihrer Seite hinabhängen. »Es verteilt das Gewicht schön. Es hält es an meiner Seite und aus dem Weg, ohne mich in der Bewegung zu behindern.«

»Hätte ich besseres Material hier, könnte ich es schöner verzieren.«

»Nein, ich ziehe das hier vor.« Sie lächelte ihn an. »Ihr seid so klug, wie Ihr sagtet.«

»Glaubt Ihr das?«, fragte Alash, dessen Gesicht aufleuchtete. »Seht Euch dies hier an. Ich habe mich so danach gesehnt, es jemandem zeigen zu können, der es zu schätzen weiß.« Er hob einen ledernen Schlauch auf, an dem eine Röhre aus Metall befestigt war. »Das ist etwas, das ich erst neulich fertiggestellt habe. Ihr streift es so über.« Er zog es über seine Hand, sodass es seinen Arm bis zum Ellbogen bedeckte. Das Metallrohr lief an der Unterseite seines Unterarms entlang. Hope musterte es genau und sah, dass kleine Sprungfedern an den Seiten befestigt waren, dazu kleine Drähte und Schnurläufe.

Alash streckte den Arm aus. »Seht zu. Wenn ich mein Handgelenk so drehe…« Er drehte die Hand in einem Winkel. Ein kleiner Pfahl ploppte aus dem Rohr und reichte einen Fuß über seine Fingerspitzen hinaus.

»Sehr interessant«, sagte Hope.

»Aber wartet!«, sagte Alash und wirkte dabei vollkommen aufgeregt. Er zog an einem kleinen Hebel an der Seite der

Manschette, und der Pfahl zog sich wieder zurück. »Es setzt sich selbst zurück, sodass ihr es so oft ausfahren könnt, wie ihr wollt.«

»Bemerkenswert«, sagte Hope.

»Ja, wirklich!«, rief Red, dessen Begeisterung in Hopes Ohren etwas sarkastisch klang. »Aber wofür ist das denn?«

»Wofür?« Alash blinzelte.

»Ja, wie Miss Hope sagte, mögen es Südländer, wenn Dinge einen Zweck erfüllen«, sagte Red leichthin.

»Nun ... ich habe nicht wirklich ... Der Pfahl kommt mit einiger Gewalt heraus. Also nehme ich an, man könnte es nehmen, um ... Löcher in Dinge zu stechen? Während man Dinge ... baut? Vielleicht?« Er lächelte schwach.

»Trotzdem, ich bin sicher, dass jemand eine Verwendung dafür finden wird.« Hope warf Red einen bösen Blick zu. Sie tat alles, damit Alash geneigt sein würde, ihnen zu helfen, und Red schien genau das Gegenteil zu tun.

Er zuckte zusammen und sah schuldbewusst zu Boden.

»Da habt Ihr recht, Miss Hope. So ein kluger Entwurf wie dieser, da bin ich sicher, dass besseren Köpfen als meinem zehn unterschiedliche Anwendungen dafür einfallen werden.«

»Glaubt Ihr?«, fragte Alash ernst. »Ich bastle den ganzen Tag lang herum, niemals sicher, ob etwas davon jemals zu etwas führen wird. Mr. Kan sagt, ich soll aufhören, meine Zeit zu verschwenden und praktische Fähigkeiten erlernen.«

»Mr. *Kan?*«, fragte Hope, die nichts dagegen tun konnte, dass ihre Stimme schärfer wurde.

»Kennt Ihr ihn?«, fragte Alash.

»Ja.« Ihre Stimme klang dunkel und so rau wie Teer.

»Ist er ein ... Freund von Euch?«, fragte Alash.

»Nein.« Hope begriff im selben Moment, dass all ihre

bisherigen Bemühungen umsonst wären, falls Alash Kan mochte. Aber es gab Lügen, zu denen konnte sie sich einfach nicht zwingen.

Alash lächelte mit sichtlicher Erleichterung. »Das trifft sich gut! Fühlt sich an wie Spinnen, die mir über den Rücken krabbeln, jedes Mal, wenn ich ihn sehe. Er versucht immer wieder, mich davon zu überzeugen, mich der imperialen Administration auf Steingrat anzuschließen.«

»Aber Ihr weigert Euch?«, fragte Hope.

»Mein Vater hat sich ihnen angeschlossen, als ich zehn Jahre alt war. Auf Mr. Kans Rat hin.« Er hielt kurz inne und zupfte an der Vorrichtung herum, die immer noch an seinem Arm war. »Ein Jahr später haben wir ihn begraben.«

»Tut mir leid, das zu hören«, sagte Hope.

Ein bitteres Lächeln flog über Alashs Lippen. All sein Spitzen-Leichtsinn war verflogen. »Sie sagen, dass es eine große Ehre sei, im Dienst des Imperators zu sterben. Aber ich habe nichts gesehen als die Tränen meiner Mutter und meine eigenen, die wir über seinen Verlust vergossen haben. Und wenn ein Mann stirbt, bevor er seine geschworene Beschäftigungsdauer beim Imperator abgeleistet hat, dann hat er eine Schuld, die er in Geld und Anwesen bezahlen muss. Wir haben Vermögen und Anwesen meines Vaters verloren. Wenn Großvater uns nicht aufgenommen hätte, weiß ich nicht, was mit uns passiert wäre.«

Es war Hope nie in den Sinn gekommen, dass die Reichen genauso unter der Grausamkeit des Imperators zu leiden haben könnten wie jeder andere auch.

»Ich weiß nicht, warum ich Euch das alles erzähle«, sagte Alash leise. »Ich habe nur … so wenige Freunde. Und ihr wirkt freundlich.«

Hopes Herz flog ihm zu. Ein Bittsteller in einem Haus des Überflusses, immer in Angst lebend, dass sein wütender alter Großvater genug davon haben würde, ihn um sich zu haben. Es schien ein einsames Leben zu sein, hier eingesperrt zu sein mit nichts als Maschinen als Gesellschaft. Sie fühlte sich nur noch schlechter, weil sie ihn anlogen. Sie spürte einen starken Drang, ihm alles zu erzählen. Vielleicht war sie doch nicht für Betrügereien gemacht.

Doch da legte Red seine Hand auf Alashs Schulter und sagte mit unverstellter Stimme: »Ich habe dich falsch beurteilt, mein Guter. Das ist eine schrecklich traurige Geschichte.«

Alash sah ihn überrascht an. Er öffnete den Mund, um etwas zu sagen, aber da erklang aus einem nahe gelegenen Raum die Stimme einer älteren Frau. »Alash Havolon, was macht dieser Müllberg da draußen auf dem Rasen?«

Alash zuckte zusammen. »Ich komme, Mutter!« Er sah die beiden an. »Wer *seid* ihr beiden wirklich?«

»Warum gehen wir nicht zu deiner Mutter?«, fragte Red. »Ich wette, sie kann es dir sagen.«

26

Als Red seine Tante sah, blieb ihm die Luft weg. Sie sah seiner Mutter so ähnlich. Älter, natürlich. Ordentlich und fein in ihrem eleganten Spitzenkleid, im Vergleich zu den wallenden Kleidern und farbverklecksten Kitteln, die seine Mutter immer getragen hatte. Und statt des verschmitzten Lächelns seiner Mutter, wirkte die Miene seiner Tante hart. Und doch war sie in tausend kleinen Dingen genau wie sie.

Alash hatte sie in einen formellen Salon mit Plüschsofas und Tischen aus Gold und gefrostetem Glas geführt. Seine Tante Minara saß in einem Stuhl und sah missbilligend aus dem Fenster, während sie an einer Tasse Tee nippte. Er erinnerte sich, wie sie sich, als er noch sehr klein gewesen war, hinausgeschlichen hatte, um ihre Schwester zu besuchen, obwohl ihr Vater es verboten hatte. Sie war diejenige gewesen, die die teure Medizin gebracht hatte, die sein Leben gerettet hatte.

»Äh, Mutter.« Alash warf Red und Hope einen nervösen Blick zu. »Ich habe Gäste, die ich dir vorstellen möchte.«

»Gäste? Du?«, fragte sie und starrte weiter aus dem Fenster. »Ich wünschte wirklich, du würdest deine Vorrichtungen nicht so auf dem Rasen verstreut liegen lassen.«

»Sie heißen Hope und Rixidenteron.«

»Hast du gesagt …« Sie wandte sich zu ihnen um. Die Teetasse rutschte ihr aus der Hand und landete mit gedämpftem Klirren auf dem Teppich. »Diese Augen …« Langsam stand sie auf und starrte ihn dabei unverwandt an.

»Mutter?«, fragte Alash. »Geht es dir gut?«

»Das kann nicht … nach so langer Zeit.«

»Hallo, Tante Minara«, sagte Red leise.

»Tante?«, fragte Alash.

Red war nicht sicher gewesen, wie sie reagieren würde. Immerhin hatte er sie nicht mehr gesehen, seit er sechs Jahre alt gewesen war. Natürlich hatte er erwartet, dass sie ihn sofort zurückwies. Oder Unwissenheit, ob nun vorgetäuscht oder echt. Er hatte sich sogar eine dezente Freude erträumt, wenn sie ihn sah. Das Einzige, was er niemals erwartet hätte, war eine hysterisch schluchzende Umarmung, die ihn fast erstickte.

»Du armer, verfluchter Junge, wo warst du nur, wie hast du überlebt, wie hast du uns gefunden, warum bist du hergekommen?« All das brach auf einmal aus ihr hervor, und er hätte nicht einmal antworten können, wenn er gewollt hätte, weil sein Gesicht in ihre von Seide umhüllte Schulter gepresst wurde. Endlich ließ sie ihn los. »Du bist so groß geworden.«

»Es ist viel Zeit vergangen.«

Sie legte ihre mit Ringen geschmückten Finger an seine Wange. »Du siehst wirklich gut aus. So wie dein Vater.« Wohlwollend musterte sie seine Kleidung. »Es scheint, du hast gut für dich gesorgt.« Dann runzelte sie die Stirn. »Obwohl du einen neuen Schneider brauchst. Der Sitz dieser Jacke ist grauenhaft.«

»Das sind … nicht unbedingt meine Sachen«, gab er zu. »Ich habe sie geliehen.«

»Geliehene Kleidung?«, fragte sie, als wäre das das Merkwürdigste, was sie je gehört hatte.

»Von einem Typen namens Thoriston.«

»Thoriston? O mein Gott.« Sie verdrehte die Augen. »Ist er immer noch besessen von Gulia?«

»Er veranstaltet eine Ausstellung ihrer Gemälde in der Bayview Galerie, also nehme ich es an«, sagte Red.

»Warum in aller Welt hast du dir dann Kleidung von ihm geliehen?«, fragte sie.

»Weil meine eigene für so einen Ort wie diesen hier nicht fein genug gewesen wäre.«

Sie warf ihm einen gequälten Blick zu. »Bist du eine Hure geworden, so wie dein Vater?«

»Äh, nein.« Red fiel es sehr schwer, Haltung zu bewahren. Es war, als wüsste sie instinktiv, welche Fragen die unbehaglichsten für ihn waren.

»Nun, Gott sei Dank dafür.« Dann sah sie ihn wieder besorgt an. »Oh, Lieber, du bist kein Maler geworden, oder doch?« Red konnte nicht sagen, ob das in den Augen seiner Tante besser oder schlechter war, als eine Hure zu sein.

»Red … Rixidenteron ist ein geachtetes und hochgeschätztes Mitglied seiner Gemeinschaft«, sagte Hope.

Tanta Minaras graue Augen richteten sich auf sie. »Und wer ist diese ernste Kreatur? Deine Geliebte?«

»Äh, mmh, eine gute Freundin«, sagte Red. Das war ein Knackpunkt nach dem nächsten mit seiner Tante, auch wenn er sich fast sicher war, dass sie es nicht mit Absicht tat.

Tante Minara ging zu ihr hinüber. »Ja, ich sehe, warum. Aber du hast viel Potenzial, meine Liebe. Wirklich, buntere

Farben, ein bisschen Make-up und eine reizendere Frisur würden Wunder wirken, um einen Mann zu fangen.«

»Ich brauche solche Sachen nicht, um den Mann zu fangen, hinter dem ich her bin«, sagte Hope grimmig.

»Äh, liebe Mutter, Hope kommt von den Südlichen Inseln. Ich glaube nicht, dass es dort üblich ist, Make-up zu tragen.«

»Die Südlichen Inseln!« Alash hatte mit Faszination auf diese Information reagiert, Minara jedoch machte schnell ein paar Schritte rückwärts. Langsam verstand Red, warum sich Alash die meiste Zeit in einer Werkstatt mit Maschinen versteckte.

»Sie wird dich nicht mit Barbarei anstecken«, sagte Red säuerlich.

»Sie ist wirklich intelligent und lieblich, das kann ich dir versichern, Mutter«, fügte Alash hinzu.

Red war sich bei »lieblich« nicht so sicher, aber er hielt es für besser, nicht darüber zu streiten.

Tante Minara wirkte nicht vollständig überzeugt, aber sie näherte sich Hope wieder vorsichtig. »Ja, natürlich. Das farblose Haar. Die blasse Haut. Ich hätte es wissen müssen.« Sie musterte Hope genauer. »Sind alle südländischen Frauen so dünn wie du? Du siehst so unterernährt aus wie Rixidentes Mutter.« Sie seufzte. »Deshalb nennt man sie wohl hungernde Künstler, nicht wahr? Du bist keine Künstlerin, oder doch?«

»Nein«, sagte Hope leise, während ihre Hand sich neben dem Schwert öffnete und schloss, als würde sie es am liebsten ziehen.

»Ja, ich dachte mir, dass sie da unten auf den Südlichen Inseln keine wirkliche Kultur haben«, sagte Minara.

»Liebste Mutter«, sagte Alash schnell. »Vielleicht sollten wir meinen verschollen geglaubten Cousin und seine Freundin zum Abendessen einladen?«

Sie nagte an ihrer Lippe. »Hat dein Großvater gesagt, wann er mit seinem Treffen fertig ist?«

»Er sagte, er erwartet, erst sehr spät fertig zu sein.«

»Ich denke, es ist in Ordnung, wenn sie zum Abendessen bleiben. Aber danach müssen sie gehen.« Sie wandte sich an Red. »Es tut mir leid, mein liebster Junge. Es würde deinen Großvater schrecklich verstimmen, wenn er dich hier findet. Wenn ihr mich jetzt entschuldigt, ich muss dem Koch sagen, dass er ein paar Gedecke mehr auflegen soll.« Anmutig rauschte sie aus dem Zimmer.

»Das tut mir leid«, sagte Alash, der sich auf einem der Stühle niederließ. »Sie hat schreckliche Angst vor Großvater. Ist überzeugt, dass er uns bei der kleinsten Kleinigkeit hinauswirft.«

»Und würde er das tun?«, fragte Hope.

»Ich weiß es nicht«, gab Alash zu. »Ehrlich, ich wusste bis zu diesem Moment nicht einmal, dass ich einen Cousin habe.«

»Aber du bist älter als Red«, sagte Hope. »Hättest du nicht wenigstens von seiner Geburt gehört?«

»Ich gebe zu, alles, was ich je über Tante Gulia gehört habe, ist, dass sie wild und unbesonnen war«, sagte Alash. »Dass sie die Familie in Verlegenheit gebracht hat. Großvater war sehr erleichtert, als sie weggelaufen ist, nach Silberrücken, um eine Künstlerin zu werden. Und danach wurde nie wieder über sie gesprochen.«

Red ging hinüber zum Fenster, er wollte niemanden ansehen. Er schaute hinaus auf die Wiesen und erblickte Glühwürmchen, die aufleuchteten, während sich der Himmel verdunkelte. »Nachdem meine Mutter gestorben ist, kam ein Mann zu Besuch. Er war in einen feinen Anzug gekleidet. Wie dieser hier.« Er zupfte an seinen eigenen Kleidern. Plötzlich mochte er sie nicht mehr so gern. »Der Mann hat meinem Vater Geld geboten, wenn er ein Dokument unterzeichnet, in dem stand, dass ich nicht mit der Familie Pastinas verwandt bin. Dass ich *nicht* der Sohn von Gulia Pastinas bin.«

»Verdammt was du da sagst!«, sagte Alash. »Das ist schrecklich.«

»Es war das einzige Mal, dass ich meinen Vater wütend erlebt habe«, sagte Red. »Er hat kein Wort gesagt. Aber seine Miene verzog sich, und er hat ihm ins Gesicht geschlagen. Der Mann ist gegangen, die nicht unterschriebenen Papiere in der einen Hand und die andere auf seiner blutenden Nase.«

»Und dein Großvater hat den Mann geschickt?«, fragte Hope. »Warum würde er das tun?«

»Als meine Mutter gestorben ist, hatte der alte Pastinas all ihre Fehler wegwischen wollen, sodass keiner zurückkommen und ihn heimsuchen könnte. Und ich stand auf dieser Liste der Fehler ganz oben.«

»Ihr Nordländer behauptet immer, zivilisierter zu sein«, sagte Hope. »Aber in meinem Heimatdorf würden Großeltern niemals ihr Enkelkind verstoßen.«

»Das muss ein netter Ort sein, dein Dorf«, sagte Alash.

»Das war es«, antwortete Hope.

»Hast du noch Familie dort?«

»Nein. Sie sind alle tot.« Ihre Stimme war nicht lauter als ein Flüstern.

Red wusste nicht, wie sie sich zurückhalten konnte, statt Alash einfach zu packen und zu fragen, wo Teltho Kan war. Er musste sich irgendwo hier in dem Gutshaus aufhalten. Vielleicht war er bei seinem Großvater. Red konnte nicht anders, er bewunderte Hopes Beherrschung. Er nahm ihre Hand. Sie wurde kurz steif, aber dann nickte sie und drückte seine Hand leicht. Es würde bald vorbei sein. Dann könnten sie gehen, hinaus aus diesem wunderschönen, luftleeren Haus.

Sie setzten sich zum Abendessen an einen langen Tisch, der mit einer reinweißen Tischdecke gedeckt war. Diener erschienen wie aus dem Nichts und brachten einen dampfenden Braten, Platten mit frischen Früchten und Gemüse, Brot und Käse. Der Duft der herzhaften Suppe allein ließ Red fast in Ohnmacht fallen. Es war einen Tag her, seit Hope und er etwas gegessen hatten, und ein Leben, seit er so eine feine Küche genossen hatte. Er und Hope fielen förmlich über ihre Teller her.

Nachdem er ein paar Minuten lang das Essen in sich hineingeschaufelt hatte, bemerkte er die Stille auf der anderen Seite des Tischs. Er sah auf. Tante Minara und Alash starrten sie mit einer Miene an, die fast schon Ekel ausdrückte. Red stieß Hope mit dem Ellbogen an. Sie hielt inne und sah ihn an.

»Ich glaube, wir lassen bei den Tischmanieren zu wünschen übrig«, flüsterte er.

»Oh«, antwortete Hope. »Ich habe ein Buch über Oberschichtetikette gelesen, aber das ist lange her. Ich erinnere mich nicht an viel. Was soll ich tun?«

»Meinst du, ich weiß das?«, antwortete Red. »Vielleicht machen wir einfach langsamer.«

Hope nickte und setzte sich etwas gerader hin.

»Also, Rixidenteron.« Tante Minara sah noch immer etwas angeekelt aus, aber sie versuchte sichtlich, darüber hinwegzukommen. »Was tust du also hier?«

»Was, kann ich meine Spitzenfamilie in der Oberstadt nicht hin und wieder mal besuchen?«, fragte er. Er schlug einen unbeschwerten Tonfall an, aber darunter schwang eine gewisse Schärfe mit.

»Natürlich, mein Lieber«, sagte sie rasch. »Aber nach all der Zeit habe ich mich einfach gefragt, ob du in Schwierigkeiten geraten bist. Oder vielleicht Geld brauchst?«

»Ich will euer Geld nicht«, erwiderte er kalt.

»Miss Hope«, warf Alash schnell ein. »Was hat Euch von den Südlichen Inseln hierher geführt?«

»Ich bin an einem sehr abgelegenen Ort aufgewachsen. Ich hatte viel über die Welt gelesen, aber das ist nicht das Gleiche, wie sie selbst zu erleben. Also habe ich mich einer Schiffsmannschaft angeschlossen und sie auf eigene Faust entdeckt.«

»Fabelhaft«, sagte Alash sehnsüchtig. »Ich würde zu gern über die Meere segeln. Die Welt sehen.«

»Warum tust du es dann nicht?«, fragte Red.

»Das ist nicht möglich«, antwortete er.

»Warum nicht?«, hakte Red nach.

»Nun …«, sagte Alash unsicher.

»Wozu wäre das gut?«, warf Tante Minara ein. »Alles, was er braucht, ist genau hier. Sein Platz ist auf Pastinas Manor. Eines Tages wird er der alleinige Erbe des Anwesens sein.«

»Ich habe eine Verantwortung für diesen Ort«, sagte Alash. »Und natürlich für meine arme, verwitwete Mutter.«

»Ich weiß nicht, sie scheint gut zurechtzukommen«, sagte Red.

»Es ist schlimm genug, dass er seine ganze Zeit mit diesen verdammten Maschinen verbringt, statt mit seinesgleichen an gesellschaftlichen Veranstaltungen teilzunehmen«, erklärte Tante Minara. »Bitte, setz ihm keine Ideen von wegen Abenteuern auf See in den Kopf.«

»Nichts läge mir ferner, Tantchen.« Red schenkte ihr ein gewinnendes Lächeln.

Tante Minaras strenge Haltung schmolz widerwillig zu einem Lächeln dahin. »Du bist so sehr wie deine Mutter. Bezaubernd unverbesserlich.« Sie betupfte ihre Augen mit einem feinen seidenen Taschentuch. »Ich bin … froh, dass du zu Besuch gekommen bist.«

»Sicher schicken wir sie doch nach dem Essen nicht in die Nacht hinaus, Mutter«, sagte Alash.

»Aber dein Großvater …« Ihre Miene verzog sich sorgenvoll.

»Du weißt, wie er ist«, sagte Alash. »Er könnte sich tagelang einschließen.«

Minara kaute auf ihrer Lippe. »Ich nehme es an. Aber wir müssen sie im Nordflügel unterbringen, damit er ihnen auf keinen Fall über den Weg läuft.«

Alash warf Hope einen entschuldigenden Blick zu. »Der Nordflügel ist ein bisschen beengt, fürchte ich.«

»Ich kann auf dem Boden schlafen, wenn es sein muss«, sagte Hope.

»Oh, Himmel!«, rief Tante Minara. »Auf dem Boden? Vielleicht machen sie das auf den Südlichen Inseln so, aber wir sind keine Barbaren. Alash meint nur, dass es dort keinen Himmel über dem Bett gibt, und das Bad ist am Ende des

Flurs statt in deinem Zimmer.« Sie wandte sich an Red und sah ihn prüfend an. »Und falls ihr beiden nicht verheiratet seid, nehme ich an, es werden zwei verschiedene Zimmer benötigt.«

Red sah zu, wie Hope errötete, dann grinste er Minara an. »Natürlich, meine liebe Tante. Wir würden doch keinen Skandal unter dem Dach der Pastinas wollen, oder nicht?«

Sie versuchte, erneut ein Lächeln zu unterdrücken, dann drohte sie ihm mit dem Finger.

»Entschuldigt mich, Lady Havolon«, sagte Hope. »Meint Ihr mit Bad eine Badewanne?«

»Ja, natürlich«, sagte Tante Minara. »Nach der Reise wirst du heute Nacht wohl ein extra langes Bad nehmen wollen. Ich lasse die Diener das Wasser heiß machen, sobald wir mit dem Essen fertig sind.«

»Ein *heißes* Bad?«, fragte Hope.

Red fand, sie wirkte, als sei sie den Tränen nahe.

»Ich würde doch sicher nicht erwarten, dass du ein *kaltes* Bad nimmst, meine Liebe«, sagte Tante Minara.

Hope seufzte hörbar. »Ein heißes Bad wäre fabelhaft, Lady Havolon.«

Als Hope nach oben ging, um ihr Bad zu genießen, und Tante Minara sich für die Nacht zurückgezogen hatte, saßen Alash und Red in einem weiteren elegant eingerichteten Zimmer, diesmal kleiner und mit gepolsterten Ledermöbeln etwas dunkler eingerichtet. Ein Kamin prasselte an der einen Wand.

»Das ist das männliche Spitzenzimmer, oder?«, fragte er, als Alash ihm ein kleines Glas mit einer braunen Flüssigkeit darin gab.

Alash lächelte leicht, als er sich mit seinem eigenen Glas in einen Sessel ihm gegenübersetzte. »Wir müssen so schrecklich frivol auf dich wirken.«

»Alle Spitzenhemden sind frivol«, sagte Red. »Nicht deine Schuld. Das ist nur die Art, wie du erzogen wurdest.«

Alash starrte in sein Glas und ließ die Flüssigkeit darin kreisen. »Aber ab einem bestimmten Punkt in unserem Leben dürfen wir nicht zulassen, dass unsere Erziehung uns bestimmt. Wir müssen uns dafür entscheiden oder etwas anderes wählen.« Er nahm einen kleinen Schluck.

»Mehr von dieser philosophischen Wissenschaft, über die du gesprochen hast?« Red nahm selbst einen Schluck von seinem Getränk und stellte fest, dass es viel stärker war als erwartet. Er zwang sich zu einem Lächeln, während seine Augen und sein Hals brannten.

»Ich wünschte, ich könnte mit dir und Miss Hope zu Abenteuern aufbrechen«, sagte Alash leise.

»Du könntest es, weißt du«, sagte Red. »Aber es ist nicht immer so wie in den Büchern. Es kann hart sein und schwer und schmerzhaft und anstrengend. Manchmal möchtest du einfach nur aufgeben.«

»Aber du tust es nicht«, sagte Alash.

»Weil die Alternative, Cousin, der Tod ist.«

Sie saßen eine Weile da und starrten jeder für sich in das Feuer.

»Und doch«, sagte Alash. »Du sagtest, es ist nicht immer so wie in den Büchern. Heißt das, manchmal ist es das?«

Red hatte gewollt, dass Alash sich besser fühlte, weil er an diesem steifen, humorlosen Ort eingepfercht war. Aber manchmal war er ein schwacher Mann. Vor allem, wenn die Versuchung lockte, dass er eine gute Geschichte erzählen konnte. Und deshalb erlaubte er es sich jetzt, breit zu lächeln, das alte Glitzern trat in seine Augen, obwohl er sich besser hätte entschuldigen sollen.

»Willst du die Geschichte hören, wie Hope und ich einen Bandenkrieg unten in der Unterstadt von New Laven angezettelt haben?«

Als sich Red für die Nacht in den Nordflügel zurückzog, stellte er fest, dass das, was Alash »ein bisschen beengt« genannt hatte, netter war als jedes Zimmer, das Red je gesehen hatte. Das Bett hatte ein schmiedeeisernes Gestell und eine dicke Matratze, ein Stapel Decken lag darauf und so viele Kissen, dass sich Red fragte, ob er darin wohl ersticken könnte. In der Nähe des Betts war ein Fenster, das den Ausblick über das Anwesen freigab, und ein kleiner Schreibtisch mitsamt Papier und Tinte. Red dachte daran, wie lustig es wäre, den Jungs in der Paradieskehre eine Nachricht zu schreiben. *Hallo Brüder! Ich nehme mir eine kurze Auszeit von allem in der Unterstadt. Pastinas Manor ist entzückend!* Aber da keiner von ihnen lesen konnte, wäre es wohl nur für ihn lustig.

Es klopfte an seiner Tür. Er öffnete sie und sah Hope. Ihr Haar war nass und hing ihr in breiten Strähnen über die Schultern, und ihr blasses Gesicht und ihr Hals waren sauber geschrubbt. Sie trug eine lange, rote Seidenrobe, die noch eleganter war als das Kleid des Dienstmädchens, das sie am Tag getragen hatte.

Er grinste. »Die Farbe steht dir.«

Sie schenkte ihm ein großzügiges Lächeln. »Deine Tante hat es mir gegeben.« Sie setzte sich auf die Ecke des Betts. »Was denkst du, wie lange wir warten sollten?«

»Bis dein Biomant sich sehen lässt?«, fragte Red. »Schwer zu sagen. Ich bin überrascht, dass du noch zurechnungsfähig bist, wo du doch höfliche Konversation zum Abendessen machen musstest, während sich der Mann, der deine Eltern getötet hat, unter dem gleichen Dach aufhält.«

»Es war nicht einfach«, gab sie zu. »Aber das Bad hat geholfen.«

»Ich hätte dich nie für einen dieser Badfanatiker gehalten«, sagte Red.

»Im Kloster gab es eine heiße Quelle, deshalb haben wir fast jeden Tag gebadet. Es wurde zu einer sehr beruhigenden Sache für mich, vor allem, wenn ich vom Training wund und blau war. Du solltest es versuchen.«

»Was, heute Nacht?«, fragte er.

Sie zuckte mit den Schultern. »Das Wasser ist noch warm. Es wäre eine Schande, es zu verschwenden.«

»Ich denke darüber nach«, sagte er. »Aber jetzt zurück zu deinem Biomanten.«

»Teltho Kan.« Ihr Gesicht verhärtete sich sofort. »Wir können annehmen, dass er sich mit deinem Großvater trifft?«

»Das würde ich sagen. Entweder warten wir, bis sie fertig sind, oder wir suchen sie, mit oder ohne die Hilfe von meiner Tante und meinem Cousin.«

»Ich würde es vorziehen, sie nicht aufzuregen oder sie in Gefahr zu bringen«, sagte Hope. »Es mag besser sein, wenn du sie beschäftigst, während ich Teltho Kan allein suchen gehe.«

»Ohne meine Hilfe?« Red versuchte, sich nicht anhören zu lassen, dass ihn das verletzte, aber ihrem Blick nach zu urteilen, gelang ihm das nicht.

»Du hast mir schon so viel geholfen.« Sie legte ihre blasse Hand auf seine. »Dieser Kampf ist allein meiner. Ich werde auch versuchen, deinen Großvater nicht zu verletzen.«

»Darüber mache ich mir keine Gedanken«, sagte Red. »Ich …« Er legte die Hände auf ihre Schultern und spürte ihre straffen Muskeln durch die dünne Seidenrobe. »Du kannst mich nicht zurücklassen.«

»Das habe ich nicht vor«, sagte sie.

»Nicht einmal im Tod. Fein?«

»Das kann ich nicht versprechen.«

»Du kannst versprechen, dass du die Tat nicht selbst vollbringen wirst.«

»Red, ich …«

»Das ist nicht allzu viel verlangt.« Red zog sie näher an sich heran, und sein Blick bohrte sich in ihren. »Bring dich verpisst noch mal nicht selbst um.«

»Aber was, wenn …«

»Du wirst nicht versagen. Wenn das hier nicht klappt, dann finden wir einen anderen Weg. Wir versuchen es einfach weiter. Du und ich, Hope und Red. Egal, was passiert, wir geben nicht auf. Niemals.«

Hope sah aus, als wollte sie etwas sagen, aber es erstarb ihr auf der Zunge. Sie nickte. »Ich verspreche es.« Dann rümpfte sie die Nase. »So lange du versprichst, ein Bad zu nehmen. Jetzt.«

Am nächsten Morgen zog Red erleichtert seine normalen Kleider wieder an. Es gab keinen Grund mehr für diese Maskerade, und sollte das hier leewärts gehen, würde er seine Wurfmesser brauchen. Er stellte fest, dass jemand in der Nacht sein Hemd und seine Hose gewaschen und sie dann neben sein Bett gehängt hatte. Zuerst fand er das etwas besorgniserregend, aber er musste zugeben, dass es wenig Sinn hatte, sich erst zu baden und dann die schmutzigen Kleider wieder anzuziehen. Das Bad, das er am Abend zuvor genommen hatte, war auch nicht übel gewesen. Es war ihm jedoch wie ein großer Aufwand erschienen, nur um in heißem Wasser zu liegen.

Er fand auch ein Tablett mit Frühstück neben seinem Bett vor, als er aufwachte. Warmes Brot, Wurst und ein gekochtes Ei. So früh etwas zu essen, schien ihm etwas unnatürlich, aber da er nicht wusste, wann er wieder etwas bekommen würde, schlang er es dennoch hinunter.

Als er den Salon betrat, sah er, dass Hope ihre Lederrüstung angezogen hatte. Sie sah sauber aus, ohne Blutflecken, und sie glänzte mehr als zuvor. Er fragte sich, ob sie irgendwo Lederpolitur aufgetrieben hatte.

Tante Minara kam herein, sie steckte in einem großen, puffigen grünen Kleid. Ihr folgte Alash, der einen unauffälligeren grauen Gehrock und eine Krawatte trug. Minara beäugte Hope und Red. »Tragt ihr das normalerweise in der Unterstadt?«

»Der Stil dort unten ist etwas anders«, sagte Red und schlug den Kragen seines ledernen Langmantels nach oben.

»Ja, natürlich.« Tante Minara kam zu ihm und schlug den Kragen zurück, dann knöpfte sie sein Hemd bis ganz nach oben zu. Sie wandte sich an Hope. »Nicht einmal ein Kleid, Liebes? Ich kann sicher eins finden, das dir passt.«

»Ich danke Euch, Lady Havolon«, sagte Hope. »Aber diese Rüstung ist sehr viel praktischer für meine Zwecke, und sie wurde von dem Mann gefertigt, der mich aufgezogen hat, deshalb hat sie eine große Bedeutung für mich.«

Tante Minara seufzte. »Ich gehe davon aus, dass ihr gegessen habt?«

»Ja, danke schön«, sagte Hope.

»Dann haben wir das Schicksal wohl lange genug herausgefordert. Ihr solltet gehen, bevor mein Vater euch entdeckt.«

»Wen entdecken?«, erklang eine schwache, nasale Stimme hinter Red.

Tante Minara erstarrte für einen Moment, dann erschien ein Lächeln auf ihrem Gesicht. »Aber, hallo, Vater!« Ohne den Mund zu bewegen, zischte sie gerade so laut, dass Red sie hören konnte: *»Schließ die Augen. Und lass sie geschlossen.«*

Red schloss die Augen, und sie drehte ihn herum, sodass er der Stimme gegenüberstand.

»Alash hat diesen armen blinden Jungen draußen gefunden«, sagte Tante Minara. »Stimmt das nicht, Lieber?«

»Das stimmt!«, sagte Alash. »Entschuldigt, Großvater. Ich habe seinen Wärter mit einer meiner verflixten Maschinen verletzt, weißt du. Habe mich schrecklich gefühlt deswegen und sie reingebracht.«

»Ja, und ich weiß, wie sehr du es hasst, dich in der Gegenwart derer mit Gebrechen zu befinden«, sagte Minara. »Ich dachte, er könne dich aufregen. Ich habe Alash gerade gesagt, er solle sie loswerden, damit du sie nicht ansehen musst.«

»Ich verstehe. Wie rücksichtsvoll von dir«, sagte Großvater Pastinas. Der Tonfall des alten Mannes war so beherrscht, dass Red nichts hineinlesen konnte. Wenn er die Miene des Runzlers sehen könnte, dann wüsste er Bescheid. Bis zu diesem Moment hatte er nie geahnt, wie sehr er sich auf sichtbare Hinweise verließ, um Menschen einschätzen zu können.

»Es ist immer die Aufgabe einer Tochter, Rücksicht auf ihren Vater zu nehmen«, sagte Tante Minara. »Nun, Alash, warum begleitest du nicht…«

»Und wer ist diese … bemerkenswerte junge Dame in Schwarz da bei ihm?«, fragte Pastinas. »Ihrer Färbung nach zu urteilen, ist sie von den Südlichen Inseln.«

»Oh, ja, Großvater!«, sagte Alash. »Sie ist der Führer und Beschützer des Jungen. Wusstest du, dass es von Frauen aus dem Süden erwartet wird, dass sie Waffen mit sich führen? Und dass sie für gewöhnlich keine Kleider tragen?«

»Das sehe ich«, sagte Pastinas. »Das würde erklären, warum die junge Frau ein Schwert in meinem Haus trägt.«

»Natürlich, Vater«, sagte Tante Minara. »Wir wollten sie nicht kränken.«

»Und wieder steht dir deine Rücksicht gut zu Gesicht«, sagte Pastinas. »Was du mir jedoch nicht erklärt hast, ist, warum du denkst, dass ich den Bastard meiner eigenen Tochter nicht erkennen würde, nur weil ich seine verräterischen roten Augen nicht sehen kann.«

Reds Augenlider klappten auf, und er sah seinen Großvater zum ersten Mal an. Ein hagerer Runzler mit wässrigen Augen und einem höhnischen Lächeln auf den schmalen Lippen. Sein weißes Haar stand zu Berge, und seine Hand zitterte leicht. Red wartete noch auf den Furcht einflößenden Teil.

»Dieser Sohn einer Hure ist in meinem Haus, auf meinem Grundstück oder innerhalb von hundert Meilen in meiner Nähe nicht willkommen!«, sagte der alte Mann, dessen Gesicht sich jetzt bockig verzogen hatte. »Ich habe ihm erlaubt zu existieren, solange er mich nicht stört. Es scheint, ich war zu nachsichtig!«

»Nein, Vater! Bitte!«, bettelte Tante Minara, die Red an sich drückte. »Er ist nur ein Junge.«

»Tu ihm nicht weh!«, bat Alash.

»Ruhe!«, schrie Pastinas. »Ich werde über sein Schicksal bestimmen, jetzt, da er es gewagt hat, hierherzukommen und Anspruch an seine Familie zu stellen. Strafe …«

»Es tut mir leid, können wir noch mal einen Moment zurückgehen?«, sagte Red und löste sich von seiner Tante. »Wie war das mit dem ›über mein Schicksal bestimmen‹?«

»*Ich* bin der …«

»Rhetorische Frage«, sagte Red. »Es gibt nur einen Kerl auf der Welt, der mein Schicksal bestimmt, und das bin ich, fein? Des Weiteren gibt es nichts in dieser Familie, das ich beanspruche. Das einzige nützliche Ding, das ich hier entdeckt habe, ist mein kluger Cousin, der nichts als Spott für seine Fähigkeiten zu ernten scheint. Ich habe es ohne euer verpisstes Geld bis hierhin gebracht, und ich glaube nicht, dass ich es jetzt brauche.«

Der alte Mann starrte ihn so entsetzt an, dass Red vermutete, dass noch nie jemand so mit ihm gesprochen hatte. Vielleicht war das kleinlich, aber er fühlte sich dadurch wirklich sonnig.

»Warum«, stieß Pastinas zwischen zusammengebissenen Zähnen hervor, »bist du dann hier?«

Red sah, wie Hope ihre Hand auf den Griff ihres Schwerts legte. Dachte sie, es würde darauf hinauslaufen? Sicher erwartete sie nicht, dass der alte Mann sie angriff. Er war nichts als ein Schreihals. Doch dann bemerkte er, dass ihr Blick immer wieder zu dem Flur hinter dem alten Mann huschte und dass ihr Schwertgriff von allein leicht zitterte.

»Versenk das alles, Pastinas!« Eine Stimme, die wie Feuer

knisterte, drang aus dem Flur herüber. »Wir haben schrecklich wenig Zeit! Musst du dich mit solchen Familienzankereien verzetteln, genau wenn …«

Ein Mann in einer weißen Robe mit goldener Borte und Kapuze trat in das Zimmer. Die Kapuze war hochgeschlagen, aber Red sah das Brandmal auf seinem Gesicht dennoch. Er sah zuerst Pastinas an, aber dann wanderte sein Blick durch den Raum, und er erstarrte.

Red hörte das Zischen des Stahls, als Hope ihr Schwert zog.

Teltho Kan packte Pastinas grob am Arm und hielt ihn wie einen Schild vor sich. Er hielt seine bloße Hand neben das verwelkte Gesicht des alten Mannes.

»Eine Berührung, Mädchen.« Die Augen des Biomanten waren unverwandt auf Hope gerichtet. »Du weißt genau, dass das ausreicht, um den Mann in einen schmerzhaften und langwierigen Tod zu schicken.«

»Um deine Frage zu beantworten, Großvater«, sagte Red trocken. »*Er* ist der Grund, aus dem wir hier sind.«

»Lass ihn gehen, Kan.« Hopes Schwert zitterte, die Spitze zeigte auf ihn, als würde sie sich von selbst auf ihn stürzen wollen. Die Blutmagie hungerte nach ihrem Ziel.

»Mr. Kan, ich verlange zu erfahren, was das zu bedeuten hat!«, kreischte Pastinas.

Teltho Kan beachtete ihn nicht, sein Blick konzentrierte sich voll und ganz auf Hope. »Ich muss gestehen, dass ich damit gerechnet habe, dass du mich erneut aufspürst, aber ich hatte nicht gedacht, dass es *so* schnell gehen würde. Schon wieder habe ich dich unterschätzt. Aber ich versichere dir, dass dies das letzte Mal sein wird.«

»Weil du mir nicht noch einmal entkommen wirst«, sagte Hope, die sich langsam auf ihn zubewegte. Ihr Schwert glänzte im Sonnenlicht, das durch das Fenster hereinfiel. »Du kannst ihn nicht festhalten und gleichzeitig einen anderen Sprung machen.«

»Richtig«, gab der Biomant zu. »Aber ich habe etwas anderes vor. Etwas, das ich extra für dich vorbereitet habe.«

Er pfiff schrill. Die Antwort war ein merkwürdig klickendes Gebrüll, das außerhalb des Hauses erklang. Argwöhnisch kniff Hope die Augen zusammen.

Teltho Kan lächelte. »Ein alter Freund von dir, denke ich.«

Red sah es eine Sekunde, bevor es sie erreichte – eine dunkle, gewaltige Gestalt draußen vor dem Fenster. Er hatte gerade noch genug Zeit, um seine Tante zu Boden zu werfen, als auch schon das Glas in einem Sturm aus Scherben zerbrach. Die Gestalt sprang durch das Fenster und auf das Sofa, das daraufhin in Stücke zerbrach. Sie kam schwankend auf die Füße, und jetzt sah Red, dass es Ranking war, der Kerl, der Hope und ihren Kapitän verraten hatte. Zumindest war er es einmal gewesen. Als Red ihn das letzte Mal gesehen hatte, hatte sich Ranking auf dem Boden der *Ersoffenen Ratte* gewunden und den Stumpf umklammert, der einmal seine Hand gewesen war. Jetzt hatte er dort statt eines Stumpfs eine große, braune Klaue, wie die eines Skorpions. Er war auch größer. Seine Haut sah aus, als wäre sie ein schlecht sitzendes Kleidungsstück, sie hing wie ein Sack an einigen Stellen, war an anderen zerrissen. Seine Augen glänzten schwarz, und unter seinem langen Schnauzbart befand sich ein zackiges Loch, aus dem haarige Mandibeln hervorragten.

Tante Minara schrie.

»Wie könnt Ihr es wagen, eine solche Kreatur in mein Heim zu bringen!«, schrie Pastinas Teltho Kan zu.

Der Biomant lachte und schubste den alten Mann zu Boden.

»Bis zum nächsten Mal, Mädchen!«, sagte er zu Hope. »Hab Spaß mit deinem Spielgefährten.«

»Nein!«, heulte Hope auf. Doch bevor sie ihm noch nachsetzen konnte, stürzte sich die Kreatur schon auf sie. Sie hatte gerade genug Zeit, um das Schwert zurück in die Scheide zu schieben, da musste sie auch schon seinen Angriff abwehren. Die Klaue krachte in das Holz der Scheide, nur Zentimeter von ihrem Gesicht entfernt.

»Zieh dein verpisstes Schwert!«, schrie Red.

»Ich werde seine Spur nicht verlieren!«, rief Hope, während sie die Kreatur erneut abwehrte.

»Er wird nicht davonkommen.« Red zog seine Tante auf die Füße und wandte sich dann Alash zu. »Bring deine Mutter in Sicherheit.«

Alash nickte, sein Gesicht war blass, als er die Hand seiner Mutter nahm.

Red rannte in den Flur und sprang dabei über den am Boden liegenden Pastinas.

»Halt, Red! Er wird dich töten!«, schrie Hope.

Aber Red war bereits weg. Er sah, wie etwas Weißes um die Ecke im Flurs verschwand, und rannte darauf zu. Während er rannte, dämmerte ihm, dass er einem Biomanten nachlief. Als er um die Ecke bog, dachte er noch: *Bin ich komplett verrückt?*

Der Biomant wartete, seine Kapuze warf Schatten auf sein Gesicht, und seine weiße Robe leuchtete in dem dämmrigen Flur. Schlitternd kam Red zum Stehen.

»Das ist dein Ende, Dummkopf«, sagte Teltho Kan, als er seine Hand nach Red ausstreckte.

Er hielt jedoch inne, kurz bevor seine Fingerspitzen Reds Stirn berühren konnten.

»Kann das sein? Ein Überlebender?« Langsam zog er die Hand zurück. Dann lächelte er auf eine Art, die Red überhaupt nicht gefiel.

»Wir werden uns wiedersehen, Junge. Und jetzt schlaf.«

Er blies Red ins Gesicht, und um ihn herum wurde es dunkel.

27

Zum ersten Mal in ihrem Leben sah Hope in das Gesicht von jemandem, den sie hasste, und spürte Mitleid. Ranking war vieles gewesen, vor allem schlecht. Aber selbst er verdiente es nicht, in so eine stumpfsinnige Monstrosität verwandelt zu werden. Seine geifernden Mandibeln streckten sich nach ihr aus, und er drückte sein buckliges, höckriges Gewicht gegen sie. Seine schwarzen, glasigen Augen waren bar jeder Menschlichkeit und jedes Gedankens. Ihm ihr Schwert in den Kopf zu rammen, wäre das Gütigste, was sie für ihn noch tun konnte. Aber sie weigerte sich, den einzig sicheren Weg aufzugeben, mit dem sie Teltho Kan aufspüren konnte.

Als sie jetzt seine Klaue mit der Schwertscheide abwehrte, drückte er sie gegen die Wand. Sie trat ihm zwischen die Beine, aber es fühlte sich an, als wäre dort unten nichts, und er reagierte nicht einmal. Sie boxte ihm gegen den nackten Bauch, aber der fühlte sich hart an, und die Haut riss entzwei, um einen chitinhaltigen Insektenpanzer zu enthüllen.

Sie riss das Schwert mitsamt der Scheide aus seiner Klaue und schlug ihm mit dem flachen Holzende in das Auge. Das Auge gab mit einem leisen Knirschen nach, und dunkle

Flüssigkeit tropfte heraus. Seine Mandibeln klickten wütend, und er hieb erneut mit der Klaue nach ihr. Sie blockte auch diesmal mit der Schwertscheide ab und dachte daran, dass Teltho Kan in jedem Moment, in dem diese Kreatur sie beschäftigte, weiter weglief. Und Red …

In der Paradieskehre hatte er nie so unbesonnen gehandelt. Sie vermutete, dass dieser Ort ihn so aus dem Gleichgewicht gebracht hatte. Sicher wusste er, dass er kein Gegner für Teltho Kan war. Hope musste diese Kreatur schnell erledigen, damit sie ihn retten konnte. Aber wenn sie ihr Schwert zog und Ranking damit traf, würde sie die beiden dann noch finden können?

Die Kreatur brüllte wieder auf und warf sich erneut gegen Hope. Ihre Arme wurden müde, während Ranking stärker zu werden schien, je länger sie kämpften. Hope sah sich nach einer anderen Waffe um, aber in diesem feinen Salon war nichts, was seine Haut durchdringen konnte.

Er drückte sie nieder und zwang sie zu Boden. Dann warf er sich mit seinem ganzen Gewicht auf sie. Ihre Arme zitterten vor Anstrengung, und sie begann zu glauben, dass sie Kummerklang nun doch aus der Scheide ziehen müsse, um ihr eigenes Leben zu retten.

Da ertönte ein scharfes *Klack*, und ein Stahlpfahl ragte aus der Stirn der Kreatur. Alash stand hinter ihm, die Hand hielt er an den Hinterkopf des Ungeheuers. Er zog an dem Hebel an seinem Handgelenk, und der Pfahl wurde in die Röhre an seinem Unterarm zurückgezogen. Die Kreatur zitterte ein Mal, dann brach sie zusammen. Hope stieß den Körper von sich herunter.

»Das ist eine Art der Verwendung«, sagte sie, dann lief sie zur Tür.

»Wartet, Miss Hope!«, rief Alash.

Als sie jetzt über den benommenen Pastinas stieg, durchzuckte sie Trauer um Alash, der hier in diesem luxuriösen Gefängnis eingesperrt war, in dem ihn niemand zu schätzten wusste. Sie wünschte, dass sie etwas länger bleiben könnte, um die Stimme der Ermutigung zu sein, die er so verzweifelt zu brauchen schien.

»Bleib tapfer, Alash«, sagte sie, dann ging sie.

Alash sah nach seiner Mutter, die er auf das Sofa im nächsten Zimmer gelegt hatte. Sie schluchzte immer noch und sagte kein Wort. Dann ging er zurück in den Salon. Er musterte die Zerstörung einen Moment lang, nahm alles in sich auf. Er hatte in diesem Haus gelebt, seit sein Vater gestorben war. Er war fast jeden Tag in diesem Zimmer gewesen, und es hatte sich niemals verändert. Bis heute. Das erschütterte ihn. Nicht die Unordnung, sondern weil er tief in seinem Herzen geglaubt hatte, dass echte Veränderung niemals möglich war. Bis heute.

Er ging durch den Raum, und seine Halbstiefel knirschten leise über das Glas. Sein Großvater schien sich zu erholen. Als Alash ihm die Hand hinhielt, lächelte er höhnisch und schlug sie weg.

»Nun, Großvater«, sagte er leise. »Wer ist jetzt derjenige, der etwas Abscheuliches und Gefährliches ins Haus gebracht hat?«

»Wie kannst du es wagen, mich so respektlos zu behandeln, Junge! Es ist immer noch mein Haus und mein Geld …«

»Respekt?«, sinnierte Alash. »Ich habe dich immer geliebt, weil du mein Großvater bist. Aber ich habe dich nie respektiert. Bitte, kümmere dich um Mutter. Sie war dir immer treu ergeben.« Dann machte er einen Schritt über seinen Großvater hinweg und ging auf die Tür zu.

»Wo in allen Höllen willst du hin?«

»Es ist Zeit für eine Veränderung, Großvater. Ich gehe und sehe mir die Welt an.«

Hope kam nicht weit, bevor sie Red auf dem Boden im Flur fand. Als sie ihn dort auf dem Teppich liegen sah, reglos, zog sich ihr Herz zusammen. Dieses Bild, das sich ihr bot, umfasste alles, was sie am meisten fürchtete. Der wichtigste Mensch in ihrem ganzen Leben, getötet von einem Biomanten.

Da bewegte sich seine Brust, hob und senkte sich, und sie erkannte, dass er noch am Leben war.

Natürlich hatte Kan ihn am Leben gelassen. Das war eine geschickte Verzögerungstaktik. Wäre Red tot gewesen, hätte Hope ihn nur noch unerbittlicher verfolgt. Doch sie konnte ihn nicht einfach hier zurücklassen, in diesem Haus, das von einem verängstigten alten Mann beherrscht wurde, der ihn hasste.

Sie hob ihn auf und legte sich seinen Körper über die Schulter. Sie hatte jahrelang Tag für Tag ein Paar große Eimer Wasser an einem Joch tragen müssen, als sie noch im Kloster gelebt hatte. Red war jedoch schwerer. Langsam trottete sie aus dem Herrenhaus und hinaus auf die helle, grasbedeckte Wiese, die noch feucht war vom Morgentau.

Sie wusste nicht, wie lange sie schon in die Richtung stolperte, die Kummerklang ihr wies. Red lag um ihren Hals wie ein Mühlstein. Die Sonne brannte vom leuchtend blauen und wolkenlosen Himmel, und die Wiesen schienen sich bis in die Ewigkeit auszudehnen. Ihr Atem zischte schmerzhaft durch die zusammengebissenen Zähne, und ihr Haar war nass von Schweiß.

Sie glaubte, jemanden ihren Namen rufen zu hören. Zuerst ignorierte sie es, aber dann wurde der Ruf lauter und nachdrücklicher, und sie begann sich zu fragen, ob es echt war. Schließlich kam Alash hinter ihr hergerannt, schnaufend und rot im Gesicht.

»Miss Hope …«, stieß er zwischen zwei Atemzügen hervor. »Darf ich Euch … bitte begleiten?«

»Warum?«

»Ich will die Meere bereisen! Die Welt sehen!«

Hope dachte darüber nach, ihm zu sagen, dass die Welt schrecklich war und die Meere tödlicher, als er sich das vorstellen konnte. Dass er verrückt sei, dieses luxuriöse Leben einfach wegzuwerfen.

»Vielleicht könnte ich meinen Cousin eine Weile tragen?«, schlug er vor.

Aber *das* klang wie die beste Idee, die sich je jemand erdacht hatte. Sie warf ihm Red fast entgegen.

Alash ächzte unter seinem Gewicht, und seine Knie gaben sofort nach. »O Gott, ist der aber schwer. Ich kann nicht …« Er wirkte gleichermaßen vom Schmerz gequält wie auch beschämt. »Ich fürchte, ich bin nicht so stark wie Ihr, Miss Hope. Ich war noch nie ein Athlet.«

Hope seufzte. »Lass uns versuchen, sein Gewicht zwischen uns aufzuteilen.« Sie legte sich einen Arm über ihre Schulter und Alash sich den anderen. »Oh, das ist viel besser, danke.«

»Dann lass uns gehen«, sagte Hope. »Wir dürfen Teltho Kan nicht entkommen lassen.«

Alash bedachte Reds hängenden Kopf mit einem besorgten Blick. »Kommt er in Ordnung?«

»Nachdem ich ihn so lange getragen habe? Wehe, wenn nicht.«

Eine Weile liefen sie schweigend, nur unterbrochen von ihren rauen Atemzügen. Irgendwann fragte Hope: »Weißt du, was in dieser Richtung ist?«

»Ein paar mehr Häuser wie das meines Großvaters.«

»Das war's?«

»Nun, danach kommt natürlich der Strahlenhafen.«

»Ein Hafen?«, fragte Hope, und ein Schwall Adrenalin wischte ihre Erschöpfung beiseite.

»O ja, der zweitgrößte Hafen in New Laven.«

»Dann müssen wir uns beeilen.« Sie lief schneller.

Alash stöhnte, und die beiden eilten gemeinsam weiter.

Teltho Kan war weg. Hope wusste es, bevor sie auch nur die Docks erreicht hatten. Ein Zittern überlief Kummerklang, dann wurde es weniger beharrlich, so als würde sich sein Ziel schnell wegbewegen. Aber Hope weigerte sich, das zuzugeben. Sie zwang sich selbst und Alash dazu, weiterzulaufen, bis sie den lang gezogenen Hafen von Hohlfall kurz vor Mittag erreichten.

Handelsschiffe lagen dicht an dicht an den Docks. Seeleute beluden und entluden Kisten. Hope erinnerte sich an den Auftrag, den Drem Carmichael hatte geben wollen, und sie fragte sich, ob sich in einigen dieser Kisten Rauschgift befand. Vielleicht hatte der Rauschmittelhandel mit Drems Tod aufgehört. Oder vielleicht hatte jemand anderes bereits übernommen.

Sie hob ihr Schwert und deutete standhaft hinaus auf den

Hafen und auf die offene See dahinter. Die Erschöpfung brach erneut über ihr zusammen wie eine schwere Decke. »Lass uns einen Moment anhalten.«

Sie fanden einen Stapel Kisten und legten Red darauf. Alash ließ sich selbst auf das Dock fallen, er keuchte und war schweißgebadet. Hope versuchte, Red aufzuwecken, aber er zuckte kaum. »Hast du ein Boot, das wir nutzen können?«, fragte sie Alash.

Er schüttelte den Kopf, versuchte immer noch, wieder zu Atem zu kommen.

»Geld, das wir für eine Schiffspassage verwenden können?«

Wieder schüttelte er den Kopf.

Sie starrte hinaus auf die Schiffe, und ihr Kiefer spannte und entspannte sich vor Frustration, die sich langsam in ohnmächtigen Zorn verwandelte.

Und da sah sie sie. Drei Kais weiter. Die *Lady's Gambit*.

»Steh auf!«, schrie sie Alash zu.

Er sah zu ihr auf, und seine Miene spiegelte fast so etwas wie Entsetzen. »Aber, Miss Hope …«

»Jetzt!« Sie hievte Red hoch und packte einen Arm.

»Ja, Miss Hope«, sagte Alash demütig, als er den anderen nahm.

Alash schien sich kaum auf den Füßen halten zu können, aber Hope zog sie in einem ungeschickten, schwankenden Gang hinunter zu dem Kai, an dem die *Lady's Gambit* festgemacht war.

Sadie stand am Bug. Sie wurde von der Morgensonne angestrahlt und sah hinaus aufs Wasser. Als Hope sie erblickte, flutete ein warmes Gefühl ihre Brust, und sie spürte, dass sie den Tränen nahe war. »Ahoi!«, rief sie mit zitternder Stimme.

»Kapitän Sadie! Erbitte die Erlaubnis, an Bord kommen zu dürfen!«

Sadie drehte sich nicht um, um sie anzusehen, aber sie legte den Kopf zur Seite und lächelte ihr zahnloses Lächeln.

»Kapitän? Bin nicht ich. Du hältst nach jemandem Ausschau, der wesentlich jünger und blasser ist als ich.« Dann sah sie mit gespieltem Erstaunen auf sie hinab. »Und siehe da, da bist du, Kapitän Bleak Hope!«

»Ich glaube nicht, dass ich der K...«

»Ist das Red da in einem Arm?«, fragte Sadie.

»Er kommt schon in Ordnung«, sagte Hope. »Aber er ist schwer.«

»Na, dann mal hoch mit euch.« Sie schob die Laufplanke zu ihnen hinunter und betrachtete sie mit zusammengekniffenen Augen. »Und wer ist das da bei dir? Wirkt seltsam bekannt.«

»Reds Cousin«, sagte Red.

»Angenehm, Sie kennenzulernen, Madam«, sagte Alash und brachte ein Lächeln zustande.

»Er ist ein echtes Spitzenhemd, oder?« Sadie tätschelte ihm die vor Schweiß glänzende Wange. »Mach dir keine Gedanken, Kerlchen, alles ist fett und fein mit denen, die Reds Blut teilen.«

»Woher wusstest du, dass wir hier sein würden?«, fragte Hope.

»Die Alte Yammy hat mir eine Nachricht geschickt. Sie hat manchmal das zweite Gesicht. Ein bisschen ungenau allerdings. Hat nur gesagt, wir sollen hierherkommen, und dass ihr irgendwann auftauchen würdet. Wir sind schon seit fast zwei Tagen hier.«

»Red sagte, sie kann nicht wirklich in die Zukunft sehen.«

»Red sagt eine Menge Sachen, oder? Manche sind sogar wahr«, sagte Sadie. »Also, ich nehme an, ihr seid in Eile?«

»Wir jagen einen Biomanten.«

»Bring Red am besten in die Kabine. Ich wecke den Rest der Mannschaft.«

»Mannschaft?«, fragte Hope.

Sadie grinste. »O ja, Mädchen. Du glaubst doch nicht, dass ich das Schiff alleine segeln könnte, oder? Es ist eine kleine Mannschaft, das ist mal sicher. Aber ich für meinen Teil ziehe ein paar verlässliche Jungs einer Armee von Dumpfnasen vor.«

Hope fühlte sich wie in einem Traum, als sie und Alash den bewusstlosen Red über das Deck und zu den Kabinen trugen. Zurück auf diesem Schiff zu sein beruhigte sie mehr, als sie erwartet hätte. Während sie über das Schiff liefen, fielen ihr viele Verbesserungen auf. Es war sauberer, all die kleinen Risse waren mit Teer zugeschmiert worden, und das verrostete Eisen hatte man poliert, bis es wieder glänzte. Drüben am Ruder erblickte sie den Mann, der vermutlich für das meiste davon verantwortlich war. »Vermisster Finn!«

Der alte Mann sah mit seinem einen strahlenden Auge zu ihr hinüber und lächelte mit kaum mehr Zähnen als Sadie.

»Ahoi, Kapitän Hope!«, rief er. »Sadie hat mir bereits gesagt, dass du an Bord bist. Ich mach das Ruder schön und glatt für dich.«

»Für mich?«

»Natürlich. Wir haben zu wenig Mannschaft, als dass wir einen Rudermann erübrigen könnten.«

»Ich bin nicht sicher, ob ich als Kapitän die beste Wahl bin.«

Finn hob seine großen, vernarbten Hände. »Ich folge nur

der Anordnung des ersten Offiziers, Kapitän. Da musst du es mit Sadie aufnehmen.«

»Glaubst du, wir könnten zuerst einen Platz für Rixidenteron finden?«, klagte Alash.

»Ja«, sagte Hope und ging wieder auf die Kabinen zu. »Aber du solltest ihn Red nennen.«

»Er hält sich nicht an seinen Geburtsnamen?«

»Nein.«

»Warum nicht?«

Hope antwortete nicht direkt. Dann erblickte sie ein bekanntes Gesicht, das gerade aus den Kabinen auftauchte, und lächelte. »Weil es so ist in der Kehre.«

Nessel kam mit einem breiten Grinsen auf sie zugelaufen. »Hey, Engelsschnitte. Was hat er diesmal angestellt?«

»Hat versucht, einen Biomanten zu jagen.«

»Wird er wieder?«

»Ich glaube, er ist nur bewusstlos.«

»Dann lass mich dir mit dem alten Salzkopf hier helfen.«

Als die drei den Rest des Wegs zu den Kabinen zurücklegten, fragte Hope: »Wie geht es dir? Es tut mir leid, dass ich gegangen bin.«

»Wir sind zurechtgekommen. Nachdem du den Biomanten verjagt hattest, sind die Soldaten gerannt. Wir haben uns auf einen weiteren Angriff vorbereitet, aber niemand kam. Ich denke, alles wird wieder werden wie immer. Oder wenigstens nah dran.« Sie sah Alash an. »Und wer ist das?«

»Reds Cousin«, sagte Hope.

»Alash Havolon«, sagte er und lächelte jetzt strahlender, da ihm ein Teil der Last abgenommen worden war. »Miss …«

»Nenn mich Nessel. Ich bin keine Miss oder Missus. Nur Nessel. Fein?«

»Fein?«, fragte er.

»Sie will wissen, ob du sie verstanden hast«, übersetzte Hope.

»Oh. Ja. Nun, ich denke, ich muss furchtbar förmlich auf dich wirken.«

»Nee, bist in Ordnung.« Nessel wandte sich an Hope. »Kein schlechter Gänserich, oder nicht?«

»Sie findet, dass du gut aussiehst«, sagte Hope zu Alash.

»Oh, äh, danke? Und Ihr auch, Miss, äh, ich meine Nessel.«

»Komm bloß nicht auf Ideen«, sagte Nessel. »Oder ich schieb dir deinen eigenen Spitzenschwanz in den Arsch.«

Alash starrte sie an.

»Du gewöhnst dich daran«, sagte Hope.

Vorsichtig trugen sie Red die schmale Treppe hinunter und in die Kabine.

»Was ist passiert?« Filler hinkte heran, er lehnte sich schwer auf eine Krücke.

»Wie geht es deinem Knie?«, fragte Hope.

Filler zuckte mit den Schultern. »Unverändert.«

»Man könnte meinen, er würde dieses Abenteuer hier auslassen wollen. Aber er will nichts davon hören«, sagte Nessel.

Filler wirkte verlegen. »Ihr habt alle Hände gebraucht, um das Schiff zu bemannen. Mein Bein mag nicht arbeiten, aber eine Leine kann ich prima einziehen. Also, was ist mit Red passiert? Wird er wieder?«

»Ich glaube es«, sagte Hope. »Ich habe nicht gesehen, was Teltho Kan mit ihm gemacht hat. Es scheint, er hat ihn nur bewusstlos geschlagen, damit ich langsamer bin und er abhauen kann.«

»Was funktioniert hat«, sagte Nessel.

»Für jetzt. Aber ich werde ihn aufspüren, egal, wo er sich verkriecht.«

»Gut, Red wird aufwachen und ist dann so gut wie neu, ja?«, fragte Filler.

»Vermutlich.« Hope lächelte. Das hatte ihre Zeit in New Laven sie gelehrt. Wie man log und dabei lächelte. Aber in diesem Fall war es Güte. Es brachte nichts, den armen Filler mehr als nötig zu beunruhigen. Vielleicht würde sich Red erholen. Obwohl Hope die Erfahrung gemacht hatte, dass eine Begegnung mit einem Biomanten selten so einfach oder so sauber ablief.

»Kapitän, wir sind bereit, die Segel zu setzen«, sagte Sadie.

Sie und Hope standen am Bug, und die Sonne schien auf das Wasser.

»Ich glaube, du wärst die bessere Wahl als Kapitän«, sagte Hope. »Du hast das schon einmal gemacht.«

»Die Zeit, die ich auf einem Boot verbracht habe, würde zusammen kein halbes Jahr ergeben. Und ich war noch nie auf der offenen See. Es ist rechtmäßig und nach gesundem Menschenverstand deins. Wenn du diesen Biomanten verfolgen willst, dann sind wir bei dir. Aber du musst die Führung übernehmen.«

»Ich war noch nie ein Anführer.«

»Es ist keine große Truppe. Und du überraschst dich vielleicht selbst. Hier.« Sie deutet auf das Ruder. »Warum übernimmst du nicht das Steuer? Vielleicht regt dich das Gefühl von ihm unter deinen Händen ja an.«

Hope packte das Rad, so wie sie es bei Carmichael schon unzählige Male beobachtet hatte. »Ich fühle mich dumm.«

»Das sind nur die Stimmen von anderen Leuten in deinem Kopf, die dir sagen, dass eine Frau keinen Platz hat als Kapitän.«

»*Du* hast das gemacht. Red hat mir die Geschichte erzählt.«

»Und du glaubst nicht, dass ich mich dumm gefühlt habe? So ist es immer, wenn du etwas Neues und Mutiges tust. Du fühlst dich so falsch wie eine Hure im Tempel.«

»Wann hört man dann auf, sich so zu fühlen?«

»Am Anfang gar nicht. Du fühlst dich wie ein Schwindler und tust es trotzdem. Aber dann machst du eine Sache lange genug, und du fühlst dich nicht mehr wie ein Schwindler, weil du keiner mehr *bist.* Fein? Und jetzt lass mich hören, wie du es rufst.«

»Jetzt?«

»Natürlich.«

Hope holte tief Luft. Sie erinnerte sich daran, wie Carmichael das gemacht hatte. Ein Klang, der tief aus seinem Bauch herauskam und der Tonfall zugleich ernst und grimmig und freudig. »Seht lebendig aus, Jungs! Legt ab! Setzt die Segel!«

»Aye, aye, Kapitän!«, rief der Vermisste Finn, gesegnet sei er.

Hope steuerte das Schiff durch den Hafen, und es war, als könne sie Carmichaels Stimme über ihrer eigenen hören, und seine Hände führten ihre. Drem und Ranking, die beiden Männer, die ihn umgebracht hatten, waren jetzt selbst tot. Aber seltsamerweise war es nicht ihr Tod, der Hope Frieden brachte. Es war dieser Moment. Sein geliebtes Schiff zu segeln, den Wind im Rücken und die Sonne am Himmel. Das hatte er am meisten geliebt, und sie wusste, dass er zufrieden gewesen wäre.

So viel der Kodex der Vinchen über die Rache für die Toten sagte, wunderte sie sich jetzt, warum er niemals erwähnte, ihr Leben zu ehren.

»Gebt mir volle Segel!«, rief sie.

Die *Lady's Gambit* hielt auf die offene See zu.

Die Sonne brannte noch immer über ihnen, und der Wind ließ Hopes Haar fliegen, als sie allein am Bug stand. Es war später Nachmittag, und sie hatte seit Stunden am Steuer gestanden. Langsam fühlte sie sich wohler dabei.

»Na, wenn du mal nicht die Lords aufgesetzt hast?«, sagte Nessel, die zu ihr herüberkam.

»Die Lords aufgesetzt?«, fragte Hope. »Das hast du dir gerade ausgedacht.«

»Das sagt man nicht im Süden?« Nessel wirkte ehrlich erstaunt. »Wie eine Miene aufsetzen, sich wichtig tun?«

Hope lächelte und schüttelte den Kopf.

»Mmh.« Nessel stützte die Ellbogen auf die Reling und wandte ihr Gesicht dem Himmel zu, wobei sie die Augen wegen der Sonne schloss. Hope bemerkte, dass die Sonne Strähnen ihrer dunklen, lockigen Haare aufgehellt hatte, und dass ihr Gesicht braun und rosig war.

»Die See bekommt dir«, sagte Hope.

»Glaubst du?«, fragte Nessel und hielt die Augen geschlossen. »Ich habe niemals erwartet, dass ich die Kehre verlasse. Hab niemals überhaupt daran gedacht. Es war meine ganze Welt. Aber als Sadie gefragt hat, ob ich mit ihr mitkommen will, habe ich mich Ja sagen gehört, bevor ich es selbst überhaupt begriffen habe.«

»Weil du dir Sorgen um Red gemacht hast?«

»Zum Teil, nehme ich an. Ich habe Jahre damit gerechnet, dass ich ihn tot auf der Straße finde oder er sonst wie verschwindet, also ist das Gewohnheit, aber mehr nicht. Aber das hier war mehr als das. Immerhin hat er jetzt dich, die nach ihm sieht, und du bist fast so vernünftig wie ich.«

»Danke.«

Nessel nickte. »Nein, ich glaube, ich habe angefangen, die Dinge anders zu sehen in der Nacht, als du und ich und Palla uns um Drems Mannschaft gekümmert haben. Wir waren erstklassig.«

»Das waren wir«, stimmte Hope zu. »Wie geht es Palla?«

»Zurück im Hammer, kämpft immer noch mit Big Sig und Sharn um die Kontrolle. Obwohl ich sagen würde, jetzt, wo sich Big Sig Stachelbillys Anteil an Land gezogen hat, ist er oben. Egal, aber nach der Nacht erschien mir die Kehre … klein. Ich hab mich wieder an meine Arbeit gemacht, für die ich immer dankbar gewesen bin, verstehst du. Aber da war ich, hab auf einen Kater draufgehauen, der nicht wusste, wie man Huren behandelt, und ich fühlte mich einfach so stumpf. Wie, wozu soll das gut sein? Fein?«

»Du wolltest mehr«, sagte Hope.

»Ja. Mehr Welt. Mehr Leben. Mehr *ich.*« Sie sah Hope an, die Augen gegen die blendende Sonne zusammengekniffen, und lächelte. »Und versenk es alles, mehr verpissten Sonnenschein!«

Die *Lady's Gambit* segelte kurz nach Sonnenuntergang in einen Sturm. Dicke schwarze Wolken fegten über sie hinweg und flackerten mit Blitzen. Donner krachte im Himmel wie eine riesige Peitsche. Der Wind blies stechende Vorhänge aus Wasser in ihre Gesichter. Sie ritten Wellen hinauf und hinunter, die zweimal so hoch waren wie das Schiff.

Hope hatte schon schlimmere Stürme erlebt. Aber ihre Mannschaft war unerfahren. Carmichael hatte während eines Sturms nicht viele Anweisungen geben müssen, weil seine Leute wussten, was zu tun war. Aber Hope musste jede Handlung vorgeben. Um es noch schwerer zu machen, war Filler nicht sehr beweglich, und Nessel und Alash kannten die Begriffe nicht. Und so musste Hope über das ganze Schiff rennen, über das regennasse Deck schlittern, während sie von einem Posten zum nächsten rannte, und ausführliche Kommandos über das Brüllen der Wellen herausschreien.

Als der Sturm endlich nachließ und sich die trüblila Wolken verzogen hatten, um eine strahlende Mondsichel freizugeben, war sie müde bis auf die Knochen und heiser.

»Gut gemacht, Kapitän«, sagte Finn, als sie beide am Ruder standen.

»Danke. Wir werden besser, je öfter wir es tun.«

»Das werden wir, Kapitän. Du siehst aus wie der Tod auf Latschen. Warum lässt du mich das Steuer nicht für eine Weile übernehmen und legst dich hin?«

»Gute Idee«, sagte Hope. »Das Ruder gehört Euch, Mr. Finn.«

Finn grinste und übernahm das Steuerrad. »Du bist von einem echten Seemann ausgebildet worden.«

»Kapitän Carmichael war ein großer Mann«, sagte Hope leise. »Vielleicht kein perfekter Mann, aber ein großer.«

»Ach, wenn das alles ist, was mal einer von mir sagt, dann bin ich zufrieden.«

Hope schenkte ihm ein müdes Lächeln. »Ich vermute, da hast du recht.« Sie wandte sich um und ging zu den Kabinen im Bug.

»Solltest du nicht die Kapitänskajüte nehmen?«, fragte Finn und nickte zum Heck hinüber.

»Ich mag es nicht, mich selbst so von den anderen abzusondern.«

»Wär Verschwendung, denkst du nicht?«

»Dann nimm du sie.«

»Nicht ich, Kapitän. Wär nicht recht. Ich denke, dein Kapitän Carmichael hätte da zugestimmt.«

Hope seufzte. »Gut. Aber ich sehe erst nach Red.«

Als Hope unten bei den Kabinen ankam, war es dunkel und still. Alle anderen waren oben. Sie war froh, wieder mit ihnen zusammen zu sein. Mehr, als sie erwartet hätte. Aber in diesem Moment war sie dankbar für die Ruhe und die Einsamkeit.

Sie stand über Red gebeugt da, der in seine Hängematte gewickelt war, sodass sie nur sein Gesicht sehen konnte. Sein Atem ging kräftig und regelmäßig. Er wirkte friedlich, fast unschuldig.

Vielleicht hatte sich Hope umsonst Sorgen gemacht. Immerhin schien er in Ordnung zu sein. Besser als Hope in einiger Hinsicht. Wenigstens bekam er etwas Ruhe.

Als ob der Gedanke ihren Körper daran erinnerte, rollte eine Welle der Erschöpfung über sie hinweg. Sie sollte sich in ihre Kabine zurückziehen, bevor sie noch vornüberfiel. Aber sie war noch nicht bereit, Red allein zu lassen. Letzte Nacht, als sie in getrennten Zimmern geschlafen hatten, war es ihr schwergefallen, sich zu entspannen. Sie hatte sich so sehr an ihn gewöhnt, dass seine Anwesenheit sie selbst im Schlaf beruhigte. Wie seltsam. Vielleicht würde sie einfach noch etwas länger bei ihm sitzen.

Ja, das klang vernünftig. Sie saß ihm in der Hängematte

gegenüber. Das war viel gemütlicher, als sie in Erinnerung hatte. Hatte Finn neue, bessere Hängematten angebracht? Das schien unwahrscheinlich. Und doch gab es keinen Zweifel daran, wie gut es sich anfühlte, sich in sie hineinsinken zu lassen. So gut, dass sie dachte, sie könnte auch ihren Kopf ablegen. Nur kurz natürlich. Und dann würde sie zu ihrer eigenen Kabine hinübergehen, die auf der anderen Seite des Schiffs lag. Das erschien ihr plötzlich wie eine ziemlich lange Reise. Wobei diese Hängematte sehr bequem war, und außerdem befand sie sich direkt unter ihr.

Sie beobachtete, wie Red sanft ein- und ausatmete. Der Rhythmus beruhigte sie. Ein leichtes Lächeln bog seine Mundwinkel nach oben, und der Anblick ließ eine sanfte Wärme sich in ihr ausbreiten.

»Du und ich«, flüsterte sie und strich sanft über seine Wange. »Red und Hope.«

In diesem Moment, mit niemandem um sie herum, und zu müde, um noch länger dagegen anzukämpfen, erlaubte sie sich selbst den Anblick dieses Jungen – nein, dieses Mannes – zu genießen, der, der ihr so weit und so ergeben gefolgt war. Er hatte seine Treue bewiesen, sein Geschick, seinen Mut, ja, aber auch seinen Großmut und seine Güte. Ihre Gefühle für ihn waren so stark wie die, die sie für Hurlo und Carmichael gespürt hatte, aber er war kein Mentor, kein Lehrer, kein Kapitän. Er war etwas vollkommen anderes. Sie wusste nicht genau, was. Sie wusste nur, dass sie etwas fühlte, das sie nie mehr zu fühlen geglaubt hatte, wenn sie ihn so ansah. Sie fühlte sich zu Hause.

28

Brigga Lins Zeit war gekommen. In dieser Nacht würden die zwei Jahre der Ausbildung, des Studiums und der Aufopferung endlich Früchte tragen.

Sie stand in dem Vorzimmer und wartete darauf, dass sie vor den Rat treten konnte. Sie zog die dicke, weiße Robe fester um sich, und die Kapuze verdeckte ihr Gesicht. Es waren nicht nur ihre Brüste und ihre Genitalien, die sich verändert hatten. Ihre Gesichtszüge waren weicher und feiner geworden, weiblicher. Und nach einigen Auseinandersetzungen mit sich selbst hatte sie sogar beschlossen, ihre Haare lang wachsen zu lassen. Sie sah genau so aus wie die Frau, die sie zu werden beschlossen hatte, und sie musste aufpassen, dass sie das nicht zu früh enthüllte, sonst könnte es zu … Missverständnissen kommen.

Aber sie war nicht beunruhigt. Bisher war ihre Zeiteinteilung makellos gewesen. Nachdem sie die finale Phase der Aufnahme ihrer neuen Fähigkeiten abgeschlossen hatte, hatte sie bald darauf die Aufforderung erhalten, zum jährlichen Ratstreffen der Biomanten in Steingrat zu kommen. Es war ein deutliches Zeichen, dass der Rat und die Welt bereit waren für das, was sie ihnen zeigen wollte.

Sie brachte dem Rat nicht nur eine Waffe, sondern ein Mittel, den gesamten Orden der Biomantie zu stärken. Zugegeben, ihre Methoden waren unorthodox. Aber wenn sie erst sahen, wozu sie fähig war, würde der Rat seine provinziellen, altertümlichen Bedenken beiseite wischen, da war sie sich sicher. Sie würden sie vielleicht sogar dazu einladen, dem Rat beizutreten. Und das wäre doch etwas, so jung, wie sie war? Ihre Eltern würden den Tag bereuen, an dem sie sie verstoßen hatten. Als sie sich ihnen offenbart hatte, hatte ihr Vater gesagt: »Mein Sohn ist tot. Ich habe kein Kind.« Sie waren außerstande gewesen, ihrer Erklärung zuzuhören, nachdem sie ihre Verwandlung gesehen hatten. So schmerzhaft dieser Austausch gewesen war, so hatte er Brigga Lin doch eine wertvolle Lektion erteilt. Sie würde sich dem Rat nicht offenbaren können, bis sie ihre neuen Fähigkeiten erklärt hatte, die sie für die Biomanten erschlossen hatte. Wenn sie erst eingeschüchtert wären, vielleicht sogar demütig im Angesicht dessen, was sie jetzt tun konnte, dann würden sie ihre Verwandlung sicher gelassener sehen.

Und so wartete Brigga Lin in dem schummrig erleuchteten Vorzimmer und zwang sich dazu, ruhig zu bleiben, nicht auf und ab zu gehen, die Hände zu ringen oder sonst ein Zeichen von Nervosität zu zeigen.

Ein Novize betrat das Vorzimmer vom Flur aus, die Kapuze war zurückgeschlagen, seine Augen blickten wild und seine Robe schwang ihm um die Beine, als er rasch an ihr vorbeilief.

»*Ich* bin als Nächstes dran!«, grollte sie ihn an und packte ihn an der Schulter.

»Ich wurde beauftragt, dringende Neuigkeiten von Teltho Kan vor den Rat zu bringen.« Die Augen des Novizen fixierten die dicke Holztür zum Saal des Rats.

»Kan ist kein Mitglied des Rats.« Brigga Lin zwang ihre Stimme dazu, leise und rau zu klingen. Diese hatte sich ebenso zu der einer Frau verändert.

»Dennoch wurde ich damit beauftragt«, wiederholte der Novize.

Sein Blick richtete sich langsam auf Brigga Lin, also ließ sie ihn los. So früh durfte sie noch niemand genauer ansehen. »Gut. Aber mach schnell.«

Sie sah zu, wie der Novize die Tür öffnete und den Saal betrat. Was auch immer die Nachricht von Teltho Kan bringen würde, sie war sich sicher, dass sie auf keinen Fall ihre eigene Enthüllung überschatten könnte.

»Brigga Lin«, rief Ammon Set, das Oberhaupt des Rats der Biomanten, mit seiner trockenen, staubigen Stimme. »Ihr mögt Eure Ergebnisse präsentieren.«

Erleichterung fegte durch Brigga Lin. Der Novize war nur wenige Minuten bei ihnen gewesen und dann wieder gegangen. Sie hatte erwartet, dass man sie bald darauf rufen würde. Aber sie hatte noch stundenlang im Vorzimmer warten müssen, während man die Neuigkeiten von Teltho Kan diskutiert hatte. Es hatte so lange gedauert, dass Brigga Lin anfing, sich zu sorgen, dass sie sich für diesen Tag zurückziehen würden. Dann würde sie eine weitere Nacht aushalten müssen, in der sie sich vor ihren Ordensbrüdern verbergen musste. Aber jetzt konnte sie dem Rat und allen anderen auch zeigen, wie weit sie bereit gewesen war zu gehen, um diese Größe zu erlangen.

Die massiven Türen öffneten sich und gaben den Blick auf den Ratssaal frei. Es war ein großer Raum, fast kahl, der Boden und die Wände aus Sandstein, aus dem fast der gesamte

Palast erbaut worden war. Am anderen Ende stand der Rat, die zwölf weisesten und mächtigsten Männer des Imperiums. Sie standen in einer Reihe, hielten sich an den Händen, und ihre Gesichter waren im Schatten ihrer Kapuzen verborgen. Die Kapuzen und Ärmel ihrer weißen Roben waren golden gesäumt, um ihren hohen Stand hervorzuheben.

Brigga Lin unterdrückte ihre Angst und trat in die Mitte des Raums. Sie verbeugte sich tief. »Meister, habt Dank, dass Ihr mich anhört«, sagte sie und versuchte dabei, ihre Stimme so tief wie nur möglich zu verstellen. Es hörte sich seltsam heiser an.

»Warum nehmt Ihr Eure Kapuze nicht vor uns ab, Brigga Lin?«, fragte Chiffet Mek, dessen Stimme wie rostiges Metall klang.

»Bitte entschuldigt, Meister. Ihr werdet den Grund bald erfahren. Ich erbitte Eure Nachsicht, nur für ein paar Augenblicke.«

»Eure Stimme erscheint mir verändert, Brigga Lin«, sagte Ammon Set.

»Eine Folge meiner Experimente, Meister.« Sie hatte erwartet, dass sie stumm zuhören würden, während sie ihre Ergebnisse vorführte, aber nicht dieses sofortige Verhör. Vielleicht hatte die Tatsache, dass sie ihre Kapuze aufbehalten hatte, ihre Neugier geweckt, und sie waren jetzt gespannt, was sie zu sagen hatte.

»Das passiert uns allen irgendwann«, erklärte Progul Bon, dessen Stimme wie kaltes Öl klang. »Unsere Arbeit vernarbt sowohl unsere Haut als auch unsere Stimmen. Wenn Ihr Euch deshalb scheut, uns Euer Gesicht zu zeigen, dann vertraut darauf, dass keine Missbildung, die Ihr Euch bei Eurer Arbeit zugezogen habt, uns erschrecken kann.«

»Ich danke Euch, Meister. Ich bin hier, um Euch zu sagen, dass ich eine Lösung für unsere Probleme gefunden habe. Nicht bloß eine neue Waffe, sondern eine Möglichkeit, die Biomaten mächtiger zu machen.«

Die Mitglieder des Rats reagierten nicht sichtbar darauf, aber das hatte Brigga Lin auch nicht erwartet. Solange sie sich an den Händen hielten, würden sie ihre Gedanken jederzeit kennen.

Nach einer Pause sagte Ammon Set: »Wirklich? Bitte, fahrt fort.«

»Wenn Ihr Euch erinnert, Meister, so habt Ihr mir vor zwei Jahren die Erlaubnis gegeben, die Ruinen des Tempels von Morack Tor zu erkunden.«

»Ihr wolltet Soldaten mitnehmen«, sagte Chiffet Mek.

»Ja, und Ihr habt Euch in Eurer Weisheit dagegen entschieden«, sagte Brigga Lin rasch. »Ich weiß jetzt, wie dumm meine Bitte gewesen ist. Soldaten hätten meine Suche nur behindert.«

»Also habt Ihr etwas gefunden?«, fragte Progul Bon.

»In der Tat, Meister. Versteckt an einem geheimen Ort lag eine uralte Kopie der *Biomantischen Praxis.* Sie war vollkommen identisch mit unserer Ausgabe, aber es gab ein letztes Kapitel, das wir niemals gesehen haben. Ein Kapitel, das einen Biomanten darin unterweist, wie man sich mehr Macht erschließen kann als je zuvor. Und mit dieser neu gefundenen Macht wird nicht einmal Aukbontar gegen uns Bestand haben!«

Brigga Lin hatte nicht vorgehabt, ihre Stimme zu erheben. Als sie jetzt aufhörte zu sprechen, war die Stille nur umso greifbarer. Natürlich diskutierten sie diese erschreckende Enthüllung untereinander auf telepathischem Wege.

Sie stand da und wartete geduldig, bereit, ihnen so viel Zeit zu geben, wie sie brauchten. Immerhin war die Offenbarung eines verlorenen Zweigs der Biomantie eine erderschütternde Neuigkeit. Sollte Teltho Kan mal versuchen, das zu überbieten.

»Tretet näher, Brigga Lin«, sagte Ammon Set.

Brigga Lin konnte kaum glauben, was sie da hörte. Ihr Herz raste, als sie jetzt direkt vor das Oberhaupt des Rats trat. Sie hatte gedacht, dass sie wenigstens einen Nachweis dieser neuen Fähigkeiten erbringen müsste, bevor sie sie zum Rat einluden.

Ammon Set hielt ihr seine rechte Hand entgegen. »Gebt mir Eure Hand, Brigga Lin.«

Sie durfte an der stillen telepathischen Unterhaltung teilnehmen. Das war mehr, als sie sich erhofft hatte. Gleich würden ihre Gedanken mit denen der größten Männer des Imperiums vereint sein.

Sie holte langsam Luft und zwang ihre Hand, nicht zu zittern, als sie sie in Ammon Sets trockene, runzlige Hand legte.

»Selbst Eure Hände sind weich und glatt geworden«, sagte Chiffet Mek, und seine rostige Stimme knirschte vor Abscheu.

»Meister?« Brigga Lins Körper erstarrte. Sie konnte atmen und blinzeln, aber mehr auch nicht.

»Wir wussten von diesem letzten Kapitel in der *Praxis*«, sagte Ammon Set. »Weil es Burness Vee war, der es klugerweise aus dem Buch entfernt hat. Denn keine Macht ist es wert, den Orden mit solcher Schändlichkeit herabzusetzen, indem man Frauen erlaubt, ihm beizutreten. Andere haben dieses Wissen entdeckt, aber keiner war jemals so verkommen zu tun, was du getan hast.«

Er streckte die Hand aus und schob Brigga Lins Kapuze zurück, um ihr Gesicht zu enthüllen. Die Gesichtszüge waren feiner geworden, ihre Haut glatt und weich. Ihre Lippen waren jetzt voller. Ihr langes schwarzes Haar fiel ihr dick und glänzend über die Schultern.

»Ekelhaft«, sagte Chiffet Mek.

»Lass uns sehen, wie weit du gegangen bist«, sagte Progul Bon.

Ammon Set hob einen Finger und berührte damit den Kragen ihrer Robe. Langsam strich er damit über ihr linkes Schlüsselbein, hinunter über ihre linke Brust bis ganz hinunter zu ihrem Oberschenkel. Während sein Finger an ihrem Körper hinunterstrich, schnitt er durch Stoff und ins Fleisch, sodass die weiße Robe aufriss und eine dünne rote Linie auf ihrer bloßen Haut enthüllte, aus der Blutstropfen zu quellen begannen. Dann tat er das Gleiche auf ihrer rechten Seite, sodass ihre Robe am Ende in Fetzen hing und ihr nacktes, blutiges Fleisch zeigte. Ihr Atem kam stoßweise, da sie nicht mal aufschreien konnte.

»Das hast du gründlich vollbracht.« Progul Bon schob seine Kapuze zurück und enthüllte ein Gesicht, das geschmolzen wirkte wie weiches Kerzenwachs, und er sah sie mit wässrigen Augen an. »Ein vollkommener Geschlechtswechsel von Kopf bis Fuß. Das ist beeindruckend.«

»Es ist eine Abscheulichkeit.« Chiffet Mek zog nun ebenfalls seine Kapuze zurück, unter der ein Gesicht zum Vorschein kam, das mit Metallstücken durchzogen und geflickt war. Er spuckte auf Brigga Lins nackte Brust, und der Speichel mischte sich mit dem Blut und lief über ihren Bauch hinab.

»Es ist Ketzerei«, sagte Ammon Set. »Ein Exempel muss statuiert werden, damit niemand anderes so dumm ist, diese abscheuliche Tat zu wiederholen. Bringt diese … Kreatur in den Kerker, damit sie dort auf ihre Verurteilung wartet.«

Brigga Lin wusste nicht, wie lange sie sich schon im Kerker befand. Sie hatten sie in eine unbeleuchtete Zelle geworfen, gerade groß genug, damit sie darin sitzen, aber nicht liegen konnte. Die zerfetzten Reste ihrer weißen Robe klebten mit dem gerade getrockneten Blut an ihren frischen Wunden. Jedes Mal, wenn sie sich bewegte, riss der Stoff ihre Wunden erneut auf.

Sie wusste nicht, warum sie sie nicht schon hingerichtet hatten. Die Eiserne Spinne erschien ihr wie ein möglicher Kandidat. Oder der Bergsitz. Vielleicht wollten sie auch eine vollkommen neue Art der Exekution erfinden, extra für sie. Das hatte sie schon einmal miterlebt. Einer ihrer Klassenkameraden während des Noviziats namens Speld Mok hatte über seine Abstammung gelogen, um in den Orden aufgenommen zu werden. Als der Rat das herausgefunden hatte, hatten sie seine Beine an den Knien abgetrennt, um zu verdeutlichen, wie viel niedriger er geboren war im Vergleich zu ihnen. Dann hatten sie ihn gezwungen, auf seinen zerfetzten Stümpfen über die steinigen Wege der Palastgärten zu gehen, bis er am Blutverlust starb. Sie hatten diese neue Art der Hinrichtung Moks Reise getauft. Brigga Lin fragte sich, ob eine Hinrichtungsart nach ihr benannt werden würde.

Aber bisher schienen sie zufrieden damit zu sein, sie in dem dunklen Loch unter dem Palast verrotten zu lassen. Vielleicht würden sie sie zu Tode hungern. Das erschien ihr fast zu gut um wahr zu sein. Verhungern war ein sanfter Tod, verglichen mit den Hinrichtungsmethoden, die Biomanten normalerweise vollstreckten. Aber Brigga Lin hatte keine

Seele gehört, seit sie eingesperrt worden war. Nicht einmal andere Gefangene. Vielleicht war das Absicht. Immerhin wussten sie, wozu sie imstande war. Und sie war sich so sicher gewesen, dass sie den Rat überzeugen könnte. Sie war ein Dummkopf gewesen.

Nein, *sie* waren die Dummköpfe. Dumme, feige alte Männer, deren Zeit vorbei war. Sie würde sie bezahlen lassen für das, was sie ihr angetan hatten. Irgendwie. Sie würde entkommen und stärker werden. Dann würde sie zurückkehren und Rache am Rat nehmen. Am ganzen Orden.

Sie wiederholte diesen Schwur immer wieder vor sich selbst. Sie wusste nicht genau, wie oft. Oder wie lange sie eingesperrt war. Länger als ein paar Stunden, da war sie sicher. Aber ein paar Tage? Sie hatte keine Ahnung. Da sie sich nicht ausstrecken konnte, döste sie immer nur weg. Aber wie lange? Das konnte sie nicht wissen. Kein Tageslicht erreichte ihre Zelle. Kein Wächter kam und brachte ihr etwas zu essen. Es gab kein Licht und keine Geräusche. Nichts änderte sich.

Dann, endlich, hörte sie etwas. Zuerst schreckte sie das Geräusch auf, obwohl sie nicht genau wusste, warum. Vielleicht hätte jedes Geräusch sie erschreckt. Allmählich begriff sie, dass es Schritte waren. Zwei unterschiedliche Trittmuster.

»Glaubst du, sie haben wirklich einen Überlebenden gefunden?«, ertönte eine keuchende Stimme.

»Ich denke, dass *sie* das denken«, sagte eine belustigt klingende zweite Stimme. »Aber wer weiß schon, ob Teltho Kan recht hat.«

Sie kamen näher.

»Wir werden es so oder so bald wissen«, fuhr der Zweite fort. »Kan sollte jeden Moment ankommen.«

»Schon? Kommt er nicht aus New Laven?«

»Ich habe gehört, dass er von einem Vinchen verfolgt wird, der geschworen hat, Biomanten zu töten. Einer Frau!«

»Eine weibliche Vinchen?«

»Das hat er in seiner Nachricht gesagt.«

»Kann ja dann nicht so gefährlich sein. Nur eine Frau.«

Sie kamen zweifellos näher. Und nach diesen abfälligen Worten würde ihr Tod Brigga Lins Gewissen nicht allzu sehr belasten.

Ein Licht erschien, schmerzhaft und blendend nach der andauernden Finsternis.

»In Ordnung, du. Zeit zu essen.«

Sie konnte nur zwei Schatten erkennen, die von einer grellen Fackel geworfen wurden. Sie hörte, wie eine Klappe in der Tür beiseitegeschoben wurde, und spürte, wie ein Tablett gegen ihr Bein drückte. Sie musste sie sehen können. Wenn sie wieder gingen, bevor ihre Augen sich angepasst hatten, wäre es zu spät. Sie holte langsam Luft und zwang sich dazu, ruhig zu bleiben, während sie darauf wartete, dass sich ihr Blick klärte.

»Warum ist die hier drin?«, fragte der Belustigte.

»Keine Ahnung«, keuchte der andere.

»Frag mich, warum sie eine Biomantenrobe trägt.«

»Zum Teil wenigstens.«

»Ich beschwer mich nicht.«

Sie lachten beide. Brigga Lins Augen hatten sich mittlerweile angepasst und sie konnte das anzügliche Grinsen und die lüsternen Blicke der beiden Männer deutlich sehen, die sie ihr durch die Gitterstäbe zuwarfen.

»Mir ist so kalt«, sagte sie unterwürfig.

Die beiden Männer sahen sich an. Dann grinste einer auf sie hinunter. »Wir wärmen dich schon auf, Mädchen.«

Als Brigga Lin hörte, wie die Tür aufgeschlossen wurde, zwang sie sich dazu, ihren verwirrten, unschuldigen Blick beizubehalten. Nur ihre Hände bewegten sich, woben, krümmten sich und schnalzten still, gerade außerhalb des Lichts der Fackel. Sie konnte jetzt jederzeit losschlagen, aber sie wollte es genießen. Sie wartete, bis die Tür weit offen stand. Beide Männer versuchten, zur gleichen Zeit durch die schmale Öffnung zu treten.

»Ich zuerst«, sagte der Belustigte. Er packte Keuchers Hand und versuchte, ihn wegzuziehen, aber ihre Hände klebten aneinander.

»Lass los!«, sagte Keucher.

»Ich kann nicht!«

Sie bemühten sich, voneinander loszukommen, aber ihr Fleisch begann zu verschmelzen, vermengte sich und tropfte zwischen ihnen hinunter wie Kerzenwachs.

»Was in allen Höllen ...«, sagte der, der nicht mehr belustigt klang, und seine Augen wurden groß vor Angst.

Brigga Lin richtete sich mühevoll auf, obwohl ihr Körper schmerzte, weil sie so lange unbeweglich gesessen hatte. »Für dich gibt es nur eine Hölle«, sagte sie. »Mich.«

Die Männer verschmolzen weiter ineinander wie zwei Klumpen Wachs, die langsam erhitzt wurden. Sie kämpften und ruderten mit den Gliedern, aber das half ihnen nicht. Beide schrien, als sie weiter zusammenliefen, selbst als ihre Augen und Ohren im Rest versunken waren. Am Ende waren es nur noch zwei Münder in einer formlosen Masse aus triefendem Fleisch. Dann versanken selbst die, und der Kerker lag wieder in Stille.

Brigga Lin nahm ihr Tablett und verspeiste das Essen. Sie war immerhin am Verhungern. Dann fischte sie in dem

Klumpen Fleisch, bis sie die Schlüssel aus Metall gefunden hatte. Sie machte einen Schritt über den Klumpen hinweg, spazierte den dunklen Flur hinunter und dachte darüber nach, was die Wachen gesagt hatten. Ein weiblicher Vinchen, der geschworen hatte, Biomanten zu töten. Und in ihrem Kopf formte sich ein Plan.

Aber zuerst brauchte sie neue Kleidung.

29

Es war nicht so sehr ein Traum wie das langsame Bewusstwerden, wenn man aus vollkommener, undurchdringlicher Dunkelheit in ein blendend weißes Licht schritt. Das Licht wurde so stark, dass es wehtat, hineinzusehen. Dann, gerade als er nicht länger hinschauen konnte, öffnete Red die Augen.

Das Erste, was er sah, war Hope, die neben ihm in der Hängematte lag und schlief. Im Schlaf enthüllte sich eine Offenheit, die sich niemals zeigte, wenn sie wach war. Sonnenlicht fiel durch das Bullauge und ruhte auf ihrer glatten, sommersprossigen Wange. Ihre Lippen standen leicht offen, weich und trocken wie rosa Seide.

Er lag ebenfalls in einer Hängematte. Darauf war er nicht vorbereitet gewesen, weshalb sie sich jetzt, als er sich zu Hope hinüberbeugte, bewegte und er mit einem dumpfen Aufprall auf dem Boden landete.

Hope setzte sich auf. »Red? Geht es dir gut?« Sie sah sich um, als hätte sie nicht mitbekommen, dass er auf dem Boden lag.

»Au.« Er stemmte sich hoch.

Andere Menschen setzten sich in ihren Hängematten auf, und Red war nicht darauf vorbereitet, so viele geliebte Gesichter auf einem Haufen zu sehen. »Nessie? Filler? Sadie, du auch?« Er runzelte die Stirn. »Wartet. Bin ich tot?«

»Du lebst«, sagte Hope.

»Überraschenderweise«, sagte Nessel.

»Was heißt das?«, fragte Red.

»Es ganz allein mit einem Biomanten aufnehmen?«, sagte Sadie. »Ich dachte, ich hätte dich mit mehr Verstand erzogen.«

»Oh. Das.« Die Erinnerungen an die Konfrontation mit Teltho Kan tauchten wieder auf. »Er wollte mich töten.«

»Aber das hat er nicht«, sagte Hope.

»Er hat in letzter Sekunde innegehalten, als er einen Blick auf mein Gesicht geworfen hat. Hat mich einen ›Überlebenden‹ genannt und gesagt, dass ich ihn bald wiedersehen würde. Dann war ich weg.«

»Als er die Farbe deiner Augen gesehen hat, vielleicht?«, fragte Hope

»Könnte sein. Aber das Rot kommt daher, dass ich ein Purpurwurz-Baby bin. Warum würde das einen Biomanten kümmern?«

»Ich weiß es nicht«, sagte Hope. »Du darfst ihn fragen, bevor ich ihn töte.«

»Egal, du fühlst dich jetzt gut, ja?«, fragte Filler.

»Mir geht's sonnig«, antwortete Red. »Aber was ist mit euch allen? Schlaft am helllichten Tag?« Er sah sich um. »Sind wir auf einem Schiff?«

»Es ist mitten in der Nacht, Red.« Hopes Tonfall war vorsichtig.

»So hell? Nicht möglich.«

»Schau selbst.« Hope deutete auf die Stufen, die hinauf aufs Deck führten.

»Sicher«, sagte Red, der den gleichgültigen Blick nicht mochte, mit dem sie ihn ansah.

Schnell stieg er die Stufen hinauf. Ihm ging es besser als sonnig. Die aufgezwungene Ruhe hatte ihm unendlich gutgetan. Er trat hinaus an Deck und sah sich auf dem Schiff um. Der Vermisste Finn hatte die *Lady's Gambit* wirklich auf Vordermann gebracht. Und Red hatte recht gehabt, es war Tag – natürlich.

»Siehst du?«, fragte er Hope, die hinter ihm hergekommen war. »Hell wie der Tag.«

Wortlos deutete sie zum Himmel hinauf.

Er sah nach oben und es dauerte einen Moment, bis er verstand, was er da sah. Ein hellblauer Himmel mit Sternen, die so hell leuchteten wie Monde, und ein Mond, der so hell leuchtete wie die Sonne.

»Was ist verkehrt mit dem verpissten Himmel?«, verlangte er zu wissen.

»Nichts«, sagte Hope.

Nessel stand neben ihm und wirkte ungewöhnlich besorgt. Er deutete auf den leuchtenden Himmel. »Nessel, du siehst das, stimmt's?«

Sie wechselte einen besorgten Blick mit Hope. »Alles normal, Red.«

Sadie war jetzt auch an Deck, und Filler hinter ihr, er humpelte an einer Krücke. »Was sieht er denn?«, fragte sie.

»Red, komm her ins Licht«, sagte Hope, und ihre Stimme klang beängstigend ruhig.

Sie führte ihn zum Steuer, wo eine Laterne hing. Sie war so hell, dass Red blinzeln musste. Er erblickte Finn am Steuer, als er am Licht vorbeisehen konnte. Und jemanden, der hinter ihm stand. »Alash? Was machst du denn hier?«

»Die Welt sehen, Cousin!«, sagte Alash. »Meinen eigenen Weg suchen! Meine Bestimmung finden!«

»Dann hast du mit Finn geredet«, sagte Red.

»Red«, sagte Hope da. »Stell dich näher an die Laterne.«

»Das ist verpisste Hölle noch mal hell, Hope. Ist das nicht nah genug?«

»Nur ein bisschen näher.«

Zögernd kam er näher und schirmte die Augen gegen das blendend grelle Licht ab. »Ist das nah genug für dich?«

Alle starrten ihn an, und nicht auf die nette Art.

»Deine Augen«, sagte Nessel. »Du siehst aus, als hättest du rote Katzenaugen.«

Sein Magen verwandelte sich zu Eis. »Wie ist das möglich?«

»Teltho Kans Biomantie«, sagte Hope. »Aber die richtige Frage ist: Warum?«

Es war gruselig, natürlich. Aber im Dunkeln sehen zu können, schien nicht allzu schlecht zu sein, wirklich. Nicht, bis er am nächsten Morgen ins Sonnenlicht trat.

»Fäule und Verdammnis!« Er stolperte zurück in die dämmrige Kabine. Die Sonne stach ihm wie Nadeln in die Augen. Die anderen stiegen gerade wieder aus ihren Hängematten, nachdem sie noch ein paar Stunden geschlafen hatten. »Es ist viel zu hell da draußen! Als könnten meine Augen sich nicht anpassen.«

»Ich habe mich gefragt, ob das ein Problem würde«, sagte Hope.

»Heißt das, ich kann nicht mehr raus in die Sonne gehen?«, verlangte er zu wissen.

»Ich könnte vielleicht etwas basteln«, sagte Alash.

Hope nickte. »Mach dich an die Arbeit. Ich muss Finn ablösen. Ihr anderen, besorgt euch etwas zu essen, und dann los, auf eure Posten.«

Sie alle gingen auf die Treppe zu, da sagte Red: »Was, du lässt mich hier unten ganz allein?«

Hope wandte sich an Filler. »Macht es dir etwas aus?«

»Natürlich nicht.« Filler setzte sich wieder und legte sich die Krücke über den Schoß.

»Danke, alter Pott«, sagte Red. Er sah zu, wie der Rest Hope nach oben an Deck folgte. Als sie alle gegangen waren, sagte er: »Unsere Hope hat das Kapitänsein gut angenommen.«

»War nicht ihre Idee«, sagte Filler, es klang fast schon abwehrend.

»Nein, das war meine.« Red grinste. »Ich habe jedoch nicht erwartet, dass es ihr so leichtfallen würde.«

»Die Kehre war ihr nicht wirklich vertraut. Die Seemannskunst kennt sie ziemlich gut. Besser als ich sowieso.«

»Ja, aber hier bist du und machst dich alles in allem auch nicht so schlecht«, sagte Red.

»Ich schätze.«

»Was hat dich hier rausgebracht, Filler? Nicht dass ich mich beschweren möchte.«

Filler zuckte mit den Schultern. »Ohne dich, Nessie und Sadie schien die Kehre einfach nicht mehr die Kehre zu sein.«

»Wie war es, als du gegangen bist?«

»Gleich. Nichts ändert sich jemals in der Kehre.«

»Hast du das erwartet?«

»Nee«, sagte Filler. »Aber wir haben uns verändert.«

Nach Mittag kam Alash zurück nach unten in die Kabine. Er hielt eine Brille mit dunklen Gläsern in der Hand.

»Sie sind mit Rauch verdunkelt«, erklärte er, als er sie Red gab. »Es tut mir leid, dass sie nicht reizvoller aussehen. Und sie sind etwas schwerer und dicker, als mir lieb ist. Aber ich war ein wenig eingeschränkt bei der Wahl des Materials. Jedenfalls denke ich, dass sie dir helfen sollten, das Sonnenlicht besser zu ertragen, bis ich dir eine bessere machen kann.«

»Oder bis wir den Biomanten dazu zwingen können, mich zu reparieren.«

»Oder das«, stimmte Alash zu.

Red setzte die Brille auf und wandte sich Filler zu. »Und? Wie seh ich aus?«

»Nicht schlecht«, sagte Filler. »Tatsächlich irgendwie schick.«

»Du solltest sie im direkten Sonnenlicht ausprobieren«, sagte Alash. »Um sicherzugehen, dass ich sie dunkel genug gemacht habe. Oder ob sie zu dunkel sind.«

Red bewegte sich vorsichtig auf die Öffnung zu. »So weit, so gut.« Dann holte er tief Luft und stieg nach oben.

»Und?«, rief Alash ängstlich.

Red steckte den Kopf zurück in die Kabine und grinste. »Cousin von mir, ich mag kein Stück von Großvater gestohlen haben, aber ich habe trotzdem das wertvollste Ding mitgenommen, das es in Pastinas Manor gab.«

Die dunklen Gläser erlaubten es Red, den Rest des Tages an Deck zu verbringen und sich mit der *Lady's Gambit* vertraut zu machen. Er hatte viel Zeit damit verbracht, sie zu reparieren, aber er wusste fast nichts über Segel und Takelwerk.

Und er genoss es, Hope zu beobachten, wie sie sich in ihre Rolle als Kapitän einfand. Red konnte sich die innige Wärme in sich selbst nicht erklären, wenn er sie so sah. Stolz vielleicht? Jetzt, da er aufgehört hatte, vorzugeben, dass er nicht verknallt in sie war, war alles viel einfacher. Nicht dass er ihr das gezeigt hätte. Das hatte keinen Sinn. Aber er sah ab und an zu Sadie hinüber und erwischte sie dabei, wie sie ihm einen wissenden Blick zuwarf. Der gleiche Blick, mit dem die Alte Yammy ihn angesehen hatte. Das waren mal zwei sich einmischende alte Runzler, wenn es je welche gegeben hatte.

So wundervoll die dunklen Gläser auch waren, war Red doch erleichtert, als die Sonne unterging und er sie abnehmen konnte. Er hatte zuerst nicht verstanden, was Alash damit meinte, dass er sie gern leichter gemacht hätte. Aber nachdem er sie den halben Tag lang getragen hatte, verstand er das jetzt wirklich gut. Seine Ohren und sein Nasenrücken schmerzten.

Jetzt war es Nacht, und sie alle hatten sich um den Tisch in der Kombüse versammelt. Nach dem Dinner verweilten sie noch etwas, mit einem bisschen Rum, das Finn aufmerksamerweise mitgebracht hatte.

Filler und Alash arbeiteten an einer Art metallener Stütze für Fillers Bein. Mithilfe von Alashs handwerklichen Fähigkeiten und Fillers Erfahrung bei der Bearbeitung von Metall machten sie rasende Fortschritte. Gerade bastelten sie mit einem Gelenk an der Manschette herum, das als Fillers Knie dienen sollte. Es würde einrasten, wenn Filler lief, aber sich krümmen, wenn er sich setzen wollte, damit sein großes altes Bein nicht immer ausgestreckt wäre.

Auf der anderen Seite des Tischs unterhielten sich Sadie und Finn leise. Ihre Augen zeigten unverkennbar, dass jeder von ihnen etwas im anderen gefunden hatte. Red fragte sich, warum das so lange gedauert hatte. Aber mehr als das freute er sich einfach für sie.

Drüben in der Ecke redeten Hope und Nessel. Welche Abneigung zwischen ihnen auch geherrscht hatte, sie schien längst verflogen. Er empfand es gleichzeitig als beruhigend und unerklärlich nervig.

Er lehnte sich auf seinem Stuhl zurück, genoss, wie der Rum warm durch seine Adern floss, und sah hinaus aus dem Bullauge. Er hatte sich noch immer nicht daran gewöhnt, dass der Nachthimmel so hell war, aber er musste zugeben, dass ihm eine seltsame, fast außerweltliche Schönheit innewohnte. Ihm kam in den Sinn, dass er nicht mehr in New Laven war. Nicht einmal in der Nähe. Zum ersten Mal in seinem Leben war er woanders, und doch spürte er nicht das geringste bisschen Heimweh. Vielleicht, weil fast jeder, an dem ihm etwas lag, mit ihm gekommen war. Vielleicht reichte das aus, damit er sich zu Hause fühlte.

»Weißt du«, sagte Alash und legte das Gelenk beiseite, während er Reds Blick aus dem Bullauge hinaus folgte. »So auf See zu sein wie jetzt, das lässt mich an all die alten Piratengeschichten denken, die mein Vater mir erzählt hat, als ich noch ein Junge gewesen bin.«

»Spitzenhemden kennen Piratengeschichten?«, fragte Filler.

»Gewiss! Bleiherz, Strohbart, alle.«

»Und natürlich Dire Bane«, sagte Nessel.

»Wer?«, fragte Alash.

»Nie von Dire Bane gehört?«, fragte Sadie. »Der größte, furchterregendste Pirat, der je gelebt hat?«

»Ich fürchte, nein.« Alash sah aus, als versuchte er herauszufinden, ob sie ihn aufzogen. Es war wahrscheinlich nicht einfach, das einzige Spitzenhemd an Bord zu sein.

»Das ist keine große Überraschung«, sagte Red. »Immerhin waren fast alle Piraten nur ein paar Spitzen, die ein bisschen Nervenkitzel und Ruhm gesucht haben. Aber Dire Bane war der Held der gemeinen Leute. Man sagt, er habe mehr imperiale Schiffe versenkt als sonst jemand in der Geschichte des Imperiums. Man sagt, die bloße Erwähnung seines Namens würde jeden Offizier der Imps dazu bringen, sich vollzupissen. Man sagt, er war größer als jeder lebende Mann, mit Armen so dick wie die Brust eines normalen Mannes. Seine Stimme allein reichte aus, ein Rudel Killerrobben in die Flucht zu schlagen. Man sagt, er habe niemals eine Seeschlacht verloren. Dass er nicht getötet werden konnte, weil sein Hass auf das Imperium so hell loderte, dass es jede Wunde, die er erlitt, sofort verödete.«

»Und los geht's«, sagte Nessel. »Er wärmt sich für eine seiner Legenden auf.«

»Ah, aber die Geschichten von Dire Bane sind unwiderstehlich«, sagte Red. »Eine meiner liebsten ist die, als ein imperiales Schiff längs seinem Schiff kam, der *Krakenjäger.* Sie versuchten, sie zu entern, und es lief schlecht, weil sie Dire Banes Mannschaft drei zu eins überlegen waren. Und was hat er da getan? Hat seinen eigenen Mast ausgerissen und damit um sich geschlagen, als sei es eine Keule. Hat jeden Imp ins Meer befördert. Dann hat er seinen eigenen Mast wieder an den Platz gerückt, an den er gehörte, hat sich von dem imperialen Schiff genommen, was ihm gefiel, und ist davongesegelt.«

»Das ist gar nicht möglich«, sagte Alash.

Red zuckte mit den Schultern. »So, erzählt man sich, sei es passiert.«

»Was ist mit dem einen Mal mit der Zigarre?«, fragte Filler, und seine Augen strahlten begierig.

»Das ist ein anderes Prachtstück«, erklärte Red. »Eines Nachts hatte er in der Paradieskehre angelegt, seinem liebsten Hafen, selbstverständlich. Und er hörte, dass eine ganze Armada von imperialen Schiffen von Schlüsselstadt herübergesegelt kam, mit genug Kanonen und Pech, um die ganze Kehre dem Erdboden gleichzumachen, wenn es sein musste, um Dire Bane endgültig zu vernichten.«

»Imperiale Soldaten wollten ein ganzes Viertel Unschuldiger abschlachten, nur um einen Mann zu töten?«, fragte Alash zweifelnd.

»Nun, zugegeben«, sagte Red, »es gibt in der Paradieskehre nur wenige, die wirklich unschuldig sind. Aber ich kann dich beruhigen, weil sie niemals eine Gelegenheit bekamen. Dire Bane lief hinaus auf den Kai, wo die Armada anlanden sollte. Er nahm eine seiner Zigarren, die, wie ich übrigens gehört habe, so lang war wie der Arm eines normalen Mannes. Und er blies eine Rauchwolke hinaus, die so groß war, dass sich die gesamte Armada in der Rauchwolke verirrte und hinaus auf hohe See getrieben wurde. Sie waren so verwirrt, dass sie fast Schlüsselstadt in Flammen gesetzt hätten, bevor sie begriffen, wie weit sie von ihrem Kurs abgekommen waren. Und zu der Zeit war Dire Bane schon längst abgehauen.«

»Diese Geschichten sind lächerlich«, sagte Alash herablassend. Nach einem Moment fragte er fast schuldbewusst: »Also … sie haben ihn niemals gefangen?«

»Nicht die Imps«, sagte Red. »Am Ende hat der Imperator höchstselbst den größten Krieger der Vinchen, den es in seiner Generation gab, darum ersucht, Dire Bane zur Rechenschaft zu ziehen. Ein Mann mit dem Namen Hurlo der Gerissene.« Er runzelte die Stirn, dann wandte er sich an Hope. »War das nicht …«

»Es war mein Lehrer, der Dire Bane endlich gefangen nahm«, sagte Hope.

»Nun, dann erzähl *du* uns, wie es geendet hat«, schlug Red vor.

»Meine Erzählung wäre nicht so farbenfroh wie deine.«

Red zuckte mit den Schultern. »Ich bin neugierig zu erfahren, was wirklich passiert ist.«

Als Hope einen nach dem anderen ansah, wirkte sie seltsam traurig. »Er war nur ein Mann. Ein brillanter, leidenschaftlicher Mann, der seinen Prinzipien treu war. Er glaubte, dass das Imperium korrupt geworden sei. Dass es sich nicht länger um die Menschen kümmerte. Und so hat er beschlossen, es zu zerstören.«

»Das *gesamte* Imperium?«, fragte Nessel. »Das ist glitschig.«

»Dire Bane war ungeheuer tapfer«, sagte Hope. »Jeder, der bereit ist, die ganze Welt aus seinem Ehrgefühl heraus herauszufordern, verdient den tiefsten Respekt. Aber du hast recht, es war eine unmögliche Aufgabe. Und er war kein Riese oder unsterblich. Um genau zu sein, wurde er alt. Wurde langsamer. Er wusste, dass er sich dem Ende näherte. Und doch hat er nicht aufgegeben. Mein Lehrer, damals noch ein junger Mann, trieb ihn in den Gemalten Höhlen auf der Insel von Almosengebet in die Enge. Sie kämpften ehrenvoll, und mein Lehrer besiegte ihn. Der Imperator wollte, dass Dire Banes Körper an den Toppmast seines Schiffs gebunden würde, um ihn dem ganzen Imperium vorzuführen. Jeder sollte sehen, was mit denen passierte, die ihn herausforderten. Aber mein Lehrer sagte, das sei würdelos, und hat sich geweigert.«

»Das konnte er tun?«, fragte Alash.

»Seit den Tagen von Manay dem Wahren, haben die Vinchen geschworen, dem Imperium zu dienen – dem öffentlichen Wohl – und nicht an einen einzigen Mann gebunden zu sein.«

»Was hat dein Lehrer also mit Dire Banes Körper getan?«, fragte Nessel.

»Er hat ihn an Bord der *Krakenjäger* gebracht, das ganze Schiff mit Teer bestrichen und es angezündet. Man sagt, dass man die Säule aus Rauch und Flammen meilenweit sehen konnte. Am Ende war weder von Mann noch Schiff etwas übrig, außer Asche und verbranntes Metall am Boden des Meeres.«

»Das stimmt«, sagte Red. »Mein Ende war besser.«

Als Red am nächsten Morgen an Deck der *Lady's Gambit* trat, sah er eine Insel in der Ferne aufragen.

»Steingrat.« Finn stand am Steuer.

Hope stand neben ihm und sagte nichts, ihre Miene war starr.

Red wusste nicht, was er erwartet hatte. Die große Hauptstadt des Imperiums der Stürme, seine größte und nördlichste Insel, und dahinter nichts als die endlose Weite der Finstersee. Dort stand der höchste Berg des Imperiums, und auf seiner Spitze befand sich der imperiale Palast, sodass der Imperator im wahrsten Sinne auf all seine Untertanen hinabblicken konnte. Darüber hinaus wusste Red nichts. Wenn er darüber mal nachdachte, dann hatte er es sich in etwa wie New Laven vorgestellt, aber mit einem großen Berg in der Mitte. Vielleicht mit weniger Vierteln wie der Paradieskehre und mehr wie Hohlfall.

Wenigstens mit dem Berg hatte er recht gehabt. Ein zerklüfteter Steinhaufen saß direkt im Zentrum der oberen

Hälfte der Insel, sein Fuß nahm fast ein Viertel davon ein. Doch der Rest der Stadt sah nicht annähernd so aus wie New Laven. Oder doch, vielleicht sah es einem Viertel ähnlich. Schlüsselstadt. Steingrat schien ein ausgedehntes Schlüsselstadt zu sein, so ordentlich und sauber, aber in einer Größenordnung, die Red kaum glauben konnte. Die Mittagssonne wurde mit einer Härte von den beigefarbenen Mauern und den polierten Fenstern zurückgeworfen, die Red zusammenzucken ließ, obwohl er die Brille mit den dunklen Gläsern trug.

»Verpisste Hölle, das ist eine Menge Plackerei«, sagte er.

»Sieht so aus«, sagte Finn.

Hope sagte immer noch nichts, aber Red bemerkte, dass ihre Knöchel, die Kummerklang umklammerten, weiß hervortraten.

»Wir haben ihn fast«, versicherte Red ihr. »Es ist fast vorbei.«

»Wirklich?«, fragte sie. »Soweit ich das sagen kann, haben wir ihn fast *verloren.* Es gibt nur einen Ort in Steingrat, an den ein Biomant flüchtet, der um sein Leben rennt.«

»Den Rat der Biomantie?«

»Der hinter den Mauern des Palasts liegt. Wenn wir ihn nicht kriegen, bevor er dort ankommt …«

Red verstand. Hinter diesen Mauern lebte fast jeder Biomant des ganzen Imperiums. Und natürlich die persönliche Ehrengarde des Imperators. Sobald Teltho Kan dort anlangte, wäre er unerreichbar.

»Ich hätte wissen müssen, dass er hierhin wollte«, sagte Hope leise.

»Und was hätte das geändert?«

Sie antwortete nicht, aber er kannte sie mittlerweile gut

genug, um zu erraten, dass sie sich im Stillen für ihre »Nachlässigkeit« oder ihr »Versagen« schalt.

Sobald sie am Dock anlegten, rief sie: »Sadie, du hast das Kommando über das Schiff!« Dann sprang sie mit drei langen, anmutigen Schritten über die Seite des Schiffs und rannte über den Kai.

»Hope! Warte!«, rief Red und eilte ihr hinterher.

Es war deutlich, dass sie nicht auf ihn wartete. Oder auch nur ihre Schritte verlangsamte. Sie lief durch die Straßen, die von Wagen, Pferden und Menschen überfüllt waren. Sie wich ihnen aus und bewegte sich mühelos um sie herum, als würde sie tanzen. Aber Red hielt gut mit ihr mit. Tatsächlich fiel es ihm erstaunlich leicht, ihr zu folgen. Es war, als könnte er alles gleichzeitig sehen, könnte alles aufnehmen und seine Entscheidung im Bruchteil einer Sekunde treffen. Er war schon immer geschickt gewesen, aber das hier war eine völlig neue Erfahrung.

Er lief ihr eine Weile durch die vollen Straßen hinterher und fragte sich, wie eine Stadt so geschäftig sein konnte. Ihm blieben jedoch nicht viele Gelegenheiten, das näher zu untersuchen. Er musste Hope davon abhalten, etwas Dummes zu tun.

An den Palasttoren holte er sie endlich ein. Sie kniete mitten auf der Straße, den Kopf geneigt, Kummerklang in der Scheide zeigte ohne zu zittern auf die hohen, weißen Mauern vor ihr.

»Ich habe sie im Stich gelassen«, sagte Hope leise, als sie auf das Schwert in ihren Händen sah. »Ich habe Rache an dem Mann geschworen, der mein ganzes Dorf ermordet hat. Und jetzt ist er außerhalb meiner Reichweite.«

Red kniete sich neben sie, sich nur zu bewusst, dass ein

Wachmann auf der Palastmauer sie beobachtete – mit einem Gewehr in den Händen. »Vielleicht können wir … irgendwie hineinschleichen?«, flüsterte er. »Uns Verkleidungen beschaffen und durch die Küchen hineingelangen, so wie wir es bei der Bayview gemacht haben.«

»Das ist keine Kunstgalerie, sondern der imperiale Palast.«

»Gut, dann. Dann warten wir, bis er herauskommt.«

»*Falls* er herauskommt.«

»Natürlich wird er herauskommen. Er kann nicht für immer dort drinbleiben.« Red sah an dem riesigen Palast hinauf. Es gab eine Außenmauer, dann eine Art offenen Innenhof, dann den Palast, der sich langsam am Berg hinaufzog. Er erhob sich höher als jedes Gebäude, das er je gesehen hatte. Höher sogar, als er sich es hätte vorstellen können. »Hm, kann er?«

»Hast du jemals die Geschichten der Imperatoren gelesen? Dieser Palast kann einer zehn Jahre andauernden Belagerung standhalten.«

»Komm schon, Hope. Es muss eine Lösung geben«, sagte Red verzweifelt. Den Blick in ihren Augen hatte er erst einmal gesehen. Als er ihr ausgeredet hatte, sich in ihr eigenes Schwert zu stürzen. »Wir finden immer einen Weg.«

»Tun wir das?«, fragte sie und starrte Kummerklang noch immer an.

»Natürlich tun wir das! Ich und du! Red und Hope. Wir sind unschlagbar!«

»Wir sind gerade geschlagen worden.«

»Nein, sag das nicht.«

»Warum nicht? Es ist wahr. Eine andere meiner wahren Geschichten, die du lieber in eine von deinen Legenden verwandeln willst.«

Ein verzweifelter Gedanke tauchte in seinem Kopf auf. Er war gleichzeitig verzweifelt und auch das Vernünftigste, was er je in Erwägung gezogen hatte. »Was wenn … wir all dem einfach den Rücken kehren? Eine vollkommen *neue* Geschichte anfangen?«

»Was?« Hope blickte auf und sah ihn zum ersten Mal richtig an. Das wertete er als gutes Zeichen.

»Was wäre, wenn wir die ganzen Schwüre und Rache und all das verrotten lassen und neu anfangen?« Je öfter er es sagte, desto mehr gefiel es ihm. »Steingrat scheint mir ein netter, sauberer Ort zu sein. Ein Ort, an dem man ein nettes, sauberes Leben beginnen kann. Ein echtes Leben, das kein Töten oder Stehlen oder so etwas beinhaltet.«

»Ein echtes Leben?« Hope sah verwirrt aus.

»Oder, hey, wenn es dir hier nicht gefällt, könnten wir woandershin gehen. Irgendwohin. Wir haben immerhin unser eigenes verpisstes Schiff. Wir können sein, was wir wollen.« Es erschien ihm jetzt alles so klar. Sie mussten kein Dieb und keine Kriegerin sein. Sie konnten sein, was immer sie wollten. »Das Einzige, das uns zurückhält, ist unsere Vergangenheit. Was wäre, wenn wir das alles einfach wegschmeißen? Keine Rache, keine Biomanten, nur du und ich. Zusammen. Für immer.« Er streckte die Hand nach ihr aus. »Es gibt nur eine einzige Sache auf dieser ganzen Welt, die ich will. Und das bist du.«

»Ich … ich weiß nicht, ob ich das tun kann.« Hopes dunkelblaue Augen waren von roten Äderchen durchzogen. »Alles loslassen? Meine Schwüre vergessen? Meine Ziele? Das ist alles, was mich die letzten zehn Jahre am Leben erhalten hat. Ich kann das nicht einfach wegwerfen.«

»Aber deine Schwüre fressen dich von innen auf. Dieser

brennende Wunsch nach Rache. Er verwandelt dich langsam in … Ich weiß nicht, in was, aber es ist nicht zu spät. Das sehe ich in dir. Die Person hinter der Rache, die versucht, rauszukommen.«

»Das hast du gemalt.« Endlich nahm sie seine Hände in ihre. »Diesen Teil von mir.«

»Du bist mehr als eine Biomantenjägerin. Du bist mehr als eine Mörderin.« Er drückte ihre Hand gegen seine Brust. »Bitte, lass mich dir helfen.«

»Du willst ihr helfen?«, erklang eine Stimme hinter ihnen, weiblich, aber nicht weich. »Dann hör auf, sie aufzuhalten.«

Sie wandten sich um und sahen, dass eine Frau vor ihnen stand. Sie war größer als jede Frau, die Red je gesehen hatte. Ihre Haare waren lang und schwarz und ihre Augen stechend braun. Sie trug ein feines, weißes Seidenkleid mit engem Mieder, dessen Ärmel jedoch lang und bauschig bis über ihre Hände reichten. Die weiße Kapuze war zurückgeschlagen. Es sah sonderbar aus, aber auch sehr elegant.

»Was wollt Ihr?«, fragte Red und verengte die Augen.

Die Frau nickte zu den Soldaten an den Palastmauern hinüber. Es waren jetzt zwei, und sie sprachen miteinander. Einer deutete auf sie hinunter.

»Wenn ihr da hinein wollt«, sagte die Frau, »kommt mit mir mit.« Damit wandte sie sich um, wobei ihr weißes Kleid um ihre Beine schwang, dann ging sie auf eine nahe gelegene Taverne zu.

Hope stand sofort auf und folgte der Frau.

Red wollte ihr etwas zurufen, aber dann blickte er zur Mauer. Jetzt waren es drei Wachen. Also lief er ihr hinterher.

Die Frau führte sie in die Taverne, die viel sauberer und besser beleuchtet war als jede Taverne in New Laven. Die Tische waren alle geschrubbt, und auf jedem stand eine Topfpflanze. Sie deutete auf einen Platz in einer Ecke. »Macht es euch bequem. Ich bestelle uns Erfrischungen.«

Hope setzte sich an den Tisch.

»Das scheint mir eine ganz schlechte Idee zu sein«, sagte Red, als er sich neben ihr niederließ.

»Wenn es auch nur eine Möglichkeit gibt, wie diese Frau in den Palast gelangen kann, dann werde ich sie anhören«, sagte Hope.

»Das könnte eine Falle sein.«

»Von wem? Wir sind keine Gefahr mehr für Teltho Kan, und wir kennen sonst niemanden in dieser Stadt.«

»Genau!«, sagte Red. »Wir kennen auch diese Frau nicht. Wir wissen verpisst noch mal gar nichts über sie.«

»Ich heiße Brigga Lin.« Die Frau stellte drei hölzerne Kelche auf den Tisch, die mit Rotwein gefüllt waren. »Und jeder, der Rache gegen einen Biomanten geschworen hat, ist mein Freund.«

»Warum?«, fragte Hope.

»Weil«, sagte die Frau und setzte sich, »ich geschworen habe, Rache an dem gesamten Orden zu nehmen.«

»Ihr?«, fragte Red.

Brigga Lin lächelte ihn an, strahlend weiße Zähne hinter roten Lippen. »Ich sehe nach nicht viel aus, oder?« Sie nippte an ihrem Wein. »Aber ein Meister der Biomantie kann aussehen, wie immer er will.«

»Wartet, wollt Ihr sagen, Ihr wart …«

»… ein Biomant. Ja.« Sie verdrehte die Augen. »Zumindest bis vor Kurzem.«

Hope runzelte die Stirn. »Ich dachte, sie nehmen keine Frauen in ihren Orden auf.«

»Und ich dachte, für die Vinchen gälte dasselbe, und doch bist du wie einer gekleidet.«

»Woher wissen wir, dass Ihr wirklich ein Biomant seid – oder wart?«, fragte Red.

Sie berührte die Pflanze in der Mitte des Tischs. In dem Topf hatte nur eine Blume gestanden, eine blasse, halb verwelkte Margerite. Als Brigga Lin sich dann mit selbstzufriedener Miene zurücklehnte und einen weiteren Schluck aus ihrem Becher nahm, sprengten die Blumen fast den Topf.

»In Ordnung. Wenn Ihr ein Biomant seid«, sagte Hope, »warum wollt Ihr dann den Orden zerstören?«

»War«, antwortete Brigga Lin. »Lasst uns hier nicht die ausschlaggebende Zeitform vergessen.«

»Warum haben sie Euch rausgeworfen?«, fragte Red.

Sie hob eine dünne, schwarze Augenbraue und deutete anmutig auf ihre Brüste, als würde sie sie formell vorstellen. »Was glaubst du denn? Weil ich eine Frau bin.«

»Aber wenn es gegen das Gesetz des Biomanten-Ordens verstößt, eine Frau zu sein«, sagte Hope, »wie seid Ihr dann …«

»… überhaupt ein Biomant geworden?«, fragte Brigga Lin. »Einfach. Damals war ich ein Mann.«

»Tut mir leid«, sagte Red. »Was?«

»Nicht der männlichste aller Männer, muss ich zugestehen. Aber ich hatte die richtige Ausstattung. Ich bin jahrelang als Biomant ausgebildet worden und habe studiert, und ich war ehrlich gesagt … bestenfalls mittelmäßig. Aber ich wollte mehr sein. So viel mehr. Vor ein paar Jahren erforschte ich dann die Ruinen des Tempels Morack Tor. Dort fand ich einen der ursprünglichen, heiligen Texte. In ihm wurde offenbart, dass es Zweige der Biomantie gibt, die Männern nicht zugänglich sind und die nur von Frauen beherrscht werden können. Ich dachte, das sei eine erstaunliche Entdeckung. Es würde dem Orden mehr Macht verleihen. Aber ich musste beweisen, dass es geht.«

»Also habt Ihr die Biomantie genutzt, um Euch selbst in eine Frau zu verwandeln?«, fragte Hope.

Brigga Lin zuckte mit den Schultern. »Entweder das, oder man hätte Jahre damit zubringen müssen, ein echtes Mädchen in den Grundlagen der Biomantie zu unterrichten. Wer hat schon die Zeit oder Geduld für so etwas? Und, das gebe ich jetzt vor euch nur zu, nachdem ich es besser weiß, ich war ehrlich nicht sicher, ob eine Frau klug genug sein könnte, um Biomantie zu lernen.« Sie lächelte Hope schwach an. »Ich hoffe, du kannst mir verzeihen. Wie die meisten Männer war ich ein Idiot.«

»Also ist es wahr?«, fragte Red. »Ihr könnt Dinge tun, die der Rest von ihnen nicht kann?«

»Oh, ja. Das da?« Sie zeigte auf den überquellenden Topf. »Das könnten sie niemals. Die männliche Biomantie kann lebende Materie verwandeln, aber sie kann sie nicht *erschaffen*. Nur weibliche Biomantie kann das. Und wenn das kein Beweis ist, dass sie auf dem Berg da oben etwas falsch machen, dann weiß ich es auch nicht.«

»Und Ihr dachtet, Ihr könntet sie davon überzeugen?« In Hopes Blick glomm Sympathie.

»Ich war ein Dummkopf.« Brigga Lins Miene verdüsterte sich. »Sie nannten mich einen Ketzer. Spuckten auf mich. Schnitten mich. Ich bin kaum mit dem Leben davongekommen.«

»Mein Lehrer hat mich acht Jahre lang im Geheimen trainiert«, sagte Hope leise. »Als seine Brüder herausfanden, was er getan hatte, griffen sie uns an. Er ließ mich schwören, dass ich nicht gegen sie kämpfe. Er sagte, das sei die natürliche Konsequenz für seine Taten, und dass er sie mit Frieden im Herzen annehme.« Sie legte die Hand auf Brigga Lins Arm. »Es tut mir leid, dass Ihr leiden musstet. Aber Ihr habt falsch gelegen, so wie ich, weil wir ihre Regeln verletzt haben.«

»*Ihre* Regeln verletzt haben?« Brigga Lins Augen flammten auf. »Sie haben die Regeln des Lebens verletzt. Als ich ihnen sagte, dass Frauen sogar noch mächtigere Biomanten werden könnten als Männer, war das keine Überraschung für sie. Der Rat wusste davon. Aber lieber würden sie auf diese Macht verzichten, als Frauen im Orden zuzulassen. Der Rat ist schwach und dumm und gewissenlos. Sicher weißt du das. Du musst gesehen haben, was sie dort draußen in der Welt mit unschuldigen Menschen machen, oder du hättest keine Rache an ihnen geschworen. Sie sind ein Pesthauch für das gesamte Imperium.«

»Dann wollt Ihr sie alle töten?«, fragte Red. »Jeden einzelnen Biomanten im Imperium?«

»Wenn das der einzige Weg ist, die Dinge zu ändern«, sagte Brigga Lin. »Sich anpassen oder sterben. Das ist die Regel des Lebens.«

»Und wie in allen Höllen plant Ihr, das zu tun?«

»Während wir uns hier unterhalten, sind sie alle im Palast für das jährliche Ratstreffen versammelt. Deshalb war ich hier. Um meine Ergebnisse zu präsentieren.« Sie wandte sich an Hope. »Das Treffen endet morgen, und dann zerstreuen sie sich wieder über das gesamte Imperium. Aber wenn wir heute Nacht zuschlagen, haben wir die Chance, jeden Einzelnen von ihnen auszurotten.«

»Du hörst dem Gerede doch nicht wirklich zu, oder?«, verlangte Red zu wissen. Aber er konnte es in Hopes Augen sehen. Sie hörte zu.

»Vor Jahrhunderten haben Burness Vee und Selk der Tapfere zusammengearbeitet, ein Biomant und ein Vinchen.« Brigga Lin beugte sich näher zu Hope hinüber. »Sie haben dieses Imperium erbaut. Zusammen sind wir nicht aufzuhalten. Gemeinsam haben wir die Chance, den Palast einzunehmen. Den Kurs des Imperiums zu berichtigen. Es *besser* zu machen. Heute Nacht!«

»Das ist Selbstmord«, sagte Red.

»Nein«, sagte Brigga Lin. »Im besten Fall ist es eine Chance auf Ruhm und Gerechtigkeit. Im schlimmsten Fall ist es ein ehrenhafter Tod. Und was hast du ihr anzubieten? Ich habe gehört, wie du versucht hast, sie zu überreden, ihre Schwüre zu brechen. Willst die korrupte Macht der Biomanten einfach hinnehmen? Dich feige zurückziehen? Das sind nichts als die Schatten eines Lebens, gemein und unwürdig.«

»Bitte …« Red verlor diese Auseinandersetzung. Gegen alle Vernunft und Logik, die wichtigste Auseinandersetzung seines Lebens, und er verlor sie. »Bitte … ich flehe dich an. Komm mit mir mit. Komm mit mir zurück aufs Schiff, gemeinsam mit Sadie und Nessie und all den anderen. Wir lieben dich. Reicht das nicht?«

Hope blickte ihn an, und die tiefblauen Teiche öffneten sich wirklich. Zum ersten Mal sah er, wie tief sie wirklich reichten.

»Red, ich weiß, dass das für dich schwer zu verstehen ist, weil das nicht so läuft wie in der Kehre. Du redest, als gehörte mein Leben mir. Aber es hat mir seit vielen Jahren nicht gehört. Ich habe es verpfändet, um die Ehre des Imperiums und des Vinchen-Ordens hochzuhalten. Diese Ehre ist wichtiger als mein Leben. Wichtiger als alles.« Sie legte ihre Hand an seine Wange. »Wichtiger als jeder.« Dann ließ sie die Hand sinken. »Ich bitte dich, das zu respektieren.«

Und da wusste er, dass er sie verloren hatte. Oder sie vielleicht auch niemals wirklich gehabt hatte.

»Ich habe dich immer respektiet und das werde ich auch immer tun.« Er zwang seine Stimme dazu, leise und ruhig zu klingen. »Aber für mich ist nicht alles fett und fein, wenn du absichtlich in deinen Tod gehst, egal, wie ehrenhaft oder nobel er sein mag. Das kann ich nicht.«

Er stand langsam auf, gab ihr die Chance, ihn aufzuhalten. Ihn zu bitten, zu bleiben. Oder mit ihm zu gehen. Aber sie tat nichts davon.

Und er hatte es auch nicht wirklich erwartet.

30

Sie standen vor den weißen Mauern des Palasts, die im Mondlicht schimmerten.

»Wünschst du, er wäre mit uns gekommen?«, fragte Brigga Lin.

»Nein.« Hope wollte jetzt nicht an Red denken.

»Er sah aus, als hätte er nützlich sein können.«

»Ja.«

»Magst du ihn so sehr?«

Die Frage überraschte Hope. Es war so lange her, dass sie mit jemandem gesprochen hatte, der ihren strengen Ehrenkodex verstand. Sie hatte sich mehr oder weniger damit abgefunden, dass ihre Beweggründe für alle, die sie kannte, undurchschaubar waren. Aber Brigga Lin verstand es. Die Biomanten schienen ihren eigenen Ehrenkodex zu haben, so verdreht und vergiftet er auch sein mochte. Brigga Lin verstand, warum Hope Red nicht gebeten hatte zu bleiben, obwohl sie gewusst hatte, dass er einen nützlichen Beitrag zu ihrem Kampf geleistet hätte. Wenn sie gefragt und er Nein gesagt hätte, dann hätte sie den Respekt vor ihm verloren. Und wenn sie ihn gefragt hätte, und er hätte Ja gesagt, dann hätte sie ihn zum gleichen düsteren Schicksal verdammt, das ihr bevorstand. Lieber würde sie ihre Chance auf Erfolg mindern, als dass sie eines von beidem durchleiden wollte.

»Ja, ich schätze, das tue ich«, sagte sie endlich.

Sie blickten zu den Wachen oben auf der Mauer hinauf, die die beiden ungewöhnlichen Frauen zu bemerken schienen. Eine mit schwarzem Haar und ganz in Weiß gekleidet, und eine mit fast weißem Haar und ganz in Schwarz.

»Ich habe nicht nach deinem Namen gefragt«, sagte Brigga Lin.

»Ich erinnere mich nicht an meinen echten Namen. Mein Dorf wurde von einem Biomanten abgeschlachtet. Als Hurlo der Gerissene mich als seine Schülerin annahm, benannte er mich nach meinem Dorf, damit ich es niemals vergessen würde, oder das Schicksal, das ihm widerfahren ist.«

»Wie hieß dein Dorf?«

»Bleak Hope.«

Brigga Lin lachte, ein voller, kehliger Klang, der ihnen noch mehr Aufmerksamkeit von den Wachen auf der Mauer bescherte. »Ich begreife, dass das kaum ein Trost ist, aber ich kann mir keine andere lebende Seele vorstellen, mit der ich lieber sterben würde, als mit jemandem, der Bleak Hope heißt. Öde Hoffnung. Ha.«

Sie setzte ihre Kapuze auf, sodass sie ihre Augen beschattete. Die Wachen schienen davon beunruhigt. Das fließende Gewand sah mit der hochgeschlagenen Kapuze sofort nach Biomant aus, und gleichzeitig auch überhaupt nicht. Eine Wache sagte etwas zu den anderen. Sie hoben die Gewehre und zielten auf die beiden Frauen.

»Geht sofort auseinander!«, schrie einer von ihnen.

»Sie wollen auf uns feuern«, sagte Hope.

»Ich regle das«, sagte Brigga Lin.

»Von so hoch oben? Ich dachte, Biomanten können ihre Macht nur über Berührung übertragen.«

»Ja«, sagte Brigga Lin, und ein Lächeln blitzte unter ihrer Kapuze auf. »Ich erinnere mich an die Zeit, als diese Einschränkung auch auf mich zutraf.« Sie wob mit den Händen ein elegantes Muster, die langen Ärmel wirbelten dabei herum, als würde sie tanzen.

»Das ist eure letzte …«, begann der Soldat.

Brigga Lin hob die Arme, spreizte ihre Finger, und die Gewehre explodierten. Die Soldaten schrien, als sie sich die Hände vor die vom Pulver verbrannten Gesichter schlugen.

»Schwarzpulver ist so scheußlich. Ich wünschte, sie würden es nicht benutzen.« Brigga Lin bewegte sich geschmeidig auf das Tor zu. Sie wandte sich um und betrachtete Hope. »Sobald ich diese Tür hier eingerissen habe, werden wir durch einen Fluss aus Soldaten waten. Mehr, als ich allein erledigen kann. Bist du bereit?«

Hope sah hinauf zu den Wachen auf der Mauer. Sie heulten vor Schmerzen, ihre Gesichter bestanden nur noch aus verbranntem, rauchendem Fleisch. Etwas flackerte in ihr auf. Mitleid, das sie für Ranking am Ende auch gefühlt hatte. Die Opfer eines Biomanten. Diesmal eines Biomanten, der auf ihrer Seite stand … Aber diese Männer trugen die gleichen Uniformen wie die, die im Auftrag von Teltho Kan, jeden Bewohner ihres Dorfes ermordet hatten. Sie konzentrierte sich darauf, und das Mitleid wurde von der alten, vertrauten Dunkelheit ertränkt. Und so traf sie die Wahl, die sie immer getroffen hatte. »Ja«, sagte sie. »Ich bin bereit.«

»Du hast die richtige Entscheidung getroffen«, sagte Sadie, nachdem sie Red eine Weile hatte weinen lassen. Sobald er ohne Hope an Bord der *Lady's Gambit* gekommen war – das Gesicht blass, in seinen funkelnden Katzenaugen ein gehetzter Blick –, hatte sie alle anderen verscheucht. Jetzt saßen sie beide in dem Kapitänsquartier, das Hope immer noch nicht benutzt hatte. Und es klang, als würde sie das auch nie mehr tun.

»Es kommt mir nicht vor wie die richtige Entscheidung«, sagte Red. »Es kommt mir vor, als hätte ich mein Herz in dieser Taverne zurückgelassen.«

»Ich weiß. Aber du bist noch jung. Und du hast diese weiche Künstlerseite an dir, die dich nie einfach mal nur sein lässt. Kannst es nicht ändern. Nichts als Schmerzen, fürchte ich.«

Er schlang die Arme um seinen Oberkörper und ließ die Schultern und den Kopf hängen. »So schlimm war es noch nie. Nicht einmal mit Nessie.«

»Ich weiß, Junge, ich weiß.«

Sie schwiegen, nur unterbrochen von einem gelegentlichen Schniefen von Red. Dieses Geräusch, und auf einem Schiff zu sein, brachte alte Erinnerungen zu Sadie zurück. Bittersüße Gedanken an Zeiten, die längst vergangen waren. Das war gewiss ein Zeichen, dass sie im Alter weich wurde, aber das störte sie nicht. Sie war nur froh, dass ihr Junge am Leben war. »Sie hat auch die richtige Entscheidung getroffen.«

»Was?« Reds Augen wurden groß. »Sie hegt einen verpissten Todeswunsch!«

»Ich meinte, dass sie dich nicht gebeten hat, bei ihr zu bleiben. Ich bin sicher, das hätte sie gern getan. Wenn du weißt, dass du sterben wirst, wer würde da nicht Seite an Seite mit seinem Kater stehen wollen, stimmt's?«

»Ich war nie ihr Kater.«

»Ist das so?«

»Ja. Wir haben nie gevögelt.«

»Und du glaubst, das besiegelt es? Feuchtes Fleisch, das sich ineinanderpresst?«

»Also …«

»Keine Mieze, die ich kannte, musste erst ihre Fotze gestreckt bekommen, um zu wissen, dass sie in ihren Kater vernarrt war. Das kommt von tiefer her, dieses Wissen.« Sie zuckte mit den Schultern. »Versteh mich nicht falsch, es ist sonnig. Ich hab zu meiner Zeit jede Menge Schwänze verbogen und hab es selten bereut. Aber das ist nicht nötig, damit man etwas zwischen zwei Menschen Liebe nennen kann.«

»Nein. Ich schätze nicht.« Er blickte zum Fenster, als könne er durch all die Gebäude, die zwischen ihnen standen, bis zum Palast sehen.

»Wenn sie gefragt hätte, wärest du geblieben. Ich weiß es. Sie wusste es. Und als es hart auf hart kam, hat sie dich so sehr geliebt, dass sie dich gehen ließ.« Sie tätschelte ihm den Rücken. »Das ist etwas Besonderes, Red, mein Junge. Vergiss das nie.«

Sie schwiegen wieder. Sadie bemerkte, dass er nicht mehr schluchzte. Vielleicht hatte das, was sie gesagt hatte, ihn getröstet. Vielleicht wurde sie ja nach all den Jahren, in denen sie meistens versagt hatte, doch noch gut in diesem Erziehungsding.

Er stand auf, die Schultern gerade, den Kopf erhoben. »Du hast recht, Sadie. Das ist zu besonders, um es hinter sich zu lassen.«

»Jetzt warte mal, Red, ich hab nicht …«

Aber er rannte schon aus der Kabine, und einen Moment später hörte sie seine Stiefel auf dem Kai.

In Ordnung, vielleicht versagte sie noch immer bei dem Erziehungsding.

Manchmal war es schwer zu wissen, ob die Wahl, die man traf, wirklich richtig war. Es war zum Beispiel verlockend, die frühen Zeichen des Erfolgs nicht als Zustimmung von Gott oder dem Universum (die Vinchen machten da keinen Unterschied) anzusehen, die den Weg vor dir ebneten.

So fühlte sich Hope jetzt, als sie und Brigga Lin sich ihren Weg durch das Tor und durch den Hof bahnten und schließlich in den Bergfried des Palasts gelangten. Massenweise Soldaten rannten auf sie zu, und sie schlug sie nieder, als wären sie nicht mehr als Gras auf den sanft geschwungenen Wiesen von Hohlfall. Kummerklang echote in den weißen Hallen des Palasts, und bald schon schreckten die Soldaten vor dem Lied des Schwertes zurück. Es hatte die Blutmagie beim ersten Streich verloren. Hope spürte, wie die Klinge erzitterte, und sich der sanfte, aber beharrliche Zug auflöste. Aber das machte nichts mehr. Teltho Kan konnte sich nicht mehr verstecken.

An Hopes Seite schritt Brigga Lin wie ein rachedurstiger Geist, die Hände bewegten sich fortwährend, ihre Ärmel wirbelten, als sie einem nach dem anderen den Tod aus der Ferne brachte. Ein Soldat fiel schreiend zu Boden, als sein Brustkorb aufbrach und sich dabei ausdehnte wie eine rotpink-weiße Blume. Ein anderer konnte nicht mehr schreien, weil sich seine Eingeweide aus seinem Mund auf den Boden ergossen.

War das die richtige Entscheidung? Die Frage tauchte in Hopes Geist auf, als sie einem Mann den Kopf abhackte und einem anderen den Bauch aufschlitzte. All der Schrecken und der Tod, den sie brachten? War das richtig? In einiger Entfernung sah sie einen Mann, der versuchte, sich die Augen auszukratzen, weil sie sich in kochenden Teer verwandelt hatten. Und sie wusste die Antwort auf die Frage nicht.

Aber dann sah sie vor ihrem geistigen Auge fette weiße Larven, die aus der Haut ihres Vaters hervorbrachen. Sie hörte ihre Mutter ihren Namen rufen, an den sie sich bis zum heutigen Tag nicht erinnerte. Sie sah Ontelli aus Murgesia, den Eulenschnabel, der sich aus seinem Mund schob, und hörte seine Knochen krachen, als er sich vor ihren Augen in dieses Biest verwandelte. Sie sah, wie Stachelbilly zu Eis erstarrte. Sie sah die Menschen der Paradieskehre, wie sie zu Staub zerfielen.

Und so verhärtete Hope ihr Herz und kämpfte weiter.

Trotz Steingrats Annehmlichkeiten, der Sauberkeit und der Untergrundkanäle, waren kaum Gaslampen angezündet worden. Verglichen mit New Laven waren die Straßen hier nach Sonnenuntergang gespenstisch leer. Die Tavernen quollen nicht über mit der rauflustigen Begeisterung der Paradieskehre oder der Leidenschaft auf dem Silberrücken, obwohl sie gut gefüllt waren. Alles wirkte gedämpft. Red wusste nicht, ob das jede Nacht so war, oder nur in den Nächten, in denen der Biomantenrat in der Stadt tagte.

Auf jeden Fall hatte er so freie Bahn. Er hatte geglaubt, er sei am Tag schon schnell gewesen, aber das war nichts im Vergleich zu seiner Geschwindigkeit jetzt. Im Dunkeln öffnete sich seine Sicht noch weiter und erlaubte ihm, nicht nur alles um sich herum aufzunehmen, sondern seinen Weg auch mehrere Straßenzüge im Voraus zu planen. Seine Augen schienen die Dunkelheit in sich aufzusaugen. Er fragte sich, wie er auf die wenigen Menschen wirken musste, an denen er auf der Straße vorbeilief. Ein rotäugiger Dämon? Aber das kümmerte ihn nicht. Er wollte nur zu Hope gelangen, bevor sie getötet wurde. Vielleicht war ihr Kampf unmöglich. Aber vielleicht wären seine Wurfmesser genau das, was die Waage zu »möglich« neigte. Aber in einem war er sich sicher: Er konnte nicht den Rest seines Lebens leben und sich das fragen. Er würde es heute Nacht herausfinden, ob richtig oder falsch. Dieser Entschluss erfüllte ihn mit einem brennenden Überschwang, und er rannte weiter.

Als er sich der Palastmauer näherte, sah er, dass das Tor in Stücke zerbrochen war. Das Metall war durchgerostet, und der Rost war am Nachmittag noch nicht da gewesen. Ohne Zweifel Brigga Lins Werk.

Der Hof war mit den Leichen von Soldaten übersät, manche schrecklich entstellt, andere in Stücke gehackt oder durchbohrt. Es gab so viel zu sehen, dass er selbst mit seinen veränderten Augen Probleme hatte, alles zu verarbeiten. Und so bemerkte er die beiden Soldaten auf der einen Seite nicht, die noch am Leben und mit Gewehren bewaffnet waren. Einer von ihnen zielte, aber als sich Red ihnen endlich zuwandte, wurden die Augen des anderen Soldaten groß, und er schlug das Gewehr beiseite, sodass der Schuss in den Nachthimmel ging.

»Das ist *er*«, sagte der zweite Soldat. »Sieh dir die *Augen* an!«

»Oh, verpisst!«, rief der Schütze.

»Wir haben diese beiden Entsetzlichkeiten überlebt, und

du hast es fast schlimmer gemacht, als einfach nur getötet zu werden«, sagte der zweite.

Red fasste nach seinen Wurfmessern, er wusste nicht, was genau da vor sich ging. Aber die beiden ließen ihre Waffen fallen und hoben die Hände in die Luft.

»Verschone uns, bitte!«, bettelte der erste. »Ich habe ein kleines Mädchen zu Hause!«

Reds Blick huschte wieder über die Körper, die auf dem Hof lagen. Ob es jetzt richtig war oder falsch, er konnte dem nicht noch zwei hinzufügen, vor allem keine unbewaffneten. »Folgt mir nicht.«

»Bei meiner Ehre!«, sagte der Mann.

Red wandte sich um und betrat den Palast. Sie hatten ihn erkannt. Da gab es noch einen anderen Plan. Ab hier würde er vorsichtig sein müssen. Heimlichkeit war sowieso mehr sein Ding.

Solange es gut lief, war Hope versucht, es als Zeichen zu sehen, dass sie die richtige Entscheidung getroffen hatte. Jetzt, da sich das Blatt zu wenden schien, hieß das, dass sie falsch gelegen hatte? Konnte das eine das andere aufheben?

Diese Gedanken flitzten durch ihren Kopf, während sie und Brigga Lin sich ihren Weg die Treppe hinauf erkämpften, Stockwerk um Stockwerk, und die Soldaten in Wellen von oben über sie hereinbrachen. Die Soldaten waren mittlerweile verzweifelt, wurden aber von den Biomanten angetrieben, die sich nun auch in die Auseinandersetzung gestürzt hatten.

Zuerst waren sie einzeln oder zu zweit gekommen, sie sahen verwirrt und zerzaust aus, als wären sie aus dem Schlaf oder einer Meditation aufgeschreckt worden. Diese ersten Biomanten taten wenig mehr, als zu dem Chaos beizutragen, riefen den Soldaten zu, die Stellung zu behaupten, selbst als Hope sie niedermachte.

Doch als endlich genug von ihnen aufgetaucht waren, organisierten sie sich und schienen eine Art Plan zu entwerfen. Sie besaßen nicht Brigga Lins Fähigkeit, auf die Ferne hin Magie zu wirken, aber sie schienen auch nicht bereit zu sein, in die Reichweite von Hopes Schwert zu kommen. Stattdessen begannen sie, einzelne Soldaten in stumpfsinnige, tierartige Geschöpfe mit Fängen oder Klauen oder Scheren zu verwandeln. Diese Kreaturen waren viel schwerer abzuwehren, sie griffen sogar weiter an, nachdem sie tödlich verwundet worden waren.

Hope bemerkte allerdings, dass sich diese Tiermenschen nicht allzu sehr darum kümmerten, wen sie angriffen. Sie bissen oder hieben nach allem, was ihnen in den Weg geriet. Also drehte sie sie um und schubste sie zu der Treppe zurück, auf die anderen Soldaten zu, statt sie selbst zu bekämpfen. Das ging nicht immer gut, aber es ebnete ihr den Weg, damit ihr Schwert Biomanten zu schmecken bekam. Und deshalb war sie immerhin hier.

Die beiden Frauen setzten ihren Aufstieg langsam, aber beharrlich fort. Als sie endlich den zehnten Stock erreichten, auf dem laut Brigga Lin der Rat tagte, war Hope überrascht, Mondlicht durch die Fenster in die weite, offene Kammer strömen zu sehen. War es noch die gleiche Nacht, in der sie den Kampf begonnen hatten? Sie blutete aus wenigstens zwanzig Wunden, und jeder Muskel in ihrem Körper schrie. Brigga Lin sah nicht viel besser aus. Ihr wunderschönes Kleid war mehr rot als weiß. Blut tropfte aus ihrer Nase, sehr wahrscheinlich wegen des steten Gebrauchs der Biomantie, und ihre Haut wirkte entsetzlich weiß.

Aber das Blatt hatte sich erneut gewendet. Hope und Brigga Lin töteten die wenigen, die im Flur geblieben waren, und als sie die Ratskammer erreichten, fanden sie sie fast leer. Hope hatte aufgehört, die weißen Roben zu zählen, die sie niedergemacht hatte. Es schien kein Ende zu nehmen. Aber jetzt fragte sie sich, ob sie tatsächlich nah daran waren, ihr Ziel zu erreichen.

»Wo ist der Rat?« Brigga Lin schrie den einzigen Biomanten, der noch in der Kammer war, an. Ihre Hände fuhren zur Seite, und seine Beine brachen an den Knien nach außen. Er fiel zu Boden, und als er schrie, rutschte seine Kapuze zurück, und Hope sah sein Gesicht. Es war Teltho Kan.

»Warte!«, sagte Hope. »Der gehört mir!«

Brigga Lins Hand verharrte mitten in der Geste. »Er hat deine Leute ermordet?«

»Oh, ja, das habe ich!«, schrie Teltho Kan, dessen Stimme vor Schmerz abgeschnürt klang. »Ich habe sie als Brutkasten für eine Rasse von Riesenwespen genommen, die ich vervollkommnet habe.« Er lachte, ein verzweifelter, schriller Ton.

Brigga Lin machte ein paar Schritte zurück. »Dann ist er dein. Aber zwing ihn, dir zu sagen, wo sich die Mitglieder des Rats verstecken.«

»Keiner von denen, die wir getötet haben, war Mitglied des Rats?«, fragte Hope.

»Das waren nur Novizen«, zischte Teltho Kan. »Unwichtig und leicht zu ersetzen. Ihr habt uns eigentlich einen Gefallen getan, als ihr die Ränge so ausgedünnt habt. Die meisten waren kaum des Ordens würdig. Die wenigen, die überlebt haben, werden nur umso stärker sein.« Er kicherte wieder.

Vielleicht lag es nur an dem Schmerz, weil beide Beine zerschmettert waren, aber er wirkte vollkommen verrückt mit diesem Grinsen auf seinem Gesicht. Wieder spürte Hope einen Wirbel des Mitleids an ihren Gedanken zupfen. Es hatte sich in dieser Nacht langsam genähert, und jedes Mal hatte sie es abgewehrt. Aber es war schwer, wirklich zu erkennen, was richtig war. Als sie die Gräueltaten der Biomanten von außen beobachtet hatte, war es leicht gewesen, auf sie zu zeigen und zu rufen: *Das ist falsch.* Aber jetzt, da sie ihren eigenen Biomanten hatte – ihren eigenen Gräuel-Macher –, war es nicht so einfach. Sie sah an sich hinunter und erkannte, dass ihre schwarze Lederrüstung vor Blut nass glänzte. Ihre Hände waren klebrig Wie konnte eine Tat, die wirklich richtig war, so viel Tod und Schmerz bringen?

»Wo ist der Rest des Rats, Kan?«, fragte Hope, und ihre Stimme klang müde.

»Wo ist dein rotäugiger Lakai?« Er sah sich um.

»Er ist nicht hier.«

Er nickte. »Du bist eine gute Lügnerin. Vor allem für eine Vinchen. Denn wir beide wissen, dass das nicht wahr sein kann. Er kann ebenso wenig von deiner Seite weichen, wie du deinen Schwur brechen kannst.«

»Wirklich, Kan, er ist nicht hier.« Hope wusste nicht, was Teltho Kan mit Red vorhatte, aber sie war dankbar, dass er nicht hier war, um das herauszufinden.

Furcht flog über Teltho Kans Miene. Er schüttelte heftig den Kopf. »Nein, nein, das kann nicht sein. Er *muss* hier sein! Ich habe ihnen *gesagt*, dass er hier sein würde. Ich habe es *geschworen!*« Er starrte sie böse an. »Du wusstest es, oder nicht? Du Fotze, woher wusstest du es? Wie konntest du ...« Er wandte sich verzweifelt um, suchte den Raum ab. Seine gebrochenen Beine zersplitterten noch weiter, aber er schien es nicht zu bemerken. Er sah verloren aus. Verängstigt. Armselig. »Wie konnte ich falsch liegen …«

»Jeder kann sich irren.« Als Hope die Worte aussprach, begriff sie, dass sie das nicht nur ihm sagte, sondern auch sich selbst. Sie hatte die Zweifel abgewehrt, die ganze Nacht lang, aber als sie jetzt den Mann, den sie am meisten auf der Welt hasste, so zerbrochen und hilflos vor sich sah, hatte sie den Mut, sie endlich zuzulassen. Für einen Vinchen-Krieger war Rache das oberste Ziel. Der Kodex des Ordens sagte das ganz klar. Aber Carmichaels Leben zu feiern, nicht seinen Tod, hatte sich richtig angefühlt. Ehrte sie ihre Eltern und die Bewohner ihres Dorfs mit all diesen Toten? Als sie jetzt zurückdachte, erkannte sie, dass Hurlo ihren Rachedurst nie eindeutig gebilligt hatte. Vielleicht hatte sogar er Zweifel daran gehabt, dass der Kodex immer recht hatte. Immerhin hatte er ihn gebrochen, als er sie als Schülerin angenommen hatte.

»Ich dachte, Rache zu schwören sei ehrenhaft«, sagte sie leise. »Ich dachte, dein Tod würde dem sinnlosen Morden, das du verursacht hast, einen Sinn verleihen. Aber jetzt verstehe ich, dass es keinen Unterschied macht. Dass weder meine Eltern noch mein Lehrer gewollt hätten, dass ich mein Leben leichtfertig aufgebe, um deins zu nehmen.«

»Bleak Hope?«, fragte Brigga Lin, sie sah verwirrt aus.

»Dieser Schwur, den ich geleistet habe, war eigennützig und der rachsüchtige Wunsch eines verletzten Kindes. Verständlich, aber nicht ehrenvoll. Ich bin kein Kind mehr.«

Sie senkte ihr Schwert.

»Nein! Warte! Du *musst* mich töten!«, sagte Teltho Kan. »Verstehst du es nicht? Ich habe versagt! Du weißt nicht, was die mir antun werden, wie sie mich leiden lassen werden!«

»Es ist nicht meine Absicht, dich zu bestrafen oder zu retten«, sagte Hope. »Mein Leben war lange genug mit deinem verwoben. Hier trennen wir uns.« Sie wandte sich ab.

Teltho Kans Miene verzog sich vor Zorn. »Nein …« Er warf sich nach vorn und fasste nach ihrer Schwerthand.

»Hope!« Reds Stimme dröhnte wie eine Glocke.

In dem Moment, in dem Teltho Kans Finger Hopes Haut berührten, bohrte sich ein Wurfmesser in sein Auge, und er stürzte zu Boden.

Hope blickte auf ihre Hand und sah, wie die Knöchel verwelkten, schrumpften, vertrockneten und verrotteten. Kummerklang klirrte zu Boden.

Sie konnte hören, wie Red ihren Namen rief. Schließlich war er doch noch gekommen. Es hatte seine eigene Wahl getroffen. Selbst als der Schmerz ihre Hand verschlang, spürte ein Teil von ihr Freude, dass er sich ihr angeschlossen hatte. Und ein Teil von ihr fragte sich entsetzt, welche Art Falle Teltho Kan für ihn gelegt hatte.

Dann übernahm der Schmerz ihren Körper und wischte jeden Gedanken davon. Reds Messer hatte den Biomanten getötet, sodass der Prozess ein wenig verlangsamt wurde, aber das hielt ihn nicht ganz auf. Die Verwesung breitete sich in Hopes Fingern aus. Sie spürte, wie einer nach dem anderen abstarb, jeder Tod sandte eine Welle der Qual durch ihren Arm und in ihren Schädel.

Red rannte auf sie zu. Brigga Lin auch. Aber die Verwesung war schnell. Sie würde sie erledigen. Und selbst wenn sie sie rechtzeitig erreichten, was konnten sie tun? Was konnte *sie* tun? Sie schwankte, und ihre Sicht trübte sich. Sie spürte, wie sie dahinschwand, als der Schmerz und die Verwesung in ihre Handfläche hinaufkroch.

»Hope!«, schrie Red.

Aber sie hatte Red ein Versprechen gegeben. Nicht aufzugeben. Niemals. Und das, beschloss sie, war ein Schwur, der es wert war, gehalten zu werden.

Sie zwang sich dazu, sich zu konzentrieren. Sie blickte hinunter auf ihre Hand. Sie war ein eingerolltes, schwarzes Ding, von dem Eiter tropfte. Die Verwesung reichte hinauf bis an ihr Handgelenk. Sie fiel auf die Knie und nahm Kummerklang mit ihrer guten Hand auf. Dann drückte sie die Klinge hinab und trennte die verrottende Hand direkt über dem Gelenk ab.

Die Verwesung war weg. Sie spürte seinen langsamen welkenden Tod nicht länger. Stattdessen war da jetzt greller heißer Schmerz, als das Blut aus dem Stumpf ihres Unterarms strömte. Der Boden um sie herum war plötzlich glitschig. Sie zog den Gurt an ihrem Ärmel straff, um den Fluss zu verlangsamen. Sie starrte auf die leere Stelle, an der ihre Hand gewesen war. Dann schrie sie.

Sofort war Red da, und sie sank in seine warme Umarmung.

»Oh, Gott, Hope, es tut mir so leid, so leid!« Seine verschwitzte Hand drückte ihre kalte Wange, während er sie hielt. »Ist schon gut, wir machen, dass es wieder gut wird.«

»Du bist gekommen«, sagte Hope, die darum kämpfte, bei Bewusstsein zu bleiben.

»Ich bin hier. Ich konnte nicht wegbleiben. Egal, was passiert.«

Sie lächelte schwach. »Wie wir es uns versprochen hatten. Du und ich. Red und Hope. Egal, was passiert.«

»Das stimmt«, sagte er und lächelte durch seine Tränen.

»Ich kann dich heilen.« Brigga Lin nahm Hopes Stumpf

in ihre Hände. »Lass mich das jetzt versiegeln, und später heile ich dich, wenn ich das Material habe.«

Hope nickte, sie war jetzt zu schwach, um zu reden.

Brigga Lin hielt sich den blutenden Stumpf an die Lippen. Sie küsste den weiß glänzenden Knochen in der Mitte sanft, fast ehrfürchtig. Sofort schloss sich die Wunde. Hope zitterte, als der Schmerz ihren Körper verließ, und von etwas Kühlem und Beruhigendem ersetzt wurde.

»Nun«, ertönte eine Stimme, die so alt wie Staub klang. »Es scheint, als hätte Teltho Kan doch recht gehabt.«

Hope hob schwach den Kopf aus Reds Schoß und sah eine frische Truppe Soldaten von der Treppe her in die Kammer brodeln. Sie stellten sich in einem Kreis um die drei und zielten mit den Gewehren auf sie.

»Willkommen beim Rat der Biomantie«, sagte die Stimme. Hope verfolgte den Klang bis zur anderen Seite der Ratskammer, wo eine Reihe von Männern in weißen Roben mit Kapuzen reglos stand, sich an den Händen haltend und die Gesichter verdeckt.

Red drückte Hope an seine Brust, seine Arme lagen beschützend um sie, als die Soldaten jetzt ihre Gewehre auf sie richteten. Er war zu langsam gewesen, um ihre Hand zu retten. Er würde den Rest von ihr retten, koste es, was es wolle.

»Da seid ihr ja.« Brigga Lin starrte die Biomanten am anderen Ende des Raums zornig an. Sie wischte sich das Blut von der Nase und stand langsam auf. »Mach dir keine Sorgen, Bleak Hope. Ich beende das.«

Sie hob die Hände und vollführte eine Reihe so geschmeidiger Gesten, dass selbst Reds Augen ihr kaum folgen konnten. Dann streckte sie die Arme in Richtung der Biomanten aus.

Die Luft kräuselte sich um sie herum, aber sonst passierte nichts.

»Glaubst du wirklich, wir hätten dich am Leben gelassen, wenn du eine ernsthafte Gefahr für uns darstelltest?«, fragte der in der Mitte. Ihm gehörte die gleiche staubige Stimme, die sie schon gehört hatten, und jetzt lag ein Hauch Erheiterung darin.

Brigga Lin machte einen Schritt zurück, und all ihre dunkle Arroganz war verpufft.

»Mich am Leben gelassen?«

»Natürlich. Diese armen Seelen, die wir nach unten geschickt haben, um dir Essen zu bringen, hatten aufgetragen bekommen, die weibliche Vinchen zu erwähnen. Wir wussten, dass du nicht würdest widerstehen können. Dass du die Wachen töten, die Flucht ergreifen und die Vinchen-Kriegerin aufspüren würdest. Dass sie dank deiner Ermutigungen tapfer genug sein könnte, um uns direkt anzugreifen. Und Teltho Kan war sich sicher, dass der rotäugige Jüngling nicht in der Lage wäre, euch so einen Versuch alleine unternehmen zu lassen. Es ist eine Schande, dass Kan nicht lange genug gelebt hat, um die Früchte seiner Taten zu ernten. Dieser Erfolg hätte ihn endlich in den Rat gebracht.«

»Nun, ihr habt mich.« Hope immer noch in den Armen haltend, griff Red nach einem Wurfmesser. »Aber ich vermute, euch wird es leidtun, dass es so ist. Ihr mögt in der Lage sein, Magie zu blockieren, aber wir werden sehen, ob ihr Stahl abwehren könnt.«

»Du kannst nicht jeden von uns töten.«

»Ihr werdet uns sowieso umbringen, also kann ich genauso gut so viele von euch mitreißen, wie ich nur kann.«

»Im Gegenteil, wir wünschen euren Tod nicht. Und wenn

du dich uns freiwillig und friedlich ergibst, lassen wir sogar deine Vinchen frei.«

»Ihr lügt.«

»Wir sind außerstande, Eidbruch zu begehen.«

Red sah Brigga Lin an.

»Biomanten können nicht lügen«, gab sie zu. »Die Unwahrheit zu sagen, schwächt ihre Macht.«

Red wandte sich wieder dem Rat der Biomanten zu. »Ihr lasst Hope frei? Ohne Einschränkungen? Ihr werdet sie nicht später zur Strecke bringen?«

»Wenn sie Steingrat verlässt und niemals zurückkehrt, und solange du mit uns kooperierst, werden wir ihr nichts tun.«

»Warum?«, fragte Hope, ihre Stimme klang rau. Mühsam setzte sie sich auf, den Stumpf hatte sie unter den anderen Arm geschoben. »Was habt ihr mit ihm vor?«

»Ihn ausbilden. Ihm helfen, sein volles Potenzial auszuschöpfen«, sagte ein anderer Biomant, dessen Stimme wie tropfendes Öl klang. »Er wird wesentlich zur Rettung unseres Imperiums beitragen.«

»Was ist so besonders an mir?«, fragte Red.

Es entstand eine Pause.

»Vielleicht erklärt er sich eher bereit dazu, wenn er die ganze Wahrheit kennt«, sagte der Biomant mit der Stimme wie Öl.

»Oder er ist noch weniger gewillt«, sagte einer, der wie rostiges Metall klang.

»Wir werden sehen«, sagte die staubige Stimme. »Junger Mann, du bist der Höhepunkt eines Experiments, das fast zwanzig Jahre angedauert hat. Wir haben eine Substanz entwickelt, die Selbstvertrauen und sexuelle Erregung bei denen hervorruft, die es inhalieren. Sie ist höchst süchtig machend und nach wiederholter Verwendung tödlich. Ihr Name ist *Coractulus spucaceas.* Aber du wirst es eher unter dem Namen Purpurwurz kennen.«

»Wartet«, sagte Red. »*Ihr* habt Purpurwurz erfunden? Das Rauschmittel?«

»Das Rauschmittel sollte Entspannung hervorrufen. Sein wahrer Zweck war jedoch, die ungeborenen Kinder von purpursüchtigen Frauen zu verwandeln, während sie noch im Mutterleib und anfällig für so drastische Veränderungen waren.«

»Verwandeln?«, fragte Brigga Lin.

»Es sollte ihre Reflexe verbessern und ihre Hand-Augen-Koordination, um ein Leistungsniveau zu erreichen, das weit über dem einer normalen Person liegt. Außerdem sollte es diese Kinder mit roten Augen kennzeichnen, damit wir sie leicht erkennen können. Aber keines, das wir gefunden haben, hat länger als einen Monat gelebt. Wir dachten, die Kinder wären alle gestorben, und so wurde unser Experiment als Misserfolg aufgefasst. Bis Teltho Kan dich gesehen hat.«

»Ihr habt zahllose Leben ruiniert, aufgrund der geringen Chance, dass jemand wie ich daherkommen könnte?«, verlangte Red zu wissen.

»Wir haben die Menschen nicht gezwungen, Purpurwurz zu nehmen. Einer unter uns hat auf diesem Punkt ganz außerordentlich bestanden.«

»Es muss immer die Möglichkeit der freien Entscheidung geben«, sagte die ölige Stimme.

»Also war ich mein ganzes Leben lang so geschickt mit meinen Händen und konnte so gut zielen wegen dem Purpurwurz?«

»Genau.«

»Und Teltho Kan«, sagte Hope. »Er hat Reds Fähigkeiten verstärkt?«

»Ja. Seine volle Begabung schlummerte in ihm, bis sie von einem Biomanten entfesselt wurde.«

»Warum braucht ihr ihn?«, fragte Hope und kämpfte sich auf die Knie hoch. »Wovor soll er das Imperium retten?«

»Das werden wir dir nicht erzählen. Es reicht, dir zu sagen, dass die Bedrohung größer ist, als dass unsere Macht allein ihr entgegenstehen könnte.«

»Wenn ich also einwillige, euch zu helfen«, fragte Red, »dann lasst ihr Hope frei?«

»Ja.«

»Was ist mit Brigga Lin?«

Wieder war da eine Pause.

»Sie sollte für ihre Ketzerei gemaßregelt werden.«

»Ihr meint wohl eher, zu Tode gefoltert werden?«

Eine weitere Pause.

»Ja.«

Reds Miene wurde hart. »Ich bestehe darauf, dass ihr sie zusammen mit Hope gehen lasst.«

»Warum? Was bedeutet sie dir?«

Red wandte sich Brigga Lin zu. Sie blickte ihn an und wirkte verblüfft. Vielleicht sogar erschüttert. Red konnte ihr keinen Vorwurf machen. Immerhin war es zum Teil ihre Schuld, dass sie in diesem Schlamassel steckten. Aber das war im Moment nicht wichtig. Das gehörte der Vergangenheit an und konnte nicht geändert werden. Aber etwas anderes konnte geändert werden.

»Du bringst sie in Ordnung«, sagte er leise zu Brigga Lin. »Du *hilfst* ihr. Von jetzt an. Du musst für sie da sein, wenn ich es nicht kann. Fein?«

»Ich …« Sie sah ihn mit einer Miene an, die an Ehrfurcht grenzte. »Ja, das werde ich. Ich schwöre bei der Wahrheit des universellen Gottes, dass ich ihr bis zu meinem letzten Atemzug dienen werde.«

»Gut«, sagte Red.

»Red, nein, bitte tu das nicht.« Hope kämpfte sich jetzt auf die Füße, ihr Gesicht abgehärmt und blass. Sie schwankte, und Red fing sie auf. »Bitte, leg dein Schicksal nicht in deren Hände.«

»Hör zu, alter Pott«, sagte er leise und zwang sich zu einem Lächeln, als er sie in seinen Armen hielt. »Das ist alles kristallklar. Entweder sterben wir heute beide. Oder wir leben getrennt.«

»Red …« Ihr Gesicht verzog sich. »Ich wünschte, ich hätte …«

»Hey, nur für eine Weile.« Er wusste nicht, was sie hatte sagen wollen, aber er konnte seine tapfere Maske kaum länger aufrechterhalten. Nur noch eine Kleinigkeit mehr, und er würde umkippen.

Behutsam übergab er Hope an Brigga Lin. »Ihr Schiff ist die *Lady's Gambit.* Bring sie zu unseren Leuten. Und bring sie in Ordnung.«

Brigga Lin richtete sich zu ihrer vollen Größe auf und nickte knapp. »Das werde ich.«

Red wandte sich wieder den Ratsmitgliedern zu. Der Biomant in der Mitte hob die Hand, und die Soldaten traten zur Seite, um den Weg zur Treppe freizugeben.

Hope richtete sich auf und schüttelte Brigga Lins Stütze ab. Sie sah Red ein letztes Mal an, dann wandte sie sich um und stieg langsam die Stufen hinab. Brigga Lin folgte ihr dichtauf, die Hände ausgestreckt und bereit, sie aufzufangen, sollte Hope stolpern. Dieser letzte Anblick tröstete Red ein klein wenig, sie würde zurechtkommen.

Er blickte ihnen nach, bis er sie nicht mehr sehen konnte. Dann wandte er sich der Reihe alter Männer in Kapuzen zu. »In Ordnung, ihr gruseligen Bastarde. Ich gehöre euch.«

31

Es war ein langer Marsch zurück zur *Lady's Gambit.* Die Sonne stand schon am Himmel, als sie ankamen. Hope hatte darauf bestanden, den Palast ohne Hilfe zu verlassen, aber jetzt lehnte sie sich schwer gegen Brigga Lin, und auf ihrer Stirn glänzte der Schweiß.

Die Mannschaft schien die ganze Nacht auf gewesen zu sein und gewartet zu haben, denn in dem Moment als sie in Sicht kamen, sprangen sie alle vom Schiff, rannten auf sie zu und redeten wild durcheinander auf sie ein.

»Wo ist Red?«, fragte Sadie.

»Und wo ist deine verpisste *Hand*?«, fragte Nessel.

»I … Ich kann sie in Ordnung bringen«, stammelte Brigga Lin, die seltsam eingeschüchtert wirkte ob der Gruppe besorgter Menschen um sie herum. »Red hat mich versprechen lassen, dass ich sie in Ordnung bringe.«

»Wo in allen verpissten Höllen ist *Red*?«, fragte Sadie wieder.

»Sie haben ihn, Sadie«, sagte Hope mit schwacher Stimme. »Sie haben unseren Red genommen.«

Sadies Gesicht wurde blass und ihr Mund hart. »Der dumme, dumme Junge.«

»Ich wollte nicht … dass er … mitkommt …« Ein neuer Schwindelanfall wogte über Hope hinweg, und der Boden raste ihr entgegen. Sie hörte das Klirren von Metall, und zwei starke Hände fingen sie auf. Dann sah sie in Fillers großes, offenes Gesicht.

»Ich habe dich, Kapitän«, sagte er.

»Filler …« Ihre Stimme brach. Ihre Finger bewegten sich leicht über seine behaarte Wange. »Er hat uns gerettet. Er hat sich selbst eingetauscht.«

»Dann müssen wir ihn doch einfach nur zurückklauen, oder nicht, Kapitän?« Er trug sie auf das Schiff und in das Kapitänsquartier. Jeder zweite Schritt wurde von einem Klirren begleitet, und Hope begriff, dass er die Metallschiene trug, die er und Alash gebaut hatten. Er legte sie auf das Bett.

»Wie kannst du sie in Ordnung bringen?«, fragte Alash Brigga Lin.

»Ich bin … ich *war* ein Biomant.«

Die Gruppe brach in wütendes Geschrei aus.

»Aber jetzt«, unterbrach Hope sie, und ihre Stimme klang hart, als sie genug Kraft aufbringen musste, um sich aufzusetzen, »jetzt ist sie eine von uns. Fein?«

Sie wurden still.

Dann sagte Finn: »Ihr habt den Kapitän gehört. So läuft es jetzt.«

Hope legte die Hand auf Finns Schulter. »Danke, Mr. Finn.«

»Und wie *wirst* du sie denn jetzt in Ordnung bringen?«, fragte Alash erneut.

»Ich brauche nur ein Glied, um es zu ersetzen«, sagte sie. »Vielleicht ein Gliedmaß von einem Tier …«

»Nein! Keine Teile von einem Tier!«, fauchte Hope und

dachte dabei an Ranking, an die Eulenmenschen, an die Soldaten, die verwandelt worden waren. Damit wollte sie nichts zu tun haben. Sie deutete auf den Stützapparat an Fillers Knie und wandte sich an Alash. »Du baust mir etwas.«

Seine Augen wurden groß und seine Miene ernst. »Sofort, Kapitän. Daran hätte ich selbst denken sollen.«

»Lass dir jetzt was einfallen«, erwiderte sie.

In den nächsten Tagen war Hope manchmal bei Bewusstsein und manchmal nicht. Brigga Lin suchte sie regelmäßig auf und hielt ihr übel riechende Tränke hin, von denen sie sagte, dass sie sie nach ihrem Blutverlust wieder aufbauen würden. Filler und Alash kamen ab und an und nahmen Maß oder besprachen ein Teil für den Entwurf der Prothese.

Sobald sie sich wieder gut genug fühlte, erzählte sie Sadie und Nessel alles darüber, wie Red sie in einer einzigen Nacht nicht nur einmal, sondern zweimal gerettet hatte.

»Also bist du dir sicher, dass sie ihn nicht töten oder foltern werden?«, fragte Sadie.

Hope schüttelte den Kopf. »Sie haben über ihn gesprochen, als sei er der größte Schatz im ganzen Imperium.«

»Aber du weißt, zu was diese Biomanten fähig sind«, sagte Nessel. »Sie werden etwas mit ihm machen, so sicher wie Sorgen.«

Hope wusste das, aber es war mehr als deutlich, dass sie den Rat der Biomanten nicht schlagen konnte.

Nachdem sie gegangen waren, lag sie in ihrer Koje, und das gelbe Licht der schwindenden Sonne schien durch das Bullauge. Sie hatte es vorher immer vermieden, sich im Kapitänsquartier aufzuhalten, und jetzt wusste sie auch, warum. Hier in diesem kleinen, ordentlichen Raum zu sitzen erinnerte sie an Verlust. Carmichael natürlich. Aber das wiederum ließ sie an Hurlo denken, und an ihre Eltern. Und an Red. Sie konnte ihn immer noch sehen, wie er da im letzten Moment gestanden und sie angegrinst hatte, als würde sie ihn mittlerweile nicht gut genug kennen, um zu wissen, dass es ein gezwungenes Lächeln war. Ein Schmerz, wie sie ihn noch nie zuvor gefühlt hatte, stieg in ihr auf. Sie vermisste ihn bereits, und es tat mehr weh als jeder Verlust davor.

Fillers Worte kamen ihr wieder in den Sinn. *Dann müssen wir ihn doch einfach nur zurückklauen, oder nicht?* Und er hatte recht. Diesen Menschen, den die Biomanten ihr genommen hatte, konnte sie sich noch zurückholen. Sie musste nur herausfinden, wie.

Kurze Zeit später trat Brigga Lin mit einem widerlichen Tonikum ein. Es machte Hope schläfrig, und bald schon driftete sie weg. In ihren Träumen standen sie und Red vor den Palastmauern. Er sah sie mit süßer und gequälter Miene an und sagte: *Wir haben eine Wahl. Wir können sein, was immer wir sein wollen.*

Als sie erwachte, wusste sie, was sie zu tun hatte.

Am nächsten Tag riefen Alash und Filler jeden in Hopes Kabine und führten stolz die Prothese vor. Sie hatten die lederne Armscheide des Pfahlmechanismus umgewandelt und ein Gelenk installiert, wo sich ihr Handgelenk befunden hatte. Dann hatten sie einen Haken am Ende des Gelenks befestigt, der groß genug war, damit Hope Kummerklang halten konnte.

»Und jetzt kommen wir zu dem komplizierten Teil«, sagte Alash. »Das Gelenk kann sich vollständig drehen, so wie du es verlangt hast.« Er führte es vor, indem er den Haken einmal herumrollte. »Und es kann einrasten, wenn es nötig ist, so wie du es ebenfalls erbeten hast.«

»Hört sich so weit gut an.« Hope sah zu, wie Filler die Scheide sorgfältig über den Stumpf schob und sie festband.

»Und hier kommt der Teil, den du nicht mögen wirst«, sagte Alash. »Wir können das gleiche System aus Einrasten und Lösen nehmen, das Filler und ich für sein Knie entworfen haben, aber das musst du mit deiner anderen Hand bedienen.«

Hope schüttelte den Kopf. »Ich brauche die andere Hand. Findet einen anderen Weg.«

»Es *gibt* keinen anderen Weg.« Alashs Gesicht rötete sich frustriert.

»Vielleicht kann ich helfen?«, fragte Brigga Lin.

»Keine Teile von Tieren«, sagte Hope.

»Nein«, willigte Brigga Lin ein. Sie streckte ihre Hand Filler entgegen, der ihr wortlos Hopes Armscheide übergab. Sie deutete auf die Metalldrähte. »Lasst mich sichergehen, dass ich den Mechanismus richtig verstehe. Es scheint, dass das Gelenk festgestellt wird, wann und wo es nötig ist, an jedem Punkt der Rotation, wenn es eine anpassungsfähige Anschlussspannung gäbe?«

»Ja«, sagte Filler. »Aber wie würdest du die Spannung feststellen, ohne die andere Hand zu nehmen?«

»Indem ich es mit ihren Sehnen verschmelze. Dann kann sie es mit dem gleichen Reflex kontrollieren, mit dem sie normalerweise ihr Handgelenk dreht. Eine vergleichbare Bewegung.«

»Mensch und Maschine verbinden?«, flüsterte Alash, er wirkte gleichermaßen entsetzt und fasziniert.

»Tu es«, sagte Hope.

»Die Prozedur wird sehr schmerzhaft sein«, warnte Brigga Lin. »Vielleicht sollten wir damit warten, dir mehr Zeit geben, bis du wieder ganz gesund bist.«

»Tu es jetzt.«

Sie sah Filler an. Er blickte Brigga Lin hilflos an. »Du hast den Kapitän gehört.«

»Gut«, sagte Brigga Lin kurz und sachlich. »Gebt ihr ein Stück Leder zum Draufbeißen, damit sie sich keinen Zahn ausbricht oder ihre Zunge abbeißt.«

Filler zog seinen Gürtel aus, legte ihn doppelt und gab ihn Hope. Sie biss darauf und nickte Brigga Lin dann zu.

Der Schmerz war doppelt so groß wie der, den sie ertragen hatte, als sie sich die eigene Hand abgeschnitten hatte. Er grub sich tief in ihr Fleisch und rollte sich dort zusammen, bis es sich anfühlte, als würden Metalldrähte in jeden Muskel ihres Arms geschoben. Sie schrie in den Gürtel, bis sie heiser war. Aber sie verlor nicht das Bewusstsein. Sie weigerte sich, in Ohnmacht zu fallen. Sie würde das genauso aushalten, wie sie alles andere Schreckliche ausgehalten hatte. Dass sie diejenige war, die litt, machte keinen Unterschied. Sie würde niemals wegsehen.

Endlich trat Brigga Lin einen Schritt zurück und tupfte an ihre Nase, die wieder zu bluten begonnen hatte. Sie ließen Hope zu Atem kommen. Nessel zwang sie, etwas Wasser zu trinken. Dann vollendeten Alash und Filler den mechanischen Teil. Und dann war es vollbracht.

Hope erhob sich langsam von ihrer Koje und stützte sich dabei mit ihrer gesunden Hand ab. Sie hob ihre neue Hand und blickte sie zufrieden an. »Ich brauche Platz.«

Sie ging langsam auf die Tür zu. Filler bot ihr seine Hilfe an, aber sie schüttelte den Kopf und ging allein weiter. Als sie draußen auf dem Quarterdeck ankam, sagte sie leise: »Mein Schwert.«

Sie waren ihr alle vorsichtig gefolgt. Nessel reichte ihr Kummerklang und trat mit den anderen zusammen zurück.

Hope befestigte den Griff an dem Haken. Sie drehte den Arm, und die Klinge schnitt durch den nächtlichen Himmel. Kummerklang sang immer noch, aber der Ton klang jetzt anders. Dunkler, ja, und auch glatter. Sie schwang es in die eine Richtung, dann in die andere, in einer gleichmäßigen Acht, sodass es lang gezogen und traurig summte. Dann drehte sie ihr Handgelenk, und das Schwert stand fest und zeigte nach oben. Es fühlte sich mehr wie ein Teil von ihr an als jemals zuvor. Sie lächelte und hielt sich die Klinge dicht vor das Gesicht. In seiner Spiegelung sah sie die Mannschaft hinter sich stehen.

Sie senkte das Schwert und wandte sich ihnen zu.

»Ich habe mein Leben der Rache für die gewidmet, die bereits tot sind.« Sie schüttelte den Kopf. »Das erscheint mir jetzt so wenig sinnvoll.«

Die anderen sahen einander an und verstanden nicht, worauf Hope hinauswollte. Sie konnte es ihnen nicht verübeln.

»Ich werde Red zurückholen«, fuhr sie fort. »Ich kann den Rat der Biomanten nicht offen schlagen. Noch nicht. Also werde ich seine Gliedmaßen angreifen. Ich werde sie abhacken, Stück für Stück, einen Biomanten oder ein imperiales Schiff nach dem anderen. Wenn es sein muss, werde ich dieses Imperium niederreißen, bis nichts mehr steht außer Red, frei. Ich werde ein dunkler Wind der Zerstörung sein, der alles davonwischen wird, damit etwas Besseres an seiner statt entstehen kann.«

»Hope …«, sagte Sadie.

»Es gibt keine Hoffnung. Nicht mehr. Von jetzt an wird man mich als Dire Bane kennen.«

Nacheinander sah sie jeden an. Sadie, den Vermissten Finn, Filler, Nessel, Alash und Brigga Lin. »Seid ihr dabei?«

Nessel fiel zuerst auf ein Knie. »Dire Bane, der Held der Menschen und die Geißel des Imperiums, ich bin dabei.«

Filler folgte rasch, sein Metallknie quietschte, als er zu Boden sank. »Ich bin dabei.«

»Ich verabscheue Gewalt«, sagte Alash, während er niederkniete, »aber wenn es meinen Cousin rettet, bin ich dabei.«

»Ich hatte auf einen ruhigen Lebensabend gehofft«, sagte Sadie. »Aber ich schätze, das würde mich sowieso schnell langweilen. Ich bin dabei. Ich knie allerdings nicht vor dir nieder. Ich würde nicht mehr hochkommen.«

»Wenn Sadie dabei ist, dann bin ich das auch«, sagte Finn. »Außerdem habe ich mich ein bisschen in dieses Schiff verguckt. Und wenn wir Piratensachen machen, müssen Kanonen nachgerüstet werden.«

Hope wandte sich an Brigga Lin, das jüngste Mitglied der Mannschaft.

»Du hast Red geschworen, mir zu helfen. Und das hast du getan. Der Kurs, den wir verfolgen, wird hart werden. Wenn du jetzt gehen willst, erachte ich deinen Schwur als erfüllt.«

Der Blick aus Brigga Lins dunklen Augen war nicht zu deuten. »Reds Großmut, als er um mein Leben gefeilscht hat, als er mich kaum kannte – als er sogar Grund hatte, mich zu hassen –, ist freundlicher als alles, was ich in meinem Leben je erfahren habe. Mein Schwur ist nicht erfüllt, bevor Red frei ist oder ich tot.« Sie verneigte sich tief.

Hope schwang Kummerklang, sodass es nach unten zeigte, und setzte die Spitze auf das Holz des Decks. »Wir werden also Piraten sein. Und wehe dem, der unseren Weg kreuzt.«

Red stand am Fenster und blickte über die Dächer von Steingrat hinweg. Er hatte bis jetzt nicht bemerkt, wie weit er sehen konnte. Er sah zu, wie die *Lady's Gambit* auf das Meer hinausglitt. Kein imperiales Schiff folgte ihr.

»Gut, ich schätze, du hast dein Versprechen gehalten«, sagte er.

»Denkst du, du wirst dich an sie erinnern, wenn wir mit dir fertig sind?«, fragte eine staubige Stimme. »Denkst du, du wirst noch du selbst sein?«

Red wandte sich um und sah die Gestalt mit Kapuze an, die nicht von seiner Seite gewichen war und die weder Nahrung noch Schlaf zu brauchen schien. »Was sonst sollte ich sein?«

Der Biomant schob seine Kapuze zurück und enthüllte ein Gesicht, das so hart und zerklüftet war wie der Stein, auf dem der Palast stand. Mit steinernen Lippen, die sich kaum bewegten, sagte er: »Wenn wir mit dir fertig sind, wirst du nicht einmal mehr ein Mensch sein. Du wirst ein Schatten des Todes sein.«

Glossar

Eine flüchtige Auseinandersetzung bezüglich der Umgangssprache des gemeinen Volks von New Laven

Von Thoriston Baggelworthy

Neu aufgelegt mit freundlicher Genehmigung der *Hohlfall Gentlemans Vierteljahresschrift*

Angepisst und verpfeffert: Aufgeregt sein. Ich war nicht in der Lage zu ermitteln (oder auch nur zu vermuten), wie diese beiden Wörter zusammengefunden haben. Und doch fühlt es sich gänzlich angemessen an, dass sie zusammen verwendet werden. Obwohl plump und vulgär, liegt jeweils eine unbestreitbare poetische Qualität in dem Jargon der gemeinen Leute, die jeglicher Analyse trotzt.

Ausheben: Jemanden bestehlen. Meistens unter Anwendung körperlicher Gewalt. Meine Hypothese besagt, dass dieses Wort von dem Akt herrührt, dass man das Opfer bewusstlos schlägt und dann den Körper aufhebt, um leichter an das Geld oder andere Dinge zu kommen, die sie bei sich tragen.

Bilge: Magen. Viele Worte des Jargons sind vom Segel- und Schiffsvokabular entlehnt, was merkwürdig ist, da der Großteil der Bewohner niemals ein Schiff betreten hat.

Den Eimer leeren: Etwas lieben oder genießen. Ich glaube, diese Redewendung stammt von dem universelleren Jargon »etwas vernaschen«. Auch hier ist es wert anzumerken, dass die niederen Klassen, für die es schwer sein kann, Nahrung zu beschaffen, viel Wert auf Essen und Trinken legen.

Eier und Schwänze: Unfug oder Dummheit. Beides, »Eier« und »Schwänze« sind abgeleitet von dem allgemeineren Jargon für die männlichen Genitalien (das Skrotum und der Penis), obwohl es unklar ist, warum diese Worte Dummheit implizieren sollen.

Fein: Verstehen. Wie »Typ« ist die Verwendung dieses Begriffs einigermaßen fließend. Je nach Kontext kann dieses Wort entweder in einem Satz verwendet werden, wie in: »Bist du fein?«, oder aber allein, wie in »Fein?«. In beiden Fällen wünscht der Sprecher zu wissen, ob der Hörer die Bedeutung begriffen hat, die entweder direkt ausgesprochen oder angedeutet wurde.

Fett und fein: Freundlich oder sympathisch. Während es klar ist, dass »fett« von der Speisekammer kommt und eine angenehme Sache ist für all jene, die einen gesunden Lebensunterhalt nur schwer erreichen.

Fratz: Jemand, der weich oder willensschwach ist. Obwohl die allgemeinere Verwendung sich mehr auf Männer bezieht, scheint die Verwendung bei den niederen Klassen geschlechtsneutral zu sein.

Imp: Imperiale Wache. Ich vermute, dass es kein Zufall ist, dass die niederen Klassen einen Spitznamen für die imperiale Wache verwenden, das gleichzeitig das Wort für einen lästigen Dämon oder Geist ist. Das Misstrauen der imperialen Macht ist bei den niederen Klassen so allgegenwärtig, dass dies als bekannt vorausgesetzt werden kann.

In einem Tropfen: In einer Sekunde oder ohne zu zögern. Die Abstammung dieser Redewendung verwirrt mich. Meine derzeitige These ist es, dass es in der fernen Vergangenheit eine Methode gab, um Zeit mithilfe von Wasser oder irgendeiner Flüssigkeit zu messen und dass diese Redewendung die einzige überlebende Aufzeichnung davon ist.

Kater: Ein junger Mann. So wie mit seinem weiblichen Gegenstück (s. Mieze) variiert die Bedeutung hier je nach Kontext. Allgemein besteht die Annahme darin, dass der junge Mann kräftig, attraktiv und sexuell aktiv ist, obwohl manchmal auch eine neutralere Bedeutung impliziert ist.

Kerl: Diese Bezeichnung ist geschlechtsneutral. Es kann sich auf einen Freund oder Bekannten beziehen, oder sogar auf jemanden, den der Sprecher nicht persönlich kennt. Eines der wenigen Dinge, die ich hierzu definitiv sagen kann, ist, dass es sich immer um einen Angehörigen der niederen Klassen bezieht. Wenn jemand ein »Echter Kerl« ist, bedeutet das, dass sie die Eigenschaften der Tapferkeit und Loyalität, sowohl Freunden als auch dem Viertel gegenüber, die von der Gemeinschaft über alles geschätzt werden, erläutert.

Kristallklar werden: Die Wahrheit sagen oder deutlich sprechen. Auch hier verschiebt sich die Bedeutung je nach Kontext. Während ich diese weit verbreitet genutzte Redewendung mit einem Einheimischen diskutierte, war er überrascht zu erfahren, dass »Kristall« eine sich natürlich bildende Substanz ist, die vor allem in den Gemalten Höhlen von Almosengebet entdeckt worden war. Er hatte nicht gewusst, dass dieses Wort eine Bedeutung außerhalb des Kontexts im Volksmund besaß, in der er es so häufig verwendete.

Leckend/leck sein: Sexuell erregt sein. Obwohl die ursprüngliche Bedeutung von der Absonderung des Scheidensekrets während der weiblichen sexuellen Erregung abgeleitet sein könnte, scheint es heutzutage unabhängig vom Geschlecht verwendet zu werden.

Leewärts gehen: Etwas, das schiefgeht oder schlecht ausgeht. Hier ist ein weiteres Beispiel für die Verwendung eines Segelbegriffs, der in neuem Kontext verwendet wird. Traditionellerweise bezieht sich »leewärts« auf die Seite von etwas (für gewöhnlich eines Schiffs oder ein Küstenland), das nicht in den Wind zeigt. Warum leewärts in diesem Fall negativ konnotiert ist, ist unklar.

Mieze: Junge Frau. Dies, zusammen mit seinem Gegenstück (s. »Kater«), ist einer der wenigen geschlechtsspezifischen Titel, die verwendet werden. Generell impliziert es, dass die junge Frau attraktiv oder in irgendeiner Weise begehrenswert ist, wobei manchmal eine neutralere Bedeutung angedeutet wird. Der Unterschied wird durch Ton und Kontext geklärt.

Pantoffel: Schläger oder Bandenmitglied, das einem Gangsterboss dient. Während generelle kriminelle Handlungen wild wuchern in den Vierteln Paradieskehre und Hammerhusen, ist das organisierte Verbrechen stark genug, um fast als Art der Nachbarschaftsführung angesehen zu werden. Ein »Pantoffel« für einen mächtigen Gangsterboss zu sein wird als Stellung der Macht und des Respekts gesehen und ruft oft Angst bei denen hervor, die nicht dazugehören. Zur gleichen Zeit ist der »Pantoffel« seinem Boss zu vollkommenem Gehorsam verpflichtet, sogar, sein Leben niederzulegen, falls der Dienst es verlangt. Insofern erinnern sie mich sehr an unsere eigenen imperialen Soldaten, die unermüdlich und selbstlos die Sicherheit unseres Imperiums gewährleisten.

Salzkopf: Liebevolle Beleidigung für jemanden, der sich dumm verhält. Ich habe nicht belegen können, wann dieses Wort und wann das beleidigendere »Stumpfer« verwendet wird. Manchmal scheint es sich nach der Schwere der Dummheit zu richten. Andere Male scheint es mehr mit der Beziehung zwischen Sprecher und dem Subjekt zu tun zu haben.

Schick: Beliebt oder anziehend. Ich gestehe, dass sich die Bedeutung dieses Begriffs mir entzieht. Ich war niemals in der Lage, vorherzusagen, wann jemand »schick« aussah oder »schick« war, aber jeder Mensch, mit dem ich sprach, hat das als so selbstverständlich erachtet, dass sie mir nicht erklären konnten, warum etwas »schick« war.

Schnitte: Abfälliger Begriff für eine Frau oder eine Vagina. Ich habe bemerkt, dass, obwohl Männer und Frauen den Begriff verwenden, Frauen ihn manchmal eher als gutmütigen Scherz verwenden, bei dem keine echte Beleidigung geäußert wird. Ich vermute, dass diese Disparität etwas mit der schon bemerkten Freizügigkeit bezüglich der Geschlechter unter den niederen Klassen zu tun hat.

Schwanzspritzer: Eine abscheuliche, nutzlose Person. »Schwanz« ist ein anderer umgangssprachlicher Begriff für die männlichen Genitalien. Der »Spritzer«, vermute ich, bezieht sich auf das Ejakulieren. Man mag folgern, dass die Bedeutung sich von dem Ejakulat ableitet, das außerhalb der Begattung austritt, also etwas, das in der Tat nutzlos wäre.

Sonnig: Etwas Gutes oder Angenehmes. Als ein lebenslanger Bewohner von Hohlfall erscheint mir dieses Wort gut nachvollziehbar. Die Niederschlagsmenge pro Jahr in

New Laven ist mehr als doppelt so hoch wie die in Steingrat. Die Sonne sehen wir alle viel zu selten, und das ist eines der wenigen Beschwernisse, die wir mit den niederen Klassen teilen.

So sicher wie Sorgen: Etwas, das mit Sicherheit eintreten wird. Es scheint passend, vielleicht sogar poetisch, dass die niederen Klassen von New Laven Sicherheit mit Sorgen gleichsetzen. Bei all ihrer sexuellen Freizügigkeit und der kriminellen Aktivität haben sie dieses schwere, häufig lebensgefährdende Leben, das in der Paradieskehre und in Hammerhusen herrscht, nicht gewählt. Tod durch Verhungern und Krankheiten sind gewöhnliche Ereignisse, und die Gewalt ist ein nötiger Bestandteil des Überlebens. Wie ich hier sitze und dies in meinem warmen, bequemen Studierzimmer schreibe, halte ich inne und frage mich, ob es nicht etwas gibt, das wir, die Oberschicht, tun können, um diese Leiden zu lindern.

Spitzenhemd/Spitze: Eine Person der Oberschicht oder eine reiche Person. Es sollte bemerkt werden, dass hier fast ohne Ausnahme eine starke negative Meinung beinhaltet wird.

Stumpf/Stumpfer: Dumm. Es ist anzumerken, dass die niederen Klassen dieses Wort, das wir normalerweise als Nomen (vgl. eine Keule oder ein Knüppel) oder als Verb verwenden (vgl. jemanden niederknüppeln), ausschließlich als Adjektiv benutzen.

Südholen: Eine Person gegen ihren Willen als einen zur Arbeit verpflichteten Sklaven an einen Schiffskapitän verkaufen. Die größte Gefahr für einen Besucher der Paradieskehre, neben einem Raubüberfall. Es gibt Gasthäuser und Bordelle, die ahnungslose Schlafgäste mit einem leichten Narkotikum betäuben, das Schwarze Rose genannt wird, um sie dann an die Kapitäne zu verkaufen. Das Opfer erwacht für gewöhnlich am folgenden Tag mitten auf See. Dort wird es vor die Wahl gestellt: Entweder mit der Mannschaft arbeiten, oder als blinder Passagier über Bord geworfen werden. Am häufigsten wird diese Praxis bei Schiffen angewandt, die die Südlichen Inseln ansteuern, denen man nachsagt, kalt, unwirtlich und kaum bevölkert zu sein, sodass sie kein beliebtes Ziel sind.

Südler/Südlerin: Leicht abfälliger Begriff für jemanden, der von den Südlichen Inseln stammt. Die Südleute sind ein hartes, wortkarges Volk mit langen, gelben Haaren und blasser Haut. Man sieht sie selten in New Laven, und sie fallen in der vorwiegend dunkelhaarigen Population auf. Ich habe mir einige Gedanken zu ihrer bemerkenswerten physikalischen Disparität gemacht und glaube, dass ihre Vorfahren vor Hunderten von Jahren von einem anderen Land eingewandert sind. Sie hätten sich sicher schon längst der restlichen Bevölkerung angeglichen, wenn die Südlichen Inseln nicht so schwer zu erreichen wären.

Typ: Person oder Bekannter. Dies ist eins der schlüpfrigsten Worte, denen ich begegnet bin. Manchmal bezeichnet das Wort nur jemanden, den der Sprecher nicht kennt oder nicht gut kennt. Andere Male schien es auch einen milden Widerwillen vor der Person zu beinhalten.

Verpisst: Dies ist ein Fluch für alle Fälle. Ich habe es als Nomen, Verb und sogar Adverb verwendet gehört. Selten wird es im allgemeineren Jargon für Urin verwendet.

Verpisste Hölle: Eine Zusammenstellung von »Verpisst« und »Hölle«, die als Ausruf bei einer unwillkommenen Überraschung verwendet wird.

Zuckersüßer Kerl: Eine nette Person. Es ist wichtig, anzumerken, dass sowohl »Nettigkeit« als auch Zucker selten in der Paradieskehre oder in Hammerhusen vorkommen. Nettigkeit wird sehr geschätzt, solange die fragliche Person nicht willensschwach oder weich ist (s. »Fratz«).

Danksagung

Mit sechs Jahren hat das Meer einen Finger meiner linken Hand genommen. Diese Erfahrung hätte mich für immer einen Bogen um Schiffe und das Segeln machen lassen können. Aber mein Großvater, John Kelley, wollte davon nichts hören und übermittelte mir stattdessen eine so große Liebe zum Meer, dass ich bis heute Frieden finden kann, wann immer ich mich auf einem Boot aufhalte, egal, was mich bedrückt. Es fühlt sich fast wie eine krasse Untertreibung an, wenn ich sage, dass dieses Buch ohne ihn nicht möglich gewesen wäre. Genauso wenig wie ohne meine Tante Laura, Onkel Peter, und meine Cousins Alex und Liz, die die Tradition des Segelns aufrechterhalten, während ich hier viel zu weit weg vom Meer sitze und nur davon träume.

Es fühlt sich ebenso unzulänglich an, meiner Freundin und Mit-Autorin Stephanie Perkins zu danken, die von Anfang an eine Verfechterin dieses Buchs war. Ob als Cheerleaderin, Kritikerin oder gerissene Geschäftsratgeberin, ich bin ihr dankbar für alles, was sie beigesteuert hat.

Ich möchte meiner Agentin Jill Grinberg danken, die für alles zu haben war, als ich sagte: »Hey, ich möchte ein Buch für Erwachsene schreiben!« Sie und der Rest der Mannschaft von JGLM hören nie auf, mich zu erstaunen, und ich bin so dankbar, sie an meiner Seite zu haben. Danke auch an meine Lektorin Devi Pillai, die beständig mehr von mir verlangt. Ich weiß, dass sie darauf hofft, mich eines Tages zum Weinen zu bringen, und ich schätze sie umso mehr dafür.

Ich wäre nachlässig, wenn ich das exzellente Buch »Die Gangs von New York: Eine Geschichte der Unterwelt« von Herbert Asbury nicht erwähnen würde, das einen großen Teil der Gang-Kultur von New Laven und vor allem den Charakter von Sadie der Ziege inspiriert hat. Nach dem, was man hört (manches davon vielleicht halb-glaubhaft), war Sadie eine echte Person, die das Flussufer des Hudson wahrlich terrorisiert hat, wenn auch nur für kurze Zeit. Ob nun Fakt oder Folklore, ich stehe in der Schuld dieser »Künstlerin des Chaos«.

Scott Lynch

Dies ist die Geschichte von Locke Lamora

Meisterdieb, Lügner und wahrer Gentleman.
Ob er nun mit seiner Bande die Gassen von Camorr durchstreift und die Reichen um ihre Schätze erleichtert, oder ob er mit seinem Freund Jean die Casinos von Tal Verrar hochnimmt – Locke Lamora ist einfach nicht zu fassen!

»Scott Lynch hat mich von der ersten Seite an gefesselt und nicht mehr losgelassen!« *George R. R. Martin*

978-3-453-53091-1

978-3-453-53113-0

978-3-453-53194-9

978-3-453-31749-9

Leseproben unter **www.heyne.de**

HEYNE

Joe Abercrombie

978-3-453-53251-9

Kriegsklingen
978-3-453-53251-9

Feuerklingen
978-3-453-53253-3

Königsklingen
978-3-453-53252-6

Racheklingen
978-3-453-52522-1

Heldenklingen
978-3-453-52523-8

Blutklingen
978-3-453-31483-2

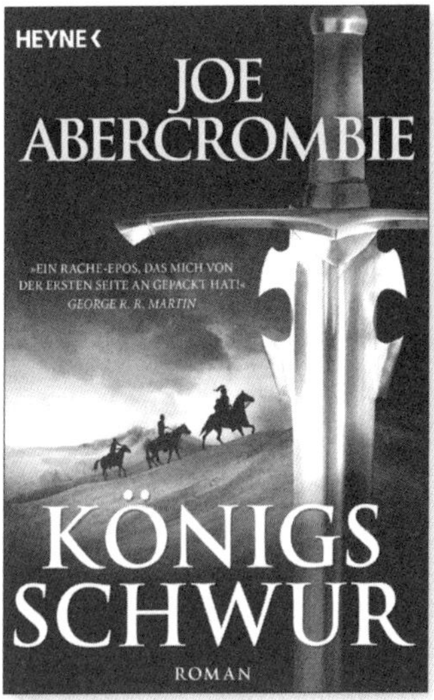

978-3-453-31599-0

Königsschwur
978-3-453-31599-0

Königsjäger
978-3-453-31600-3

Königskrone
978-3-453-31601-0

Leseproben unter **www.heyne.de**

HEYNE